激荡中国海

最后的海洋与迟到的觉醒

王佩云◎著

作家出版社

向海而兴，背海而衰，

是历史的偶然，还是历史的必然？

序言：海洋·海权·海防

我是山东荣成人，从小在海边长大，十几岁投身革命最初也是在老家的海边上打日本鬼子。1949年4月23日，人民海军第一支海军部队诞生，我就成了一名海军战士，先在南京海军联合学校边做改造旧海军的工作，边学习舰艇知识和技术，很快到“黄河”号任副舰长。随即又被选派到苏联海军高级专科学校舰长班学习，归国后历任海军驱逐舰副舰长、舰长、海军舰艇大队大队长、海军舟山基地参谋长。此后，调海军司令部任军训部部长、海军副参谋长、海军学院院长、1985年7月任海军副司令员兼任海军参谋长（30个月）。1988年9月被授予海军中将军衔。1992年10月调军事科学院任政委，所关注的大多也还是海军方面的事情。可以说，是大海和海军这所大学校抚育了我的成长，我也毫无保留地把自己的一生献给了党和国家的海军事业。《大海啊，故乡》那首歌，仿佛就是为我这样的老水兵量身打造的一样，每每情不自禁要放开嗓门大声唱给周围的同事和朋友听，也唱给自己和家人听。

回顾在海军这几十年走过的历程，深深刻印在我脑子里的是6个字：海洋、海权、海防。我从七届全国人民代表大会开始，连续三届当选全国人大代表，还任过一届全国人大常委会委员和两届人大教科文卫委员会委员，凡参加的无论大小会议，每次都要强调海洋、海权和海防对国家、民族的重要性。从七届人大到九届人大，我每次参会提出的议案、建议也大多与涉海问题有关，这不只是自身责任所系，“干什么吆喝什么”，而是深感海洋、海权、海防对我们国家、民族的生存发展太重要了。

占地球表面面积71%以上的海洋，蕴藏着无比丰富的自然资源，也蕴藏着影响和改变人类历史进程的无穷奥秘。无论从历史上看还是从现实世界看，重视海洋的国家和民族都是富强的民族。我国在明朝就有郑和七下西洋的壮举，比哥伦布发现美洲的大航海早了87年，那时的中华民族也是世界最强大，最富有的民族。到了十六、十七世纪，葡萄牙与西班牙强大起来，也是因为这两个国家比其他西方列强率先重视海洋。后来，它们的强国地位被英法所取代，同样是因为英法两国的海上力量迅速崛起使然。再到两次世界大战后，美国能够成为世界第一大国，也取决于它所奉行的海洋强国战略。所以从参与讨论国家的“十五”规划以来，我总是强调无论如何不能忽视海洋，一定要把建设海洋强国列入我国的长远发展规划，提出过把“建设海洋强国列入国家发展战略”等一系列建议。我认为，作为中国来讲，要发展成为强大的中华民族，必须成为经济强国，而没有海洋经济的发展，国家经济就很难强大起来。即使是现在正在进行的西部大开发，也得与东南沿海发达的海洋经济全面接轨，并且还得在西北、西南通过邻近的友好国家找到直通印度洋的出海口，这样才能使西部经济真正活跃起来，离开了海洋，内陆经济的发展必然会受到很大局限。

1980年4月底，我作为海军副参谋长，担任了人民海军18艘舰船组成的大型特混舰船编队的参谋长，执行远程火箭末区弹着点测量、打捞数据舱及护航警戒任务，穿过横亘在我国海域与大洋之间的岛链，首次在太平洋亮相。这个舰船编队刚出发不久就引起国际上的广泛关注，很多国家的舰船或在远近海面游弋，或直接跑过来套近乎。看得出来，它们的目的并非只是近距离观察我们的这些大小舰船，而在深入了解我们国家的海洋战略意图。这次行动让我感触最深的，也就是对海权的认识。“海权”这个词，是18世纪美国一位名叫马汉的海军军官最早提出来的，基本的意思是指一个国家控制和开发、利用海洋的能力。我的体会，海权的集中体现就是海军，海军最终的职责就是海权，而所有这些都必须置于党和国家海洋战略观念的指导之下。从中国近代海军发展来看，清朝李鸿章时候就提出进行海军建设，从西方买了不少的舰船，还请来一些洋教习，成立了北洋水师、南洋水师。但清朝压根就没有海权意识，更谈不上树立海洋战略观念，加上整个清政府腐败无能，纵有当时号称亚洲第一、世界第六的海军舰队，也根本抵抗不了外来势力从海上发动的侵略，南洋水师和北洋水师先后在中法与中日甲午战争中全军覆灭，将中国的近代史写成了一部耻辱史。这个教训说明，海权实际是国家的生存权与发展权不可分割的组成部分，我们的整个民族没有海洋意识不行，从国家的领导层面来说没有整体的海洋战略观念更不行。

关于海防，我在海军多年的实践形成了一个观念，绝对不是在海边防一下就行了。海防，应该与国家的经济发展和安全战略协调统一起来，也就是说，国家主权权利应该管辖的地方或国家利益所在之处都应该有我们的防务。比如，索马里海盗直接威胁到了我们国家在海外的利益，特别是能源运输的安全，派出海军编队开展远洋护航就势在必行。还有钻探和开采海洋石油，从浅水到深水，从近岸到远岸，也必须有军事力量在那里保护，不然我们在海上的石油工人就没有安全感。目前，我们周边的安全形势出现了很多新特点和新情况，周边外交及安全防务在坚持既定方针的前提下，也需要做出相应的调整。我在海军舟山基地任职期间，曾直接担负援助西沙保卫战的任务；在任海军副司令期间，又亲自参与指挥南沙赤瓜礁保卫战。来自海上的大量信息让我感受到，国家的主要安全威胁有从陆地向海洋转移的趋势，对领土争端应确立先海后陆的解决顺序，同时要有积极谈和准备打的两手准备。还有远水海军的发展，包括建造航空母舰在内，这是国家战略空间拓展的需要，也是中国作为世界大国承担维护地区和世界和平这一重大责任的要求。

我认识《激荡中国海》的作者王佩云，是在上个世纪90年代发起宣传“蓝色国土”意识活动的时候。他作为一张涉海报纸的总编辑，这些年一直致力于海洋问题的探讨和研究，热心海洋意识和海洋知识的普及，曾主持编撰面向青少年的《海洋三字经》、《我爱蓝色国土丛书》，还出版过一本《蓝色国土忧思录》。他的两部长篇历史小说《郑和》和《铁血军团战将戚继光》，写的也是中国历史上两位著名的海洋人物。他最近写成的这部新作，用大量历史和现实的生动事实说明海洋对国家、民族发展的巨大影响力，有不少耐人寻味之处。向海而兴，背海而衰，究竟是历史的偶然，还是历史的必然，的确值得人们深长思之。

这部书还提出，“最后的海洋与迟到的觉醒”，说出了海洋问题的现实严峻性。中国不但在300万平方公里的蓝色国土范围内拥有自己的主权权利和海洋权益，在南极、北极和公海也享有《联合国海洋法公约》以及其他一些国际条约赋予的权利，这些我们都得加倍重视，好好珍惜，再也不能做迟到者。在地球上，海洋比陆地的面积大多了，无疑将是整个世界人口可持续发展的一块宝地，人类即使将来要走向太空，也得先走向海洋。如果我们现在还不重视海洋，中国未来向哪里要生存资源和发展空间？子孙后代将会怎样评价我们这一代人？

中国人民解放军海军原副司令

中国人民解放军军事科学院原政委

海军中将张序三

2010年8月

前言："振兴海洋"是大国崛起的必由之路

2008年底，有条让国人倍感振奋并引发好一阵热议的消息：几乎是在中国宣布派海军舰队赴亚丁湾和索马里海域护航的同一时候，国防部新闻发言人婉转说出"中国现在如果建造航空母舰，世界不应当感到惊奇"。其实，还有一条并未引起国人热议却同样应当感到振奋的消息：中国勘探开发3000米水深油气资源，属于当今世界最先进的深水钻井平台，已经在上海外高桥一家船厂开工建造。美国人艾·塞·马汉将"海权"高度概括为一个国家"控制与开发、利用海洋的能力"。建造航母和深水钻井平台，说明中国已经从控制和开发、利用海洋这两个高点出发，迈开了建设海洋大国的步子。数百年来的痛苦实践告诉国人：国家和民族的复兴离不开海上力量的复兴，强国必须强海。

而强海是一个涵盖面非常广的庞大系统工程，不是说强一下子就强得起来的。最根本的，要唤起全民族的海洋意识，起码要让国人有国家、民族"向海而兴，背海而衰"的警醒。美国人马汉所撰写的《海权论》，曾将19世纪及此前所有海上发生的重大事件与世界通史结合起来进行研究，鲜明画出诸多国家"向海而兴，背海而衰"的历史轨迹。诚然，世界各国的兴衰成败，有着非常复杂的原因，很难一概而论。但不容置疑的是，在西方国家相继向海而兴之时，屹立亚洲东方的中国背海而衰，却是不争的事实。本来，中华民族也算得上世界最早开发、利用海洋的民族之一，还在15世纪初创造过郑和七下西洋的辉煌。无奈我们的老祖宗发祥于黄土高坡，"黄土地情结"竟成了一个数千年来无法解开的死结。当欧洲大航海带来了世界翻天覆地的变化，我们明清两朝反而断然拒绝海洋，一头扎到长城脚下，满足于用镢头和犁头在黄土地里刨食。倏忽之间，国家的综合实力从世界的金字塔尖跌至谷底，惨不忍睹到积贫积弱任人宰割的分上。

自晚清以来，许多有识志士不断反省国家、民族蒙受西方列强欺凌的百年屈辱，总结出了“落后就要挨打”的重要教训。但中国为何会落后，过去人们从经济模式、社会制度以及其他一些方面做过不少剖析，为此发表的文章、专著可谓汗牛充栋。可惜，海洋对中国历史进程直接而又深刻的影响，却很少有人涉及，即使偶尔出现片言只语也是浮光掠影，无法撼动国人重陆轻海的传统观念。及至20世纪90年代，按国际流行的说法，世界马上要进入“海洋世纪”了。广东作为沿海大省编写《新三字经》，向少年儿童灌输国土意识，依然是“我疆域，广无垠，黄土地，育斯民，从昆仑，到海滨，山和水，皆可亲”。寥寥数语，将国土范围定格在昆仑与海滨之间，而将伸展到渤海、黄海、东海、南海300万平方公里左右的蓝色国土统统排除在外，直把“我家住在黄土高坡”唱到今日。德国著名哲学家黑格尔曾经为我们叹惋：“尽管中国靠海，并在古代可能有着发达的航海事业”，但中国“没有分享到海洋赋予的文明”。亚当·斯密谈到中国也说：停滞是因为不重视海上贸易，闭关必趋于自杀。

而从国家层面来说，则必须将国民应有的海洋意识，进一步提升并具体化为国家海洋战略。缺乏高瞻远瞩的战略构想，海上的任何举动，都会带有很大的被动性、盲目性和偶然性，零敲碎打，不成章法，难以真正实现以海强国的目的。早在明朝朱棣时候，郑和根据自己的航海实践，一针见血指出：“欲国家富强，不可置海洋于不顾。财富取之于海，危险亦来自海上。”嘉靖年间，江浙巡抚胡宗宪总结抗倭的成败得失，提出“经略海上，区画周密”……应当说，已经有了那么一点儿“海洋战略”的意思。美国已故著名“中国通”费正清，曾在一篇文章中提出“大陆中国”与“海上中国”的概念。他所说的“大陆中国”，具体是指传统的“一个由拥挤在可耕地上的农民组成的国家”，其“上层建筑是中华大帝国庞大官僚机构形成的管理系统”；而“海上中国”，则是“明朝永乐年间郑和远航西洋所显示的海上力量”，及其开创的“辉煌而短暂的海上新局面”。只因明清两朝严厉禁海，中断了“海上中国”的发展，也导致了“大陆中国”的衰落。这个教训是极为沉痛而深刻的。

费正清评价，邓小平20世纪70年代末倡导的改革开放，从根本上来说，就是带领中国重返海洋，亦即通过发展“海上中国”及其对“大陆中国”的改造，最终形成海上与陆上有机结合的国家整体战略。站在今天的时代高度来思考我们的海洋问题，不但要直面中国海目前存在的严重危机，岛屿被侵占，海域被瓜分，资源被掠夺，还有美日等国长期顽固坚持至今仍未放松的岛链封锁及步步紧逼的战略企图。同时，还要考虑中国作为一个世界大国正在和平复兴，国家利益在向海上和海外延伸，国家安全的概念也相应发生了很大变化，维护地区和世界和平与稳定的责任也在不断加重。据此，尽快规划好国家中长期的海洋战略，全面增强国家控制和开发、利用海洋的能力，乃是决定中国未来走向不可忽视的重大抉择。

自15世纪欧洲大航海以来，整个世界海域已经被一些国家瓜分过好几次了。而每一次瓜分，不是给我们带来莫大的威胁，就是给我们带来巨大的伤害。对中国来说，现在已经是最后的海洋和迟到的觉醒，再也容不得任何的犹豫和迟疑。

目 录

中国，从寻找世界到被世界寻找

还在元朝时候，意大利人马可·波罗从中国返回本国，留下一本记述中国、印度等地见闻的《马可·波罗游记》，被人称为“天下第一奇书”，为欧洲编织了寻找东方“黄金之国”的梦想；中国人汪大渊几乎在同一时期撰写了游历西洋诸国的《岛夷志略》，迎来的却是朱元璋的一纸“禁海令”，严厉敕令老百姓“寸板不许入海”。中国，本来由郑和及一些前辈率先扬起了寻找世界的风帆，忽然沉睡下来，等待西方世界来寻找。

马可·波罗热与欧洲大航海

一本书能搅动原本寂寞冷清的浩瀚海洋，让整个世界变得躁动不安，竟是同中国发生过密切关系的一个意大利人，留下的一本同中国有密切关系的书——《马可·波罗游记》。

公元1271年，也就是元朝开国之初，年仅17岁的马可·波罗跟随老爹外出经商，从威尼斯出发，大约用了半年多工夫走进中国云南，随后到了元大都，也就是现在的北京。这个意大利小伙子记忆力惊人，口才也很好，一路上的所有逸闻趣事都能娓娓道来，赢得元世祖忽必烈的赏识，将其留在身边，还赏了一个可以领取薪水的闲差，让他在大江南北各处旅行，阅尽我们的山川地理、风土人情、市井习俗。在中国逗留满17年，马可·波罗日久思归，恰好赶上有位蒙元公主远嫁波斯，也就是今天的伊朗。蒙元皇帝给了他一路护送的差使，也恩准其顺道返回父母之邦意大利。马可·波罗了却公务辗转回到威尼斯，“少小离家老大回”，连说家乡话嘴皮子都不利索了。但天生会讲故事的本领还在，即使后来被关进热那亚的牢房，也能将东方之行包括在中国、印度的见闻描绘得栩栩如生。其中说到北京有座“普利桑根”桥，在“日落方向”一条蜿蜒曲折的河上，洁白如玉的桥身，拱形似弯月的桥洞，精雕细刻的石狮子……让北京读者一看便明白是卢沟桥，卢沟桥也因此在西方国家有了另一个名称——“马可·波罗桥”。马可·波罗还具有从父辈传承下来的商业敏感，说起沿途物产如数家珍，连何物何价也毫厘不差，在家乡父老的心目中构筑了美妙东方的“黄金之国”和“购物天堂”。当地一位作家将这些如实记录下来，便成了轰动一时的《马可·波罗游记》。

现在分析起来，这部其实很普通的游记之所以能成为“天下第一奇书”，关键是顺应了当时欧洲人冲破大海藩篱去发现世界的强烈愿望，吊足了他们寻找和获取海外财富的巨大胃口，为欧洲即将形成高潮的世界大航海启了蒙。在风帆船时代，航海还属于冒险家的事业，猎奇、逐利或为了传播宗教“普度众生”，是海上冒险家不可缺少的内在冲动。海上四顾茫茫，随风漂泊，险象环生，前途未卜，生死难料，即使活着也不一定能返回故地，没有一种可以置身家性命于度外的渴求，或坚定无比的信仰，很难跨出这一步。《马可·波罗游记》刺激人们胃口的，除金子、银子、珍珠、宝石，还有中国的丝绸，在古罗马时代就被视为豪华高贵的奢侈之物，只有罗马皇帝才能穿上整套丝绸服装，一般皇室贵族仅能用几小块丝绸点缀自己的长袍。欧洲人还对怎样生产丝绸感到大惑不解，有人说那是将树叶加工梳理而成，也有说是从一种古怪蜘蛛嘴里吐出来的长丝……

丝绸之外，还有胡椒、丁香、肉桂、豆蔻、大蒜、生姜等等。这些香料在无制冷设备年代可以用来保存食物，还可以给腌制不佳的食品增添浓郁香味儿，在那时欧洲人的眼里都是稀罕物。甚至风传大蒜有驱邪避鬼的功效，乃人间难得的“宝物”，还流传下来这么一则笑话：曾经有那么一个人，扛着一麻袋生姜到了欧洲一个国家，慷慨献给国王，那位国王乐不可支，很痛快地赏给献宝人一麻袋黄金。此人返回故地，琢磨着大蒜比生姜更适合做腌肉的调味品，赶紧又扛了一麻袋大蒜去献给那位国王，盼着换回更多的金子。国王见了大蒜果然兴奋异常，寻思半天说，这宝物价值连城，再多的金子也无法与其等值，还是赏你一袋生姜吧。这类似是而非的传闻，一时成了欧洲街谈巷议的“东方神话”，让那儿的人们如醉如痴，还因此诞生了一门“马可·波罗学”。

第一个捧着《马可·波罗游记》立志远航寻找美妙东方世界的，便是哥伦布。这位伟大航海家出生在意大利的热那亚，即马可·波罗在监狱里讲述那些“东方神话”的城市。大概因为从小耳濡目染，哥伦布成了马可·波罗的超级

“粉丝”，萌发了踏着偶像足迹寻找印度和中国的强烈冲动。他为此移居正在展开海上航行活动的葡萄牙，选择了水手的职业，还特意去法国的海盗船上历练一番，积累航海和应对海上复杂情况的经验。但航海既要敢冒险，还要敢撒钱，否则只能望洋兴叹。他怀揣马可·波罗已经人人耳熟能详的“东方神话”，先后游说几位最有权也最有钱的国王，向他们描述印度和中国风景如何美妙，黄金如何遍地，珠宝如何成山，丝绸如何满街，香料如何遍地，美女如何如云。归根结底一句话，只要国王肯投资航海，他就可以把远在东方的“人间天堂”搬回欧洲来。

此时的葡萄牙虽有亨利王子开启了远航的先例，并在非洲获利而归。其国王却不喜欢哥伦布言语过分夸张，用现在的话说，“满嘴跑火车”，认定属江湖骗子之流，根本不予理睬。英国、法国此时还毫无海洋意识，更没人肯搭茬儿。哥伦布辗转来到西班牙，凭三寸不烂之舌，让伊莎贝拉女王听得有些心动，吩咐一个审查委员会审查其航海计划。不想有委员发问，即使地球真个是圆的，向西航行可以到达东方，并回到出发的港口来，那么必有一段航行是从地球底部向顶端爬坡，你的风帆船如何能够“爬上来”？那时地圆说尚不完备，更无实践的佐证，让本来口若悬河的哥伦布一时语塞。再加上当时欧洲一些商人集团，已经建立海陆联运，垄断了东方丝绸、瓷器、香料、茶叶的销售，通吃长途贩运之利。现在突然冒出这么一个贼大胆要去开辟直航海路，势必危及他们的既得利益，赶紧编出很多海上航行的恐怖故事，吓退了女王。直到1492年，哥伦布走了西班牙皇家一位女司库的门子，由她出面劝说道：哥伦布的航海计划要价并不高，即使船毁人亡，对皇室来说损失很有限；倘若成功了，皇室获利将在百倍、千倍之上，女王陛下您何乐而不为呢？

1492年8月3日，哥伦布率领一个三艘小帆船组成的船队，从西班牙巴罗斯港出发，向西航行，计划横渡大西洋，到达亚洲。但在海上航行了71天，来到一个小岛，却没有看到马可·波罗书中描写的中国石桥、城镇和宫殿，更没有见到黄金、珠玉、香料和丝绸。他和他的船队十分沮丧，返回了西班牙。西班牙女王不肯做赔本的买卖，命令其迅速准备重新起航，非找到那片神秘的东方世界不可。第二年9月，哥伦布再次上路，误打误撞到了美洲，随后又接连三次来到这块新大陆，无意中完成了对整个美洲大陆的考察和发现。但这块陆地那时还处于原始状态，大肆的杀戮和劫掠，也无法满足西班牙已经被刺激出来的巨大胃口。哥伦布因此遭遇皇室贵胄和市井小民的冷眼，不久死在贫病交加中，只有一本他熟读过无数遍的《马可·波罗游记》，至今保留在西班牙的一座纪念馆内。

但哥伦布成功发现偌大一块新大陆，还是鼓舞了欧洲继续寻找东方神秘国度的巨大热情，很快有了葡萄牙人达·伽马的横渡印度洋，还有西班牙支持的麦哲伦所完成的环球航行。这两人从欧洲本土出发，走的是截然不同的航路，最终都如愿以偿到达梦寐以求的东方世界，并根据“发现即占有”的海盗逻辑，疯狂抢占殖民地，掠夺和搜刮马可·波罗津津乐道的那些东方财富。

达·伽马率先到达印度西海岸的卡利卡特，此处盛产木香、乳香、檀香、胡椒、肉桂、生姜等香料，还有珊瑚珠、红宝石、绿宝石、祖母绿，让这些葡萄牙人眼睛都绿了。他们第一次返回里斯本，一路上因热病和坏血病死了不少船员，献给国王的“礼物”也未能把船只装满，不免自惭形秽。不承想仅载回的宝石和香料，其价值就超过这次远航总花费的60倍。葡萄牙国王因此拍板，巩固对这块东方梦幻之地占领，即使倾全国之力也在所不辞。

麦哲伦船队连续穿越大西洋和太平洋，到达的是菲律宾群岛。尽管此人因插手当地土著部落的纷争，死在乱刀丛中，最后仅有一条船返抵西班牙，原有270人幸存18具尚有些许活气的“骨头架子”，但运回马德里的香料的巨大价值，不仅弥补了此次环球航行的全部消耗和损失，还有大笔盈余，既充实了西班牙国王的金库，也让一些投资者一夜之间暴富。远近国家无不垂涎三尺，群起效尤，欧洲大航海也因此高潮迭起。

现在回过头来看，哥伦布、达·伽马、麦哲伦作为殖民主义者，疯狂劫掠被发现与占领的土地，屠杀所到之处的原住民，本来应当钉在历史的耻辱柱上。但海洋却成就了他们的伟大。三个航海巨人，成了人类航海史上的三座丰碑。他们的航海实践，用无可辩驳的事实证明了地球是圆的，也发现了人类赖以生存繁衍的地球，海洋要比陆地广袤。过去将人类隔绝开来的海洋，也因为他们成了将人类联系起来的纽带，形成浑然一体的航行体系。由此蓬勃兴起的海上贸易，也将分散在地球各个角落的陆地连成了一个整体，人类的历史自此才称得上真正意义的世界史。

摧折大明朝远航风帆的“禁海令”

上个世纪末，葡萄牙为纪念达·伽马横渡印度洋500周年，向联合国申请将1998年定为“国际海洋年”。联合国秘书长大笔一挥批了，还确立了一个很好的主题：“海洋——人类的共同遗产”。

1998年7月，作为“国际海洋年”的一项重要活动，中国学术界在江苏太仓即郑和下西洋的起锚地召开有关航海家郑和的研讨会。大陆、香港、台湾两岸三地的专家、学者齐聚一堂，几乎所有发言都不约而同替郑和鸣不平。从1405年开始的郑和下西洋，早于哥伦布发现美洲87年、达·伽马横渡印度洋93年、麦哲伦环球航行114年。郑和率领的200多艘各类船只及近3万人组成的编队，先后7次往返西洋，时间跨度长达28年之久，这些都是欧洲那几位航海家望尘莫及的。人们一致发出疑问，享受“国际海洋年”殊荣的，为何不是郑和而是达·伽马呢？

不过，一些专家、学者也从欧洲《马可·波罗游记》之热，很快想到了中国汪大渊《岛夷志略》的冷。这位元朝时候中国的旅游家，曾附船浮海到西洋，在书中也生动记述沿途国家的亲历亲闻，其中描述的异国风情和新奇物产同样引人入胜。然而，这本书在国内却被束之高阁，丝毫没有焕发出我们民族乘桴浮于海的激情。就是郑和本人，虽然被公认为世界级的大航海家，所开创的和平友好的远航之旅也备受世人称赞。而就其对世界的影响而言，竟是昙花一现，只能用“船过水无痕”来描述。上个世纪末，有位美国女作家为写郑和下西洋，曾赴东非一些国家追访大明船队的遗踪。她竭尽全力调动东非人对那次声势浩大的远洋航行的记忆，最终得到的只是从他们老祖宗那里流传下来的一声叹息：曾有一支浩浩荡荡的中国船队，像一片云铺天盖地而来，又像一片云突然消失得无影无踪。湖北女记者范春歌也曾重访郑和的西洋之路，沿途得到的印象亦是郑和的影响远不如欧洲那几位航海大家。这位女记者稍稍感到振奋的，是在东非有郑和船队失散的船员在那儿繁衍了后裔，其中还有一个女孩儿愿意来中国认祖归宗。此外，在印度海边见到了大约是当年大明船队留传下来的中国式渔网，还有马来西亚、印尼、泰国等地纪念郑和的几座庙宇，几块石碑，几眼古井……

历史本来很公平，曾经将世界地理大发现的机遇给了中国，中国却撒手放弃了这个机遇。何以如此？寻根究底，最直接的责任者乃是小农出身的大明开国皇帝朱元璋，犯了小农经济无法逾越的过失。他的一纸管了好几百年的“禁海令”，与中国业已呈现出来的“向海而兴”的轨迹背道而驰，因此也导致了与世界历史发展进程的背道而驰。

朱元璋年轻时劳苦奔波在淮西那片贫瘠的土地上，放过牛，打过短工，当过四处乞讨的游方和尚，按划分阶级成分的标准是个赤贫之民。他发迹之后不忘本，重视百姓温饱，注重兴修水利，奖励农桑，并感念“四民之业，莫劳于农”，实行轻徭薄赋，在各地设立预备仓，积谷防农饥。这些惠农之举应当说都不错，也在一定程度上推动了明代的农业经济。但他由此走向极端，重农而抑商，甚至规定农民可以穿丝绸，商人只能着粗布，刻意压制和打击那个“舍本逐末”的群体。据说，有个卖药材的小贩不慎抓错药致一病人死于非命，朱元璋抓来这人亲自审问，竟强逼其吞下一种毒药，带着阴冷的微笑察看其临死前的痛苦挣扎，以发泄对从商者的蔑视和仇视。

朱元璋还认为中国地大物博财富取之不尽，告诫子孙休要眼睛向外盯着那些“蕞尔小国”的土地和财富，这自然包含了中华民族从来不愿侵略别国的美德。但由此形成了锁国心态，以为一切可以无求于人，轻视发展海外交往，拒绝互通有无。当然，偌大一个中国，那时只需养活4000余万人口，资源富富有余，似乎也无法让其产生向海外发展的内在冲动。严格说来，朱元璋当了皇帝还是个农民，他一心向往的农耕经济与海洋贸易格格不入。而他作为封建专制帝王，更不容许商品经济搅乱其所要维护的士、农、工、商等级森严的社会秩序，禁商禁海在他再天经地义不过了。

而朱元璋强令禁海的直接原因，是当时沿海地区出现的倭乱。元末明初，中华大地烽烟四起，来自倭奴国（今日本）的盗寇趁火打劫，肆虐山东、浙江沿海一带。被朱元璋打败的张士诚、方国珍残部逃至海上，也纷纷与倭寇合流，海乱有增无减。朱元璋曾主动派出使臣与日本修复元朝时候已经断绝的关系，重新开通日本“薄来”中国“厚往”的朝贡贸易，以求平息海乱。不想节外生枝，发生了宰相胡惟庸阴谋篡权的大案，从中查出日本国王暗中援助奸臣欲取朱皇帝的性命。洪武爷因此龙颜大怒，不但坚决断绝与日本的一切关系，还严厉实行海禁，海盗、海商“眉毛胡子一把抓”，以为这样就能杜绝海乱。

据《明实录》记载，洪武四年（1371年），朱元璋正式颁布禁海诏令：“禁濒海民不得私出海。”此后，每隔两三年颁一次诏，“禁濒海民私通海外诸国”，“禁通外番”，“申禁海外互市”，还撤了闽、浙、粤等地接待外商的市舶司。他还雷厉风行，每出一诏，立即派遣身边重臣沿海巡视，查办“有令不行有禁不止”者。这么着，还是难以避免一些地方“上有政策，下有对策”，他干脆将下海捕鱼也列入禁止范围。信国公汤和曾奉旨“巡视浙江、福建沿海城池，禁民入海捕鱼”。如此禁来禁去，最终禁到造船这个根本上，先是禁造能够离岸较远的三桅船，随后船越禁越小，终至“片板不许入海”。

这些现在看来实在有些冒傻气的行为，如果仅朱元璋本人一时性起也就罢了。不幸的是，他以开国之君的威权，将其写进“祖训”，提升为既定国策，并且纳入“大明律”，使之制度化和法律化。严厉告诫子孙：“有违祖制者，一律以奸臣论处。”由此，海禁便一直贯穿于大明朝200余年的历史长河，从接替他的朱允炆到吊死煤山的朱由检前后15个皇帝，一个个只有时松时紧的区别，却无一人敢说半个“不”字。其中，如朱棣这般具有雄图大略的继位者，纵有废止海禁之心，亦无违抗祖制之胆。《明实录》记载了这样一件事：有乡民带了几件毡衫进京师，被锦衣卫认定乃违禁“番货”，立刻扣上“里通外国”的帽子，打入死囚牢中。朱棣觉得太过离谱，亲自出面为之辩解，这才保全了乡民一条小命。到了明朝中后期，老朱家接连出了几个不肖子孙，根本无心过问朝政，自然也懒得过问祖制，使海禁有所松弛。然而放任不管带来的混乱，并不比严厉禁海造成的萧条好多少。当欧洲国家走向海洋的滚滚浪潮席卷全球的时候，中国终明一朝的海洋政策陷入了一放就乱、一禁就死的恶性循环圈，想要不落在世界后面也不可能了。

回到郑和下西洋的题目。明成祖朱棣即位以后，目睹其老爹禁海已严重损害大明朝在海外的威望，一些比巴掌大不了多少的国家都敢扣押、拦截往来中国的使者和物资，毅然决定派出庞大船队重新恢复海上秩序，按他的说法是“耀兵异域，示天下富强”。难得的是，他还选择了郑和这么一个出类拔萃的航海人才，其七下西洋整体实力的展现远在哥伦布们之上，口碑也比那几位爷好多了。但是，因为这一壮举始终笼罩在朱元璋禁海的阴影中，脖子上总架着一把“违反祖制”的刀子，显然没有多少底气。一帮专以维护“祖制”为天职的大臣，总是争着抢着跳出来阻拦和反对，弹劾郑和及罢西洋远航的奏折从来就没有断过。而朱棣本人尽管积极推动海外交往，是郑和下西洋的发动者、组织者和支持者，还替郑和挡过不少明枪暗箭，但他也只是隐约意识到了航海与维护大明天朝的安全和尊严有某种微妙的关系，脑子里根深蒂固的仍是历代封建帝王向往的“万国来朝”的虚荣，并未真正弄懂海洋于国于民究竟有多重要，骨子里也就缺乏那样一股将航海大业坚持下去的韧劲儿。有一年，因海上风浪掀翻了一些运粮船，他马上颁旨将唐、宋、元逐步发展起来的海运改为漕运，因为要大批建造漕船，还不顾郑和下西洋迫切需要补充舰船，饬令南京几家船厂停造、停修远洋海船。迁都北京那年，因一场大火烧了皇宫三大正殿，他以为老天爷不高兴了，用这把火向其“示警”，在一些大臣的怂恿下，连忙“下罪己诏”，宣布“暂停西洋之行”，以此表达“知过必改”的诚意。

郑和虽然小心翼翼，远航西洋还是不断冲撞着大明朝廷的“祖制”。最突出的是西洋盛行的商贸之风随船队带回国内，势必激发民间进行海上贸易的欲望。大明船员到了商贸发达的印度洋沿岸及阿拉伯半岛，看到有专门的市侩牙人在买主和卖主之间穿针引线，感到非常新鲜。同时发现有的国度商人名为“哲地”社会地位最高，庄稼人被称为“木瓜”地位卑贱，很明显重商轻农，与中国情形恰好相反。特别是目睹中国货物所到之处都能卖出好价钱，西洋物产带回中国也奇货可居，无不心里痒痒，悄悄夹带着做生意，获利都在数倍或数十倍之上。这些都大大刺激了国内航海贸易的热情，以致有种田人弃农经商，读书人弃书从商。西洋商人也闻风而至，不少还深入中国内地直接找官办的丝绸织造和瓷窑趸货，搅乱了中国社会原有的一潭平静之水，市井人物开始蹿红，暴富的商人还时不时睥睨土财主和穷秀才，士农工商等级森然出现了被打乱的苗头。这不能不触动朝野上下封建卫道士的神经，一个个呼天抢地："天下危矣！"

郑和下西洋还有一个致命弱点，资金出多进少，入不敷出。航海既是一项勇敢者的事业，也是一个哗啦啦砸银子的过程，需要有无比巨大的经济实力做支撑。而郑和所进行的朝贡贸易，按照历朝历代的传统，坚持他国"薄来"、中国"厚往"。这虽然体现了中华民族热心扶助弱小的美德，也在一定意义上培育了国家的软实力，如印度境内的柯支国，就曾感叹"何幸中国圣人之教沾及于我"。但根本不计投入产出，总做赔本买卖，一而再、再而三由国库填补远航的无底洞，这本身就注定了它的难以为继。再加上明成祖"欲示中国富强"，不但自己的使团出去大把往外送银子，外国使团来中国还要大把花银子招待，赏赐也格外"大方"。一些海外国家觉得有利可图，前来中国拜访的次数越来越频繁，人数也越来越多，动辄数百人，甚至上千人，以致招待费成了国库的一项巨大开支，沿途府县也不堪接待重负。礼部一次呈上"蛮夷徕赏条例"，因过宽过滥，为朝臣所诟病，朱棣只把手一挥，"虽加厚不为过也"。

如此一来，尽管郑和惦着远航能永远持续下去，还不惜费时费力绘制航海图，以待后继者。朱棣刚去世，群臣立即将下西洋列为"弊政"，发动猛烈攻击。继承皇位的朱高炽秉性保守，断然宣布"永罢远洋航行"，包括修造远洋海船、买办远航一应物件"悉皆停止"，多年建立起来的确保远洋航行环环相扣的组织管理系统也解散了。朱棣的孙子朱瞻基尚有一丝乃祖遗风，即位之后，发觉海外交往太过冷清并非国家之福，又命郑和重整旗鼓下西洋。郑和死于此行的归途，葬身印度洋，那位明宣宗也跟着驾鹤归西，整个远洋船队随即烟消云散，花重金建造的"郑和宝船"也任风雨剥蚀成了一堆引火之物。到了本朝成化年间，有人偶尔提及永乐时候下西洋的往事，竟引发一些朝廷官员的惊惧，兵部侍郎刘大夏干脆将郑和积累的航海资料一把火烧成灰烬。这位副部级高官烧毁国家航海档案的事，留给今天一个谜，也留给后人无尽的思索。

西班牙差点儿拔得欧洲列强入侵中国的头筹

1998年早春2月，笔者与中央电视台和《人民日报》几位同行去荷兰皇家壳牌采访，在阿姆斯特丹运河出海口看到一艘中世纪的航海船，据介绍即哥伦布时代远渡重洋的船只。看那船体并不大，载重量也很有限，却在船头、船尾和左右舷布满火炮，完全是攻击型的，本地人也毫不隐晦地称之为“海盗船”。几个中国新闻人由此生发出许多感慨，从哥伦布们的海上征服和劫掠，议论到了当年欧洲大航海的动机，以及支撑这场大航海运动经久不衰的动力。

遥想当年，欧洲大航海那样赤裸裸地追求物质财富，一定会让讲究“君子喻于义，小人喻于利”的中国士大夫阶级感到不齿。哥伦布在日记中写道：“黄金真是个美妙的东西，谁有了它，谁就可以为所欲为。有了黄金，甚至可以使灵魂升入天堂……”这种拜金主义的言论，我们孔老夫子的门徒听了肯定都会大惊失色，慌不迭去舀山间清泉洗耳朵。然而，就是这种追求经济利益的直接动因，使得世界航海大潮一浪高过一浪，即使船毁人亡，也会前赴后继。他们在美洲进行充满血腥味的抢劫，在亚洲展开欺行霸市的不平等贸易，在非洲甚至从事贩卖奴隶的罪恶生意，让所有受害国民众至今记忆犹新。但欧洲列国的资本主义生产关系，也就这么着同它们在海外的殖民体系一起建立起来了。正如马克思所说：“美洲金银产地的发现，土著居民的被剿灭、被奴役或被埋葬于矿井，对东印度开始的征服和掠夺，非洲变成商业性地猎获黑人的场所；这一切标志着资本主义的曙光。”

由此可见，历史的进步有时会孕育在无耻、野蛮、残酷和血腥中。而导致东西两个半球文明交汇和世界历史由分散走向整体的大航海运动，并非是一连串的偶然事件，而是社会生产力发展、科学技术进步、做世界居民的朦胧觉醒，横空出现了一道历史需要迈过的门槛。无论是中国还是欧洲，对于当时正在不断累积的资本主义元素来说，田园经济狭窄的地域环境，局限于小国寡民的商品交换，成了无法忍受的桎梏，冲破大海藩篱去广阔空间寻求发展已是时代的迫切愿望。欧洲因为有了不顾一切积累财富的强烈冲动，在大航海中迈过了这道历史门槛，率先用近代文明取代了中世纪的愚昧和落后。

大概很难说是偶然的巧合。欧洲的大航海与其文艺复兴几乎是前脚跟后脚出现，在15、16世纪的欧洲，在漫不经心的观察者看来许多纷繁杂乱的前所未见的事物，都可以找出因远洋航海和地理大发现给欧洲带来的生活秩序的变化，及其对人们思想观念的巨大冲击。生存问题对那个时代的欧洲人来说，首先意味着要按照自己的意志去征服海洋，而在征服海洋的过程中也在大幅度改变欧洲的人文环境。大航海全面激活了西方的智慧，各类自然科学和人文科学领域的探索不可思议地出现大突破，近代思想家和科学家争先恐后诞生在这片土地上，许多直到现在还拥有难以磨灭的睿智的光芒。大航海既给工业革命提供了物质基础，也对工业革命提出了极为迫切的要求。更重要的是，从整个人类历史的进程来看，大航海开创了欧洲人的海权新时代，人类活动的舞台从大陆转向海洋，改变了东、西两个半球被海水分割开来的格局，也改变了原来大陆各区域在封闭状态下踽踽独行的局面。大航海引发的商业革命，通过以西欧为中心的世界贸易网把地球上分散的地区经济联系起来，形成了资本主义的世界市场，将所有的国家和地区都卷入了优胜劣汰的世界性竞争，或弱肉强食的世界性战争，不管你愿意不愿意都无法逃避。

毫无疑问，中国唐宋时期海外贸易的成长，也已经开始孕育孵化纵横海内外的商品经济。在宋代，经商者只要在官府挂个号，照章纳税，便可以自由出海，一度使私人海外贸易成为对外贸易的主体，还因此带动了造船、航海以及其他相关产业的进步，以及科技水平的迅速提升。到南宋时候，市舶收入已经成为国家财政的重要支柱，有效弥补了农业税收的不足。宋高宗因此说："市舶之利，颇助国用，宜循旧法，以招徕远人，阜通货贿。"

明代小说家凌濛初有一篇脍炙人口的短篇小说《转运汉巧遇洞庭红》，主人公便是一位"无心插柳柳成阴"的海外经商者。这个名叫文若虚的读书人，见别人经商获利眼红心热，毅然放下书本去做生意。他起初很不走运，无论怎么折腾都是"赔本赚吆喝"，几近囊空如洗，郁闷得不行。有几位朋友生怕他愁坏了身子，趁驾船去海外做生意，劝其随船搭载外出散心。他临上船，见太湖洞庭山出产的橘子甚是便宜，随手掏出一把散碎银子买得几筐"洞庭红"，以备海途解饥渴。不想，到了海外一个国家视这橘子为稀罕物，一再抬高价钱也挡不住争先恐后拥过来的买主，让他连本带利赚回不知多少倍的银两。在回程中，他舍不得抛出赚来的银子趸货，只带回当地人弃置海边的一只空龟壳，又被来中国经商的波斯人点破，龟壳内有十数颗夜明珠乃无价之宝，让其一跃成了富商大贾。这故事既反映了那个时代出海经商者的生活轨迹，也道出了那个时代人们出海经商的热切心声。

只是在我们这块背负沉重积淀的黄土地上，海上商品经济的嫩芽太过脆弱。明太祖朱元璋的一纸禁海令，咔嚓掐灭了海上贸易的发展势头，在其阴影下的远洋航海也霎时消失了帆影。历史学家评价，欧洲在海上崛起的时候，亚洲却在沉睡。落下郑和远洋风帆之日，即是中国进入沉睡状态之时，原本独领风骚的造船技术，船尾舵、水密舱、多桅帆停滞不前，打造长44丈、宽18丈郑和宝船的奥秘也因之失传至今无法解密，更甭提自动航行的机器船取代风帆船的落伍了。中国四大发明之一的罗盘，也从替航海指路倒退至看风水，选择宅基地和墓地。特别是中国人被禁锢了的近代思维，让知识阶层都钻进皓首穷经的死胡同，蜕变为空疏的玄而又玄的概念游戏，在世界大变革前有气无力，销蚀了穿透现实、指向未来的锋芒。

明朝万历年间，利玛窦等欧洲传教士踏海而来，曾经给了中国人一次警醒。此人祖辈为意大利富有的药材商，身处上流社会，受过良好教育，熟悉欧洲那个时代的科学知识。他1577年参加耶稣会被派往远东传教，先在印度和越南布道，随后至中国继续传教，万历十年（1582年）抵达澳门。次年，获准入居广东肇庆，随后移居韶州，再由南昌而南京，辗转到达大明京师。他在中国一直行事低调，小心翼翼避免冒犯中国人目空一切的自尊，有意迎合各级官僚的自傲和虚荣心，博得了一些好感。而真正的拿手好戏，是端出欧洲的科技知识和产品，满足了与世隔绝的中国人的好奇心理。他在南昌拜见江西巡抚陆万垓，展示三棱镜、钟表和欧洲记数法，众官员见所未见，闻所未闻，一个个惊奇得张开嘴巴合不拢。他来到北京，向万历皇帝进呈自鸣钟、《万国图志》、大西洋琴等耳目一新之物，还成功地预测了一次日食，让明神宗朱翊钧开了眼，龙颜大悦，敕居北京。

利玛窦在北京和南京的时候，还以自己的学术魅力，吸引了当时中国学术界几乎所有精英分子的注意力。明代著名科普著作家徐光启，同他一起将欧洲的《几何原本》翻译成中文，许多中文词汇，如点、线、面、平面、曲线、曲面、直角、钝角、锐角、垂线、平行线、对角线、三角形、四边形、多边形、圆、圆心、外切、几何、星期，以及汉字“欧”，就由他们联手创造并沿用至今。按理说，包括万历皇帝在内的政坛高层，面对科学技术知识如此巨大的落差，应当有所触动。无奈远离世界海洋的滚滚浪涛，闭关锁国的狭窄视野，无法从根本上打破自古传承下来的“中国中心论”，用“中华上邦”的高傲眼光俯视，所有这些皆“奇技淫巧”，不过聊博一笑，无法引动进一步的思考。利玛窦未能惊醒沉睡的中国，也未能惊醒沉睡的万历皇帝本人。

利玛窦以后，荷枪实弹的欧洲殖民者接二连三来到马可·波罗描绘的金色梦境里，而在农耕经济和封建制度古老驿道上徘徊不前的中国，此时已经让一些欧洲人觉得可以像对待美洲和非洲土著那样对待中国人了。1574年1月11日，有了解中国内情的西班牙人上书国王说：“如果陛下乐意调度，只要不到60名优良的西班牙士兵，就能够征服和镇压中国人。”1576年6月2日，西班牙驻菲律宾总督桑德也在给国王的信中说：“这项事业（指征服中国）容易实行，所需的费用也不多。”1586年4月，西班牙驻马尼拉殖民政府首领、教会显要、高级军官及其他知名人士聚集马尼拉开会，专门讨论征服中国的方案。据说与会者草拟了一份包含有11款97条内容的备忘录，由菲律宾总督和主教领衔，纠集51位显贵联名签署，上报西班牙国王。这份文件还特别提到战争中应注意的问题，派出的兵力数量不能太少，否则会被中国人包围。同时又要谨慎地选择远征的人选，改变以往太过野蛮的侵略方式，切不可因滥杀而使中国人口减少，“人口消失意味着财富的消失”。在侵占中国后，仍应保留中国政府，以保持它的繁荣和富裕。因此所有参加远征的人都应当明白这次远征并不是去对付敌人，而是去征服人心与获取财富，进入中国之后需采取谨慎和温和的方式，“不能对中国民众犯下太多罪行”……

说不清是幸还是不幸，这次足以促使中国从沉睡中猛醒的“温和侵略”并没有发生。西班牙的“无敌舰队”赴中国之前，先进行了一场远征英国的战斗。1588年5月从里斯本扬帆出航，英、西两军在靠近英国本土的海上展开激战。此时的“无敌舰队”共有舰船134艘，实力远在英军之上，只因海上情势变化莫测，加上西军傲慢轻敌和纪律涣散，整个舰队竟被打得七零八落。此后，荷兰又从西班牙统治下获得独立，国力不断上升，很快成为西班牙在亚洲强劲的竞争对手。荷兰殖民者斯佩伊贝格口吐狂言，要“派遣一支舰队和武装力量，直接到菲律宾，进攻在那里的西班牙人”。英、荷两国虎视眈眈，让西班牙自顾不暇，那个侵华计划被一再推延，直至流产。在后来西方列强侵略中国长长一串黑名单中，西班牙也因此没有排到主角的位置上。

笔者在北京逛街，有次误打误撞到了利玛窦的墓地。据介绍，1900年这块墓地曾被义和团砸毁，其后清政府依《辛丑条约》出资重修，还立了一块蒙受羞辱的“道歉碑”。文革期间，利玛窦墓又作为“洋四旧”被横扫，墓碑也被埋到地下深处。1978年有中央领导人批准重修，随后列入北京市文物保护单位。看来这座利玛窦墓是该保留，它给国人留下一段五味杂陈的历史，也给我们留下了对往事的无穷回味。中国从寻找世界到被世界寻找，竟会出现如此巨大的历史反差——中国寻找世界带去了多赢互利的“丝绸之路”，欧洲寻找中国带来的是列强的野蛮侵略。事实说明，在那个世界由中世纪向近代文明转型的关键时期，一个国家一旦失去寻找世界的兴趣，也就失去了继续前进的活力。我们这个积累了数千年文明的古国，此后竟被大西洋滚滚而来的波涛冲击得一塌糊涂，由此蒙受了一系列的国难和国耻。明、清两代的中国人对此没有深刻的反省，我们这一代中国人应该有比较深入的思考了。

马六甲，留在15世纪的一声叹息

明朝永乐年间，满剌加（今马六甲）国王因不堪邻国欺负，打破“宁为鸡首，不为牛后”的常规，自愿提出归并中国，成为大明王朝的郡县。朱棣拒绝了这一要求，而热心帮助其“封山立国”，充分表明中国自古与邻为善，绝不对外搞扩张。随后，郑和下西洋来到这里，两国采取互利合作的方式建立了一个货物中转站，类似现在实行联合经营的远航基地，在七下西洋中发挥了重要作用。可惜，大明船队消失后，中国便从这个货栈退出，蜷缩到了长城脚下。葡萄牙殖民主义者随即乘虚而入，强行占领了马六甲，我们的东南沿海从此无宁日矣。

一个远航中转站的漠然消失

马六甲海峡位于马来半岛与苏门答腊岛之间，西通印度洋，东接南中国海，是一条沟通西太平洋与印度洋的国际水道，也是亚洲与大洋洲的十字路口。该海峡呈东南—西北走向，长度为800公里，水深25至150米，状似一个硕大无比的喇叭，南端宽度仅65公里，向北至印尼沙璜和泰国克拉地峡之间宽度达249公里。1869年苏伊士运河贯通以后，缩短了从欧洲到东方的航路，马六甲海峡过往船只也急剧增多，成为世界最繁忙的海峡之一。目前大约担负着全球四分之一的海运贸易，同时也是中东和非洲石油运往东亚等国的重要通道，每年约有10万余艘船只通过，其中大多数是油轮。该海峡由沿岸的新加坡、马来西亚和印度尼西亚3国共管，其滚滚财源，成了这几个国家的“提款机”。

马六甲海峡因其重要的战略位置，不少国家都想把舰队开进来，一条堂而皇之的理由是打击海盗，实际想的是增强对这个战略要冲的控制力。美国根据其全球战略，将马六甲列为必须控制的世界16个海上咽喉之一。2004年6月，担任美国国防部长的拉姆斯菲尔德带领一批五角大楼官员专程来到这里，直白提出将该国的海军陆战队送到海峡内。在2005年召开的亚洲安全会议上，日本防卫厅长官也反复表达“进一步参与保卫马六甲海峡”的强烈愿望。而马六甲海峡之于中国，既是维护国家安全的重要关口，也是发展外向型经济的重要枢纽，特别是现在所进口的原油主要来自中东、非洲及东南亚地区，高达80%左右都要通过马六甲海峡。据测算，每天通过马六甲海峡的船只近60%都是中国的，在此遭遇海盗袭击的受害船只也数我们最多。有印度媒体直言不讳：“马六甲是中国的软肋。”

而笔者这里所要述说的，是马六甲与中国的一段历史渊源，它见证过中国由泱泱大国倒退至积贫积弱的一段重要历史，西方列强大多也是从这里打开了进犯古老中国的缺口。

马六甲在唐代便开始了与中国的交往，史籍记载其使者至长安进献五色鹦鹉，长安人称之为哥罗富沙。那时已经巨大到无法驶进幼发拉底河的唐船，一帆风顺往来穿梭于这个海峡。到了明代，该处被称为满剌加，这名字里还藏着一段寓意深长的故事。大约是14世纪末，当地有个名叫西利八儿苏剌的酋长，因被强邻武力胁迫到无立足之地，不得已带着臣民仓皇逃至紧靠海峡的一个小渔村。他们正在一棵大树下歇息，忽有一头小鹿被猎狗追逐至此，已经无路可逃。西利八儿苏剌正替小鹿捏着一把汗，小家伙若止步不前无疑会成为猎犬果腹之物，继续奔逃必然葬身波涛汹涌的海峡……不想，小鹿猛然回过头来，勇敢扑向敌手，同猎狗玩起命来，猎狗仓促之间不知所措，夹起尾巴狼狈而逃。西利八儿苏剌从中得到启示，挺身站起来对为数不多的追随者说：“看来，只要有足够的勇气，弱者也能打败强者！”他决定就在此处立国，因那棵给他带来转机的大树名为满剌加树，国名从了树名，称之为满剌加。

大明朝永乐皇帝刚登基不久，满剌加国王拜里迷苏拉因不堪暹罗等邻国的敲诈勒索，“尝羁事暹罗，而岁输黄金焉”。特地派使臣冒着被海浪吞噬的风险，不远万里来到南京，主动要求将该国纳入中国版图，成为大明朝廷直接管辖的郡县。他显然是被逼急了，连一国之君的尊贵都想放弃，甘愿做知州、知县一类朝廷命官，好跟着大明天朝扬眉吐气。但朱棣谨守乃父朱元璋留下的祖训，不要海外国家一寸土地，拒绝了将满剌加纳入中国版图的请求。但明确承认其藩属国地位，允许开通朝贡贸易，密切两国交往。他御赐双台银印，冠带袍服，敕封拜里迷苏拉为满剌加国王。还洋洋洒洒撰写一篇颇具大明时尚的韵文，命御用工匠镌刻在一块石碑上，“大书贞石表尔忠，尔国西山永镇封”。朱棣巧妙运用“软实力”，维护了满剌加的主权，也维护了该地区的和平稳定。

1405年7月，郑和第一次率领大明船队从江苏浏河港出发，辗转来到满剌加。他与满剌加国王来到王宫附近的一座风雨桥边，俯视来往穿梭于海峡中的船只，又仔细观察身边买卖兴隆的草棚集市，以航海家的敏锐眼光发现了这个海峡贯通东西两洋非同寻常的地位和作用。他向拜里迷苏拉郑重提出，在岸边租借一块风水宝地，建设大明船队东西两洋物资集散的货栈。这位国王本来就对大明皇帝心存感激，郑和船队来到以后又帮忙除却海中龟龙（即鳄鱼）、山中黑虎之害，还教会当地百姓一些匠作和农耕技术，改善"田瘦谷薄"的生存环境，更增进了举国上下对中国的好感。拜里迷苏拉同时也领悟到，此事于满剌加不但经济上有增加税收的实惠，还可以借大明旗号以立威，至少暹罗等国再也不敢小瞧了。双方共赢互利，很快达成协议，破土动工。跟随郑和下西洋的巩珍留下了这样的生动描述："中国下西洋船以此为外府，立摆栅墙垣，设四门更鼓楼，内又立重城，盖造库藏完备。"

这个货栈既类似商行，配备了专门人员就地买进卖出，包括采购永乐皇帝点名要的龙涎香以及其他番香、番药。同时，也是整个船队的集散中心，近3万人的船队至此既撒得开，也收得拢。郑和率领的主船队经占城（今越南南部）、爪哇等国而来，或先遣至暹罗等国返回的船只，都在此驻泊。并将沿途采办的物资及回航需用的钱粮入库封存，而后轻装前进，继续西行。待到遍访印度洋沿岸诸国，又回到这里休整。其他被派往沿途各地做生意的小分队，也按事先约定"先后迟早不过五七日俱各到齐"。然后将各国诸色物产及一应钱粮通行打点，装船封舱，等候风向一顺，便结队返国。从郑和留下的航海图来看，从南中国海到印度洋，直抵非洲莫桑比克海峡，满载而往，满载而还，长达28年来来去去，可以想见这个货栈发挥的作用有多大。特别是后来离岸航行，横渡印度洋，那么庞大的船队和人口数量，没有一个具有相当规模的远航补给点，显然是不可想象的。明朝人黄省曾在其《西洋朝贡典录》中称赞道："郑和至此，乃为城栅鼓角，立府藏仓廪，停储百物，然后分使通于列夷……智哉其区略也。"

至于这个货栈除增加税收及本地就业人口外，还给满剌加人带来哪些实际好处，也许是笔者孤陋寡闻，没有发现更多的具体记载。不过从双方越来越密切的友好关系，可以窥见一二。永乐九年（1411年），拜里迷苏拉主动提出要当面表达对中国皇帝的谢意，带着老婆孩子及540多名陪臣搭乘郑和宝船来到南京。朱棣给予很高规格的接待，除沿途有地方官府远迎高送，还亲自设宴奉天门接风洗尘，赏赐尤为慷慨。且留住多时，一日三餐好酒好菜，还安排丰富多彩的娱乐活动，只不知有无古代版的桑拿及卡拉OK之类。此后，暹罗、爪哇一有欺负满剌加的动作，大明皇帝都及时派人前去降诏，晓谕这些国家"无开兵隙”。正如《西洋列国考》一书所说：“满剌加所得保境息肩者，皆中国赐也。”

满剌加国还一度产生“大树脚下好乘凉”的感觉，企图依靠大明朝廷坐大，曾以武力与爪哇争夺旧港（今新加坡），双方在马六甲海峡摆开了战场。郑和率领船队及时赶到，居中调停，促使两国化干戈为玉帛。这件事从一个侧面说明，郑和船队往返驻舶满剌加，带动了这个国家的发展，使其在各方面的实力都得到很大加强，不然岂敢与身边的强国叫阵？同时，也说明郑和并未因此而在这些邻国中分出亲疏厚薄，坚持一碗水端平，规劝拜里迷苏拉罢兵息战。因此，大明船队在满剌加建立的货栈也受到远近国家的青睐，周围许多岛国慕名而来，同中国船队进行互通有无的商品交换。郑和的高大宝船与本地的独木舟相映成趣，曾经成为马六甲海峡一道亮丽风景线。

可惜，大明朝廷的文武百官目光如豆，无法认识这个货栈对中国长远发展的重要意义。他们中的很多人，只关注自己能否从郑和取回的西洋宝物中分得一杯羹，以炫耀其在朝廷享受的特权和满足奢侈享受的欲望，其余一概“不作为”。朱棣本人也只顾算计每次下西洋带回多少可以开展朝贡贸易的国家，向往的是远近番国都来觐见的盛况。因此，这个货栈只是作为郑和的个人行为，其命运也只能与郑和个人的命运相始终。郑和最后一次率船队下西洋，因朱高炽曾下令罢停远航，间隔了好几年时间，在满剌加的货栈原本欣欣向荣的“外府”、“重城”，已经人去楼空，几近荒废，让他很是伤感。沿途一些国家在中断交往后出现了不少新的变故，也让郑和忧心忡忡。他心力交瘁，不幸在归途中辞世，大明朝廷从此没了远洋航行，这个在远洋航行中诞生的货栈也漠然消失了。

时光并未过去多久，马六甲便在欧洲大航海中闪亮登场，骤然提升为世界最重要的港埠，成了所有新兴海洋国家的必争之地。中国在这里失去的，不只是一次走向世界的重大发展机遇，一个支撑今后继续进行大航海的远洋中转站，还失去了一道维护国家安全的重要屏障。欧洲先后崛起的海洋强国，陆续通过这个喇叭口，一个不落走进南中国海，用种种和平与非和平、正当与不正当手段，频频叩击中国自我关闭的大门。

马六甲，就这么着成了“中国的一条软肋”。

两个玩闹皇帝彻底抛弃马六甲之后

公元1498年，达·伽马横渡印度洋取得成功后，当时被中国称为“佛郎机”的葡萄牙人就在印度洋留下一支永久性的船队，用尽各种武力和恐怖手段开拓这块殖民地，包括将兜售海鲜的卡利卡特渔民吊死在桅杆上。但是，他们控制了印度洋并不等于能够控制这里流淌的财富，这让达·伽马很失望，也有些茫然不知所措。接替其担任葡萄牙驻印度总督的阿尔布克尔，经过一番周密观察和思考，发现那奥秘就在印度洋通向外边世界的几个海峡。他赶紧向国王报告，要实现本国垄断印度洋周围国家香料贸易的计划，应尽快攻占马六甲，控制东部入口；占领亚丁，控制红海入口；夺取霍尔木兹，控制波斯湾入口。而当时马六甲的重要性又在亚丁与霍尔木兹之上，控制了马六甲，在西边可以将印度和阿拉伯商人排除在亚欧航线之外，在东边可以控制通往南中国海和香料群岛的航线，牢牢把握东西方贸易的主导权。

葡萄牙人此时已经领悟到：要统治海洋，关键是占据海上那些重要隘口。

1511年，阿尔布克尔借口两年前他的军队进犯马六甲，曾有士兵被杀和被俘，他用特有的强盗逻辑发出一道最后通牒，马六甲必须释放该国被俘士兵，死者必须进行经济赔偿，并割让一块土地供葡国修建要塞。马六甲国王严词拒绝后，此人立即率领一支由18艘舰船和近1500人组成的舰队发起攻击，船上所有火力全开。当时的马六甲城大约有10万人口，拥有一批战船、火炮及近3万兵力。全城军民同仇敌忾，与侵略者展开殊死搏斗。但葡萄牙人皆海盗本性，既剽悍又狡狯，加上欧洲火炮威力甚猛，马六甲弹丸之地难以招架。城内军民只在刚开始略略占了些人多势众的上风，经过数天激战，便败下阵来。阿尔布克尔放任麾下在城内肆意烧杀抢掠，重点屠戮反抗最激烈的马六甲人，而有意留下居住此地却与本地人有积怨的暹罗人和印度人，通过分化瓦解，甚至挑动当地人互相残杀，让葡萄牙人很快在马六甲站稳了脚跟。

阿尔布克尔迅速在海峡两岸修筑要塞，布下重兵把守，紧紧扼住东西两洋贸易的咽喉。接着出台新的税收制度，所有来往船只无不课以重得不能再重的税款，或者索性连船带货物扣押、没收，甚至出动舰船明火执仗进行抢劫，将其贪婪本性发挥得淋漓尽致。此时，郑和船队及其货栈虽然消失了，中国一些往来印度洋沿岸国家的商船，包括例行的朝贡贸易，仍通过马六甲海峡在继续进行。打从来了阿尔布克尔这个恶煞神，所有经过这里的中国船不是被课以重税血本无归，就是遭遇葡萄牙人的抢劫和杀戮，人财两空。从此，中国船只再也不敢冒险去闯马六甲这道鬼门关，印度洋成了谈虎色变的畏途，汉唐以来开辟的海上丝绸之路渐渐成了遥远的记忆。

阿尔布克尔还以马六甲为中心，宣布对四周岛屿的占领，构筑该国庞大的殖民网络，搜刮金银珠玉和珍贵香料，运回欧洲高价出售。马六甲因此成了阿尔布克尔搂钱的耙子，美其名曰“葡萄牙王冠上的珍珠”。而马六甲人除惨遭屠戮，还备受敲骨吸髓的煎熬，民不聊生，苦不堪言。他们原来觉得威胁自己生存的只有两害：一为海中龟龙，二为山中黑虎。现在又多了一害，按史书说法，“今合佛郎机，足称三害”。他们走投无路，想起郑和率领的大明船队曾为该国剪除水中龟龙和山中黑虎，今日遭遇葡害，认准还得请大明朝廷前来除害。

照理说，马六甲当时名义上还是中国的藩属，出兵保护责无旁贷。大明天朝此时国威还在，国力也不算弱，打那个远离葡萄牙本土的阿尔布克尔应当不在话下。然而，赶上明朝正德年间，出了个不理朝政的武宗皇帝。他十分酷爱打仗，自封“威武大将军”，却对肆无忌惮欺负中国往来船只的葡萄牙人不闻不问，成天只在国内没事找事，带领一队兵马忽南忽北忽东忽西到处游荡，想出各种荒诞不经的花花点子取乐。1520年，马六甲使臣忍受风浪颠簸之苦来到北京，心急火燎乞求面见皇帝呈上十万火急的国书。这位正德爷却远在江淮某地，忙着自编自导自演一场荒唐的“战争游戏”。那一年，王阳明老先生干净利索平定了发生在南昌的“宸濠之乱”，将胆敢起兵造反的宁王及其文武大员一网打尽，这让爱打仗的皇帝觉得很不过瘾，饬令将所有抓来的俘虏通通放了，让他带了兵马重新去捉一回。他捉罢这些俘虏意犹未尽，又突发奇想，亲自驾船下清江浦捕鱼取乐，一不留神翻船落水，虽被捞起却呛坏肺叶，已经气息奄奄，根本无法接见马六甲使者，更不要说应其所请派兵出征了。

1521年，明世宗朱厚熜即位，史称嘉靖皇帝。马六甲人重新燃起希望，再次派出使者前来求援。不想嘉靖爷也是个玩闹皇帝，不过玩的非其堂兄舞刀弄枪的老套路，而是很斯文也很神秘的炼丹打醮。他一心祈求长生不老，连自家国事也懒得过问，哪有心思认真过问发生在马六甲海峡的事情？事实上，那时已有葡萄牙人陆续进入中国，并在广州等地引发骚乱，也因嘉靖皇帝及其身边的官僚集团都是榆木脑瓜，没人将这一切联系起来进行思考，认清发生在马六甲海峡的危险其实便是大明朝廷自身的危险。他在朝会上听罢远方来使的苦苦哀求，只派了个钦差大臣去马六甲与葡萄牙人办交涉，命其尽快归还马六甲，以为他的一道圣旨事情就妥了。殊不知葡萄牙人相信的是实力，并不惧怕大明皇帝的“天威”。阿尔布克尔见中国使者未带一兵一卒，只玩嘴把式，高傲地耸了耸肩，在鼻子里哼哼几声，让大明钦差从哪儿来还回哪儿去。嘉靖皇帝碰了一鼻子灰，有些气不打一处来，饬令暹罗等国出兵教训一下“佛郎机”。而暹罗人尚未忘记与马六甲的宿怨，更没有摸阿尔布克尔老虎屁股的胆量，对中国皇帝的旨意阳奉而阴违，最后不了了之。

但葡萄牙人却念念不忘马可·波罗描述的东方梦幻之国，而今已将印度和香料群岛收入囊中，中国自然成了下一个猎获目标。

据史料记载，1517年葡萄牙人皮雷士奉国王派遣，随一个叫费尔南的人率领一艘货船到达珠江口，并向广州当局露出葡国使者的身份。两广总督陈金遍查朝廷记录在案的西洋番国，并无一个叫“佛郎机”的国家，心里疑窦丛生，在给朝廷的奏折中特地言明“此人未可信”。皮雷士却使出手段，备了一份厚礼，拉拢驻守广州的三堂镇守太监宁城，通过走后门来到京城。只因武宗皇帝清江浦一失足成千古恨，葡萄牙和马六甲使臣都无缘一见，不然史书就可以留下侵略者和被侵略者在中国皇宫会面的一幕了。

在皮雷士等待中国皇帝召见期间，停泊在珠江口的葡萄牙商船也没闲着。那位费尔南船长混入广州城内，结交一些期望参与走私获利的地方官员，进行了不少秘密交易。此人还以做生意为掩护，在城内四处探听明军动静，搜集各类军事情报。据说，广州人过元宵节的时候，趁市民摩肩接踵、熙熙攘攘逛灯会，有葡萄牙人偷偷爬上广州城墙，数清楚城头上90个箭楼，还有箭楼中的兵丁人数。1520年，费尔南率先带领船队回国，向葡国国王禀报在中国获得的情报。他因此被当作“发现中国的英雄”，给了很高的奖赏。随后，由其弟弟西蒙率船队来到广州。西蒙生就一副强盗坯子，在广州附近一个小岛上建立据点，与各路海盗沆瀣一气，劫掠财物，贩卖人口，奸淫妇女，勒索商人钱财。甚至，还传出拐骗小孩挖心取肝的消息，闹得当地百姓人心惶惶。连后来接替他的葡人，也直言西蒙在广州犯下了“无穷的罪行”。

那时的中国还不是软柿子，守军曾出重拳打击这些无法无天的葡萄牙人。1521年8月，广东海道副使汪鋐率兵将一些葡萄牙不法分子包围在屯门港内，激战40多天，迫使这批葡国强盗趁雨夜分乘几条小渔船逃走。1522年，汪鋐所领导的明军水师又在广东香山县的西草湾与葡船展开海战，斩敌35人，俘敌42人，缴获葡船2艘。但明朝政府却因噎废食，再次严申海禁，不许一切外国船舶入境，不管做生意规矩不规矩的海外商人全都挡在国门之外，以为这样就能根绝外患，不想却种下了新的祸根。

葡萄牙人由此改变策略，将他们的种种不法行为本土化，或贿赂地方官员充当保护伞，或拉拢富商大贾合伙走私贩私，或勾结中国海盗登岸劫掠。重中之重，是寻找在中国的代理人，豢养一批吃里爬外的汉奸。还有一些葡萄牙人转向日本，广泛结交东瀛不法商户、失意武士、丧家浪人，以及无以为业的游民，向这些倭人提供欧洲先进火器到中国沿海捣乱。葡患与倭患合成一势，中国沿海乱上添乱。

葡萄牙人占领澳门的百年执著

西方依次崛起的海洋强国，都在实践中认识到，流动的海水无法让人驻足，要永久留在某一海域必须建立海上据点。这些国家在美洲、非洲和亚洲的东印度群岛都这么着，来到中国自然也不会例外。这也是葡萄牙人进来以后，给中国沿海形势带来的最大变化。以往前来骚扰的海盗，不论人多人少，只在沿海一带抢掠粮食、财物和男女人口，一般抢了就走，并不停留，更不敢轻易深入内地。大多是打一枪换一个地方，一拥而来，也一哄而散。葡萄牙人一来，直闯地方官府，进宫求见皇帝，摆出既来之则安之的架势。尽管这些兼有海盗和海商两重身份的葡萄牙人一再被地方官府拒绝，或被驻军驱赶，欲在中国拿下通商据点的念头，始终如一，从不放弃。

葡人最先看中的，是浙江宁波附近一个名叫双屿的海岛。该岛重峦叠嶂，树木葱茏，地势险要，明初整饬海防，专门派出官兵在此驻守。此后天下承平日久，朝廷武备废弛，岛上原有驻军不知不觉消失，只保留在地方官府吃空饷的花名册里。两个本地海盗头目，一个来自福建的李光头，一个来自安徽歙县的许栋，乘虚而入，占岛为王。葡寇和倭寇如苍蝇逐臭，闻腥即至，三股势力很快在此合流。他们既统御海上的不法生意，所有驶往海外船只都控制在其手中，一切走私贩私活动也都由其包揽；同时，又明火执仗当强盗，劫掠浙江、福建沿海富裕村镇，甚至攻州掠府，对抗官军。本地一些"富户大姓"欲从中分肥，不惜投靠这个中外盗寇联合体，有的为其打掩护，有的为其通风报信，踩点指路，窝赃销赃，闹得闽、浙沿海一带鸡飞狗跳，老百姓生命财产没有安全保障。

嘉靖二十六年（1547年），南赣巡抚朱纨奉旨赴浙江剿寇，并提督福州、兴化、漳州、泉州、建宁五府军务。他来到浙东，看出葡寇、倭寇和本地海寇结成势力盘踞双屿，是闽、浙沿海祸乱之源，决定拿双屿开刀，一举捣毁这个大匪窟。他先命一名副将扫清外围，逐步将双屿围困起来，等待时机收网。岛上盗寇有恃无恐，竟派人与刚刚抵达宁波城内的日本贡使互通款曲，企图里应外合，打明军一个措手不及。朱纨截获匪首密信，正好将计就计，深夜发动奇袭，将这匪窟踹了个底朝天。在双屿围剿战中侥幸漏网的李光头逃回福建，不久又伙同一帮葡萄牙人在自己家乡作乱，烧杀抢掠，无恶不作。朱纨带兵赶到福建，在闽、粤两省交界的招安将李光头及96名葡盗捉拿归案，应受害百姓所请通通斩了。本地一帮与中外盗寇有染的人，在双屿之战后骤失重利，无不怀恨在心，正伺机进行报复。此时，给朱纨安上“擅权滥杀”种种罪名，由一些地方官员出面，买通大奸臣严嵩，让嘉靖爷下旨“系狱论罪”。朱纨不甘受辱，愤然自杀，留下一声长叹：“剿外国盗易，剿中国盗难；剿滨海之盗犹易，剿衣冠之盗犹难。”

接替朱纨提督东南沿海军务的都御史王纾，深知盗寇内外勾结之害，索性集中打击勾结葡贼、倭寇的大小内奸，严密监视里通外国的“衣冠之盗”，外寇因此难以摸清岸上虚实，经常一登岸便陷入灭顶之灾。葡人在闽、浙的落脚点相继被朱纨拔除，又慑于王纾所部咄咄逼人的态势，不得已退出闽、浙，辗转回到广东境内。但葡盗与别的盗寇有所不同，除杀人放火、奸淫掳掠，还把在非洲贩卖黑人为奴的恶习带来，掳掠中国人口，进行转手倒卖。他们急于在广东找块牢靠地盘，囤积赃物，也囤积人口，靠近广东沿海的澳门岛，很快就成了他们的重点目标。

澳门在明代称为“壕境”，有时也写成“濠境”，本地人多称为“蠔境”。这里沿海一带盛产生蠔，生吃和煲汤皆称美食中的一绝，相传还可滋阴补阳，男人吃了壮阳，女人吃了美容，粤人无不喜好这一口。由此看来，“壕境”应是“蠔境”。澳门原属广东香山，即现在的中山县，因此也被称为“香山澳”。葡人究竟怎样登上澳门岛，并如愿以偿将其变成殖民地，直到上个世纪末才回归祖国怀抱。历来流传的说法很多，而所有的说法都证明了葡萄牙殖民主义者既狡诈又执著，办任何事情不达目的不罢休。

有一种说法，葡人曾以距澳门不远的某小岛为驻足地，但嫌地盘太小，海上往来障碍甚多，无法满足其日益增大的胃口，因而打起了占领澳门的主意。但因其劣迹斑斑，“佛郎机”这名字几乎成了魔鬼的代名词，大人听了牙齿打战，小孩听了咧嘴大哭。他们要了个心眼儿，欺中国人看白种人差不多都一个模样，听其鸟语也无法分辨哪是哪国话，更闹不清楚世界上究竟有多少国家。随便捏造了一个国家的名字，穿上奇装异服来到澳门，给驻守本地的海道副使送上一份灿烂夺目的见面礼，佯称是这个子虚乌有国家的贡使，只因海上风高浪大，海水漫进船舱，打湿了贡品，需要赶紧晾晒，请求允许在岛上停留数日。海道副使“得人钱财替人消灾”，笑眯眯点头应允。葡人一拥而上，先是搭起临时性的帐篷暂栖身，用揣在怀里又干又硬的面包果腹，装出一副落难的可怜相。及至看到澳门人并无多少警惕性，还不时送来同情的目光，索性垒墙盖屋囤积货物，埋锅砌炉烤面包烧牛排，赖在岛上不走了。

另有一种说法，抗倭名将俞大猷奉旨来广东剿寇，曾实施分化瓦解中外盗寇的方略，制订了投降可以免死，还放出“功成重赏其夷目”的话来。狡猾的葡人钻了这个空子，出卖了一股与其发生过摩擦的中国海盗，向官军通报消息，非常准确及时，博得了俞大猷的好感。还有一次，俞大猷部在海上追剿一船倭寇，倭寇走投无路，乞求葡人伸出援手。葡人做足了“惺惺相惜”的姿态，随即引来明军水师，将这股倭寇一网打尽。葡萄牙人积累了这些“功劳”，便找明军水师要奖赏，他们一不要金子，二不要银子，三不要粮食布匹，只求正式批准他们在澳门暂栖身，还拍着胸脯表示日后返回“佛郎机”即“完璧归赵”。俞大猷以为自己讲究信义第一，这些葡人也会一诺千金，便慷慨应允。谁知他们住下以后，再也不提归国这码事。

现在可以肯定的是，这些葡人在澳门站住脚以后，很快与马六甲及印度洋沿岸连成一气，开通了以澳门为转运中心的几条重要航线，既有正常贸易，也有走私贩私，还大肆掳掠人口，或送回本国为奴，或转送他处贩卖。当地官府见葡萄牙人如此胡作非为，态度也日益骄横，都气愤不过。有武员派兵船将澳门出入的海路一一堵死，不许葡人运载货物和人口的船只进出；有文员上书朝廷，历数葡人在澳门犯下的种种罪行，请求朝廷颁旨将其驱逐出境。这时的嘉靖皇帝吃了太多的长生不老丸，丹毒在体内发作，浑身燥热难当，虚火升腾不已，日夜忙着临幸宫中嫔妃，根本无法静下心来处理朝政，来自广东的这类折子一律留中不发。葡人闻讯赶紧装出笑脸，打点给地方官员送礼，喜爱钱财的送金银珠宝，贪图享受的送洋烟洋酒，嗜好美色的送上几个金发碧眼的小妞，以求彼此相安无事。

1582年，万历皇帝执政，因为喜欢上了利玛窦带来的西洋玩意儿，海禁便听之任之。广东本地官民人等跟葡人相处日久，似乎也见惯不惊，渐渐不拿葡人赖在澳门当回事。相传，满洲人努尔哈赤起兵攻打辽东的时候，大明朝廷还特地派人到澳门购买“佛郎机”火炮。葡人以此为资本，面见两广总督，要求取得在澳门的永久居留权。随后来到中国的荷兰人欺负葡国已经在走下坡路，欲将澳门夺归己有，抢占在华贸易的有利位置。葡人借口要抵御荷兰人入侵，大张旗鼓在澳门修筑城墙，设置寨堡，建立属于自己的防御系统，如此一箭双雕，打好了武装占领澳门的基础。此时中国政府惟一坚持的，是葡人照章缴纳租银和税银，在此违法犯罪的葡人也一律交由中国官府处置，算是守住了国家基本的主权。

到了清朝道光二十九年（1849年），中国经历了鸦片战争，露出了老大封建帝国百孔千疮的破败之相。本来已经沉沦的葡萄牙竟借英国势力，狐假虎威，停付澳门租金和税银，驱逐清政府驻守澳门的官员，在这块属于中国的土地上一切自行其是了。1887年12月1日，还由英国出面干预，迫使清政府与葡国签订了所谓的《中葡友好通商条约》，澳门从此成了葡萄牙货真价实的殖民地。

澳门的丢失之所以令人刻骨铭心，主要在于葡萄牙这样一个已经过气的小国，受了英、荷等海上霸主的挤压，已经从世界其他所占领的地盘退出，却能如愿以偿从中国掠走这么一块殖民地，一占一个世纪，真是匪夷所思。不能说，明清两代执政者都不关心国家安危，但他们只对来自西北边陲的危险保持了警惕，而忽视海上频频传来的警讯，特别是正德、嘉靖两位爷不把葡国占领马六甲当回事，结果让此处成了西方列强挨个入侵的漏斗，由此彻底改变了中国的命运。葡萄牙人在澳门突出的业绩，是将这个偏僻岛屿变成了世界驰名的赌场，听说现在境内居民赴澳门公干或旅游，多少都要掏点钱进赌场赌一赌自家运气。不知有此雅兴的同胞，在这块曾经沦为葡国殖民地的国土上，是否偶尔也会思索一下我们的国运。“人无远虑必有近忧”，澳门之失曾是一次很悲惨的应验，将来还会不会也在别的什么地方显出灵验来？笔者这点儿小小的提醒，自然不包括那些携公款赴澳门豪赌的贪官污吏，这些蛀虫的存在，本身就是国家的一个严重危机。

倭寇成为没落大明帝国的切肤之痛

区区70个倭寇从杭州湾穿州过府杀到南京城下，数百或数千把倭刀制造出一起又一起屠城惨案，闽、浙沿海曾一度尽为倭窟。抗倭军不但要对付凶悍的“真倭”，还要对付令人头疼的“假倭”，一时难倒了很多抗倭名将。胡宗宪编撰《筹海图篇》，戚继光辛勤整理记述抗倭秘诀的《纪效新书》，期望扭转有海无防的危险局面。而出身草莽荣登关白和太政大臣的丰臣秀吉，也在谋划将北京纳入日本版图，由他直接统治偌大一个中国。

汪直，亦商亦盗给大明朝廷带来的困扰

前些年，我国历史学界发生过一场重新认识明朝倭患的学术争论，身为中国人却与倭人联手为患闽、浙沿海的汪直，成为这场争论的焦点人物。

汪直，安徽歙县人氏，从小跟着父辈闯荡海洋，往返海外国家做生意，也顺手牵羊当强盗。他长大成人之后混迹江湖，投奔在双屿的海盗头目许栋，不久当上管柜，坐了第二把交椅。许栋与李光头同倭寇、葡寇搭上关系，汪直似乎特别青睐倭人，很快叽里呱啦满嘴倭语，从此与倭寇关系也越来越深。朱纨带兵进剿双屿，他侥幸漏网，远遁日本五岛列岛，收编被打散的残部，招募日本的武士、浪人，重新集结大小船只，继续往来附近国家亦商亦盗的干活，很快形成规模，蜚声中日黑白两道，被人尊为“老船主”。

日本一些岛主和武士集团看重汪直熟悉中国东南沿海情形，手中还握有不少直通官府的内线，无论海上走私贩私，还是去中国沿海登岸抢劫，都十分乐意与其携手合作。中国的濒海之盗与衣冠之盗则仰仗其有外国势力做依靠，里

外通吃，也争着抢着前往归附。史书上说，汪直这块“香饽饽”，“真倭”、“假倭”无不愿意与之结为死党。“真倭”指的是来自日本的倭寇，“假倭”指的是混迹倭寇队伍中的中国人。汪直领着这么一支杂牌军，有机会做生意便当商人，有机会抢掠便做强盗，左右逢源，手眼通天，财源广进，到了连日本天皇也不得不高看一眼的分上。他自己也因此敢拍着胸脯自称“徽王”，并传出“日本三十六岛皆听其指挥”的豪语。中国朝野上下因此视其为制造东南沿海动乱的祸根，从嘉靖皇帝到胡宗宪、俞大猷等剿倭官员无不恨得咬牙切齿，彼此在东南沿海较了多年的劲儿。

如何给这么一个复杂人物盖棺定论？国内学术界大体分成两派：一派认定他是“汉奸加倭寇头目”，应当打倒在地再踏上一只脚，永远钉在历史的耻辱柱上；另一派则认为他是“海商领袖”，“反海禁的先驱”，应该将颠倒的历史再颠倒过来。两派学者各抒己见，言之成理，持之有故，谁也不肯服谁。这一争论还延伸到汪直的安徽老家，演变为一场立碑与砸碑的纠葛。那是2005年，有个日本人自愿拿出一笔钱，要在安徽歙县为汪直修建墓园，以表彰其沟通中日贸易的历史功绩，牢记这个象征两国“友谊长存”的历史人物。这年月正盛行“名人效应”，热衷捣鼓“名人经济”，当地政府很快有了“历史搭台，经济唱戏”的策划，要把这个墓园搞成一处新的旅游景点，让死鬼汪直为今日家乡挣钱。浙江丽水和南京有两名年轻大学教师闻讯大怒，今日中国，青天白日，朗朗乾坤，居然还有人敢为大汉奸和大倭寇树碑立传，是可忍，孰不可忍！两人自费来到安徽，愤然将刚立起来的汪直墓碑砸了。这消息传播开来，社会上一时热评如潮，自然有喝彩的，也有喝倒彩的，当地政府一时左右为难，颇为尴尬。

事实上，汪直既是海商，又是海盗，如前面所说有机会经商便经商，有机会抢劫便抢劫。对照一下欧洲的大航海运动，这似乎是那个时代的一种普遍现象，并非汪直一人独有的原罪。西方国家参与地理大发现者、往来海外做生意者，海商、海盗一身而两任是很寻常的事情，哥伦布、达·伽马、麦哲伦概莫能外。至于那时的日本，该国历史学家井上清在《日本历史》一书中也直言不讳：“武士，浪人乃强盗本性。”这个东瀛岛国土地面积狭小，资源贫乏，本身就具有向外扩张的强烈冲动。世界大航海以来，日本自然跟着时代潮流走。井上清在书中这样描述当时的景况：“既是自由贸易的商人，又是海盗的倭寇，仍旧使用挂着八幡大菩萨的旗子，叫做八幡船的小船，不怕狂涛巨浪，不顾幕府的禁令和明朝的取缔而活动。”

日本民间进行自由贸易的商人如此，由幕府出面进行的“朝贡贸易”或曰“勘合贸易”也如此。嘉靖二年（1523年），日本国左京兆尹大内氏和右京兆尹细川氏同时派人来中国入贡。两拨贡使前脚跟后脚到了宁波，双方发生“争贡风波”，互相动手打了起来。大内氏的贡使宗设追杀细川氏的贡使宋素卿，从宁波到绍兴，一路烧杀抢掠，既劫钱财，也劫人口，并迫使被虏者亲属拿银子赎人，无赎银者便带回日本为奴。宁波驻军出面拦击，两名指挥官都死在宗设手下。还有一个名叫周良的日本贡使，因来中国入贡太勤，市舶官员责其违反“十年一贡”之约，连船带人带货物“礼送”出宁波，让其歇在附近的海岛上，坐等三年五载之后的贡期。周良担心货物受损，暗里托付宁波的“富商大姓”将其贡品送往市场发卖，不想换回的银钱被经手人黑吃黑，翻脸不认这笔账。周良一气之下，带领手下人操起倭刀登岸劫掠，让宁波“加倍奉还”，带着抢来的钱物回国向天皇陛下交差。

认真想一想，亦商亦盗大概就是近代商品经济转型时期难以避免的一种乱象，如同资本的原始积累总是伴随假冒伪劣、缺斤短两、坑蒙拐骗、权钱交易，甚至制造谋财害命的毒奶粉、毒大米、毒蘑菇，等等。这种乱象对当时的明朝政府来说，既是社会秩序面临的严峻挑战，同时又是发展商品经济的难得机遇。如果那时的当权者能够直面海洋，妥善处置，遏制非法经商，引导合法经商，孤立和打击威胁沿海人民生命财产安全的内外盗寇，有可能将来自海上的危险转化为巨大的海上商机，大明朝必定出现另一番局面，中国此后的历史也许要重写。然而，大明皇帝们的封建脑瓜，缺乏处理这种亦商亦盗复杂现象的政治智慧和经济头脑。或者本性使然，压根就不愿意面对前途未卜的海洋，在内心深处断然拒绝同商品经济打交道。因此，一律将复杂问题进行简单化处理，外交上与日本办过几次交涉无济于事，便雷厉风行“禁海”，一禁解百难。

然而，大海是沿海人民最基本的生存资源和生存空间，正所谓“靠山吃山，靠水吃水”，岂能一禁了之？这种不分青红皂白的海禁，其结果“为渊驱鱼，为丛驱雀”，禁了海商迫使人们都去非法经商，禁了海盗迫使人们都去为盗。那些依靠走私贩私或偷盗抢劫为生者，在中国沿海被官军撵得鸡飞狗跳无处容身，便远遁至一些荒无人烟的海岛上。他们既要对抗官府稽查，防止别人前来打劫，还得寻找机会掠夺钱粮财物维持生计。眼看势单力薄，生活无来源，安全无保障，心里七上八下，时刻盼着有人收编。这便是汪直为何一呼百应声势越闹越大的重要原因，也是倭寇团伙中为何有时“假倭”多于“真倭”的奥秘所在。当然，“假倭”中还包括大量被皇室贵胄夺走土地，或不堪徭役、赋税重压主动放弃土地的无业游民，或已经落草为寇又被官军驱赶得走投无路的“山贼”。那是大明朝未能正确处理内乱的另一种危机，无需在此赘述。

笔者前几年创作长篇历史小说《铁血军团战将戚继光》，曾经接触过汪直及其海盗兼海商集团的一些史料。此人走私贩私当强盗有据可查，勾结倭寇侵扰我东南沿海、祸害众多无辜同胞，连他自己也承认是“万死之罪”，扣顶“汉奸”和“倭寇头目”的帽子并不为过。但他出身海商家庭，即使干了这么多不法营生，还一直惦着堂而皇之经营海洋贸易，也是不争的事实。汪直在日本五岛逐渐坐大之后，曾多次以这样那样的方式企图吸引大明朝廷的目光，甚至想着通过“戴罪立功”达到为朝廷接纳的目的。嘉靖二十九年（1550年），海盗卢七在浙东沿海抢掠战船，直犯杭州附近一个富裕乡镇，劫走大量妇女财物，停船在杭州湾的马迹山港，打算远走高飞。汪直主动率船队奔袭，俘获海盗船13艘，斩杀盗寇千余，并将生擒活捉的贼首卢七和被解救的妇女送与巡抚衙门。此后，地方官府遇倭寇登岸抢劫，暗中请其出动人马协助清剿，也能欣然应命。这么一个人，顺势拉上一把，也许真的就能弃恶从善。但在朝廷官僚集团的眼里，“一朝为寇终身是贼”，不论他怎样往好里表现，照样发兵进剿，必欲除之而后快。

嘉靖三十五年（1556年），倭寇大举进犯江浙沿海，不但来了大批“真倭”，也来了大批与汪直有瓜葛的“假倭”，其中包括其干儿子汪滶和侄子汪汝贤。当时出任江浙总督的胡宗宪与之交过几次手，总是败多胜少。浙江巡抚阮鹗还被围困桐城，陷入需拿银子赎脑袋的尴尬境地。胡宗宪不得已派身边幕僚去日本招安汪直，事先还从牢狱中放出其老母、妻子，发还其老家被抄物资，营造招安氛围。汪直喜出望外，提出只要允许开展海上贸易，“吾亦欲归尔”。他还分析了日本那时的现状，老天皇已死，新天皇年幼，各岛互不相摄，正闹着内乱，几乎民穷财尽，到了崩溃边沿。只要大明朝廷答应继续与日本开展“厚往薄来”的勘合贸易，通关纳税，不失贡期，他愿派人逐岛“次第晓谕”，让那些岛主各为禁制，使倭寇不得再去中国跋扈逞凶，“所以不战而屈人之兵者也”。从这些话中可以看出，这人还是很有一些见识，归顺之心也溢于言表。当时派出的使者也满口应承，使其疑虑尽消，幡然来归。

汪直跟着胡宗宪的亲信从日本来到舟山岑港，一边做开市通商的准备，一边将干儿子汪滶招来面授剪灭倭寇的锦囊妙计。汪滶依计行事，先是暗中指点官军攻击进犯瓜洲、上海、慈溪的“真倭”，擒获了倭寇头目四助四郎等，迫使真倭残余逃遁海上。接着通过离间之计，分化陈东、徐海、麻叶几个海盗头目，让其互相猜疑，发生内讧。胡宗宪暗中调集兵马，在南运河中将其一网打尽，立即斩了捉拿归案的倭寇头目，也斩了表示愿意归降的海盗头目陈东、徐海、麻叶等人，连主动撤去桐城之围放还阮鹗者，也不能免死。汪直闻讯十分震惊，开始怀疑朝廷招安的诚意。当胡宗宪派汪滶带着朝廷奖赏的金银去舟山，请其

"荣归故里"，他固守岑港不肯挪步。汪激向干爹表示，胡总督还是有心成全干爹的归顺，朝廷论功行赏也很大方。汪直连连摇头说："你何愚也！吾不在官府手中，他们当然会厚待你；吾若落到官府手中，阖门死期至矣！"然生米已经煮成熟饭，开弓没有回头箭，他提出要一"贵官"来岑港做人质，以表明朝廷说话算话。胡宗宪将身边爱将夏正送来，汪直这才放心去了杭州。

然胡宗宪尽管有心善待汪直，嘉靖皇帝却不肯答应，还急着要用他那颗贼头祭奠皇陵，向列祖列宗报告"东南倭患已除"的大好消息。那些过去与汪直有染的权豪势要也不肯答应，生怕留下这个活口会泄露他们以往种种见不得天日的勾当，请杀汪某的折子雪片一般飞进京师，话都说得冠冕堂皇。有个叫唐枢的刑部主事力挺胡宗宪，主张刀下留人。他在一封信中说出一番道理："汪直自愿招喻岛倭，以夷制夷，立功报效，坐地方安堵东南赋税之场，复旧生理，似亦便宜良计，实为利之大者。"胡宗宪想保汪直，也是目睹了这人在平倭中无人可以替代的作用，至少可以让他本人在抗倭总督的位置上坐得安稳些。但来自朝野上下的压力太大，"通贼"的罪名随时有可能落到自家头上。他惟恐招来满门抄斩的大祸，竟置爱将夏正生死于不顾，将汪直"就地正法"。汪直受刑时大呼："吾何罪？吾何罪？死吾一人，恐苦两浙百姓。"果然，不幸被其言中，从此闽、浙、粤诸省倭乱不断，东南半壁江山又无宁日。

应当说，这是一个很典型的案例。在这个事件中，明朝政府容不下的，不只是汪直这样一个异类，还有他憧憬的海上贸易。而明朝政府失去的，也不只是泱泱大国绝对不可失去的信誉，"去食去兵不可去信"，还有扭转海上被动局面的一次绝好机会。在此后的倭乱中，中国不但停止了同日本的一切贸易，与琉球国的交往也受到严重影响，有琉球国派往大明天朝的贡使，居然在中途被倭寇掳掠而去，使得往来中国成为琉球人的畏途。日本商人在中国海域绝迹潜踪之后，一些敢于冒险的日本人，联络葡萄牙和西班牙人开辟新的交通线，调转方向去海上其他地方谋发展。中国的商人也纷纷逃身海外，在东南亚一些国家落地生根。此时，来到南中国海周边国家的欧洲人，香料、茶叶、丝绸、瓷器生意做得非常红火，在商品流通中大获中国高端产品之利。而中国自身的海上贸易却不断萎缩，原来设立的几个市舶司几乎门可罗雀。当西方国家海洋财富猛增，黄金、白银多到不得不贬值的时候，大明朝廷仍停留在凭升斗计量大米、小米给各级官员发俸禄。濒临海洋的中国撒手放弃海上主动权，又一次尝到了苦果，却远非最后一枚苦果。

1564年，福建巡抚谭纶上折子恳切陈词："世人滨海而居者，不知其凡几也，大抵非为生于海，则不得食。海上之国方千里者，不知其凡几也，无中国续绵丝帛之物，则不可以为国。御之怠严，则其值愈厚，而趋之愈众。私通不得，即掇夺随之。昔人谓，弊源如鼠穴，也须留一个，若还都塞了，处处俱穿破。意正如此。”谭纶在这里用了一个很通俗的比喻，堵死所有老鼠洞，有可能处处都成老鼠洞，道出了实行海禁的弊端。稍后，接替谭纶的福建巡抚许孚远也痛陈，“市通则寇转而为商，市禁则商转而为寇”，呼吁朝廷开放海禁。朝廷扭扭捏捏，只允许在福建泉州的月港实行有限度的开放，还不许外地人参与，即使本地人也凭“船引”进行总量控制，欲开还禁。到了天启年间，荷兰人来中国叩关，朝廷立刻颁旨“以有红夷，遂严海禁”，堵死了刚打开的一丝门缝。

拍案惊奇：70个倭寇从杭州湾杀到南京城下

让堂堂大明王朝真正汗颜的，还是区区70个倭寇长驱直入，从杭州湾一路杀到南京城下。这可是大明朝的留都，开国皇帝朱元璋陵寝所在地，朝野上下也因此玩了一把心跳。

那是嘉靖三十四年（1555年），这伙真倭乘船来到杭州湾，从上虞爵豁千户所登陆，进犯绍兴一个名叫高埠的乡镇。绍兴知府刘锡和千户徐子懿还算有所警惕，立刻领兵赶来围剿。倭寇逼乡民扎了木筏，借夜色掩护渡过东河，突围而出。随即经杭州城西劫掠昌化，窜至严州淳安，再突入徽州歙县、绩溪，然后过泾县，达南陵。在南陵县城附近被当地军民发觉，70倭寇索性大开杀戒，纵掠城内外。建阳指挥廖印、芜湖县丞陈一道、当涂县丞郭耿郊、太平府知事郭章，都主动领兵救援。敌我双方在南陵县城东门外对阵，倭寇以寡敌众，全无惧色。廖印率人引弓放箭，倭贼竟伸手接住迎面飞来的利箭，力挽强弓回射。建阳和当涂的人马原是临时凑合起来的乡民，从没见过这般阵仗，都以为倭寇会使妖术，无不惊慌失措，顷刻溃不成军。惟陈一道率领的芜湖民兵多江湖健儿，阵前没有露怯，与倭寇展开搏杀。但这股倭寇全是专门经过杀人训练的武士、浪人，手中倭刀也用当时日本最好的钢材打造，不少芜湖健儿包括陈一道本人都惨死在他们的鬼头刀下。陈一道的儿子陈子义哭着扑将上去，用自己的粉身碎骨为父亲留下一具全尸。

70倭寇血洗南陵之后，随即窜向芜湖。芜湖百姓紧闭城门，守在城头用石头、砖块拒敌。倭寇预感此处不可久留，转攻太平府。太平府军民迅速截断桥梁，在岸边列阵以待，大声呐喊着壮胆。倭寇匆促间无法渡河，便沿河而下，直奔江宁。江宁指挥使朱襄率数百人早早出城候敌，倭寇却趁官兵开饭之际，出其不意掩杀过来，竟致数百官兵全部被歼，朱襄本人也身被数创坠马而死。群倭抖擞精神，来到离南京不远的秣陵关，把守此关的千余明军将士惊慌失措，不战自溃，弃关而逃。贼人高举倭刀一路杀掠，嗷嗷叫着直扑南京城，因见城内有所防备，即使攻进去大概也出不来。旋即转身出秣陵关，流劫溧水、溧阳，奔往宜兴、无锡。他们深入中国腹地转了一圈，打劫了那么多地方，同那么多中国军民进行过较量，依然体力充沛、贼气旺盛，一昼夜急奔180里，抢占靠近无锡的浒墅关。应天巡抚曹邦辅担心其与盘踞柘林的另一股倭寇合流，赶紧调集各路兵马四面合围，就地将其歼灭。最终仍是歼而未灭，少数残贼经太湖入东海，在大风大浪中逃之夭夭。

《明史纪事本末》用史家笔墨概括这次事件："贼自绍兴高埠流劫杭、严、徽、宁、太平，犯南都，六七十人经行数千里，杀伤无虑四五千人，历八十余日始灭。"白纸黑字，触目惊心。第二次世界大战期间，日本人在侵华战争中制造南京大屠杀，30多万南京老幼妇孺惨死在其屠刀之下。日本一些右翼分子至今死咬谷寿夫师团长手下人、刀数目，还有打造日本军刀的钢材质量，以此辩解杀不了那么多南京人，以此否定发生南京大屠杀的可能。这些日本右翼分子不妨看看数百年前他们老祖宗的杀人"本领"，"六七十"与"四五千"是多大的比例，这还不计这个岛国杀人本事的与时俱进哩。当然，作为当今时代的中国人，我们也不能仅仅停留在对这些历史事件的悲愤声讨中，应当"知耻而后勇"，着重从自身检讨数百年来为何屡屡被日本侵略者得手的原因。

抗倭名将戚继光与倭寇周旋时日最久，熟知倭寇底细，曾经从这样几个方面总结，倭寇其实并不可怕。一是倭寇远隔重洋，依靠小小八幡船往返，最大举动也不过一两万人，而且大多集中在沿海某几处地方，可以严阵以待，聚而歼之；二是倭寇只惯使刀，战在五步之内，戚继光就地取材，用带枝杈的竹筅及与之配套的鸳鸯阵便可将其制服，唬得许多倭寇连睡梦中都会惊呼"戚老虎来了"；三是明军火器比较实用，而倭寇从葡萄牙人手中得来的"佛郎机"大炮，在江南河网密布、水田泥淖间施展不开；四是倭寇的风帆船依靠春秋两汛，但凭信风来去有时，一切可在预料中，一切也可在掌控中；五是倭寇髡发跣足，袒裸跳踉，比起那些穿戴皮革盔甲、骑着高头大马的蒙元大汉容易对付多了。既然如此，何以会发生70倭寇直捣南京的咄咄怪事？那原因其实就在明朝中后期只顾禁海不顾守海，致使有海无防，倭寇进入中国沿海一带常常如入无人之境。

朱元璋时代，在颁布禁海令的时候还比较注重海防。洪武十七年，他命汤和筑山东登州（今蓬莱）至浙江沿海59城，并在沿海险要处遍设卫、所，配齐兵丁和相应舰船，防备倭寇骚扰。接着又命周德兴去福建，筑闽省沿海16城，从福州、兴化、漳州、泉州四府民户三丁取一，为沿海卫、所戍兵。终洪武一朝，总共在辽东、山东、南直隶、浙江、福建，广东等地，设立了58卫及89所，置兵数十万，有舰船千余艘，大致在沿海形成了一道严密的海防线。在广东，有东、中、西三路全面扼守；在福建有漳州铜山、泉州浯屿、兴化南日、福州小埕、福宁烽火门五大水寨，锁住各处海口；在浙江，有金乡、磐石、松门、海门、观海、临山六卫，将浙西、浙东置于严密监控之下；在南直隶，苏州、松江两府置重兵专防海，常熟、镇江两府置重兵专防江，崇明岛置重兵扼守海口；在山东，以登州为重点，与东、西两翼卫、所互为声援之势；在辽东，自天津抵鸭绿江1000余里，置守卫，宿重兵，海陆兼防。

永乐年间，朱棣不但有效巩固了这套海防体系，同时建立了沿海守军防倭、剿倭的责任制。平江伯陈瑄忠于职守，一次巡查东海沿岸，发现数股倭寇都有登陆打劫的迹象，及时在龙须岛、桃渚、赤坎寨、胡家港、老鹰山等处设下埋伏，迎头痛击来犯之寇，取得很好战果，朝廷慰勉有加。福建抗倭总兵童俊驭兵无方，玩忽职守，被倭寇攻破定海及福州右卫两个千户所，朱棣断然下旨砍了他的脑袋。重奖严罚，军纪肃然，将士皆肯用命。永乐十七年（1439年），辽东总兵刘江在金州附近的望海埚大败倭寇，斩首千余，活捉数百，给了倭寇一次毁灭性打击，“倭自是不窥中国者数十年”。

大概是物极必反吧，倭寇威胁没了，海上防御的警惕性也没了。明朝中后期接连出了那么几位不务正业的皇帝，朝政荒废，兵备不修，以祖宗传下的海禁替代海防，从此很少有人过问海上安危。有史料说，嘉靖年间明朝各类兵员人数，花名册上与正统年间相差无几，实际仅剩下一半，另一半被各级文武官员吃了空额。海防系统随着时日迁延也全面瘫痪，如福建五大水寨至嘉靖年间已经破败不堪，昔日战船十不存一。当倭寇从海上蜂拥而至，欲拦击于海上却无拦击的手段，只好瞪眼看着倭寇成群结队登岸，曾暴发万余倭寇围困仙游的大倭乱。嘉靖三十六年（1557年），倭寇进犯浙江慈谿，因有海无防，知县柳东伯不知所御，携一家老小及官符印信逃匿，城内居民被残杀者不可数计，所有富户也都被掳掠一空。浙东民怨因此沸腾起来，纷纷要求严惩临阵脱逃的柳某，朝廷亦决定治其死罪，以儆效尤。柳东伯理直气壮为自己辩解：“无防可守，叫本官如何守得住?”朝廷官员听了也自觉有些理亏，只得饶他一死，削籍为民了事。

嘉靖时候有一批抗倭名将，朱纨、王忬、张经、李天宠、曹邦辅、胡宗宪、俞大猷、戚继光，皆非等闲之辈。但将军手下无可战之兵，好比巧妇难为无米之炊。如漳州至泉州沿海卫、所原有2500人，到嘉靖年间不到1000人，且多老弱病残，不少人行军走路都喘不过气来，哪能上阵杀倭？朝廷“平时不烧香，急时抱佛脚”，一朝被倭寇逼急了，便匆忙抽调各处维护地方治安所养之乡兵，如河南“毛葫芦兵”、两广“狼土兵”、山西“少林兵”、山东箭手、湖广漕卒等等，统称“流寄杂兵”。这些土得掉渣的军队往来长途跋涉，徒然劳民伤财，剿倭根本剿不到点子上。且因平时缺乏基本训练，亦无纪律约束，大多不战自乱，甚至“望风而逃”，反而滋长了倭寇的骄横。戚继光剿倭曾多次为手下“流寄杂兵”所误，不得已全部辞退，亲自从义乌招来3000猛士，严格训练成军，这才扭转了局面。

还有，海防基础设施，特别是舰船几乎损毁殆尽。朱元璋禁海时，曾征调大批民船纳入水师系列，然多少年既不保养也不添置，历经风雨剥蚀，水师几乎都成了无法下海的“旱鸭子”。还有要塞堡垒，府县城墙年久失修，也无人过问，任其颓废垮塌。戚继光等人与倭寇鏖战，不得不把很大一部分精力花费在筑城墙、修寨堡、建烽堠上。据史料记录的海上战况，倭寇利用其八幡船的灵巧在海上逞凶，明军水师竟奈何不得。还是戚继光经过很长时期的摸索，打造出福船、海沧船和艨艟船相互搭配的联合舰队，“犁”翻不少倭寇船只，这才让倭寇在海上有所畏惧。

胡宗宪组织指挥抗倭多年，留下一部图文并茂的《筹海图编》，有针对性地阐述了从实践中领悟的海防思想，发出“不审形势，不可以施经略”的呼吁。他在书中系统叙述中日历来的交往，倭寇劫掠中国沿海的历史，以及入侵的时间、路径、武器装备、战略战术，提出朝廷应有的平倭方略，基本的指导思想是御近海、固海岸、严城守，实行多层次防御。他据此提出海防布局的总体设想：其一，海防顾名思义，“必宜防之于海”，哨贼于远洋，击贼于近洋；其二，海防离不开官兵配合，沿海各府“协谋合捕”，击敌于将至；其三，海防需海陆并重，设防于海岸要害处，严加堵截，击敌于将登；其四，海防应有一定纵深，严守关键城池，实行坚壁清野，击敌于疲困。戚继光作为驰骋抗倭前线的将领，也留下两部兵书，同样海陆并重，实际是胡宗宪海防思想的具体化。结果，他们两人先后死在官场派系的倾轧和争斗中，一个被牵进严嵩的案子，一个受张居正株连，两人宝贵的海防思想和练兵之法也因此束之高阁，被岁月尘封。

戚继光的《纪效新书》，记录了民间一首《风涛歌》：“一声风，二声雨，三声四声断风雨……”大明朝的执政者听不进来自海上的风雨声，断掉的则是神州大地原本好端端的前途和命运，危险在一步步向我们的国家、民族走来。

丰臣秀吉，小日本吞并大中国的一次尝试

万历十九年（1591年），纠缠大明朝的百年倭乱暂告平息，西北边陲也因张居正苦心经营获得暂时安宁。不期"外患平而内乱起"，一场声势浩大的"窝里斗"爆发。万历清算自己的老师张居正，在一些人的怂恿下，从中央到地方上挂下联，清查与张居正有牵连的人和事，弄得朝野上下鸡飞狗跳，连戚继光等守护陆海边疆的功臣名宿也在劫难逃。紧接着，朱翊钧又与群臣展开"立储之争"，朝廷又乱成一锅粥。这位万岁爷曾一时性起，扯着拽着"临幸"了一位姓王的宫女，结下珠胎，生下皇长子朱常洛。按历朝历代规矩，皇后肚皮里爬不出儿子来，太子就该是他了。但集"三千宠爱于一身"的郑贵妃，前脚跟后脚生下皇次子朱常洵，万历爱屋及乌，便要弃长立次。群臣无法容忍皇帝乱了皇家章法，坚持"有嫡立嫡，无嫡立长"，彼此争得面红耳赤，唇干舌燥，谁也不肯相让。年轻气盛的皇帝一赌气，宣布"罢工示威"，多少年月不问朝政，不批奏折，连朝会也懒得举行了。

就在这个节骨眼上，朝鲜国王派使臣前来告急。有个叫丰臣秀吉的倭人，统一了日本诸岛之后，发兵侵略琉球国，随即进攻朝鲜，很快占领该国首都汉城，兵临北部重镇平壤，眼看就要跨过鸭绿江了。丰臣秀吉已经口出狂言，要将中国纳入日本版图，送其天皇来北京城视察"新领地"。这个晴天霹雳将万历皇帝和满朝文武大臣震蒙了，一个个哑口无言。他们都在心里嘀咕，倭寇不是被戚继光杀得惊呼"从此不敢窥视中国"，怎会眨眼之间又卷土重来？这个"蕞尔小国"历来以中国为师，也甘愿做中国的藩属，惦着从我们"厚往"他们"薄来"的朝贡贸易中占些便宜，怎么忽然张狂到要吞并堂堂中华上邦，让大明皇帝向其俯首称臣，莫非太阳从西边出来了？

其实，这正是大明朝廷弃海锁国、自我封闭的悲哀。大航海带来的史无前例的躁动，已经彻底打乱了整个世界的旧秩序，一切原来认为不可能发生的事情，这个时候都有可能发生。

丰臣秀吉1536年出生在日本爱知郡一个连姓氏都不配有的贫贱之家，胡乱姓了木下，发迹之后才改姓丰臣。其父原是日本大名主织田信长家一个等而下之的马前卒，因一次战斗受伤致残，不久伤重去世。其母带着他和姐姐改嫁同村一农民，该农民十分厌恶这个"拖油瓶"，叱骂之余还拳脚相加，迫使其在一座破庙里暂栖身。此人发迹是投奔了织田信长，在日本四分五裂、各岛名主互

相争斗中崭露头角。织田信长见其作战勇敢，在征服众多岛主的战斗中屡建奇功，将其破格提拔到了充当左膀右臂的位置上。织田信长死后，他乘势篡夺主人的家业，自成势力。旋即扶植日本天皇，挟天子以令诸侯，结束了日本的战国时代，确立了以他为首的全国性政权。

出身微贱的丰臣秀吉，随着地位攀升，权力膨胀，也无限扩张了野心。日本内战刚一结束，他立刻向外甥丰臣秀次和盘托出酝酿已久的侵略计划。大致意思是：你我如能席卷中国，当以大明朝廷关白（相当于首相）一职授你，现在就该动手做好一切准备。奉天皇陛下圣驾进入中国京城，可于后年行幸，届时将以中国京城附近10国作为圣上之领地。所有日本公卿的俸禄也将增加，其中居下位者将增加10倍，居上位者则视其人物地位而增……显然，这是要把日本的整个统治机构都搬到北京来，将日本的领土范围扩大到全中国，满朝文武去吃中国喝中国。丰臣秀吉还许诺外甥："你做了明朝关白，可将中国京城百国之地封你。而日本关白一职，将视大和中纳言及备前丞相二人情况，择而任之。"而丰臣秀吉自个儿的好处呢，甥舅两人心照不宣，当然是凌驾日本和中国之上的"跨国之君"了。

他们随即动员举国上下大治兵甲，大造战舰，大阪、京都全投入紧张备战。丰臣秀吉还向即将领兵出征的加藤清正和小西行长面授机宜，若直接进入中国北京，以朝鲜人为向导；若先进入闽、浙沿海郡县，则以熟悉那一带的日本人或当地人为向导。并且强调军事机密，不能外泄，特别要严防琉球国和朝鲜国人去北京通风报信。事实上，琉球和朝鲜早有人将其所言所行飞报北京，提醒明朝政府及早防范。然而，赶上万历皇帝正与群臣较劲儿，立长立次吵翻了天，谁也没把来自琉球和朝鲜传递过来的消息当回事。及至加藤正清和小西行长率20万大军，高呼"借道战明"，登陆釜山，攻陷汉城，占领平壤，马上就要跨过鸭绿江杀到眼面前了，这才惊出一身冷汗来。

1592年，大明政府决定出兵援朝，把倭人挡住在家门口。但万历爷自毁了令倭寇闻风丧胆的戚家军，辽东总兵李如松又远在宁夏平息叛乱，调动兵马已是捉襟见肘。兵部先派出1000兵马，刚过鸭绿江，就被日军嘁哩喀喳杀个片甲不留，连带队的游击将军也未能幸免。接着出动3000人，又中了加藤正清的"诱敌深入"之计，在平壤附近险些被"一锅端"。此后不得已调回李如松去朝鲜救急，凭借其丰富的作战经验，与加藤正清和小西行长巧为周旋，双方有胜有负，战争由此进入拉锯状态。

兵部尚书石星眼看付出惨重牺牲仍无必胜把握，心里有些发毛，提出停战议和的主张。李如松部疲于奔命，且伤亡惨重，也想停下来喘口气。而此时的日本同样被这场战争拖累得很苦，粮草和兵源难以为继，引发国内骚动不安，连九州大岛主家族内部都有人带头暴动。丰臣秀吉被迫同意和谈，双方算是不谋而合。明朝政府提出，日本必须上表谢罪，以维护“天朝上国”的尊严。同时要求日军无条件撤出朝鲜，保持朝鲜的领土完整，并送还被俘的两个朝鲜王子。丰臣秀吉也从实战中看出，中国委实太大，急切里很难一口将其吞进肚里，需调整侵略方针，细嚼慢咽，一步一步来。他提出明皇室要以一女嫁与日本国王为妻，重新恢复“厚往薄来”的勘合贸易，进而提出割让朝鲜三分之二的土地给日本，并要朝鲜以一大臣为人质确保今后永不“背叛日本”，目的仍在将朝鲜当成日后攻占中国的踏脚板。

这样一场比战场刀枪相见更为微妙复杂的谈判，遇上两个不堪的谈判代表从中搅局。石星物色了浙江嘉兴一个名叫沈惟敬的生意人，说一口流利日语，嘴皮子功夫了得，却是市井无赖一个，心里想的只是在谈判中为自己捞上一把。丰臣秀吉指定的谈判代表小西行长，出身商人家庭，也精于商业骗术。他在战场上没捞到多少好处，同样想着在谈判中多有一些个人的进账。这二位“志趣”相投，一拍即合，利用交战双方言语不通，各自欺骗自己的主子，让双方都相信可以在谈判桌上得到自己想要的条件，以此邀功请赏。他们要假戏真做，还迫使朝鲜派出代表帮着进行表演，不想中途出了岔子，原本设置好的骗局穿了帮，谈判因此彻底破裂。

1596年，丰臣秀吉陆续增兵14万、战舰数百艘，再次遣兵入侵朝鲜，盘踞釜山，逼近汉城。万历皇帝也再次发兵，同朝鲜联手与之对抗。起初，中朝联军接连失利，边打边退。还是新任兵部尚书邢玠另出奇兵，与日军鏖战海上，才算稳住了阵脚。1598年8月，丰臣秀吉病死，遗命从朝鲜退兵。此时双方死伤都很惨重，日军士气低迷，加藤正清战死，小西行长也筋疲力尽，被迫率残兵跨过冰封的大同江，向南逃窜。中朝联军趁势追击，最终在露梁海域以朝鲜将领李舜臣和明朝老将邓子龙等先后中弹牺牲为代价，歼灭敌船200余艘，歼灭日军万余，结束了这场战争。

万历皇帝因此兴高采烈，将这次援朝抗日及平定宁夏、播州（今遵义）之乱，名之为“万历三大征”，特地在午门外举行盛大献俘仪式，命群臣上表称颂，宫廷“文工团”表演“四海升平”之歌舞。但正如后人客观评价的，这其实是一场日本、中国、朝鲜三败俱伤的战争：“自倭乱朝鲜七载，丧师数十万，糜饷数百万，中、朝与属国迄无胜算，至关白死而祸始息。”

日本败后，用武力进行自我“反省”。德川家康杀了丰臣秀吉的儿子，灭了这个赫赫不可一世的家族，取而代之成为日本的实际统治者。此人开创的江户幕府，走向另一个极端，不但停止了向海外的扩张，还铲除西方传教士传过来的天主教，明确下达“锁国令”，严禁日本商船出境，漂流海外的日本人也不许回国，违者一律处以极刑。而中国压根就没有反省，但见日本消停下来，马上好了疮疤忘了疼，依旧以海禁替代海防，置海防要塞空壳化于不顾。只在天启年间，因女真人努尔哈赤侵犯辽东甚急，曾在辽东湾一个岛屿上布了重兵，还花了一些银子构筑工事，虽然其意不在防海，好歹让大海一隅得到了“严固”。不想守岛将领一日被杀，明廷马上下令从岛上撤军，再次漏出海上好大一个空当来。清代整理明史的一位学问大家这样评论：明朝虽丧亡的直接原因，看似不在海上，然海岛守军之大撤退，海上防范之大疏漏，“考古者不能无憾焉”。

可惜，接替明朝的清政府海洋意识的缺失，与前朝相比有过之而无不及，顺治、康熙刚一开国，马上又种下了置海洋于不顾的新祸根。

康熙放弃了千载难逢的历史发展机遇

明朝永乐年间，曾有50个倭寇闹得福州附近不得安宁，当地驻军首领童俊出了个“徙民避寇”的馊主意，奏请朝廷将沿海居民后撤5里地。明成祖怒斥这一愚蠢行为：“50个倭寇来犯后撤5里，500倭寇来犯不是要后撤50里吗?”万没想到200多年后，有“圣祖”之称的康熙在收复和统一台湾时，竟将清空东南沿海各地当成国策，颁布和实施长达20年之久的“迁界令”，不但给那时的沿海居民带来了一场大拆迁的浩劫，还将后世的中国人带进百年屈辱的痛苦深渊。

荷兰崛起，“海上马车夫”扬鞭进中国

笔者头次去荷兰，坐上跨越欧亚大陆的飞机，脑子里很快转出一个可笑的念头：到了阿姆斯特丹，要好好观察和研究一下荷兰人的红头发。荷兰人强占我台湾仅数十年，而“红毛”留在国人的印象里，数百年也挥之不去。我的计划自然落空了，现在的荷兰人不论男女，不是金发，便是青丝，偶尔见到几个红毛也是刻意标新的人为加工。那么，荷兰人何以会与“红毛”挂上钩呢？我猜想，也许是当年荷兰人或当海商，或当海盗，在海上风来浪去，日晒雨淋，原本从基因里带来的金丝被漂泊的日子染红了。如今荷兰人普遍享受社会高福利，连养宠物都可以得到国家补助，生活质量的变化有可能带来发丝质量的变化。要不就是那时的中国人既仇视又恐惧这些擅自闯人家园的强盗，将他们视为传说中既野蛮又凶恶的“红毛野人”，世代相传，以假乱真了。

荷兰在古欧洲，属于尼德兰的一部分，其含意为“低洼国家”。该国濒临大西洋，有一半以上土地低于海平面，完全依靠拦海筑坝抵挡海潮，开挖运河调

节水量，避免海水漫卷侵吞之患。这种地理环境显然不利农耕，优势是海上交通便利，到了欧洲大航海时代，其重要地位便很快凸显出来。17世纪初，人口不足200万的荷兰，拥有全欧洲商船总吨位的五分之四，相当于英、法、葡、西四国的总和。他们当仁不让，很快垄断了欧洲的海上贸易，17世纪前半期，法国贸易的大部分，德国西部的贸易，还有欧洲南北之间、欧洲与东方之间、欧洲与美洲之间的海上贸易，全掌握在荷兰人手里。甚至连英国与其殖民地的商贸，也由荷兰商船代运货物。小小荷兰也因此叫响了“海上马车夫”的称号，一时成了全球远近驰名的品牌。

该国通过世界范围的转口贸易获得巨额利润，积累了丰厚财富，一跃而为欧洲的金融中心，控制了周围国家的经济命脉。他们也因此萌发了充当海上霸主的野心，虽未刻意打造像西班牙那样的“无敌舰队”，每艘商船也都武装到了牙齿，毫不掩饰其杀人越货的强盗本性。1602年，荷兰人针对葡萄牙人在东印度群岛业已占据的优势，特意创立“尼德兰东印度公司”，由国会授予开战、议和、扩大殖民地、夺取外国船只、建立城堡和铸造货币等权力，直接挑战称霸亚洲的葡萄牙东方殖民帝国。1619年，他们越过马六甲海峡，攻下雅加达，自此便把这座城市作为向周围地区扩展殖民领域的据点。不久，完全控制了菲律宾以西整个印度洋区域的贸易，迫使葡萄牙退居中国澳门一隅。

该国在开拓海上贸易和殖民活动中，一直没有忘记遥远东方的中国。早在16世纪末，荷兰人巴伦支便开始探寻由北方通向中国和印度的航路，曾在北冰洋海域进行三次试探性的航行，后来人们便把那片海域命名为巴伦支海。1601年，荷兰武装商船来到广东附近海面，企图用武力要挟当地官府租地通商。广州地方官府严词拒绝，沿海驻军也防备甚紧，没能让他们实现登岸的目的。荷兰人欺负已经没落的葡萄牙，欲将葡人从澳门撵走，鸠占鹊巢。但此时葡国人已经在澳门扎下根来，岛上的中国人也看不惯荷兰人的霸气，压根就没让他们靠岸。荷兰人转至福建海域，用重金贿赂地方官员，提出租借澎湖作为通商基地，也被漳州官府断然拒绝。“海上马车夫”首次赴中国“扬鞭闯关”，竟不得其门而入。

到了明光宗，不知这位爷为啥那么偏爱当木匠，竟把这一业余爱好看得比做皇帝还重要，在皇宫内成天琢磨如何将桌椅板凳打造得超过八级技工的水平，国家大事一概置诸脑后。宦官刘瑾趁机乱政，朝纲大坏，国贫民穷，饿殍四野，老百姓纷纷起来闹暴动。1622年，荷兰人瞅准机会侵占澎湖，以此为据点，垄断了对日贸易，还拉拢一些中国人在沿海各处从事亦商亦盗的营生。郑成功的父亲郑芝龙，亦名郑一官，即是与荷兰人合作的海贼之一，专门负责在台湾海峡为荷兰人截击往返马尼拉的中国商船。当时在澎湖的荷兰人德韦特留下了这样的记载：“通事郑一官被派往北方去截击俘获一些船只。”

1624年夏秋之交，荷兰人架不住中国军民的驱赶，从澎湖退出来，转移至台湾的西南岸，窥视我们宝岛，被高山族同胞发现，用刀枪棍棒将其挡在海上。相传，荷兰人没敢轻易动粗，眉头一皱，玩起骗术来。他们派出通事登岸办交涉，手里还捧着一些散碎银子，在高山族头人面前可怜巴巴说：“我等是来自荷兰的老实商人，因遭遇海难，船只受损，不得已来到贵地。现在情愿拿银子换张牛皮，并请求暂且上岸歇歇脚。”憨厚老实的高山族同胞，以为这些“红毛客”只是想买张牛皮修补漏船，因而放松警惕，痛快做成了这笔交易。荷兰人不紧不慢将牛皮剪成一根细长的绳子，用其圈出好大一块土地，搬来石头垒出一座城池，还用荷兰语命名为“热兰遮城”，赖在这里不走了。接着，他们又用骗术得到一块土地，盖了另一座城池，名为赤嵌城。这看来有点类似“天方夜谭”，而荷兰人侵略占领台湾，连蒙带骗、软硬兼施，应是铁定的事实。

荷兰人在台湾站住了脚，立刻露出殖民主义者的狰狞面目，四处烧杀抢掠，搜刮宝岛财富，并用武力镇压敢于进行反抗的岛内同胞。他们与捷足先登的一些西班牙人也发生了冲突，彼此兵戎相见，大打出手。荷兰人趁机将势力范围从台湾南部扩展到台湾北部的基隆和淡水一带，随即占领了整个台湾。而此时的大明崇祯皇帝，虽然还算是个要强的人，但眼看内地烽烟四起，满洲铁蹄急急叩关，已是回天乏术，只能眼睁睁看着台湾落入“红毛”手中。

这时候，惟一可以牵制荷兰人的，反倒是与其有些瓜葛的郑芝龙。此人是那个复杂时代的一个复杂人物。他乃海商，也是海盗；既是地方官府围剿的对象，也是地方官府与荷兰、日本过话的中间人；他这边与荷兰人联手，那边与日本人过从甚密，还娶了个日本女子做老婆。他利用这种左右逢源的优势，剪除海上群雄，还把海上力量纳入地方官府体制，取得必要的制海权，有效掌控东西两洋的贸易。崇祯十二年（1639年），日本在德康家族的治理下闭关锁国，退出东亚海洋竞争。荷兰殖民者也不得已与郑氏家族达成海上航行与贸易协议，规定荷兰的对日贸易，需经郑芝龙将中国特产运至台湾，再转手给荷兰人，方能运往日本销售。郑芝龙的这些积累，给郑成功日后从荷兰人手中收复台湾奠定了物质和军事实力的基础。

经略海洋，郑成功收复台湾的底气

荷兰殖民主义者霸占宝岛台湾之时，正值努尔哈赤家族杀进山海关，并与南方反清复明势力展开白刃战。据说，荷兰人曾出兵帮助八旗兵围剿坚持反清复明的郑成功，被顺治皇帝高看一眼，曾特邀其访问北京，并给予一些特殊照顾。有英国人酸溜溜地说：占据台湾的荷兰人因帮助清军打击“国姓爷”，名之曰“平息叛乱”，赢得大清国的极大好感，这便是大清国对荷兰人比对英国人态度友好的一个重要原因。不管这话是否属实，郑成功的确曾处于清军及荷军陆海两面夹击中，历史也因此将中国收复台湾的重大机遇给了这位民族英雄。

郑成功反清复明，曾经有过很好的业绩。顺治十六年（1659年），为解残明永历皇帝之危，他统率17万水陆大军北伐，由长江口逆流而上，接连攻克瓜州、镇江及芜湖等重镇，直捣南京。有史料说，年轻的顺治爷听到这个消息吓得一脸惨白，一时六神无主，嚷着要收拾金银细软退回满洲去。还是孝庄皇太后一番呵斥，“怎能丢弃祖宗好不容易得来的江山？”令其猛醒过来。这位清国第一帝咬了咬牙，做出御驾亲征的决定，还拔出宝剑将自己坐的一把龙椅劈下一条腿，指天发誓说，不亲手灭了郑成功连皇帝也不想当了。镇守南京的两江总督郎廷佐，也使了一条缓兵之计，放出将率部投降的消息，却暗中派人出城搬来援兵。郑成功上当受骗，不但丢掉了势如破竹的进攻态势，还中了清军援兵的埋伏，蒙受了重大损失，不得不退回福建原有的根据地。

郑成功这次北伐虽功败垂成，还是严重挫折了清军在东南沿海的锐气，震动了在北京的满清统治集团。南明永历皇帝因此册封郑成功为世袭罔替的延平王，并赐姓朱，成了“国姓爷”。清政府恼羞成怒，加大了对郑家军的清剿，必欲赶尽杀绝而后快。随着各地南明残余势力逐渐被瓦解，郑成功承受的压力也越来越大，连他父亲郑芝龙也扛不住，不顾儿子的反对，给大清国上了降表。顺治皇帝眼看郑成功孤立无援，亲率八旗子弟穷追猛打，将其逼至厦门、金门几个海岛上，并使出各种围困手段，企图将郑家军困死、饿死在孤立无援的福建海边。

就在郑成功被清军挤压得几乎喘不过气来的时候，曾经给荷兰人当过翻译的何廷斌从台湾逃回厦门，投身郑成功麾下。此人献上一幅台湾地图，对郑成功说：“郑公为何不取台湾？台湾沃野千里，四通外洋，横绝大海，得其地足以应国，取其财足以养兵，蕃（指高山族同胞）受红夷（指荷兰人）凌辱，每欲反噬久矣，以公威临之，如使狼驱羊群也。”郑成功听了这话眼前一亮，健步登上厦门东端鼓浪屿的炮台，站在凸入大海的一块巨石上，凝眉遥望远处的台湾宝岛。有部属心存犹豫：“红夷既狡猾又剽悍，不是轻易对付得了的。”还有部属提醒：“弃守金、厦，进军台湾一旦失利，即无退路矣。”郑成功毅然拔剑东指，大胆做出从荷兰人手中收复台湾的决定。

顺治十八年（1661年），清朝开国第一帝莫名其妙去世，新登基的康熙年仅8岁，实际主持朝政的孝庄皇后又忙着调停满人内部各派政治势力的争斗，一时无暇顾及远在福建一隅的战事，给了郑成功一个调整战略方向的难得机会。他在这一年的3月23日，留下儿子郑经继续驻守金、厦，自己亲率25000将士，分乘数百艘战船，自金门料罗湾出发，经过澎湖列岛，出敌不意来到台湾鹿耳门及禾寮港附近海域，展开了从荷兰人手中收复台湾的伟大战斗。

郑成功曾跟随乃父与荷兰人打过一些交道，有联合也有斗争。早在明朝天启七年（1627年），郑家军就有过一场与驻台荷军的战斗，大败“红毛军”。此后不少时候，只要荷兰船在中国海域露面，大多为郑氏集团的兵船截获。这不但给了郑成功战胜荷兰人的勇气，也让其掌握了知己知彼的主动权。他此次复台选择的突破点，是荷兰人看来根本不可能登陆的一处僻静地方，出敌意料之外。待夜幕降临，悄然接近荷兰人驻泊在岸边的舰队，霎时炮火齐开，击中荷兰战舰“赫克托号”，顿时燃起冲天大火。在敌人慌乱之际，郑军登陆部队发动突然袭击，全歼了一名荷兰上尉率领的荷军，还切断了赤嵌和热兰遮两座城堡的联系。在赤嵌的荷军不敢撄其锋，龟缩到据点里固守待援。郑成功连续发动猛攻，迫使荷兰守军挂出白旗投降。接着马不停蹄将热兰遮城团团围住，勒令“红夷”滚回欧洲老家去。荷兰总督揆一致信郑成功，提出愿送白银10万两，请求郑军离开台湾。郑成功告诉这个红毛头子：“台湾者中国之土地也，久为贵国所据，今余既来索，则地当归我。”

荷兰东印度公司从巴达维亚调来援军，除600多名陆军士兵、11艘军舰的兵力以外，还为热兰遮城内守军带来大量军需补给，让揆一重新燃起反扑的希望。事有凑巧，停泊在外海的荷兰援軍突遭暴风雨袭击，不得已退至澎湖躲避风雨，其中还有一艘军舰不幸搁浅，束手就擒。郑成功乘势在海上发动进攻，击沉荷兰战舰两艘，俘获数艘增援船只，迫使荷兰增援舰队逃回爪哇。郑军在热兰遮城内居民配合下，用大炮摧毁了城头炮台，揆一被迫签下投降书，率500余残兵回了荷兰。郑成功这一壮举，就其历史功绩和深远意义而言，怎么估量也不会过分。正如在西安事变中立下不朽功勋的张学良所言：“丰功岂在尊明朔，确保台湾入版图。”

值得深入探讨的是，郑成功当时陆上有清政府严密的经济和军事封锁，海上有荷兰军趁火打劫，究竟靠什么与腹背之敌相持，最终取得收复台湾的胜利？1998年春夏之交，笔者赴厦门大学参加一个会议，曾与该校台湾研究所几位学者讨论这个问题。厦大学者翻出大量历史资料，原来奥秘就在郑成功继承乃父郑芝龙经营的海上集团，不断拓展海上贸易，积累了与强敌抗衡的雄厚资本。

郑氏父子经略海洋，虽然时间不算很长，却在政治、军事、经济诸多方面成功地实施了一整套海洋战略。

郑芝龙“从小习海事”，幼年跟随舅父赴澳门从事海上贸易，还到过马尼拉等地，在商业角逐中逐渐崭露头角。舅父遂命其随附华侨李旦商船，远赴日本独立经商，不数年也成了富商巨贾，还拉起一支敢与任何海上势力对抗的武装力量。郑芝龙此后以老家泉州安平镇为航海和经商基地，私下筑起一座城池，据说海舶可以直通其卧室，从床上跳到船上即径达大海。他还打破官方海禁，直接与葡萄牙、西班牙及荷兰人建立贸易关系。日本的货物也由其直接运到吕宋，转售西班牙等国。他的船队还经常满载丝绸、瓷器、铁器等货物，驶往柬埔寨、暹罗、占城、交趾、三佛齐、菲律宾、雅加达、马六甲等地贸易，换回苏木、胡椒、象牙、犀角等。在短短几年内，成为荷兰东印度公司在亚洲商业贸易最强大的竞争对手。同时，他还利用自己累积的权势和财力，垄断中国与海外诸国贸易，内客外商往来海上贩运货物皆用郑氏旗号，仅此一项，每舶例入三千金，岁入千万计，因之富可敌国，南明政权花银子完全仰仗郑氏家族。郑芝龙曾感叹：“三关饷取之臣，臣取之海，无海即无家。”

郑成功从小耳濡目染，深谙以海兴利和以海强军之道。他高举反清复明旗帜16年，尽管只占据金门、厦门等岛屿，却完全掌握了制海权，确保海上进退自如。而且不论战事如何紧张，从不耽误海上贸易，集中了一大批熟悉商务的人员与海外诸国做生意，并深入内陆广设商业据点，广泛积累资金，并开拓货源和兵源，进口盔甲、铳炮、刀剑等武器、筹备和积蓄后备军力。荷兰人在海上拦路劫掠，常常拦截郑氏及海外华人商船，郑成功多次派出水军舰船打击荷兰舰队，使出文攻武卫两种手段，迫使荷兰人停止对郑氏及华人商船的进犯。许多华商干脆领取郑府令牌和“国姓爷”旗号，作为海外经商的护身符。这些人知恩图报，也都慷慨解囊支持郑家军。郑成功在收复台湾以后，一方面命令自己的军队进行屯垦，确保兵饷来源；同时继续扩展海外贸易，增加台湾财富积累。因此，满清政府根本无法从财源、兵源卡住其脖子，台湾、澎湖也因此久攻不可得手。

此外，郑成功推行保护海外华人的政策，也开拓了积蓄海外力量的一个重要源泉。1647年1月，郑成功起兵抗清，转战中国东南沿海，曾多次帮助明室宗族与不愿归顺清政府的民众，渡海到台湾及东南亚各地定居。西班牙殖民者在占领菲律宾以后，两次大规模屠杀先期到达那里的华侨、华商，死亡人数多达5万余众，激起郑成功的无比义愤。1657年，他致函爪哇岛巴达维亚一个名叫甲必丹的华侨，命其停止与盘踞菲律宾的西班牙殖民者进行贸易往来，并提出率兵进攻菲律宾，惩罚欺负华侨的西班牙人。1662年，郑成功攻下台湾后，立即派遣使者至菲律宾递交给西班牙总督一封书信，谴责其杀戮掠夺华人的罪行，责令其改邪归正，并俯首向其纳贡。西班牙人不是省油的灯，继续我行我素，屠杀马尼拉华商。郑成功闻讯大怒，一面抚恤安置从菲律宾逃到台湾的华人，一面筹划带领舰队远征菲律宾，且派了人去菲律宾暗中与华人联络，做好里应外合的准备。可惜，他被儿子郑经一些狗屁倒灶的事拖了后腿，随之患上疟疾，不久病逝，留下遗憾。但流落海外的华人因此都成了这位民族英雄坚定的追随者，高度关心国家、民族安危，遗风余韵，至今绵延不绝。

郑成功同时以开放的心态吸纳外国人参加自己的军队，发展壮大他在海上的战斗力量。被欧洲殖民者贩卖到东南亚地区的黑人，不少都加入了他的舰队。还有一些被胁迫加入西班牙、葡萄牙及荷兰军队的非洲黑奴，跟随这些殖民者来到中国，其中也有不少辗转投奔到郑成功旗下。这些黑人士卒憨厚淳朴，虽军饷菲薄，却忠实可靠，且作战勇敢，还擅长制造火器，不少都是优秀的铳手。他们感念郑成功治军不分肤色一视同仁，全凭战功决定升赏，都铁心跟定了郑家军，其中有支由黑人组成的洋枪队，成了郑成功的贴身卫队。收复台湾那一战，还有黑人士兵主动劝降了一些侵台荷军，为中国收复台湾做出了贡献。

郑成功的海洋襟怀与海洋谋略，让他在荷军、清军的夹击中始终底气十足，不论反清复明还是收复台湾皆如鱼得水，充满“海上不败”的无限活力。清政府举整个大陆之财力、物力和军力，也奈何不了他。在他英年早逝之后，其子郑经虽被称为“逆子”，做过一些扯父亲后腿的破事，御兵、御将亦无方。但他仍能依靠乃父奠定的海上实力，同清军周旋了很长一段时间，并迫使康熙皇帝大动作“迁界”进行反制，也就是在山东、江苏、浙江、福建、广东五省沿海地带制造无人区。有史家感叹：“郑成功如坚守海滨，五省商民，不致有此流离破家之祸。”笔者再添上一点儿感叹：倘若清政府能认真总结和汲取郑成功经略海洋的成功经验，并借其势头走出一条海上发展之路，中国也许就不是此后的中国了。

可惜历史无法假设，前人将其写成啥样就是啥样。

康熙弃海千古败笔，不配称为“圣主”

康熙皇帝曾被世人称颂为“一代圣主”。有历史学家甚至称其为“汉文帝以来的第一个好皇帝，亦是一部二十五史中，惟一了解西方文明、尊重科学精神的一个皇帝”。当然如何全面评价康熙其人，不在本书叙述的范畴。但是，如果从海洋的角度来讲，特别就其“迁界”留给国家、民族的后遗症而言，这个评价就该打上一个很大的问号。

诚然，康熙坚持收复台湾，实现江山一统，应当高度肯定。1683年，他派遣施琅率领战舰300艘，精锐水师2万人，大举进攻澎湖。经过7天激战，逼退了郑经部署在澎湖的兵力。不久，郑经的儿子郑克塽派人前来乞降，清军顺利进驻台湾。清政府同时接受施琅建议，在台湾设一府（台湾府）三县（台湾县、凤山县、诸罗县），隶属福建省，在清朝中央政府的统一管理下，密切了台湾与大陆的关系。与此同时，康熙遏制沙俄扩张，亲征新疆准噶尔，击败噶尔丹，使蒙古土尔扈特臣服清朝，维护了国家的统一，也功不可没。

但认真回顾一下，台湾、澎湖当年的丢失，根子即在明朝政府对海洋的背弃。自文、宣之后，所有的大明皇帝，既对海上滚滚而来的巨大商机不闻不问，也闭眼不看从海上步步逼近的严重威胁，西方殖民主义者赶走这个来了那个，这个抢走这个岛屿，那个抢走那个岛屿，全都没当一回事儿。待荷兰人将偌大一个台湾岛从眼皮底下夺走，朱元璋的这些灰孙子们才傻了眼，然国运式微，已经没了脾气，只能以崇祯吊死在煤山的一株歪脖子树上作了结。照理说，以康熙之精明，在收复台湾的过程中，该很好反思前朝丢失台湾的深刻教训，认真思索老对手郑成功在海上与其长久相持的奥秘，从中好好领悟背海而衰、向海而兴的治国之道。敢于学习和汲取对手的长处，那才是名副其实的圣者。

说也奇怪，康熙有宽大胸襟肯定郑成功对前朝的忠诚，留下一副脍炙人口的挽联：“四镇多贰心，两岛屯师，敢向东南争半壁；诸王无寸土，一隅抗志，方知海外有孤忠。”但他却无开阔视野去接受这个老对手重视经营海洋的成功战略，而且反其道而行之，郑成功爱海他恨海，郑成功视海路为活路，他视海路为绝路。他在与郑家军多年的征战中，居然听了郑氏降将黄梧的馊主意，不但杀郑芝龙坚定了郑成功反抗到底的决心，还继续秉承明朝禁海杜绝民船通匪的败招，进而坚持实施长达20余年的“迁界令”，像赶鸡鸭一样，将世代久居海边的百姓全部撵走，制造了空前绝后的沿海无人区。

现在冷静下来分析，清朝开国之初在东南沿海颁布“迁界令”，无论从军事还是政治、经济的角度，似乎都找不出像样的理由来。惟一的解释，就是出身游牧的满清皇室贵胄，因对大海的陌生而产生了对大海的恐惧；或者是太过相信自已在兴安岭、长白山围猎的本领，以为只要有了沿海无人区，就好比在一片草原上张开了大网，逮郑成功会像逮围网中的狍子、兔子。康熙和乃父顺治被深山老林锁住的脑袋瓜怎么也想不到，你把大海当藩篱它就是禁锢你的藩篱，你把大海当通衢它就是任你纵横驰骋的通衢。

顺治十三年（1656年），清政府恼怒郑成功在海边神出鬼没，想够够不着，想避避不开，搬出前朝的禁海政策，严令“寸板不许下海”、“片帆不许入口”，不但禁止渔船、商船出海捕鱼和贸易，也禁止外来船只进入港口停泊，企图将郑家军困死海上。福建和广东沿海居民首当其冲，接着殃及到远在南海诸岛谋生的渔人和商贾，从根本上断绝了这些中国岛民的生计。“禁海令”推开后，虽然尚未强迫迁移，然沿海周环立界，“商贾绝迹”，连鱼盐小径都被堵死。岛上居民顿失生产、生活基本条件，不得不放弃家园内迁，或远逃海外谋生。我们先民本来经营多年的一些岛屿顿时变成渺无人烟的荒岛，这严重阻碍了国家、民族开发南海诸岛的脚步。

1661年3月，郑成功经澎湖顺利登陆台湾，一路所向披靡。清政府急了眼，立刻变本加厉，颁布更为彻底也更为残暴的“迁界令”。朝廷先是派人察看东南沿海地势，画出迁界图纸，随即吩咐两位满清王爷监督地方官府按图作业。头一次“迁界”，从山东至广东，所有沿海各处居民一律内迁50里，所有沿海船只悉数烧毁，片板不许留存。凡溪、河桩栅，货物不许越界，布置兵丁“时刻瞭望，违者死无赦”。1662年，即改元康熙以后，盘踞台湾的荷兰总督签了投降书，郑成功全面收复台湾，“聚岛欢庆”。消息传来，清廷气急败坏，再次颁布“迁界令”，勒逼从广东饶平、澄海、揭阳、潮阳、惠来至廉江、合浦、钦州24州县居民再内迁50里，除澳门外的附近海岛洲港，皆封港毁船，禁止居住。圣旨还谕令将界外地区房屋全部拆毁，田地不准耕种，渔民不准出海捕鱼，出界者立斩不赦。紧接着又下令东起饶平大城千户所上里尾，西迄钦州防城沿边筑墩台、树桩栅，派重兵防守。而迁界时限仅有3天，必须“尽夷其地，空其人”，不愿迁走的居民无分男女老幼一律砍掉脑袋。南粤大地顷刻亡者载道，哀鸿遍野，一片凄风苦雨。据粗略估算，仅粤东八郡死亡人数便达数十万。屈大均在《广东新语》中沉痛地写道：“自有粤东以来，生灵之祸，莫惨于此。”

就这么着，康熙还嫌“迁”得不彻底。1664年5月，朝廷又称“时以迁民窃出鱼盐、恐其仍通海舶”，下令再次内迁30里。原本不在迁界之内的广东顺德、番禺、南海及海阳居民，又上演了一轮家破人亡、妻离子散的拆迁悲剧。如此一迁、再迁、三迁，才把沿海无人区的界线基本定下来，最远距离有达二三百里者。那时也搞暴力拆迁，大小官员手持“迁界令”，先定下“迁界”的两端，用绳索拉直，作为铁定的界线。一些居民的房屋不幸建在界线上，划界从中间穿过，便被强行拆掉在界内的一半房屋，剩下半边能否住人，官家一概不管。有的还在界线上掘一深沟，以分内外，稍有跨越深沟、“走出界外者”，便是死罪。清廷派来的巡海使者到新会勘界，更以潮水涌至的河面定为划界的标准，竟然“逼城为界”，使得靠近城郭的肥沃田土全部抛荒。今日繁荣兴旺的广东新会环城、礼乐、江门郊区，那时也列入迁徙范围，一派“万户萧疏鬼唱歌”的惨状。

几次迁界，涉及广东28个州县，深入到田庐连片、农工商业发达地区，被迁士民数百万，抛荒田地共531万亩有余。迁徙之民被迫离开故土的时候，扶老携幼，流离载道，行乞街市，饿死病死，不计其数。江门水南诗人黄居石写有《徙村行》和《哀江门》，描述当时迁界的惨状。其中有这样洒满血泪的句子：“新朝防海不防边，威令雷行刻不延……惊看村前一旗立，迫于王令催徙急。携妻负子出门行，旷野相对啜其泣。孰无坟墓孰无居，故土一旦成丘圩。此身播迁不自保，安望他乡复聚庐。”

福建直接与台湾隔海对峙，执行“迁界”令自然首当其冲。福建官府起初以插旗为界，随即建立木栅、篱笆为界，后来划界的标准越来越高，要求也越来越严格。或是挖掘深沟堑壕，或是用泥土高筑隔离墙，再后来索性征发民夫大兴土木，将泥土筑成的隔离墙改筑为具有法律效应的界墙。同时，沿着界墙按一定距离设立寨和墩，五里一墩，十里一寨，建一寨需3000多两银子，建墩的花费约为建寨的一半。这笔银子朝廷不给，逼着当地百姓自掏腰包，“拷掠鞭箠，死于奔命者不知凡几”。寨、墩建成后，墩由5名兵丁把守，寨由6名兵丁把守，禁止百姓越界去海边，凡违规越界者“杀无赦”。该省靠近广东的东山县，迁界时百姓故土难离，牵衣顿足不肯挪步，官军便大开杀戒，当场被屠戮的居民近3万人。《台湾郑氏始末》一书这样记载，康熙三年（1664年）三月初六，清军大队兵船入东山，“尽驱沿海居民入内地，筑墙为界，纵军士大肆淫掠，杀人山积，海水殷然”。《台湾外志》形容：“东山岛上一时人民失业，号泣之声载道，乡井流离颠沛之惨非常，背夫弃子，失父离妻，老稚填于沟壑，骸骨白于荒野。”康熙十九年宣布复界以后，东山百姓返回家园的幸存者十仅二三。

近年播放的一部赞扬“康熙大帝”的电视剧，推出姚启圣老奸巨猾一张油嘴，将“迁界”表现得温情脉脉，大仁大爱。不但说“迁界”禁海为了国家长治久安，还说朝廷处处体恤百姓搬迁之劳，照顾得无微不至。一是早在内地为迁移百姓准备了多一倍的土地，且三年之内不纳粮，三年以后田土谁种归谁；二是迁徙搬家运载工具不够的，可以用军营的车马帮着载运，60岁以上的老人皆由兵勇用轿子抬着走。荧屏上，老太太笑眯眯坐在官轿里，男女老幼欢天喜地忙搬迁。事实上，清政府没有任何妥善安置迁徙百姓的举措，倒有不少防范被迁百姓返回故地的损招。当居民被赶出世代久居之地，立刻毁屋拆墙，有来不及退出者即被压死在倒塌的房屋内。至于留在住地不愿迁徙的“钉子户”，官府即派人放火焚烧房屋，“片石不留”，人也跟着恢恢烟灭。紧接着摧毁农民辛勤耕耘播种的田土，砍伐世代经营的林木，“数千株成林果树，无数合抱松柏荡然以尽”，“至是一望荒芜矣”。而屈从官府迁徙的人，路途上“民死过半，枕藉道途”。有勉强支撑走到内地，摆在面前的又是生不如死的绝望，原来姚启圣们答应的安置条件，全是骗人的鬼话。《清圣主实录》也不得不承认：“迁移之民，尽失其业。”

诚然，如一些学者所说，康熙在位期间也曾热衷了解西洋文明，且十分宠信汤若望、南怀仁两位来自欧洲的传教士，对他们掌握的西洋历法兴趣尤为浓厚，曾让王公大臣兴致勃勃观赏中国天算家、回回天算家和西洋天算家推算一次日食的比赛，最终以南怀仁、汤若望误差仅5分钟取胜。但毋庸讳言，其认识程度依然停留在前朝万历皇帝的水平，一律以“奇技淫巧”视之，不过满足一下好奇心或充当宫廷生活的小点缀而已。西洋文明的核心是什么？乃兴海强国。而出身游牧部落的康熙及其执政团队，与以往用武力征服中原的游牧群体一样，此时最向往和最关注的是尽快融入两千多年来的华夏农耕文明，大江南北的被征服者也热衷于用孔孟之道改造这帮原始落后的狩猎者，用古老文化同化征服者，以平衡原本极不平衡的心态。因此，面对西洋诸国从海路纷至沓来，大洋彼岸的商船、兵船都在猛烈叩击中国的大门，朝野上下皆置若罔闻。甚至反其道而行之，用一纸迁界令摧毁了中国几千年积累下来的海洋资产，人为地将好端端一个海洋国家变成沿海地带渺无人烟的“内陆国”，为日后西方列强大举入侵腾出广阔空间。

笔者与一些专家、学者讨论过，禁海与迁界，最可怕的还是作茧自缚，禁锢了整个国家的眼界和民族的思维活力。偌大一个中国居然可以数百年躲进“蜗牛壳里”，闭眼不看欧洲大航海带来的世界巨变，津津乐道着“天不变道亦不变”，最有头脑的知识阶层也都钻进故纸堆里，一拨接一拨掀起训诂热、注经热、整理国故热……不但远离了海洋，也远离了现实。如果说，当年朱元璋以狭隘的田园意识颁布“禁海令”，让中国成了世界大航海的落伍者；那么，康熙以狭隘的游牧意识推行“迁界令”，则种下了让中国蒙受西方列强扩张海权的苦果。一心想把中国变成“日不落”帝国“茶园”的英国人，很快就要用他们的近代文明成果和海洋思维方式，与我们的乾隆爷面对面了。

“日不落”撞击“乾隆盛世”

英国人斯当东所著《英使谒见乾隆纪实》一书记载，英使玛嘎尔尼觐见乾隆商谈两国通商，却怎么也谈不拢。大清国啥也不缺无需互通有无，中国皇帝历来只给番国特殊恩赐而无求于人，中国有了漕运还有必要关注海上运输吗……东方老大帝国的自傲自足让人看出破绽，鸦片战争的伏笔就这么埋下了。

伊丽莎白一心向海而终身不嫁

英国人居住在英伦三岛，曾有很长一个时期，眼光总是盯着身旁的欧洲大陆，产生了挥之不去的“大陆情结”。他们羡慕欧洲大陆的辽阔，为自己身处大陆一隅的几个狭窄岛屿而忐忑不安，一心想要登上身边的大陆，至少要在大陆某处取得一席之地。但14至15世纪，法国已经成了欧洲大陆的霸主，卧榻之侧岂容他人酣睡！法兰西人凭借已经强大到足以在整个欧洲呼风唤雨的势力，将大小国家全集中到自己麾下，轻而易举将英国人赶下海。要不是因为忽然出现另外两场需要法国去应付的战争，很可能一鼓作气登上英伦三岛，把这个敢在太岁头上动土的岛国灭了。

英国人因失败而痛苦，因痛苦而清醒。伊丽莎白当上女王以后，明确英国就是一个岛国，生于斯，安于斯，并兴于斯。观念一变，立刻发现岛国也有其得天独厚之处，四面环海，往来自如，空间广阔，易守难攻。英国人从此放弃了对大陆的激情，让目光逐渐将扩张的重点放到了广袤海洋，确立英吉利民族作为海洋民族的发展方向。那时的一位英国政治家说：“我们必须记住，我们不是大陆的一部分。”

相传，伊丽莎白是个很漂亮的女人，金发蓬松，明眸皓齿，丰乳肥臀，很是性感。她姐夫西班牙国王菲利普二世，以及瑞典国王、奥地利大公、法国国王，都曾为她的俏丽也为她的权势所倾倒，纷纷向其射出丘比特之箭。但此时的伊丽莎白已经一门心思要把英伦三岛经营为海洋大国，脑子里盘算与任何一个外国求婚者结合，都可能使英国重新卷进欧洲大陆的恶斗，毅然斩断男女私情，决定终身不嫁，塌下心来做所有英国男人的“大众情人”。菲利普二世看出这个女人不寻常，有朝一日将与西班牙在海上一争高下，曾暗中联络苏格兰女王斯图亚特，派刺客暗杀伊丽莎白。据说，那个名叫帕里的刺客，同时也接受了法国国王的指令，肩负了两个国家的同一使命。伊丽莎白在众多英国男人的呵护下，用计引诱帕里上钩，最终以间谍罪将这个倒霉鬼送上了断头台，也从此拉开了英国同几个大陆国家在海洋展开争夺的序幕。正如查理二世后来所说："英国政府的目的一直是为了控制海洋，而控制海洋是英国的传统惯例。"

距离英伦三岛不远的西班牙、葡萄牙及荷兰此前已相继下海，世界海域及美、非、亚殖民地也被他们瓜分得差不多了。英国大举进入海洋，势必触及这些国家的海洋利益，相互之间的争斗在所难免。此时，葡萄牙已经走了下坡路，国力式微，对英国构不成太大威胁。西班牙还在巅峰状态，将悍、船坚、炮利的“无敌舰队”，仍打遍天下无敌手。也就是1588年那场战争，西班牙出动“无敌舰队”，欲吞并英伦三岛。英国人依托本岛海岸与港湾的有利地形，顽强顶住西班牙舰队的攻势。接着，一场不期而至的大风暴横扫漂泊在海上的西班牙舰队，所有主力舰及5000将士霎时葬身大海，其余舰船狼狈而归。西班牙元气大伤，从此一蹶不振。英国海军在战斗中一船未损，死人也不过百，整个民族的斗志因此被鼓舞起来。在实战中，英伦三岛的地缘优势也充分被认识并得到发挥，仅34公里宽的英吉利海峡使英国既容易保持独立，又可以避开岛国容易出现的孤立和封闭，无疑也长了英国人的志气。

英国与荷兰发生摩擦，最初是荷兰人占上风。荷兰还曾利用英国资产阶级革命时期国内出现的动乱，一度夺得北海和英吉利海峡的制海权。荷兰商人也到处排挤英国商人，极力阻止其进入地中海和西非沿岸的贸易市场，双方针尖对麦芒，用坚船利炮在海上见高低。英、荷之间1652至1666年先后进行三次战争，荷兰人最终一败涂地，纵横驰骋世界的“海上马车夫”成了明日黄花。其他国家也都趁机在海上拦截荷兰船只，连海盗也将荷兰商船列为重点抢劫的对象，应了“破鼓万人捶”、“墙倒众人推”的老话。

英国随即与法国展开了旷日持久的海上争夺战，其海上力量也随之翻了好几番。到1815年，英国海军的总吨位大致相当于世界其他各国海军吨位的总和。

因此有恃无恐，在世界海域追着法国舰队打，几乎将法兰西人早先在海外占有的殖民地尽收囊中。反法战争结束以后，英国在海外已经有了以北美13个殖民地为中心的第一帝国，以及以印度为中心的第二帝国。自远东的印度纳入英国版图，其管辖范围已是东边日落西边日出，成了名副其实的"日不落"帝国。据《大国崛起》一书提供的数据，1880年大英帝国包括了150万平方英里土地和2000万人口，1890年扩展到1100万平方英里土地和3.9亿人口，到一战爆发再次扩展到1270万平方英里土地和4.31亿人口，占当时全球总面积和总人口的四分之一左右。

英国的海上发展不但促进了国家财富的迅速积累，还促使英国率先实现了近代工业革命和资本主义国家制度的建立。英国著名历史学家汤因比论述道：工业革命的实质既不是发生在煤炭、钢铁、纺织工业中引人注目的变革，也不是蒸汽机的发展，而是"以竞争代替了先前的生产与分配的中世纪规章条例"。英国在海上的角逐，让其率先领悟了人类进入近代文明的生存法则，探究了市场竞争和自由贸易的种种奥秘，有了亚当·斯密的《国富论》，揭示出那只"看不见的手"，成为英国近代工业革命的"思想发动机"。英国因此超越了欧洲所有先发海洋国家，不但变得很富有，而且变得很强大。

据英国史书记载，早在16世纪末，伊丽莎白女王已经颁给英国商人到中国进行贸易的执照，还派约翰·密尔登赫从君士坦丁堡到莫卧儿王朝请求为英国商人提供去中国的便利，只是因为捷足先登的葡萄牙和西班牙的传教士百般阻挠未能成行。英国成为"日不落"帝国以后，朝野上下都在扳着指头计算，巴西成了他们的咖啡园，古巴成了他们的甘蔗园，非洲成了他们的可可园，印度和菲律宾成了他们的香料园……在"日不落"帝国的版图上，尚缺中国这么一个茶园。18世纪末，即大清国乾隆爷当政时期，英国的东印度公司如日中天，菲律宾群岛也成了他们的属地，中国已经近在咫尺，岂能止步不前？只是中国那时在外人眼里还是庞然大物，大不列颠人摸不清底细，不敢贸然用炮舰前来征服。该国思之再三，赶在乾隆爷过83岁生日之前，由国王乔治三世以祝寿为名，派出高规格的访华使团，辗转深入大清国的心脏部位，撩开这个东方文明古国的神秘面纱。

避暑山庄一场"聋子的对话"

1792年，英国朝野两党共同推举玛嘎尔尼勋爵为赴中国的特使。此人一向精于算计对手，还当过驻印度的总督，积累了降服亚洲人的丰富经验。他的助手斯当东也是个厉害角色，头脑相当敏锐，鬼点子不少。他们要让中国认识大英帝国世界老大的显赫地位，心悦诚服充当“日不落”帝国的茶园，特地组织了一个豪华使团，有头有脸的随行者100多人，加上操船水手达700余人，有拥有64门火炮的战舰“狮子号”，快捷灵巧的护卫舰“豺狼号”，以及富丽堂皇的“印度斯坦”号。玛嘎尔尼本人的卫队，全是从步兵和炮兵中精选的尖子，所携带的轻便武器代表了欧洲当时的技术进步。他们还携带了天文仪器、车船模型、纺织用品、钟表玻璃、机器玩具和图画等600箱礼品，让我们乾隆爷长长见识。

乾隆名弘历，出生于1771年，活了89岁，在位60余年，有“古稀天子”之称。他曾推行“宽严相济”的政策，务实足国，稳定边疆，扶植农桑，故有“康乾盛世”之誉。但乾隆与其祖父康熙一样，在陆上算是一条龙，在海上还是一条虫，仍然顽固坚持禁海。笔者查阅乾隆批过的一些与海事有关的折子，总共38件。一类是不分青红皂白，继续严禁百姓出海经商和捕鱼者。乾隆十一年（1746年），福建巡抚周学健奏闽安海口商渔船只出入络绎，“不但透露米粮，且非慎重海防之道”，要求船户、牙行连环取保，本地文武官员一体堵截。乾隆在这个折子上批示：“有治人，无治法，尚在实力行之。”一类是鉴于外国商船来者接踵，眼看堵不胜堵，仍吩咐将外国商船控制在广州湾，严禁进入别的海域。乾隆二十四年（1759年），有“红毛英吉利”商船欲往宁波，特地发了一道圣旨，严谕该船仍回广州湾，不得在浙地逗留，并饬令府县官员“传集夷商，申明示禁”。一类是原本允许进行朝贡贸易的“番邦”，也要杜绝“番商”与民间商铺进行交易。乾隆三十八年（1773年），查出安南贡使入贡，多次自带私下设计的花样，在江宁商铺定织绸缎，被严令禁止。还责令地方官员悉心监视，不能睁只眼闭只眼，“如违参究”。一类是古已有之的丝绸出口，也出台种种限制措施。如发现浙江一些地方出口农家生产的土丝，认为不合传统规制，特意行文阻止。御史李兆鹏实在看不过去，在折子中慷慨激昂道：“徒立出洋之禁，则江浙所产粗丝，转不得利，是无益于外洋，更有损于民计。何如照旧弛禁，以天下之物，供天下之用，尤为通商便民户？”

乾隆禁这禁那，到头来把自己的头脑完全禁锢住了。他成了桃源中人，“不知有汉，何论魏晋”，压根儿感觉不到世界正在发生的惊天之变。1793年金秋，英国的庞大使团已经来到他修身养性的承德避暑山庄，急不可耐要把中国变成茶园，纳入“日不落”帝国的版图。我们乾隆爷还以为这个遥远的“番邦”只不过是前来进贡，所要表达的是对“中华上邦”的归顺之意。东西方两大帝国南其辕而北其辙，连商量见面的礼节也发生了激烈碰撞。

中国是“礼仪之邦”，等级也最为森严，乾隆可以不计较见面礼物的多寡，却十分讲究见面礼节是否中规中矩，强调玛嘎尔尼必须按番邦使者前来觐见的规矩，行“三跪九叩”大礼。所谓“三跪九叩”，双膝跪地，上身趴下，将额头碰地三次，然后站起来，再跪下去，再上身趴下，以头碰地。如此重复三遍，方能允许“平身”，站直身子。这对腿长、腰杆比较僵硬的欧洲人来说，有些勉为其难。赶上英国也是一个喜欢在礼仪上斤斤计较的国家，其倨傲程度绝对不在中国皇帝之下。据说克伦威尔时期，有艘法国军舰驶过英吉利海峡，一艘英国传递公文的小船很快追上来，要求法国军舰降下国旗，向英国表示致敬。法国人略一迟疑，立刻飞来三发炮弹，吓得法国人赶紧降旗。英国打败荷兰，“向英国旗帜致敬”，也被列为议和的一个重要条件。他们此次是来自家未来的“茶园”，面见未来的“采茶工”，岂肯如此低声下气。但乾隆爷丝毫不肯通融，宁可不见，也不许失礼。还是精明过人的玛嘎尔尼想起此行肩负的使命，“小不忍则乱大谋”，使出手段拉拢和珅，通过反复沟通协商，有了一个折中办法，英使见乾隆行免冠、屈单膝、深鞠躬之礼，类似英国绅士向名媛贵妇求爱的礼节。据说，拿破仑曾评论这次礼仪之争，嘲笑玛嘎尔尼“不能入乡随俗”，给中国皇帝行礼有些不伦不类。

10月3日这天，玛嘎尔尼觐见了乾隆爷，递交了国书，参加了“万寿节”庆典，便直奔主题。他抛出六点“通商”要求，其要点是：准许英商在舟山、宁波、天津等地贸易；答应英商在北京设货栈；由大清国指定舟山附近一小岛，为英国商船停泊、居留、存放货物之所；在广州附近辟出一地，准许英商享有与上款相同的权利；英商在澳门、广州内河运货享受免税或减税特权；粤海关除征税外悉免其他一切税收，并要求中国公布关税额例，“以便遵行”。乾隆这位80老翁，在涉及国家主权、尊严的原则问题上头脑还算清醒，断然拒绝了英国割据某地或某岛的无理要求。他严词说：“尔使臣称，欲求相近珠山地方小海岛一处，商人到彼，即在该处停歇以及存放物资。天朝尺土皆归版籍，国土森然。即岛屿沙洲，亦划界分疆，各有所属。此事尤不便准行。”然有关通商事宜，两国应有商量余地，如何平等互利，尽可展开对等谈判。老爷子却懒得费这脑子，更不愿屈尊与“番使”讨价还价，他嘱咐臣下，“该使节妄自骄矜”，来华一定别有所图，需更具戒心。

玛嘎尔尼碰了这么一个硬钉子，还见识了乾隆油盐不进的固执，不得不稍稍放下身段，再次走和珅的门子，争取到了中国皇帝第二次召见的机会。这一回，玛嘎尔尼脸上多了几分谦卑，说出话来似乎也处处为大清国着想。大致意思是，当今世界诸国各有所长，也各有所短，彼此开通商路，互通有无，乃大势所趋，难以回避，也不应该回避。乾隆爷听来听去，该使臣所说“通商”其实是要与中国平起平坐，同原有藩属国俯首称臣的“朝贡贸易”体例完全不合，马上板起面孔驳回。他无比骄傲道：“天朝物产丰盈，应有尽有，原不藉外夷货物以通有无。”玛嘎尔尼一计不成又生一计，侧身对老爷子说，现在外国商船齐聚中国广州沿海，秩序非常混乱，容易发生不测，敝国愿意抽出舰船帮着大清国维护海上秩序。乾隆爷哈哈一乐，大清国有南北大运河，大宗货物历来以漕运为主，从不指望海运，无需尔国不远万里帮着操这份闲心。他接着警告英国人：“尔国商船往后不得再到浙江、天津等地进行贸易，否则必遭‘驱逐出洋’，勿谓言之不预也。”双方言来语去，全是“聋子的对话”，谁也不听谁的。

玛嘎尔尼此行的主要使命至此归于彻底失败，请求和珅等人继续斡旋也毫无结果。乾隆给英国国王写了封回信，把自己说过的话又在信中重复一遍，从此不再理会玛嘎尔尼。英国使团原本还不死心，做好了在中国北方过冬的准备。有个外国传教士悄悄告诉玛嘎尔尼，中国人对于任何一种新事物一开始总是抱着强烈的反对态度，生怕自己吃亏上当，只有等这件事的新鲜感冲淡习以为常之后，他们也许会重新考虑采纳。贵特使现在的软磨硬泡肯定不会有啥结果，还是先回英国等等再说吧。

10月7日，英国使团不得已告别热河，一行乘船由运河南下杭州，然后改走陆路至广州离境，于次年9月回到英国。英国人曾这样批评乾隆顽固拒绝开放海禁：“中国方面传统的排外偏见和它的长期闭关自守是成正比例的，而且直至目前也没因此有任何的改变。这种偏见不仅表现在中国人的行为中，而且由于他们对自己文化的高度优越感，这种狭隘的观念已经形成一种思想体系……”

玛嘎尔尼让中国地动山摇的一句话

但玛嘎尔尼还是不虚此行。他没有达到通过谈判让英国进入中国的目的，却窥探到了大清国的虚实，为英国用另一种方式进入中国做好了铺垫。这其实也是该国国务大臣郑重交待的另一项使命。

玛嘎尔尼1792年从英国朴次茅斯港口出发，1793年8月抵达大沽，旋由清国接待大员陪着经北京至热河，一路上都在留意大清国的国情和民情。他的助手斯当东兼着书记官，专门负责搜集整理大清国政治、经济、军事、文化各类情报，向国务大臣写出了专门的报告。他的那本《英使谒见乾隆纪实》，便是一本为日后英军进入中国精心准备的“指南”，字里行间暗藏玄机。玛嘎尔尼本人在谈判之余，也花了不少心思仔细观察研究中国，备了专门的记事本，在归途中埋头撰写中国之行的《纪事》，点滴在心头。

应当说这位英国特使的眼光很毒，尽管逗留中国时间不长，却能见人之所未见，几乎将大清王朝一碗清水看到底。他在热河仅与乾隆爷见过两次面，且是外交场合，你来我往都在打官腔。他却从这位东方老人的心态举止，看出了这位满清皇帝及其整个努尔哈赤家族的狭隘，心里一直在把本部落以外的人当成异类，是个名副其实的“孤家寡人”，尤其对汉人心存戒备，即使亲近大臣，也貌合神离。他由此得出一个结论：这些满族人尽管在中国已经执政百余年，却没能真正融入中国社会，其间还存在很大裂缝。玛嘎尔尼的《纪事》中，有这样一段话：“我们的许多书本里都把汉族和鞑靼族混淆了，好像他们是一个民族。可是清君却在时刻关注着这个权力的诞生地。”他还调侃道：“在热河，鞑靼皇帝从他们祖先的传统中汲取营养。这时他们并不是完全在中国，也不仅仅只是在中国……两个世纪过去了，换了8个或10个君主，但蒙古人还是没有变成印度人；过去的一个半世纪也没有把乾隆变成一个中国人。”在玛嘎尔尼看来，这无疑是满清政府一个致命的弱点。一个只把视野局限在自己狭窄出生部落的皇族，如何能在一个已经需要国际视野的大环境里生存下去？一个连本国的汉族臣民都容纳不下的偏执皇帝，怎能与具有全球胸怀的“日不落帝国”撄其锋？

我们乾隆爷从玛嘎尔尼的“妄自骄矜”看出的是一个新兴帝国的野心，玛嘎尔尼从其“目空一切”看出的是一个封闭国家丧失活力而不自知的虚妄。他在《纪事》中还得出这样一个结论：“清政府的政策跟自负有关，它很想凌驾各国，但目光如豆，只知道防止人民智力进步。满洲鞑靼征服整个中国以来，至少在过去150年里，没有改善，没有前进，或者更确切地说反而倒退了。当我们每天都在艺术和科学领域前进时，他们实际上正在变成半野蛮人。一个专制帝国，几百年都没有什么进步，一个国家不进则退，最终它将重新堕落到野蛮和贫困状态。‘清朝’不过是一个泥足巨人，只要轻轻一抵就可以把他打倒在地。”这些话很刻薄，扫尽中国人的面子，却句句击中大清国要害，使“乾隆盛世”在世界面前变得黯淡无光。

玛嘎尔尼船队一路走过来，又一路走回去。来时从舟山、定海转道天津，见识了中国地方官府的人浮于事，办事的相互推诿，敲别人竹杠时显得既狡诈又愚笨。英国使团沿着运河北上，映入眼帘的是缠出一双小脚还行走如飞的中国女人，因营养不良鼓着大肚子的中国小孩，光着脊梁、拖着长辫子的中国男人，还有所有这些人原本目光呆滞，见到英国船队立刻惊诧莫名的古怪神情。

在被迎入热河大清国避暑行宫以后，又让他们体验了中国皇宫生活的穷奢极侈，朝廷大臣的奸诈弄权，以及招待外国人的铺张浪费，整天在笙箫歌舞中的醉生梦死。

斯当东在归途中的一个重要发现，是中国生产力低下，导致的贫富悬殊，两极分化。他一路上看到中国一些被城墙四面包围得严实的小镇，不但街道很窄，除了衙门及在职官吏的房子稍稍高大一些外，其余几乎都是低矮的棚户区。这些英国人清楚中国有禁止奢侈的法令，有钱而无势者住房和衣着都受到限制，不准超越历朝历代规定的制度。他这样解释，一个生产力低下的国家，富人越阔绰，穷人必然越贫困；富人占用过多的劳动力来满足他们的奢侈生活，穷人就连起码的必需品都得不到了。而在欧洲因为近代工业带来了生产力的解放，物质和文化生活资料极大丰富起来，绝不会出现中国这样通过强行抑制消费来制造低级的穷人和富人之间的平衡。

英国使团一路还注意到，中国人生活欲望很简单，勉强吃饱便知足了，并不企求发财致富。这也就决定了这个国家不求上进，缺乏追求，少有活力。斯当东在书中说，应用某种新的方法大规模生产某一种用品从中牟利，在中国也许沿海大城市少数人会有这样的想法，一般人根本不可能有这样的思想。中国人的精明几乎都用在算计别人，特别是可以任意欺负的穷人。而在中国“差不多每个村镇都有专门利用别人穷困的人”，以拿穷人开心来显示自己的高贵，以占穷人的便宜来炫耀自己的精明。英国人还议论到让他们感到扎眼的当铺，中国法律允许高利贷，说明中国的大多数人只顾眼前不顾未来，大清国也已经不可能有未来。当然，他们也看到了中国人具有适应任何生活环境的本领，运河沿线的湖泊沼泽地，只要发现有一小块略微高出水面的地方，马上就会在那里挤满简陋的茅棚草舍。这是一个生存能力很强的民族，也是一个随遇而安的民族。

在山东临清，英国人重点记载了这样一件丑闻，似乎让他们“大开眼界”。当英国船队出现在这里的运河中，附近村镇呼啦啦跑出一大群人来看稀奇，有些人还挤到河边停泊的驳船上，伸长了脖子踮起了脚尖。有条驳船不堪重负，船尾哗啦垮塌，一些人失足掉进河里，这些人看来都不识水性，在运河中扑通着大喊“救命”。但岸上和船上的所有人都无动于衷，自顾争看远处航船上的外国人，没有谁想到要设法去营救这些将要被淹死的同胞。只有一条单人划子冲着出事地点划过去，但不是去救人，而是去抢落难者浮在水面上的帽子。斯当东在他的书中感叹：“中国人把家属关系看得如此重，但却缺乏一般的人道心，既不设法拯救遇难的人，也不阻止在最危急时候贪图小利不顾及他人生命的举动。”玛嘎尔尼如何评价这件事，没有见诸文字的记载。但是，他的观察一定会比斯当东更尖锐和深刻，“哀莫大于心死”，一个对落难同胞如此冷漠的民族，不可能是强盛的民族。

还有中国奇怪的军队，也让玛嘎尔尼一行心中窃喜。那是在北京附近的通州，他们准备登船离岸的时候，清政府特意安排中国军队列队欢送英国使团，大概也包括了向“红毛英吉利”炫耀武力的意思。玛嘎尔尼却利用这个难得的机会，观察中国的军事实力。他们来时沿途看过中国破旧的水师战船，却还没有见识过那支从山海关外横扫大江南北的八旗军。从文字的记载可以看出，这次列队出来的正是一支八旗子弟兵。在一座庙宇前，这些清兵身穿五颜六色的制服，看上去根本不似可以打仗的战士，而像舞台上的表演者。斯当东用了嘲讽的口吻：“他们穿的是打裥的短衣和短裙，脚上穿一双厚底的缎靴，既笨重又女里女气，没有一点军人气概。”随即挖苦道：“好在这座庙宇有贴在大门上的神像来保护，外面鬼怪不得进来，这比这些士兵似乎还更可靠些。”

应当说，这些都戳中了那个时代中国问题的要害，可惜没人认真去理会和思索。当时，乾隆派了一个被称为“松大人”的皇室宗亲一路护送英国使团回广州，大概也在搞英国人的情报，每天都要写材料奏报玛嘎尔尼使团的言行，用快骑送至热河行宫。奇怪的是，对英国人这样一些细致入微的观察和入骨三分的议论，却不见乾隆爷有任何的反应。“松大人”名筠，出身皇族，官至阁老级，赏穿黄马甲，显然是乾隆的亲信重臣。据传此人思想还算开明，一路与玛嘎尔尼船挨着船，有过不少次长谈，大概在奏折中说过与英国很有必要进行交往的话，乾隆因此对英国使团的态度也有了一些转变。他在给松某的敕谕中说：“英国方面提出的种种具体要求，朕都拒绝了。但这并不意味着朕认为这些要求不当，而是通过这些要求将要产生一些新的事物和情况，在朕这样高龄的人应当慎重考虑而不应当骤然应允。”他还让松某转告，英国特使非常注意他们的商业利益，朕将尽力予以保障，并且决定很快就会派一个新总督去广州主持其事。然而，英国使团此时已经看清了大清国外强中干，再也无需用这种费时费力的方式同中国打交道了。玛嘎尔尼悄悄告诉随行人员：“中华帝国只是一艘破败不堪的旧船……我们只需几艘三桅战舰就能摧毁其海岸舰队。”

欧亚两大帝国的这次碰撞，让人不得不惊异于海洋将你与世界隔开还是将你与世界联系在一起，所出现的差别竟如此巨大。英国被广袤的海洋开阔了视野，即使实现了“日不落”，仍在朝着新的追求目标前进，由此焕发出无穷的活力。乾隆被厚重的长城和紫禁城重重隔离，成了名副其实的“井底之蛙”，将自己以往几次西征的武功夸得比天还大，亲自撰写《十全武功记》，自号“十全老人”。闲着没事便卖弄肚里的墨水，一生积诗42000余首，几与《全唐诗》数量相等。如果单纯作为一个文人，有这样的创作劲头儿也许值得称道，说不定还能参与作协主席的竞选，获得“著作等身”之类的赞誉。而作为一国之君，如此沉溺于寻章摘句，咬文嚼字，表露出来的是志得意满，故步自封，潜伏下来的是一个国家失去前进目标的严重危机。玛嘎尔尼那一句老巫婆式的咒语，让中国地动山摇，仅仅48年之后，一场鸦片战争便降临到了中国人的头上。

被烟枪洋炮摧毁的中国海禁

1840年中英为何会爆发鸦片战争？在西方学者中，有说是“商务上的误会”，有说是“东西方文化之间的冲突”，还有说是“一个纯偶然性的事件”……这些说法有的太表象，有的太抽象，却统统模糊了事情的真相。鸦片战争其实是欧洲大航海具有的侵略和掠夺性质的必然发展，也是中国禁海和迁界必然引出的结果。中国可以逃避海洋，但无法逃避海洋对逃避者的惩罚。

英国最早敲开中国封闭之门的，是叼在嘴角的烟枪

据一位到过英国的朋友介绍，鸦片战争在现今英国人的眼里，不过是他们老祖宗当年发动无数殖民主义战争很普通的一次，似乎没啥特别值得说道的。而对中国来说，那是一道历史大坎：古老的封建社会被半殖民地化了，长期闭锁的国门一夜之间变得谁想开就来开，似乎连配备几个门卫检查一下通行证的资格都没了。大清国从此没了海禁，也没了河禁，外国舰船可以在中国海域甚至内河、内湖通行无阻。

国人一般理解的鸦片战争，是1840年林则徐虎门销烟之后，英国海军调动坚船利炮的武装入侵。实际上，此前的雍正、乾隆年间英国人就不动声色向中国输入鸦片，用一杆烟枪同大清国进行了长达百余年的较量。鸦片原是印度的产物，在很长一个时期，都由英国的东印度公司垄断经营。按说，如同现在的烟草，中国有烟民，别国也有烟民，嗜好鸦片者不应该有国界。比如，鸦片在中国销售量达到2万多箱时，英国本土的销售量也达到500余箱。但正如法国一位诗人所说：“罂粟这东西很有耐性，吸过一次鸦片的人，肯定还会吸。鸦片懂

得等待。”英国人很好地把握了鸦片的这种耐性，捏住了当时中国的一根软肋，等来了在中国大肆倾销的机会。

这根“软肋”，就是大清国闭关锁国造成经济的严重停滞。而“日出而作，日落而息”的传统生产、生活方式，最适宜人口繁衍，巨大的人口数量很快转化成大清国巨大的就业压力。据乾隆六年（1741年）统计，全国人口数量已达1.4亿，拥挤的土地与极不发达的工商业一时无法消化吸纳膨胀的人口，城市与农村出现大量无业游民。这些流民像野鸟一样四处打食，满世界盲目乱窜，恰好被英国鸦片商人利用，编织到他们遍布整个中国的传销网络中。英国东印度公司在珠江口外的伶仃洋建立了规模相当庞大的鸦片走私据点，并用兵船保护其存放鸦片的趸船，然后交由中国本土各级负责传销的鸦片贩子迅速由沿海传销至内地，包括东北、西北、西南偏远之处无一遗漏。而此时朝野上下的无所事事，官场的贪腐，社会的迷茫，醉生梦死的各类群体，世风日下的道德麻痹，又催生了国内的鸦片消费市场。一个需要麻醉的社会，很快便与外来的麻醉品一拍即合。

嘉庆年间，据呈报到朝廷的奏折，还只是闽、粤等沿海省份有暗中贩卖者，有人携至京师，吸食者除皇亲国戚、达官贵人等享有特权者外，主要还是市井无赖及一些侍卫官员。嘉庆皇帝曾专门颁发一个处罚条令，侍卫官员买食鸦片者革职，杖一百，戴枷示众两个月；军民人等杖一百，枷号一个月。到了道光年间，眼看单凭禁食没有效果，朝廷将治理的重点转到禁卖，饬令州、县严行查禁，如有奸商夹带偷漏，一经拿获即追究来历，将偷漏之关口及失察之地方官“一并交部议处”。然而，鸦片营销业已形成势头，“抽刀断水水更流”，不但奸商夹带治不住，小商小贩也如炸窝的马群、牛群撒开了蹄子，亦像苍蝇、蚊子见缝就钻。而且，很快由进口传销发展蔓延至自产自销，全国各地争相私种罂粟，煎熬烟膏，洋鸦片与土鸦片争奇斗艳。吸食鸦片者也由宫廷贵族、达官贵人、富家子弟等特殊群体，扩散到城乡男女老幼各个群落，大小城镇烟馆林立，各种型号的烟具陈列街前，形成了令人瞠目结舌的新街景。清军士兵也公开在裤腰上挂杆烟枪，八旗兵顷刻成了“双枪兵”。

笔者查了查，道光皇帝执政20多年，由其批阅处理鸦片问题的奏折达80余件，可以说能用的招数都用上了，很难责其禁止不力。而鸦片狂潮却似溃堤的洪水，冲击全国河山每个可以冲击到的角落，英国在中国的鸦片年销售量很快由2万箱猛增至8万箱。根据不完全统计，1835年国内吸食鸦片者已达200多万人口。那时的街头出现了这样一幅漫画：一位老妇人将吸食鸦片的儿子摁在地上用笤帚抽打，逼其戒掉抽鸦片的恶习；其儿媳却在一旁忙着调制烟膏，给老妇人犯了烟瘾哭着闹着的宝贝孙子“解馋”。太常寺卿许乃济干脆提出，与其越禁越厉害，不如放开鸦片经营，朝廷还可以收取一笔税银，并防止各级官吏在禁烟中收受贿赂……

英国鸦片商最初卖鸦片是一手交货一手收银子，随后拿银子从中国商贩手中收购茶叶、大黄、丝绸等欧洲市场奇货可居的物资，从一卖一买中收获利益。很快，他们看准了中国人的鸦片饥渴症，便将白银紧紧捏在自己手中，直接拿鸦片当“货币”换取茶叶、大黄、丝绸，使中国的白银从此有出无进。一些跨海而来的英国传教士，原本鄙夷本国鸦片商的罪恶行径，深感有损上帝的尊严和面子，不时皱着眉头在胸前画十字。随即看到鸦片生意日进斗金，一夜之间能使人暴富，他们也置上帝的尊严和面子于不顾了，纷纷成了兼职的贩毒者。他们深入偏远山区布道，也深入边远山区销售鸦片，一举两得。据史料记载，西北、西南一些边远府县销售鸦片，大县日计销银五六百两、小县日计销银三四百两，史官无奈发出“纹银出洋消耗弥甚”的感叹。

道光十八年（1838年），皇帝已经明显感觉到鸦片对国家财政造成的严重危害，再也不能放任下去。他晓谕群臣：“自鸦片流毒中国，纹银出洋之数，逐年增加……若不及早防维，力图筹复，将以中国有用之财，填海外无穷之壑。”随即委湖广总督林则徐为钦差大臣，急赴广东禁烟，并赋予行政处置和指挥调动兵力的大权。

林则徐风尘仆仆到了广东，目睹载运鸦片的英国商船源源进港，白银滚滚外流，惊呼如此下去，几十年之后，“中原几无可以御敌之兵，且无可以交饷之银”。他以钦差大臣的名义，与两广总督和广东巡抚联合给英国女王写信交涉，大清皇上慈悲为怀，向英吉利输出茶叶、大黄、丝绸等有用物资，贵国却向大清国输入你们显然了解有严重危害而在本国严厉禁止的鸦片，“以人之死换取自己之生，这种行为为天道情理所不容”。他接着警告：如果英人一意孤行，往后发现尔国商船夹带鸦片，将连同其他货物一并烧毁，让尔国奸商得不偿失，血本无归。

这封信据说在英国议会有过一些反响，有议员曾站出来指责鸦片贸易不道德，有损大英帝国形象，主张配合大清国采取措施加以禁止。但英国在其发迹的过程中，不道德和有损国家形象的事情多了去了，不会在意多添这么一件两件。何况鸦片对他们来说就是白花花的银子，什么道德、良心，在银子面前都是随时可以扔弃的破抹布。有鸦片贩子公开质询英国政府：“我们不知道在鸦片贸易与海盗行为之间有何选择！”英国商会原本答应劝说载有鸦片的船只迅速起航返回各自生产地，走一走过场，适当照顾一下林则徐的面子。英国主持鸦片生意的头子义律连这也否了，采取无比傲慢的态度，根本不搭清国官员的茬儿。有些国家的鸦片贩子慑于大清钦差之威，本来有心缴出烟泥“消灾免祸”，义律还出面阻拦，拍着胸脯说：“大英帝国可以充当你们的保护伞。”

林则徐一言既出，驷马难追，断然使出强硬手段，整治敢于藐视清政府警告的鸦片贩子。他加紧部署兵力，在陆、海两路严拿烟贩，堵死鸦片运往内地的渠道，并限令外国烟商在规定期限内悉数交出鸦片。他向大家表示决心说：“若鸦片一日未绝，本大臣一日不回，誓与此事相始终。”这些禁烟的有力措施，赢得广州军民的竭诚拥护。很多市民自动组织起来，在大街小巷严查鸦片贩子，连小脚老太婆也都不肯落后，鸦片商只要一露头，立刻就会成为过街老鼠，人人喊打。水师舰船在海上接连截获走私趸船22只，起获烟土20283箱，迫使鸦片商不得不畏罪自首。林则徐随即有了举世闻名的“虎门销烟”，经22天的燃烧，所有缴获的鸦片皆化为灰烬。笔者为写这本书，曾特地去过一趟虎门，凭吊那些销烟池。而今这里已是盈盈绿水，被微风吹皱，将历史的烟尘掩藏到了深深的泥底。

但当年的英国在世界上骄横惯了，挨了林则徐重重一击，立刻暴跳如雷。那些主张“自由贸易”的鸦片巨商，直接向英国首相帕默斯顿递交了战争计划书，并详细阐明发动这场战争的目的，即强行敲开中国的大门，获得大英帝国船队在东亚永久立足的口岸，并通过武力索赔弥补鸦片被烧的损失。很快，英国皇家海军48艘舰船和4000余名官兵组合成一支远征军，发动对中国的“惩罚之战”。东印度公司贩运鸦片的船队负责运送兵员和弹药，鸦片商船的船长也受雇成了皇家舰队的领航员，鸦片公司的大小职员则都成了侵略军的译员。那些鸦片商人还一路殷勤款待远征军军官及随行外交官，提供美食、美女之外，还提供大量有关中国的情报。英国的军需官还在伦敦银行通过卖证券得到大量支持这场战争的银两，而这些银两无一不是从中国鸦片买主手里获得的。一场鸦片战争，始终没有离开鸦片。

1840年6月，英军封锁了珠江口，将鸦片战争推进到以坚船利炮见分晓的阶段。林则徐从瑞士法学家瓦特尔的《国际法》中，找出“各国有禁止外国货物不准进口的权利”的条文进行抗争，但任何法律在英国人的坚船利炮面前都成了一堆废话，不值一哂。林则徐在虎门修建炮台，招募5000多渔民编成水勇进行抵抗，也未奏效。大清国武备废弛、船炮落后、岸防空虚、敌情不明、指挥紊乱等致命弱点通通暴露出来。而一些将领又善于掩盖败绩，虚报战功，使得清政府始终处在敌情不明的被动应付中。1842年，英军攻陷镇江，切断京杭大运河南北交通，继而直抵南京城下，将炮口对准这座烟柳繁华的六朝故都。清政府因此慌了神，被迫签订丧权辱国的《南京条约》。该条约规定中国割让香港，赔偿2100万西班牙银元，广州，厦门，福州，宁波，上海五个口岸城市对外通商，并由英国享有协议关税。大清国官员又因长期闭关自守，对那时的国际游戏规则茫然无知，随后进行《南京条约》两个补充文件的谈判，又被英国人钻了空子，在《五口通商章程》和《虎门条约》中轻易拿走了领事裁判权、最优惠国待遇和开设租界等特权。

一个强盗进来了，一百个强盗就会跟着进来。美国总统泰勒派出特命全权大使率军舰到广州恫吓一番，已成惊弓之鸟的清政府见了洋枪洋炮便腿肚子转筋，还没过招就与美国签订《望厦条约》。多年败在英国手下的法国瞧出中国是个软蛋，也开着军舰来到广州海面示威，迫使道光皇帝签了《黄埔条约》。台湾作家柏杨在《中国人史纲》中说到这个时期的情形："一些中国曾经听说过，或从没有听说过的弹丸小国，在过去就是前来进贡也不够资格的，现在排队而来……"在台湾的资深外交家蒋廷黻也感叹："在鸦片战争以前，我们不肯给外国平等待遇；在以后，他们不肯给我们平等待遇。"

中国数百年顽固坚持的海禁就这么着被西方国家打破了。

林则徐不能承受的历史之重

道光皇帝将鸦片战争失败的罪责，一股脑儿算到林则徐头上，抱怨其不该惹恼英国人，招致飞来横祸。在满清贵族琦善等人的怂恿下，将林则徐革职查办，发配新疆伊犁，充军边地。其实这一败，非林则徐之失，亦非道光皇帝一己之失，而是从朱元璋禁海到康熙迁界、乾隆拒绝通商数百年积累之失的一次总崩溃。有如千里长堤上的蝼蚁之穴，年深月久积累下来，一朝溃堤决口，归咎到任何个人头上都无济于事。

林则徐出生在福州一个知书达理人家，学识渊博，阅历丰富，为官一向宵旰勤劳，为黎民百姓做过不少好事，在农业、漕务、水利、救灾、吏治各方面都做出了很好成绩。他成了朝廷一品大员，历任湖广、陕甘和云贵总督，两次受命为钦差大臣，更加注意时事，留心海外，在当时的官僚集团里，要算头脑比较清醒的一个，被称为中国近代开眼看世界的第一人。他曾组织翻译班子，将外国人讲述中国的言论翻译成《华事夷言》，作为当时中国官员传阅的"参考消息"；还将英商主办的《广州周报》翻译过来，以期了解西方的地理、历史、政治、军事及经济情况。继而组织翻译英国人慕瑞的《世界地理大全》，编撰《四洲志》，让国人了解世界之大，国家之多，需放开眼睛去看。在军事防御方面，他也专门从外国买来一些新式大炮配置于海口炮台，积极进行备战。

但林则徐毕竟也是凡人一个，长期处身中国闭塞的大环境中，足不涉海，缺乏对外边世界的直接了解，对其对手英国也是“震于英吉利之名，而实不知其来历”。1840年8月，英国人的坚船利炮已经陈兵广州湾，露出了贼亮的牙齿，林则徐对英军实力的判断，很多还停留在一些肤浅的传闻，甚至是荒谬的道听途说。他的奏折中，有一段蔑视英军的话：“彼之所至，只在炮利船坚，一至岸上，该夷则无他技能，且其浑身裹缠，腰腿僵硬，一仆不能复起，不独一兵可刃数敌，即乡勇平民足以致其死命。况夷人异言异服，眼鼻毛发皆与华人迥殊，吾民齐心协力，歼除非种，断不至于误杀。”

与林则徐齐名的另一位主战派——裕谦，当时在两江总督任上，奉皇帝旨意督办浙江军务。他继林则徐之后，也给朝廷上了一道奏折，也举出许多不实传言断定英国不是大清国的对手，信心满满说，可以坐看“红毛英吉利”的失败。结果，仅以大言御敌，没有实际的准备，待英军到来，浙江防御一触即溃，裕谦本人不得已投水自尽。浙江巡抚刘韵珂等而下之，眼看定海、镇海、厦门等地相继被英军攻下，不怪自己无能，反怪奸细向“红毛英吉利”通风报信，使其陷入被动。他在奏折中抱怨道：“并有内地奸徒，串嘱打仗，故该夷之虚实，我则无由而知，而此间之动静，无时不窥探通报。”浙兵将领奕经干脆以“敌明我暗”推卸失败的责任，在折子中抱屈：“所有宁波一带，山势陆路，汉奸处处为之导利，反较我兵熟悉。……官兵虚实，逆夷无不尽知。因此两次接仗，转致失利。”

同样是孤陋寡闻，驻守大沽口的直隶总督琦善，则是另一种情形。他在道听途说之后，被英军的气势汹汹吓破了胆，以为除屈膝投降不可能再有别的出路。诚然，当时的英国已有三分之二的劳动人口从事工业生产，首都伦敦人口达到了200余万，许多大工业城市也都储蓄了巨大的生产力。该国发动鸦片战争之时，已拥有大小船舰500余艘，开赴到中国的战舰不到五分之一。两国的国力，已经不在一个档次。但是，英国那时不管多强大，仅以几十艘坚船、数百门利炮，进攻一个遥远的大国，其相持的耐力非常有限。按那个时代的交通条件，从英国本土航行到中国至少需120天，从其殖民地印度过来也要30多天，军需补给是其致命弱点。正因为如此，英国舰队可以在海上逞威，却不敢占领中国漫长海岸线的任何一个要塞。在整个战斗过程中，他们的战法都是打一枪换一个地方，靠炫耀武力搞威慑。英军曾一度占领大沽口，也不敢贸然登岸突袭北京，很快退至广东海面。占领了厦门、宁波、乍浦等地，也因为担心没有后援，不得不很快放弃。随后进入长江，仍然不敢登岸，只用枪炮封锁运河威逼南京，还是在搞讹诈。琦善辈经不住英国人龇牙咧嘴一唬二吓，自我精神崩溃不要紧，还竭力夸张英国坚船利炮如何了得，力劝道光皇帝求和罢战，并提出严惩林则徐讨好英国人。

而道光皇帝本人，长期被封闭在紫禁城内，又比他人多了一重禁锢，更是孤陋寡闻。他秉承其祖先的思维惯性，一向傲视海外“夷狄之邦”，以为谁都是只配前来进贡的主儿。英国坚船利炮有备而来，他还告诉朝臣，“乃小小蛮夷冒犯天朝上邦”，坚信“红夷”个个“腰腿僵硬，仆地不起”，不堪我们的大刀、长矛一击。因此几乎没有进行什么像样的战前准备，沿海一线也缺乏对敌情的起码了解，便轻易批准与人开战。待广州、大沽口、定海、镇海、宁波、乍浦、南京接连告急，马上又从一个极端走到另一个极端，完全失去自信，变得六神无主。他的两只耳朵架不住琦善等人的危言耸听，在洋枪洋炮面前变成了惟命是从的三孙子，人家要啥答应啥，连讨价还价的勇气都没了。

庄子《秋水》篇中有句话：“井蛙不可与语于海者，拘于虚也。”道光继承了列祖列宗的井蛙文化，长期安于井底空间的局限，养成的也只是在井水中扑通几下的本领，还坚持用井蛙眼光傲视一切，以为天下之大之强尽在己。现在英国人挟大西洋、印度洋、太平洋滔滔之水而来，将其安身立命之井变成一片惊涛骇浪的汪洋，不昏头才怪哩。

有这样一个小插曲，很是耐人寻味。那是湘军名将胡林翼在湖北巡抚任上，一次去安庆拜会曾国藩。他在长江边上看到湘军水师浩浩荡荡逆流而进，很是威武壮观，心里有些得意。忽然一艘英国铁壳船从下游开来，迅速超越湘军舰船，在江中激起的波涛掀翻了湘军船只，却无比骄横地扬长而去。湘军将领不敢惹这些洋大爷，只命其他船上士卒跳入江中救人，湘军士兵无可奈何，一边骂骂咧咧，一边跳下水捞在水中挣扎的同伴。胡林翼见状，大叫一声，从马背上栽下来，顿时昏了过去。亲兵将其扶起，七手八脚掐人中进行急救。胡林翼醒来，重新骑到马背上，仰天长叹一声：“天要变了！”

中国的天，到底会怎样变呢？

魏源唤醒了日本，唤不醒中国

英国人的坚船利炮打上门来，一时鸡飞狗跳乱了营，很是让大清国朝野上下惊慌失措了一些日子。一些敢于面对现实的国人及时站出来发声，沉睡的中国，该睁开眼睛好好看看外边的世界了。

1841年7月14日，林则徐踏上充军发配的戍途，想得最多的不是个人的坎坷，而是蒙受英国凌辱的国家和人民。他在实战中发现了东西方军事实力的差距，认识到英吉利大炮远及十里内外，我炮不能及彼，彼炮先已及我，这是器不如人；英吉利人放炮，如内地放排枪，连声不断，而我放一炮后，充填火药辗转移时才能再放一炮，这是技不如人。他痛定思痛，再次感觉到了睁开眼睛看世界的重要性和紧迫性。他临行前将《四洲志》所有资料交付与其志同道合的魏源，供其撰写《海国图志》参考，继续鼓呼"师夷长技以制夷"。

魏源，湖南隆回人，在其老家世居的金坛乡还有保存尚属完好的故居，参观者进入土坯围墙可以看到堂前数副醒目的楹联，其中有"读古人书求修身道，友天下士谋救时方"，表达此公一生的志趣。据说，他7岁从塾师刘之纲、魏辅邦读经学史，常苦读至深夜，几乎是日课、夜课连轴转。刚满9岁那年，赴县城应童子试，考官指着一个画有"太极图"的茶杯，以"杯中含太极"嘱对下联，这位小童生摸了摸母亲塞在怀中给他当午饭的两个麦饼，立刻稚声回答，"腹内孕乾坤"，当场惊倒主考、副考及所有监考官员。

道光二十一年（1841年），魏源进入两江总督裕谦幕府，在定海保卫战中帮着筹划战事，并到前线亲自审讯俘虏，了解敌军内情。裕谦死后，他见清政府软弱无能，投降派昏庸误国，愤而辞归，与友人徐继畬、龚自珍等立志著述，针对这场战争暴露出来的问题，深入探索强国御侮、匡正时弊，振兴国脉之路。1842年，他着手编著《海国图志》，从西方人士撰写的《地理备考》、《合众国志》等书中采集材料，详细叙述世界各国的历史、地理及政治、经济、军事、技术状况，还包括四季寒暑图、日月蚀图等等。此书的可贵之处，在于首次打破了传统的夷夏之辨的文化价值观，摒弃了九州八荒、天圆地方、大清国为世界中心的史地观念，输入了五大洲、四大洋等新的世界史地概念，称得上是一部世界知识大全，拓宽了国人的视野。

从百卷本的《海国图志》中，还能看出作者本人的思想发展脉络。最初，魏源推崇的是西方技术，"以彼长技，御彼长技"。他自问：英吉利四海之内，其帆樯无所不到，凡有土有人之处，无不盘算着将其财富攫为己有，这本事究竟从何而来？随即自答："其人性情缜密，善于运思，长于制器，金木之功，精巧不可思议，运用水火，尤为奇妙"，"挟战舰、火器和养兵练兵之势，越七万里而通于中土，绝非偶然"。他因此吁请朝廷在广州开办造船厂、火器局各一所，各地沿海商民有自愿仿设厂、局造船、造械，听其自用或出售。此后的探索，进而让他朦胧觉出西方国家制度和社会文明方面的一些优势，《海国图志》

征引诸多外国书籍的材料，涉及到了美国的联邦制度、选举制度、议会制度，提出了“变古愈尽，便民愈甚”的主张。他还要求尽快冲破封关锁国的禁锢，放手引进西方切实可用的先进物事。他在书中慷慨道：“广东互市二百年，始则奇技淫巧受之，继则邪教烟毒受之，独于行军利器则不一师其长技，是但肯受害不肯受益也。”梁启超在《中国近三百年学术史》中评点：“《海国图志》之论，实支配百年来之人心，直至今日犹未脱离净尽，则其在中国历史上关系不得谓细也。”

福建人徐继畬的《瀛怀志略》，乃《海国图志》的姊妹篇。此书根据所收集到的海外出版的地图和书籍，也给清代被窒息的社会吹进一股新鲜活泼的新风。书中说到欧罗巴诸国，关有税而田无赋，航海贸迁，不辞险远。四海之内，遍设港口码头，既是当地人都善于操舟的缘故，也是因为国家大计全在于此，“不得不尽心尽力而为之也”。这是公开对欧洲国家进行海洋贸易的赞颂，也是对明、清两朝严厉禁海的公开批评。书中还特别介绍了伦敦的“公会所”，实际就是英国早期的议会，其中提到的“爵房”和“乡绅房”，也就是上议院和下议院。并具体描述凡国有大事，国王告诉首相，首相告诉“爵房”，由其聚众公议，参照条例，决定可行不可行，再转告“乡绅房”，必乡绅大众允诺后再施行，“否则寝其事忽论”。这已经涉及到了社会制度层面的议题，虽然有些模糊，还算得其要旨。在那样一个封闭的年代，应是难能可贵了。

然而，英国人的隆隆炮声并没有真正震醒沉睡的中国，魏源、徐继畬等人的黄钟大吕也难以振聋发聩。清政府庞大的官僚集团只在鸦片战争期间惶恐了那么一阵子，时过境迁，一切又故态复萌，继续回到原来的生活轨道。道光皇帝此时只是稍稍觉得英吉利人言而无信，说话不算话，双方签订的条约明明规定是“五口通商”，而“红毛英吉利”的两艘三桅船竟擅自驶入山东荣成、文登、福山等处海岸停泊，还指使花钱雇来的奸民登岸散发传单，欲与本地商民开展贸易，据当地官员禀报，“有越界私贩鸦片之嫌”。他派人去山东办交涉，两艘三桅洋船已向东南大洋驶去，瞭望无踪，也就作罢。还有英吉利人从印度进入西藏，要求在帕米尔高原“定界通商”，染指我西藏的金矿和盐矿。道光爷接到来自西藏的奏报，命琦善前往体察，“就近酌办”。琦善强调西藏雪域高寒之地，需等来年“四月青草方生之时”上路，一直赖在京师不肯动身，道光皇帝也听之任之。

满朝文武大臣在鸦片战争的枪炮声中，曾以为英国人打进来如同明朝倭寇登陆，必定到处杀人放火，打家劫舍，大官小吏在劫难逃，像一群热锅上的蚂蚁惶惶不可终日，有的还搂着姨太太和金银匣子做了“玉石俱焚”的打算。后来看到这些高鼻子洋人忙来忙去大多是赔款、通商、开埠之类，于他们个人生命财产并无大碍，立刻松了一口气。有些达官贵人还渐渐品出英国人运来的洋烟色香味都强过国产土烟，洋人带来的鼻烟壶也让他们有了那么一点儿当绅士的感觉，在八大胡同露面的洋妞更让他们觉得开了“洋荤”，而洋人骑在国家脖子上拉屎撒尿的事，也就视而不见，或见惯不惊。什么这个条约那个条约，掏的都是国库的银子，于他们个人毫发无损，“干卿何事”。因此，《海国图志》和《瀛怀志略》在他们看来，不过是庸人自扰，吃饱了撑的，谁都懒得搭理。更有一些顽固派指责魏源提倡学习西方长技，扰乱“祖宗成法”，乃“名教罪人，士林败类”。

魏源的朋友龚自珍，也是个睁眼看世界的先驱。他曾积极支持林则徐赴广东查禁鸦片，也曾提醒这位好友不妨学习夷人长技做好抗击英国坚船利炮的准备。魏源《海国图志》的刻本刚一问世，他就到处奔走呼号，向大小衙门和社会各界鼓吹，只差请歌星、舞星之类打广告了。可惜，那时的朝野上下谁都没有觉出中国有啥改变的必要，一石砸天天不应，泥牛入海无消息。中国拒绝来自大洋彼岸的滚滚浪涛，将神州大地阻隔成一潭死水，不是扔进几块石头就能激起波澜的。龚自珍摇头感慨“世人皆睡我独醒”，浅吟低唱“九州生气恃风雷，万马齐喑究可哀……”

可叹的是，龚自珍这么一位爱国志士，养了一个儿子龚橙，后来竟成了主动引导英法联军火烧圆明园的败类。龚橙在中国人讲究的“五伦”中，宣称除了沉鱼落雁的小老婆，别的通通不疼不爱，故自号“半伦”。龚半伦虽有家学渊源，却生性狂傲、性喜空谈，世称狂士。他流落上海，放荡不羁，挥霍狎妓，在走投无路之际投靠了英国公使威托玛，从此吃喝嫖赌抽鸦片皆不犯愁，因而感激涕零，像狗一般忠诚于英国主子，叫他咬谁便咬谁。据《清朝野史大观》及《圆明园残毁考》记载，1860年英法联军侵入中国，龚半伦随英舰北上来到北京，将辫发盘到头顶，戴着洋人的贝雷帽，穿着洋人的白色西装，出入洋兵营盘，尽心尽力替英法联军卖命。他见英国人和法国人喜欢上了皇宫收藏的宝物，便引导英法联军进了圆明园，据说还抢先一步单骑突进，帮着英法主子掠取从乾隆爷开始积累在那里的珍宝重器。然后，英法强盗便点燃了那把震惊中外的大火。龚半伦，一个畸形社会的怪胎，让国人扼腕，也值得国人深思。妄自尊大与奴颜婢膝，其实只有一步之遥。

还有值得国人深思的，《海国图志》“墙内开花墙外香”。魏源这部书1854年翻译成日文，在该国竟如石破天惊，很快掀起一股《海国图志》热，呈现出朝野上下争相购读的场面。日本人还密切联系本国实际，学以致用，对改变该国命运的明治维新产生了重要影响。有个叫鹫津毅堂的日本人，为寻求“防英夷之术”曾四处奔走，读了魏源的著作感慨道：“海防之策莫善于是篇。”日本历史学家井上清在《日本史》中描述道：“横井下楠的思想起了革命，倾向开国主义，其契机是读了中国的《海国图志》。”梁启超也在《论中国学术思想变迁之大势》中说：“《海国图志》对日本‘明治维新’起了巨大影响，认为它是‘不龟手之药’。”

英国人的坚船利炮在大清国打开了缺口，被警醒的不是中国人而是日本人；魏源等人在北京发出“开国主义”的呼号，得到呼应的不是自己的父母之邦，而是隔山隔水的东邻。中国长达数百年的禁海，把人的脑子都禁出毛病来了。

“同治中兴”为何只是大清国的回光返照

历经两次鸦片战争，到了慈禧当国，即同治、光绪年间，中国的政治舞台上涌现出一批欲挽狂澜于既倒的人物，有曾国藩、李鸿章、左宗棠、胡林翼、彭玉麟、沈葆桢、张之洞等。他们积极推行洋务运动，还发起过海防大筹议，连老佛爷也以少有的热情投身进来，君臣上下，可谓同声相应，同气相求，史称“同治中兴”。然满清朝廷仍是每况愈下，西方列强的宰割仍在变本加厉，民穷财尽的势头仍在蔓延。人们归结出一句话：“大清国气数已尽。”现在不妨探讨一下，这个充满神秘感的“气数”，究竟包含了怎样的实质内容呢？

海防、塞防之争，捉襟见肘的无奈

大约就在康熙皇帝时而忙着迁界，时而嚷着禁海，努力把中国变成内陆国家之后不久，俄罗斯罗曼诺夫王朝出了个彼得，一门心思寻求走向海洋，并因此成了为俄国创造一段辉煌历史的彼得大帝。俄罗斯原本是个典型的内陆国，周边的海与洋都有别的大小国家隔着。尽管拥有1400万平方公里土地，也算是庞然大物，却因缺少出海口，严重阻碍工商业发展和农产品交换，经济长时期处于停滞状态，还经常遭受波兰、土耳其等邻国欺负，内忧外患层出不穷。1689年，17岁的彼得登上沙皇的宝座，摊开俄罗斯地图，与群臣研究国家的出路何在。有高人指点，一是向北夺得波罗的海的出海口，一是向南夺得黑海出海口，两者只需择其一，俄罗斯这盘棋便活了。小彼得一拍龙案，出海口多多益善，该要的都得要过来。

他随即亲率规模庞大的团队出使西欧列国，从学习当造船工人做起，悉心观察、学习各类向海而兴的新生事物，回国之后便大刀阔斧搞改革。有史料说，他为改变国民的精神面貌，曾专门派人去大街小巷剪大老爷们老气横秋的络腮胡子，甚至征收过“胡须税”。而重中之重，是加强海上力量的建设，精心仿效西班牙和英国打造夺取海上霸权的舰队。他羽毛尚未完全丰满，就着手发动争夺出海口的战争，打到波罗的海岸边以后，就在刚夺得的一个小岛上，建设名为圣彼得堡的新都城，将国家的政治、文化中心从莫斯科迁过来，那用意就在以此为圆心重新划定一个属于俄国的“大圆圈”。彼得大帝全力向西方扩张的时候，也没忘记向东方扩张，特别想要夺取中国的“不冻港”。他后来患了尿毒症，身子骨彻底垮下来，临终前还拟定任命维图斯·白令为勘察加考察队长的指令，并将海军统帅叫到身边，一字一句交代：“这几天，我想起了很久以前想到过的那件事，过去因为忙于别的事而耽搁了，那就是打开经过冰岛到中国和印度的道路。”

彼得及其继承者们，包括一个叫叶卡捷琳娜的厉害女人，先是蚕食中国黑龙江流域的领土，当英国串通法国准备发动第二次鸦片战争的时候，便趁火打劫，用一纸《瑷珲条约》，将黑龙江这条自古属于中国的内河变成了中俄两国的界河，前后鲸吞我东北100多万平方公里土地。当英国完成了对印度次大陆的占领，虎视眈眈地盯住我们的西藏和新疆，老毛子发现了这个苗头，又迅速勒转马头与英国展开对新疆的争夺。该国因地利之便，就近驱使一个名叫阿古柏的武装头目抢先攻下吐鲁番和乌鲁木齐，随即直接出兵强占伊犁，大有将整个新疆从中国版图挖走的架势。清政府在新疆的驻军将领和办事大臣，全是满、蒙八旗贵族旧家，平时只把新疆当成销金窟，尽情挥霍朝廷饷银和从当地老百姓身上榨取的钱物，边防大事从未认真过问，养民固边更是一窍不通。此时侵略者撒开蹄子铺天盖地而来，眼瞅着自己脑袋快要保不住了，一个个吓得尿了裤子，哭着嚷着逃奔京城，向慈禧老佛爷求救。

然而，此时东南沿海同样形势严峻。两次鸦片战争大败亏输，吊足了所有西方国家吞噬中国的胃口，他们中任何一个国家，哪怕是比巴掌大不了多少的小不拉子，只要弄上几艘破军舰，随时都可以从虎门闯进来敲诈勒索一番。连这会儿还狗屁不是的小日本也看得眼馋，惦着跟在西方列强屁股后面分一杯羹，已经按捺不住跃跃欲试。一些熟知东南沿海情势的朝臣，极力呼吁加强海防迫在眉睫，片刻也耽搁不得。究竟应该赶紧拨银子加强塞防，还是赶紧拨银子加强海防？围绕这个题目，清政府内部爆发了一场激烈的争论，朝廷官员一分为二，因此有了塞防派和海防派的一场大辩论。

主张海防优先者，其代表人物是直隶总督兼北洋大臣李鸿章。此人作为曾国藩的学生紧步老师后尘，领导淮军协同湘军剿灭了太平军及捻军，成为大清国的股肱之臣，一直奉旨在沿海重地保境安民，东南安危责任所系。他深切意识到海防空虚已经造成危机四伏，朝廷堪忧，他自身的命运也堪忧，振作海防已经刻不容缓。他也清楚眼下国家财力不济，海防、塞防“力难兼顾”，断然主张舍弃西北塞防，将“停撤之饷，即匀作海防之饷”。他在朝堂上慷慨起来，说了一番极端过头的错话：“新疆乃化外之地，茫茫沙漠，赤地千里，土地瘠薄，人烟稀少。乾隆年间平定新疆，倾全国之力，徒然收数千里旷地，增加千百万开支，实在得不偿失。依臣看，新疆不复，与肢体之元气无伤；海疆不防，则心腹之患愈棘。”

积极主张急塞防所急者，有湖南巡抚王文韶，此公身处远离新疆的三湘腹地，却对西北边陲的危急存亡感同身受。他在朝堂上大声疾呼：“我师迟一步，则俄人进一步；我师迟一日，则俄人进一日。事机之急，莫此为甚！”他与李鸿章言辞交锋，说话也有些过头，海边既然已是百孔千疮的局面，可别再把西北内地也弄成这副模样，“尚宜以全力注重西北”。还有山东巡抚丁宝桢、江苏巡抚吴元炳，动了取悦皇帝和两宫太后的心计，扯出“塞防”与“大清龙兴之地”的关系，强调东北那旮旯地近俄国，老毛子正得寸进尺，“祖宗发祥之地”岌岌可危，塞防理应重于海防。

塞防派领袖是陕甘总督左宗棠，此公与新疆还有过一段历史情缘。那是他37岁时，尚在湖南老家赋闲读书，有幸与从新疆归来的林则徐在长沙相会。林则徐见到他，眼睛顿时一亮，深谈之后倍加信任，毅然将戍边新疆期间调查整理的相关资料，还有精心绘制的西北边境地图，都交给左宗棠。他含泪说：“吾老矣，空有御俄之志，终无成就之日……以吾数年心血，献给足下，或许将来治疆用得着。”左宗棠在陕甘总督任上，已经深刻领会了林则徐的托付之重，此刻听了李鸿章弃西北保东南的论调，忍不住也在朝堂上慷而慨之。他针锋相对说：“天山南北两路粮产丰富，瓜果累累，牛羊遍野，牧马成群。煤、铁、金、银、玉石藏量极为丰富。所谓千里荒漠，实为聚宝之盆。”接着从国家安全角度进一步阐述：“我朝定鼎燕都，蒙部环卫北方，百数十年无烽燧之警……若新疆不固，则蒙部不安，匪特陕、甘、山西各边时虞侵轶，防不胜防，即直北关山，亦将无晏眠之日。”随即发出警告，“若此时即拟停兵节饷，自撤藩篱，则我退寸，而寇进尺”，“尤其招致英、俄渗透”，后果不堪设想。

左宗棠是有名的“湖南骡子”，脾气很倔，只要认准了的事非一办到底不可。也正因为如此，他在大清国风雨飘摇中崭露了头角，展现出治军和问政的卓越才干，很快成为朝廷举足轻重的人物。连慈禧太后都认可，“中国不可一日无湖南，湖南不可一日无左宗棠”，此时说话自然“一言九鼎”。他以64岁高龄，被任命为钦差大臣，让人一路抬着口棺材，跟随他率领的6万湖湘子弟，赶赴新疆救急。左宗棠在那片土地上驰骋数年，终于在1881年迫使俄国人在《伊犁条约》上签字，收复了新疆被占领土，成了近代史上让国家、民族稍稍扬了一下眉，吐了一下气的民族英雄。

如此一来，左宗棠与李鸿章的那场争论，似乎也一边倒了，社会舆论无不扬左贬李，有的还将两人海防、塞防的分歧上升至路线斗争的高度，坐实了李鸿章的卖国主义。其实，像中国这样西北背倚亚欧大陆、东南面临通向太平洋和印度洋的大片海域，没有塞防不行，没有海防也不行。这道理李鸿章不会不懂，左宗棠也不会不懂。此前，左宗棠任职福建，就曾积极创办船厂，开办船政学堂，培养造船及海军人才，其海洋意识也一点不比李鸿章差。只是因为眼下国库空虚，朝廷财政捉襟见肘，寅吃卯粮，无法拿出银子同时应付来自陆、海两个方面对国家安全的威胁。左、李各自所处位置不同，顾此难免失彼，这才有了“屁股决定脑袋”的分歧。说白了，海防、塞防之争乃是银子之争，钱非万能，没有钱万万不能。

拿俄国强占伊犁以后的同治十一年（1872年）来说，大清国总计男女人口2.76亿有余，谷、米3834万石（每石约合50公斤）左右，人口比上一年增加将近230万，谷、米反比上年减收近万石。这一年的国库收入，据户部奏报包括山东、河南、福建等处的地丁银，浙江、两淮及四川的税厘银、盐课银及海关洋税银，总共100余万两。这些都还是富庶之地，每年应该缴纳国库常例，却根本收不上来。朝廷颁旨几乎用了哀求的口吻，“当此需用孔亟”，“各该督抚等具有天良，无论如何为难，总当依限速解，力顾大局”；同时严词要挟，“倘借词诿卸，率请划抵截留，致误要需，即由户部指名严参”。这一年指望长芦、山东盐务生息银两，长芦欠解国库银80余万两，山东欠解国库银27万余两，都是“屡催未解”。而朝廷那时所欠的外债，笔者所见仅左宗棠同治六年（1867年）筹划赴陕甘饷银，一次向上海洋商借银120万两；光绪十一年（1885年），他赴福建抗法，又业经允准借洋钱400万，看得出已经是靠借外债填补朝廷的窟窿。还有偿还列强的赔款，据同治十一年的记录，由陕西拨付奉还俄国的赔款，只能勉强应付前两年的欠账，本年的4万钱钞尚无着落，老毛子催得很急，经常跺着脚说“不得稍有迟缓”。

因此，笔者以为今日回顾这段历史纠葛，该关注的并非海防、塞防你对我错，而是大清国在当时何以会穷到这个份上。记得在一本书上见到这样一个观点，衡量一个国家的经济实力，单看本国的农工商总产值不行，还得与同一时期别国的经济状况做比较才能准确定位。那时最值得一比的是英国，该国通过海洋既将鸦片等有害之物输入中国赚取白银，又将中国的茶叶、丝绸、大黄等紧俏物资输入欧洲大把赚取洋钱。仅茶叶，从18世纪末到19世纪中期，销量增加将近30倍；丝绸销售则为生丝取代，推动了欧洲丝织业发展，也让该国从中获得了高额利润。而大清国自康熙以来，因严厉禁海阻止物畅其流，不但茶叶、生丝、大黄等紧俏产品之利流失了，还曾造成谷米价格严重下跌，一度出现"康熙萧条"。1775年左右，乾隆朝达到巅峰状态，国库积有白银739万两。至1796年乾隆退位，也因国计民生的窒息，耗尽了国库积存。到了道光时候，无论是禁海还是被迫开放海禁，都制约了中国近代工商业的健康发展，无法与西方国家保持积极的贸易平衡，财源枯竭到开始靠借外债过日子了。因此，左、李海、塞之争的意义，也就在于它集中反映了禁海终于将中国禁到了山穷水尽的地步。

左、李二人一生磕磕碰碰的事不少，两人谁也不肯服谁。老李瞧不起老左"三试不第"，常以"本人进士及第"自傲，说出"少年科第，壮年戎马，中年封侯，晚年洋务，一路扶摇"一番得意话。老左不服，已经成了官居陕甘总督的一品大员，还要求赴京参加殿试，求朝廷赏个类似今日"博士"或"博士后"之类的学位。两宫皇太后明白其用意，立刻颁旨敕封"东阁大学士"，给了那个时代知识分子最显赫的荣誉职称。慈禧老佛爷很会运用手腕拉拢有治国能力的人，并破解"好马不同槽"、"一山不容二虎"之类的难题，让若干中兴名臣都为其卖尽力气。可惜大清国日暮途穷，集中了那么一大批拔尖人才，也无法挽狂澜于既倒。

中法"不胜之胜"与"不败之败"的诡异

法国原本以"陆上强国"自诩，一度重陆轻海。法兰西人生性浪漫，喜欢田园牧歌式的生活情调，酷爱钻进阿尔卑斯山的丛林里打猎，或充当骑士为情妇与情敌决斗，而厌恶去大风大浪里玩命。英、法两国在长达百年的争斗中，一个是通过海上寻求权力，一个是通过陆路进行扩张，而法国的大陆思维总是在英国的海洋思维面前败下阵来。拿破仑咽不下这口气，挟法国大革命之优势，将几乎所有欧洲国家动员起来，建立对英国的"大陆封锁体系"，立志要"用陆地征服海洋"。不想英国还是棋高一着，在广袤的海洋纵横捭阖，使得拿破仑的"大陆封锁"有如"封锁天上的月亮"。而大不列颠人借势对大陆国家实行反封锁，很快捆住了法兰西及其依附国的手脚，断绝了这些国家来自海上的供应，让他们很快陷入战争及生活资源供应的枯竭。大陆同盟也顷刻之间土崩瓦解，国内外都在窝里反，你死我活地厮杀成一团。拿破仑帝国后来在与俄国旷日持久的争斗中，彻底走向崩溃，他本人也被囚禁到一个海岛上度过屈辱的余生。

法国人痛定思痛，吸取了路易十四和拿破仑背海而衰的教训，重新走上向海外扩张的道路。1860年，法军积极参与英国侵略中国的第二次鸦片战争，由一个名叫库赞的将军领队，在北京东郊八里桥大败清军将领僧格林沁，迫使咸丰爷带着老婆孩子弃城而逃，忍气吞声签下新的不平等条约。法国再次获得在中国内地传教和经商的特权，索取了一大笔赔款不说，还从圆明园抢走了大批奇珍异宝，用一把火毁了这座“万园之园”。库赞也因此成了法国的“功臣”，回到巴黎即被选为国会议员，法兰西国王还封了他一个“八里桥伯爵”。

法国人在中国尝到这些甜头，很快又单枪匹马，从陆、海两路展开新的侵略行动，挑起了中法之战。1882年，即光绪八年，法国军队向越南河内发动突然袭击，欲从这里打开进入中国内地的门户，直将战火烧到我云南省境内。另外，由其海军将领孤拔率领一支舰队进入东南海域，向台湾和福建沿海发动攻击。这时清政府内部出现了主战派与主和派，在朝堂上争辩不休，慈禧老佛爷一时没了主意，是战、是和犹疑不定，表现在具体行动上便出现了这边打那边和的乱象，甚至你打你的，我和我的，整个战局变得十分诡异。

彭玉麟、左宗棠、张之洞是坚定的主战派，在西南边陲派出老将冯子材等同法军展开激战，并与刘永福领导的黑旗军协同动作，挡住了法军深入大清国内地的脚步。主和派惟有李鸿章，但他掌控了清政府是和是战的外交决策权。当法国舰队一路通行无阻，拿下了澎湖，并直抵福建马江。现代著名作家张爱玲的祖父张佩纶，此时以三品顶戴花翎会办福建海疆事，赶紧给后来成为他岳父的李鸿章发了一份加急电报，请示是否应当以武力拒敌。李鸿章嘱其“不可自生事端”，静待朝廷出面跟法国人办交涉。两宫太后也随即发来懿旨，强调“仁至义尽，衅不我开”。法国看出大清国的疲软，由其驻福建领事出面公开宣战，仅用一个多小时，便击沉击伤在马江的大部份中国舰船，还彻底摧毁了马尾造船厂。张佩纶后来被参革职，发配黑龙江劳动改造，还在当地留下骂名。福建人说起此次马江之战，无不大骂直接指挥这场窝囊海战的“两张”、“两何”，脱口说出两句顺口溜：“两张没主张，两何无奈何。”张佩纶即“两张”之一，替李鸿章和两宫太后背了黑锅。

然战局的发展，并未如法国人所愿。孤拔登陆台湾，驻守该岛的淮军名将刘铭传坚决抗法，并得到福建督军左宗棠的有力支持，也凝聚了湘军及台湾本地的军心民气。刘永福领导的黑旗军也及时赶来，增强了打击外敌的有生力量。法国人在岛上几乎寸步难行，却处处挨枪子儿，死的伤的不少。孤拔气急败坏，转身去浙江攻舟山、定海。驻守定海的刘秉璋、薛福成等有些见识，率领当地军民与法军斗智斗勇，既有从炮台发出的炮弹，还有用土法频频打出的石弹，有效遏制了法国舰船的攻势。孤拔一天亲自爬上桅杆，钻进望斗瞭望明军沿岸布置的防御工事，寻找登陆的突破口。清军招宝山炮台守备吴杰巡逻时看到了这一幕，来不及请示报告，擅自做主开了一炮。孤拔竟被弹丸击中，眼前一黑，一头栽到甲板上。他勉强挣扎了几日，来不及送回巴黎与妻儿老小见上一面，便一命呜呼。

主帅阵亡，法军夺气。该国也寻思着在中国这么耗下去，陆、海两个战场疲于奔命，后果不堪设想，悄悄派人找直隶总督李鸿章商量停战谈判事宜。其意图很明显，趁其手中尚握有一些筹码，如澎湖还在其占领之下，可以叫大清国依惯例割地赔款，至少达到占有越南及在云南开辟殖民地的目的。此时清军陆、海两路都有斩获，士气有些高涨，忽然传来天津议和的消息，众将士将信将疑，人人扼腕嗟叹。老将军彭玉麟此时正在粤东督办海防，得知李鸿章暗中与法国人进行停战谈判，气得白胡须根根竖起，连声责问："哪一个和事佬专要议和"？他连夜上书朝廷，详细备述"五可战"与"五不可和"，字里行间充满慷慨之情。

中法开战之初，李鸿章本来也有过一点儿主战的冲动。在一次"饬令各地筹备畿防"的朝会上，他在太后和皇帝面前拍过胸脯："臣练军简器，十余年于兹，徒以经费太绌，不能尽行其志，然临敌因应，尚不至以孤注贻君父忧。"待到海、陆两路真打起来，他很快失去信心，没了丝毫硬拼下去的底气。他似乎也有一些理由，包括说得出口的和说不出口的。说得出口的，朝廷之所以有过一次海防大筹议，朝野上下形成创建海军的共识，主要还是1874年日本出兵侵台引起的震撼，他当时一句话说得反对派哑口无言："没有铁甲舰船，总不能让清军将士泅水去台湾打小日本吧？"慈禧老佛爷很痛快地准了办海军的奏折，眼光也只是盯着身边的小日本，因而抠抠搜搜，小鼻子小眼儿，仅拨了400万两白银，不及皇宫一年吃喝的花销，还得北洋、南洋两个水师对半分。亏得主管南洋水师的沈葆桢有大局观，担心这钱撒了胡椒面，有可能南洋、北洋都无法成军，主动提出将钱集中到他李鸿章手中，先把北洋水师办起来再说。而这时国库已经空虚，一时拿不出现成银子，不得已发了一个"红头文件"，指定从江南海关税银和地方厘金抽取，好歹凑齐这个数目。这也就是说，李鸿章还得挨着个儿去找各处的封疆大吏讨要，以那时催缴银钱的难度之高，还有"雁过拔毛"

的官场风气，摊派各地的银两很难一一兑现。他曾为此使尽浑身解数，该发威时发威，该放刁时放刁，该磕头作揖磕头作揖，不知得罪了多少同僚，结下了多少梁子，遭遇了多少明枪暗箭。到头来，海防费用还是左支右绌，顾得东来顾不了西。

说不出口的，他和身边的人也难脱官场潜规则，海军建设的财务账目一直为朝野所质疑。而最主要的，还是他本人办海军眼界并不高，一出手就是败笔。他请了一个根本靠不住的英国人当顾问，此人名叫赫德，压根儿不懂海军，只一味想着借这件事为他的国家也为他自己多捞些好处。20多年前，恭亲王奕䜣和李鸿章欲向英国购战船镇压太平军，赫德就曾伙同一个叫李泰国的英国人，拿着中国白花花的银子，武装了一支小舰队开进中国海域，连船带炮带水兵通通是英国原装，还美其名曰“中英联合舰队”，让朝野上下哭笑不得，白赔一大笔银子退了回去。李鸿章这次又被赫德花言巧语哄得团团转，从该国买来已经老掉牙的“蚊炮船”，瘦小的船身，歪斜的桅杆，孤零零蹲在甲板上的一门火炮，验船时还擦枪走火，一发子弹呼啸着直奔李鸿章而来，险些要了他的老命。只因担心反对派借机发难，不得已“打碎牙齿往肚里吞”，胡诌了几条“蚊炮船之优点”敷衍朝廷。随即忍痛拿出一大笔银子，直接派亲信从欧洲购回“定远”、“镇远”、“济远”等较为先进的舰船，然至今尚未训练成军。他听人说过，在海战中如无很好的整体配合，再好的舰船也等于一堆破铜烂铁。这几条花大价钱买来的军舰，可是北洋水师将来能否站住脚跟的顶梁柱，也是他本人日后在朝廷说话有无分量的重要砝码，绝不能毁在这场准备明显不足的战争里。

李鸿章曾凭三寸不烂之舌说服西太后，既然没有打赢法军的把握，那就宁愿在法国人面前服点儿软，以免把事情闹到不可收拾的地步。此时眼看海、陆战场出现了有利清军的态势，他立刻想到抓住这一线转机，充作与法国人谈判的筹码，赢得较大的协商空间，总比日后输得砸锅卖铁强。而正在隔岸观火的英、美、德等国，这时既不愿看到法国人取胜影响他们在华的利益，也不愿看到中国取胜从而凝聚更大反抗势力，危及列强在亚洲的霸权。这些国家串通一气，这边逼迫清国那边敦促法国罢战议和。一时之间，诸国公使往来北京和天津之间，上蹿下跳，颐指气使，哗里哇啦，咄咄逼人。

法国人本已进退两难，就坡下驴，求之不得，还顺势在列强面前卖了个好。该国摸透了大清国的软骨症，在谈判桌上以胜利者自居，提出这样那样苛刻条件，都是狮子大开口。李鸿章守住一条底线，只求此次议和不赔款，避免朝廷财政雪上加霜，别的条款都只皱了皱眉头，便让海军顾问赫德所指派的一个心腹，在巴黎与法国草签了一纸停战协定，并由慈禧太后正式发布了停战令。随后，李鸿章与法国公使在天津正式签约，承认越南为法国的保护国，并且给予法国在云南、广西通商的特殊权益，还规定以后在两省修造铁路必须与法国协商。法国人还要求清政府解散其难以对付的黑旗军，并以拒绝交出他们占领的澎湖列岛相要挟。刘永福这位出身草莽的抗法英雄，最后被清政府威逼利诱，打发到一个偏僻海岛上，当了南澳镇总兵官。他头上的棱角、身上的锐气也被磨光了，在庞大的官僚集团内再也没能有所作为。

"法国不胜而胜，中国不败而败"，一场诡异的战争，有了这样诡异的结局。人们不禁要问，这是为什么？

洋务运动原来不属"洋"

就是在中法之战之后，李鸿章被国人扣上了"卖国贼"的帽子，以他为首推展开来的"洋务运动"也受到了越来越多的非议。这场战争的确是一块试金石。中国在第一次鸦片战争结束以后，便着手开展"洋务运动"，至中法战争已经数十年，各地办的洋务、上的项目已经不老少，船和炮也造出一大堆。人们有理由质问，为何中法一战还会出现如此不堪的结局？现在回过头来剖析一下，深层的原因还是办洋务没有办到点子上，没有从根本上摆脱背海而衰的厄运，"洋务运动"原来不属"洋"。

在大清国，"洋务"也一直被称为"夷务"，说明这"洋"字乃洋人之洋，而非海洋之洋。这个字面上容易被人忽略的差别，却决定了李鸿章等人标榜的"自强新政"，一直是舍本逐末，因而始终不能在外国侵略者面前表现为自强的事实。这个问题梁启超在那个年代似乎有所觉察，曾著文批评说："其于西国所以富强之原，茫乎未有闻焉，以为吾中国之政教文物风俗，无一不优于他国，所不及者惟枪耳炮耳船耳铁路耳机器耳，吾但学此，而洋务之能事毕矣。此近日举国谈时务者所异口同声，而李鸿章实此一派中三十年前之先辈也。是所谓无颜效西子之颦，邯郸学武陵之步，其适形其丑，终无所得也，固宜。"

这场洋务运动的目标，先是求强，名之为"自强图存"。正如恭亲王奕䜣在一篇奏折中所说，治国要做到自强，自强以练兵为要，练兵又以制器为先，"我能自强，可以彼此相安"。当时经过两次鸦片战争，朝野上下承受了西方列强坚船利炮之痛，不但将"自强图新"的目标锁定在向外国购买枪、炮、兵船方面，也积极创办军火工厂及其他相关工厂，并聘用外国技师帮着"习机器、制轮船"，在天津、上海、福建、武汉等地出现了近代工业的雏形。1865年，在上海建立江南机器制造总局，还专门设立翻译馆，及时引进海外先进技术资料。同年，又在南京建立金陵机器制造局。1866年，在福州建立马尾船政局。1870年，在天津建立军火机器总局。如曾国藩在安庆创设的军械所，主要制造子弹、火药、炸炮等，在湘军攻陷南京后，由安庆迁到南京，不断扩充成为清政府最大的军事工厂。左宗棠创建的马尾船政局，也成了大清国兵船的主要建造基地。

接着是求富，重点兴办了一批基础工业和民用工业。1878年，左宗棠在兰州建立了兰州织呢局，成为中国最早的一家机械化的毛纺织厂。1880年在上海建立机器织布局，则是中国最早的机器棉纺织厂。此后，还有天津设立的南北电报局，河北的开平矿务局，以及唐山的开滦煤矿和启新洋灰公司。其中规模比较大的，有两广总督张之洞筹划建立的广州炼铁厂，因其很快调任湖广总督，正在筹办的炼铁厂也迁至汉阳，1890年在大别山下动工兴建，用了3年时间基本建成汉阳铁厂，共有6个大厂、4个小厂、2座炼铁炉。到辛亥革命前夕，汉阳铁厂工人达到3000人，每年出钢7万吨。还有李鸿章筹办“招商局”，乃中国最早设立的轮船航运企业。除上海设总局，还在烟台、汉口、天津、福州、广州、香港以及横滨、神户、吕宋、新加坡等地设分局，有了不小的经营规模。其间，还开设了专门从事沟通中外语言交流的同文馆，兴办培养办洋务的各类人才的洋务学堂，并开始大量选拔青年知识分子出洋留学。风气所至，还有一些留学西洋者向国内翻译介绍西方先进思想的著作，开西风东渐之风气。

应当说，洋务运动是中国那时一次颇具规模的对外开放，那些洋务派的头面人物，不论是办军工以求强，还是办基础和民用工业以求富，其出发点也有好的一面。但他们有个与生俱来的致命弱点，那就是从根本上忽略了欧洲国家“若要强，下海洋”，不仅政府下海，老百姓也下海，并且是用全民下海托举起整个国家的海洋事业。而曾国藩和李鸿章最初购买轮船的目的是用来镇压太平军，这就决定了他们从一开始便严格禁止民间购买和使用轮船，只许官方独家经营。据一些史料介绍，轮船在中国的河、海之间航行了近30年，民间商家仍不许问津。他们不肯让民间拥有轮船更不肯放手让民间参与发展海洋经济，开拓国家积累财富的新路。直到同治、光绪年间，除近在咫尺的朝鲜可以指定口岸设卡收税，允许两国边民进行边境贸易，其余地方的商民凡与海外商人往来者，仍然被视为“奸民”，一经查获便“系狱论罪”；对来自海外的商贸交往，也是依旧把重点放在防和堵上，无意取得经营海洋的主动权。因此，除了英、法、美等西方国家强制开放的口岸外，其余港口都还是禁区，一派荒凉、落寞和冷清的状况，与欧洲的大航海适成鲜明对照。

从骨子里说，洋务派也绝不愿意承受开放海洋必然会带来的对现行社会秩序的巨大冲击，士农工商的等级制度乱了，整个封建专制制度的社会基础也就动摇了。这样一来，大清国的经济也就无法从根本上改变原有大陆体系的固有缺陷，亦无力冲破小农经济传统生产方式及其上层建筑的种种局限。实际上，不过是想拿银子买来寄生在欧洲躯体上的近代工业，实现倚赖西方列强的“自强”，怎么看都像个头戴瓜皮帽、身穿洋坎肩的怪物。最初兴办的一批工业项目，建立的都是官府独办的畸形模式。这些工厂完全由某些官僚集团主持和控制，所生产的产品仅供应朝廷和军队，并不作为商品对外销售，更不会投放到市场进行经营。因此，整个投入、产出的过程既不讲成本也不讲效益，本身无法产生从利润转化而来的资本积累。办厂所需资金，完全依靠主持其事的官僚集团“八仙过海，各显神通”。一般是从封疆大吏们所掌握的军饷中拨出一部分，或从当地的关税及厘金收入中截留一部分，支撑这些工厂的资金运转。还借势敲诈勒索，以填补经费的缺额。上海海关有个名叫唐国华的通事伙同两个海关稽查人员作弊自肥，被李鸿章抓到把柄，“因案革究”，拿出4万两银子“赎罪”，填了江南制造局的亏空。而所有的官办厂家都是只亏不盈，一个个都成了填不满的无底洞。

随后代之而起的是官督商办，即由官府出一部分银子，再招募私人资金入股，组成官、商联合经营体。当时提出“以土产敌洋货，力保中国商民自有之利权”，将一些下台官僚搜刮百姓得来的钱，农村地主收地租积攒的钱，以及一些富商大贾经营牟利的钱吸引过来，大概还有小商小贩节衣缩食积攒的钱，似乎有了一些起色。然而，官督商办的实质，仍然是一切权力归官府，企业的经营、管理，尤其是财务收支，都控制在官府指派的总办、帮办手里，认股的商家无权过问。这些官员将当官做老爷的一套用来抓生产经营，不但将这些新式企业衙门化了，还带来了官场的腐朽习气，到处遭遇潜规则。企业有了经营效益，私人投资者眼巴巴等不来红利；企业发生亏损，一股脑儿都算到私人投资者身上，叫你“吃不了兜着走”。官督商办也因此声名狼藉，在私人投资者眼里成了“光吃钱不吐钱的老虎机”，避之惟恐不及。

在洋务派中，某些有识之士已经觉察出了官办及官督商办的致命弱点，呼吁朝廷顺应舆情，大力发展民营经济，甚至有了“官退民进”的意思。湖南人郭嵩焘了解西方国家皆以民营经济为本，极力鼓吹大清国“通商贾之气”，允许民间商人自由经营造船、制器等行业。有人还直截了当批评李鸿章等人办洋务，学习西方“不师其法，惟仿其器”，其结果“未收富强之效，徒使国兴聚敛，而官中私饱，此不揣本而齐末，故欲益而反损”。然而，这些言论不但触怒了既得利益集团，也触怒了顽固的守旧派，纷纷跳出来鸣鼓而攻之。郭嵩焘出使欧洲，因其所写见闻录对西方文明多有称赞，还被扣上“汉奸”、“卖国贼”的帽子，朝野上下大张挞伐。他不得已挂冠而去，回到湖南祖居之地，连家乡父老也容不下他。

清政府不允许民间参与海洋经济的发展，不等于民间真的就不参与。西方国家的大批商船驶入我们的江河湖海，直接与本地商家进行交易，官府想管也管不住。一些从事海上贸易的中国人还利用官府害怕洋人的心理，纷纷寻求洋人的保护，忍痛交出一笔“保护费”，在自家船上悬挂一面外国旗帜，便堂而皇之来去自由。当时还流行一种“诡寄经营”，即中国船主付给某个洋商一笔费用，由其谎称租赁了这艘中国船，该船不但可以在江河湖海通行无阻，还能名正言顺得到类似洋人船舶的优惠待遇。而签发航行证的，实际是各国的领事馆，这些外商仅以举手之劳，即坐收一笔又一笔“注册费”和“管理费”，因而乐此不疲。中国商船也乐得免去地方大小官吏的克扣和纠缠，也心甘情愿掏钱孝敬那些为他们提供保护的洋大人。那时候，海面上、河流中，以及广州、上海、厦门等重要港口和商埠，满眼尽是飘扬外国旗帜的船舶，难得一见挂中国旗的船只，白花花的银子也跟着流进了洋人的腰包。

因为洋务运动不属洋，也决定了由此起步的海防建设缺乏海洋大局观，无法建设真正意义的海军。现在评价李鸿章，不能不肯定其当年建设海军的积极态度。他曾大声疾呼：“今则东南海疆万余里，各国通商传教，往来自如，麇集京师，及各省腹地，阳托和好之名，阴怀吞噬之计，一国生事，诸国构煽，实为数千年来未有之变局。轮船电报之速，瞬息千里，军器机事之特，工力百倍，又为数千年未有之强敌。外患之承，变幻如此，而我欲以成法制之，譬如医者疗疾，不问何症，概投之以古方，诚未见其效也。”那时的朝廷谕旨，也说出了一些要紧话：“海防关系要紧，既为目前当务之急，又为国家久远之图，若筑室道谋，仅以空言了事，则因循废弛，何时见诸实行？”无奈，他们所说的破除“成法”也好，“为国家久远之图”也好，都只停留在购船购炮或造船造炮的技术层面，全然不顾欧美国家的海军是跟着他们不断深入的海洋实践发展起来的，并以在航海大潮中发展起来的近代工业和资本主义社会制度为基础。大清国依靠进口西方先进舰船组建的海军，却嫁接在我们无比薄弱的工业基础和落后的封建制度上，并置身于全民禁海的社会现实中，不可避免严重缺钙，成了软骨症。不说别的，万一欧洲国家拒绝提供船炮零配件，后果都不堪设想。

而此时西方的海防观念已经前进到全面建设制海权，而不是有几条军舰就意味着有了海防。瑞士一位著名军事理论家在19世纪30年代便明确提出：“海上均势是欧洲政治均势最重要的组成部分。”并强调“制海权对入侵大陆的结果有很大影响”，已经涉及到了一个国家海防与陆防的总体战略布局。葡萄牙、西班牙、荷兰等海上先发国家，因为缺乏建设制海权的整体考虑，仅靠称雄一时的舰船在海上独来独往，已经沦为英、法等海洋大国的小兄弟。大清国仅凭那么几条舰船，以及一群拖着长辫子的水军士卒，在这样的国际国内环境里能混得下去吗？从这个意义上说，李鸿章在法国舰队面前的心虚胆怯，也不是一点儿道理都没有。

事实证明，没有浩瀚大海惊涛骇浪的冲刷，没有全民大航海带来席卷一切的“大气旋”，无论是洋务运动，还是海防大筹议，都无法给古老的中国带来任何有深度的改变，医治不了社会愚昧落后和因循守旧的痼疾。最具讽刺意味的，莫过于大清国修铁路了。其中，同治四年（1869年），美国商家在北京宣武门外修建了一条一里多长的铁路，打算作为样品引起中国人的兴趣，不想“斩断龙脉”、“破坏风水”的谣传四起，没几天就被北京步军统领衙门拆掉。光绪六年（1878年），怡和洋行修建了从上海到吴淞的铁路，也引来大小官员一片反对声，借口压死一个士兵带来了霉运，以28万两白银买下拆毁，将铁轨投入到台湾海峡中。还有从唐山修到胥各庄一段长22里的铁路，因为急需用来运煤，地方绅士一时似乎找不到拆卸的理由，却提出火车头的嘶鸣会惊动大清国祖宗陵寝，只许用马和驴子拖着车厢在铁路上蹒跚……

针对洋务运动，梁启超曾经提出这样一个尖锐的问题：“谓李鸿章真知洋务乎？何以他国以洋务兴，而吾国以洋务衰也？”多年来，一般的回答似乎都在封建社会制度的制约，这当然有一定的道理。不过想一想，欧洲国家不也是打从中世纪过来的吗，他们的君主制再加上教会对社会的禁锢照样严厉和根深蒂固。但大航海一来，一举荡涤了这些国家的封建元素，经济基础和上层建筑一起脱胎换骨。李鸿章们有意无意规避举国走向海洋，也就规避了洋务运动对其安身立命一整套固有体系的冲击，热热闹闹的“同治中兴”不过是在已经陈腐的社会躯体上涂上一层斑斓色彩。“洋务运动”不属“洋”，本身不过是一眼枯井，汲取不了来自浩瀚海洋奔腾的活力，大清国的气数自然很快就要油尽灯干了。

马汉时代，中国成了列强海权盛宴的“下酒菜”

在笔者认识的海洋专家中，有的肯定马汉以鸿篇巨制阐述的“海权”，认为它精辟概括了自世界地理大发现以来各国经略海洋的实质；也有的不喜欢“海权”这个字眼，认为它与海上强权争霸血淋淋的历史密不可分。但是，不管人们喜欢不喜欢，历史还是这样写着——“东半球的大不列颠堂而皇之地夺取了海权王冠，却将其理性思维的专利，送与了西半球的美利坚合众国。”那个名叫艾·塞·马汉的美国人，被世界公认为“海权理论之父”。他的海权论，将人类的海洋观提升到了一个新的时代高度，也让世界卷入一场新的海洋争夺，此时仍浑然不觉的中国再次陷入新的危机。

美国因马汉而强大

艾·塞·马汉1840年出生在美国西点军校一位教授家中，从安纳波利斯海军学校毕业出来，经历长达25年的海军生涯，当过好几艘战舰的舰长，参加了本国的南北战争，先后巡弋于加勒比海、南大西洋、南太平洋，还到过远东的中国和日本等世界海域。他大概天生是块搞理论研究的料，当舰艇指挥官没有立下任何值得称道的战功，也没有得到足以引起国家和人民重视的军阶。他离开海军舰艇，被分配到美国海军学院任教，负责教授海军理论和海军史，有机会进行钻研和写作，也就有了一鸣惊万国的“海权论”。

有趣的是，他写出第一本海权著作《海权对历史的影响》，最初还遭遇了出版商不愿出版的尴尬。那也是美国崇拜名人的年代，如同我们国家现在崇拜富豪及歌星、影星、笑星一般。马汉只是一个教书匠，难得有机会在社会上混个脸熟，缺少知名度。那些出版商不认识马汉，也不认识海权，更不清楚《海权对历史的影响》会给他们的钱袋带来怎样的影响。很多出版商掂量了一下书名便摇头，看不出“卖点”在哪儿，还担心印书的成本收不回来。马汉抱着书稿一家挨一家推销，接连换了几座城市仍是碰壁，好不容易在波士顿说动一位出版商，在合同谈判中还一再让步，最后承诺作者自销250本书，以确保老板不致赔本，这才拍板成交。当时，大概连马汉自己也没料到此书会引起巨大轰动，全世界许多掌握国家命运的重要人物不得不在同一时间抢着阅读这本书。那位出版商也没想到，他会因这本书大赚一把，据说接连再版30多次，也没能满足世界阅读的需求。

马汉此书找到了一个很好的切入点。以往人们对历史的研究总是把通史和海军史分割开来，因而两者都忽略了海上力量的发展与人类历史进程的内在联系。马汉将这两者结合起来，纵观世界历史发展长河，横看海洋重大事件的切面，特别仔细分析了海上霸权国家与陆上霸权国家发生的战争，无不清楚说明前者得到的恰是后者失去的，清晰画出一条“向海而兴、背海而衰”的轨迹，得出海权一直左右各国历史发展的结论。海权是什么呢？他对比欧洲诸多海洋国家的兴衰成败，将其归结为一句话：“海权在广义上不但包括以武力控制海洋之海军，亦包括平时之商业和航运。”这也就是说，海权包括两部分海上力量，即用于控制海洋的军事力量和用于开发、利用海洋的非军事力量。两者互为因果，强大的海上力量保障国家财富的积累，而雄厚的财富积累又保证了国家海上实力的持续强大。这两者的有机结合，即是海洋国家既富且强的有效发展模式。

马汉捅破了这层窗户纸，立刻引来世界“大梦今方觉”的回响。德国国王威廉二世读罢该书，无比激动地说，他手里捧着这本世界“第一流的经典”，“不是在阅读”，而是在“吞噬”。英国人认定马汉此书是他们海权实践的理论升华，也以最快的速度让这一理论回到自己的实践中，围绕“控制”和“开发、利用”两个核心目标可着劲儿发展海上能力，率先造出世界海军装备史上赫赫有名的“无畏号”战列舰。其他国家立刻群起效尤，很快掀起一场制造巨型舰船的比赛，以致后来不得不签订《限制海军军备条约》相互制约。俄国和日本因马汉详尽分析了两国海权可能出现的重叠和交叉，还在对马海峡展开了一场规模空前的大海战。这本《海权对历史的影响》，也因此毫无争议地被评为影响世界历史进程的十大著作之一。

马汉海权论最直接的受益者还是美国。他在书中对本国国情作了既全面又透彻的分析，指出该国拥有成为全球性海上强国所需要的一切历史因素，只需政府提供领导、意志和能力，就能实现这一目标。美国的执政者大胆采纳他的诸多纲领、战略、方针、政策各个层面的见解和建议，在这个国家独立之后，仅用100多年的时间，就跃居至世界任何大国之上，直至现在还是全球惟一的超级霸主。虽然美国也曾有人批评马汉是“惟海军主义”者，但该国历代的执政团队无不将马汉海权论奉为强国的经典，一直到现在也没有动摇过。

当时担任美国海军部长助理的西奥多·罗斯福是马汉的密友，读过该书立刻写信称赞说，这是“一本非常好的书”，也是他“所知道的这类著作中讲得最透彻、最有教益的大作”。并且郑重地说：“如果我不把它当作一部经典的话，那就大错特错了。”在美西战争中，这位海军部长助理十分重视马汉“严密封锁哈瓦拉、马坦萨斯和古巴西部”的建议，以战略家的眼光对西班牙在太平洋上所占据的岛屿进行严密的监视，并在封锁古巴海域的同时，派一支分舰队远赴菲律宾作战。就这么几个“点石成金”的海上动作，美国不但获得了对加勒比海地区的控制权，还从西班牙手中割占了波多黎各、关岛和菲律宾，也在夏威夷、萨摩亚群岛站住了脚跟。

1901年，西奥多·罗斯福成为美国总统，将马汉连同他的海权理论一起请进白宫。马汉被任命为这位美国总统的海军顾问，他的海权论也就成了这个合众国以海强国的根本指导思想。马汉曾提出这样一个观点：“自身利益是国家政策不仅合理而且根本的缘由所在，对此不用做什么虚伪的遮掩。按自身利益行事作为一个原则，一般地不需要任何证明，虽然针对具体事例或许需要如此。”这在现在，也是美国任何一届政府协调和处理国际事务始终不渝的原则。他们经常挂在嘴边的一些让人觉得高尚、亲切的词汇，诸如“公平”、“正义”、“友谊”、“伙伴”、“人权”之类，不过是“针对具体事例或许需要如此”的漂亮包装，骨子里无一不是为了该国的自身利益，谁要拿这些漂亮言辞当真必然吃亏上当。从根本上来说，按自身利益行事也是国与国之间普遍的游戏规则，国家不消失这个游戏规则也不会消失。

马汉还说：“历史不赞成这种观点，即坚信和平就是保证战争不会发生。”他所论述的战争与和平的关系，显然同我们东方哲学的理解大不一样，无奈现在的世界还在按照西方的观念行事，东方哲学还属“非正统理念”。美国多少年来不怕没朋友就怕没敌人，不怕世界不平静就怕自己的强大武力无处使，这些年他们以“世界警察”自居，看谁不顺眼便实施制裁和打击，动不动就是武装干涉，很多地方至今也消停不下来。在这样的国际氛围里，面对战争与和平的严肃问题，人们同样天真不得。

具体到海上力量建设，马汉的海权论在1889年发表以后，美国海军政策委员会立即找出该国缺少海外殖民地，海外贸易主要依靠外轮往来运输，国外市场面狭小，工商业竞争能力不强等薄弱环节，向政府提出一系列针对性很强的建议，包括尽快建造200艘先进舰艇，弥补海上力量不足的缺陷。美国国会也很快通过《海军法案》，开始大规模发展海军。19世纪最后10年，美国海军实力由世界第12位跃升为第3位，仅次于英、法两国。第一次世界大战后，美国已经成为世界上最强的海权国家。第二次世界大战一结束，美国便完全控制了太平洋，以致成了该国的“内湖”。其军事基地遍布全球所有海域，海上打击能力伸进世界各地，航母舰队群随时可以出现在任何一个沿海国家面前。

马汉还从其海权思想出发，积极督促政府争夺巴拿马运河的开凿权和管辖权。早在1880年，马汉获悉一个审议巴拿马运河问题的国际会议结束后，法国正式成立了洋际运河工程总公司，并得到开凿运河的租让权。当即看出这条切过狭窄的巴拿马地峡的运河，连通大西洋和太平洋，对美国海洋战略和经济发展具有深刻意义，立刻提出为控制巴拿马地峡，美国必须在巴拿马运河动工挖第一锹土时，便着手建设新型海军。1898年，美国海军研究机构根据马汉思想提出具体建议，全力应对法国开凿巴拿马运河对美国可能构成的威胁。此后，因法国在巴拿马地区经营管理不善，不得不出卖巴拿马运河的租让权，以老罗斯福和马汉为首的海权派，强调美国必须将巴拿马运河控制在手中，而不能让给任何一个欧洲国家。美国政府先与英国进行一场旷日持久的谈判，排除了这个强劲对手的干扰。接着采取威逼利诱、声东击西、欲擒故纵等伎俩，迫使法国人就范。1903年，美国又策划巴拿马脱离哥伦比亚独立，然后从巴拿马手中夺得运河开挖权和“永久租借”权。巴拿马运河最终由美国建成，自1914年通航至1979年一直归美国独自掌控。此后，经历了一段美国和巴拿马共管期，直到1999年底才将全部控制权交还给巴拿马。

美国抢占太平洋诸岛，建设向世界扩张的海上前进基地，也是马汉给予的建议。马汉专门分析过欧洲强国在世界各地强占殖民地对其海上扩张所起的作用，认识到隶属于宗主国的殖民地，“是从外部为它的海上力量提供最可靠的支援”，不论进攻或防御都能将其海上优势发挥得淋漓尽致。但美国在海外没有这样的殖民地，并且也不可能再拥有，因为美国独立建国之后，世界已经基本被瓜分完毕，这就使得美国舰船在战时“会像陆地上的鸟一样，不能远离自己的海岸线”。马汉据此提出，必须抢占太平洋中的岛屿，弥补美国作为迟到者的不足。他说：“一个政府为自己提供发展海权国家的使命，首先要做的是为战舰提供歇息场所，以便它们在那里能够补充燃料和进行维修。”在美西战争之前，美国就已经在太平洋占领了一系列的岛屿，如豪兰岛、贝克岛、贾维斯岛、金门礁、约翰斯顿等。在美西战争后，美国继夺取古巴和菲律宾，又在1899年吞并位于关岛和夏威夷之间的威克岛，并通过各种方式，独占了北太平洋与南太平洋的咽喉要道东萨摩亚。1917年，美国还从丹麦手中“购买”了维尔京群岛。所有这些，都为美国今天称霸世界的海洋布局发挥了不可估量的作用。

马汉还最早提出英、美结盟的设想，以“确立同一种族对海洋的支配”。他具体分析了美国与英国的渊源，不但有共同的血缘关系，还有意识形态的基本一致，完全可能“建立联盟意义上的联系”。这很快成了美国外交战略上一个基本理念，如美国最初向外扩张时，即使眼红英国率先入侵中国所占有的巨大利益，也只提出“利益均沾”，避免直接从英国的锅瓢碗盏里抢食。英国也因此投桃报李，带头认可了美国的“门户开放”，允许其参与在中国的利益分配。联合国成立以来，美、英在安理会让人觉得是两个国家共一个脑袋。“9·11”事件后，小布什借反恐发动伊拉克战争，真正紧紧追随其后的死党也就是英国首相布莱尔。

马汉海权论还有一个重要出发点，海上贸易是国家致富的重要途径，民族繁荣和强盛的主要因素，因此控制海洋的前提是国家要拥有足够的商品进行海上贸易，拥有足够的商务船只和基地，拥有足以保护海上交通线的强大海军。1895年至1896年，美国经过国会充分辩论，使国家立法与政府执法、海军执法浑然一体，将海洋战略纳入国家的整体发展战略。随着控制海上的能力不断向世界各地延伸，其开发、利用海洋的能力也一路飙升，让其具备了成为世界第一强国的雄厚资本。

马汉1915年去世，而美国马汉级的驱逐舰至今一直非常活跃，这似乎也是一种预示，马汉及其海权论在今后一个相当长的时期还不会过时。

马汉关注中国，中国不关注马汉

还在美西战争期间，美国刚刚将其触角伸进西太平洋，马汉立即将目光投向中国，找准他的国家在中国的利益坐标。他毫不含糊地告诉美国执政者，“当前的主要利益焦点是中国”。他分析说，这个国家幅员广大又处于动荡之中，而在中国四周还有其他陆上的或海上的富庶地区，构成了从爪哇到日本的东亚世界的中心，因而鼓吹所有海上强国都需要在中国海岸拥有地盘。多少世代，中国的封建王朝自诩为世界的中心，此时在马汉眼里真的成了一个中心，不过再也不是“万邦来朝”的中心，而是所有西方列强集合起来瓜分豆剖的中心。

马汉看得很明白，中国已经是列强瓜分世界的“最后一顿晚餐”，迟来的美国再也不能错过最后的机会。1898年，美西战争刚结束，马汉再次发表文章提醒政府，“菲律宾是我们到中国的踏脚石”，强调“菲律宾本身的商务，比起中国商务来，不过是巨桶中的点滴而已，菲律宾乃是供给我们发展对华贸易的基地”。随着列强瓜分中国的脚步在加大，他又发表文章说：“中国已经纳入西方利益的范围，巴拿马运河、夏威夷和菲律宾的重要性在于成为进入中国及其长江流域的重要通道，成为我们在中国采取行动取得成功的领土支撑点。”

马汉还就如何妥善处置中国这个“利益焦点”绞尽脑汁，拟出一套能让所有列强都乐于接受的方案。他为西方列强献计：“海上强国需要在中国海岸拥有地盘，并开辟它与世界的自由交通，它们可以直言不讳地声明长江的可航行河段是它们进入中国内陆的必经之路和在当地发挥影响的中心。”同时也顾忌到俄国，“如果反对俄国涉足中国海岸，这看来也无道理，而且会毫无必要地激起俄国的仇视”，主张欧美国家应与俄国达成谅解，将各自在中国的利益建立在“按互让精神对现实的承认之上”。此外，马汉也看出通过明治维新崛起的日本迟早会染指中国，并且分析凭这个小小岛国的能耐也只能撕咬与之邻近的中国，再往大里膨胀“气球”就破了，提醒西方列强据此调整好与这个东方新兴国家的关系。最终回到美国在华利益，他提出既要期望通过商业和政治联系“从而改变中国”，同时强调美国在中国可以凭借海上的力量，充分发挥其机动性，确保这顿瓜分殖民地的“最后的晚餐”能拿到美国应当得到的利益。

马汉对中国的精密盘算，为美国主张“门户开放”提供了具体的行动指南。美西战争之后，美国驻华大使康格惊乎，短短几年之内，列强在中国的“势力范围”已经基本成型，长城以北落入俄国之手，山东成为德国的势力圈，长江流域基本为英国所控制，云南、广西、广东为法国人掌握，福建、台湾处于日本的占领和控制下。美国作为迟到者，立即按照马汉的思想，向列强提出“利益焦点”的“利益均沾”。美国主动承认西方列强在中国的既得利益，表态不干涉任何一个依照条约开放的通商口岸，尊重列强在华的“势力范围”或租借地。美国同时也提出自己的利益要求，该国船只进入上述通商口岸，列强不得征收比对本国船只更高的港口税；美国商品进入列强在中国任何一处的“势力范围”，列强也不得利用其所修建、控制及管理的铁路，在同等里程内，抽收比本国同类货物更高的运费。马汉既要求自己的政府在列强面前放下身段，也让美国准备好足够的硬实力，应对有可能出现的利益纠纷，将其归结成一句话：“以海军为工具，可以要求他人听从自己的意见。”

应当说，这个美国人无论怎样算计我们都不可怕，你怕也没用。可怕的是在他这样精细而又直白的算计面前，大清国保持了惊人的沉默。非常奇怪，在世界引起那么巨大反响的马汉"海权论"，却看不出在当时的中国有多大反应，似乎人家是在叨叨隔壁邻居的事，根本用不着我们去关心和过问。

这里要说说当时的大翻译家严复老先生。此公一生辛苦备尝，翻译了赫胥黎的《天演论》、亚当·斯密的《国富论》、斯宾塞的《群学肄言》、孟德斯鸠的《法意》等等，积极向国内传播欧美先进思想，努力开启民智，被称为中国近代史上向西方寻找真理的"先进中国人"。这些自然是应当肯定的。不过，严格说来，严复应当归入国家海军人物系列，从这个角度则暴露出中国那时的精英分子忽视海洋，也忽视马汉的严重缺陷。严复1866年考入家乡福州的船政学堂，因成绩优异，可堪造就，公派留学英国，专门学习海军，先入普茨茅斯大学，后转到格林尼治海军学院。1879年毕业回国，任福州船政学堂"教习"，次年调任天津北洋水师学堂"总教习"，后升为"总办"，比照现在的职务，乃教务长和校长。这么一位科班出身的海军人物，又执掌过大清国海军的最高学府，最后还做到了视野应当非常开阔的北大校长，按理完全有条件成为中国的马汉。然而，当"海权"已经成了那个时候世界最热门的话题，马汉也在喋喋不休发表对中国的言论，却始终看不出严老夫子对此有何反应，仿佛根本不屑与这位美国同行对话。此后不久，严复彻底转向，从主张维新到坚决守旧，将自己的精力全部投入旧学，"以保持吾国四五千载圣圣相传之纲纪彝伦道德文章于不坠"。辛亥革命后，他还一度党附袁世凯，卷入洪宪帝制，为世人诟病。中国历史上最有头脑也最有学问的一位海军人物，竟然是这样的人生结局。他不在海上前进，便向复古倒退，很是耐人寻味。

其实，当时中国最应该学习和借鉴的就是美国。这个新兴国家原是被欧洲列强争来夺去的一块殖民地，比中国的处境还糟糕。不想英国重利盘剥和残酷的高压政策，反倒使北美13个殖民地凝聚成了"美利坚人"，有了自己的民族和民族文化。这些殖民地团结一致与英国展开殊死搏斗，到了最后的反攻阶段，华盛顿亲率大军南下弗吉尼亚，同英国展开一场最终决定胜负的大海战，控制了整个战区的制海权，取得了独立战争的胜利。随即以海强国，很快跻身列强，再一跃而为列强老大。尽管美国这条霸权之路不足法，中国现在所要争的也只是世界诸民族中的平等一员，但像美国起步阶段那样，以海强国，总是应该的。

李鸿章晚年曾感叹："中国诚能练兵防海，日图自强，不独朝鲜弱小未敢藐视，即欧西大国亦未尝不敬而畏之。"从《清实录》有关资料来看，那时中国也在忙着造船、造炮，可惜国家无既定之大目标，地方分散主义又吞噬了原本有限的财力，技术也无法得到改进。光绪二十一年（1895年），有奏报福建船厂岁需白银60万两不能到位，"铁甲巨舰仍未能自制"。光绪二十四年（1898年），有奏报谈及福建船厂造鱼雷，银子花了不少，工程技术人员也肯卖力，然外洋各国战船的速率日增，其鱼雷船每小时能行23海里，其他战船每小时也在18海里左右，而我们造出来的鱼雷船每小时航速仅11海里。主持其事者摇头叹气："国家不惜巨款办理船政，要贵适于战、守使用，若速率太少，必致相形见绌也。"

到后来，清政府黔驴技穷，面对内忧外患，不得已向国内宿敌义和团求救，冀望用"刀枪不入"的符咒对抗从海上杀过来的西方列强。人家都讲海权了，大清国却退回去讲"神权"。不曾想，毫无节制的义和团运动发展到了盲目排外仇外，蜕变成了群众暴力，让八国联军找到口实，发动了对北京的全面进攻。在强敌面前，李鸿章、张之洞等人搞"东南互保"，隔岸观火。义和团武器落后，又缺乏最基本的军事训练，在炮火纷飞中只能念念有词："弟子在红尘，闭住枪炮门，枪炮一声响，沙子两边分……"最后，还得依靠京城名妓赛金花用自个儿的姿色当本钱，央求统率八国联军的瓦德西少杀一些同胞，少烧一些北京的四合院。

笔者写到这里，想起了李鸿章与俾斯麦的一次对话。李鸿章那时背着卖国贼的骂名贬了官，有些郁郁不得志。他在德国问俾斯麦："如果一个做大臣的人，想要给国家尽力办事，但朝廷上所有人的意见都与他不合，合起来拉他的后腿，在这样的情况下他还想按自己的想法办事，该怎么办呢？"俾斯麦回答："最重要的是得到皇帝的支持，有他的支持就能独揽大权，那还有什么事办不了？"李鸿章说："比如现在有一个大臣，他的君主无论谁的话都听，君主身边那些大臣侍从，经常狐假虎威，借君主的名义干涉大事。要是这样，这个大臣该怎么办呢？"俾斯麦想了很久说："一个当大臣的，假如用真心操劳国事，估计没有不被君主体谅的，惟独在妇人女子手底下办事，就不好说了。"李鸿章沉默了，俾斯麦的话似乎说中了他的心思。因为那时的中国恰好就有这样一个女人，时至今日很多人也乐于把晚清危局的一切责任推到这个女人头上。

我们国家的很多事情大概坏就坏在这里，凡事只问人事，而不深究那些比人事更深刻的东西。

日本砍向中国的"一把快刀"

1853年，随着几艘周身漆黑、突突冒着黑烟的美国船驶入江户湾，惊破了东瀛锁国的悠悠长梦。统领这些黑船的美国人柏利连唬带吓，迫使日本幕府井伊大老签下《日美亲善条约》后，英、法、俄等国也开着炮舰来了，强制日本给美国啥好处也得给他们啥好处，名之为“机会均等”。荷兰此时已经过气，用了柔性的办法，也向日本提出了他们的利益要求。此时日本的命运大致与鸦片战争后的中国相似，被迫与列强签订的这个那个条约，除了没有战争赔款，别的都大同小异。列强深入了解这个岛国地理位置的战略价值后，还纷纷使出手段，在对马海峡等处展开激烈争夺，如同一群野狗围着一块带骨肉撕扯不停。

但大和民族是个善于从逆境中崛起的民族。该国在顽强反抗入侵者的斗争中，还巧妙利用列强之间的利害冲突，于夹缝中左右逢源，让每个入侵者都想拉拢其去对付另一个入侵者，然后分别同美、英、法、俄各国软磨硬泡，居然将原来所签的不平等条款都变成平等互利条款。他们在国内由“倒幕”，而“尊王攘夷”，而“明治维新”，深刻领悟到了，既然西方列强的到来已经是个客观存在，采取一概排斥和抵制的态度，吃亏受损的还是自个儿，倒不如主动从西方文明中汲取对自己有用的东西。1868年，明治天皇发出诏书，“应求知于世界，大振皇基”，坚定不移融入西方社会。关键的一步，是全面走向海洋，“开拓万里之波涛，宣布国威于四方”。这位天皇派出大队人马赴西方学习，甚至提出全盘西化，“脱亚入欧”，将欧美的政治、经济、军事、文化一股脑儿搬回来，对日本进行大刀阔斧的改造。同时确立了“海军建设为当今第一要务”的建国纲领，做出了重点发展海军的具体规划，并立即收编各藩属舰队，大量购买和打造战船。还设立海军及陆军大学，培养指挥海陆战争的精英，蓄势待发。

当时的日本人有这样的心气，如果能走上一条正道，比如严格遵守1868年中日两国签订《中日修好条约》，“嗣后大清国、大日本国信敦和谊，与天壤无穷。即两国所属邦土，亦各以礼相待，不可稍有侵越，俾获永久安全”，那现在的东亚，现在的中日两国，很难想象会是何等健康向上的局面。可惜日本是个小岛国，有挥之不去的岛国心态，而岛国心态的最大特点，不是自卑就是自傲，尤其缺乏包容万事万物的博大胸襟。他有了不平和愤怒，不敢找强者发泄而拿弱者撒气，选定了从受压迫国家转变为压迫他国者的发展方向。那个时候的日本，这边向西方国家讨要平等，那边处心积虑给东方近邻制造不平等。这边奉献给强者的是菊花，那边对付弱者的是军刀。他要摆脱贫穷落后，也是出于狭隘心理的独立特行，根本不愿意与周围国家开展平等互利的合作，以实现共富共强，而是急于用古老的倭寇手段四处劫掠和攫取，以使自己的国家尽快暴富暴强。

如果说，魏源的《海国图志》曾为日本的明治维新启了蒙，那么马汉的

"海权论"则为日本称霸东亚与吞并邻国指了路。马汉的海权著作刚一问世，很快便翻译成了日文，在该国朝野上下广为传播。马汉给了他们指点，进据中国是日本扩张海权必走的一步，晚走不如早走，慢走不如快走。其参谋本部以马汉这本书作指导，专门制订了入侵中国的计划。人们形容"海权论"之于日本，"好比一个正准备亡命的武士，突然捡到一把快刀"。

海外扩张，舆论先行。当时日本大造特造的一个舆论，是所谓"人口压力"，即推出"人口过剩论"，强调向外扩张简直是日本惟一的选择。据井上清的《日本史》记述，1890年，日本就把人口作为一个"社会问题"提出来，在知识界展开讨论。第二年，属于日本政府系统的《东京日日新闻》，进一步将人口问题与争夺殖民地紧扣起来。这家报纸登载的一篇文章说："首都最近的怪现象是女工与日俱增……这完全是我国人口超过土地所造成的结果，目前不扩张土地，就要限制人口。总之如果不采取紧急措施，那么说不定社会党、共产党之流就要接踵而至。"紧接着，日本自由党首领板垣退助写出一篇《殖民论》，毫无掩饰地说："日本眼前人口就要过剩了，所以现在就要迅速地向海外殖民，即使不是人口过剩，但因世界各国都在积极向外殖民，所以日本也不能落后。我国在东洋要独立，要与富强的各国相竞争，就必须掌握制海权和商权……"此后，日本专门成立了"殖民协会"，以皇室成员和社会名流为骨干，也有一些工商业者参加，乃政商合一的组织，有了权势和资金的双重推动。

另有一种舆论，是日本某些政党和民间政论家有意制造的所谓"东洋危机"。1891年5月，俄罗斯在海参崴举行修建铁路的开工仪式，进一步暴露了俄国在远东的野心。日本一些政客借此提出"东方危机论"，专门成立了"东方协会"，制定了所谓"东方政策"。然而，这个"东方协会"制订的"东方政策"，主要针对的不是俄国，而是已经非常懦弱的中国和朝鲜。日本自由党左派领导人大井宪太郎，在其主持的"东洋俱乐部"里散布"东方危机论"，莫名其妙提出"要打掉支那趾高气扬的臭架子"，把仇恨一股脑儿倾泻到中国头上。中国此时已经沦为任西方列强宰割的羔羊，经常忍气吞声接受这个那个不平等条约，何来"趾高气扬的臭架子"？此人却睁着眼睛说瞎话，一味煽动仇华情绪，挑动日本民众的岛国心态，鼓动对中国"睚眦必报"。他因国内一些民众没有及时随其言论起舞，破口大骂这些国民毫无"爱国心"，"顽固之极"，进而赤裸裸表白，这样下去日本是无法进步的，必须进一步制造日、清之间的对立，"给社会以活动力量"。

而此时的中国，从中法战争结束到甲午战争爆发的9年时间，出现了一段相对平稳的时期。而那时我们的国势也还不比日本差，只要保持应有警惕，及时加强海上力量的建设，完全有可能遏制日本的野心，或顶住他们的入侵。然而，中国历朝历代居安忘危的劣根性，“平时不烧香，临时抱佛脚”，被大清国的执政者发挥到了极致。他们进了水的脑子，以为只要西方国家的坚船利炮暂时不向中国开火，也就没了巩固和加强海上力量的必要，谁要增加海军军费同谁急。朝廷内部还极尽勾心斗角之能事，你拽我的胳膊，我扯你的后腿，谁也休想正经办成一件事情。李鸿章看中一艘有新式炮台且航速大大提高了的铁甲快船，户部尚书翁同龢出于两人之间的积怨，故意从中作梗，让这艘快船成了日本后来进攻中国的主力舰“吉野”号。而北洋水师只在创立之初购置了一批舰船，10余年过去了，居然再也没有增添过像样的舰船，坐视装备老化而无人过问。1891年以后，连枪炮弹药都停止购买了。而国内兵工厂又造不出像样的枪炮子弹，摆明是在等着挨日本人的揍。

那时不少沿江、沿海的督抚长期打着造舰船和枪炮的幌子，不断伸手找朝廷要银子，而舰船和枪炮迟迟造不出来，即使造出一些质量也很差，银子往往不翼而飞，成了一笔笔糊涂账。只有老百姓看得明白，那些官员逛窑子，包二奶，养一大堆小老婆，或在外国银行存巨款，回老家建造豪华阳宅和阴宅，实际很多都来自造舰船、造枪炮的银子。平民百姓将这些作为茶余饭后的谈资，一些笔杆子也在市井或官场小说中尽情披露这些猫腻，构成了晚清社会舆情的一道特别风景线。光绪十一年（1885年），慈禧有这样一个朱批：“筹办海防二十余年迄无成效，即福建所造各船亦不合用，所谓自强者安在？此次请造钢甲兵船三号著准，其拨款兴办，惟工繁费巨，该大臣等当实力坐催，毋得草率偷减仍至有名无实。”老佛爷往日冲天一怒，不知杀过多少人，而在这群吞噬海军建设经费的大小贪官面前，却显得无可奈何，用的是近乎央求的口吻。

而这个时期的日本，正紧咬大清国的国力和军力拼命赶超。1880年日本参谋本部长山县有朋向明治天皇进呈中国军队调查报告，清政府正在改革军制，如果仿效欧洲，则平时可征兵425万，战时可达850万人之多。他郑重提出：“邻邦之兵备愈强，则本邦之兵备亦更不可懈。”他们使出各种招数，包括近代工业发展的军国主义化，大量从西方国家进口机器，设立“精炼所”、“机械所”，建立反射炉、造船厂。1864年研制出西式大炮，并于次年制造出日本第一艘新式轮船，还有枪支弹药、地雷、鱼雷、刀剑等。该国甚至策划通过战争疯狂掠夺朝鲜和中国资源，以实现其短、平、快的资金积累。按照日本当时一位上层人物所说，“在交易上输给俄、美的东西，将从朝鲜、满洲的土地上取得补偿”，以“乘机积蓄国力”。1890年，大清北洋海军2000吨位以上的战舰有7艘，排水量共2.7万多吨；而日本海军2000吨位以上的战舰仅5艘，排水量共1.7万吨。到了甲午战争前夕，日本已经建立了一支拥有6.3万名常备兵和23万预备兵的陆军，以及排水量7.2万吨的海军，超过了北洋水师的实力。

光绪十二年（1886年），李鸿章命令海军提督丁汝昌率北洋水师主力赴朝鲜釜山、元山、永兴湾等处操练，并巡查洋面。不久，李鸿章又派吴大澄等勘定吉林东部国界，命丁汝昌率舰队至海参崴接应，然后转赴日本长崎进船坞保养，给了日本一个近距离观察中国海军编队的机会。中国舰队到达日本长崎的第一天，几艘舰船巨大的船身，威严的火炮，在阳光下无比耀眼，呼啦啦引来不少日本人在岸边围观，大多流露出艳羡和嫉妒的目光。不久，夕阳西下，中国拖着长辫子的水兵冲完澡，有人竟将湿淋淋的大裤衩子和长衫、短褂晾到主炮的炮筒上。日本时任横次贺镇守府参谋长的东乡平八郎将这些看在眼里，先是一愣："主炮乃军舰之魂，怎能如此亵渎?"随后莞尔一笑："中国海军可一举击灭矣!"

果然不出所料，日本与中国"一赌国运"的甲午海战，中国水师遭受了几乎是全军覆灭的惨败。这场海战给今日中国留下的，只有以邓世昌为代表的一批英烈殉国的悲情故事，增添了自鸦片战争以来的屈辱和遗恨。有首《樱花歌》云："承平以来二百年，不闻鼙鼓闻管弦。呼作花王齐下拜，至夸神国尊如天。芙蓉毒雾海漫漫，我自闭关眠不动。一朝枪舶炮声来，惊破看花众人梦。"好一出"游园惊梦"，让中国付出的代价实在太大了。

刘公岛漫漫长夜的倾诉

笔者前些年到山东，特地去过一趟威海，久久徘徊在刘公岛海边。

1888年北洋水师成军时，曾在这里建立北洋海军提督署，设立了电报局、水师学堂、铁码头，成为中国近代第一支海军——北洋水师的诞生地。1894年的中日甲午海战，就发生在离该岛不算太远的黄海海域，中华民族的很多英雄义士最后壮烈牺牲在保卫该岛的血战中。如今，这里还留存着北洋水师提督署和丁汝昌寓所旧址，甲午海战期间功不可没的北洋水师铁码头和古炮台，还有纪念甲午英烈的北洋水师忠魂碑，以及甲午战争博物馆收藏的大量珍贵文物，包括从海底打捞上来的重达20多吨的北洋水师的巨型舰炮，让人觉得那场大清国一败涂地并一蹶不振的大海战历历如在眼前，这块伤心之地向我们讲述的不过是发生在昨天的故事。

甲午一战，使日本一夜之间成了亚洲的暴发户。大清国被迫让这个东洋强盗从口袋里掏走的战争赔款达2.3亿两库平银，还有被其“缴获”的舰艇及其他“战利品”也值1亿日元以上。当时的日本外务大臣张大贪婪的嘴巴喜滋滋地说：“吆西，吆西，在这笔赔款以前，根本没有料到会有好几亿元，因为日本国每年的全部收入只有八千万日元。所以，一想到现在有三亿五千万元滚滚而来，无论政府还是私人都顿觉无比的富裕。”日本有了中国的这笔赔款翅膀一下硬了起来，在日俄那场对马大海战中又赢了一把，取得了与西方列强平起平坐的资本，正与俄国勾心斗角的英、法、美都将其视为小伙计，处处呵护着。日本占领中国领土台湾、澎湖，以及中国明、清以来的属国琉球以后，还顺势扩展了对我东北地区的占领，从此如同一只敲骨吸髓的恶魔死死缠住中国，展开步步为营、步步紧逼的侵略，让很多中国人当了数十年无家无国的亡国奴。

如此的惊天之变，让大清国朝野上下无不愕然，也无不颓然，原来一息尚存的自信力也因此丧失殆尽。此后的八国联军入侵，反映出大清国已经丧尽元气，方寸大乱，国已不国。如果说，鸦片战争西方列强还是一只脚在门里一只脚在门外，甲午战争则使中国完全成了一片可以任人践踏的土地。中国在国际上的地位也由此跌到了谷底，“华人与狗不得入内”就是那时一些洋大人给中国的历史定位。大清国原本已经面临财源枯竭的窘境，这笔巨额战争赔款等于雪上加霜，再也无法填补国库扯开的窟窿，清政府的独立财政至此彻底破产，只好靠向西方大国举债度日。国破山河在，山河亦不堪。清政府的这些重负最终都转嫁到老百姓头上，让我们的祖辈陷入无比悲惨痛苦的深渊。

在刘公岛甲午战争的博物馆内，很多参观者从心里责问，究竟谁该对如此的国祸与国耻负责？刘公岛默不作声，大悲无言，惟有拍岸的海涛经久不息，如泣如诉。

从史料看，当时的清政府把战败的责任推给了直接指挥这场海战的丁汝昌，曾降谕“海军提督丁汝昌即行革职”，圣旨还咬牙切齿称其“狡猾避敌”。朝廷一干大小官员，包括军机大臣翁同龢等口诛笔伐，无不上纲上线，给丁某人扣了一大堆帽子。丁汝昌原为太平军成员，后投奔淮军成为李鸿章得力干将，鞍前马后跟着筹划清国海军，直至成为海军统领。平心而论，甲午之败作为直接指挥者丁汝昌当然要负直接责任，“革职”也在情理中。特别是黄海之战最激烈的时候，丁汝昌没有执行主动出击敌军的指令，率舰队消极地驻守在威海卫军港，痛失打击日本舰队的良机，招致北洋水师全面崩溃，邓世昌及其“致远号”也因孤立无援，最后连船带人及一条忠诚不贰的义犬皆以身殉国。

但是，当时清政府所下的命令本身就前后矛盾，混乱不堪，既要丁汝昌远行寻找日本舰队决战，又命令其必须保护大沽口、山海关、旅顺、威海等地万无一失，要求其舰队不得远离，放出“倘有一舰闯入，定将丁汝昌从重治罪”的狠话，让这位战地指挥官无所适从。还有，舰船严重老化，不堪战争重负。丁汝昌坐镇指挥的旗舰“定远”号投入战斗之后，刚一发炮就震塌了年久失修的飞桥，正在飞桥上指挥战斗的丁汝昌坠落到甲板上，出师未捷便身负重伤，不得不由“定远”号管带刘步蟾代替指挥。不久，日舰炮火击毁了“定远”号上的信旗装置，北洋舰队遂失去了统一的战场指挥，只能乱哄哄各自为战。丁汝昌在与日军展开的殊死激战中，直至弹尽粮绝，被亲兵抬下战舰时全身浮肿，发着高烧，耳朵里不断有血水流出。此时，他还强睁肿胀的眼睛安排了受伤舰船进坞抢修，惦着继续与小日本一战。丁汝昌到了最后关头，在刘公岛坚决拒绝日军的劝降和一些部将的逼降，毅然自杀殉国。在个人生死存亡的关头，他毕竟还是一条汉子。

古今人们责骂最多的是李鸿章，尤其甲午之战蒙受惨败以后，朝廷派他出面签订割地赔款的《马关条约》，“卖国贼”几乎为其未盖棺而先定论。李鸿章作为海军建设的主持者，也是海上战事的运筹帷幄者，责任所系，当然也难辞其咎。然而，在那个时代李鸿章对包括日本在内的侵略者还算保持了比较清醒的头脑，也想到了引进西方先进武器以自强，在重重阻力之下殚精竭虑推动海防建设。甲午战争前，李鸿章清楚看到两国实力悬殊，提出不可匆促开战，也算有点先见之明。甲午战败后，他奉命前往日本马关谈判投降条件，似乎也看不出有卖国的主观故意。他迎着潇潇春雨，一路上满腹愁肠，快到马关的时候，不由吟出几句：“晚倾波涛离海岸，天风浩荡白鸥闲；舟人哪知伤心处，遥指前程是马关。”诗为心声，道出了他的万般无奈，弱国无外交，战败国夫复何求！他当时惦着要避免国内生灵再遭涂炭，曾提出先停战后谈判，让国内备受战争煎熬的老百姓能稍稍喘上一口气。盛气凌人的日本却以强占天津相威胁，还在北京郊外摆开了立即展开武装行动的架势。那个曾经在李中堂面前点头哈腰的伊藤博文，此时当上了日本首相，在清国代表面前颐指气使，极尽羞辱和嘲弄，连在谈判桌前，中国代表坐的椅子都比日本人矮了一大截。李鸿章在日本还遭遇一个叫小山丰太郎的浪人突然袭击，脸上挨了一枪，直逼要害，险些命丧东瀛。

李鸿章在《马关条约》正式签字之前，还惦着修改伊藤博文提出的一些极端苛刻的条件，琢磨出“以夷制夷”的主意，请求德国和俄国居中调停，强制日本做些让步。在当时中国已经只能任人宰割，通过大国间的博弈尽可能保住一些国家利益，也算是弱国外交的无奈之举。然而，赶上德国国王威廉二世正在“吞噬”马汉的海权论，膨胀着在中国占领通商口岸和战略要地的野心，此举无异与虎谋皮。威廉二世很快就以参与迫使日本“还辽”为资本，向清政府强行索得在天津和汉口的两块租界作为“报酬”。而且还不以此为满足，又向俄国沙皇示意欲在中国占领一个重要港口，得到俄国尼古拉第二的“慷慨应允”，便由德国驻华公使海靖向大清国总理各国事务衙门指名索取胶州湾。大清国总理衙门极不情愿，用了近乎哀求的口吻，“恐各国照援，事实难行”。德国马上借口山东曹州府巨野县有两名德国教士被杀，武装占领了胶州湾。此时担任总理各国事务大臣的李鸿章病急乱投医，恳求俄国人出面干涉。结果，前门驱狼，后门迎虎，胶州湾没能收回，旅顺口又落入俄国人手中。

李鸿章后来成为清政府的替罪羊，在举国上下的挞伐声中离开权力中心，搬进贤良寺闲居。他说过自己在投降条约上签字的心情：“七十老翁，蒙汉奸之恶名，几有求生不得，求死不能之势。”他也有对朝廷的抱怨：“十年以来，文娱武嬉，酿成此变。平日讲求武备，辄以铺张靡费为疑，至以购械购舰悬为厉禁。一旦有事，明知兵力不敌而淆于群哄，轻于一掷，遂至一发不可复……”

还有一个公认的罪魁祸首是慈禧太后。人们一说到甲午战争，马上会提到这个女人挪用海军银子修颐和园，这不能不说也是一个原因。想当年，老佛爷那么理直气壮：“光绪登极时年幼，我不得不垂帘听政，到1886年改为‘训政’，1889年‘归政’。我什么都不过问了，修修园子安心退休养老还不成么？”光绪皇帝的亲老子醇亲王那时是海军衙门的一把手，也打自己的小算盘：只要能把这个把持朝政的老太婆打发得远远的，给儿子换来当皇帝的实权，花海军多少银子都无所谓。李鸿章具体负责管理支配海军建设费用，心里也有小九九：得罪谁也不能得罪西太后，宁可海军不高兴也不能让老佛爷不高兴。相比之下，日本的明治天皇当时做出的是以本国财政收入的60%来发展海、陆军的决定，还主动要求每年减少皇室宫廷开支十分之一，拿出30万元充实海军费用。日本的所有文武百官不管乐意不乐意，每人也得捐献薪俸的四分之一作造船经费。两种截然不同的态度，自然会产生两种截然不同的结果。

不过，话又说回来，即使慈禧不挪用那笔银子，或醇亲王、李鸿章顶着不给又能怎样呢？当时清政府每年的财政收入大约是4000万两白银，多少年都在这个数目字左右徘徊，从来没有像西方国家那样出现过突破性的经济增长。原因就在我们没有可以呈几何级数增长的海洋经济和近代工业，李鸿章等人的洋务运动也没有带来经济结构的明显变化，其中75%至80%仍来自千古不变的农业税收，也就是靠万千农民脸朝黄土背朝天来支撑这个国家的财政开支。而在那个年代，西方国家财富的迅猛增长，国际市场的物价也跟着水涨船高。在组建北洋水师的时候，购一艘7000吨级的铁甲舰要价已达182万两纹银，李鸿章一次向德国订购“定远”、“镇远”、“济远”3舰，付出了400多万两银子。这就不难看出，一个长期拒绝海洋，仅靠农民养活的国家，纵有发展制海权之心也无发展制海权之力。海权是国力的体现，需要以雄厚坚实的国力作支撑，并非有了几艘军舰就等于有了海权。

2003年，笔者一次路过合肥，游览该市的步行街，曾顺道参观李鸿章的故居。在展厅内，有这位清末重臣一段肺腑之语，哀叹大清国气数已尽之时的无能为力。他沉重地说："我办了一辈子的事，练兵也，海军也，都是纸糊的老虎，何尝能实在放手办理？不过勉强涂饰，虚有其表，不揭破犹可敷衍一时。如一间破屋，由裱糊匠东补西贴，居然成一净室，虽明知为纸片糊裱，然究竟决不定里面是何等材料，即有小风小雨，打成几个窟窿，随时补葺，亦可支吾对付。乃必欲爽手扯破，又未预备何种修葺材料，何种改造方式，自然真相破露，不可收拾，但裱糊匠又何术能负其责？"这些话说得何等沉重，不说"字字血"，也是"声声泪"，道尽其内心的无奈和苦闷。在这里展示的梁启超、孙中山、毛泽东等人的评价，也都没有因为甲午之耻而责备李鸿章个人，而是叹息他生的不是时候，大才得不到大用。笔者在此得到的印象，概括成一篇短文："生不逢时李鸿章"。

中国百年之辱这笔账究竟应当算到谁的头上呢？我们以往的分析都集中到封建制度上，不少权威性的文章都说，腐朽的封建制度必然灭亡，乃历史不可变更的逻辑，李鸿章辈所作所为不过是"螳臂挡车"而已。这当然是有道理的，合乎唯物辩证法思想。然而，再往深处一想，中国的封建制度垮台就垮台吧，为何在寿终正寝的时候，一定要给整个国家、民族带来被西方列强践踏凌辱的深重灾难，甚至让东邻岛国骑到脖子上拉屎撒尿呢？我们追溯一下历史的轨迹不难看出，大清国这只"纸糊的老虎"，其实是被大明朝的长期禁海抽走了筋骨，再被康熙"迁界"和乾隆拒绝开海通商进一步掏空了五脏六腑，到慈禧和李鸿章时代就只剩下纸糊的空壳，或者说是一间纸糊的"破屋"。这风雨飘摇、千疮百孔之漏，别说是裱糊匠，就是再高明的泥瓦匠，甚至借来女娲补天的神力，大概也补不了了。

笔者曾听武当龙门派第十九代传人默老道长论水，"上善若水，水善利万物而不争"，地球的一切生命活力全都来自水。海洋是地球的超级大水库，无疑也是这个世界所有生命活力的源泉。一个国家、一个民族向海而兴，背海而衰，那奥妙大概也就在这里。

甲午后遗症——日本长期霸占琉球和中国钓鱼岛

2009年元月14日《环球时报》发表战略评论员戴旭的文章，提出“东海争端是日本侵略遗产”，从历史的角度点出了今天中日之间东海问题的本质。在日本武装占领琉球国及中国固有领土钓鱼岛之前，我们的浩瀚东海日本八竿子也打不着。只因清朝政府太软弱，还有后来中国成了二战的战胜国，一时还找不到感觉，蒋介石一念之差，眼睁睁看着已经无条件投降的日本，又在美国庇护下，开了战败国继续霸占他国领土的恶劣先例，这才有了日本至今纠缠不休的所谓东海争端。

琉球国原是中国亲密无间的藩属

百余年前好端端的那个琉球国，以冲绳群岛、宫古群岛、八重山群岛为中心，总共有140多个大小岛屿，最大的岛屿是冲绳诸岛中的冲绳岛，也称大琉球岛。其西侧为中国东海，东侧是太平洋。琉球国的都城首里，在今日的那霸市东郊，历代琉球国王都在这里居住和处理政务。据说冲绳最西端的岛屿，晴天可以隐隐约约看得见我们的台湾岛。福建也有文人士子描述：“霁日登鼓山，可望琉球。”这里指的大概是小琉球，而非大琉球。所有这些都说明，琉球紧挨着中国，是中国真正一衣带水的近邻。《明书》记载：“琉球在海东南，自福建梅花所开洋，顺飙利泊，七日可至。”

中、琉两国愈走愈亲近，主要在明、清两代。洪武五年（1372年），大明王朝开国之后，朱元璋派使臣杨载出使琉球，代天子宣读诏书：“朕为臣民推戴，即位皇帝，定有天下之号曰大明，建元洪武。是以遣使外夷，播告朕意，使者所至，蛮夷酋长称臣入贡。惟尔琉球，在明朝东南，远据海外，未及报知。兹特遣使往谕，尔其知之。”从此大明朝与琉球中山、山北、山南正式建立藩属关系，凡国王登基都主动接受来自明朝皇帝的册封，相互之间定期开展中国“厚往”琉球“薄来”的朝贡贸易。第一次中山国王派遣其弟随杨载入朝进贡当地土特产，包括马匹、牛皮、硫磺、红铜、苏木、樟木扇、磨刀石、海螺等，明太祖回赐大明历法及文绮、纱罗等贵重物品，还针对该国做饭无釜甑，耕田无铁制锄犁，生病不知有医药，特地送去了这些生产、生活必需品。此后琉球每年都前往中国进行朝贡贸易，也一直沿用明朝的历书纪年。

原来琉球“三山分立”，中山国势力最强，而山北、山南也不肯示弱，相互征战不断，人民深受战祸之苦。朱元璋获悉，特地颁诏劝和，颇为动情地说：“使者自海中归，言琉球三王互争，废弃农业，伤残人命，朕闻之不堪悯怜焉。”他还苦口婆心劝谕三山之王，“能体朕意，息兵养民，以绵国祚”。不久，中山、山北、山南果然罢战息兵。大明朝廷使臣赴琉球也坚持不偏不倚，必定遍访中山、山北、山南三国，赏赐之物也力求一碗水端平，避免三王之间生出新的猜疑和矛盾。

洪武二十五年（1392年），朱元璋见琉球地广人稀，生产技术落后，农渔和交通运输发展迟缓，“地无货殖，不通商贾”。他下了一道圣旨，从福建迁移36姓会农桑，懂舟车，且有一定文化素养的臣民去琉球，以扶植和促进该国的经济文化发展，受到琉球国人的热诚欢迎。来自福建的36姓人，有的还是福建素养很高的大户，他们很快融入当地社会，成了琉球的先进生产力，也成了琉球开拓对外交往的先驱，迅速扩大了与中国、朝鲜、日本及东南亚国家的商贸往来，促进了琉球国的繁荣兴旺。据史籍记载，迁往琉球的福建居民及其后代，很多都成了琉球治国安邦的栋梁，往来大明王朝或其他国家的使者也由这些中国移民担任。大体的分工是，主持刑名的司法官、主管钱粮的那霸官和专门负责收集信息的情报官，由琉球本地人担任；而主持外事的长史、通事，“皆三十六姓人也”。

明朝景泰年间，琉球中山王先后征服山北、山南两国，统一合并为琉球国，立即派遣使者到中国说明情况，请求继续保持宗藩关系。大明皇帝尊重琉球国人的统一愿望，颁布了敕封琉球新国王的诏书。有史料说，这份诏书一直被统一后的琉球国视为“镇国之宝”，一直为琉球王室所珍藏。

琉球国还坚持选派留学生来北京，在京师国子监攻读儒家经典，研习博大精深的中国文化。大明朝廷给了这些琉球学子无微不至的关照，考虑到琉球无寒暑之分，与中国本土四季分明不同，特地按季节发放衣服，安排冷热居住适宜的帷幄。从此，琉球国的文化，包括礼仪和音乐、舞蹈，渐渐融入了中国的传统元素，“有华风焉”。据专家考证，琉球音乐的“御座乐”，就是伴随琉球入贡、庆贺、谢恩及中国册封使团至琉球一系列的互访活动，由中国传播到琉球的音乐，逐渐变成了琉球王国的宫廷音乐。因这种音乐是在室内坐着为王公贵族演奏，故名“御座乐”。据介绍，现在的冲绳仍保留了古琉球时代从中国传过去的文化习俗，过春节、清明祭祖，都延续至今。每逢节日庆典打花鼓、扭秧歌、耍狮子，仍然不脱“华风”。

原来琉球国虽然说不上富裕，老百姓的幸福指数还相当高，日子过得安逸、潇洒。该国人民一向甘于清贫，“薄滋味，寡嗜欲”，保持了比较充沛的元气，有着结实健美的肌体，尽管酷热天气挽舟，下地劳作，日夜操劳，也很少生病。据说，琉球国人那时最美好的享受，是品尝美女用口腔酿造的甜酒。大小琉球的年轻女子，闲来无事，将晶莹白米含进嘴中细细咀嚼，然后用纤纤素手轻轻揉搓，流出清醇汁液即成佳酿。男人们喝了无不心旷神怡，感觉浑身有使不尽的气力。

16至17世纪，倭寇泛滥成灾，从此打破了这里的宁静。大明朝东南一隅被倭寇闹得鸡犬不宁，琉球地处中、日两国之间，往来倭寇顺手牵羊，经常登岛劫掠。琉球赴中国的贡使和商船，也常被倭寇半路拦截，将贡品及银钱货物抢掠一空，直接威胁到了中、琉两国的正常交往与商贸活动。琉球军民恨透了倭寇，密切注视其往来动向，及时给大明朝廷的地官府递送情报，积极配合明军剿倭，留下了许多两国共同抗倭的佳话。《明史》记载，嘉靖三十六年（1557年），被胡宗宪、戚继光击败的一股倭贼，仓皇登上八幡船，从浙江返回日本老巢，中途被琉球王子逮个正着，痛打了这群落水狗。“获中国被掠者六人，至是送还。”

丰臣秀吉统一日本后，以举国之力发动对朝鲜的侵略，企图吞并中国，首当其冲的也是琉球。1609年萨摩藩（今鹿儿岛）岛津家久，竟借口要琉球负担丰臣秀吉入侵朝鲜的兵费，打着“讨债”的名义，率3000武士、浪人和战船100余艘，自九州岛山川港出发，至大琉球岛抢滩登陆，4月5日占领那霸首里城，俘虏了琉球国王，强行要求割占琉球北部五岛归萨摩藩。同时还派遣官员在琉球国测量分配田地，划分国界，制定赋税，要挟琉球向萨摩纳贡，还强迫琉球政府授予萨摩所派人员官品职位，赖在这里不肯走。琉球国人为此进行了坚决的抗争，虽势单力薄，也硬着头皮与恶敌周旋，史籍特别称赞了他们的“饶健”，“尤善射箭”。万历十四年，日本有取“鸡笼山之谋”，即企图侵占我台湾基隆，琉球国人还惦着中国的安危，迅速“遣使以闻”。1654年，琉球国王得知清军入关，中国已经由明至清改朝换代，也立刻派遣使臣到北京请求新朝皇帝册封。由于琉球使者匆促间忘记携带明朝政府的册封印信，第一次请封未成。此后恰逢国王尚贤去世，改由其弟尚质继续上表请封，顺治皇帝封其为琉球国中山王。康熙元年，又改封琉球国王。直至甲午战争爆发之前，中、琉两国都保持了亲密的宗藩关系，朝贡贸易从未间断。

因此，直至这个时候，整个国际社会也都承认琉球为中国之属国。1752年欧洲人绘制的海图，明确无误将琉球群岛标示在中国海域内。欧洲国家绘制的海上航行路线，也详细描述了从中国台湾出发，经钓鱼岛列岛，最终到达琉球群岛的全过程。1853年5月，美国人第一次率领黑船来到东亚的海军准将柏利，曾在琉球群岛停泊，尚不清楚这些岛屿的归属。在与日本签订《神奈川条约》时，曾要求日本开放琉球的那霸港口，允许美国往来船只在此歇脚。日本国代表明确说，琉球是个很遥远的国家，日本无权决定其港口对外开放。1854年7月11日，柏利途经琉球群岛返国，与琉球国政府举行谈判，以中、英两种文字正式签约，向美国开放了那霸港口。1866年，最后一位琉球国王尚泰继位，也仍然由清朝皇帝册封，压根儿就没日本什么事。

日本强占琉球与清政府不屈的坚守

日本明目张胆吞噬琉球，还是在明治天皇时代。这个岛国要向外扩张，需要有块通向海外的跳板，舍琉球而无它，早让明治天皇身边的一群好战分子按捺不住。但琉球国属于大清藩属国，背后有座大靠山，鉴于日本此时羽翼尚未丰满，用武力强行夺取并无多少胜算，而一时也找不到插手琉球国的借口，只好捺着性子等待时机。

1871年11月27日，琉球国有69人前往中国进行朝贡贸易，归国途中突遇大风，有3人不幸被如山波涛吞没，其他幸存者随风转舵漂到了台湾西南海岸排湾族牡丹社的八瑶湾（今屏东县牡丹乡境内）。他们以为登岸便可脱险，不想台湾土著牡丹社民不明就里，误认为是一群前来抢掠的盗寇，用手中的砍刀和鱼叉发动猛烈攻击。琉球人本来惊魂未定，又因语言不通，无法进行解释，一时手足无措，顷刻被杀死54人。其余12人侥幸逃出，在高雄凤山县得到了清政府地方官员的妥善安置。这本来是因为彼此误会造成的一起不幸事件，当事人一方是中国领土上的百姓，一方是大清王朝藩属国的臣民，完全可以由清政府协调处理好。同年12月11日，琉球八重山岛民的两艘进行朝贡贸易的船只离开琉球开往中国，中途又遇暴风，一艘下落不明，另一艘于12月28日漂流到台湾。

大清国凤山知县吸取了前次的教训，赶紧将45名琉球船员保护起来。1872年的2月，前后又有两批琉球难民57人，也由台湾官员送到福州的琉球馆压惊，随后平安送回那霸。这也充分说明清政府一直将琉球的事当作自己分内之事在办，与远在东洋的日本国风马牛不相及。

不想，嗑瓜子嗑出了臭虫。1873年日本使者副岛种臣和柳原前光来到中国，本是来换取3年前与清政府签订的《天津修好条约》和《通商章程》文本的。两人到北京后，副岛种臣前往礼部商讨觐见同治皇帝的礼节，副使柳原光前去了总理衙门，拜会名叫毛昶熙和董恂的两个清国官员。这两位清廷官员没话找话，居然跟日本使者说起不久前发生的台湾土著杀死琉球国使团人员的事情。这一毛一董还惯用历代封建王朝歧视少数民族的不恭之语，在交谈中随口冒出“杀人者皆属‘生番’，系化外之民”的话。说者无意，听者有心。此时日本蓄意要吞并琉球，正发愁不知该从何处下手，不期突然抓到“生番”、“化外之民”等语，简直是从天上掉下一根可以勒住中国和琉球脖子的稻草绳。副岛和柳原回到东京往上一汇报，左右日本朝政的几个大臣咧着大嘴“吆西，吆西”。他们嗷嗷叫着说，既然台湾人是中国的“化外之民”，那就不应该归大清国政府管辖，进而推理台湾也就不在中国领土范围了。他们嘴里高喊“代表琉球出兵台湾，找牡丹社民复仇”，心里想的是一箭双雕，连同琉球和台湾一起吞并，实现该国向外扩张的第一步。

很快，日本陆军中将西乡从道率舰队跨海攻台，在屏东境内大肆屠杀牡丹社民。清政府闻讯，急派沈葆桢领兵保台，经过几番激战，双方各有胜负，战事处于胶着状态。西乡从道无法突破沈葆桢的防线，台湾的酷热和时疫又严重威胁着这群武士、浪人的生命，让他们疯狂的头脑稍稍有所清醒，看出自己的牙齿还没有坚硬到嚼巴嚼巴就可以同时将台湾和琉球吞进肚里。这些日本鬼子很快有了新的花招，“退一步进两步”，提出以日本从台湾撤兵为条件，换取大清国对其吞并琉球的默认。大清国负责办外交的李鸿章，此时已经看清楚西乡从道在台湾的困境，也看清楚了日本人在谈判桌上玩弄的把戏，多次像训三孙子一样训斥挑起这场战乱的柳原光前。他用嘲讽的口气说：“大丈夫做事，总应光明磊落。虽说兵行诡道，题目总要先说明白，此所谓师直为壮也。你日本无端用兵于我，我中国十八省人多，拼命打起来，你日本地小人寡，吃得住否？”

这话理也直气也壮，说得阴谋家柳原光前点头哈腰，悻悻而去。可是，我们这位李大人以为有了这番连讽刺带挖苦的训斥，已经给自己也给大清国挣足了面子，回到谈判桌上，采取了“破财消灾”的态度，分外“慷慨大方”。大清国谈判代表无端承认日本出兵台湾乃“保民义举”，答应给他们的所谓“远征军”10万两“抚恤银”，同时再花40万两银子“收购”日本在台湾所修的道路和房屋。李鸿章等肯定此时有点儿脑残，跟侵略者玩这种无厘头的“大度”，无疑发出的是“中国乐于给侵略者颁奖”的错误信号，所谓“破财消灾”也不过是一种心存侥幸的古怪逻辑。在国际争端中玩这个，非把中国玩死不可。《中日台事专案》一公布，果然举世惊诧莫名，世界上很多人都在心里问，中国实力不差日本，而且眼看西乡从道在台湾已经撑不下去，为何还要如此忍让求和？有个英国人发表评论说，这是大清国“向世界登广告，宣布这里有个愿意付款，而不愿意战争的富有的帝国”。

日本人得了这个“从天上掉下来的馅饼”，一个个掩嘴偷着乐。他们还由此看出了清政府的昏庸和色厉内荏，随即展开了对琉球的野蛮掠夺和占领。1875年，他们用武力强迫琉球国王停止向清王朝进贡，禁止琉球接受大清国的册封，并强制琉球国废除中国年号，改用日本的明治年号。但侵略者的这些蛮横要求，仍然遭到琉球国王的坚决拒绝。尚泰在答复日方的信中言辞恳切，坚持不能“忘却中国累世之厚恩，失却信义”。他还提到，过去琉球既臣服中国又被迫屈从日本的“两属”之事，“以往对中国隐匿，恳请对中国说明，采取明确处置”，并表示“愿对两国奉公，永久勤勉”。与此同时，琉球国还向西方各国公使发出求援信，请列国主持公道，制止日本对琉球的侵略行径。还曾秘密派官员赴天津谒见李鸿章，请求中国“尽逐日兵出境”。日本的《朝野新闻》气急败坏说，“琉奴蔑视我日本帝国甚哉”。

1879年3月，日本向琉球秘密派出军警采取突然行动，在首里城发布强逼琉球国交出政权的命令。4月4日，日本悍然宣布“废琉置县”，即将琉球国改为冲绳县。随即大肆抢掠中琉往来的文书、文物和宝印，以及琉球国政府档案，企图彻底抹掉琉球国的存在，销毁所有历史见证。4月30日，日本将最后一位琉球国王尚泰流放到东京，让其无法继续号召和领导琉球国人进行反抗。但琉球国仍在拼死抗争，有琉球国民毅然远赴中国发出对日本侵略者的血泪控诉，陈情通事林世功还在北京自杀殉国，请求中国出兵将琉球从日本的魔爪下拯救出来。可惜，清政府已自顾不暇，只能眼睁睁看着“自为一国”的琉球被日本生生吞并。“梦里不知身是客”，“故国不堪回首月明中”。李后主这些悲怆的词句，恰是琉球国王尚泰此时忧郁苦闷心情的写照。

日本用武力走完这些过程，正式宣布吞并琉球群岛，派本国知事取代原来的琉球国王。但此时的清政府虽然羸弱，却也不甘琉球就这么着被“蕞尔小国”日本并吞了。当时举世公认对琉球拥有绝对话语权的清朝政府，从未签署过任何承认日本强占琉球国的条约，也从未在任何场合点头认可日本窃取琉球主权的合法性。武装侵略他国领土任何时候，都是非法的、无效的。这一点，日本心知肚明，不得不进一步玩弄阴谋，引诱清政府上钩。

该国随即抛出所谓“琉球处分案”，提出将琉球一分为二，北为日本领土，南为大清国领土，企图以此换取中国对其吞灭琉球的承认。中日两国就此进一步展开谈判，大清国到了这份上还想为琉球国保留一席之地，提出将琉球群岛一分为三：接近日本方向的奄美大岛为日本领土，琉球本岛及其附近岛屿作为一个独立的琉球国继续存在，南部的先岛群岛则为中国领土。日本讨价还价，仍坚持将琉球国一分为二，由其占领琉球本岛及其北方岛屿。因清廷许多大臣的坚持，还有琉球国人民的苦苦请求，清朝政府始终没有答应在日本炮制的这个条约上签字，也就是从来没有承认过日本对琉球任何一部分领土拥有主权。1880年9月，清政府派出的谈判代表曾经想做出妥协，拟订《琉球专约拟稿》，以日本提出的方案分解琉球。大清国政府断然拒绝在这个条约上签字，指示中国代表与日本继续协商。

此后，日本人一边筹划发动对中国的战争，一边在琉球问题的协商中虚与委蛇。就这样一直拖延至甲午战争爆发，大清国被迫签订《马关条约》，拱手割让台湾、澎湖，自然对琉球国的存亡也丧失了发言权，只能听任日本人为所欲为。即使如此，琉球人和中国人仍保持了弱者的倔强，虽然强盗的抢劫已是既成事实，但也绝不承认这种抢劫的合法性。被关押的琉球国王尚泰，直到1901年去世，也没有放弃维护琉球国主权的要求。1916年，还有琉球青少年坚持用琉球的语言进行对话，坚持即使亡国也不能灭种。1919年，时任中华民国大总统的徐世昌，在组织整理编辑《晚晴移诗总汇》时，仍然将琉球国民的诗作收在“属国”一卷中。1925年，著名诗人闻一多发表《七子之歌》，将被帝国主义列强霸占的澳门、香港、台湾、威海卫、广州湾、九龙、旅顺、大连七地，比作暂时离开母亲怀抱的7个儿子，哭诉着被强盗欺侮蹂躏的痛苦。他在“台湾”一节里写进琉球：“我们是东海捧出的珍珠一串，琉球是我的群弟，我就是台湾。”

蒋介石在琉球的一念之差

在第二次世界大战中，日本作为发动战争的侵略者被彻底击败，其天皇宣布无条件投降，被颠倒的历史应该重新颠倒过来。按照历来的国际规则，战败国以往用武力强占的他国领土，也应当无条件地纳入进行彻底清算的范畴。

据有关媒体披露的资料，1943年11月22日至26日，同盟国首脑在开罗召开会议，商议第二次世界大战善后事宜，这就是历史上有名的开罗会议。会议进程中，中国政府首脑蒋介石与美国总统富兰克林·罗斯福举行了4次会谈，其中有两次谈到了琉球。11月23日晚，蒋介石携国防委员会秘书长王宠惠与罗斯福单独会谈，谈及剥夺日本在太平洋侵占的岛屿，罗斯福提到了琉球群岛。他对蒋介石说："琉球系许多岛屿组成的弧形群岛，日本当年是用不正当手段抢夺该群岛的，也应予以剥夺。我考虑琉球在地理位置上离贵国很近，历史上与贵国有很紧密的关系，贵国如想得到琉球群岛，可以交给贵国管理。"罗斯福突然提出将琉球群岛交给中国，蒋介石一时不知该如何回答。他沉默了许久，小心谨慎说："我觉得此群岛应由中美两国占领，然后国际托管给中美共同管理为好。"

看得出来，蒋介石作为被西方列强和日本蹂躏多年的弱国首脑，忽然之间成了战胜国的元首，一时还无法摆脱弱国心态，适应不了新的角色定位，行使战胜国的权利显得有些缩手缩脚，本来该战胜国享受的战果也不敢大胆享受；当然，他一定也有些心不在焉，他人在开罗远离本土，而国内国民党正在与共产党争地盘，火烧眉毛的事一箩筐，琉球问题在他心里并非迫在眉睫。他大概还有些信得过山姆大叔，有罗斯福这样表态，琉球尽可以让其放心，迟早会"完璧归赵"。

11月25日，罗斯福再次与蒋介石会谈，再次谈到了琉球。罗斯福说："我反复考虑，琉球群岛在台湾的东北面，面向太平洋，是你们的东部屏障，战略地位极其重要。你们收复了台湾，如果不得到琉球，台湾也不会有安全。更重要的是，此岛不能让侵略成性的日本长期占领，是不是与台湾及澎湖列岛一并交给你们管辖?"蒋介石见罗斯福又一次提到这个问题，而他一直没有来得及认真思考这件事，从国内带来的草拟的谈判方案也还没有将琉球问题列进去，一时半会拿不出很成熟的意见来，只好闷着头不说话。罗斯福见老蒋半天不吭声，以为他没有听清楚，又补充了一句："贵国要不要琉球？如果想要，战争结束了，就将琉球群岛交给贵国。"蒋介石犹豫再三，最后答复说："琉球的问题比较复杂，我还是那个意见，中美共同管理为好。"蒋介石对琉球的态度，让罗斯福感到不可思议。自此以后，罗斯福及美方的其他人员在蒋介石面前再也不提琉球的事了。

由于蒋介石未能明确果断表示接收琉球群岛，故《开罗宣言》在写到日本应归还中国的领土时，只提到"日本所窃取中国之领土，例如满洲、台湾、澎湖列岛等"，只字未提琉球群岛，将一个存在了若干年代并属于中国保护范围的琉球国轻轻一笔抹去。现在客观评价蒋老先生在抗日战争中的表现，最大的功劳是在庐山发表了“地无分南北，人无分老幼”的统一抗战动员令。宋美龄那时还激情喊出“弟兄们，跟我上”，鼓舞了很多已经绝望的国人。而他最大的错误，就是在这样一个关键时刻，扭扭捏捏，没有果断行使为琉球国收回琉球群岛的权利。“一失足成千古恨”，让琉球国人失去历史给予的一次复国机会，也让原本八竿子打不着的日本，做了不断给中国制造麻烦的隔壁邻居。倘若老蒋先生的在天之灵真的有灵，不知今日当作何感想。

据台湾一些记述这件事情的书籍说，开罗会议结束后，蒋介石才醒过味儿来，后悔没有果断答应罗斯福，毅然接收琉球群岛。他觉得这件事做得很没面子，泄露出去有损自己形象，再三叮嘱王宠惠说：“罗斯福要把琉球交给我们的问题，只有少数几个人知道，再也不要往外说了。”但世上没有不透风的墙，此事还是在国民党一些高层人士中传开，许多人还跑去询问王宠惠到底是怎么一回事。王宠惠怕事情闹大不好收场，只得忍了又忍，没敢和盘托出实情。

但是，不管怎么说，有一点是非常明确的，自日本作为战败国宣布无条件投降起，该国所有通过武装侵略非法占领他国的土地，都应当无条件退还。《开罗宣言》郑重宣布：“剥夺日本自1914年第一次世界大战开始后，在太平洋上所夺得或占领之一切岛屿，及使日本在中国所窃取之领土，如东北四省，台湾澎湖列岛等归还中华民国。其他日本以武力或贪欲所夺取之土地，亦务将日本驱逐出境。”此后，中、美、英签订的《波茨坦公告》又重申：“《开罗宣言》之条件必须实施，而日本之主权必将限于本州、北海道、九州、四国及吾人所指定其他小岛之内。”1945年3月26日，美军发起冲绳战役，并在3个月内全面占领了琉球群岛。1943年11月在开罗会议上，中美交涉琉球问题，美国总统罗斯福同意“琉球国际托管，由中美共同管理”。

1945年日本投降，无条件接受《开罗宣言》和《波茨坦公告》，根据这两个权威性文件，“日本只能保有其原来的固有领土，其他武力吞并的领土都必须放弃，但战后琉球群岛和钓鱼列岛仍被美军占领，虽然美国宣布“不承认二群岛主权归属日本”，但也没有交还给中国。1947年4月，联合国在美国操纵下，通过《关于前日本委任统治岛屿的协定》，将北纬29度以南的琉球群岛和原本属于中国领土的钓鱼岛列岛正式交与美国托管。这个所谓的“协定”，不但篡改了原来中美共管琉球的承诺，还严重侵犯了中国在钓鱼岛的领土主权，损害了中国的核心利益。世人由此看清了美帝蛮横、霸道的丑恶嘴脸，翻手为云，覆手为雨，操纵、把持联合国，以逞一己之私。

1950年，美国以联合国的名义出兵朝鲜，将战火烧到中国的家门口。刚建立的新中国，毅然决定出兵朝鲜，公开同美国叫板，引起山姆大叔的极端仇恨。而这个时候，日本借着美国将该国作为侵略朝鲜的基地，公然违背二战战败后制订的“和平宪法”，在军事上不遗余力支持美国对朝鲜的侵略，同时还暗中派人去台湾帮助蒋介石玩反攻大陆的游戏，成为美国在亚洲建立冷战秩序和遏制新中国的马前卒。1951年，美日两国在排斥中国代表参与的情况下，私下签订《美日旧金山和约》，把琉球群岛连同钓鱼岛群岛的“施政权”全部转让给日本。据说，日本人还为此付给美国3亿美元的“好处费”，以及达成其他一些肮脏的交易，包括允许美军无偿使用那霸基地，为美军提供后勤保障，还设立慰安所给美军提供性服务。这些肮脏交易泄露出来以后，立刻遭到这块土地的真正拥有者琉球人民的群起抗议和反对，他们“聚哭于闹市”，并曾数度组团到台北向蒋介石陈情。该代表团用汉语恳请“蒋总统”看在同是“一家人”的分上，在联合国仗义执言，准许琉球独立或并入中国版图。

据说，台湾一位记者得知美国政府要公开承认日本对琉球群岛的“行政管辖权”，心里很不是滋味，发表文章指责国民党政府在开罗会议太马虎，不提琉球问题，以致琉球又落入日本之手，使中国的东部海防被撕开一道大裂口。这篇文章引起了台湾当局的注意，蒋介石担心会损害其在国内外的声誉，亲自出面进行辩解。他在一次国民党的高层会议上说：“我们当时（开罗会议）认为琉球是我东海的屏障，军事重要性较大。我们同意，应由中美两国经过联合国之委托程序，实行共管，又以为此非当时紧急之事，故曾表示将来再说。”然而，“将来再说”这句托词，害了琉球，也害了中国，现在琉球国不明不白被吞并了，我们原本在东海的一道屏障也没有了。

1972年，美国公开背叛《开罗宣言》和《波茨坦公告》，擅自公开宣布将琉球群岛的“行政管辖权”移交给日本，且肆无忌惮将我们的钓鱼岛也包括在内。日本作为二战的战败国本来已经从其武装侵略和非法占领的土地上被赶走，现在又被美国重新放回琉球，进而霸占中国固有领土钓鱼岛。然而，琉球国独立于世界的漫长历史不可能被日美两国的私下交易一笔勾销，中国与琉球国极为密切的历史关系也不会轻易被人遗忘。而今，日本还要越过冲绳海槽挑起同中国的东海争端，用中国的一句谚语说，“人心不足蛇吞象”，该国也不想想会不会撑破自己的肚皮。

互联网上有网友撰文说：日本民族的悲哀就在于其精英阶层从来没有认真去梳理自明治维新以来日本人的精神世界，并将他们总结和反省得出来的经验与教训毫无保留地告诉日本民众。这也导致了今天不少日本人对历史的暧昧，以及日本右翼势力公然否定这段侵略历史的根本原因，成了亚洲和世界不安定、不安全的一个巨大隐患。这里应添上一笔，所有这些美国人都难辞其咎，是这个霸权国家敌视新中国，极力拉拢日本对中国进行遏制和封锁，这才一味袒护用军国主义给亚洲和世界带来严重灾难的日本，把这个二战的战败国宠坏了。

美日共演强占我钓鱼岛的蹩脚双簧

钓鱼岛距台湾基隆港仅190公里，历来是台湾省的附属岛。钓鱼列岛总共有11个小岛，包括钓鱼岛、黄尾屿、赤尾屿、北小岛、南小岛、大北小岛、大南小岛等。总面积5平方公里多，岛屿周围的海域面积约17万平方公里，相当于5个台湾本岛的面积。在海上兀然耸立，被称为中国的东大门。

英国著名学者李约瑟所著《中国科学技术史》记载，早在15世纪初中国明朝永乐年间完成的《顺风相送》一书，已经提到钓鱼岛是福建通往琉球途中航路指标地之一，并正式以钓鱼岛命名。嘉靖四十一年（1562年），抗倭总督胡宗宪编纂《筹海图编》，绘制了“沿海山沙图”，其中标明中国福建省罗源、宁德两县沿海各岛，就有“钓鱼屿”、“黄尾山”和“赤屿”等岛屿。这也就是说，早在明代中期，钓鱼岛已经作为中国领土列入福建海防范围。

钓鱼岛在我国明、清两代的地位突出，有一个很重要的原因，这里是中国进入琉球国的必经之地，且是中国本土范围的最后一站，还与琉球国之间隔着一条很深的冲绳海槽，那里海况复杂，一不留神就有覆舟沉船之灾。明、清赴琉球的使者和商船往来频繁，此处成了识别航路不可或缺的标志点，也是可供船队稍事休整或短暂歇息的地方。嘉靖年间，郭汝霖作为大明朝派往琉球国的册封使者，曾详细记述中、琉两国之界限及其过界情景：“五月二十九日至梅花所（今福建闽江口）开洋，三十日过黄茅（今棉花屿），闰五月初一过钓鱼屿，初三日至赤屿焉，赤屿者，界琉球地方山也。再一日之风，即望姑米山。”康熙二十二年（1683年），钦差大臣王楫赴琉球国公干，一行人乘船从福建长乐五虎门出发，经彭佳屿、钓鱼岛，第二天到达赤尾屿。在“过沟”即渡冲绳海槽时，突然海况骤变，波如连山，汹涌澎湃，阻断了海路。他们连忙停船祭海，隆重举行传统祭祀仪式。王楫返国后，也留下这样一段记载：“薄暮过郊，风涛大作，投生猪、羊各一。泼五斗米之粥，焚纸船，鸣钲击鼓，诸军皆甲露刃，俯舷作御敌之情，久之始息。问：郊羲何取？曰：中外之界也。”同治二年（1863年），胡林翼、严树森等人编绘《皇朝一统图》，也明确标明钓鱼岛列岛在中国疆域内。

钓鱼列岛自古属于中国，连日本一些尊重历史事实的学者也坦然承认。该国著名历史学家井上清在其所著《钓鱼列岛》一书中清楚表述，钓鱼岛及其附属岛屿是中国固有的领土。他在这本书中说："早在1785年日本出版的《三国通览图说》及其附图上都用不同的颜色标明钓鱼岛及其附属岛屿隶属中国。"他所说的《三国通览图说》，就是日本仙台人林子平1785年刊行于世的日本国地图，在其所标明的颜色中，不但清楚显示钓鱼岛属于中国，还详列宫古、八重山、钓鱼岛、黄尾山、赤尾山等岛屿名称，在宫古、八重山2处详注"支配权属于琉球"，用白纸黑字做出说明，钓鱼岛列岛不属琉球，当然更不属于日本。

日本是在甲午战争爆发前，具体实施霸占琉球国和我国台湾岛的大阴谋，这才处心积虑染指我们的钓鱼列岛。1884年，日本人开动宣传机器大造舆论，宣称该国福冈县有个叫古贺辰四郎的人登岛取鸟羽，将中国早已开发利用并划入海防范围的钓鱼列岛，当成他们新的"地理大发现"，图谋据为己有。当时的日本冲绳县令还曾受命就该岛展开秘密调查，试图证明老古贺"最先发现"之说。但该县令通过实地考察，不得不在调查报告中提醒，他怀疑这个所谓"无人岛屿"同《中山传信录》中所记载的钓鱼岛、黄尾屿、赤尾屿是否同一组岛屿，如果是，那么清国不仅已派出过册封中山王的使船，而且还给各岛起了名称，成为中国官船前往琉球的航标。这份报告还谏阻道，日本"进行踏勘后建立国标，总觉得不妥"。据说，连古货辰四郎的儿子也毫不隐晦，在他老爹之前早已有人去过该岛，根本谈不上是他老爹"最先发现"。该国政府鉴于当时中国一些报刊已经披露此事，揭穿该国想要占据台湾附近中国所属岛屿的图谋，害怕引起西方列强对其侵略野心的关注，不得不暂时偃旗息鼓，提出"建立国标，开拓土地等，应让于他日之机会为妥"。

1895年甲午一战，给了这个东洋强盗机会，在"马关条约"中强制清政府将澎湖、台湾连同所属的钓鱼岛都割让给该国，并迅速将钓鱼岛纳入日本领土范围，划归冲绳管辖。但好景不长，日本法西斯在二战中被彻底打败，他们的天皇陛下宣布无条件投降，理应遵照《开罗宣言》和《波茨坦公告》，从武装侵略、非法占领的土地上彻底退出去。中国作为战胜国，在台湾光复以后，钓鱼岛也理应一起回到祖国怀抱。但美国人自恃老子天下第一，将一切国际准则玩弄于股掌间，竟在派兵"托管"琉球时，将中国主权范围内的钓鱼岛也纳入其"托管"范围。美国明知钓鱼岛自古属于中国，该国1950年出版大英百科全书末卷地图第24、28图中，清楚标明"尖阁岛（即我钓鱼岛）是在中国和台湾范围之内"。当日本1970年7月10日抢先登上钓鱼岛建立所谓"主权碑"时，故意采取了默认的态度。1972年又居心叵测地将琉球所谓"行政管辖权"交予日本时，有意暗中夹带，将我钓鱼岛一并交到日本人手里。

但国际法有一条基本原则，恐怕是美国人怎么也玩弄不了的：“一国的领土主权，不因其他国家间的条约对该领土有所处置而受到剥夺或影响。”美国人心里有鬼，事前有意放出欲将钓鱼岛交与日本管辖的风声，试探中国人的反应。不想，立刻激起海内外华人的强烈抗议，在世界范围内掀起了一浪高过一浪的保钓运动，并有大量文章揭露美日联合霸占中国领土的阴谋。1970年9月29日，香港反对日本侵略钓鱼岛列屿特刊编辑委员会出版《开放》特刊，发表反对日本侵略宣言，呼吁全球同胞联合行动。《中华杂志》8卷10期专门刊出“保卫钓鱼岛”文章，引用“五四运动宣言”：“中国的土地，可以征服，而不可以断送。中国的人民，可以杀戮，而不可以低头。”1970年12月19日，在美国普林斯顿大学的中国留学生召开会议，决定举行游行示威，正式拉开了世界华人保钓运动的序幕。台湾知名人士谷正纲也发表声明，关于钓鱼岛列屿的问题，他“愿意本着国家的立场，善告日本友人，中国的主权是不容侵犯的”。

美国迫于全球华人群起抗议及世界舆论的谴责，不得不有所收敛。1971年4月，美国政府发表貌似公允实际仍然偏袒日本的声明：“尖阁群岛（我钓鱼岛）的主权的任何争执应由双方自己解决，或者由第三方加以裁判，如果双方希望这样的话。”日本则置中国政府的一再警告、规劝于不顾，岛上岛下大小动作不断，企图将其非法占领变为既成事实。美日这曲蹩脚的双簧一路演到今天，尚无收场的意思。而今日本一再向中国发难，不断挑起东海争端，固然有其得陇望蜀的一面，能多捞一把算一把。同时，也有做贼心虚的一面，毕竟霸占中国偌大一片岛屿，无法藏着掖着，因此欲用新的争端来混淆国际视听，将其非法霸占琉球和钓鱼岛的历史定格下来。国人如果缺乏必要的警惕性，哪怕让他们在胡搅蛮缠中再前进那么一小步，日本作为战败国而强占战胜国领土的那一页阴险加蛮横的丑恶历史，也许真的就会被他们翻过去了。

“民国海军不姓海”——没有制海权的悲哀

萨镇冰，是中国海军史上历经晚清、民国两代海军建设的一位传奇人物。当辛亥革命北伐军与清军在武汉对峙时，他率领的舰队夹在两军之间的长江内，双方也都使出许多手段想要拉拢他。他语重心长地说了这样几句话：“海军乃吾国之干臣，吾民之利器，或满或汉，或君主立宪或实行共和，总之是要把海军建设好，中国才有独立，才有尊严，才有安宁，才有希望。”可惜，清政府被推翻以后，在军阀混战及民国时期，中国的军舰大多是在珠江口和长江口的江面上折腾，让其大失所望。所幸他活到1952年，看到了新中国海军建设的曙光。

萨镇冰的苦闷彷徨

萨镇冰1859年出生于福州，家境清贫，而勤奋好学。11岁那年，由其叔父向沈葆桢引荐，考进马尾船政学堂，习学天文、驾驶等科目，毕业时名列第一，登舰见习表现亦不俗，得到高层赏识。1876年冬天，被选派出国深造，与叶祖珪、刘步蟾、方伯谦、严复等前往英国格林尼治皇家海军学院学习驾驶。已故著名作家冰心与萨家是亲戚，十分熟悉萨镇冰的为人，她在《记萨镇冰先生》一文中介绍，这位海军学员刚到舰艇上就要了一张特别狭窄的小床，以磨炼自己特别能忍耐的意志。在英国的军舰上，他一天擦甲板无端受到一个英国水兵侮辱，先是隐忍不发，随即将侮辱他的英国水兵扔进海里，又顺手抛去一个救生圈。那小子爬上岸来不服，找到一家小酒馆要与萨镇冰比酒量，还掏出匕首声称谁输了要任对方在身上扎一刀。萨镇冰听罢，一言不发，径直找来一个盆子，当着一屋子的人灌满酒，扬起脖子一饮而尽。随即接过匕首在那个英国水兵跟前比画了许久，忽地将匕首插进对手的刀鞘里，然后摇摇晃晃走出小酒馆，嘟囔了一句："洋人的酒，真难喝……"

这是一个很有个性的人，他的个性铸造了他作为海军将领坎坷曲折的一生。

萨镇冰从英国留学回来后，奉命守卫刘公岛炮台。甲午之战打到刘公岛，威海港的保卫战只是败局已定的勉强挣扎。北洋水师被日军彻底摧毁，他没有走邓世昌、刘步蟾等人慷慨赴死之路，也没有像丁汝昌那样杀身殉国，而是把仇恨和奇耻大辱藏到心底。他一度被革职回乡，以教习西学为生，卖字作公益事业。复出后，面见慈禧太后恳切陈词，痛说甲午一战的教训，强调重振海军必须从头做起。他得到老佛爷的肯定，委派其随光绪皇帝的六叔、担任海军大臣的载洵，前往意大利、奥地利、德国、英国考察，订购重振大清国海军所需的坚船利炮。此时，世界强国都在忙着为主宰海洋提升海军建设等级，日本在甲午之战后仍将中国当成假想敌，出炉了详尽具体的"大海军发展计划"，让萨镇冰心急如焚。载洵却是花花公子一个，一心惦着去欧洲享受西餐大菜和金发碧眼的洋妞，一路都在向手下打听这些七荤八素的事情。萨镇冰向他说明国际局势的严峻，海军建设的紧迫，并耐心传授采购兵船和舰炮的知识。满脑子糨糊的载洵一听头都大了，嚷着掉转船头打道回府，连西餐大菜之口福和西方女人之艳福也不想享受了。

萨镇冰回国后，出任海军提督，负责指挥大清国海防和江防两支舰队，成了中国第一任名副其实的水军总司令。1911年爆发辛亥革命，他奉清廷之命率舰队进入长江，驻守在刘家庙及武汉、九江之间，阻止革命军北伐。长江两岸此时炮火横飞，城市被毁，田野枯焦，老百姓欲哭无泪，让萨镇冰心里一阵阵发紧，在旗舰上双眉深锁，一语不发。当时两军对垒，革命军和清军的实力旗鼓相当，海军的支持成了决定战争胜负的关键。交战双方都看到了这一点，明里暗里不断派人前来拜会萨总司令，极力进行拉拢。海军内部大多数官兵倾向革命军，而担任海军舰船要职的一批皇亲国戚则是清政府的死忠分子，双方真要动起手来，有可能毁了整个海军这点家底。萨镇冰为此焦虑不安，很长时间都没有露出自己的倾向性。英国《泰晤士报》曾描述说："水师提督萨镇冰所统率之舰队，自始至终，对于清军行为殊为淡漠。"

他此刻心里想的是，中国海军的这点底子来之不易，不仅是国家财政极度艰难时忍痛花费了一大笔银子，同时也倾注了他和同仁的一番心血，说什么也不能在眼前的内战中毁了。他经过若干日夜的深思熟虑，沉着冷静地向革命派交出指挥权，实现了海军的和平易帜，避免了海军分裂和舰船遭到破坏。他临离开指挥舰时，对策动起义的下属汤芗铭等人语重心长说："海军乃吾国干臣，吾民之利器，将来天下，或满或汉，或君主立宪或实行共和，总之是要把海军建设好，中国才有独立，才有尊严，才有安宁，才有希望。萨某在此，诚惶诚恐，拜托诸公，勿忘勿忘，切记切记。”

辛亥革命取得胜利，宣统皇帝和平交权。萨镇冰满心高兴，以为中国海军从此会很快好起来。万没想到挂在人们嘴边的“共和”，实际连海军内部都“共和”不起来，很快作为军阀内斗的工具，卷进权力分赃无休无止的混战中。这些军阀今日这个上台，明日那个下野，像走马灯似的，海军舰船被迫随之起舞，在长江口翻来覆去“烙烧饼”。袁世凯登台，做了72天“洪宪”梦，引发“第二次革命”。海军内部顷刻分成两派，自己跟自己打起来。袁世凯提携的海军总长刘冠雄驾驭不了掌握舰船的管带，请萨镇冰出山帮着维持局面。萨镇冰心疼这支自己一手筹划起来的舰队，不忍看着好不容易保存下来的舰船毁于这场窝里斗，在吴淞口两边来回游说，满嘴说出燎泡，也没能说服任何人。他只能含着眼泪站立长江边，瞅着纷飞的炮弹向他心爱的“海圻号”呼啸而去。

1916年，黎元洪就任大总统，请萨镇冰出任驻沪海军总司令。他正筹划整顿已经在混战中遍体鳞伤的海军，又赶上段祺瑞图谋实现“武人专政”，极力排挤黎元洪，再加上张勋领着一支辫子军闹复辟，又引发了一场护法运动。同黎元洪关系密切的海军总长程壁光，充当护法海军统帅，召集萨镇冰等海军将领，准备调集舰队北上讨伐段祺瑞。萨镇冰担心军舰再次受损，以“军人不得干政”为理由，极力反对海军参与打内战。程壁光坚持海军必须北上参战，萨镇冰不忍目睹海军舰船蒙受内战炮火的摧残，只好称病请假，眼不见心不烦。

1918年，冯国璋当了大总统，请萨镇冰入阁任海军总长，随后还兼任代理国务总理。但海军还是逃脱不了被迫充当内战马前卒的厄运，在长江口的众多舰艇，一会儿调转炮口打这个，一会儿调转炮口打那个。萨镇冰无力阻止海军舰队的混战，也不忍目睹海军官兵及装备消耗在内战中，毅然卸下海军总长职务，返回福建老家，别的事情做不了，便一心为家乡百姓办善事，包括赈灾，带领附近民众修路、筑堤、架桥，用这些排遣被迫离开海军的郁闷。

那时，同萨镇冰一样对民国海军感到失望的还有孙中山。这位革命先行者在酝酿和建立民国政权的过程中，曾深入阐述海权建设的重要。他言简意赅：海权“操之在中国则存，操之在人则亡”。他早期研究中国的建国方略，便提出了“太平洋战略”的构想。他在文章中深刻指出，“所谓太平洋问题，即世界海权问题也”，而“太平洋之重心，即中国也。争太平洋之海权，即争中国之门户权也。”他在与袁世凯复辟势力进行的斗争中，成立中华民国临时政府，国家机构一共只设9个部，其中便有海军部。然而世事不由人，此时中国海军的走向也不以这位临时大总统的意志为转移。

孙中山二次北伐，最初依靠广西军阀陆荣廷，作为讨袁基本力量。陆某见二次北伐不顺，转身投靠袁世凯，在珠江口动用军舰围困孙中山。孙中山请来陈炯明解围，这个新军阀却与盘踞北方的吴佩孚暗中联络，派出军队包围孙中山的住地，欲一举推翻在广州的革命政府。孙中山携宋庆龄仓皇逃至白鹅潭，登上忠实于他的中山舰，准备组织海军进行反击。不想，他的海军总司令在北方军阀20万大洋的诱惑下，率“海圻号”等军舰归附叛军，中山舰腹背受敌，连中数发炮弹，燃起冲天大火。蒋介石一篇《孙中山先生蒙难记》，说尽了那时革命的尴尬，也说尽了那时海军被军阀利用打内战的尴尬。

孙中山由此认识到掌握在军阀手中的陆军靠不住，海军也靠不住，要革命还得要有自己的陆海军队，办起了黄埔军校。笔者酝酿写作这本书，承蒙广州几位朋友热心安排，仔细参观了这所学校的遗址。很多来这里的游人都感叹，中国从上个世纪20年代开始的国内战争史，还有8年抗战的战史，基本上是由这个学校的老师和学生书写的。这的确是个出人才的地方，而且出的都是国家栋梁之才。可惜，孙中山刚去世不久，黄埔军校校长蒋介石领着一批忠实于他的学生，又从那艘中山舰发难，国共两党合作一朝破裂，一批新军阀也在你斗过来我斗过去。中国又陷入新的内战泥沼，海军也仍然被用来充当内战工具。

萨镇冰显然很不满意海军在民国政权下的处境，1927年南京国民政府成立，让其挂名为海军部高等顾问，他宁愿留在福州继续从事社会救济工作，也不去南京赴任。1933年，19路军将领蒋光鼐、蔡廷锴在福建发动“闽变”，萨镇冰不计身家性命的安危，毅然参加这一抗日反蒋的义举，受聘当上了该军的高等顾问。1933年，他又支持19路军在福州成立人民革命政府，并利用海军元老的身份，促进驻马尾的海军与19路军合作，欲从这里找到一条海军的出路。

卢沟桥一声枪响，抗日战争全面展开，日军捏住中国海军的软肋，推行以海制陆的战略，国人终于发现民国海军压根儿不姓海，那霉头可触大了。

民国海军的长江悲歌

蒋介石在抗日战争期间，写过一本《中国之命运》，其中有对当时中国海防和海军状况的表述。他在书中感叹：“自外国军舰自由行驶停泊于中国沿海及内河后，中国不复有海防存在，通都大邑无不在帝国主义‘炮舰政策’威胁之下，因而中国只好听他们予取予求。”他要为这样一种状况找到说得出口的理由，便把已经灭亡多少年的满清政府拿来说事，掰开揉碎进行分析。他说：“甲午之战，我海军全部被日本覆灭，成为50年来国势积弱的主因。抗战期间，日本企图以海制陆，对我发动大规模侵略，我国无强大海军，不能在海面上围敌聚歼，于是日本在上海登陆，然后长驱直入……”蒋老先生也不反躬自问一下，民国海军在辛亥革命之后为何会不见一点起色，反而落到如此不堪的地步，这些同他执掌中国军政大权那么些年有无关系？不过，他这时即使有了反躬自省，也为时太晚，一个国家的制海权依靠长时期的建设和积累，不是想有就马上能有的。

日本刚一打响全面进攻中国的战争，就凭借海上的绝对控制权，浩浩荡荡将其第二、第三两大舰队的战列舰、巡洋舰、驱逐舰，以及包括航空母舰在内的航空战斗队30多艘军舰开过来，布置在舟山群岛和马鞍群岛附近，严密封锁长江口及其南北两边的海岸线，切断我大江南北一切海上交通，完全掌握了中国海域的制海权。日本侵略军还调动另外一批海军战舰驶入黄浦江，以运送日本陆军从长江进入我腹地，全面展开对华战争。他们用大批舰船控制了中国沿海海域及长江口，马上制订出在华的具体战略计划，概括起来一句话：“三个月灭亡中国。”

民国海军被日本舰船堵死在长江口内，只能将海防变成江防，跟日本侵略者打江战，此时中国海军舰船吨位不足6万吨，吨位最大者不过3000吨，最小的仅300吨或500吨，而且老牛拉破车的航速，不少还是大清国海军留下来的破铜烂铁。而日本海军的总吨位已经达115.3万吨，排在世界第三，实力已接近英美。海战是国力之战，拼的是海军的装备和实力，如此悬殊的差距怎么拼？萨镇冰这时已是76岁的老人，寄居四川重庆，眼看中国海军被日本海军欺负到这份上，心里又气又急。他凭自己早年曾率大清国海军“海圻”、“海容”前往新加坡、印尼、越南等地抚慰过侨胞，同他们一往情深，不辞辛苦前往这些地方为抗日募捐，无奈杯水车薪，丝毫也改变不了敌我力量悬殊的态势。

黄传会、舟欲行写的《中国海军三部曲》，详细记述了民国海军既悲且壮的江防之战。1937年8月13日，淞沪之战爆发，日舰密集黄浦江上，昼夜炮轰中国守城军队的阵地。中国舰船的火炮无力展开对射，只好冒死与日本军舰在长江里“拼刺刀”。14日夜晚，我们两艘鱼雷快艇“史可法102”与“文天祥171”经过伪装，从江阴沿内河昼伏夜行，潜入黄浦江，侦察准了停泊在这里的日本白川大将旗舰“出云号”。16日这天晚上，由“史可法102”艇担任主攻，“文天祥171”艇负责接应，高速敏捷地冲出董家渡封锁线，穿过排列成行的英、美、法、意等国的军舰，直扑停泊在黄浦江外滩的日军旗舰“出云号”。当距敌缩短到仅300米时，从艇上连续发射两枚鱼雷，轰然两声巨响，使敌旗舰尾部受到重创。这是一次成功的短兵相接，也引来敌人的疯狂报复，其空军、海军轮番追着我们的两艘鱼雷艇轰炸。

接下来是无可奈何的沉船锁江，用自杀式的办法堵塞日军的水道，延缓一下日军的进攻速度，杀一杀小日本“三个月消灭中国”的嚣张气焰。8月11日，中国海军“大同号”炮舰率先自沉于江阴下游，紧接着20艘商船和8艘超龄旧舰艇也在江中排成一道拦江横线，打开舱底阀门，灌水自沉。有的沉船被江水推倒或移位，马上又推出3艘商船、8艘趸船，还用装满石子的185条木帆船，连船带石子一齐填补江中豁口。就这么着还担心堵截不死日舰的水路，海军将士一狠心，又将“海圻号”等4艘旧巡洋舰沉入江中深水处，整个堵塞线沉下的舰船吨位相当于当时中国海军舰船的总吨位。在上海经营海运集团的虞洽卿也捐出3万多吨位的海轮，自沉在江阴要塞口。海军司令陈绍宽作了统计，他一共将228艘舰船沉入长江的江阴河段。他本应成为在海上与日寇一决雌雄的中国海军统帅，此刻成了史无前例的沉船塞江指挥官。海军将士无不掩面痛哭，江水也为之呜咽。

1937年9月下旬，日本海军为打通长江水路，增派舰船70多艘、飞机300多架，还有10万战斗部队，集中攻击江阴防线。民国海军奋力阻击，只因缺乏空中掩护，先后遭敌机狂轰滥炸，多艘舰船被炸沉，很多海军官兵血洒长江。不少舰船眼看就要沉没了，江水已经漫过甲板，勇敢的炮手仍将炮弹抢救出来，坚持向敌舰和敌机开炮。直到11月12日上海失陷，日军付出了被击落20多架飞机的代价，也未能突破江阴防线。后来，因据守无锡的友邻部队后撤，江阴要塞彻底暴露在日军面前，再也无法坚守，海军将士方含泪撤离。

随后是江汉鏖战。海军将士卸下舰艇上的大炮，布置到长江北岸的田家镇和南岸的富池口，形成一道护卫武汉三镇的火炮封锁线。在江里布置雷区，叫敌船每前进一步都必须付出沉重代价。还派出包括中山舰在内的8艘舰船来到这里，协同炮台和雷区加强防御。日军继续用空中优势来对付这条防线，炸弹狂泻下来，一批批布雷船被炸沉，一批批布雷官兵、民工、水手倒在鲜血染红的江水中。南北两岸隐蔽火炮的树林也全被日军炸弹削光，敌机在一览无余的阵地上俯冲轰炸，还有日本陆军从四面八方包抄过来。在陆上和水上的海军将士全然不顾，这批倒下去另一批接上，这个阵地或雷区被毁，另一个阵地或雷区又很快布置起来。日本侵略军显然被中国江防部队的水雷与火炮打怕了，久久凝视只剩下断壁残垣的炮台，一直犹疑着，轻易不敢前进一步。

江汉鏖战最惨烈的，还是中国军舰与日本海、空联军的对抗。在武汉附近的江面上，“中山”号等9艘舰船不但眼前有火炮齐开的敌舰，头顶上还有数十架敌机轮番进行低空轰炸，有8艘战舰先后被敌军炸毁，最后留下中山舰苦苦支撑。这天是1940年的10月24日，6架敌机高速穿出云层向中山舰俯冲过来，简直就在头顶上扔炸弹。中山舰因为舰龄过长，各类设施早已老化，舰首一门20毫米的高射炮发射3发炮弹以后就出现故障，无法继续射击。指挥舱左右两侧的机关炮发射2发炮弹以后，也成了哑炮。全舰官兵有力无处使，只能依靠零星的炮火勉强进行还击。敌机接连投下的几颗炮弹落在中山舰上及附近的江水中，锅炉舱和军官舱水下船壳破裂，江水大量涌入，水兵奋力堵漏也堵不住。接着左舷的锅炉舱也受重创，江水淹没了锅炉，军舰立刻失去动力。中山舰颤抖着下沉的时候，舰长萨师俊仍指挥依然活着的弟兄一边抢救军舰，一边用残存的炮火射向敌机。不幸一颗炸弹落在舰首，萨师俊应声倒下去，失去了知觉。等他醒来，双腿和左臂都被炮弹削去，浑身血肉模糊。身边的战友死伤一大片，留下的也都是破碎的躯体。萨师俊咬牙用剩下的右臂抓住栏杆，撑起半截身子，发出铿锵有力的命令，命幸存的船员堵漏，炮手瞄准敌机狠狠打。在中山舰沉没的时候，他命所有活着的人离舰登岸。他本人坚持留在军舰上，嘶哑地喊着“杀鬼子”，艰难地向敌人射去愤怒的炮弹。

现在，中山舰已经打捞上来，正进行修复，将成为永久的历史纪念。中山舰官兵那种催人泪下的精神可以激励后人，民国海军所陷入的那场灭顶之灾也应当引发后人深刻的思索。一个有着32000公里海岸线和岛岸线的中国，不能没有一支像模像样的海军，而且一定要掌握制海权和制空权，否则国家安全就成了一句空话。中山舰还告诉我们，海军一定要姓海，不能成为窝窝囊囊的河军，被侵略者堵在江中赶尽杀绝。这是海军的耻辱，也是我们民族的耻辱。

而抗日战争时期，不但中国军舰在江河湖海存身不住，培养海军官兵的学校也不得不往山沟里钻。当年福建马尾一所海军学校便搬到了贵州桐梓县，躲在云贵高原培训海军，成了让人哭笑不得的黑色幽默。笔者熟识的一位业已在台湾退役的海军中将，就毕业于在桐梓的这所海军学校。2003年秋天，我和贵州省文联副主席余未人一起陪他重游故地，他在人去楼空的海军学校遗址面前，忆及当年作为海军学员却藏身娄山关下，在崇山峻岭间接受海军科目的训练，百感交集，思绪万千。

收复南海诸岛的历史亮点

民国海军的扬眉吐气，是日本战败以后，接收被日本侵略、霸占的南海诸岛，这是民国海军为国家、民族做出的历史性的贡献。

南海诸岛，是中国南海所有岛屿、礁盘和暗沙的统称，这些岛礁散布在海南省东、南方的辽阔海域，有东沙、西沙、中沙、南沙4个群岛。1939年，日本侵略者在武装侵占我海南岛以后，接着强占了我国的南海诸岛，以此作为海上桥头堡，与他们在本土的补给线，也与他们在太平洋进行的大海战连接起来。

1945年，二战结束，中国根据《开罗宣言》和《波茨坦协定》，有权收复被日本侵占的所有领土，包括南海诸岛。中华民国政府继收复台湾以后，立即组织以海军为主的武装力量，协助广东省政府，先收复了离大陆较近的东沙，然后南下接管南沙和西沙。进驻南沙、西沙的筹备工作由海军总司令部第二署海事处承担，具体由上校科长姚汝钰主持，参谋张君然、程达能和李秉成协助。这时已有外国军舰出没南海，其中以法国舰船动作最为频繁，行动也鬼鬼祟祟，暴露出了他们侵占这些岛屿的意图。这给姚汝钰等人的筹备工作带来了紧迫感，经研究决定派海军舰队前去执行这一重大使命。

1946年7月，海军上校林遵等率“太平”、“永兴”等8艘舰船由美国远航回国，他很快被任命为收复西沙、南沙舰队的指挥官，姚汝钰为副指挥官，以当时认为装备最新式的护卫驱逐舰“太平”号为旗舰，率领大型登陆舰“中业”号、扫雷舰“永兴”号、大型驱逐舰“中建”号组成编队，前往执行收复这些海上国土的重任。他们为抢时间，决定西沙、南沙兵分两路，同时进行接收。林遵与参谋林焕章率“太平”、“中业”两舰收复南沙群岛，姚汝钰和张君然率“永兴”、“中建”收复西沙群岛。南沙进驻的主要目标是黄山马寺，西沙进驻的主要目标是猫岛。两个编队同时准备好器材，要在这两座岛上分别设立海军电台，并分别派一个独立排长期驻守，每岛在编人员为59人，皆直属海军司令部。规定驻岛人员每年一轮换，薪水按原来在陆地的3倍支取，岛上所需物资每半年补给一次，做好了长期驻守的各项准备。

1946年的11月1日，这支舰队来到珠江口，在虎门接上广东省政府派出的接收大员登舰，有西沙群岛专员肖次尹、南沙群岛专员麦蕴瑜等。随同前往的还有内政部、国防部及空军司令部、联勤司令部的有关官员，以及广东省民政厅、实业厅、中山大学等单位的专业考察人员。11月6日舰队到达海南榆林港，雇请了熟悉西沙、南沙的40名渔民，立即向西沙、南沙进发。此时，恰逢海上东北季风强劲，榆林港外巨浪排空，两次起航都被迫返航。但上边下了死命令，年底前一定要完成西沙、南沙的接收。海军官兵心急火燎，抱怨老天爷太不理解中国人收复被占岛屿的急迫心情了。

11月23日，“永兴”、“中建”两舰趁风浪稍歇先行出航，第二天凌晨抵达猫岛。西沙有一个美丽的传说。那是很久很久以前，海南儋州一穷苦渔家的三兄弟，个个都是捕鱼能手，不想在海上接连几天都扑了空。这天来到这片海域，一网下去竟捞起足有渔船大的一只海蚌，他们打开蚌壳发现一串闪闪发亮的珍珠，取出来数一数共有15颗。三兄弟正兴奋不已，突然天上飞来一群白鹤，抢走了这些珍珠。他们紧追不舍，白鹤将珍珠吐到海里，海水一阵欢腾，突然冒出一群岛屿，不多不少，下七上八整整15个。有史料记载，当年郑和七下西洋经过这里，每次都要向这片由珍珠变成的国土鸣炮致敬，并且将其画进了他的航海图里。眼前这座青螺似的岛屿就是其中最大的那颗珍珠，此时海水湛蓝，清澈无比，水下洁白的珊瑚一览无余，风景比画还美。

张君然等人迅速登岛，搜索前进。岛上荒芜一人，原有建筑均被仓皇逃窜的日本侵略军破坏殆尽。他们赶紧组织抢运登岛物资，搭建营房，构筑工事，修建炮位，架设电台，树立收复西沙群岛纪念碑，足足忙了好几个昼夜。11月29日，在仪仗队的军乐声中鸣炮升旗，国民政府几个部会代表和广东省接收人员为主权碑举行了庄严的揭幕仪式。用水泥凝固而成的主权碑，正面是“卫我南疆”几个大字，背面刻着“海军收复西沙群岛纪念碑，中华民国三十五年十一月二十四日立”。猫岛用了一艘接收军舰的名字重新命名，从此被称为“永兴岛”。

12月9日，“太平”、“中业”两舰也从榆林港驶向南沙。12日这天上午，一抹湛蓝海水衬托的绿色进入视野，这就是国人梦魂牵绕的南沙主岛黄山马寺。两舰的海军官兵到了岛上立刻展开搜索，也未发现有人存在的痕迹。只在该岛西南边留下一块有日本国徽的丑陋残碑，让海军官兵气不打一处来，纷纷动手将其砸毁。人们抓紧时间抢运物资，并分头进行考察、架设电台、修建住房等各项工作。最后也用“太平”舰的名字给回到祖国怀抱的黄山马寺重新命名，并在主权碑上刻下“南沙群岛太平岛”一行大字。

然而，太平岛并没有就此迎来太平，永兴岛也依旧有外国军舰闯进来兴风作浪。1947年元月16日，法国一架飞机窜到永兴岛上空侦察，紧接着一艘名为“东京人”号的法国军舰驶抵永兴岛。一群法兰西水兵抢滩登岸，一通叽里咕噜，竟要求我驻守人员撤离。我海军官兵义正词严，端起枪来，迫使这些“鬼佬”悻悻离开。据法国媒体报道，法国军舰从永兴岛撤走以后，又在我珊瑚礁岛登陆，还想赖在中国的海岛上不走。民国海军司令部获悉法国军舰入侵事件，电令驻岛指挥官李必珍率守岛士兵坚决守护神圣国土。在南京的外交和国防部门也发表声明，严厉谴责了法国军舰侵犯我西沙岛屿的行为。

这年的4月，姚汝钰和张君然带领“永兴”和“中业”两舰再次来到永兴岛，除了按计划给守岛官兵提供补给外，还筹划进驻珊瑚礁岛。这次随同前来的，有气象和海事方面的人员，根据国际气象组织的建议，在岛上开展气象观测，并建立航标灯塔。还有中央研究院植物研究所、资源委员会矿测处、经济部地质调查所、青岛海洋研究所等单位的专家，要在这里开展自然和资源调查。曾经担任过湖南省主席的吴奇伟，偕同来自印尼的一位华侨，也来这里进行考察，打算提出全面开发西沙的建议。

“永兴”、“中业”两舰进而接受进驻指挥部委派，前往太平岛提供补给和开展系列考察。姚汝钰和张君然在南沙期间，接到上级发来的命令，海军暂行代管所接收岛屿的行政管理职责，相应设置海军各群岛管理处，张君然被任命为西沙群岛管理处主任，并由其推荐一位海军训练参谋为南沙群岛管理处主任，姚汝钰担任了海军黄埔巡防处的处长。张君然回到广州以后，协同广东省有关部门汇集和深入研究南海诸岛的资料，拿出了海军管理和开发西沙群岛的意见书，包括修建各岛的港湾码头，发展各岛海上交通，开发磷矿和水产资源，想要在这里有所作为。广东省还在广州文庙举办西、南沙群岛物产展览会，大量实物、标本、照片、图表，以及历史文物资料，引起了各界人士的高度关注，参观者十分踊跃。

张君然出生在东北那片曾经长期被日本蹂躏的土地上，是唱着“我的家在东北松花江上”长大的，从小饱尝了国破家亡之凄苦，对国土之爱可谓入骨三分。他每次去永兴岛，都要在那块象征国家主权的纪念碑前流连很久。1947年一次登岛，他照例来到碑前，忽然浮想联翩，文思泉涌，写就一篇备述收复西沙全过程的千字文，请一位名叫司克森的军士长镌刻在一块铝质碑上，名为“海军收复西沙群岛纪事碑”。他意犹未尽，又和守岛官兵一起动手用水泥浇注了一块碑，正面刻下“南海屏藩”四个遒劲大字。背面如何落款，一时让他颇费踌躇，最后毅然署上“中华民国三十五年十一月二十四日张君然立”。他自豪地宣称，他现在是中国在西沙群岛的最高行政长官，有权在碑上留下自己的名字，以示对这篇土地负责。1955年，南越政权悍然侵犯永兴岛，粗暴毁坏了我收复西沙海军第一次登岛立下的主权碑，以及那块铝质纪事碑，张君然立的“南海屏藩”主权碑却躲过了一劫，至今昂然屹立在永兴岛上。

很多人都说，这是张君然的神来之笔，得到神明庇佑。他立的这块“南海屏藩”主权碑浩气长存，让南越反动政权偷偷摸摸跑上永兴岛一番肆意践踏，也无法抹掉中国在西沙主权的存在，白费了那么多心思和气力。

2006年12月，国家收复南海诸岛50周年，在北京召开了一个纪念性质的小型座谈会，与会专家学者无不动情地回顾了这些难忘的往事。笔者想起了林遵，也想起了张君然、麦蕴瑜、姚汝钰等这段历史的亲历者，询问这些前辈的近况。太平洋学会会长、原国家海洋局局长罗钰如介绍，他们中活着的也都垂垂老矣，已经无法远赴北京参加纪念活动。真是岁月不饶人！不过，祖国的西沙和南沙却永远留下了他们的青春脚步，人这一辈子能写下这样一段历史，也就很了不起了。

近海防御不能永远是“海岸巡逻”

1953年春节，在抗美援朝战争快要结束的时候，新中国的三军统帅毛泽东在上海登舰检阅海军。这位睿智的开国领袖，说话总是一针见血：“我们国家的海岸线很长，帝国主义就是欺负我们没有海军。一百多年来，帝国主义侵略我国，大多是从海上来的。”然而，由于种种原因，人民海军发展的步子还是比较缓慢，以致2009年纪念海军建军60周年之际，还有外媒评论：“10年前，中国海军不过是一支寒酸的海岸巡逻队。”

在白马庙起步的人民海军

上个世纪末，笔者一次赴江苏泰州采访，路过泰州城外的白马庙，曾怀着景仰之情去新中国海军的诞生地参观。这是一个十分肃静的庭院，在几株绿树的掩映下，似乎将时光凝固在那段人民海军从无到有的激情岁月里。那幢木结构的老式小楼，那些陈设简陋的房间，仿佛还在晃动着当年粟裕、张爱萍等赫赫战将活动的身影。在1998年联合国确定的国际海洋年里，我与少年儿童出版社合作编写过一本《海洋三字经》，曾通过海军中将、全国人大常委张序三请张爱萍题写书名，因此在这本向少年儿童普及海洋知识的小书的扉页上，有了这位人民海军创建者留下的遒劲笔迹。白马庙也因此在我心里多了几分亲切感，在讲解员的引导下，悉心倾听发生在这幢小木屋每一个房间里的动人故事。

那是1949年的春天，江南盛开油菜花的季节。第三野战军会同各路大军一路势如破竹，打到了长江边上。原来担任华中军区副司令员的张爱萍从大连养伤归来，匆匆赶往前线，准备参加渡江作战。老首长陈毅向他传达了党中央和毛主席组建华东海军的决定，并把这样一副千斤重担压到他肩上，命其立即赶往泰州白马庙，一边协助粟裕做渡江准备，一边着手组建解放军的第一支海军部队。1949年4月23日，当南京国民党总统府楼顶的青天白日旗黯然飘落的时候，华东军区海军司令张爱萍在江苏泰州白马庙升起了一面红旗。他在第一次会议上，冲着与会的13名组建海军的骨干，如同面对千船万舰朗声宣布：“我提请同志们注意今天这个日子——1949年4月23日，我们自己的人民海军终于诞生了。”

白马庙在长江边上，滚滚大江东逝水，经这里奔腾而下，流入浩瀚东海，与渤海、黄海和南海之水汇合到一起，应该说那里才是中国海军活动的舞台。然而，此时的华东海军要军舰没军舰，要水兵没水兵，走向大海只能从长江边上起步。

蒋介石从大陆退守台湾，曾命令其海军司令桂永清将能带走的海军装备通通带走，不能带走的一律炸掉，一块钢板、一根钉子也不要给共产党留下。业已起义投诚的舰船和已经掌握在人民政权手中的造船厂，蒋介石也一边骂着那句标志性的粗话，一边下达摧毁令，没日没夜狂轰滥炸，连著名的“重庆号”也被迫自沉于葫芦岛。张爱萍后来常常自我调侃，他这海军司令其实是“空”军司令。他们13条汉子来到刚解放的上海，挂出了“中国人民解放军军事管制委员会海军部”的牌子。大家忙了不少日子，收集到的舰船又少又小又老又杂又破，能称得上军舰的没有几艘。陆续从各野战军调来的海军官兵只习陆战，很多还没见过大海，有的连海水是咸是淡都不清楚。而且文化程度也普遍偏低，很多人都在“人、手、口、刀、牛、羊”学认字，海军需要掌握的程度较高的数、理、化知识，让他们听得云天雾地，直喊脑浆子疼。

万事开头搞调研。张爱萍还曾亲往福建拜会拒绝随蒋介石去台湾的萨镇冰、陈绍宽等海军名宿，虚心求教海军建设该如何起步。他以战场上练就的多谋善断，很快提出了组建人民海军的思路：解放军士兵政治上没问题，但不懂海军技术，少了一条腿；原国民党海军留下的官兵业务熟悉，但需要提高阶级觉悟，也少了一条腿。两个“跛子”合起来，建设人民海军的两条腿就齐了。“新海军”与“老海军”通力合作，一边筹划添置海军装备，一边着手训练在编人员海上作战的本领，赶着一群旱鸭子下海，大江中忽然跳进许多人“扑通、扑通”学浮水。

原海军副司令兼参谋长张序三就是那个时候从陆军抽调到海军的一个基层干部，笔者曾听他讲述过由陆到海的艰难转变，靠的就是把战场上那股冲锋陷阵一往无前的劲头儿用到学习上。他出身山东荣成，在海边长大，比起其他战友来可谓“得天独厚”，被挑选出来学开军舰。他介绍说，那时要他们向国民党那边过来的“老海军”学技术，心里还有些不服气。有一次，他避开当教练的“老海军”独自一人去开舰艇，结果把船开到江心怎么也开不回来了，劈头盖脑挨了领导一顿批评。但也就是凭着这么一股子不服气的劲头，让他身上的海军元素增长特快。不久，被送往苏联老大哥的海军基地学习，回国后成了我国第一批驱逐舰的舰长，此后一直奋斗在海防第一线。他在舟山基地及担任人民海军参谋长和副司令员期间，或间接参与或直接指挥了保卫西沙、南沙之战，还率领海军舰队赴太平洋的广袤水域进行科学考察，探索中国和平开发利用海洋之路。他一生最爱唱的歌是“大海啊，我的故乡”，几乎走到哪儿唱到哪儿。

人民海军的真正发展，是在肖劲光担任海军司令以后。笔者在青岛海军基地参观过肖劲光作为海军司令乘坐着四海奔波的瘦小专机，在展览室里仔细阅读过人民海军的成长历史。在1949年召开的中国人民政治协商会议上，毛泽东斩钉截铁一句话：“我们将不但有一个强大的陆军，而且有一个强大的空军和海军。”肖劲光刚结束衡宝战役，正指挥部队展开对白崇禧残余部队的围歼，毛泽东一个电话将其召进中南海，宣布党中央决定建立军委海军领导机构，统一管理和指挥各地的人民海军和现有舰队，委任他为海军司令，并立刻着手筹组海军司令部。细心的北京人很快发现，在东城区一条又细又窄的麻线胡同里，从此有了一个门面不算很大的海军司令部。

但摆在肖劲光面前的困难几箩筐，装备、经费、人才和建军经验几乎是要啥没啥。据介绍，这位海军司令1950年到了山东威海，想去刘公岛凭吊当年甲午海战的古战场，租了一条渔船渡海登岛。渔民觉得奇怪，堂堂新中国的海军司令咋还要租渔船出海？那时，尽管党和国家重视海军建设，1950年初毛泽东和周恩来赴苏联与斯大林谈成一笔3亿美元的贷款，在国家百废待举之时，毫不犹豫分给海军一半。但是，海军建设既要着眼现在，也要着眼长远，水面舰艇部队、水下潜艇部队、空中航空兵部队要建设，基地、码头、海岸及海岛要塞也要建设，就是将每个钱都半成两半花也远远不够。我读过这样一则感人的故事。肖劲光和他的总顾问库兹敏来到青岛，一位海军司令员，一位苏联高级海军专家，两位如此显赫的人物，夜晚竟挤在一家小旅店的地板上住宿。他们沿着海岸线勘察，构思和设计海军建设蓝图，走一路，住一路，基本都是这个青岛模式。

最迫切的还是培养海军人才，最艰巨的也是培养海军人才。海军要有大的发展，仅用“老海军”带“新海军”的办法显然不行。一所重点进行潜艇人员培训的海军学校，很快就在旅顺港办起来。请来的是苏联老大哥，一切都按照苏联的套路，事先还让学员练习过吃俄国人的西餐，真到了学校俄国人吃得津津有味的黑列巴、黄油、生咸鱼和半生不熟的猪排、牛排，让学员见了就反胃，一走进食堂无不渴望见到窝窝头、炸酱面、棒槎粥；而那些听得云天雾地的课程，在海上呕吐得一塌糊涂的实习，也让大家觉得还是在陆地上趴冰卧雪或跟敌人拼刺刀痛快；但是，所有学员只要一想到这是建设现代海军的需要，就都把心一横，“没有过不了的火焰山”。

新中国的海军还有一个培养人才的课堂，那就是与国民党海军在一系列海上实战中面对面的“切磋”。蒋介石退守台湾，几乎将东南沿海的大小岛屿都严格控制起来，全面封锁各海域，想让饥饿、贫困和严重的战争创伤将已经在大陆执政的共产党拖垮。人民海军不得不一边打仗一边加强自身建设，在海战中学习海战。事实证明，在那样一个特殊的年代里，双方的舰船在海上真枪实弹展开较量，也是快速培养海军人才的难得课堂。从这个意义上说，蒋介石及国民党海军司令桂永清也是很不错的“义务教员”。

比如大撤退时，桂永清在长江口设置了星罗棋布的雷区，那些经过反复研究不断得到改进的水雷还很刁，似乎能在水下悄悄活动，扫雷艇往往扫不着，往来商船一碰就炸，严重危及上海等沿海城市建设的恢复。新诞生的人民海军凭借自己的忠诚、勇敢和智慧，即使受了挫折也不动摇，到底还是摸清了对手布雷的规律，打开了长江通道，同时掌握了一门水下“排活雷”的本领。

在展开海岛争夺战中，人民海军最初只有少数刚修好的旧军舰，大量的是机帆船，甚至是渔船，装备不如对手。更严重的是，人民海军广大官兵普遍缺乏海上作战的常识和经验，面临着从陆战到海战的艰难转变。他们在长江口外进行攻克滩浒山岛的一场战斗，还不懂得航行计划和舰艇编队，也还无法准确掌握气象预报，斗胆驾驶小炮艇一路闯了过去。在发起攻击以后赶上刮大风，掀翻了不少小炮艇。后来又因海水落潮，小炮艇坐到沙滩上进退不得。最后凭着海军官兵坚忍不拔的意志，冒险抢滩登岛，赢得了这场战斗。

海峡两岸之间的岛屿争夺战，海军远不如陆军北战南征那么顺手，有过一些挫折，甚至还有几乎是全军覆灭的惨痛教训。不过，无论是成功的经验，还是失败的教训，这些都积累起来成了人民海军成长壮大必不可少的营养补充。“有兵无船，等于无兵”，就是当时在实战中认识到的海军与陆军最大的区别。现在，几十年过去了，“渡尽劫波兄弟在，相逢一笑泯恩仇”，笔者在不少场合见到过，当年两岸一些在海岛上兵戎相见的海军将领，而今退役之后都坐到了一起，共同研究探讨海洋的诸多学术问题。此时，大家已经心平气和，彼此之间没了昔日的仇恨，也不再互不服气，共同的注意力都集中到了中华民族未来在海洋的生存和发展。在茶余饭后的闲谈中，评论当年那些海战的得失，蒋介石和毛泽东各自的排兵布阵，也都非常超脱和客观了。

血浓于水。在涉及国家和民族核心利益的时候，两岸同胞的心其实是相通的。上个世纪70年代的金门炮战，针对美国和苏联大小动作不断，毛泽东和蒋介石之间不是也保持了某种默契吗？

难以忘怀的西沙之战

人民海军所进行的捍卫国家领土主权的海战，给人印象最深刻的是上个世纪70年代与南越政权之间展开的西沙之战。这次海战虽然规模不算大，而持续的时间比较长，其意义也十分重大。当时，就有长篇的诗歌和报告文学作了历史的记录，在人们的脑子里至今记忆犹新。

据说，1951年9月美国避开中国在旧金山与日本签订所谓《旧金山和约》，南越政权也心怀觊觎，欲浑水摸鱼，染指西沙南沙。这些非分之想未免太非分，与会国家无人搭茬，连其美国主子也置之不理。1955年，中国抗美援朝结束后，正忙于搞国内建设，大概还有国、共内战仍持续在一些海岛间进行，让南越政权觉得有机可乘。他们派出船只偷偷摸摸窜上西沙永兴岛，拆毁了我海军收复该岛的一块主权碑和一块纪事碑，似乎这样就能否定中国在西沙拥有的无可争辩的主权。

上个世纪60年代至70年代，我们国内发生了史无前例的“文革”。南越政权大概以为中国已经自顾不暇，于1973年9月悍然宣布将南沙群岛的南威岛、太平岛等10多个岛屿划入其版图。我外交部发表声明，严厉谴责南越当局侵犯中国领土主权这一恶劣行径。南越政权立刻诉诸武力，出动军舰武装侵略我西沙群岛。

1974年1月15日，我402、407号渔轮正在西沙甘泉岛附近从容撒网，南越驱逐舰4号、16号突然闯进来，横在中国渔民面前，无理要求我们两艘渔轮离开，甚至有南越军人乔装打扮成该国的渔政官员，要中国渔船接受其“检查”。我渔民严词驳斥其无理要求，并叫他们立刻撤出中国海域。南越入侵者顿时凶相毕露，向我渔船开炮射击，并且横冲直撞划破我们下在海里的渔网。随即又冲着甘泉岛上飘扬的五星红旗开炮，并派出一个排的人荷枪实弹登岛，强行驱赶在岛上晾晒鱼虾的中国渔民。我渔民奋起反抗，以凛然气势将登岛的侵略者赶下海去。南越政权很快增派驱逐舰及护航炮舰来到这个海域，强占金银、甘泉两岛，正式挑起了这场西沙之战。

真正短兵相接的战斗，发生在1月19日凌晨，南越军舰率先开炮，瞄准我389舰指挥台，一排炮弹打过来，冯松柏政委及其身边的几位弟兄倒在血泊中。也就在敌人炮口火焰一闪的刹那间，我炮手也按下了电钮，猛攻眼前几艘入侵的敌舰。从越舰打响第一炮到其舰队被击溃，仅短短13分钟。逃敌曾向美国军舰求援，美国海军没敢明目张胆插手。我方为巩固和扩大战果，紧急征调500名陆军官兵与民兵，于20日早晨搭乘军舰和渔船赶赴战区，除了派出南海舰队的舰艇紧急驰援西沙外，东海舰队的两艘导弹驱逐舰也从台湾海峡南下增援。1月20日，中国海军新锐到达西沙，在舰炮火力支援下，一举攻克自1956年起就被南越海军占领的3个岛屿，俘敌48名，包括1名美军联络官在内。1月20日下午，南越派出搭载了一个陆战营的“麒麟”号军舰，试图前来增援，另外还集结了海空部队，摆出再战的架势。但是面对中国海军后续的增援，不敢轻举妄动，探头探脑左顾右盼一阵，最后还是缩了回去。

在西沙之战发生的时候，我国海洋石油的一支钻井队伍正在永兴岛钻探“西沙第一井”，勘查这个海域蕴藏的石油和天然气。国内有一批海洋石油地质专家长期从事珊瑚礁油藏的研究，积累了丰富的地质资料，理论上也获得了重要突破，迫切需要用实践来证明其理论成果。而珊瑚礁正是西沙地质结构的一个重要特征，因此这里也就成了下海找油找气的一个重要目标。1973年，这支钻井队伍来到永兴岛，在当地军民的热心支持下安身岛上，布置好井场，已经将钻头伸向珊瑚礁的地层深处。南越政权这次派军舰加紧对我西沙的入侵，丝毫也不掩饰其一个重要目的，为的就是掠夺这里的油气资源。我们的钻井工人感到无比气愤，同岛上的民兵及渔民一起，投入到保卫西沙的战斗中。1994年，在西沙之战20年以后，笔者曾赴湛江采访这支钻井队的队长缪正富。他回忆当时一边钻井一边支前的情景，仍然抑制不住内心的激动。他说，我们钻探的“西沙第一井”虽然没有油气发现，但那是一口“标志井”，标志中国勘探开发西沙珊瑚礁油气资源已经迈出了重要一步。

在西沙之战紧张进行的过程中，人民海军东海舰队的一个编队从福建赶赴西沙参战，穿过台湾海峡直奔永兴岛。那时，两岸仍处在国、共两家的军事对峙中，这个编队穿越海峡的航行无疑十分敏感。据说，台湾有关方面获悉了这一情报，十万火急向蒋介石汇报，请示要不要出动战舰拦击。国共两党厮杀多年，在蒋介石心中积下的哀怨不可谓不深，此刻“冤家路窄”，两军还处在“战争状态”，一个难得的机会出现在面前……然而，此时在台北草山官邸的蒋介石，推开窗户凝望蓝天，沉思了片刻，却轻轻一摆手，那是一个不许惊扰人民海军编队通过台湾海峡的重要决定。他喃喃了一句：“西沙战事紧啦！”

西沙之战，也暴露了人民海军建设严重滞后。19日关键一战，南越出动1艘驱逐舰、2艘护卫舰和1艘巡防舰，总吨位6000多吨，火炮达50多门，并且装备了当时最先进的电子自动火控系统。我方舰艇的吨位总计仅1700余吨，最大舰的吨位还不及南越最小一艘舰，火炮仅有16门，其余装备也都落在人后。现在回过头来看，人民海军之所以能打退来犯之敌，靠的还是“海上拼刺刀”，连火箭筒和冲锋枪都用上了。中国作为一个大国，海上装备竟然连南越政权都赶不上，很是发人深思。据有关文章介绍，在西沙之战刚结束不久，毛泽东与一位来自远方国家的高级将领谈起这场海战，伸出一个小拇指感叹说：“我们的海军只有这样大。”他还让人叫来当时的海军第一政委、他的湖南老乡苏振华，再一次重复了这句话，并伸出大拇指说，“我们的海军应当这样大。”可惜，此时的毛泽东已经进入垂暮之年，根本来不及反思中国海军无法快速强大起来的深刻原因，更无法亲自筹划海军的进一步发展了。

最近有一则关于西沙的消息，不能不引起国人的高度警惕。2009年4月25日，也就是西沙之战过去25年以后，越南的岘港市居然针对我西沙群岛任命了一位所谓的“人民委员主席”，法国一家通讯社评论说，越南人企图以这一举动，来宣示他们在这个地区的“主权”。我外交部的新闻发言人就此表明了中国政府的严正态度，西沙群岛属于中国并不存在任何争议，提醒越南方面不要做任何危害南海和平稳定和两国友好关系的事情。

当年，一首描述西沙之战的长诗里有这样几句：

啊！西沙群岛！
你富饶美丽，
更雄伟壮观，
像一组组威武的哨兵，
把守着航道要冲，
守卫在云水之间。

赤瓜礁冲突与南沙高脚屋

1987年2月，联合国教科文组织政府间海洋委员会在巴黎召开第14届年会，与会国家和地区一致通过了《全球平面联测计划》，并确定在我南沙群岛建立74号海洋观测站。这是一项国际间的合作，也是一项服务全人类的历史性使命，中国责无旁贷。这年的5月，国家海洋局奉国务院总理之命先后派出科考船和海洋调查船，在南沙进行考察和测量，选择在永暑礁建站。经国务院和中央军委批准，由国家拨出专款，按照联合国海洋委员会提出的要求，有条不紊实施工程建设。

永暑礁长约26公里，宽约7公里，涨潮时露出海面的一块礁石，仅有桌面大小，而离浅礁10米左右的海区，便是陡峭的深渊。激流和涌浪撞击礁盘所形成的巨浪，不时猛扑过来，溅起高高的浪涛，形成巨大的回流。人在礁盘上稍有不慎，就会卷入深渊，万劫不复。而在南沙建设这样的海洋观测站，这是第一次，无先例可循，一切都要从头摸索。从开工前的海底测量，到开挖运送各种物资的航道，以及用水泥进行基础浇注，让观测站在永暑礁挺直腰杆站立起来，其难度远远超出在北京盖一座摩天大楼，每一步都需超乎寻常的胆识、智慧、艰辛和坚韧。我们的设计者和施工人员在接近赤道的炎炎日照下，在翻滚的浪涛中，奋战189天，为南沙永暑礁写下了一页新的历史。

1988年2月，这个观测站建成了，人民海军派出舰艇前来巡逻，并登上邻近的赤瓜礁建立观测点，以保卫和维护永暑礁海洋观测站的正常运行。3月24日这天，海上风平浪静，却平地起波澜。越南海军突然出动2艘运输船和1艘登陆舰闯入赤瓜礁海域，向我方人员恣意挑衅。他们无视中国守礁官兵的一再警告，派出43名全副武装的人员强行登上赤瓜礁，无端向我正在礁盘上执行联合国和平使命的人员开枪射击。他们的运输舰和登陆艇，也在同一时间冲我守礁人员枪炮齐发。我方官兵忍无可忍，坚决进行自卫还击，将愤怒的子弹射向蛮横无理的入侵者。整个战斗持续28分钟，越南的一艘运输船被击沉，另一艘运输船和登陆艇也受到重创，不得不狼狈撤离。事后，越南方面颠倒黑白，反诬中国海军首先击沉、击伤他们的舰船。西方国家一些别有用心的人也极力混淆是非曲直，指责中国搞扩张，威胁邻国安全，散布所谓“中国威胁论”。但铁的事实无法篡改，是越南军舰荷枪实弹窜至我国按联合国要求建成的海洋观测站挑衅，既要侵犯别国的领土主权，又不允许主权国家斩断他们伸出的爪子，天底下哪有如此一厢情愿的行为逻辑？

这一严重事件，倒是给中国提了一个醒儿。在此次冲突发生之前，中国虽然一直宣称拥有南沙群岛的主权，在课堂上给中小学生讲述祖国最南端的领土是曾母暗沙，但除民国海军当年驻守的太平岛以外，实际上我们在南沙并没有真正有效控制其他任何一个岛屿、礁盘或沙洲。在越南主动寻衅后，我们这才惊奇发现，南中国海周边国家已经纷纷进入南沙群岛海域，单方面宣布划定疆域，并借助外国的资金和技术进行资源掠夺。中国海军不得不“亡羊补牢”，在南沙群岛采取行动，接连收复赤瓜礁、华阳礁、东门礁、南薰礁、渚碧礁，包括永暑礁及美济礁在内，算是实际控制了7个礁盘，填补了人民海军对南沙群岛控制的几个空白点。然而，这些礁盘收复不易，长期守护更难。据专家介绍，我海军即使动用飞机去南沙，也会因为缺乏续航能力，大多数飞机飞到南沙海域就得掉头飞回来，否则因无海上加油站，耗光油料之后，只能掉进茫茫大海里。

鞭长莫及，怎么办呢？我们守礁战士用上了20世纪50年代的一句豪言壮语："有条件要上，没有条件创造条件也要上。"他们曾经在几乎贴近海面的礁盘上站岗放哨，随后在礁盘上打进几根桩腿，托举起一座又一座高脚屋，远离祖国大陆的南沙卫士从此有了自己的一块立足之地。这些高脚屋，也因此有了一个令人肃然起敬的学名："礁堡"。

守礁战士生活和工作在这片遥远而又环境特殊的国土上，经受的艰难困苦，是生活在陆地上的人们根本无法想象的。南海被称为台风的故乡，这种热带气旋生成以后，劈头盖脸横扫过来，在陆地上拔木毁屋，其破坏性无异于一场浩劫。在大海的礁盘上，狂风夹着巨浪，稍有不慎就会被卷进大海，"人或为鱼鳖"。还有，南沙纬度几乎接近赤道，最热的时候地表温度可达摄氏50多度，守礁战士站岗放哨，如同在铁板上炙烤，浑身火烧火燎，几乎每次都要晒脱一层皮。最难耐的还是高温加湿气，浑身汗水挥发不了，衣服整天湿漉漉的，说不出的那股难受劲儿，烂裆之疼之痒更是让人难以言表。

在南沙礁盘上，守着汪洋海水，却是"滴水贵如油"。这里的淡水全靠补给船每3个月运送一次，平时都是定量供应，大约每人每天5公斤左右，喝水、洗衣服和洗身子全在内。真要遇上特殊情况，补给船无法按时赶来，每人一天就只能摊上一杯、两杯淡水，以维持生命需要的水分。在礁盘上吃新鲜蔬菜，更成了一种奢望，补给船在海上一路颠簸送过来，已经又蔫又黄，全没了新鲜蔬菜的滋味和营养。没两天，送来的蔬菜在高温下烂了，便只能靠罐头过日子，吃得大家口腔溃疡，肠胃过敏，见了罐头盒就会翻胃，哇哇吐个不停。

而与海上寂寞的煎熬相比，这些似乎又都算不了什么。笔者曾经多次去近海钻井或采油平台采访，体验到一般初次出海者，无不有诗意一般的新鲜和兴奋。数天之后，突然发现满世界除了海水还是海水，连想看蚂蚁打架都找不到去处，感觉单调得不能再单调，乏味得不能再乏味。再过一些日子，便开始思念陆地和亲人，讨厌海上过于窄狭的生活圈子和那些过于熟悉的面孔，情绪因抑郁而烦躁，心理因失衡而脆弱，甚至出现各种各样的乖张行为。因此，世界各地的海上钻采作业大多实行20天轮换制，认为这是一个不应该超越的生理时限。而近海石油的勘探开发者比起南沙守礁战士来，生活工作环境不可同日而语。在南沙礁盘上几乎过着与世隔绝的生活，而且一年一换岗，长时间得不到家人的音信，听不到外界的信息。那样一种寂寞，给守礁者带来的严峻考验，包括心理和生理上的，不是亲历亲为者，都无法想象得到。

而我们在南沙的守礁战士依靠保卫国家领土主权的神圣责任感，也依靠他们坚强的意志和毅力，都挺过来了。突出的典型是龚允冲，第一次赴南沙守礁，一年期满后，正是归心似箭，却奉命延长半年，接着再奉命延长半年。在此期间，有一回送病员回陆地治病，领导特地关照，可以利用返航间隙回家看看双目失明的奶奶、多病的父母、操劳的妻子、年幼的女儿。他也给家里发出“准备探亲”的电报，一家人都在引颈盼望。但他刚买好回家的车票，永暑礁发来急电，急需筹划数百吨物资运南沙。他毅然退了车票，给家人发去“推迟探亲”的电报，连忙趁台风间隙提前登上补给船返航。

龚允冲是20世纪90年代后期的一位新闻人物。众多媒体对他的采访报道，不只是因为他在南沙经受住了那些煎熬，并多次放弃去城市和机关工作的机会，多年坚守在南沙。还在于他作为第一代守礁者，在南沙带领守礁弟兄动手改变礁盘上的生存环境，创造在那里扎下根来的基本条件。多年来，龚允冲和他的战友们通过换班船带来泥土，日积月累，永暑礁上有了一块人造菜地。最初试种这样那样的蔬菜，不是刚出土的菜苗被大风刮得无影无踪，就是未长先衰，如昙花一现。他们没有气馁，继续从陆地运来泥土，将礁盘上的菜地扩大到一亩左右的规模，同时认真摸索蔬菜在南沙的生长规律。南沙守礁战士终于吃上了自己种出来的新鲜蔬菜，那块菜地也成了南沙一道翠绿的风景线。

现在，祖国大陆的绿树、花草、蔬菜都扎根南沙，这意味着守礁战士的根也深深扎进了这片土地。而现代海洋观的一个重要内涵，就是海陆一体的整体国土观念，把国家和民族的根牢牢扎在这片遥远的土地上。据媒体报道，龚允冲刚受命赴南沙守礁时，有人曾问他：“南沙就那么一些寸草不生的礁盘，值得你们这么大老远跑去驻守吗?”他朴实地回答：“礁盘再小，那也是祖国的领土呀。”在南沙经过几年实际的磨炼后，他对这片蓝色国土的认识也愈来愈深刻，话仍然说得很朴实：“为祖国守好南沙的每一片海域，只能算对列祖列宗尽到了当代军人的神圣职责；为中华民族跨世纪开发南沙，才能算对子子孙孙完成了当代军人的历史使命。”

龚允冲在南沙礁盘上，从1990年开始一直坚持在守礁部队，从侦察参谋成长为部队长，先后70多次上礁，曾创造了单次守礁758天的纪录，人称“守礁王”。他后来年纪大了，海军首长关心他，不再轻易让他上礁。他告别南沙礁堡时，抱住副部队长姚雪华说：“兄弟，南沙交给你了！”笔者在《中国海洋石油报》工作期间，曾编发多篇本报记者采访龚允冲的稿件，作为共同拥有那片蔚蓝的伙伴，一个是蓝色国土的保卫者，一个是蓝色国土的开发者，似乎有着更多、更深的理解。1997年，我主持编撰《海洋三字经》，研究应当写进哪些现代海洋人物，几位同仁立刻想到了龚允冲。中国最复杂的海洋问题在南海，南海问题的焦点在南沙，这里的守礁部队是南沙的军魂，也是南沙的中国魂。因此，《海洋三字经》里有了这样几句："中华兴，海业兴，新中国，创海军。无到有，弱到强，建海防，当栋梁。守海疆，守岛礁。南沙远，不辞劳。好水兵，龚允冲。树楷模，壮军魂。一寸海，一寸土。我主权，誓坚守。"

然而，令人焦虑的是，南沙那几个礁盘上的高脚屋，还有守礁部队年复一年的付出，并没有能够改变那里的严峻局面，我们的岛礁仍在被人侵占，海域仍在被人瓜分，资源仍在被人掠夺。1998年秋天，笔者有机会去海军某基地参观访问，听一位名叫陈贻球的战士朗诵自己创作的诗篇，那是他巡航南沙的真实见闻，题为《我看见……》：

> 当我踏上南沙这片神奇的国土，我的心便沉到海底，在海底漫游……
>
> 我看见石油在蓬勃燃烧，我看见珊瑚频频向我招手，我看见礁盘像一位巨人高昂着头，我看见鱼群来来往往，我看见海树婀娜婆娑，我看见化石上先人的足迹，我看见渔船在逐浪追波……
>
> 突然，我的心变得异常沉重，像一根锚链拴在海底无法逃脱，我哭了……
>
> 我看见一根根陌生的管道在海底纵横交错，我看见一艘艘某些国家的油轮在肆无忌惮地穿梭，我看见南沙的胸膛被撕开一道道伤口，我看见南沙正在被疯狂地掠夺……

一个独臂教授与西沙、南沙的故事

说到西沙、南沙，不能不提到王恒杰这位独臂老人。蒋介石老先生退守台湾，保留了在南沙太平岛的驻军，算是为国家、民族守住了这片遥远的国土。而这么多年来，大陆同胞踏上过太平岛，并在那里受到亲如手足般的热情接待，惟中央民族大学考古学家王恒杰一人。更有意思的是，他离开太平岛，带着守岛官兵的祝福，同几位渔民兄弟一起驾着渔船去曾母暗沙祭拜曾母娘娘，随后又去了人民海军驻守的永暑礁。他的这次考古行动，竟用自己的独臂将两岸共同守护南沙这片家园的故事链接到了一起。

中国不能丢失的一条“金项链”

王恒杰，20世纪30年代出生在哈尔滨一个铁路工人家里。还在孩提时候，饱受了当亡国奴之苦不说，还被小鬼子的炸弹夺去了左臂。他是北京中央民族大学历史系的考古学教授，侧重边疆考古，也就是通过发掘埋藏在边地的地下实物资料为国家疆界和领土主权提供坚实可靠的证据。1975年，他在西藏首次发现新石器时代的遗址，并认定与甘肃的齐家文化属于同一系统。1982年和1984年又两次从云南沿怒江走进西藏，进一步获得许多西藏与内地紧密联系的第一手资料，受到学术界的重视。他后来对国家民族做出的不可磨灭的贡献，还是他以花甲之年和病残之躯，并且在家庭经济相当拮据的情况下，基本自费七下西沙、两下南沙考古，用确凿的历史事实来证明这个海域自古以来就属于中国。

那是1991年5月，王恒杰应邀赴海南参加一次关于南海问题的学术研讨会。随着会议的进程，很多专家、学者详细分析介绍了南海的严峻形势，那都是一些让人揪心的消息。王恒杰在那间会议室里，一边听着与会者的发言，一边默默注视挂在会议大厅墙壁上的那张南海形势图，紧紧盯住了中国地图上在南海画着的9条断续国界线，心里波澜起伏，久久不能平静。

多少年来，凡中国正式出版的地图，在南海诸岛与南海周边国家之间有一条弧形的断续国界线。而所有的中国地图都把画着9条断续国界线的《南海诸岛疆域图》作为“附注图说”单列出来，摆到整幅地图的右下角，有可能被一般粗心的读者忽略。王恒杰作为边疆考古专家，懂得这9条断续国界线的来历，也深知其包含的神圣意义，那可是挂在祖国脖子上的一条金项链啊！

1840年以后，面对中国被西方列强瓜分豆剖的凄惨局面，不少爱国知识分子痛感国土沦丧，因此也逐渐强化了国土意识。他们开始悉心研究中国地理的历史沿革，着手绘制近代和现代版的中国地图，用国界线标明中国的疆域，并不断进行考证、修订和完善。民国十九年（1930年），国民政府正式颁布了水路地图审查条例，接着成立水陆地图审查委员会，由内政部牵头，参谋本部、外交部、海军、教育部、蒙藏委员会派员参加，还专门审定了中国南海各岛屿名称共132个，分属西沙、中沙、东沙和南沙群岛管辖。民国三十六年（1947年），水陆地图审查委员会终于将一幅具有权威性的中国地图绘制出来，由国民政府正式向海内外公布，并且将有别于陆地国界线的海上断续国界线绘制在《南海诸岛位置图》上，总共11段。1953年，经中华人民共和国政府重新审核批准，断续国界线由11段改为9段，一直延续至今。

这9条断续国界线，最根本的依据是中国大量的历史文献资料。早在东汉时期，杨孚在《异物志》中所详细描述的“涨海崎头”，实际就是现在的南海诸岛。在宋代，西沙和南沙群岛已经正式纳入中国版图，明确归万州（今海南省陵水市）管辖，历代官方编写的地方志，如《诸蕃志》、《琼管志》、《舆地纪胜》等都有明确记载。到了明代，海南卫一位姓柴的指挥佥事本着朝廷“广东濒大海，海外诸国皆内属”的旨意，曾“统兵万余，巨舰五十艘”，巡逻“海道几万里”。清康熙十五年（1676年）重修《琼州府志》，进一步明确记载“长沙海、石塘海，俱在城东外洋，古志云万州有千里长沙，万里石塘”。

前些年，海洋发展战略研究所已退休的高级工程师许森安，以《南海断续国界线的内涵》为题，将我南海断续国界线的历史沿革做了系统整理，发表在海南一家刊物上。其中提到最具权威者，是1947年国民政府内政部在公布中国地图的时候，特别行文广东省政府讲明《南海诸岛位置图》及其断续线的涵义，明确提出：“南海领土范围最南应至曾母滩，此项范围抗战前我国政府机关学校及书局出版物，均以此为准，并经内政部呈奉有案，仍照原案不变。”并且提出："西、南沙群岛主权之公布，由内政部命名后，附注图说，呈请国民政府备案，仍由内政部通告全国周知，在公布前，并由海军总司令部将各该群岛所属各岛，尽可能予以进驻。"同时还强调："西、南沙群岛渔汛瞬届，前往各群岛渔民由海军司令部及广东省政府予以保护及运输通讯等便利。"这个文件中提到的"附注图说"，即附在中国地图上的《南海诸岛位置图》。当年在内政部方域司工作过的王锡光，是中国地图绘制过程的亲历者，也曾明确解释："断续国界线画在我国和邻国中间线的位置上。"

多少年来，中国为捍卫南海诸岛主权与外来势力进行了不屈不挠的斗争。1883年，德国人擅自闯入南沙、西沙进行考察、测量，有图谋不轨之心。当时的广东省政府立即提出抗议，迫使德国人停止了作业。1933年，法国非法侵占琼南九岛，也激发中国舆论的强烈反应。中国政府不但向法国提出严重交涉，还用公布地名的方式向世界宣告南海诸岛，包括西沙群岛、东沙群岛、南沙群岛（现名中沙群岛）、团沙群岛（现名南沙群岛）是中国固有领土。自1947年中国政府在南海诸岛位置图上画出的断续国界线，很快得到了国际社会的广泛承认，美国、苏联、法国、德国在20世纪中后期出版的世界地图，无一例外都将南海诸岛标明为中国领土。1960年，越南人民军总参谋部地图处编绘的世界地图，也按中国名称标注西沙和南沙群岛，并在这两个群岛的名称后面括注属于中国。

在这次研讨会上，有专家郑重提出："在1947年划界之后的四分之一个世纪，周边国家一直没有提出异议，这就在国际法的意义上产生了历史性主权……""历史性主权"这个概念，让王恒杰坐不住了，他想到了自己作为边疆考古学者的责任，迅速做出了将考古重点转移到西沙、南沙的决定，还在会议期间，就迫不及待打电话与海军榆林基地和当地政府部门联系，要求搭乘方便船只去西沙、南沙考古。5月28日，刚开完会，即从海口乘车赶到三亚，找到海军某部机关。南沙的主权，祖国脖子上的金项链，这些话题很快让他与海军官兵成了知音。海军某部机关经请示批准，同意这位考古专家乘海军即将出发的一艘补给船去西沙。当时天公不作美，突然刮起大风，海上浪涛汹涌，负责接待者担心老教授难以经受风浪颠簸之苦，劝其择个好天气再出发。王恒杰一听同意他随船去西沙，竟高兴得像小孩似的，连声说着感谢兼央求的话："太好啦，太好啦，我等不及了，我等不及了，快走，我们快走！不就是晕船呕吐吗，那算得了什么。"

南海特有的大风大浪，给了独臂老教授特殊的洗礼。他乘坐的海军补给船刚驶出群山环抱的锚地，南海桀骜不驯的百尺浪涛，像一座座活动的大山猛扑过来，整个船身不得不在浪里穿行。狂风恶浪带来的颠簸摇晃，越往前走越厉害，忽左忽右，忽上忽下，让考古教授一路天旋地转，五脏六腑都在翻江倒海，连胆汁都呕吐出来，甚至萌生出了跳进海里也许还会好受一些的想法。王恒杰好不容易熬到西沙永兴岛，离船登岸时已经迈不动腿，几个海军战士搀着抬着将他送到岸上。让他没有想到的是，守岛官兵已经整齐划一列队迎接他的到来，一位守岛军官还以标准的军姿跑过来立正敬礼，朗声报告："祖国的考古专家，西沙守备部队官兵欢迎您！"这么隆重的场面，以往只在天安门广场的阅兵式上见到过，那可是毛泽东、朱德等国家元首和军队统帅享受的尊荣，如今给了他这考古学者，让他热泪盈眶，浑身徒然增添了许多力气。

这次在西沙，他持续工作了一个多月，几乎把每天的日程都排得满满的。西沙守备部队派出一名战士悉心照顾这位不知疲倦的老教授，一步不拉跟着在西沙群岛的岛礁往来奔波。夏日火辣辣的太阳在头顶上烘烤，地上炙热的岩石隔着鞋子也烧脚，吸入肺里滚烫的空气更是让人难以忍受。王恒杰习惯地背着挎包，甩动着一条胳膊，一刻也不肯停下来。他的足迹几乎踏遍附近的岛礁和沙滩，幸存的右手抚摩过脚下的每一块礁石，一双眼睛不停地搜索岛上前人留下的遗迹。他的手和脚被尖锐的礁岩和贝壳扎破，在海水的浸泡中钻心地疼。后来双脚溃烂，流血，化脓，行路艰难，一步一瘸。他还是顽强地坚持，实在走不动了，就让小战士架着前行。男儿有泪不轻弹，陪同他的年轻战士哭了。小战士说："王教授，南海的水有多深，您对祖国、对民族的感情就有多深。"

西沙没有辜负他的一番苦心，袒露着胸膛让这位远道而来的知音阅览。考古教授在这里首次发现了新石器时代及秦汉时代的文物，弄清了西沙海域文物分布的规律，那其实也就是中华民族先民在这里的活动规律。他内心惊喜道："这样一来，西沙与中国大陆的联系至少可以提早1000多年，历史性占有不是国际法的一条重要原则吗，老夫倒要看看那些觊觎我国'金项链'的国家还有何话说……"

王恒杰意识到了此行的价值，也认识到了西沙还是一块尚未进入中国考古界视野的风水宝地，这个群岛自古属于中国的许多有说服力的实物证据就摆在眼前，等待着考古学家来拾取。他临别依依，挥着仅有的一只手，在心里说："西沙，我还会来考察研究你。"

太平岛，我来了

王恒杰是个有心人。他决定将考古重点转移到南海以后，就在心里掂量过，南海300余万平方公里海域，有82万平方公里属南沙，南海考古无疑要以南沙为重点。而南沙群岛最大的岛屿、留下人类足迹最多、最值得进行考古研究的，莫过于眼下由海峡对岸控制的太平岛。在目前两岸积怨未消，并且还处于对峙的状态下，作为一个大陆学者有可能去太平岛考古吗？他在海口参加学术研讨会的时候，向一位来自台湾的学者，不揣冒昧提出过这个问题。那位台湾学者被他一腔爱国之情所感动，端详着他瘦弱的身躯和空着的一只袖筒，还有眼睛里流露出来的略带几分天真的热切企盼。认真想了想，给了几条后来被事实证明相当切实可用的指点。一个是到了太平岛，要去闯雷区，千万别去闯航道，万一引起误会开枪、开炮后果不堪设想；另一个以求医的名义，登岛几率可能比较高，在双方还存在许多疑忌的情况下，别的理由恐怕都不足以取信；还有一个是带上几本港澳杂志或报纸，可以减少几分岛上官兵的戒心，也就减少了几分登岛的阻力。这位热心的台湾学者说罢，还递上自己的一张名片，嘱他到时候亮出来，也许可以帮上一点小忙。这位台湾学者在台湾海军官兵中颇有名气，他的名片也就相当于一张通行证。

1992年，赶上中央电视台拍一个海南的专题片，邀请王恒杰当顾问，给他提供了一个难得的机会。王恒杰在海南忙完摄制组的事，立刻与有关政府部门取得联系，请求搭船去南沙考古。他提笔写了几封信，一封给妻子，一封给中央民族大学，一封给中共海南省委统战部（因为他不是共产党员，只能算民主人士）。他在信里说明了此行的目的，也表明茫茫南海吉凶难料，万一有个三长两短，一切后果自负，颇有几分“风萧萧兮易水寒”的慷慨。海南省有关部门派员将王恒杰送至琼海的谭门港，托付给马上要动身去南沙捕鱼的陈在清老船长，郑重拜托：“老教授一路的饮食起居和安全都交给你们了。”老船长陈在清心里清楚，省里领导交给他照顾的是一位残疾老人，麻烦事肯定少不了。他的机动渔船不大，多一个搭帮的人，海路漫漫多了淡水、食物的消费不说，还多了一份担待。但他知道这位来自北京的独臂教授去南沙，为的是国家的主权，并且与海南渔民能否世世代代在南沙安稳捕鱼有直接的关系。他是船长，也是所有年轻船员的父辈，一声令下：“一路照顾好老教授！”

船上的年轻人最初很是好奇，不知这位独臂教授怎会喜欢他们以前下网随捡随扔的破瓦罐、破瓷碗，一一捧在手里仔细端详，好像在鉴宝。当他们明白这些物件的重要意义以后，也都争着抢着为老教授下海拾宝，很快都成了业余考古员。自然，王恒杰也关心渔事，成了一名编外老渔民。他们有机组合到一起，既是捕鱼队，也是考古队。这一天，在南沙的永登暗沙，一位潜水员从海底捞起一堆碎瓷片，经王教授鉴定，属唐代盛水的器皿，与海南陵水出土的唐代器皿一模一样。此后的一天中午，两个小伙子从海底拖回一根分量不轻的铁家伙，起吊上来一看，原来是根大铁锚，锚杆上赫然铸有“大清广造”四个仍然十分清晰的篆字。独臂教授兴奋异常，匆忙取来照相机，留下了这个宝贵的历史镜头。从谭门港出发一路走来，王恒杰还饶有兴趣地向这些淳朴的渔民讲解，为何我们的祖先将西沙、南沙称之为“千里长沙、万里石塘”。他指着南沙的礁盘让大家看，那些礁盘在海水的荡漾中欲藏还露，犹如陆地上的一个个池塘。渔民们都瞪大了眼睛，兴奋地喊起来：“真的像极了，原来石塘的名字是这么来的，我们过去怎么就没看出来呢?”

太平岛越来越近了，要不要登岛？船上有人犹豫起来，老船长责任所系，也不能不为之担心。万一岛上守军开枪、开炮怎么办？将人抓走扣押起来怎么办？或者说得轻一点，把老教授打伤了怎么办？这些疑问谁也无法回答，因为什么情况都有可能发生。陈在清摇了摇头，那意思是老教授安全第一，万一出了事，回去不好向县里、省里交待。王恒杰赶紧站起来说：“我这次来南沙，连后事都给家里人交待好了，生死自由天命，不论出什么事，都与各位无关。”他见机动船仍犹疑不前，连忙从塑料袋里掏出一件救生衣对船长说：“太平岛考古，是我此行的主要目标，就是游水我也要游过去。”他说着，还甩了甩那条独臂，故作轻松：“我会游泳，千儿八百米难不住我。”老船长再一次被老教授所感动，从渔船上放下一条小舢板，让为人既稳重又机灵的侄子陈泽为用舢板护送王教授登岛，其余的人远远在此接应。

太平岛上突然“啪啪”发出几声枪响，岛上守军已经发现了直奔他们而来的舢板。王恒杰不由得兴奋起来，在心里喊着：“太平岛，我来了，一个大陆的学者来找你要这块土地自古属于中国的证据来了。”他记起了那位台湾学者的嘱咐，连忙吩咐陈泽为将舢板停在雷区，并关掉马达，先让对方明白小舢板不具攻击性。他站到船头，用独臂举起一面自制的旗子，那是一块白布，画了一个鲜红的十字，表示“有病前来求医”。岛上一位军官摸样的人招呼舢板离开雷区，走进直通太平岛的航道，并询问他们是什么人。那位军官得知独臂老人来自北京，马上不好意思说：“啊，原来是自己同胞，我们向自己的弟兄鸣枪感到很难为情。”王恒杰一听这话有门儿，马上提出登岛求医，还要求面见岛上的长官。对方有些奇怪，这大陆老头儿求医就求医，为何还要见长官，使劲摇头不肯答应。王恒杰赶紧亮出那位台湾学者的名片，连同来自港澳的报章杂志，并说明自己的真实来意，登太平岛考古，用无可辩驳的历史事实证明这块土地从古以来就属于中华民族。那位军官跑回去请示，终于得到海峡对岸守岛将领的同意，岛上官兵热烈鼓掌欢迎来自大陆的同胞，连打着赤脚的陈泽为也被请到岛上，得知他们还都饿着肚皮，那位守岛将领赶忙吩咐招待用餐。

他们素昧平生，且有着历史的隔膜，现在萍水相逢，话从哪儿说起？那位将军有着职业军人的直爽性格，他单刀直入，询问北京教授对南沙形势的看法。王恒杰侃侃而论，引经据典证明南沙群岛绝对是中国的领土，任何外国人都休想打南沙的主意……那位将军全神贯注，默默听着，不时微微点头。看来两岸同根同源，无论何时何地，彼此的心都有相通之处。王恒杰索性一家人不说两家话，直截了当道："我这次来，就是凭着一个考古学者的良知，要搜集更多的证据，去堵那些外国人的嘴巴。我坚信，历史是不能篡改的，任何人想要篡改历史，只能是白费心机。至于南沙的开发，我认为海峡两岸应当携手来做，也完全可以做到，将军您说对不对？"那位将军没有直接回答，反过来问教授对那个在台湾岛内鼓吹台独的民进党怎么看，王恒杰一时不知所措，不知该如何应对这个敏感问题。他抬起头来打量这间会客室，发现墙上挂着蒋介石、蒋经国父子两人的大幅照片，心里有了一点儿底，立刻笑着回答："还是一个中国好，对不对？"将军显然很满意这个答复，笑着说："王教授，您是第一个登上太平岛考古的科学家，您这次要获奖了啊。"

在太平岛的考古，一切按照守岛官兵的规章制度办事。一位军官检查了北京教授的挎包，惟一的敏感物件是一台简陋得不能再简陋的旧照相机，扔在台北大街上大概也没人愿意猫腰捡拾，根本无法隐藏任何的秘密。守岛官兵还严格规定了考古路线，归纳起来就一条，不得接近岛上的任何军事设施。王教授风趣地说："这个，我是门外汉，你们就是给我看也看不懂。"在台湾同胞的热情帮助下，太平岛考古收获颇丰，连不大懂得考古的陈泽为都喜形于色。王恒杰在岛上找到了汉代朱字压印纹陶片、宋代青瓷片、明末清初的团凤朵云残片、东汉五铢钱等许多文物，所有这些都进一步证明了我国对南沙群岛拥有不可争辩的主权。他的这些考古成绩很快引起国内外的关注，新华社、中新社、港澳台新闻媒体，还有美国纽约的《世界日报》，都相继作了报道。

王恒杰在这里收获的，还有守岛官兵的那份情谊，让他深深感到骨肉亲情是万里关山、滔滔海水无法隔断的。他临离岛时，提出要跟守岛官兵合个影，见证这一重要历史时刻，那位将军破例答应，守岛官兵和北京来的老教授相拥在一起。王恒杰主动站到刻有"南疆锁钥"的那块纪念碑前，这块碑上刻有收复南沙群岛的年号，那是一个永恒的时刻。反而是岛上官兵担心碑上有"中华民国"几个字，于王教授本人有碍，不方便将这样的照片带回大陆。他们建议换个地点，避开这个敏感字眼。王恒杰郑重道："这是历史，没有这个，你们不会守在这里，我也不会来了。"这一席诚恳的话，把他们的距离拉得更近，体现到了那张象征两岸同胞心连心的照片上。在离岛的时候，岛上官兵听说教授还要去曾母暗沙，送了许多物品，饼干、饮料、香烟，把一条小舢板装得满满的。小舢板走出很远以后，那位将军又让手下人拿了9套衣服送给教授，嘱咐他渔船在海上无法洗澡，只好勤换衣服，穿一套扔一套。

陈在清的机动渔船载着教授，也载着台湾同胞的情谊，向曾母暗沙驶去。经过8天8夜的航行，终于到了曾母暗沙，祖国的最南端，从小梦魂牵绕，王恒杰真想扑过去好好亲吻一下这片湛蓝的海水。老船长点燃香烛，洒酒碧波中，虔诚地拜了四方，祈求曾母娘娘和各方神圣保佑“国运兴隆，南疆永固”，也保佑他们能平安捕鱼。王恒杰也燃起了香烛，代表包括太平岛守岛将士在内的所有热爱这片土地的国人向曾母娘娘致以敬礼。他们的渔船在曾母暗沙海域停留了7天7夜，捕鱼的捕鱼，考古的考古，可谓恋恋不舍。

在归途中，王恒杰去了永暑礁，受到人民海军守礁官兵的隆重欢迎和热情接待。他在这里亲眼看到了，著名的永暑礁观察站，都是刚好与海平面隔离开来的高脚屋，每一寸空间都是守礁战士用坚定意志和辛勤劳动换来的，不由得肃然起敬。南沙守备部队的政委特地备了8个菜的宴席，其中一道菜，竟是礁盘出产的鲜淋淋的空心菜，让在海上多日不见新鲜蔬菜的人感到前所未有的亲切，一个个激动不已。那天晚上，政委还特地让人送来两桶淡水，让老教授好好洗个澡。王恒杰深知岛上淡水来之不易，一碗一勺都无比贵重，自己哪能享受这样的奢侈？但守礁官兵的这番情意，是对他千里迢迢来南沙考古的高度肯定，也是对他拿出更多南沙考古成果的期盼。他也意识到了自己身上因久未洗澡散发的难闻异味，狠了狠心接受了守礁官兵的这份盛情。

王恒杰回到海口，海南省省长听了他的报告，看了满载而归的考古成果，代表省政府表达了由衷的感谢，还特地批准他将所收集的实物带回北京进行深入研究。随后回到北京，外交部、国家海洋局及总参等单位，都充分肯定和积极评价他的西沙、南沙考古，新闻媒体做了广泛报道，大专院校纷纷邀请其作报告，讲述我国南海诸岛的历史和现状。

不久，王恒杰应邀赴台湾出席一个海峡两岸及海外华人有关南海的学术讨论会。台湾学术界对这位独臂教授独自闯南沙考古，并且奇迹般地登上太平岛，也给予了很多的称赞。两岸血脉相连，没有什么事比共同维护国家领土主权还大。惟一让他感到遗憾的是，他想再次见到那位在太平岛热情接待他的将军，却不可得。听说，因为在太平岛破格接待他的缘故，那位将军受了记过处分，还被解职调离太平岛。他向别人谈起那位可敬的将军，心情颇为沉重，甚至有些内疚。他在心里祝福那位将军：“历史终将还他一个公道，那是一个顶天立地的中国汉子啊。”

西沙、南沙未了情

笔者与王恒杰教授相识并成为朋友，是在《中国海洋石油报》收到香港作家王业隆撰写的长篇报告文学《南沙中国魂》以后。这篇1万多字的报告文学，详细记述了独臂教授身残志坚闯南沙的经历，读罢久久抑制不住内心的激动，因此有了拜访和结识这样一位传奇人物的强烈愿望。1996年秋天，我和报社几位同仁慕名去了中央民族大学的宿舍区，找到了这位教授简陋的居室。他此时已经躺在病床上，一家肿瘤医院检查出他已是肺癌晚期，乃不治之症。他的妻子张雪慧特地请了假，留在家里照料病人。其实，她看上去身体也不好，非常瘦弱，一脸苍白。这让我们很是吃惊，心里有了一种难以言说的沉重，在我们的心目中一个独臂闯西沙、南沙的考古学家绝对不应该是这个样子。因为，中央电视台的记者这天也要来采访，王教授换上了一件有九成新的衬衣，斜倚着被窝和枕头，精神似乎还不错。我们就坐在病床前，与他们夫妇两人说话，不是公事公办的采访，而是志趣相投者之间的倾心交流。

原来，王恒杰教授至此已7次下西沙、2次下南沙，最近这些年几乎每年都要去一趟南海。笔者也曾多次往返海上，不过多是在近海区域的钻采平台，大多还是在渤海湾内，现在回忆经历过的风浪颠簸之苦还不由得皱眉头。瞧着王教授斜躺着的病残之躯，还有满脸已经难以掩饰的病容，真不敢想象他在南海的狂风巨浪中一次又一次是怎么挺过来的。他曾经说过这样一句话："我不是共产党员，可我讲过爱国课，民族和国家在我心中有特殊的位置。”1995年，菲律宾在我南沙美济礁挑事，这位独臂教授不顾自己身体的疲惫和虚弱，匆忙奔赴南海，抢时间拿出考古成绩，证明菲律宾是在无理取闹。而已经悄悄吞噬他肺部多年的癌细胞，也就是这次从美济礁归来才被发现的。

美济礁是一个椭圆形的珊瑚环礁，顶部全由珊瑚构成，东西约9公里，南北约6公里，总面积约46平方公里。四周的礁石在退潮时露出水面6英尺，礁盘以外约1公里处，水深可达1000米以上。环礁内潟湖面积约36平方公里，南部和西南部有三个礁门，南门西水道有37米宽，长275米，水深18米以上，大型船只可以在涨潮时通过这个口子进入潟湖，是一个天然避风的良港。中国先民早就开发利用这个礁盘，海南的渔民千百年来就在这里往来捕鱼。1994年，中国南海的渔政部门进驻南沙美济礁，加强对这里的渔政管理，并动手在礁盘上修建渔业避风设施，造福往来这个海域捕鱼的渔民。

1995年初，菲律宾突然无端指责我们在美济礁修建的是军事设施，对正在进行的施工作业横加干涉，进而肆意破坏我在美济礁北部五方礁、南部半月礁上竖立的石碑。菲律宾国防部还宣布向美济礁及附近岛礁增兵，并在半月礁上设立了一些标志和避难所来代替被毁的中国标志和建筑物。更有甚者，派出海军巡逻艇，在空军飞机的支援下，突然袭击停靠在半月礁附近的4艘中国渔船，拘留了船上的62名渔民。菲律宾还蓄意将争议升级，于5月13日组织38名本国及其他国家的记者，分别用船只和直升机载运到美济礁进行所谓“采访”，企图在国际上把事情闹大。面对这一严重挑衅行为，中国当然不能坐视不管。当菲律宾满载新闻记者的船只驶近，企图强行进入美济礁时，正在此地执法的中国南海区渔政34号船接到命令，坚决将对方船只拦截在美济礁8海里之外，万一对方强行闯入，不惜一切代价将船打横，沉没在美济礁的主航道上，绝不允许外国军舰进入美济礁。我们的船员那时只有一个念头：“人在、船在、礁在、国旗在。”与对方配有两架武装直升机的登陆舰和配有7门大炮的护卫舰对峙了8个多小时。

这一严重事件引起了世界各国的关注，也激发了王恒杰去美济礁考古的强烈愿望。他这回乘坐的还是去南沙的那条渔船，陪伴他的也还是那些渔民兄弟。这些在海上风里来浪里去的汉子，尽管一向粗枝大叶惯了，这回还是感觉到了老教授的身体大不如前，头发如干枯的衰草，脸上一丝血色也没有，上船、下船都会累得喘不过气来。王恒杰自己在风浪的颠簸中，也明显感觉到了身体的不适，一阵阵胸闷憋得很难受，肺里总像被什么东西堵塞了似的，还得强忍着疼痛不让人看出来。渔民弟兄纷纷劝他注意保重身子骨，“岁数不饶人”。他坚持道：“开弓没有回头箭，就是爬我也要爬到美济礁去。”渔船在风浪颠簸中来到美济礁，却无法靠到礁盘上，让老教授着急得不行。老船长的儿子陈泽波、侄子陈泽为，带领几个年轻伙伴跳进礁盘附近的浅滩，不是去捞鱼，而是捞取海中的考古资料。老教授一一检视这些沉睡海底多年的陶片和瓷片，苍白的脸上露出满意的微笑。天道酬勤，他不虚此行。

他回到北京，就病倒了。在坚持作完几场以《伟大的祖国，可爱的南海》为题的报告后，住进医院进行检查，化验结果出来，让他惊呆了：肺癌晚期。他并不是怕死，人生来总有一死，怕也没用。但他讨厌这病来得不是时候，西沙、南沙考古刚开了一个头，还有好多事情要做哩。他指着摆在书房里的几只箱子告诉我们，这些考古资料还很零散，需要尽快整理归类。他已经在谋篇布局，要从考古学的角度，为西沙、南沙自古属于中华民族，中国对南海诸岛拥有历史性占有的权利做一篇大文章。

我们的视线从几箱考古资料移到可说是家徒四壁的空旷房间，又从学校原来配置的几件简陋家具回到那几箱考古资料上。我们清楚，这个清贫的教授之家，这些年有限的收入大多花在西沙、南沙考古上了，每一次都是为了搜集、补充考古资料。那个时代，国家的财力似乎还不是很坚挺，学校科研经费明显不足，用到考古这类冷门学科上的更是少得可怜。而像论证西沙、南沙主权的学术研究，属于整个国家和民族的大课题，说起来谁都应当关心和支持，具体落实到应该由哪个部门承担、哪个单位出资就非常模糊不清了。社会上虽然时兴拉赞助，但赞助者也都讲功利，很少有人愿意赞助这般“吹糠不见米”的项目。然而，这样一个大题目，显然是一个独臂教授的肩膀难以承受得起的，这个仅靠微薄工薪收入维持日常开支的家庭实在有些勉为其难。

张雪慧女士大概看出我们心之所思，瞧着我们坐的已经有些摇晃的椅子，有些不好意思说：“这些年家里的有限积蓄都花在西沙、南沙考古上，没有置办什么像样的家具，给客人坐的椅子也只能将就。”王教授深情地看了夫人一眼，对我们说：“每次去海南，她非让我坐飞机不可。临上飞机还把衣兜里的钱全掏给我，说是出门事事难。”他夫人赶忙说：“他之所以舍得享受坐飞机的奢侈，只是为了节省和积存一点体力，好去应付在南海漂泊的日日夜夜。”几句情真意切的家常话，使我们很快同这个家庭熟悉了，并从仰慕这位带有传奇色彩的独臂教授转化为对一位高尚学者的敬重。

很快，中央电视台的采访车来了。摄像机打开，话筒递过来，央视记者连珠炮一般发问：“您为何不顾身体病残多次深入西沙、南沙考古？”“现有的考古资料能证明南沙群岛自古以来就是中国的领土吗？”王教授在摄像机前顿时病容、病音全无，他将从南海带回的秦汉陶片、唐宋铜币和明清残瓷，一一展示在镜头前。从他已被癌细胞侵蚀的肺腑中吐出来的每一句话，都饱含拳拳赤子之情，让每一个在场的人都感动得热泪盈眶。

笔者第二次见到王恒杰，是在1995年5月2日北京人民大会堂的颁奖大会上。香港作家王业隆的那篇报告文学，参加《中国海洋石油报》与《人民文学》杂志社联合举办的“我爱蓝色国土”征文比赛。经文学界享有盛名的几位评委投票表决，一致认可头等奖非《南沙中国魂》莫属，还决定邀请作者和作品的主人公都来出席颁奖大会。王教授为参加这次旨在唤醒国人蓝色国土意识的盛会，特地推迟了赴海南筹备建立南海区经济文化研究所的行程，海南省已经给予他考古工作以高度的重视，将考证和研究南海诸岛的历史纳入到了海南经济文化建设的范畴。与会朋友得知这一消息，无不为之感到欣慰。有人还用了诙谐口气："南海考古终于可以摆脱个体户的窘境了，独臂教授从此不再孤独。"王教授有兴奋，也有隐忧，他大概已经觉出自己的日子不多了，可需要做的事情是那么多。他悄悄告诉我，开完这个会，马上得赶往海南，害怕身体一旦彻底垮了，会耽误研究所的建立。他还提出，想去海洋石油钻采平台进行考察，因为南沙对国家和民族的价值很大程度体现在那儿丰富的油气蕴含里。我非常赞成他的这个想法，答应一定会做出妥善安排，帮着推动这一课题的研究。

第三次见到王教授，万没想到会是在北京肿瘤医院危重病房里。而且，时间间隔那么短暂，从5月2日至6月3日，仅一个月的时间。这时，他已经不能说话，被癌细胞完全占领的肺部彻底背叛了他，既不能主动吸进新鲜空气，也不能主动呼出二氧化碳，只能靠呼吸机帮着维持。他见到我和本报几位同仁，着急地指着压在身下的一沓纸。那是他住进医院后，已经明白自己大限之期到了，强撑着在病床上写下的一纸建立研究所备忘录，还有一份南海调查考古报告的提纲。他在海南筹划研究所的工作刚开了一个头，急切盼望这项未竟之事能够后继有人。我们站在病床边，一切都显得无能为力，只能用一些苍白的无用之语安慰一番，还不得不强忍着随时都会夺眶而出的眼泪。

不几日，王恒杰带着这些终生遗憾与世长辞，让聚首八宝山遗体告别室的所有悼念者感到无比悲痛和惋惜。笔者此时忽然想起韩国那位捍卫该国独岛主权的洪淳七，此人作为韩国一介平民，坚持在由36块礁岩组成的独岛上一住数年，终于将个人行为转化成了国家行动，成就了韩国对独岛的实际占有，这位普通老百姓也因此被韩国尊为民族英雄。王恒杰七下西沙、两下南沙考古，其爱国精神及对国家的贡献绝不在洪淳七之下，他也是中国当今时代受之无愧的民族英雄。可惜国人的海洋意识远比韩国淡漠，时下国内风气追捧的大多也是致富模范和娱乐明星，社会目光难得把重点投向这样一位在西沙、南沙默默奔波的独臂老人。而从根本上来说，国人乃至国家对这样一位考古学者的尊重，实际是对西沙、南沙这片国土应有的尊重。好在南沙守礁部队给了他"南沙卫士"的荣誉称号，还尊重他的遗愿，将其骨灰撒到南沙，这给了亲属和朋友一丝安慰。大家不约而同想到，他的事业和精神一定会与浩浩南海同在，会与保护祖国南疆永固之神曾母娘娘同在。

美苏围困：可贵的自力更生与被扭曲的锁国心态

据一本记述抗美援朝的书介绍，当中国决定派志愿军赴朝时，邓华、洪学智、赖传珠、解方、杜平等身经百战足智多谋的将领，根据孙子兵法进行出战前的战术“庙算”，仔细对比美军和我军的优势与劣势，方方面面算得八九不离十，惟独后勤补给彻底算错了。我们原以为美军物资需从本土远涉重洋运来，而我方只隔着一条鸭绿江，优势无疑在我。殊不知美军有制海权和强大的海上运输能力，充分保证了朝鲜战场的后勤供应，闲着没事还运来数千万只避孕套供他们的官兵消费。而美国空军封锁了鸭绿江，我志愿军虽背靠物产丰富的东北大地却经常没吃没喝缺枪少弹。美国人也许是从这里得到启发，从此严密实行了对中国的长期封锁。

杜勒斯的岛链封锁：中国麻烦的最大制造者

跟着新中国成长起来的一代人，大概都不会忘记约翰·福斯特·杜勒斯这个名字。此人1953年至1959年去世前，都在美国国务卿这个显赫位置上，左右着美国的外交和安全防务政策。中国人不容易忘记此人，不仅是他顽固坚持美国式的傲慢与偏见，一贯对新中国采取不承认主义，在日内瓦的一次国际会议上，公然拒绝与中国总理周恩来握手，置起码的外交礼仪于不顾。还因为他一手策划了对中国的军事封锁与经济封锁，企图将一个新生的政权扼杀在摇篮里。这位杜勒斯先生早已作古，按照中国的传统文化观念，“人死账清”。我们今天重新提起此人，也不是要记住仇恨，而是要记住历史。新中国至今60年发展的曲折道路，应当说与以美国为首的西方国家旷日持久的封锁有很大关系。中国在很长一个时期无法真正走向海洋，也可以从这种封锁中找到直接和间接的原因。而美国及一些西方国家的封锁至今还有形无形存在着，它不止影响了中国的过去，还会影响中国的未来。这提醒我们，时至今日，中国在国际关系的诸多方面还是一个处境相当被动的弱者。

杜勒斯精明过人，在深凹的眼窝内，有两只鹰隼般无比锐利的眼球，从地缘政治和军事的角度，一眼看出中国是个轻而易举可以从海上实行封锁的国家。中国在东亚所处的位置，就地缘战略而言，有一个与生俱来的不利因素，濒海不濒洋。在黄海、东海、南海与太平洋、印度洋之间，散布着一串又一串的岛屿，既可以是我们通向太平洋和大西洋的几道桥梁，也可以成为被人扼住咽喉的几条枷锁。1951年，杜勒斯那时的职务还是美国国务卿顾问。他继国务卿艾奇逊提出“东方弧线”，对亚洲实施“新月形”封锁战略的构想，进而提出“岛屿锁链”，也简称“岛链”。他积极向美国政府建言献策：“美国在太平洋地区防务范围应是日本、琉球群岛、台湾、菲律宾、澳大利亚这条近海岛屿链。”同时，还特别针对中国的固有领土台湾强调，台湾地处西太平洋的边缘，是整个“岛屿锁链”中“重要的环节”。美国的五角大楼根据他的“岛链”说，经过精心设计和紧锣密鼓的部署，其政治和军事地图，在太平洋海域很快划出了第一、第二、第三岛链，实现对中国及其他社会主义国家严密的围堵和封杀。

按照美国的战略部署，数十年重点经营的是第一岛链。这条岛链由阿拉斯加、阿留申群岛、千岛群岛、日本列岛、琉球群岛、中国台湾、菲律宾群岛，直至新加坡。主要以阿拉斯加、阿留申群岛、韩国及日本等地的美国军事基地和驻军为重点，形成了对中国及整个社会主义阵营的第一层围堵。这一条岛链与中国近在咫尺，是美国和日、韩等国向西部署的最前沿，也是美国链式部署中最严密的一条锁链。美国在发动侵略朝鲜的战争以后，即派出第七舰队进入台湾海峡，既阻挠新中国解放台湾实现国家统一，同时用武力控制台湾海峡，等于把这条绞索直接套到了中国的脖子上。美国设置的第二岛链，包括小笠原群岛、硫磺群岛、马利亚纳群岛、雅浦群岛、帛琉群岛及哈马黑拉马等岛群。其中以关岛为中心，重点由美国驻扎在澳大利亚及新西兰等国的基地组成。这条岛链是第一岛链驻亚太地区美军和日、韩等军事基地的后方依托，又是美军重要的前进基地。第三岛链主要由夏威夷群岛基地群组成，对于美国而言，既是支援亚太美军的战略后方，又是美国本土的防御前哨。

在二战期间及二战胜利之后，美国扩大了对太平洋上众多岛屿的占领，并逐步将其势力范围扩展到西太平洋部分国家的领海和领土，为其实施这一系列的岛链战略奠定了坚实基础。同时，加快在有关岛链国家或地区建设军事设施的步伐，扩建海、空军基地，加速构建军事包围体系。此外，美国还积极拼凑所谓“东亚集体安全体系”，与相关国家签订这样那样的条约，建立军事同盟，或准军事同盟，加强岛链的封锁的力度。多年来，美国一直在积极寻求新的前进基地和后方支援基地，不断充实太平洋的基地带，扩大岛链封锁的纵深。在冷战时期和冷战结束以后，美国接连不断与日本、韩国及其他岛链国家在中国周边海域举行各种名目的军事演习，既炫耀岛链封锁的威力，也检验岛链封锁的实力。

三条岛链，三道枷锁，捆绑在中国这头刚醒过来的“雄狮”身上，管叫你浑身有力也无处使；三条岛链，三重壁垒，将中国这条东方巨龙禁锢在家门口的几片浅海内，让你无法越雷池一步。多少年来，我们无数志士仁人为国家、民族的解放抛头颅洒热血，好不容易推翻了压在头上的三座大山，杜勒斯和美国的五角大楼马上又加上一道又一道“铁锁链”，让新中国一直戴着沉重的枷锁走路。

不仅如此，美国在对我们实行军事封锁的同时，还严密实行经济封锁，胁迫其盟国和其他国家搞全面禁运。新中国建立之初，繁重的经济恢复重任需要积极开展对外贸易，互通有无，取长补短，促进国内财富迅速增长。美国死死捏住中国的这条软肋，动员所有西方国家都来掐住中国的咽喉，“咔嚓”切断中国的经济命脉。1950年12月3日，美国商务部宣布运往中国的一切货物实施许可证管制办法。同年12月16日，美国政府又宣布冻结中国在美国辖区内的所有财产，并禁止美国船只开往中国。1951年5月18日，美国又在联合国大会强行通过了对中国和朝鲜实行禁运的美国提案。同时还派兵进驻中国领土台湾，轰炸辽宁省，炮击中国在海上的商船。英国本来较早与新中国建立了外交关系，此时甘愿充当美国的跟屁虫，1951年5月在联合国大会上投票赞成美国对中国实行禁运的提案，同年6月宣布把运往中国的货物置于特许管制之下。1952年4月，香港英国当局下令征用停泊在港修理的中国“永灏”号油轮，7月劫夺中国航空公司在香港的70架飞机，并多次劫夺中国海上渔轮和其他财产。在联合国决议的名义下，其他一些西方国家也或主动或被动加入封锁中国的别动队。

新中国别无选择，只有挺起胸脯反封锁。1950年12月18日，政务院发布了“关于管制美国在华财产，冻结美国在华存款的命令”。从1952年4月起，中国政府陆续征用了英国石油公司在中国的设备、码头和上海英商办的公用事业，并宣布实行对外贸易完全自主，收回长期被西方国家控制的海关。原来凭借在华特权经营的外国企业，在特权被取消之后，纷纷陷于困境，有的申请由中国政府代管，更多的外国洋行、银行、工厂则把它们在华残存的财产转让给中国公司。到1952年底，除外侨经营的小商业外，外国在华企业基本转入中国手中，经过改组提高了生产能力。中国还大力发展与苏联及东欧社会主义国家之间的经贸合作，积极开展同亚洲、非洲和香港之间的贸易。同时，也看准西方国家各有盘算，死心塌地给美国当帮凶者不多，阳奉阴违者不少，区别对待，各个击破。从1952年起，中国率先同喜欢与美国唱反调的法国戴高乐政府发展正常的外交关系，接着与意大利、联邦德国、比利时，瑞士以及英国等许多西方国家签订贸易议定书和易货合同。在美国编织的封锁网上，接连不断捅出了大大小小一些窟窿。毛泽东常常搬出自己的《矛盾论》，很自信地做出结论：西方资本主义国家“并非铁板一块”。

最主要的，中国还是依靠幅员辽阔，人民勤奋，尤其是搬掉帝国主义、封建主义和官僚资本主义三座大山以后焕发出来的那股精气神儿。我们另辟蹊径，走传统农业支撑现代工业发展的道路，仅用三年时间就基本医治好战争创伤。从20世纪50年代中期起，一些西方国家眼看对中国的封锁不但不能奏效，反让自己蒙受了不小的经济损失，纷纷要求放宽禁运和封锁。中国同西方国家的贸易也因此逐渐有所增加，贸易额也逐渐有了较大幅度的增长。不过，美国敌视中国的基本态度没有改变，其他西方国家也不可能有根本性质的改变，动辄对中国进行经济惩罚和实行禁运，仍是“家常便饭”，可以信手拈来，随时加到中国头上。

站在当今时代的高度来看，以美国为首的西方国家漫长的封锁，对中国发展的影响，特别是一些深层影响，绝对不可低估。因为封锁，中国缺乏与世界上一些先进国家的经济技术交流，使得我们的经济建设起点比较低，很多事情不得不从零起步。当时有句很流行的话，叫做“土法上马”，那其实是没有办法的办法，严重制约了国家经济发展的成熟度；因为封锁，中国的经济结构在一个很长的时期只能以内向型经济为主，外向型经济发展严重滞后，相关的海洋产业，包括海运、造船、港口、码头等等在前30年发展都比较迟缓，自觉不自觉地重陆轻海，严重阻碍了新中国在海上前进的脚步；因为封锁，也极大地局限了我们的国际视野，新中国建立初期激发出来的奋发图强的宝贵志气，一度不切实际地被转化为快速“超英赶美”，还有“大跃进”、“全民大炼钢铁”等，表现出十分盲目的急躁冒进，违背了经济发展的客观规律，挫折了经济也挫折了人民群众蓬勃高涨的热情。国人在今天总结过往的教训，也许会觉得那个年代的有些事情十分幼稚可笑，甚至感到不可思议。不过，“凡是存在的都是合理的”，所有的不可思议，都能在那时的国际大背景下找到深刻的原因。西方国家封锁了我们的海洋，也不可避免地封锁了国人的头脑，要冲破这种有形和无形的封锁，即使在今天也不是轻而易举就能做到的。

赫鲁晓夫和他的“卡脖子战略”

“西方不亮东方亮，黑了南方有北方。”

中国面对来自西方世界的封锁，曾经把希望寄托在“苏联老大哥”身上，全身心投入那时与西方世界处于对立状态的社会主义阵营，响亮提出“一边倒”，连学校的外语课也一律由英语改成俄语，“哈拉绍”替代了“哈瓦哟”。历来懂得感恩的中国人，还将当时的苏共中央总书记斯大林当成神一样崇拜，从天安门广场到偏僻乡村都有他留着一撇哥萨克胡子的画像。斯大林1953年去世，很多淳朴的中国老百姓都有塌掉半边天的感觉，其伤心痛苦的程度不亚于亲人辞世。

然而，在国际政治角逐中，没有永远的敌人，也不会有永远的朋友。各国对所有国际事务的态度，皆以本国的利益为根本出发点，任何以意识形态为纽带的国际联盟，都无法弥合在国家利益方面存在的分歧和矛盾。中共和苏共虽然一度被称为“兄弟党”，两国后来还结成了“友好同盟”，其实从一开始就存在严重的利益冲突。早在抗日战争即将胜利结束的时候，苏联红军出兵东北，就曾私心自用，提出所谓“全面占有，重点摧毁”。“全面占有”，就是把东北所有日本侵略者来不及销毁的工业产业宣布为苏联红军的战利品，由他们全面接收；“重点摧毁”，就是把日本留下的最新最好最重要的机器设备拆运至苏联，奠定其工业基础。剩余部分，二一添作五，中苏各占一半，双方再进行排他性的经济合作。这样一来，我们东北等于又经历了一次浩劫，所有工厂被老大哥搬运一空，各种机器，不论大小，自火车头至旋凿，全被老大哥当作战利品席卷而去。在中国共产党执政以后，斯大林还故意装聋作哑，不肯履行列宁有关将沙皇俄国侵占中国的土地归还给中国的承诺。

赫鲁晓夫上台后，除了两党意识形态冲突不断升级，双方军事合作存在的矛盾也相继浮出水面，彼此的猜忌在加深，关系在恶化。1958年4月，苏联国防部长来函提出在中国海岸共同出资建设长波电台，苏方出资多一点，中方出资少一点，意思很明显他要“控股”。中方认为这关系国家主权，必须全部由中方出资，建成之后归中方所有，苏方提供技术可以得到的回报只能是使用权。“话不投机半句多”，双方怎么也谈不拢，结果没有达成协议。赫鲁晓夫对此耿耿于怀，在一次共产党的国际会议上，公开指责中共说：“连一个电台都达不成协议，还算是共产党吗?”

同年7月，苏联业已改进某些舰艇的动力和结构，且试制成功几种用于潜艇和鱼雷艇的导弹，而中国海军仍然按照老大哥早年提供的旧图纸进行生产。周恩来致信赫鲁晓夫，希望能给中国海军以新的技术援助，在可能的条件下，有计划、有步骤地提供建造新型战斗舰艇的设计图纸和资料。苏联驻华大使尤金受苏共委托，连夜向毛泽东转达该党的意见，两国共同在中国建立一支舰队。其理由是中国的海岸线长，自然地理条件好，可以充分发挥这支舰队的作用；而他们的海域环境差，其作用会大打折扣。毛泽东听了这番话，立刻做出“苏方居心不良”的判断，在中国搞共同舰队，无非是想控制中国，不但坚决拒绝了这个要求，还公开表示出不满来。赫鲁晓夫否认有搞共同舰队的想法，强调只是共同研究舰队发展方向，认为尤金传达有错造成误会。毛泽东并不相信是误会，在接见外宾时不止一次说：“苏联要在军事上控制中国，我们不干。”1959年9月，赫鲁晓夫访美归来，途经中国，贸然要求中国在台湾问题上，同苏联制定共同路线，放弃对台湾使用武力。他为了跟美国做交易，要拿我们台湾做筹码，理所当然又被中国拒绝。

随后，中苏两党关系公开破裂，赫鲁晓夫使出了“卡脖子”的杀手锏。1960年7月16日，苏联政府单方面宣布，撕毁同中国签订的600个合同，其中专家合同343个，科技合同257个。新中国自实施第一个五年计划以来，苏联拟援建项目共304项，到1960年上半年，已建成103项，还有201项仍在建设中。苏联政府根本不跟中国政府商量如何做出妥善安排，就单方面决定从1960年7月28日至9月1日，撤走全部在华1390名专家，从此终止派专家来华协助搞经济建设。并且要求他们的专家撤走时，要带走所有图纸、计划和资料，并停止按合同要求供应中国建设的一些重要设备，大量减少成套设备和各种设备中关键部件的供应，使中国250多个正在建设中的企事业单位立刻处于停顿状态。

就连在华的一些苏联专家，也看不惯赫鲁晓夫如此的蛮横无理，私下批评赫鲁晓夫把事情做得太绝了。很多专家非常珍惜在中国的工作经历和取得的成就，也不愿轻易抛弃与中国同事多年建立起来的友谊，在撤离过程中想尽千方百计为中国朋友减少一些损失，有的甚至冒着“里通外国”的政治风险，特意将一些重要资料留下来，好让中国正在建设中的一些项目能够继续进行下去，真还有那么一点儿老大哥的风范。比如，有文章回忆说，在火箭实验方面，有专家临走时，特地留下了一些有价值的技术资料，指点我们少走了一些弯路。多少年后，苏联的一些专家与中国合作伙伴久别重逢，共同回忆这段不平常的经历，无不感慨系之。

赫鲁晓夫不久遭同僚暗算，被逼辞职下台，勃列日涅夫、契尔沃年科相继登台执政，并未改弦更张，两国关系仍在恶化。1969年3月，北极熊数次对黑龙江省乌苏里江主航道中心线中国一侧的珍宝岛发动武装攻击，并向中国岸上纵深地区开炮。中国边防部队进行了一场有名的自卫反击战，直至击退苏军的进攻。实际上，在此之前好几年，苏军就在中苏边境地区不断挑起各种事端，大小冲突不断。而他们挑起这些事端的一个重要目的，就是为陈兵中国边境制造口实，用武力包围中国。有很长一个时期，他们在中苏边境和中蒙边境部署了上百万兵力，在中国边境部署的导弹数量也占其全部导弹数量的三分之一，构成了对中国的严重军事威胁。

如此一来，中国的地缘政治雪上加霜，东南沿海有美国几条岛链重重围困，西北边陲又有“老大哥”大军压境，两个超级大国四面合围，让一个世界人口最多的国家几乎与世隔绝开来。孙子兵法云，“围师必阙”，强调包围敌人也得考虑给敌人留条生路，这是一种道义，也是一种策略，否则“兔子急了也咬人”。两个超级大国可好，将中国四周围困得铁桶一般，逼得我们无路可走，只好“自己动手，丰衣足食”。延安时期，八路军曾在南泥湾开荒、种地，冲破国民党的经济封锁。此时为突破美、苏封锁，整个中国都变成了“南泥湾”。举国上下高唱《国际歌》：“从来就没有什么救世主，也不靠神仙皇帝！要创造人类的幸福，全靠我们自己……”

“人是要有一点精神的。”以王铁人为代表的石油工人靠干打垒和人拉肩扛，在东北荒原勘探开发了储量达50亿吨的大庆油田，一举摘掉压在中国头上那顶“贫油国”的帽子。以大寨为代表的中国农民，用“穷棒子”精神，从土里刨出了自身的温饱。以钱学森为代表的一批科技工作者，相继搞出了原子弹、氢弹和人造卫星，让整个世界都对中国刮目相看，连美苏两霸也目瞪口呆。其中有一朵在西北大沙漠升起的蘑菇云，成了欢送赫鲁晓夫下台的“礼花”。毛泽东因此豪气冲天，对围堵封锁我们的“美帝”、“苏修”充满无比的蔑视：“小小寰球，有几个苍蝇碰壁，嗡嗡叫，几声凄厉，几声抽泣……”

但封锁可以激发自力更生精神，也不可避免会产生排斥一切外来事物的锁国心理。中国延续几千年自给自足的小农经济，本身就是产生封闭思想的肥沃土壤，“小国寡民”观念深深扎根在我们民族的心灵深处，“鸡犬之声相闻，老死不相往来”，平时没壁垒还得营造壁垒，用一道从山海关至嘉峪关的高墙将偌大一个国家、民族圈闭起来哩。因此可以说，这时的中国不但有两个超级大国的封锁，也有自己对自己的封锁。突出的表现，是将自力更生绝对化，将其与正常的对外经济技术交流完全对立起来，似乎水火不能相容。很多共和国的同龄人都经历过，那时偶尔喜欢上了外国生产的某些有档次的东西，或者实事求是承认外国一些产品比中国先进，连自己都会生出“崇洋媚外”的内疚。在大街上偶尔见到高鼻子、蓝眼睛的外国人，很多人会本能地睁大警惕的眼睛，暗中猜测是“美帝”还是“苏修”派来的“特务”。如果发现有中国人与外国人交头接耳，很多人都会大惊小怪，在心里嘀咕是否正在进行“里通外国”的勾当。由此还延伸到亲戚、朋友、同学在别的国家或地区生活或工作，个人档案里都会留下“海外关系”这个足以影响信任度和前程的记录，左邻右舍也会投来异样的目光。

自力更生与自我封闭的相互交织，演绎了那个时代的伟大与荒诞。

“蜗牛事件”与“风庆轮事件”

中国走向自我封闭的极端，无疑是那场史无前例的“文化大革命”。但物极必反，到了这场错误政治运动的后期，不少人开始意识到了它的荒谬，其中就包括了自我孤立、自外于整个世界的荒谬。这个时候，国际形势已经发生了微妙变化，最突出的是美、苏相互争霸愈演愈烈，山姆大叔将遏制的重点已经转移到苏联身上，西方世界对中国的封锁多少有了一些松动。1975年6月国务院召开计划工作务虚会，而与会的恰是一批非常务实的领导干部，已经强烈意识到了封闭导致了国家经济建设的严重落后。研究实现“四个现代化”的方针、政策和重大措施，有针对性地提出打开国门，引进新技术、新设备，扩大进出口贸易。在新中国的经济发展史上，首次将“引进”提升到了国家发展战略的高度。中央一些经济和工业部门积极响应，纷纷组团出国考察，看到了外边世界的精彩，发现了中国与发达国家的巨大差距，引进的呼声也因此一路高涨，引进的具体计划也一个接着一个出台。“引进”这个词的内涵，也不再只是这个那个具体的装备和技术，而是国民经济建设长期自我封闭的一次突围。

就在这个时候，国内的政治和经济生活接连发生了两起事件，一个是“蜗牛事件”，一个是“风庆轮事件”，与“引进”的新思路发生了激烈的对撞，并演变为对“突围理论”发起的全面围剿。在打倒“四人帮”以后，人们把发生这些事件的责任归结为那几个人的破坏和捣乱，这自然也有一定道理。然而，事情似乎没有这么简单，若是不存在一定的国民心理基础，迎合了那时的社会思潮，仅凭孤立的几个人掀不起那么大的风浪。而深层的原因，即是国人头脑被长期封闭禁锢，整个社会意识形态剑走偏锋，并且多年以来形成了思维定势，脑筋一时无法急转弯。

“蜗牛事件”发生在1973年，是出国考察彩电生产过程中发生的一个小插曲。那时的四机部根据国家启动彩电生产的设想，派出一个考察小组先赴日本考察，一看才明白要生产彩电先得生产显像管，而生产显像管便需要玻璃壳、荧光粉、荫罩、石墨乳和总装等好几条生产线，我们国内连八字都没有一撇。这个考察小组回国后，了解到美国有一家叫RCA的厂家具备生产显像管的配套技术，连忙通过外贸部询价，对方报价1.3亿美金，谈判结果降至7300万。这个考察组立刻赶赴美国，参观完RCA后，又专门就玻壳技术到康宁公司进行考察对比，以便掌握当时世界最先进的生产技术，要上就上最先进的生产线。

考察组回国那天，康宁公司一位雇员扛着一个纸箱跑来，从箱中取出12个包装得很精致的盒子，原来是该公司送给考察小组的纪念品，每人一个玻璃钢蜗牛。很显然，这是人家送的一件小小工艺品，实际也是在为其产品做广告。考察组的人没有多想什么，很礼貌地接受下来。四机部领导听了考察组提出的报告很兴奋，对带回来的蜗牛也没在意，还夸其玻璃钢质量不错。不想来了“批林批孔”，四机部一位设计人员联想到了美国人送的玻璃蜗牛，这小动物总是将自家住的房子扛在背上，整天慢慢吞吞在地上爬行，无疑是保守、落后的象征。美国人拿它当“礼物”送给中国人，不是故意挖苦中国保守、落后吗？考察组居然接受这个“礼品”，不等于是接受了美国人的“侮辱”吗？他这么一想心绪难平，立刻写信向上边反映。这种“极度敏感”，显然是百年屈辱和长期闭关锁国形成的一种脆弱的社会心态，以病态的自尊掩饰内心深度的自卑。事实上，时至今日，我们国家说话、办事还是特别在乎别人的脸子，闻夸则喜，闻骂则怒，在那样的时代就更不奇怪了。江青借机发难，从中一搅和，便闹得人人自危，将引进彩电生产线推迟了5年，还多花了近9000万美元，白白让7亿多元人民币打了水漂。

“风庆轮事件”，发生在1974年下半年。大背景是建国以来，中国造船能力一直严重不足，国内所造的船舶仅能满足国内需要的十分之一，存在很大的缺口。国务院总理周恩来为此提出，中国海岸线很长，应当有一支与之相适应的远洋船队，做出造船和买船并举的决定，并为毛泽东所认可。赶上20世纪70年代初，石油能源危机影响到世界各国，国际运输业一片萧条，造船业也跟着不景气，一条万吨级的轮船花原价的20%就能买下来。周恩来不失时机提出赶紧买进一批船，尽快加强国家的海洋运输力量。外贸部门根据这一指示，决定动用贷款买进一批外轮，装备远洋船队和海上石油勘探开发队伍。这本来是一件利国利民的事，对推动我国重新走向海洋具有非常重要的现实意义。但那时的社会心态，一直以万事不求外国人为“爱国主义”，啥事与外国人沾边都会有“崇洋媚外”、“里通外国”之嫌，好事也就很难办好。

就在此时，上海一家造船厂自行设计制造了一艘名为“风庆”号的万吨货轮，因为在那个年代无法借鉴国外的先进技术，一些自造的关键设备都比较落后。中国远洋所属上海分公司买下这条船，经过反复考察和研究，认为该船的主机性能不适于远洋航行，明确只能搞近海运输，这也在情理之中。而且，这些纯粹是技术上的考量，与政治不沾边。但“批林批孔”一来，这个船厂的工人和这条货轮上的海员纷纷贴出大字报，要求国产风庆轮搞远洋运输，“为国争光”。那个年代大字报威力甚大，谁也不敢逆潮流，交通部赶紧降低标准，重新做了风庆轮轻载、重载两次试航，并根据上海远洋运输部门的要求，批准风庆轮首次远航罗马尼亚。周恩来不放心，指示出航之前必须好好检查，不能让风庆轮带着故障去远航。检查验收时，专业人员提出了一些改进意见，如主机一个汽缸套磨损较大，需要将汽缸套换下来进行修理。船厂也采纳了这条意见，正积极准备动手修理。

不期张春桥、姚文元插手进来，绑架“革命群众”的极“左”情绪，将船东和船厂之间正常的技术交流定性为“崇洋卡国产的典型例子”，贴上了“路线斗争”的标签。那条修理主机汽缸套的意见，也被歪曲为“有人提出风庆轮要远航，就要换下国产主机，装上进口主机”。在试航中，风庆轮的雷达出现故障，需按接船方提出的改进意见进行修理，也故意添油加醋，成了“有人主张风庆轮必须换上雷达、电罗经、起货机等5大件进口货，才能远航”。很快将“引进”这一突破经济封锁的举措，定性为“拜倒在洋人脚下”，扣上了“卖国主义”的帽子。国家的一切又重新回到闭关自守、与世隔绝的轨道上，连厂矿企业也都自我封闭起来，大的大而全，小的小而全，除了火葬场，啥都自己办。

在这样一种氛围里，中国经济发展丧失了多少宝贵时间和机遇，已经很难做出准确的估计。而对于一个濒海大国来说，不论是外部的封锁，还是自我的封闭，直接受害和受损的还是海洋事业。看得见的外伤是，国内海洋运输业一直举步维艰。全国解放之初，因为战争的破坏，当时占全国运力82%以上的上海港，轮船总运量仅12万吨，其中能航行的仅6万吨，还都是不能出海的小船。第一个五年计划期间，远洋运输船队尚未建立起来，只能通过国际航运合作和租用外轮等方式，开展海上贸易。而“文革”一来，一切又乱了套，海运业所有规章制度及国际航运规则全盘受到冲击，彻底打乱了远洋运输发展的步子。造船极“左”到“连一根钉子都得国产化”，将世界先进设备和技术一概拒之门外，不少船厂还停工停产“闹革命”。港口、码头在动乱中也全部瘫痪，大连、秦皇岛、天津、青岛、上海、黄埔、湛江等沿海港口全线告急，不但经济损失惨重，还付出了损害国际信誉的严重代价。

看不见的内伤，是全民距海洋越来越远。法国人布尔鲁瓦的《丝绸之路》一书，记载了这样一个故事。东汉时期班超出使西域，派充当先锋官的大将甘英远赴大秦（今罗马）探路。甘英抵达地中海岸边，寻找船只渡海去彼岸，当地船主担心从此失去中国和大秦之间贸易中转的利益，便吓唬甘英说："这海太宽阔了，往返一次若顺风需三个月，若逆风需两年。人久在海上会得思乡病，有不少人就这样死在茫茫大海里。"甘英听罢，立刻打消了西进大秦的念头，掉转马首弃海而归。布鲁尔疑问道："这是所有的中国人都害怕海洋呢？还是他们出于自尊心的某种考虑呢？"现在大概已经无法揣测甘英当年弃海而归的心态，难以断定是出于对海的恐惧，还是出于对海的傲慢。但近代以来，可以清楚看出，国人对海洋已经有了某种程度的恐惧和戒备，避之惟恐不及。如果说，在古代海洋还给中国人留下一些神秘而美好的想象空间，如曹操的"日月之行，若出其中；星汉灿烂，若出其里"。自鸦片战争后，海洋完全成了国人的伤心之地。这一百多年，海洋带给我们的，除了西方列强坚船利炮的摧残，数不胜数的不平等条约，就是现代霸权国家在海上的重重围困，致使国家安全危机四伏。我们惹不起躲得起，干脆把海洋也当成一道万里长城挡住外边的世界。

法国作家雨果说："在我们看得见的波浪下面，有我们所看不见的动力的波浪，它是无数因素形成的。在一切混合的物体里，海洋最深奥，最不可分割了。"中国远离了海洋，也就失去了海洋与世界"最深奥、最不可分割"的那种联系，同时失去的还有推动国家前进的"动力的波浪"，因此注定了那个时期经济发展速度的缓慢。而那时世界诸多国家都在大步走向海洋，尤其是海洋油气资源的勘探、开发如火如荼，我们周边国家争夺海底油气资源的博弈也愈演愈烈。中国一步没有跟上去，以后的步子走起来多少显得有些被动了。

中国石油下海的曲折道路

上个世纪50年代初，海南岛西部莺歌海村的渔民出海打鱼，发现海面在微风吹拂下，跳动着一些灿烂的火花。他们仔细一察看，原来是海面上漂着星星点点的油花。这事传到北京。石油地质部门派出专家前往调查研究，证实海南岛附近海底有油气资源。康世恩这位中国石油的开拓者立刻拍板："有理无理先在海上打两口井再说。"中国人从此有了下海找油找气的念头，那片海域也因此有了一个美丽动听的名字——莺歌海。不过，因是关起门来摸索下海，一步一步走得好辛苦。

伤心曹妃甸，痛苦石臼坨

1964年元月，大港油田一支陆地钻井队奉命来到天津塘沽海河出海口的鸡心岛，由此拉开了中国下海找油的序幕。这个最早的海洋石油基地，那时还有些神秘，对外保着密，顺着年月用了"641厂"这个代号。国家对此给予了高度的重视和支持，从石油口拨来了启动资金，从交通口拨来了海上交通工具，连大清时期英国人送给慈禧老佛爷的游艇，解放战争时期起义过来的"重庆"号，都加入到海洋石油队伍中来。

世界海洋石油从1887年美国在加利福尼亚近岸处钻第一口探井，至我们起步的时候，已经走过近80多年的历程，美国的墨西哥湾、欧洲的北海和中东的波斯湾，都有了相当的规模。勘探、开发海洋石油的装备和技术，包括地球物理勘探船、海上钻井平台及采油装置，自动化程度也都相当高了。而中国因为与世隔绝，所有这些皆茫然无所知，一切归零，从头摸索，勘探队员们唱着"是那山谷的风吹动着红旗"，摇着小渔船放炮，收集在海浪中漂动的检波器，获取来自海底深处的石油信息。

那时，世界已经认识到了海洋环境的特殊性，海、陆石油在理念上、装备技术上都截然不同。而我们的第一代海洋石油人，来自西北玉门和东北大庆，一群“旱鸭子”站在海边面面相觑，按照陆地的思维惯性来思考海洋：“大海是什么，不就是陆地加一层水吗。”从而确立了“以陆推海”的思路，一切比照陆地的办法，摸着石头下海。渤海湾邻近唐山那片海域，有一个长8公里、宽200米的小沙岛，名为曹妃甸。海洋石油勘探者需在海里找块陆地做依托，曹妃甸便成了首选。1965年9月底，一支由53人组成的钻井队乘着“重庆”号来到曹妃甸，在岛上安营扎寨。他们按照陆地打井的程序，人拉肩扛忙碌了一个多月，打下了固定井台的100多根木桩，用海草和沙袋筑堤，修建了井场，运来陆地用的井架和钻机，马上就可以向海底打钻了。11月7日这天上午，曹妃甸突然昏天黑地，狂风卷起百尺浪涛，呼啸着向岛上扑来。霎时之间，天昏地暗，汹涌的海浪冲毁了围堰，摧毁了井台，淹没了营房。幸亏钻井队长孙治业有先见之明，事先在附近航标灯架上搭了一个临时避难所，人们迅速爬了上去，这才幸免于难。这场大海啸过后，小沙岛重新露出水面，钻井队一个多月辛勤劳动的成果踪影全无，只有一根木桩孤零零地歪斜在泥沙里，愈益显得人力在大海面前的渺小。

海洋给予的严厉警告，还有1969年冬天发生在渤海的大冰灾。这支海上石油队伍“一战曹妃甸”失利，很快提出“再战石臼坨”，大家用榔头、铁锤叮叮当当敲打出一座海上固定平台，安置到距天津东南仅20海里的石臼坨海域，钻探海1井。1967年6月14日，这口探井喜喷原油，周恩来为此签发国务院贺电，称赞这支队伍“创造了我国海上打探井出油的先例”。海洋石油人乘势而进，很快在海1井附近建造安装了海2平台，准备钻探海2井。1969年2月17日这天，是农历大年初一，而渤海湾因为连续不断遭遇寒流侵袭，海上冰排越堆越高，海2平台难以承受无比猛烈的挤压和撞击，连接平台导管架的钢筋一根接一根发出凄厉的断裂声。留守在平台上的报务员、气象员和机电工一夜惊恐无眠，大清早爬起来，一边向基地报告险情，一边忙着加固摇摇欲坠的平台。不想支撑生活平台的5根桩腿突然断了2根，钻井队员居住的铁皮房随着生活平台嘎嘎歪斜下去，情况万分危急。这一切惊动了渤海石油基地，也惊动了国家领导人，周恩来一声令下，出动陆海空三军破冰抢险。但无论从四面八方汇聚的各路队伍怎样奋不顾身，都无济于事，先是海2生活平台扭曲着身子彻底倾倒在冰冷的海水中，接着钻井平台也在众目睽睽下轰然倒塌。无情的事实告诉海洋石油人，大海远非“陆地加一层水”那么简单。

那时，世界海洋石油早已采用移动式钻井平台打探井，“打一枪换一个地方”，省时省力还省钱。我们起步采用的是建造固定平台钻探井，经过实践才痛苦发现，固定式钻井平台利用率实在太低。一座好不容易打造出来的钻井平台，费上九牛二虎之力拉到井位坐实在海底，开钻后如果发现了工业油流还好说，可以将其转化为采油平台。万一钻的是空井，或者虽有发现却无经济开采价值，固定平台便死在这里，彻底废弃。在那个年代，国家资金紧张，钢材奇缺，正在开工建造的5号平台，就因钢材缺口大，不得不时建时停。这时人们想到了固定平台的迁移，“让死平台复活”，节省打造新平台的时间和人、财、物力。一座平台一座山，第一座打算拆卸的平台总共16根桩腿，桩腿底部经过爆破，一律成蒜瓣状，用钢筋水泥固定起来，根本无法用起重机起吊，只能学老愚公“一锄一锹挖山不止”。桩腿内空间狭小，人在里面有力使不上，砸上一整天，憋屈得腰酸背疼，也只能掏出0.1至0.2方混凝土。还有飞尘弥漫，闷热难当，每个被拽上来的人，都得有人帮着清洗塞满尘土的眼、耳、口、鼻，倒掉靴筒内积下的汗水。接着是下到桩腿底部切割其与海底的连接部分，除却艰苦还多了危及性命的风险。万一海水涌入桩腿内，蹲在里边的人很难活着出来；或者桩腿切割后发生移动，也有可能将里边的人碾成齑粉。现在回过头来审视这段历史，大家一定会觉得太原始，太笨拙，太不讲科学，违反安全规程，缺乏人性化考虑。但在那个关门摸索的年代，真诚的海洋石油人只能真诚地摸索着。那是一个因封闭而比较原始落后的年代，也是一个奋发图强的年代。

那时，国外制造可移动的钻井平台已经发展为一个现代化的产业，自升式、半潜式都达到很高水平。我们有了搞移动式钻井平台的想法以后，因为国家的封闭，既无人看过海外制造厂家怎样制造，也无人去海外作业现场实地考察怎样使用，仅凭从国外杂志零星搜集到的移动钻井平台的资料，展开想象式的研究。六机部由此做出决定，委托上海一家设计单位进行设计，由大连一家造船厂承担建造重任。1975年，国家领导人批准用外汇进口运输船舶的同时，也批准进口大型海上钻井装备，其中包括可以移动的钻井平台。但人们还是怀着为国家争一口气的强烈愿望，抢着优先上国产钻井平台，无论是设计、建造还是使用单位，都为此付出了很大努力，最终争取到国产自升式钻井平台排第一，名为“渤海1号”。从日本进口的二手船“富士号”排第二，名为“渤海2号”。此后类推下去，国产排在单数系列，进口排在双数系列。

“渤海1号”出厂后，钻了几口井，一次迁移途中，遇到渤海湾突然而起的狂风巨浪，折了一条桩腿。这似乎是一种预兆，像勘探开发海洋石油这样的高科技产业，仅有自力更生，没有对外引进，等于折了一条腿，瘸着腿很难在海上站稳脚跟。

中国海会是“另一个波斯湾”吗？

上世纪70年代，中国正紧锣密鼓下海找油找气，塞利格·哈里森作为美国一家智库“国际事实调查中心”的高级研究员，出版了一本关于中国海洋石油问题的书，名之为《中国近海石油资源将引起国际冲突吗？》，曾经引起国内外石油界的广泛关注。

哈里森的这本书，有很大篇幅预测中国海域的油气蕴藏量，继著名海洋和地质学家埃默里之后，再一次提出渤海、黄海、东海及南海会不会存在着“另一个波斯湾”。埃默里在上世纪60年代，曾为联合国从事过一系列的地震调查，率先将“波斯湾”的概念加到了中国海头上。哈里森在书中侧重介绍了埃默里根据地震资料所做的分析，先是称赞东海为“世界上石油远景最好而未经勘探的近海地区之一”，接着又提出“第二个有油气希望的地方……是在黄海海底”。他的依据是黄海有3条平行的隆起带，形成了天然的巨大无比的储藏所，把中国大陆黄河与长江携带的沉积物储蓄在这个盆地里。据埃默里估计，这两条河流每年冲刷下来的沉积物，黄河大体是29亿吨，长江大体为5.5亿吨，昼夜如斯在渤海湾和黄海的沉积厚度业已达到4600英尺至4900英尺，具备了得天独厚的油气生成条件。

埃默里根据自己所掌握的地质资料，还断定“南海石油潜力最大的地段，是在台湾和海南岛之间的大陆架一带”。同时颇为神秘地说，南海中部有一系列隆起带，更“饶有揣测意味，值得进一步调查”。1996年春天，笔者带着这个问题采访了海洋石油地质专家钱光华和樊开意。他们曾参与“八五”国家重点科技专项南沙群岛及其邻近海区综合科学考察，专门调查研究南沙的油气资源。在北京南郊高碑店的海洋石油研究中心，两位专家展开挂满几面墙壁的地质资料图，一一介绍他们的研究成果。整个南沙海区面积约82万平方公里，其中约41万平方公里为沉积盆地，在中国传统疆界线内约26万平方公里。而按照业已成熟的地质理论，油气的生成聚集都在盆地，有“要油要气找盆地”之说。南沙业已发现的曾母暗沙盆地、文莱巴沙盆地、湄公盆地、万安盆地，根据地质资料初步估算，石油资源量相当于8个大庆，天然气约10万亿立方米。两位专家特别说明，因为是预测，所取的是相当审慎和偏向保守的数据，也就是说预测与实际相比只会偏少不会偏多。钱光华介绍，他从事石油地质研究，从陆地到海洋数十年，从未见过像南沙这么难得一见的石油地质条件，油气生成、油气运移、油气储积、盖层保护，样样都好，且相互配套，“是个名副其实的聚宝盆”。樊开意也兴奋地说，南沙地下的表层构造形成于晚中新世，而油气大量生成多在上新世，比圈闭形成要晚，目前仍处于生烃和排烃高峰期，“这好比先缝好一条条口袋，再源源不断往里装财富……”

有关中国海是“另一个波斯湾”的说话，曾迅速在全球传播开来，吸引了很多国家和石油财团的目光，为日后中国海洋石油的对外开放奠定了一个很好的基础，埃默里、哈里森等于免费给我们做了一次具有轰动效应的广告。但是，“另一个波斯湾”之说，也引来了邻近国家的觊觎，突然出现了这样那样的海上争端。哈里森“中国近海石油资源将引起国际冲突”的提法，就是基于这样一个背景提出来的。1969年4月，韩国就曾擅自以假设的中间线为界，授予美国海湾公司所谓“租让权”，在涉及中国主权范围的黄海地区进行地震勘探。中国外交部当即发表声明，严正指出：“中国沿海海域的海底资源，属于中国所有。目前韩国当局公然单方面引进外国石油公司在上述地区进行钻探活动，对于这种做法可能造成的后果，中国政府保留一切权利。”韩国政府后来表示愿意就如何划定两国之间的大陆架区域举行会谈，海湾公司也不得不停止了在黄海海区的勘探活动。然该国在这方面的动作仍时断时续，至今也没有消停下来。最严重的是日本在东海挑起的争端，还有越南、菲律宾、马来西亚等国在南海对我国岛礁、海域及油气资源的侵蚀和掠夺，都不幸被哈里森言中。

美国当年插手中国近海石油，主要还是通过在台湾的蒋介石政权。那个年代，蒋介石还一心惦着反攻大陆，从他所处的立场实现中国的统一。美国的第七舰队也还赖在台湾海峡不走，继续对中国进行封锁。当埃默里“另一个波斯湾”的说法出炉后，蒋老先生立即给予美国海湾公司在台湾海峡的“租让权”。海湾公司派出的是装备大量先进设备和精密仪器的“海湾之王”号，以及另一艘同样装备着灵敏仪器的勘探船，既可以用来探测海底石油资源，也可以直接转入军事用途，不时前进到距大陆海岸不到50海里的海域，不能不引起大陆高层的警惕，我有关部门为此频频向华盛顿发出警告，人民海军也派出舰船密切跟踪。哈里森在书中说，那距离始终保持在半海里左右，以至驻檀香山的太平洋美军总司令向华盛顿发出十万火急的请示电，担心重演其电子间谍船“普韦布洛”号被人民海军俘获的悲剧。12月31日除夕之夜，美国一些国会议员匆匆聚集在国务院工作室里开会，讨论要不要出动第七舰队派军舰对付中国海军的舰船。只因尼克松此时正酝酿同中国改善关系，以集中精力对付苏联，“海湾之王”号悄然在中国海域消失。

哈里森的这本书还提出了一个很有意思的观点，勘探开发海洋石油资源与维护国家主权权利及海洋权益的关系。他说，中国解决同邻近国家海洋争端的一个重要目的，是维护这些海域丰富的油气资源；而发展勘探开发近海油气资源的能力，也正是中国维护本国海洋主权和权益的重要途径；两者应是相辅相成。在他看来，当今时代动辄以武力解决领土争端和海洋纠纷已经不合时宜，而北京也绝对不愿剑拔弩张与邻国交恶。“军事行动虽然不能完全排除，却同1972年后中国对亚洲政策的总趋势不合。”哈里森因此认为，中国尽快充实和发展勘探开发近海油气资源的能力，不失为维护有争议海区主权权益的一种比较行之有效的方式，比起诉诸武力柔性得多，相对来说也容易被世界其他国家所接受。他在书中预言：“在短短几年时间之内，北京即将能够用它的勘探船只和钻机，而不是用军舰来表明它对大陆架某些特定地区的意图。正像它的对手们正在用搞地震勘测和打‘野猫’井的方式来确立它们的权利要求一样，中国随着它进口和自制钻机的增加，也将越来越有能力照此办理。”这里，大概可以用上一句“旁观者清”，哈里森的冷眼旁观显然具有一定的参考价值，时至今日也不算过时。

在这本书中，哈里森对中国发展海洋石油究竟是“万事不求人”，还是改走依靠国际合作的道路，也有比较客观的分析。他在书中注意到了，在上个世纪70年代后期，中国一方面在大张旗鼓提倡自力更生，一方面也在世界范围内积极寻找和购买海洋石油勘探开发装备，已经体现出中国坚持的自力更生有了一定的“灵活性”。那时，西方很多国家也认为，中国的海洋石油技术还非常落后，将某些设备卖给中国不会有太大风险，甚至也不怕中国将这些设备作为原型进行仿造。他们料定一些关键技术，尤其是深水钻探方面，中国在短期内很难有所突破。还有制造海上大型装备所需要的高级合金钢，以及许多微型电子构件，仍在忙着收拾“文革”残局的中国，大概一时半会也生产不出来。此时与北京做生意，正是奇货可居，可以赚上一大笔。华盛顿的决策者还抱有一个目的，期望中国的石油能尽快流入美国，以增强他们能源安全的砝码，因此卖石油设备给中国也表现得颇为“慷慨大方”，包括了重型钻机、钻头、油管和中国当时无法制造的高级合金钢的防喷器等。

然而，仅靠买进欧美国家的先进装备，并没有给中国海洋石油的发展带来明显的进步，一个较长时期都在年产9万吨左右徘徊。华盛顿等了很久不见中国石油流进美国，还一度出现焦虑不安的情绪，有人提出中国坚持“自力更生”使得它很少甚至根本没有任何富余的石油，这样下去会符合美国的利益吗？或者中国的石油流入别的国家，会不会损害美国的利益？哈里森据此在书中探讨，中国发展海洋石油的速度与加大自力更生灵活性的关系。他说，尽管中国当时可以出于政治上和战略上的考虑，随心所欲地使石油工业得到的拨款高于其他部门，而不顾石油勘探存在“碰运气”的因素，“但是，任何社会能做的事情，都有一定的限度。”哈里森了解到当时中国自力更生制造的石油机械，尽管按照西方标准比较粗糙，将就着也能用，中国流行的说法是“低标准，瓜菜代”。他在书中预言：“在坚持自力更生时的灵活性如何，将决定中国石油产量增长的速度。”

有这样一件事，反映了那时中国海洋石油的原生态。1977年冬天的一个夜晚，4号采油平台发电机出了故障，海上漆黑一片。女子采油队的年轻姑娘钱春英半夜12点接班，因平台简陋，安全防范措施很原始，一不小心从维修时打开的栏杆内翻了出去，咕咚一声掉进冷冰冰的大海里。在平台上的兄弟姐妹呼喊着涌向甲板，刚交班睡下的采油班长张志诚跃身起来，边跑边脱衣服，从二层平台纵身扎进海里救人……

很显然，我们依靠自力更生发展的海洋石油，与国际已经实现的高度科学化和自动化相比，有一段很遥远的距离。

渤海2号：以悲剧的形式结束了一个悲壮的时代

我们古人造“海”字，从“水”从“晦”，突显海洋是个神秘莫测的晦暗深渊。正如雨果所言：“海洋总是把它的罪恶掩藏起来，它喜欢保持暧昧的状态。”可以说，人在大海面前至今还是弱者，古往今来大海掩埋了多少沉船，也就上演了多少幕人被大海打败的悲剧。但人还是在大海中前进，也还在不断重复上演这样的悲剧。在关门摸索的艰苦岁月里，中国的海洋石油队伍也背负了这样的沉重。

1976年12月24日，渤海1号钻井平台经历的是一次死里逃生的航行。这一天，渤海1号结束打井，安排回基地的拖航作业。在降船过程中，支撑整个平台的四条桩腿刚拔离海底，海上突然刮起八九级大风，船体猛烈摇晃起来。接着一声巨响，15吨重的4号锚链绷断，沉重砸到海底，船体顿时失去平衡。船上的人赶忙割断1号锚链，以找回船体平衡。接着又是一声巨响，3号锚链也断了，只剩下2号锚链继续向东南方向“溜锚”。整个船体已经失去应有的控制，在狂风巨浪中猛烈摇晃，海水在甲板上横流，人都泡在冰凉的水中，厚厚的棉工服都冻成了坚硬的冰甲。到了夜里10点多钟，风浪越来越大，平台顺着狂风快速漂流，4根高大的桩腿尚未来得及提升起来，随时都有触礁的危险。钻井队长李纪扎指挥大家采取应急措施，并抢修好天线将险情报告基地。不久，柴油机被海水浸湿，发电停了，所有设备都停止运转。随即又是一声震天动地的巨响，重达250吨的1号桩腿断了，平台发生严重倾斜，摩擦产生的电火花高达数米，像闪电一般射向四面八方，人们都下意识地抱头蹲下。此时，4号桩腿在猛烈摇晃中4个插销脱落3个，剩下1个也卡住不到半英寸，真个是“命悬一线”。在死亡威胁和黑暗恐怖中，大家手挽着手筑起一道人墙，高喊着“下定决心，不怕牺牲，排除万难，去争取胜利”，企图阻挡海水涌入底舱。但海水还是将1吨多重的泵舱盖掀开，大量进入机舱和油舱，好不容易奋力盖上，立刻又被掀开。

紧跟着渤海1号的滨海208拖轮，极力想要套住这匹脱缰的野马，挂上缆进行拖带，但在落差高达10多米的急剧起伏中，两船交错很难挂得上，还得担心两船相撞，造成更严重的后果。208船出身海军的船长倪良坤决定冒险带缆，他亲自操舵小心翼翼靠近桀骜不驯的平台，折腾了很长时间，好不容易挂上一次，4根缆绳一下子绷断了3根，事实证明人与海是无法拼体力的。随后，党中央、国务院派出的两条远洋轮赶来，大家经过6天6夜九死一生的折腾，连人带平台踉踉跄跄回到塘沽基地。人保全了，平台报废了。大家由此认识到，那时的国产钻井平台技术还非常粗糙，许多关键技术并未过关，仅抗风能力很弱这一条，就险些给这支海上钻井队伍招来杀身之祸。因此，无论当时社会上怎样批“崇洋媚外”，海洋石油人既坚持自力更生，也积极赞成进口国外先进装备。在大海面前，任何高调都唱不成，没有高新技术和装备，不行就是不行。

然而，进口的钻井平台也会出事，而且出了惊天动地的大事。那是1979年11月25日，也是渤海湾的冬天。由日本进口并由“富士”号更名为渤海2号的钻井平台，也是在完成钻井作业以后拖航去新的井位，也是在降船时候刮起7至8级大风。但渤海2号是花外汇从日本进口的，抗风能力应当比国产的渤海1号强，当时船上也未收到任何气象台发布的大风警报，而在渤海湾阵风乍起乍落也是常有的事。因此，在现场的拖航领导小组还是决定让8000马力的“滨海282”拖轮带上缆，继续实施拖航作业。不料，风越刮越猛，到了晚间阵风达到11—12级左右。海浪随风起舞，有如排山倒海一般，整个大海都在沸腾。“渤2”在风浪中摇晃颠簸厉害，一会儿向这边倾斜，一会儿那边倾斜，凶猛的浪头一个接一个冲上甲板，扫荡着甲板上的一切。当时钻井平台上有74人，包括拖航小组现场指挥康于义、吴洪兴在内。钻井队长刘学在甲板上指挥抢险，人们都忙着加固甲板上的物件，并严防海水进入舱室内。但人之力怎么着也无法抵御海之力，几个巨浪扑上甲板，猛地将两只通风筒盖掀开，海水咆哮着从通风筒口涌入舱内，在甲板上形成巨大的漩涡。大家立刻抱来棉被堵漏，一床床棉被竟像一片片树叶被漩涡吞没。霎时之间，底舱被灌进了大量海水，应急发电机也被淹没，整个平台顿时漆黑一团。拖航指挥者显然意识到了眼前的危险，见甲板迎着风浪，舱内进水太猛，立刻做出282拖轮调转航向的决定，企图让钻井平台高大的生活楼替甲板挡浪。不想事与愿违，就在扭身拐弯的过程中，渤海2号被狂风巨浪掀翻，沉入到了海底。

“滨海282”接到了渤海2号发来的最后一道指令：“解缆救人!”拖轮上响起急促的警铃声，所有船员都来到后甲板，原本巍然高耸的钻井平台倏忽消失了，只能瞪大眼睛在黢黑的海面上搜救落水人员。船员好不容易见到漂过来一只救生筏，立刻甩出一个绳索，有位落水者将这根救命绳紧紧缠在胳膊上，将其拉上来以后，救生筏又被海浪冲走，眨眼之间再也找不到了。接着，发现船舷边有个落水者牢牢抱住了一个防碰垫，迅速将其救起。此后，直到天光大亮，在“渤2”翻沉的附近海域，再也没有找到一个生还者，包括出动海军舰前来搜救，所捞起来的都是死难者的遗体。在该钻井平台上的74名海洋石油早期勘探者，惟有两人幸存下来，一个名叫王墨林，一个名叫阎学军。后来，《中国青年报》记者方向明专门采访过两位幸存者，发表一篇文章，标题将两人的姓氏串联起来：“阎王不找阎王”。这是一个比当时的海水还要冰冷的“黑色幽默”，即使现在提起往事也会让老一辈的海洋石油人忍不住潸然泪下。

这次事故曾经轰动海内外。国家财产蒙受的重大损失，72名朝夕相伴的弟兄突然被大海吞没，死难者家属在海边呼天抢地的哀哭，让每一个海洋石油人心里都在淌血。社会舆论的谴责一时铺天盖地，国务院主管石油工业的副总理和石油部长都被问责，海洋石油勘探局局长马骥祥等四名责任人被判承担刑事责任。现在回过头来看，很多直接造成这次事故的重要情节都被忽略了，“渤2”翻沉的深层次原因也没真正找准。最关键的，当时的批判也好，审判也好，都缺乏应有的海洋思维，全是以陆上的常规思维推断海上发生的事情，并且是在沉船尚未打捞的情况下就匆匆做出了结论。几位被送上法庭的当事人，那时一想到72位死难弟兄就难过得不行，不管法庭怎么判都没意见，也没深思发生这场灾难的真实原因究竟是什么。后来，“渤2”打捞上来，组织有关专家在青岛现场进行分析，全国人大常委会也做出决定，委托有关权威部门进行模拟试验。无可辩驳的事实证明，导致这次事故的一个重要原因是这座进口钻井平台存在致命的缺陷。据说在日本使用期间就曾出过事故，被卖主刻意隐瞒下来。有关权威部门通过模拟试验得出的结论，一语惊人：“一条不合格的钻井船，在渤海湾翻沉。”其中直观就能发现的重大破绽，整个底舱连一堵隔水墙都没有，以至两个通风筒盖被掀掉，整个底舱立刻都成了水舱。王、阎两位生还者介绍，当时整个平台上的人都抱着“人在船在”的决心，采取了一切能够采取的抢救措施，最终都葬送在日本制造厂家这个不可饶恕的疏忽里。按理说，当时也应该理直气壮把日本人拽上被告席，依法索赔中国蒙受的惨重损失。可是在那个封闭的年代，我们既不懂得用国际标准衡量这件二手货是不是合格产品，也不懂得捍卫购买者应该享有的权益，连索赔的意识都还没建立起来。

据参与青岛现场沉船调查的一位技术人员说，还有一个被忽视的鲜为人知的重要细节。该船在翻沉之前，曾经进行过一次大修，紧固甲板上通风筒盖的螺丝，公扣与母扣相差了一个型号，以陆上的眼光和经验来看，重以吨计的通风筒盖存在这么一点微小差距不会有啥问题，而凶悍无比的海浪恰恰瞅准了人们用肉眼看不到的这一丝缝隙，将通风筒盖彻底掀开，应了“蝼蚁之穴溃千里之堤”的古训。还有一个让国务院副总理康世恩后悔莫及的细节，他在国家酝酿对外开放海洋石油的时候，曾赴美国墨西哥湾考察美国钻井平台，看到美国钻井工人都穿着密封防寒的救生服，立刻想到“渤2”死难的弟兄，一个个打捞上来，都蜷曲着裹在冰甲一般的棉工服里。他痛心地说：“要是早知道国外有这种防寒救生服，给每个出海人员都配上一件，落海的钻井工人也许有很多都能活下来。”

事实证明，海洋之于人类的最大意义，就是将世界连成一个整体，密切相互之间的交往，共享彼此的文明成果，包括物质和精神的成果，也包括陆上和海上的成果。而闭关锁国，使得我们的海洋石油队伍下海之后仍然不识海，走了许多本来可以不走的弯路。中国的海洋石油，以悲剧的形式，结束了一个悲壮的时代。

打开海门与走出海门

1979年的春天，邓小平在中国的南海边“画了一个圈”，让深圳率先迈开了改革开放的步伐。几乎就在同一时候，党和国家领导人也在大海上“画了一个圈”，打开了石油下海长期封闭的大门，广泛开展了对外合作。中国海洋石油工业从此进入高速高效发展期，并且实现了从“请进来”到“走出去”的跨越，在世界海域也有了我们的谋篇布局。

老布什牵线访美带来的巨大震撼

中国海洋石油的对外开放，比国内其他工业行业先行一步，这与老布什跟中国也跟石油的因缘聚会有很大关系。老布什在当美国总统以前，曾涉足石油，从耶鲁大学毕业出来，就在得克萨斯州充当石油推销员，一直到当上一家石油公司的总裁。尼克松和基辛格主动来到中国完成破冰之旅以后，美国设立了北京联络处，处理两国尚未建交之前的外交事务，老布什带着小布什等一家子来到北京，充当了美、中之间的第一位联络人。

1978年元月，经老布什在两国之间积极斡旋，由美国能源部长施瓦辛格出面，邀请中国石油界人士访美。当时中美尚未建交，用的是民间性质的石化协会的名义，以石化部副部长孙敬文为团长的代表团，集中了石油、石化的一批学识、经验都很丰富的精英分子，决心好好看一看美国现代石油到底发展到了什么地步。美国大概在中国海将是“另一个波斯湾”的巨大诱惑下，同时也看准了向中国出口石油机械的巨大商机，为这个石油代表团做了非常热情周到的安排。整个参观考察长达25天，总共看了9个油气田、4个科研机构、3个炼油厂、2个工程设计公司、10家设备制造厂和4个钻井平台，同美国石油界、石化界主要公司、厂家的CEO进行广泛的接触和交流，还与施瓦辛格有一次晤谈。经过参观、考察和交流，所有代表团的成员都被震撼了，他们想到了中国石油与美国石油会有距离，就是没有想到差距会那么巨大，两者相比几乎称得上天差地别。

埃克森石油公司的研究中心，以全新的声光电技术向中国代表团的专家展示了他们石油技术发展的进程。这家美国公司已经把地震学、古地理、古生物学结合起来，发展成一门新的地质理论学科，用地震地层学的理论与观点划分地层和探明地质结构，并且结合地球化学的方法，研究古地温、古水文的活动轨迹，以此判断地下油气生成、运移、储存的规律，从而圈出有利的含油气构造，并对远景储量做出比较科学的判断。这是一门崭新的石油地质理论，被该中心的专家称之为“地震地层学”，在中国专家中引起了极大的震动。在俄克拉荷马州，代表团参观考察胡果顿气田及其气体处理厂，世界级的先进装备和技术，花园式的生产环境，也使中国业界人士耳目一新。

秦文彩——当时的石油部门的副部长，后来的中国海洋石油总公司首任总经理，被主人用直升机送到了墨西哥湾新建造的一座钻井平台上，先进的钻井装备、全自动化的控制系统、海上五星级宾馆的吃住条件，以及“大海不是垃圾箱”的环境保护意识，都给他留下了刻骨铭心的印象。他随后到了菲利普斯石油公司总部，参观其研究中心，再一次被震惊。在这里，美国同行主要向客人介绍他们正应用于地球物理勘探的遥感技术，这套技术是专门在复杂地形条件下，用来进行野外资料采集的。该公司的这项技术与我们用物探船采集地震资料的方法完全不同，不用放电缆，也不用挂检波器，便可以确保接收数据的高精度。秦文彩解放初期随着石油师从战场转业到矿场，一直转战在中国各地的油田，还担任过石油部的总调度长，非常清楚美国这套技术对地形复杂地区，尤其是海上的物探作业，带来的是跨越式的变化。在菲利普斯研究中心，主人还热情地展示了卫星拍摄的北京照片。在投影大屏幕上，北京城的所有建筑都历历在目，甚至连三里河国家计委所在地都显示得那么清晰。而且，还可以聚焦到一个点上，紫禁城内故宫的雕梁画栋一览无余，一清二楚。秦文彩禁不住感叹：“现代科学技术，确实把地球变小了。”

中国石油代表团此次美国之行经历的是一次头脑风暴，很多前所未知的世界石油信息集中到代表团成员的头脑里，引发出了许多深刻的反省和思考；美国海洋石油勘探开发的宏大场面，冲破了他们头脑中原有的许多框框条条。中国石油怎么办？今后的路该怎么走？17个代表团成员，每个人多方位、多层次的深谋远虑，渐渐集中到了一点，开启中国的海门，走出一条海洋石油勘探开发的对外合作之路。同时，把海洋石油当成一个世界窗口，带动中国整个石油工业的改革和发展。这个代表团回国以后，很快写出了向共和国决策者的专题汇报材料，中国石油工业要尽快拉近与世界的距离，首先要突破的就是与世隔绝的封闭状态。

在北京的人民大会堂，华国锋主持了一个高层会议，就国家海洋石油是否实行对外开放拍板定案。孙敬文等人有备而来，着重汇报了美国石油工业已经达到的水平，我们的石油、石化在技术、装备、管理方面存在的惊人差距，强调发展石油工业，特别是海洋石油这样的高新技术产业，必须利用外国的资金、技术、装备和管理经验。在那个年代，国际海洋石油工业的社会化大生产，早已扩展成了全球化大生产，海洋石油的高投入、高风险、高技术，不是任何一个国家独自可以承担下来的，用跨国合作的方式分担资金，分散风险，分头突破高新技术的难题，早已成为所有发展海洋石油国家的惯例，即使是美国这样的世界第一强国也不例外。华国锋、叶剑英、李先念都发表了看法，他们做出指示：在不损害国家主权与民族权益的前提条件下，积极探索一条与国外合作勘探开发海上石油的路子来。一个关系到中国海洋石油工业前途命运的重大决策，就这样出台了。

几位中央领导人刚一离开会议室，康世恩就地召集石油部门与会的领导，逐条逐项领悟和落实中央领导的指示。当务之急是继续派出石油代表团，赴英国、巴西、美国等主要的海洋石油国家，继续展开有针对性的考察，探索与外国石油公司合作的模式，研究海洋石油方面的立法，总的指导思想是既要维护国家的主权和利益，又要创造让外国投资者感到安全、踏实的投资环境，双方都要有利可图。与此同时，还要着手在西方石油公司中物色合作伙伴，向他们发出邀请函。康世恩显然经过一番深思熟虑，提出了海洋石油对外合作的具体设想，先邀他七八家来，争取第一步先在渤海湾搞上三四百万吨再说。他说："对外合作是一项全新的事业，一切从零开始。中国有句老话，摸着石头过河。只要不损害国家主权和利益，各种方法都可以尝试。先把渤海指定的海域作为试验田，搞坏了，也只是那么一小块；成功了，可以推广。"

石化部党组很快做出决定，明确由张文彬和秦文彩两位副部长具体推动海洋石油对外合作事宜。随即成立专门从事对外合作的机构，名之为"海洋组"，与中外石油界广泛进行接触和交往。康世恩很快率团出访欧美国家，商讨海洋石油合作事宜，在西方国家刮起了一股"康旋风"。还有一些不同层级的石油代表团也相继出访，侧重进行技术性考察，努力学习按照国际惯例开展对外合作。

国际石油公司也闻风而动，相继拥入北京，有的应邀而来，有的不请自来，在京城专门指定外国人入住的北京饭店一时“人满为患”。法国石油代表团倚仗在西方国家中与中国最早建交的优势，率先来到北京，抢得先机，如愿以偿拿到了渤海湾的一个石油合同。美国的阿科石油公司董事长安德森，以人文协会的身份赴中国访问，直接会见中国高层领导，打开通往石油合作的捷径。他也找到了一条捷径，在李先念接见之后，立即进入了与中国石油合作的实质性商谈。西方石油公司的哈默，曾经长期同苏联做生意，并享受过列宁亲自出面接见的殊荣，被世界称为美国的“红色商人”。他不顾年事已高，从美国飞到北京，邓小平也特地安排了同他的会见。笔者曾采访张文彬，问及哈默来北京的情况，这位石油部老领导特地将哈默送给他的一本书给了笔者，书中谈及他在海上找石油的经验，最重要的就是耐性，“在别人放弃的时候你还能继续坚持”。

当时，外国公司最关注的是中国的投资环境，无论办任何事情是否都能够做到有法可依。外国投资者清楚中国行政部门官僚习气严重，办事有些随心所欲，政策说变就变，甚至以言代法，难以保障他们应当得到的合法利益。康世恩亲自主持，组织了一批法律专家和石油专家，经过1000多个日日夜夜的反复酝酿、反复修改，国务院正式颁布了《中华人民共和国对外合作开采海洋石油资源条例》，为外商进入中国合作勘探海洋石油提供了法律保障。

而国内最为关注的，是同洋人签订的合同会不会损害中国的主权和权益，生怕吃亏上当。这时的社会舆论也重新提起鸦片战争以来中国与西方国家所签订的不平等条约，饱受西方列强和日本军国主义侵略、蹂躏之苦的中华民族，会不会再一次跌进不堪回首的噩梦里？康世恩组织有关人员开始探索建立崭新的海洋石油国际合作的“中国模式”，既能有效维护国家的主权和利益，还能保证我国勘探开发海洋石油的能力在对外合作中得到推进，并且具有对外国合作者的吸引力。同样经过了许多个日夜，一份绞尽脑汁体现双赢原则的“标准合同”，在众目睽睽下问世。

中国的海门就按照这样一个“标准合同”模式打开了。

不承认落后不是爱国主义

但是，谁也没有料想到，渤海湾的对外开放，会是日本人捷足先登。

1980年5月29日，中日石油合作的一个合同分别在北京、东京正式签署。在当年日本侵华期间强迫中国签订《何梅协定》的塘沽，突然拥来一批西装革履的日本人。塘沽人惊问：“好不容易被赶走的日本鬼子，怎么又回来了?”有人站在日本当年留下的屠杀塘沽老百姓的“万人坑”边，目睹了挂着日本太阳旗的船只停泊在新港码头，竟焦虑得彻夜无眠。此时，在美国纽约的一份华文报纸也冒出了一篇署名魏宗国的文章，引用一些并不属实、以讹传讹的数据，批评中国与日本签订的石油合同是个“吃亏的合同”。甚至提供了一些根本没有发生也不可能发生的“事实”，说什么“合同签订不到几十天，日本已经将投资的7亿美元，连本带利收回了”。这篇文章还毫无根据地臆测：“15年的合同期内，我们将损失1000亿美元。”中国科学院某研究所的孟桂枝女士，由此提笔给中央领导写信极力反对这个合同，并附上了魏宗国的这篇文章。北京知识界还因此引起一阵热议，发出了“是否出卖国家资源”的疑问。此时，“渤2”翻沉刚过去几个月，公众舆论的谴责如火如荼，这显然也在一定程度上影响了石油部门的社会公信力，增添了中日合作“爱国还是卖国”的疑虑。在渤海岸边有人说出很难听的话：“蒋介石过去卖国，我们今天卖海，再过几年恐怕就要插着草标卖人了。”

孟桂枝的信辗转送进中南海，摆在了党和国家领导人的案头。邓小平作为改革、开放的倡导者，一直关注着海洋石油对外合作的进程。他仔细阅读来信之后，提笔做出审慎批示：“秋里、谷牧同志：请你们约集一批专家，好好论证一下。”担任国务院总理的赵紫阳也做出批示：“秋里、世恩同志：此信希给予重视。海上石油开发，即与外国合作方案，应认真组织专家进行可行性研究，并注意听取不同意见。”余秋里和康世恩迅速落实召开专家论证会，并交待直接主管海洋石油对外合作的秦文彩，要认真进行准备，为什么要对外合作？是怎样批准的？前期的工作对在什么地方，错在什么地方，或者哪些方面出了问题，都要一一讲清楚，一点也不能含糊。

1981年3月23日，论证会如期在北京六铺炕石油部大楼的会议厅内举行，由国家能源委员会、国家进出口委员会领导主持，国家相关部门的负责人及能源、法律、军事、外交、经济、税务、外贸方面的专家、学者，应邀参与论证。秦文彩和他的同事们采取最阳光的办法，不但将标准合同模式及中日合同的具体条款摊开来，也把中国海洋石油的现状以及与西方发达国家的差距摊开来，请与会者做出自己的判断。整个论证会的议题涉及到经济、政治、军事、外交、能源等大关节，与会的学者、专家、政府官员，都坦率地发表了看法，不同的观点和意见也展开了交流，气氛非常活跃。会议结束时，国家能委和进出口委拿出了总结性的意见：渤海石油勘探开发论证会开得很好，也很有必要，应给予充分肯定；中方与日方签订的渤海石油勘探开发合作合同，总的来说，也是好的，是互利的，不是吃亏的合同；海上石油勘探开发，要对外合作，这条方针必须定下来，坚持下去。国务院主要领导听取论证会的汇报，对这几条结论性的意见，也给予了肯定。赵紫阳还深入到海洋石油单位，审定对外合作的一系列具体政策。那时的国家财政窘迫，资金紧缺，勘探开发海洋石油不给投资，只给几条让其自谋发展的政策。

1982年早春2月，中国海洋石油总公司（简称中国海油）在北京王府井街口正式挂牌，从此担负起海洋石油对外合作的历史重任。

那时的天津塘沽到处还竖着“外国人未经允许不得入内”的警示牌，海河口的大沽炮台附近还作为军事禁区不许外国人接近，已经同中国签订了一系列石油合同的外国石油公司便纷至沓来。首当其冲的海洋石油工人马上想到的一个词是“八国联军”，纷纷用惊诧、警惕甚至是充满敌意的眼光，瞅着这些“八国联军的后裔”，心里五味杂陈，说不清是酸是咸是苦是辣。

然而，这些“不识相”的外国人反过来用怀疑和挑剔的眼光审视中国的石油装备，甚至是皱着眉头审视头戴狗皮帽、身穿“道道服”，土得掉渣的海洋石油队伍。按照合同规定，勘探阶段外方独担资金风险，理所当然由他们充当作业者；油田开发前期也因为他们拥有国际先进技术和管理，同样是先由他们担任作业者。所谓作业者，就是业主或曰老板在现场的代表，拥有老板所授予的“生杀予夺”权力。国内的装备和队伍可以通过参与承包作业，以赚取外汇积累资金，并在实践中熟悉和掌握国际的先进技术和管理。但必须按照国际规范参与国际招投标竞争，作为资源国只能“同等优先”，不同等不能优先。这些外国人不管我们的装备和队伍怎么努力进行整改，总是一个劲儿摇头，这个“NO”，“不符合国际规范”；那个“NO”，“达不到国际标准”。我们的员工刚整改完他们提出的几百个问题，他们接着又会提出几百个问题，催着你继续整改，简直没完没了。海洋石油工人已经是新中国的主人，岂能再受“洋鬼子”的“窝囊气”！

这是渤海8号钻井平台，受雇于英国BP公司，在南黄海钻探一口资料井。英国人是作业者，在中国钻井工人面前毫无隐讳地端起业主和现场监督的架子，在钻机轰鸣中不时给中国钻井工人发指令，而在钻台上的一举一动都得按他们的指令办，根本不给“咱弟兄们”表达任何意见的发言权。这些来自大沽口的钻井工人，心里本来就无法忘怀这些家伙的老祖宗曾经在大沽口杀人放火，还烧了我们的圆明园，不约而同想着要给这些英国佬一点儿颜色瞧瞧，让他们懂得现在的中国再也不是鸦片战争时代的中国。这天英国人又来发指令，他们轻蔑地将其指令扔到一边，无比骄傲地按照自个儿原来积累的钻井知识和经验进行操作。不想招来的是英国人提出严重抗议的“备忘录”，还得到了最不愿意得到的评价：“一支不合格的钻井队伍”。他们原本想要为自己也为国家找回尊严，结果适得其反，给整个队伍抹了黑不说，还陷入将被取消承包资格的危机。

这是中外合营的南海2号钻井平台。一天，受雇的中方钻工徐志勇烟瘾犯了，随手掏出一支烟点上火，在禁止吸烟的钻台上吞云吐雾。外籍监督突然来到钻台上，发现这一严重违规事件，哗里哇啦向他宣布：“你被解雇了！”怎么着，抽根烟便要被解雇？你们“鬼佬”别忘了，这儿是中国，现在已经不是洋人可以在中国颐指气使的年代。徐志勇的3个哥们儿“路见不平”，也站出来与这位外籍监督理论，为表达抗议，一齐掏出烟在外国监督面前抽起来。这一表示中国人绝不在“鬼佬”面前服软的“勇敢行动”，结果也很负面，几个人灰头土脸被解雇。

一场究竟什么是爱国主义的讨论，在海洋石油系统深入展开。从北到南各个基地都举办了“换脑”学习班，联系身边发生的这些事情，重新认识当好承包商与当好国家主人的关系，在新的时代应当有怎样的爱国情怀。挫折和教训告诉大家，如何爱国也要与时俱进，在严酷的现实面前，“不承认落后，不是爱国主义；只有承认落后，而又不甘心落后，才是清醒的、有作为的爱国主义者。”海洋石油系统针对对外合作中暴露出来的问题，开始了深化企业模式、管理体制和运行机制的全面改革。“与国际规范接轨”，“按国际标准作业”，“追赶和超越掌握先进技术和现代管理的外国合作伙伴”，一时成为海洋石油队伍的流行语。

刘桂芝，一个非常普通的女电焊工。当她得知自己所在的单位要取得建造合作油田海上平台导管架的承包资格，必须拥有一批达到国际焊接标准6JR的电焊工，而且时间不等人，参与国际竞争的机会将稍纵即逝。她不顾有孩子拖累，积极参与接受新的焊接技术标准的培训。在现场指导的外国焊接专家，根本不相信一个拖家带口的中国女工，能够成为6JR，十分吝啬分配给她辅导时间。刘桂芝坚持别人能做到的自己也一定要做到，仔细观察辅导老师的动作，认真揣摩要领所在，付出了比男同事更多的辛苦，也付出了比别人更多的时间。在考试的时候，出乎外籍技术指导的意料，她以非常优异的成绩获得了6JR合格证书。她揣着国际合格证书远赴日本参加海上导管架制造，日本人对她超越男人的拔尖表现不服气，找来本国的焊接国手与之进行较量。在这场男女混合的国际竞赛中，刘桂芝艺高人胆大，十分从容镇定，以快捷的速度和漂亮的焊接质量赢得第一，让日本同行心服口服。

周守为，1982年从西南石油学院毕业，来到天津塘沽渤海石油基地，成为一名采油技术干部。1985年中日合作的埕北油田B平台建成投产，由日方担任作业者，中方在各个岗位配备相应人员进行辅助和学习。周守为作为中方操作系长登上平台第一天，不知为什么被日方副矿长岩崎盯上了，像连珠炮一般向他提出当天平台生产的一连串问题进行考问。周守为在拖轮上经过几个小时的颠簸，刚登上平台后又立即投入排除焚烧炉的故障，几乎连喘口气的时间都没有，来不及全面了解平台的情况，一时回答不那么周全。岩崎立刻板起面孔，当着众多中外人员的面训斥道："你作为操作系长，这些情况是应当掌握的。"周守为虽然脸涨红了，却在傲慢的岩崎面前保持了沉默，从此每日白天紧跟在日本专家身后静观默察，夜晚捧着日方提供的图纸和资料进行钻研，思索生产进程将面临的问题。

一次，周守为配合日方技术人员给过滤器装药，只用眼睛一瞄，便提出应当调整配药比例，找来资料一查，果然丝毫不差。在B平台第一口井出油的关键时刻，日方操作人员遇到通过计量分离器达不到设计预定压力的难题，怎么也想不出破解的办法，眼看投产方案无法实施下去，一个个急得团团转。周守为早在几天前就对投产方案做出各种预案，关键时刻一语道破奥秘所在，也一举获得成功。从此，日方人员见到他都主动鞠躬，且用不断增加鞠躬的深度，表示敬重的程度。周守为在平台上却有了进一步的观察与思考，他在实践中发现，在技术上与日本人个对个追赶并非难事，但真正难以追赶的是日本人凝聚在一起的团队力量，那是他们长期接受大工业熏陶的产物，也是大和民族特有的一种民族凝聚力。而一座海上采油平台也好，一个现代化的企业也好，最需要的还是这种团队的力量。曾经受到外国作业者指责的渤海8号钻井队伍，还有那几个在平台上违反平台禁烟令的小伙子，"知耻而后勇"，都成了这个团队的出色成员。

中国海油现任总经理傅成玉，也是在那个时代成长起来的，他经历了一个由学习世界一流跨国公司到受聘管理世界一流跨国公司的过程，一步一个脚印走上了现在的领导岗位。他回顾这段经历说，那时得到了一个重要的认识，个人的尊严是与团队特别是国家的尊严紧密联系在一起的，整个队伍因此形成了一股精气神儿，要把海洋石油尽快搞上去，把国家建设强大了，中国人在世界面前才会有真正的尊严。这样一种爱国情怀化作海洋石油员工的强国之梦，从寻梦，到追梦，到圆梦，推动了国家的海洋石油产业链按照国际先进水平高速高效发展。

承认落后，而不甘心落后，这是一种清醒和忧患，一种意志和毅力，一种锲而不舍的韧劲儿，赋予了爱国主义新的时代活力。

1994：100与1的辩证法

1994年，在中国打开海门实施海洋石油对外合作的第14个年头，中国海油出现了“100”和“1”这样两个很有意义的数字。这一年的下半年，中国海油与外国合作伙伴在中国海域签下100个石油合同，也在印尼的马六甲海域签订了第1个合作勘探开发海外油田的合同。前一个数字展示了中国海上油气资源勘探开发吸引世界的魅力，后一个数字是向海外发展实现了零的突破。这个“1”无疑是个美好的起点，有了第一就会有第二、第三、第四……中国打开国门，为的就是有朝一日走出国门，我们把外国人请进来充当传授技术和管理的作业者，也要走出去充当国外海上油田的合作者。中国海油自成立之时起，就立志要跻身国际石油公司的行列，主动承担起到世界海域找油找气，丰富和充实国家能源供应渠道的重任。

马六甲海峡合同区块约1.19万平方公里，在那个时候已经有6组13个油田正处在开发中。同中国海油有很好合作关系的美国阿科公司，在这里拥有32.58%的股权权益，得知中国海油有开发海外油田的意向，提出愿意以合理的价格实现股权转移。中国海油派出专家赴印尼，严格按照国际规范进行信息筛选，项目识别，价值评估。整个油田群储层物性好，合同区内正在开发的油田剩余储量落实可靠，还有3个已经见油见气的构造，以及10多个物探资料显示有较好前景的构造，可行性研究报告给予了积极的评价。随后，双方进入实质性的谈判，并与印尼国家油公司进行沟通，营造良好的投资环境。1994年9月6日，阿科印尼马六甲油田股权转移至中国海油名下的合同，经过中国政府和印尼国家石油公司批准，正式签字生效。从即日起，中国海油成为这个合同区的最大股东，按照合同规定实施对这个油田的管理，当年从马六甲油田获得份额油40余万吨。11月8日这天，还成功地将马六甲油田获取的15.7万桶原油直接销往海外市场。

印尼的石油工业在世界占有相当重要的地位，已探明的石油资源量达到500亿桶，是目前东南亚探明储量最多的国家。其天然气探明储量达到73万亿立方，是亚太地区的主要出口国。从上个世纪50年代起，印尼的油气收入业已成为整个国民经济最重要的支柱。中国海油在雅加达成立了第一个海外分支机构，不断发展在这里的海外业务。现在，已经延长了在印尼海上油田的合同期限，根据合同区块内的油气资源潜力发展了新的勘探开发。

并购世界范围的海上油气田，并非花钱将海外油田收购到自己的名下就万事大吉，关键还在后续的有效管理，将这些资产盘活盘好，使之产生更好的经济效益，为国家积累财富。因此，这种并购不但需要具备强大的经济实力，也需要具备驾驭现代海上油气田的技术和管理能力，还需要有融会贯通世界不同文化的凝聚力。中国海油在国际合作和竞争中摸爬滚打这些年，积蓄了这方面的知识和能力，具备了收购和管理海外油气资产的底气。

2005年，中国海油控股的中国海洋石油股份有限公司（简称中海油），出资收购美国优尼科，曾经引起世界的轰动。优尼科先与本国的雪佛龙以165亿美元的价格达成收购意向，中海油经过评估愿意将收购价提高到185亿美元，而且是现金交易。优尼科因此考虑撤回对雪佛龙收购提议的支持，转而支持中海油的收购要约，前提是中海油要承诺满足一系列条件，这些条件包括资产剥离要求及美国监管机构的其他要求。中海油为消除美国监管机构的疑虑，当时还明确做出承诺，如果收购成功，将会增加在美国的油气销售，并可能通过从墨西哥湾进口来实现这一目标，表明中海油收购优尼科后，只会对美国市场和原来优尼科的就业有好处。

当几个美国政客呼吁美国外国投资委员会阻止中海油的收购企图，无理指责该交易将把美国石油资产交到中国政府控制的公司手里。美国主流大报《华盛顿邮报》7月5日发表社论指出，美国人对中海油竞购优尼科的安全忧虑尽管情有可原，却是错误的。这篇题为《石油与安全》的评论说，美国对名声不好或不稳定产油国的依赖才是真正的安全问题。中国则不同，他们无意哄抬油价，相反如果中国控制优尼科，会尽可能增产，推动世界油价走低，这有利于美国。文章还称，那种认为中国将优尼科的石油作为中国石油供给来源的说法并不可行，即便中国使用了优尼科的石油，他们从公开市场的购买量也会相应减少，供应减少，需求减少，对美国油价的影响为零。社论表示，如果中国购买了很多油田和石油公司，供给大于需求，在满足自己需求时却损害美国的供应，那才是对美国石油安全构成威胁，但这只是牵强附会的想象。《华盛顿邮报》也称，中海油是否得到政府的无息贷款，优尼科的采油技术会否用于军事，这是美国进行安全审查的理由，但重要的是不应对石油安全的虚假焦虑而热炒这一问题。中国并不想靠购买优尼科给自己增加砝码，只是想保护自己的经济不受油价过高的影响，这无可厚非。

尽管在美国一些政客的极力阻挠下，美国国会有针对性地出台了限制这次收购的政策，这次收购以中海油主动退出而告终，世界却因此加深了对中海油的认识，愿意与之合作的伙伴也愈来愈多。2006年1月9日，中海油与尼日利亚南大西洋石油有限公司签署最终协议，以22.68亿美元现金收购其在尼日利亚湾的130号海上石油开采许可证所持有的45%的工作权益，交易价格约为4.6美元/桶油当量。中国海油总经理、中海油董事长兼首席执行官傅成玉表示，这次收购是“中海油力图迈入世界油气富集盆地进程中的重要一步”。尼日利亚油田属海上深水油田，也将给中国海油勘探开发深水油田带来新的考验。这个收购合同通过尼日利亚国家石油公司审批后，中海油已经在阿布贾成立经营管理机构，在南部非洲的浩瀚海域拓展了一片合作耕耘海上油气田的新天地。

2006年年底，中海油还与伊朗方面签署了一个涉及160亿美元的有关天然气田开发，以及建设液化天然气输送设施的一揽子协议。这个协议曾遭遇美国一些国会议员的质疑，他们以可能违背国际社会对伊朗实施的相关制裁为由，扬言要对这个协议展开调查。有媒体报道，作为中国海外并购的领跑者，中国海油一向严谨务实，坚持在商言商，遵循友好合作的原则，一切按照国际惯例办事，在2008年年底正式与伊朗签订了有关天然气田开发以及建设液化天然气输送设施的合同。此外中海油在亚洲的缅甸，还有非洲的肯尼亚和赤道几内亚也开辟了石油合作的新领域，并在这些地区建立了自己的管理机构，经营在这些地方的合作油田。鉴于2009年金融风暴席卷全球带来的影响，中国海油对海外发展有了更深层次的思考。傅成玉在博鳌亚洲论坛上表示，中海油近几年基本上不再做海外收购项目，而是寻找合作伙伴，寻求共赢。中国海油总会计师吴孟飞也表示，金融危机使行业重新洗牌，中国海油在这个过程中有一定的实力和机会，所以一直密切关注国际市场竞争对手和潜在合作伙伴的情况。

中国海油的专业技术队伍经过与国际同行比拼的艰苦磨炼，也大步走进了世界广阔海域。早在上世纪80年代，一支拥有国际合格证书的焊接队伍到达阿联酋的阿布扎比，按照国际通用的技术标准，承包海上平台的建造，在波斯湾打下了海上大型装备中国制造的印记。随即，滨海109铺管船标中美国阿科公司的印尼项目，奔赴马六甲海峡承担海上油田安装工程，用出色的业绩赢得尊重和信赖，业主还特意在马六甲平台立管上刻下“中国制造”几个大字。中国海油从事物探作业的滨海511船，最早与挪威奇科公司签订合同，在欧洲北海、挪威海、地中海和西非大西洋的近20个区块，完成5万多公里的地震测线，这些年凭借其业绩和声誉不断开拓出新的海外市场。

中国海油属下的钻井队伍走出海门，经历了“借洋出洋”的过程。20世纪90年代，中国海油北方钻井公司总经理刘福考虑到国际市场的竞争态势，完全靠单打独斗难以迅速打开海外局面，毅然成立了中日合营的中国渤海—日本海洋钻井有限公司。1994年，由这家合营公司拿到日本海的一个合同，渤海4号钻井平台按国际高标准实施作业，达到每个环节都无懈可击，一举取得国际市场的“准入证”。进入20世纪90年代，中国海油的钻井队伍广泛推广“优快钻进”，并发展为现在的“智能钻井”，大幅度提高钻井速度和钻完井质量，也大幅提高在国际钻井市场的竞争能力。现在，中国海油控股的中海油田服务总公司能够提供国际一流的钻井系列服务，已经进入东南亚、欧洲、中东、南美洲、非洲等海域，承包20多个国家提供钻井作业，其职业精神、装备能力、技术素养和语言沟通水准都有很好的评价。

苏联一位作家写过一本《人是怎样变成巨人的》，描述了人在大海中前进的曲折过程。人类居住的地球又被称为水球，海洋面积远远超出陆地面积，海洋水体及海底蕴藏的资源肯定也比陆地丰富，在今后一个较长时期内，能源的希望，水资源的希望，以及陆地其他稀缺资源的希望，无疑在海洋。而海洋高新产业投资规模之巨，风险之大，知识、技术含量之高，都要求有广泛的国际合作。从打开海门，到走出海门，将是任何一项现代和未来海洋产业发展的必由之路。人类本来只有相互拧成一股劲儿，才能真正变成巨人。

至今无法执行的“万安北-21”石油合同

1995年，中国军事科学院海洋战略专家潘石英不顾自己已是肺癌晚期，奋笔写出《南沙群岛·石油政治·国际法》一书。他这是有的放矢，把最后一点生命力都凝聚在这本书里，深刻阐明中国对南沙群岛拥有主权的无比坚实的历史依据和法理基础，驳斥越南阻挠执行由中国政府批准的“万安北-21”石油合同的种种牵强附会的不实之词。然而，有理并不一定能走遍天下，在南沙海域的这个中美合作的石油合同至今无法执行。

中国物探船被越南武装舰船团团包围的尴尬

20世纪90年代初，美国从事石油勘探开发的克里斯通公司看中了南沙万安滩海域油气资源的前景，打算出资与资源国联合进行勘探开发。这家美国公司相当谨慎，事先跑了世界很多国家的图书馆，查阅了大量的资料，确认南沙海域主权属于中国，主动找上门来寻求合作。中国海油作为政府授权从事对外合作勘探开发海洋石油的国家公司，与之进行了深入的研究，双方签订了在南沙“万安北-21”合同区块进行合作勘探开发的石油合同，并得到中国政府批准，很快进入实施阶段。这是中国迄今在南沙海域惟一的一个石油合同，而且比之周边一些国家“打野猫井”蚕食我们这个海域油气资源，完全可以说是一份迟到的合同。

按照中外合作的“标准合同”模式，勘探阶段由美方独担风险，所有费用由他们承担，所有勘探阶段的作业也由他们独立操作。1994年4月，克里斯通公司雇用一艘中国物探船，进入南沙万安滩海域合同区开展物探作业。忽然之间，呼啦啦从附近海面窜来几艘越南炮舰和武装渔船，将中国这艘物探船团团包围起来，前后左右水泄不通，根本无法动弹。越南的新闻媒体跟着大声聒噪，在其国家级的一份报纸上发表《反对克里斯通能源公司在属于越南主权的四政滩（即我南沙万安滩）地区进行的非法活动》的文章，声称美国克里斯通公司与中国海油签订的合同“侵犯”了越南的所谓“主权”，无理要求立即废除这一合同。他们“文”、“武”两手同时并举，配合得十分紧凑，一时形成咄咄逼人的气势，很快成了世界关注的一个热点。

美国克里斯通公司在现场的作业人员一时傻了眼，进也不是，退也不是，双方的船只在南沙海域对峙了一个多星期。中国方面出于维护地区和平稳定的善意，采取了克制和忍让的态度，克里斯通不得已将被包围的物探作业船撤出合同区块，回到广州湾。5月19日这天，由中国政府授权，中国海油新闻发言人陈炳骞发表谈话，郑重声明经中国政府正式批准的“万安北-21”石油合同是具有法律效力的，该合同区块位于中国南沙群岛海域范围之内，本公司与签约的美国公司有权在上述海域进行正常作业，对越南的无理阻挠及提出的无理要求表示完全不能接受。同时指出，中国政府的一贯立场是，在南沙争议问题未解决之前，可以暂时搁置争议，实现争议双方的共同开发。

但是，越南得寸进尺，步步紧逼过来。他这边在国际上继续放肆攻击中美两家公司签订的这个合同，极力进行阻挠和破坏；那边公然在这个中美合同区域周围与别的公司非法签订合同，进行物探作业，并架上钻机进行钻探。同时将属于中国主权范围内的万安滩海域，划分成几个区块，在世界范围公开招标。9月12日和19日，越南分别在英国伦敦和美国休斯敦举行大型招商会，发布北部湾包括中方一侧海域和海南岛附近海域的对外招标通告，并宣布第二年开始合同谈判。中国外交部发言人就此两次发表谈话，指出越方这些活动严重侵犯了中国主权和海洋权益，中方绝对不能接受。中国海油也将中越在南沙和北部湾海域存在的分歧，如实向众多国际公司做了介绍，郑重申明：越南划出的招标区块，中国海油已经在其中的中方一侧做过若干勘探工作，付出了很多艰辛，积累了大量资料，越南企图以国际招标的方式侵犯中国的主权，完全是无理的、非法的。还特别提醒一些外国公司的朋友，中国海油已经和他们建立了良好的合作关系，今后还将和更多的外国石油公司成为新的合作伙伴，期望不要做出任何损害彼此友谊的事情；如果有谁轻率地去参与越方的所谓招标，那就必将在道义上和经济上蒙受重大损失，“后果堪虞”。

中国海油还深切体会到，涉及国家主权和海洋权益的大事，单纯的企业行为显然力所难及，要从根本上克服开发南沙油气资源的外来干扰，不但需要国家做坚强后盾，还需要得到国人的广泛关注和支持。《中国海洋石油报》作为海洋石油行业的新闻媒体，先后联合《人民文学》、《光明日报》、《中国青年报》和中央人民广播电台等新闻文化单位，展开“我爱蓝色国土”的宣传活动，以期借助舆情唤起社会各界对国家海洋问题的关注。

但越南依然我行我素，在这场瓜分中国海域的赌博中，紧接着又投下新的赌具。该国针对中美“万安北–21”石油合同区块，花钱雇请美国纽约一家名叫“柯温顿—伯林”的法律事务所，替其充当“枪手”，生拉硬拽编造出一套将中国南沙应当“归属越南”的说辞，在世界多种场合兜售，混淆国际视听。该国还扬言要上国际法庭打官司，状告中国和美国克里斯通公司的所谓“违法行为”。针对越南的这些挑衅，中国海油曾与美国前国务卿罗杰斯的律师事务所联系，拟写一部有理有据论述“南沙自古属于中国”的书，并得到罗杰斯本人的积极响应，后因故未能继续进行下去。克里斯通总裁经中国友人引荐，专程来到北京西山脚下，找到已经担任国务院发展研究中心经济技术研究所研究员的潘石英教授，请其从国际法的角度就“万安北–21”石油合同写本书，为在国际法庭与越南“对簿公堂”做必要的准备。潘石英此时业已查明身患肺癌，而且到了晚期，正在进行化疗。那些注入他体内的化学药物不分青红皂白，既扼杀其体内的癌细胞，也扼杀其全身的健康细胞。他元气大伤，虚弱不堪，多说几句话都会喘不过气来。但他深知发生在南沙万安滩的争议非同小可，对越南的蛮横无理非常生气，一口应承下来。他还表示这是为公理正义也是为自己国家主权权益写书，一分钱稿费都不收取，只需克里斯通负责出版。

潘石英1935年出生，17岁参加解放军，随后在军科院任研究员、教研室主任，长期从事国家战略和海洋战略的研究，尤其对南沙问题有很深入的钻研，出过一些颇具影响力的成果。仅20世纪90年代初，就连续发表《海洋问题的若干战略思考》、《国家利益与海洋形势》、《南沙群岛：中国的观点》、《领海：越南对万安滩的领土要求遭到批驳》等中英文著作。针对“万安北–21”石油合同，写一本书驳斥越南散布的种种谬论，对他来说驾轻就熟，可以信手拈来。但军队和科研机关的历练，将军人的严肃和学者的严谨集于一身，讲究一丝不苟。他还清楚，这本书不光是要同越南搞辩论，还要向世界发声，在国际上明辨是非，得到国际专家、学者认同，形成属于我们的国际舆论。他强撑着虚弱的身子，忍着肺癌侵袭造成的剧痛和呼吸艰难，重新翻阅了大量的历史文献和国际法著作，悉心梳理自己的思绪。他每天伏身书案一干就是多少个小时，因化疗而脱尽头发的脑瓜上冒出豆大的汗珠，滚落到胸前，湿透了衣衫。他妻子在一旁心疼得不行，却又无法分担其劳累和痛苦，只能不时递上一杯热茶，一条热毛巾，传递一分精神慰藉。

克里斯通是美国一家民营能源公司，与中国海油签订“万安北-21”石油合同只是一种商业行为，追求的也只是商业利益。他因物探作业受阻搁浅，蒙受了一定的经济损失，已经感受到了来自股东的压力。他盼着这个合同能够尽快恢复执行，将已经扔进去的美元赚回来，好给股东一个交待。然而，严峻的现实摆在面前，中越南沙争端似乎陷入了胶着状态，迟迟看不到该合同重新付诸实施的迹象，很有可能无限期拖延下去。而河内那边动用官方势力和商业力量，对克里斯通连续不断进行“精神轰炸”。越南驻联合国大使曾找到美国国务院，要求约见克里斯通的老板，并专程赴科罗拉多州该公司在丹佛的驻地，威胁说：“万安北-21”合同涉及中越之间的争议地区，这对于克里斯通公司是危险的。越南大使当面要求这位老板取消该合同，并表示越南愿意与该公司签订其他石油合同作为补偿。越南国家石油公司董事长也致函克里斯通，宣布“万安北-21”合同所在海域，在该公司控制之下，再次催促这家美国公司解除与中国的合作。克里斯通总裁架不住如此的威逼利诱，匆忙跑来北京，特地向潘教授表示，若是还出那本书，恐怕日后连越南的大门都会进不去。不久，克里斯通又被美国的大陆公司兼并，“万安北-21”石油合同被带进了新的公司。那位委托写书的原克里斯通总裁，很快就从中国人的视线里消失。他远离了南沙，也远离了这部书稿。

潘石英忍受晚期肺癌的痛苦折磨，日夜奋笔写就《南沙群岛·石油政治·国际法》一书，并请有关单位协助翻译，有了中英文对照的书稿，不想遇到这样的窘境。笔者与潘教授相识多年，得到国家海洋局老局长罗钰如传递的消息，匆匆约了几位朋友与潘教授在一家酒店见面，商量如何打破出书的僵局。这是岁末隆冬的一个夜晚，北京纷纷扬扬飘着雪花，天气非常寒冷。潘教授抱着书稿冒着风雪而来，戴一顶用粗毛线编织的帽子，护住因化疗失去头发保护的脑瓜。他一脸病容，似乎还有些浮肿，显然也还没有从写书的劳累中恢复过来。我们接过那本书稿，心里都很清楚，这是他用已经剩余不多的生命力写成的。打开书稿一看，“从法理的角度审视历史”，“按‘时际法’规则考察事实”，“国际法不足以制约河内的‘石油政治’”等鲜明的观点跃然纸上，充满思辨的睿智和批判的锋芒。大家一致认为，这是一本维护我们国家在南沙主权权利的好书，约稿的美国商人可以食言，我们自己非出不可。几位朋友都表示，潘教授为写这本书已经耗费了太多的精力，出书的事不能让他再操心了。在座的人本来都不喜欢喝酒，那天晚上却特地要了一瓶红酒，祝贺这本书的写作成功。满脸病容的潘教授露出一丝难得的微笑，充满自信说：“相信这本书问世后，会在国际上起到一些‘以正视听’的作用。”

《南沙群岛·石油政治·国际法》一书，很快由香港《经济导报》社出版。按理说，这样一本维护国家海洋领土主权和海洋权益现实性和针对性都很强的书，多少应当引起国内人士的关注。无奈国人海洋意识历来淡漠，加上那时的社会心态也非常浮躁，各类人群都在争着抢着先富起来，很少有人关注发生在南沙万安滩的事情，因而也很少有人关注这么一本书。潘教授后来打电话说，他的书已经送达联合国有关官员以及一些外国专家、学者，反馈回来的消息都是积极的、正面的。这是他对我们这些支持者的安慰，也是对他自己拼着性命写出这本书的安慰。

站在历史和国际法的高点上

笔者因为职业关系，得到《南沙群岛·石油政治·国际法》这本书，连续阅读了两遍。掩卷之后，认真品味，感到这本书的突出特点，也可以说是历史性的贡献，就是站在历史和国际海洋法的高点上，将我国对南沙群岛拥有主权权利的充分历史事实与国际法坚实的法理基础完整结合起来了。

以往，从历史事实的角度阐述中国最早发现、开发、占有和管辖南沙群岛的著述不算少。这些著作无疑都有很好的史料价值，每每读来都会激发出对这片遥远国土的深情，还有对开发南沙的历代先民的景仰，以及对著述者维护国家南沙主权那份赤子之情的钦敬。但由于历来国民的海洋意识和法律观念都比较淡漠，有关的国际海洋法的研究因之也相对滞后，而且史与法的研究还处在分离状态，更谈不上向全民系统普及南沙历史及国际海洋法的知识。一旦有某国在南沙挑起争端，我们往往也只以“南沙自古属于中国”相应对，还不擅长用历史事实与国际海洋法的有机结合，条理分明地捍卫国家在南沙的主权权利和海洋权益。

潘石英的这本书，在这方面开了一个好头。全书无论是从法理的角度审视历史，还是按时际法考察客观事实，或者是运用《联合国海洋法公约》对现实情况进行深入剖析，都坚持以国际上历来所遵循的法律原则为经，以丰富确凿的历史事实为纬，相互交织成篇，从而使该书的立论经得起历史和法律的双重检验，以其不容置疑的权威性将南沙群岛主权属于中国的理由呈现在世人面前。法律准绳与历史事实在该书中的结合，不只是表现在运用国际法原则，翔实地论述了中国对南沙群岛最早发现、最早经营、最早行使管辖权的事实，构成了法理上的有效占有，即通过先占获得了对这些岛屿的主权。用国际海洋法规范的说法，就是“历史性所有权”。而且，中国以“9条断续国界线”为标志的

"历史性所有权"，已经存在半个多世纪，早就具有法定的权威性。正如一位站在公正立场不带任何偏见的外国学者所言："中国根据国际法而声称的主权，是建立在发现、有效占领，以及历史巩固的基础上的。"

同时，该书还对历史长河中国际法体系自身发展的脉络进行了系统梳理和深入分析，并列举了历史上解决国际海洋纠纷的一系列典型案例，令人清楚地看到国际法自身也是一个既有历史继承又有时代变迁的连续过程，现在的《联合国海洋法公约》也是对以往海洋法制度和国际惯例的继承和发展，这就使得越南及其所雇美国"枪手"采取的抓住似乎对其有利的某一点，根本不顾及其余的手法，陷入法理贫困和历史贫困的狼狈境地。

这本书的另一个贡献，是坚持全面而准确地理解《国际海洋法公约》所包含的完整内容，揭露和驳斥越南及其"枪手"用荒谬逻辑散布的一些荒谬言论，在国际上澄清了是非曲直。首先是越南否定"时际法"的原则，公然声称17世纪以前中国对南沙群岛的占有都不算数，只能以该国在这之后对我南沙一些岛礁的非法侵占为时间基准，再按"有效占有"原则，确认其归属。这就完全否定了"时际法"作为一项公认的国际法准则，是判断和解决现存领土争端的重要依据。"时际法"游戏规则的要旨是，事实的法律意义应该依据事实发生时有效的法律来决定，面对历史发展过程有关取得领土的国际法规则已经发生的一些重要变化，国际社会只有遵循"时际法"，才能公正合理解决争议。如果按照越南的逻辑，国际上关于首先发现权、首先占有权和象征性占有等等法律原则都不算数的话，一切都要由他说了算，整个世界的海洋秩序岂不是要乱套了？

其次是深刻揭露越南对国际海洋法的断章取义。该国原来对联合国1958年通过的《大陆架公约》并不感兴趣，只在得知南海蕴藏丰富的油气资源以后，想要摘掉该国贫油的帽子，认为这个公约的某些条款对其有利，片面抓住其中第76条第1款的100余字做文章，擅自宣布根据《公约》该国在南中国海拥有100万平方公里管辖海域。这也太一厢情愿了，他们有意忽略了这个条款的前提条件，那就是在有别国领土存在的情况下，其适用法律不再是第76条第1款，而是第83条"海岸相向或相邻国家间大陆架界限的划定"。而自古属于中国的南沙群岛与该国隔海相望，陆架相连，是十分典型的海岸相向的两个国家的划界问题。1969年国际法院对欧洲北海大陆架案的判决书，就是一个很有影响力的案例。这个判决书的第101条明确提出：如果各方的划界相重叠，"这些区域应按照协议的比例在各方之间分割，或者在协商不成时由各方平分，除非各方决定对重叠区或其中任何部分实行共同管理、使用或开发的制度"。

还有，越南故意将万安滩群从南沙群岛"搬"出去，以此来否定中美"万安北-21”石油合同的合法性。而无论从地理上、地质上，还是根据国际法的“岛屿制度”与“群岛定义”来判别，万安滩群都是中国南沙群岛不可分割的一部分。从“岛屿制度”来说，离万安滩群最近的南威岛完全符合《联合国海洋法公约》关于“岛屿”的定义，南威岛有中国先民建的石碑、古井、古庙和房舍，植物茂盛，并有天然港口，直到20世纪40年代，都有中国渔民在岛上居住。1973年被南越政权派兵侵占，用武力驱赶中国渔民。1975年被越南接管，目前仍以武装占据。但此类侵略行为是非法的，改变不了南威岛及其附近万安滩群等等岛礁属于中国的性质。从“群岛制度”来看，我南沙群岛与《联合国海洋法公约》“群岛”定义完全相吻合，因此享有该《公约》规定的主权权利和管辖权，并承诺相应的义务。由此充分证明中美签订的“万安北-21”石油合同的合法性，并非仅仅是以万安滩在谁的大陆架上为依据，而是以中国对整个南沙群岛拥有的主权权利为法律基础。

《南沙群岛·石油政治·国际法》一书还深刻指出：中越在南沙的争端，不是中国挑起的；演变成现在的情状，也是中国始料不及的；而越南侵犯中国在南沙主权权利，也是相邻国家中走得最远的一个。一次，潘石英接受记者采访，还掰着指头算，越南在侵犯中国南海主权权利方面，至少已经取得好几个举世公认的“第一”：军事占领的岛礁数量第一，总共非法占有29个岛礁；派驻岛礁的军队人数第一，大约已经超过2000人；推出和实施向岛礁移民计划第一，并非法设立了所谓行政管辖机构；高层领导人到岛礁活动的频率第一，而且一直也没有停止；同时，非法进入中国传统海域勘探开发海洋石油，使之在短期内一跃而为“石油暴发户”。

越南自从陆上入侵柬埔寨遭遇失败以后，悄悄将其战略重点由陆地转向海洋，一直在南中国海推行“东进战略”，并且不断从俄罗斯购买舰船，最近还在为购置攻击型的核潜艇展开谈判。现在，在北起南子岛，南迄万安滩，绵延200多海里的区域内，越南已经建起了较为严密完善的岛礁作战体系及与之配套的工程设施。潘石英提醒说，所有这些都不能不引起国人对这位近邻的高度注意。

倡导建立“南沙学”的人走了，谁来继承“南沙学”？

“南沙兴亡，匹夫有责。”这是潘石英继《南沙群岛·石油政治·国际法》一书出版后，在1996年又为倡导建立“南沙学”奔走呼号所说的一句话。

这年的5月，潘教授约笔者及其他几位朋友去他在北京西山脚下的寓所，专门议论建立“南沙学”的事。我们到达的时候，他刚输液归来，累得呼哧呼哧喘个不停，却连片刻也不休息，迫不及待谈及他正在筹划建立的“南沙学”。我们打量他停止化疗以后，虽然头发已经重新生长出来，元气并未得到很好恢复，说话还有些上气不接下气。但谈起建立“南沙学”的构想，精神头很大，极大地感染了在座的每一个人。

他告诉在座的朋友，他的这个念头还是被外国朋友激发起来的。他曾去华盛顿参加关于南沙的一次学术活动，是“单刀赴会，舌战群儒”，同一些外国学者辩论南沙问题。他说，他也没讲啥深奥学问，只讲了一些南沙的ABC，却引起了与会者极大的兴趣和关注。不少外国专家、学者向他表示，这样的交流多一些，让外边的世界多听听中国人所持的观点，对中国只有好处没有坏处。在这次国际学术讨论会后，美国国务院前法律顾问罗宾逊还向中国驻美使馆提出，希望能同潘石英教授合作研究南沙，以便找到更多的理由支持中国的立场。但是，外国专家学者的参与，不可能白忙活儿，需要一大笔费用，还得是硬通货，最后因为经费筹措无着合作未成。他因此想到需在国内依靠一群不计功利的志同道合者来做，可以少花钱多办事。他望着大家充满期待说：“敦煌在中国，敦煌学却是在国外先搞起来的；南沙在中国，南沙学再也不能只交给外国人去搞了。”

有在座的朋友感叹，眼下有关南沙的研究已经是这样一种停滞不前的现状，南沙群岛本来属于中国，而事实上的“南沙学”却令人遗憾地存在于国外，不管我们愿意还是不愿意，高兴还是不高兴，国外每年都要举办一二十次以南沙为主题或主题之一的国际性会议。国外有不少研究南沙问题的著名学者，主要分布在北美、西欧、澳洲、日本、韩国等地，他们长时间广泛收集资料进行深入研究，可谓锲而不舍，许多都成了“南沙通”。目前国外每年都要出版许多名目繁多和数量可观的南沙研究著作，包括一些专著和专刊，多了去了。我们呢？作为南沙群岛的主权国，又是这么一个人口众多的国家，却很少能够看到这样的专著和专门刊物。不是专家、学者不愿研究，也不是他们没本事写出好的著作来，而是缺乏来自国家和社会的重视与支持。不说别的，辛辛苦苦写出这样的专著，很多连出版费都得自己掏，那些工薪并不很高的研究者谁能长时期承受这样的负担？潘教授点了点头，跟着感叹，他在美国一所大学的计算机网络上检索过南沙资料目录，菜单上林林总总一大片，让人目不暇接，想要下载一时都不知该从何处着手。在国内，计算机尚不发展情有可原，连图书馆内都很难见到这方面的文章，更别说专门的著作，这就有些不可思议了。他郑重地说，这也就是他积极倡导建立“南沙学”的一个重要出发点，需要用行动尽快扭转眼下的被动局面。

一位朋友提出建议，要把建立“南沙学”与解决南沙面临的迫切问题结合起来。目前南沙现状堪忧，岛礁被侵占，海域被瓜分，资源被掠夺，且愈演愈烈。我们的“万安北-21”石油合同已经无限期搁置下来，克里斯通被美国的另一家公司收购以后，这个合同执行已经变得非常渺茫。相反，越南方面不断在南沙海域划出区块，向国际进行一轮又一轮招标，挖空心思拉拢外国公司参与进来，使南沙争端更加复杂化。潘石英接过话来，强调在“南沙学”里，要尽快将“南沙资源学”搞起来，目前南沙争端之所以日益激烈，根源就在这里蕴藏的油气资源，真的有可能成为“另一个波斯湾”。如果说，以往我们将南沙群岛称之为“南海明珠”，还带有几分朦胧的诗意。那么，它在今天已经是生动、具体、实在，几乎是可以量化的概念了。有朋友接过话去，态度还有些激昂：南沙巨大的石油资源，如果折合成硬通货，至少在万亿美元以上，已令周边一些国家垂涎三尺，纷纷跨越我们的9条断续国界线蚕食鲸吞。中国作为南沙群岛的主权国，绝不能让这种状况愈演愈烈，那里的资源若真的被人掏空了，我们将怎样向后世子孙交代？

潘教授立刻提出建立“南沙学”的一些具体设想。他说，前些年就有海南省的学者建议，要像建立“闽学”一样，建立“海南学”，亦即“琼学”，在海南建省以后提出这样的主张应是顺理成章的事。他原来考虑，从南沙属于海南省行政管辖的意义上讲，“南沙学”是可以包含在“海南学”中的。但往深处一想，“南沙学”又无法包括在“海南学”中，这是南沙的特殊战略地位所决定的。“南沙学”首先是国家级层面上的题目，需要从国家战略的高度来思考，而后才是“海南学”必须包括进去的内容。“海南学”可以依靠海南的学者去完成，而“南沙学”必须依靠分布在全国各地的专家、学者共同参与才有可能搞好。大家顺着这个思路进行议论，未来“南沙学”研究应当具备的一些特点。首先是其独特性，82万平方公里的南沙海域是“南沙学”的基本载体，离开了这个特定空间，“南沙学”就没有存在的价值。只有当“南沙学”作为这一特定地区的学术成果呈现在世人面前的时候，它才会对整体和全局发挥无可替代的独特作用；其次是其创造性，新的学术研究应当有新的理论思维，而新的理论思维有可能引导出新的政治和外交的思考，彻底摆脱西方国家解决海洋争端的模式，运用我们东方文化蕴含的智慧，走出一条能妥善解决南沙问题的道路；还有一个是“南沙学”研究的开放性，只要是为国家利益之所系，依客观事实之所在，与南沙问题有直接或间接的关联，都可以进入系统，成为“南沙学”的研究对象。从这点出发，研究者也应当很开放，欢迎海外的南沙研究者也加入进来，壮大这支研究队伍。

在座的朋友建议，由潘教授将已经深思熟虑的一些意见整理成篇，在报刊上发表出来，以期引起社会对建立“南沙学”的关注。潘教授没用多少时间，写成一篇3000余字的文章，用了一个醒目的标题：“时代呼唤建立‘南沙学’”，1996年5月17日在《中国海洋石油报》第三版刊发。潘石英在文章中除侧重讲述建立“南沙学”的重要性和紧迫性外，还开列了“南沙学”应当包括的自然学科、人文学科和综合学科近20个门类，其中包括了海洋发展战略及国家战略和策略的研究。他在文章结尾充满激情说：“建立‘南沙学’是海内外炎黄子孙的共同责任，地不分南北，人不分境内境外，只要是中华民族的后代，都有责任为建立‘南沙学’贡献一份力量。‘南沙自古属于中华’，这是海内外华人的共识。有鉴于此，海内外华人无不对南沙的现状感到忧虑，也无不希望迅速扭转当前的局面。现在的问题是，要让这种共识升华到同心同德，进化到‘互动’和‘联动’。果然如此，则南沙幸甚，国家幸甚。”

1998年春节前夕，笔者得知潘教授癌病复发，还曾出现过一次严重昏迷，幸亏抢救及时才活了过来，特地与本报几位同仁前往探视。趁他外出打针尚未回来，他夫人忧心忡忡地向我们介绍其病情。他曾在病床上休克20多天，可以说是从死神的怀抱中挣扎着活过来的，现在刚从治疗肿瘤的医院出来不久，身体还很虚弱。看来，现在的西医治疗晚期癌病都逃不脱一个循环圈，在化疗之后有一个暂时的缓解期，这个时期一过，就接近生命的尽头了。潘教授显然很清楚这个残酷的现实，他回到家里见到我们就说，现在虽然身体弱一些，好在头脑还很清醒，需要赶紧搞出一本有关“南沙学”的书来，为建立中国的“南沙学”迈出第一步。他知道自己时日无多，要做成这件事很难，期望社会有识之士能参与进来或鼎力相助。他说已经物色了几位志同道合者，都有决心投入到这件事情中来，无法全职来做便做兼职，利用业余时间完成承担的课题。他勉强挤出一丝苦笑，用了调侃的口吻：“眼下最大的困难是资金匮乏，钱虽然不是万能的，但没有钱也是万万不可能的。”当时在座的人，包括容易动感情的女人和不太容易动感情的男人，都忍不住热泪盈眶，悄悄拿出纸巾低头擦拭。

笔者被这位学者凝聚了高度民族责任感的南沙情结所感动，连夜奋笔写就一篇《梦魂牵绕“南沙学”》，发表在报纸上。在文章中，特地详细记下了潘石英临别时说的一些话。他说：“以身体状况而言，我现在只能一心一意休养生息，不能再过问这些事。但我清楚，我要是撒手，这件事有可能石沉大海，所以我恢复知觉重获生命以后，更加领悟到‘未知死，焉知生’，也就想到趁还活着能做多少做多少，做一点是一点。”他还握着几位报社同仁的手郑重拜托：“没有必要的经费想办成这件事是不可能的，这很现实也是躲不开的。我愿借贵报一角向社会各界呼吁，为建立‘南沙学’而慷慨解囊。我想，赞助‘南沙学’这样的学术活动，无论如何要比赞助模特大奖赛、歌星大奖赛之类的活动要更有意义，更有分量，更有远见吧。其实倒不一定是人家不愿为此做出贡献，而是人家根本不知道天下有此事。报纸是媒体，你们有记者有编辑，与社会有广泛的联系，就请你们作为喉舌向社会各界传递一下这个信息，促进一下经费筹措如何?”

这年夏天，笔者作为一个大学生海洋夏令营的顾问，远赴西沙永兴岛参观学习，让年轻一代接受现代海洋观的教育。在永兴岛一块突出于大海中的巨岩上，一群男女大学生聚首营旗下，遥望南方海天相连的远处，兴奋地指点着南沙群岛所在的位置，有的还一声接一声呼唤“南沙群岛，我们来啦”，似乎想让清澈的南海水将他们发自内心的声音传递过去。我立刻想到，回到北京以后，一定要把这个情景告诉潘教授，让他高兴高兴。不想，回到北京得到的是潘教授已经被癌病夺去生命的噩耗，死神丝毫不肯通融，没容他把“南沙学”的开山之作写成，就强迫他永远封笔，无可奈何地带着南沙情结去到了另一个世界。潘教授显然有些不甘心，临终请求将其骨灰撒到南沙，永远与南沙相伴。海军有关部门尊重他的这一遗愿，让“南沙学”的倡导者如愿以偿魂归南沙，那时间恰好是大学生海洋夏令营在永兴岛活动期间。

此刻，笔者只能抱着一种无比失落的心情，邀约几位朋友赶往潘教授家中悼念。他的遗像被挂在他生前纵论“南沙学”的斗室一隅，遗照下边焚着一炷香，有淡淡青烟缭绕。数月前，我们还在这里热烈讨论“南沙学”来着，现在竟是阴阳永隔。我默默注视着遗照上潘教授那双略显忧郁的眼睛，不禁心头一紧：“斯人已逝，谁来继承南沙学?”

在这里，笔者无意将潘教授倡导的“南沙学”与美国马汉的“海权论”相提并论。他们一个事业未竟身先死，一个确立了推动美国前进的历史定位；一个强调的是捍卫本国海洋国土的主权权利和海洋权益，一个是鼓吹本国在海洋的无限扩张；两者缺乏可比性。但我还是要说，他们都呼吁国家要有以海强国的大战略，在这一点上两人完全是共通的，马汉理论的实践也已经证明这是海洋大国的必然选择。中国要提升控制海洋和开发、利用海洋的能力，既需要扎实的硬件，也需要扎实的软件。潘教授倡导建立“南沙学”，其本意就在为国家打造捍卫海洋疆土和海洋利益的理论武器。倘能顺着他的这个思路延伸下去，进而将“琉球学”、“钓鱼岛学”，乃至“东海学”都搞起来，至少可以在中国海域形成一道精神屏障，避免海洋国土的流失和海洋权益的丧失。斯人已逝，偌大中国应当有人才也有科研能力建成“南沙学”，并开创其他相关内容的海洋学。

新一轮圈海：不见硝烟，胜过硝烟

上个世纪末，在海洋法学会的一次年会上，倪征日奥名誉会长拿出自己积蓄的5万元人民币，作为海洋法研究论文的奖励基金。这位一生清贫的国际大法官心里一定明白，他拿出的这点钱，在物价比过去翻了多少番的商品经济时代，加上银行一轮又一轮反复降息，用这么一点存款利息去做这么一件大事，好比几滴水洒在干渴的沙漠里。但是，他心里也清楚，在《联合国海洋法公约》诞生过程中出现的新一轮"圈海运动"，让中国海陷入了新的危机，迫切需要有人站出来振臂一呼。

在《联合国海洋法公约》诞生的背后

1945年9月28日，美国总统杜鲁门率先向世界发声。他宣称："鉴于对养护和慎重地利用其自然资源的紧迫性的关心，美国政府认为连接美国海岸、处于公海之下的大陆架底土和海床的自然资源归属于美国，并受其管辖和控制。"这个《大陆架宣言》或曰《杜鲁门公告》传播开来，沿海一些国家争先恐后仿效。仅一个月之后，墨西哥总统也发布了类似的宣言，声称"大陆架显然是各大陆国家的组成部分"，并自行规定墨西哥大陆架外界固定在200米等深线。接着是阿根廷、巴拿马，随后是智利、秘鲁，也都做了类似的宣言。智利和秘鲁还主张把国家主权和管辖范围扩展到200海里，以"保存、保护和开发海域内或海底的所有资源"。此后，1948年至1950年，又有牙买加、巴西、印度等15个国家颁布了类似的宣言。不过，各国各行其是，有主张200海里的，有主张200米和100米水深的。其法律地位的主张也有很大不同，有提管辖权的，有提主权权利的，也有提国家领土的，再一次在世界范围内掀起“圈海运动”，重新开始一轮海洋主权、权益大洗牌。

很明显，这一轮“圈海运动”的核心，是海洋资源特别是海底资源的争夺。所谓大陆架，从地质学的概念上是指环绕大陆，以海水低潮线到海底坡度急剧变陡处之间的区域，即大陆边缘在海水面以下自然延续的平缓部分，宽度从极狭窄甚至缺失到千余公里不等。据统计，全球大陆架浅海的总面积约2750万平方公里，大体相当于整个非洲大陆的面积。而大陆架海底蕴藏的丰富资源，尤其是引人瞩目的石油、天然气，成为濒海国家你争我夺的焦点。只是时代不同了，圈海的方式也在变化。像欧洲大航海时代，依靠罗马教皇仲裁，显然已经不灵；像马汉海权时代那样诉诸武力，则会受到国际社会的制约，战争的成本也过高，还有可能玩火自焚。这次集中到按国际海洋法行动，依法圈海，已是人心所向，大势所趋。

1958年，联合国在日内瓦召开第一次海洋法会议，有86个国家的与会代表聚到一起展开讨论，制定了《领海与毗连区公约》、《公海公约》、《公海捕鱼和生物资源养护公约》和《大陆架公约》。然而，法律归根结底反映和体现的主要是法律制订者的利益，尤其是主要导向者的利益。当时的中国以及其他许多正在争取民族解放和独立的国家没有与会，缺乏广泛的代表性，在条约中主要反映的也只是美国等少数西方国家的利益和主张，违背了濒海一些中小国家的意愿，不断出现质疑和反对的声浪，矛盾冲突也不断发生。

1960年，联合国在日内瓦召开第二次海洋法会议，专门讨论领海和毗连区宽度，因为与会的国家仍然存在许多重大分歧，各说各话，根本谈不拢，没有产生任何实质性的成果。

1973年12月3日，经过一段较长时期的酝酿，第三次联合国海洋法会议在美国纽约联合国总部拉开序幕。这时的国际关系已经发生了一系列重大变化，广大发展中国家在联合国占了绝大多数，要求平等分享海洋权利的呼声也空前高涨。此外，随着世界驾驭海洋的能力，包括控制能力与开发利用的能力都有了很大的变化，领海宽度、大陆架和专属经济区的法律地位，以及海峡航行制度都成了国际亟待解决的问题，也需要有这样一次会议取得新的共识。这个会前后一共开了11期，16次会议，历时将近10年，比马拉松还马拉松。先后参加会议的，有150多个国家和地区的代表团，此外还有包括国际组织、民族解放组织、未独立领土在内的50多个单位的代表作为观察员出席了会议，与会人数大多在千人以上，规模空前。

这次会议围绕领海、海峡、大陆架、专属经济区、群岛国、岛屿制度等一系列问题展开讨论。发达国家与发展中国家，海洋大国与中小国家，沿海国家与内陆国家，资源输出国家与资源消费国家，都想得到更多的海洋利益，彼此针锋相对，唇枪而往，舌剑而还。旷日持久的谈判、磋商、争吵、妥协，最终达成一揽子协议，于1982年4月30日在纽约通过《联合国海洋法公约》，接着在牙买加蒙特哥湾举行"最后会议"，完成了签署《联合国海洋法公约》和《第三次联合国海洋法会议最后文件》的程序。其中《公约》包括序言和17个部分共320条，另外还有9个附件。客观地说，这是人类历史上迄今为止最为全面、最为完整的一部海洋法典，其中包括了领海、毗连区、大陆架、专属经济区、国际海底（即区域）、公海、群岛国制度、岛屿制度、海洋环境保护、海洋科学研究，以及发生争端的解决方法等，堪称国际海洋法史上一个重要里程碑。

但不可否认，该《公约》毕竟是国与国之间既斗争又妥协的产物，很难靠这么一摞文件就能完全抹掉以往矛盾、冲突的所有痕迹，一了而百了。海洋问题点多面广，千头万绪，双边或多边利害得失相互渗透和交织在一起，想要一碗水端平也很难，存在某些不合理性和不严谨性也在所难免。这就为各国在实际操作中各持己见，互钻空子，甚至断章取义，留下了很大空间，成为引发新的矛盾冲突的导火线。事实上，任何一项国际法的制订，都是缓解了原有的一些争端，又会潜伏和产生另一些争端，《联合国海洋法公约》制订和通过之日，实际就是新的海洋争端和冲突展开之时。有评论说，在会议进行期间，从会议桌上发端的新一轮海洋大战就已经开始了；或者说，以这个会议为起点的又一次分割世界海洋的争斗，明的、暗的、文的、武的都在紧锣密鼓地进行，其热闹程度甚至超过了这部法律制订之前。

最突出的，一个是大陆架的划分。联合国通过的《公约》，规定沿海国家在符合特定的地质、地形条件下，可以主张200海里，或超过200海里最多到350海里的大陆架（即外大陆架），除海底之上的水域仍属公海外，对大陆架底下的矿藏和固定栖息在该处的海产拥有主权，犹如一国的海底领土。这个《公约》还规定，沿海国有关外大陆架的主张，应提交"大陆架界限委员会"审查通过，才有确定性和约束力。并且设计了申报期限，最终不得晚于2009年5月13日提交。于是，"有土斯有财"的传统观念，延伸为"有海斯有财"，很多沿海国家为自身利益所驱动，不管符不符合《公约》的规定，也不管是否跟海岸线相对或相邻国家重叠，甚至属不属自己国家的大陆架，都擅自提出大陆架主张。大陆架划界原则，国际通行的自然延伸原则、成比例原则、等距离原则、公平原则，在执行过程中也是根据各自的需要，各吹各的号，各唱各的调，不少地区和海域很难谈得拢。

另一个是专属经济区的划分。按照《联合国海洋法公约》的规定，沿海国领海以外并邻接领海的200海里为其专属经济区，拥有勘探和开发、养护和管理海床上覆水域、海床及其底土的自然资源为目的的主权权利。还包括人工岛屿设施和结构的建设使用、海洋的科学研究活动，以及海洋环境的保护和保全。一些沿海国家同样不管符合不符合《公约》的规定，是否与相邻或相向的国家重叠，擅自划分属于自己的专属经济区，制造出了很多新的纠纷和冲突。

还有岛屿的争夺在不断加剧。按照《联合国海洋法公约》规定，凡是符合该公约岛屿制度所明确的法定概念，无论大小，都可以划分专属经济区，岛屿的地位被突显出来。广袤海洋中的大小岛屿，利之所在，国必趋之，也国必争之。因此，有全盘否定他人历史性占有岛屿者，有以武力和非武力抢占他国岛屿者，有匆忙出台本国法律圈定海上岛屿者，有人为加工制造岛屿者……种种花样，层出不穷，你方唱罢我登场，敢认他乡是故乡。

中国以全权代表身份参加了第三次联合国海洋法会议的全过程，并在表决《联合国海洋法公约》时投了赞成票。同时，1998年6月26日通过的《中华人民共和国专属经济区和大陆架法》，也明确表示与海岸相邻或者相向国家关于专属经济区和大陆架的主张重叠的，在国际法的基础上按照公平原则以协议划定界限。从上个世纪90年代起，有关部门已陆续开展一些调查，积累了大量基础资料。2002年，国家启动了专门勘测和研究，基本掌握了我大陆架和周边海域的海底资料，还进行了相关法律和政策问题的研究，做了比较周密的准备。

不容忽视的是，中国尽管拥有渤海、黄海、东海、南海，称得上是个海洋大国，但就拥有的1.8万公里大陆岸线及1.4万公里的岛屿岸线而言，可以主张的大陆架面积，其实并不很大，估计约为300万平方公里左右，不到陆地领土的三分之一。而《联合国海洋法公约》虽然就海洋权利和权益的主张提出了新思维，同时也为各国海洋权利和权益主张的可能重叠制造了困扰。例如，依《公约》可划归为中国的管辖海域有300万平方公里，但其中约有100多万平方公里同时也被海上周边一些国家单方面宣布划归他们所有，成为有争议的海区。其中更有数十万平方公里已成为某些邻国的实际开发区，正在从事海洋油气勘探、开采和其他涉及主权权利和海洋权益的活动。《联合国海洋法公约》生效，对世界海洋究竟意味着什么？给中国提出了哪些急迫、重大而影响深远的问题？周边一些挑起海洋争端的国家究竟打的什么主意？这些原本以为遥不可及的事，一股脑儿摆到了中国面前，让我们应接不暇。

冲之鸟：日本“造岛圈海”的苦心

在距日本东京东南1730公里的茫茫大海中，有5块珊瑚礁石，名之为冲鸟礁。这5块珊瑚礁因为接近海平面，每日只在落潮时方能一齐露头，让人一睹芳容。一到涨潮大多被淹没，仅有2块勉强露出水面几厘米，仿佛两只海龟在探头探脑。这两块岩石也因此有了名字，一块被命名为北露岩，一块被命名为东露岩。这两块裸露的珊瑚礁岩因为缺乏人类生存的基本条件，即使稍稍能露出水面的北露岩和东露岩，历来渺无人踪。茫茫大洋，春去秋来，潮涨潮落，船来船往，长时期被人忽略不见。1543年，西班牙人贝尔南多发现这一处岩礁，将其命名为“睁开眼睛看”，那意思是此处岩礁欲藏还露，行船者打从这儿经过，如果不睁大眼睛仔细看，一不留神便会触礁。

1565年，西班牙第一任菲律宾总督莱加斯比率舰队来到这片海域，再次发现了这处岩礁，大概看到露出水面的北露岩和东露岩状似风帆，给了个名字“扬帆”。1639年出版的海图上，就在日本东南部海域标注了“扬帆”，从经纬度来看，“扬帆”即为“冲之鸟礁”。1789年9月，英国人道格拉斯从夏威夷群岛起程向中国飞行，在空中途经同一经纬度处，恰好赶上落潮，也发现了这片岩礁。此后，该岩礁也叫“道格拉斯礁”。1922年，日本水师情报部门派出“满洲”号丈量舰，对“冲之鸟”进行了首次视察和丈量，并以“道格拉斯礁”之名标注在日本海图上。1931年，日本内务省又命名为“冲之鸟”，同时编入东京府小笠原支厅。1933年，日本再次派出“胶州”号工作船，对此处岩礁进行地质、地貌、地磁、水深等综合考察。参加这次考察的水路部所属丈量科的科长田山利三郎，随后将考察所得写成论文，以《南洋群岛的珊瑚礁》为题公开发表。他在文中指出，“冲之鸟岛”既缺少中心岛也缺少潟湖，应属介于环礁与礁盘之间的准礁盘。”其后，在日本学者所著的《日本的珊瑚礁》一书，也将其归类为桌礁。

《联合国海洋法公约》正式签署后，远在日本本土千里之外，且连弹丸之地也算不上的“冲之鸟”礁，倏忽之间受到日本的超常关注和重视，在此投入了大量的人力、财力、物力和技术手段，增高加固勉强露出水面的东露岩和北露岩。冲之鸟却不肯给日本人面子，你急赤白脸要它壮大成岛屿，它偏抽抽着往瘦与矮萎缩。此处因海况恶劣，台风经过时掀起10多米高的巨浪，横扫和冲刷海中的所有障碍物。而冲之鸟属珊瑚礁，岩质疏松，“弱不禁风”，长年的风浪摧折，还有海水的腐蚀浸泡，礁体正一点儿一点儿消逝或消散，仿佛羞答答不愿见人，总想钻进水下躲藏起来。据日本有关方面提供的资料记载，1930年“冲之鸟”所在礁盘内尚有6块岩礁袒露海面，1952年还剩5块，到1987年就只有北露岩和东露岩涨潮时可以勉强露一露头，其中东露岩在高潮时仅露出海面6厘米。据《日本经济新闻》报道，按测算冲之鸟以每百年没入海中1厘米的速率下沉，很显然再过若干岁月整个礁岩都会藏身水下了。

但天下事难不倒日本人，他们有的是“拔苗助长”的手段，多年来不厌其烦地拽着这可怜的礁体长高和变胖。1987年9月，日本政府建立了“冲之鸟岛应急对策特别研讨会”，从1988年4月至1989年10月，共耗资285亿日元，在东露岩和北露岩周围部署了9900个铁制防波块，并在袒露海面的岩体周围浇注了水泥防护层。紧接着以防波石及钢筋混凝土强化礁盘沿岸，围出一块面积约50平方米的空地，勉强做成一个直升机起降平台，核心部分还用钛制网保护，以防受海水侵蚀而陷落淹没。与此同时，日本海洋科学技能中心在“冲之鸟”修建了海洋视察塔，以对该海域进行定点视察。可人算不如天算，海水不断冲刷和鱼类啃噬，冲之鸟礁仍在加速腐蚀和消失。日本人尤为头疼的是，全球气候正在变暖，冰山消融，海平面不断往上升，这里的几块礁石也在加速淹没，有可能比日本原来预测的沉没期还要提前。他们眼看混凝土和钛合金抵挡不了冲之鸟的消失，立马研究改用生物手段，在其礁盘上种植珊瑚礁，2007年，日本水产部门在冲之鸟采集约30万个3种不同品种的珊瑚虫卵，将其送往冲绳附近比较温暖的海水中进行培育，待珊瑚体长到3厘米左右，再送回冲之鸟种植，拜托小小珊瑚虫帮着创造人间奇迹。

日本人如此煞费苦心，目的只有一个，即将自然生态的冲之鸟礁变化成人力加工的冲之鸟岛，在国际游戏规则中鱼目混珠，窃取《联合国海洋法公约》赋予“岛屿”的主权和权益。1996年6月，日本政府发表《专属经济区及大陆架法》等系列文件，擅自宣布“冲之鸟岛”拥有200海里专属经济区的主权权利。日本内阁会议随即做出决定，将“冲之鸟岛”作为配置省直接受辖的海岸，其管理资金全部由国库拨付。2002年以后，日本海上保安厅也进一步加大了对“冲之鸟”海域的视察和巡视力度，并制止其他国家的科考船进入该海域进行科学考察。其领土交通省还花200万日元用钛青铜打造了一块标志牌，树立在岩礁的混凝土护堤上，上书“东毂下小笠原村冲之鸟岛一番地”，“日本国最南端的岛”、“冲之鸟岛由领土交通省管理”等字样。日本政府同时决定拨款1000万日元在冲之鸟岩礁上设置高达10米的灯塔，进而设置观测雷达，建立发电站，以此显示其能够“维持人类的经济生活”。正如2005年2月日本《产经新闻》公开披露的，为确保在“冲之鸟”周边拥有专属经济区，日政府早就着手研究在该“岛”人工建立适合人长期居住的条件。与此同时，还煞有介事向外公布已经有122名日本人登记的籍贯在冲之鸟礁，如此一来无人居住之礁似乎真的变成有人居住之岛了。

日本不应该不知道，自然岛与人工岛，无论是从自然科学的角度，还是从国际海洋法的角度，都是两个决然不同的概念。《联合国海洋法公约》规定，海洋国家可以在自己法定的大陆架及专属经济区内建设人工岛，我们这位东邻将其颠倒过来，匆匆赶造人工岛来圈定大陆架和专属经济区，如果所有国家都比着日本的葫芦画自己的瓢，世界海域将成何体统？但日本明知不可为而为之，2008年10月31日，该国综合海洋政策总部正式召开会议，决定向联合国申请将其大陆架面积大幅扩张，其中就包括了冲之鸟礁海域。其政府为此专门成立了“大陆架调查对策室”，政府外还成立了“日本大陆架调查公司”，双管齐下，很快在同年11月12日完成了上交的报告。该报告振振有词：“冲之鸟岛”完全切合岛屿三要素，即“自然形成的陆地”、“四面环水”、“在涨潮时高于水面”，主张“冲之鸟岛”享有200海里专属经济区。而且意犹未尽，在时下实验的大陆架延伸战略中，又将该海域加入“申请延伸350海里大陆架界限的重点视察工具”，也就是大陆架和外大陆架一起要。他们一厢情愿解读《联合国海洋法公约》，有意忽略了相关条款最关键的一句话——“不能维持人类居住或其本身的经济生活的岩礁不应有专属经济区或大陆架”。

日本不顾左邻右舍是何感受，恣意将属于全人类的一片公海变成其私海，未免太贪婪，也太不道德，自然会引起包括中国在内的很多国家的反对。该国2009年初将其“划界案”正式上交联合国大陆架界限委员会以后，中、美、韩等国立即提出异议。中国常驻联合国代表团给联合国秘书长潘基文发了照会，严正指出日本提出的所谓“冲之鸟岛”，不过是《联合国海洋法公约》第121条第3款所指的岩礁，日本划界案中以该岩礁为基点划出的200海里以内及以外的部分均超出了《公约》有关委员会做出建议的授权，中国政府要求联合国大陆架界限委员会不对上述部分采取任何行动。然日本不撞南墙不回头，撞了南墙也不回头。据《日本产经新闻》报道，该国已经确立在“冲之鸟”建造军用码头的计划，并紧锣密鼓付诸实施。你反对他非法自划专属经济区，他变本加厉自划“专属军事区”，最近还通过其国会搞所谓立法，煞有介事地变礁为岛，并搬出了所谓“离岛国有化”的动作，摆出一副其奈我何的姿态。

这不能不引起国人的高度关注。日本人惯于以小搏大，在小小“冲之鸟”的诸多小动作，暗藏的是以“时间换空间”的大谋略。该国因土地面积狭小，资源贫乏，日后的发展已经明显受到限制，看来在新一轮圈海中，迅速扩张海域和领土，已经成为满足该国未来发展的基本抉择。“冲之鸟”不过是“以点带面”之举，包括在这里种珊瑚，日本水产厅有官员直言不讳，即“种珊瑚保‘国土’”。假如此次造岛圈海让其如愿以偿，其后续动作便会接二连三。要知道，地球表面海洋面积尽管比陆地广袤，其空间毕竟也很有限。特别是中国与日本“一衣带水”，若周围海域东一块西一块被其无端圈走，我们赖以生存、发展的海洋空间无疑会受到极大挤压，后世子孙有可能在东南海域憋屈得连手脚都伸展不开。国人常说居安思危，“冲之鸟”日渐逼过来的就是一个很大的海洋危机，若任日本在此为所欲为地扩张海洋版图，不仅我们的国家、民族走向海洋将被严重桎梏，甚至日后居家过日子的安全也会受到威胁，需要国人好好想一想。

记得1996年，笔者赴美国雷鸟大学参加国际工商管理培训班，一位美国教授坦诚对我们这些中国学员说，你们真应该学习的是日本而不是美国，因为中国文化距美国远而与日本近。笔者也坦诚告诉他，日本曾经残酷加害中国百余年，可这个国家至今都不肯老实认账，让中国人打心眼儿里鄙视和厌恶，无法心悦诚服向其学习。美国教授笑着说，美国人同你们不一样，越是内心感到讨厌的家伙，甚而至于是敌人，越要向他学习。现在看来，仅就海洋问题而言，日本既有我们必须坚决反对和摈弃的，也有不少值得我们认真学习的地方，需要很好梳理。举例说，日本在海洋方面的深谋远虑，据说其远洋科考探明的海底矿藏，已经足够该国用好几百年，未雨绸缪，捷足先登，你不佩服也不行。

台湾学者：南沙一片灯火通明，现在还没有一盏灯属于中国。

1999年，由国家海洋局海洋战略发展研究所主持，在海口召开了一次有大陆、台湾和香港两岸三地专家、学者参加的学术讨论会，主题是“21世纪的南海：问题和前瞻”。这次会议的氛围一直有些沉重，与会的专家、学者面对会议室里张挂的那张惨不忍睹的南海现状图，岛礁被侵占，海域被瓜分，资源被掠夺，无不感到焦虑不安。

与笔者挨肩坐着的就是那位来自台湾的退役海军中将。他已经过了古稀之年，情感还很激越，提到南沙的现状，竟比来自大陆的学者、专家都显得着急，忧患之情溢于言表。他说话直率，也很诚恳，认为以台湾现在的状况很难在南沙主动发挥大的作用，最终的解决还要寄望于大陆。这是一些掏心窝子的话，在座的两岸三地学者都听得频频点头。笔者此前尚未与台湾专家、学者直接打过交道，此次相遇又是在李登辉抛出“特殊的国与国关系”之后，给两岸之间蒙上了一层新的阴影，脑子里本来还在琢磨该怎样与之相处。听了他的发言，立刻真切感受到了两岸骨肉同胞之情，涉及国家领土主权和海洋权益，大家的心完全是相通的。我们就这样认识了，没了戒备，也没了隔膜。

这位退役老将军，曾担任过台湾的海军副总司令，现在是一个民间学术团体的资深研究员，全心致力于海洋问题的研究，经常往来两岸参加相关的学术会议。我冒昧提出一个问题，他在南沙问题上的焦虑，是否与他这一辈子的职业生涯有关系。他表达的意思是，既有出于职业的责任感，还有对南沙的一份特殊感情，更有亲眼目睹南沙现状所引起的不安。原来，他从那个搬到贵州桐梓的海军学校毕业出来，分配到海军舰船服役，抗日战争已经接近尾声。他登上林遵担任舰长的“太平”号，参与的第一件大事就是跟随长官去南沙接受被日本侵略者霸占的南沙群岛，现在50多年过去了，始终忘不了当年在太平岛那激动人心的一幕。那是接收庆典结束的时候，每个水兵都站到主权碑前庄严宣誓，这一辈子要好好为国家和民族守好南沙这片海域，这些岛礁。现在，目睹南沙群岛被周边国家侵占和瓜分得支离破碎，像他这样亲身参与收复南沙群岛的老海军，在感情上无论如何也不能接受。

老将军得知笔者从业于《中国海洋石油报》，话题很快转到南沙油气资源正被周边一些国家进行掠夺性开采的现状，将内心的不安都写在脸上。他说，南沙自古属于中国，在以往根本不是问题，全世界都承认，周边国家也承认。只是在最近20多年内，有关南海石油、天然气蕴藏丰富的消息不胫而走，南沙一夜之间成了举世瞩目的焦点，周边国家一齐把手伸过来进行争抢。甚至不容中国做出反应，更没有应有的协商，这些国家便搭起平台、安上钻机向这里的地下油气资源下手了。他多次从台北乘飞机去东南亚国家，每次经过南沙海域，白天看到的是井架林立，晚上看到的是灯火通明，然而却没有一个井架和一盏灯属于中国，心里很不是滋味。他这次来海南开会之前，特地带了从美国买来的一盘录像带，是美国人客观记录下来的南海周边国家在南沙开发油气资源的实况。他嘱我一定要抽空看一看，将这些信息带回北京，让负责海洋石油的有关人士了解那里正在发生的事情。他满怀希望，相信大陆方面一定能够拿出很好的对应之策，不会老是让这种局面继续下去。

我听了这席话，不由想起美国人哈里森的那本《中国近海石油资源将引起国际冲突吗》。当时阅读该书专辟的“南海的危险地带”一章，说到河内推翻阮文绍把持的南越政权后，顺手夺得了该政权侵占的几个南沙岛礁，接着采取“打野猫井”等办法继续进行蚕食。那时还真的把越南当成一只野猫，不过只会蹲在岸边时不时越界偷点儿腥。不承想，眨眼之间这只野猫变成了饿虎，吞噬我南沙岛礁的数目一直在急剧增长，争夺南沙油气资源动手也最早。其他邻国如菲律宾、马来西亚以及文莱等国也纷纷跟进，似乎在展开一场抢占我岛礁、海域和资源的竞赛。

当天晚上，老将军商得会议主持者的同意，利用晚饭后的休息时间，请与会者观看他从美国带回的那盘录像带。人们听说是有关周边国家争抢南沙油气资源的带子，也都表示出极大的关切，同白天开会一样整整齐齐都来了。这是一盘清晰度很高的录像带，在南沙海域翻滚的蓝色波涛中，兀然而立的钻采设施，往来穿梭的油轮，一团团如繁星坠海的灿烂灯火，赫然出现在大家面前。录像带是英文原版，来自台湾的一位大学教授充当翻译，用其带有闽南口音的普通话进行解说，并将他自身的感情也糅了进去。“这是越南正在勘探开发的油田，这是马来西亚正在勘探开发的油田，这是文莱正在勘探开发的油田，南沙一片灯火通明，现在还没有一盏灯属于中国……”

在座两岸三地的专家、学者注视着屏幕上的画面，不免触景生情，想到了前几年中国海油在南沙万安滩与美国克里斯通公司签订的石油合同区，被越南出动武装船只阻挠，至今无法实施作业。而这些国家则肆无忌惮，为所欲为，两相对照，心里无不感到郁闷。有台湾学者介绍，前些年当越南大批占领南沙岛礁时，台湾知识阶层有不少人发表文章和谈话，都在为南沙的前途、命运揪着心。他说，别看台湾有那么一群深绿人士成天闹着“去中国化”，其实主流社会还是非常关心整个中华民族的命运和前途，其中包括海洋的主权权利和海洋权益。有台湾学者站起来介绍那位老将军，他已接近80高龄，因长期在海上患有严重的关节炎，走路已经离不开拐杖。但只要大陆召开有关海洋方面的学术会议，总是主动争取参与，精心准备论文和发言，为中国海洋的前途和命运奔走呼号。那位台湾学者还幽了一默：“老先生每次参会的差旅费都是自掏腰包，这方面的开支多了，还得想着法子通过太太掌握的财政大关。”老将军动情地说：“看到这个录像带，心里总是火烧火燎，盼着有一天能在那里看到属于中国自己的井架、中国自己的灯火。”

在第二天的讨论会上，有专家、学者建议尽快着手研究两岸如何联手共同开发南沙的油气资源。目前海峡这边的中国人守住了南沙的几个礁盘，按联合国教科文组织的要求建立了一个观测站，还有一个与美国公司在“万安北-21”合作开发的石油合同摆着；海峡另一边的中国人，守住了太平岛，那可是南沙群岛中的大哥大。如果两岸各自能把对南沙的民族责任心，升华为同心同德的互动和联动，“我们的大中国”在南沙就具备了人无我有的绝对优势。老将军激动地说："开发南沙油气资源是当务之急，别的事情也许可以等一等，这件事情千万不能等。"

现在，又是10多年过去了。因为种种原因，南沙的一片灯火仍然没有一盏灯属于中国。相反，周边国家动作不断，迅速扩大他们勘探开发南沙油气资源的成果。据权威部门2006年掌握的情况，越南已经在南沙海域钻井157口，其中在我9段线内94口，占60%。发现油气田95个，均属浅水，其中9段线内17个。已经拿到手的地质储量，石油21亿吨，天然气9903亿立方。其中9段线内石油储量1.4亿吨，天然气储量2921亿立方。目前已经建成海底管网22条、段，总长度达到1164公里。这一年，越南在我9段线以内的年产量，石油19万吨，天然气34亿方。目前越南在浅海的开发如火如荼，收入也非常可观，正拉拢外国公司大步走向深海，计划在2010年前要完成对外招标并签订石油合同达到8个区块，扩大其在南沙勘探、开发油气资源的势头。

马来西亚在这方面走得更远一些，一直声色不动"悄悄地干活"。他们最早同西方石油公司实现合作，并引进深水技术，放开手脚突入我传统疆界线内，成为开采我9段线内油气资源最多的一个国家。截至2006年，他们已经在南沙钻井1532口，其中在9段线内507口，占总量的33%。发现油气田187个，浅水172个，深水15个。其中在我9段线内96个，浅水85个，深水11个。累积拿到的地质储量，石油25亿吨，天然气2.6万亿立方。其中在我9段线内石油11亿吨，天然气1.9万亿立方。在海上已建成骨干管网181条段，总长度5889公里，其中在我9段线内34条、段，长度达1954公里。这年在我9段线内的油气产量，石油479万吨，天然气348亿立方。

现在，南海蕴藏的丰富海底油气资源成为越、马等国重点关注的对象，目前南海南部大陆架的曾母暗沙以及文莱沙巴盆地已发现油田47个，探明储量8亿吨，发现气田27个，探明天然气可采储量10760亿立方米。马来西亚从1977年就开始了南海油气田的勘探开采，至今已在南海安装油气平台90余座，每年出口获利数十亿美元。虽然越南与马来西亚方面早已签订大陆架开发协议，但是由于资金及技术上的限制，越南方面在南中国海的油气开发一直进展缓慢。而随着马来西亚油气开采向南沙深海区的推进，马、越两国的互补性似乎也日益突出，马来西亚需要加强对南海争议海区的控制，以抗衡印尼等国。而越南需要马来西亚的大笔资金和技术投入，两国海军热线的建立也在为他们开发南海油气资源提供军事上的保障。

据有关部门的权威人士介绍，这些年中国海油在南沙努力坚守"万安北-21"合同区块，对越南方面在我合同区域内重叠划分区块进行对外招标的无理做法，进行了针锋相对的反制，曾用耐心劝告阻止一些外国公司参与投标，甚至用严肃的规劝让某外国公司停止执行业已达成的勘探开发计划。然而，越南依然我行我素，2008年分别与俄罗斯和埃及的天然气公司在129–131地段签订勘探和开发合同，并与另一家地球物理服务公司签订合作协议，在“万安北–21”合同区附近进行多用户三维地震测量，严重威胁到我国这一合同区块的存在。

2009年秋天，笔者应邀赴台北参加一个海洋学术研讨会，本想借此机会去看望已经成为朋友的那位老将军，却因故未能成行。听与会同仁回来说，那位将军因年事已高，疾病缠身，连起身迎客都有些吃力，但他仍然念念不忘当年曾参与接收过来的南沙，为那儿的现状揪着心。“南沙的一片灯火通明，还没有一盏灯属于中国。”两岸同胞有了共同的忧虑，也有了共同的责任。

中沙，黄岩岛，谭门港渔民的血泪控诉

1999年8月27日，笔者赴海南岛采访，最后一站是琼海县的谭门港镇。这年的5月，曾经搭载已故独臂教授王恒杰两下南沙考古的那艘03091号渔船，在黄岩岛我传统捕鱼区内被菲律宾军舰撞沉，老船长陈在清的儿子陈泽波和另外两个渔民兄弟还被菲律宾军方扣押，关进马尼拉的牢房里。虽然，经过外交部和农业部的严正交涉，还有马尼拉华侨、华人的积极救援，迫使菲律宾将人放回谭门港，被撞沉的渔船却仍无着落，使得这些失去谋生手段的渔民兄弟及家人的生活顿时陷入了困顿。

黄岩岛原称南岩岛或民主礁，是南中国海中沙群岛中惟一露出水面的岛礁，在历史上，早为中国人发现、占有和开发。据资料介绍，公元1279年，元世祖忽必烈派天文学家郭守敬进行“四海测验”，据考证郭守敬在南海的测量点就是黄岩岛。该岛内部形成了一个面积为130平方公里、水深为10至20米的潟湖，其东南端有一条宽360米的水道与外海相连，中型渔船和小型舰艇均可进入，从事渔业活动或者避风，历来是中国海南岛渔民的传统渔场。居住在海南谭门港一带的渔民进入黄岩岛潟湖及周围海域进行渔业作业，世代相传，从来没有间断过。

1935年1月，中国水陆地图审查委员会将黄岩岛（当时称“斯加布罗礁”）列入中国版图。1947年底，中国内政部正式编制出版的《南海诸岛位置图》，将黄岩岛（当时称“民主礁”）划在断续国界线内。从上个世纪50年代起，美国在菲律宾的驻军强行将我黄岩岛开辟为驻非美军靶场，中国政府对美国的这

一霸权行径提出了强烈抗议，郑重声明黄岩岛是中国神圣不可侵犯的领土。1977年10月和1978年6月，中国科学院南海海洋研究所的科研队还登上该岛进行考察活动，宣示了中国的主权。1983年，中国地名委员会公布的《我国南海诸岛部分标准地名》，将黄岩岛定为标准名称。

从菲律宾来说，早在美国和西班牙战争时期，交战双方瓜分殖民地，就明确划定了菲律宾的疆界。1898年美西战争结束，依据1898年的《巴黎协议》、1900年的《华盛顿协议》、1930年的《英美条约》，东经118度线为菲律宾领土的西部边界，而黄岩岛的位置约为117度48分，完全在其疆界之外。1935年颁布的菲律宾《宪法》和1961年的菲律宾《领海基线法》，菲律宾政府也都重申了这一界线。1935年，美国设计了旨在推动业余无线电活动的游戏“DXCC”，按照规则，全世界被分成300多个“DXCC分区”，黄岩岛就是其中之一，它的代号BS7H——B表示中国电台，S表示南海诸岛，7表示其行政归属海南省在中国第7区，H表示黄岩岛。这些全白纸黑字记录在国际文献中，进入了历史档案，不是谁想抹杀就能抹杀掉的。

菲律宾抢占我黄岩岛的一连串动作，同样出现在联合国第三次海洋法会议之后。那是1980年，世界各国还在认知和解读《联合国海洋法公约》出台的一些新规定，菲律宾政府便抢先宣布将黄岩岛划入其200海里专属经济区内。值得注意的是，当时该国并未对黄岩岛提出领土主权要求，而专属经济区的海洋权益与领土主权是两个截然不同的概念。1992年，菲律宾前国家安全顾问戈勒斯突然宣称黄岩岛是菲律宾国土，进一步挑起争端。中国政府就此发表声明，对这一荒谬言论给予了严正驳斥。1997年，该国进而出动海军公开进行挑衅，粗暴毁坏中国执法部门在黄岩岛早先竖立的主权标志。当年中国无线电运动协会组织中、美、日三国无线电爱好者乘中国船只抵该岛考察，菲律宾多次出动军舰和军用飞机对此进行跟踪、监视和干扰，还在外交场合大吵大闹，并大张旗鼓制定所谓“作战原则”，扬言要用武力维护其“主权”。中国方面忍无可忍，出动舰船严阵以待，杀了杀菲律宾剑拔弩张的嚣张气焰。

1999年11月3日，菲律宾又蓄意将已经淘汰的一艘名叫“BRP Benquet”的破军舰“搁浅”在黄岩岛。中国政府再三坚持要求将其撤走的严正立场，并以此作为中国总理正式访问菲律宾的前提，该国才被迫将这艘破军舰拖离了黄岩岛，随后又于2004年将其放置在我国南沙的中业岛。中国人不会忘记，中业岛是我国在第二次世界大战结束收复南沙群岛时，以参与这一历史性行动的中国军舰“中业”号命名的，菲律宾的行为是在向中国领土主权进行新的挑衅。

在舆论宣传上，菲律宾振振有词提出了三条所谓“理由”，声称他们“对黄岩岛拥有主权”，其实都很荒谬，根本站不住脚。首先一条，所谓“黄岩岛被菲律宾实际控制”，可根本拿不出该国历史上控制黄岩岛的任何事实。只是驻菲美军曾经凭借霸权，擅自闯入这个自古属于中国的岛屿开辟靶场，要说占领和控制这也是美军一度非法占领和控制。而驻菲美军的非法占领和控制，无法改变中国拥有黄岩岛主权的事实，菲律宾欲从美军手中接过这笔侵略遗产，显然在国际法上根本站不住脚。还有一条，“黄岩岛在菲律宾200海里专属经济区内”，并且声称该理由符合《联合国海洋法公约》的规定。事实恰好相反，《公约》规定的是沿海国、岛屿国或群岛国可按领土主权划分专属经济区，而非按专属经济区划分领土主权，本末错位，倒因为果，典型的逻辑错乱。再有一条，“黄岩岛离菲律宾最近”，该国一些人拿出新绘制的本国地图指指点点说，黄岩岛离其吕宋岛只有120海里，似乎这个岛屿就该属他。然而，国际上任何一部法律从来没有规定距离远近可以作为主权依据，如果这条理由成立，美国早该从夏威夷以及其他太平洋中的岛屿退回去，世界很多国家的岛屿也该重新划分归属。

菲律宾理不直气挺壮。在上个世纪90年代中期，竟然无视中国渔民的生命财产安全，多次出动军舰驱赶和撞沉我国在黄岩岛传统渔区进行捕捞作业的渔船，无理抓捕我渔民，甚至残暴开枪打死我渔民兄弟。1997年5月20日，一艘菲律宾海军巡逻艇在黄岩岛外11公里处非法扣留了一艘准备航行到马绍尔群岛的中国渔船，拘捕了船上的21位渔民兄弟。1998年年初，海南省4艘渔船相继在黄岩岛海域被菲海军拦截，51位渔民遭到“非法入境”的指控，被菲拘押近半年之久。1999年，陈泽波等渔民兄弟驾驶的03091渔船，又一次重复了许多渔民兄弟蒙受的惨痛遭遇，而且看起来也绝非最后一次。所有这些，无疑都强化了笔者进行这次采访的意愿。

这天一大早，我在海南省外事办公室李秀岭处长的陪同下，从琼海县出发一路驱车前往谭门港。谭门港这个名字，对于每一个关心或研究过中国航海史的人来说，都不会感到陌生。在现代航海图出现以前，谭门港渔民就以茫茫大海中的岛、礁、暗沙为参照物，详细记载了从海南岛至东沙、西沙、中沙、南沙4个群岛及远达西洋的航路，名之为“更路簿”，现在已经送进国家博物馆，成了珍贵的历史文物。这本原始的航海图从一个侧面证明，中华民族的先民最早发现、开发和经营南海诸岛，是无可争辩的事实。李秀岭是这方面的专家，一路介绍了很多海南渔民经营南海诸岛的史实，加深了笔者对南海诸岛问题的认识，也对海南的世代渔民生出由衷的敬佩之情。

谭门港镇1万多人口，几乎全都以渔为业，一大早海边就出现一派繁忙景象。一些渔船刚远航归来，许多男女聚集在船边抢运鲜活的鱼虾蚌蟹。另一些渔船正准备解缆远航，燃放一挂挂鞭炮以壮行色。全镇500多艘渔船，多少年来都远赴黄岩岛和南沙捕鱼，世代相沿承袭，已经成了他们不可改变的传统习惯。现在，突然窜出菲律宾的军舰，时常跨过那条中菲两国天然分界的海沟，无端用武力阻挠中国渔民的正常生产活动，威胁他们的生命、财产安全。这次，陈泽波等人的渔船被撞沉，几个人两手空空从马尼拉归来，成了全镇男女老幼共同关注的一件大事。

在谭门港渔政管理所的小楼里，已经接替父亲当上03091船长的陈泽波、轮机长陈泽豪，以及随船出海的16岁少年陈奕全接受了我们的采访。陈泽波介绍，5月4日他们的渔船与联帮船一道从本港出发去黄岩岛海域，在那里接连16天的紧张作业，给他们带来了丰收的喜悦。5月23日下午，一艘全副武装的菲律宾军舰突然跨过海沟直扑他们而来，这些来自谭门港的渔民兄弟立刻想到菲律宾舰艇以往的暴行，有了大祸临头的恐惧，慌忙弃网逃生。在小艇上的9个渔民兄弟开足马力摆脱了菲舰的追逐，仅有150马力的03091渔船却无法躲避，被菲舰利刃般的船头将船尾撞裂，顷刻灌满海水倒扣在海里。留在船上的3人，少年陈奕全吓得哇哇大哭，陈泽波和陈泽豪急忙拉着他，在渔船即将倒扣海中的一刹那，迅速跳海逃生。菲律宾军舰根本不讲人道，冲上来劫持溺水者，不顾我渔民兄弟的强烈抗议，送至马尼拉拘留起来。陈泽波等人据理抗争，用事实驳斥菲律宾军方编造的谎言，却无济于事。在那些黑暗的日子里，他们远离祖国和亲人，前途命运未卜，身心受到极大折磨。幸亏有当地的热心人士不时带来外边的信息，晓得祖国亲人都在关注他们，国家有关部门已经向菲律宾提出严重交涉，马尼拉的华侨、华人团体也在积极组织援救，给了他们温暖和安慰。

在采访中，尚未脱尽稚气的陈奕全一直低头无语，显然这一可怕事件，已经在他心里留下无法抹掉的阴影。这个在和平时期长大的渔家孩子，原是出于好奇跟船出海玩耍，却险些被全副武装的菲律宾军人夺走性命，后来还被投入马尼拉阴暗的牢房，这是他万万没想到的。经历了如此恐怖和黑暗的日子，给了他无法承受的生活之重。憨厚老实的陈泽豪，抗拒菲律宾军人暴行的能力强多了，但无端失去渔船，断了一家人的生计，让他很是苦闷。渔民失去渔船，就像农民失去土地，心里没着没落，寝食难安。在采访过程中，这汉子嘴里一直喃喃着："黄岩岛本来就是中国的，谭门港人自古以来就在那里捕鱼捞虾，菲律宾军舰凭什么撞沉我们的渔船？"陈泽波作为船长，无论是在菲律宾的军舰上还是在马尼拉的牢房里，一直义正词严，据理驳斥菲方强加给他们的诬蔑不实之词。他回到谭门港不久，很快又去了黄岩岛，自己没了渔船便给别人当打工仔。他说："这不光是为了养家糊口，还有一种牵挂。那是我们祖祖辈辈捕鱼的地方，不能就这么着在我们这一代人手里丢了。”

笔者在海南继续就这件事采访有关方面的负责人，得知国家相关部门正在与菲律宾交涉赔偿事宜，并且已经有了一些眉目，心里稍稍感到一丝宽慰。回到北京不久，接到陈泽波的一封信，告知经外交部、农业部等再三交涉，菲律宾终于被迫答应赔偿他们渔船被撞沉的损失。他对政府及社会各界为此做出的努力，包括声援和支持，表达由衷的感谢，有“不忘大恩大德”一语。其实，这些渔民兄弟去黄岩岛捕鱼并非个人行为，同菲律宾军舰的抗争也并非仅仅属于他们几个人的战斗，他们一次次奔赴南沙和黄岩岛捕鱼，实际是在用行动宣示国家在这些海域的主权权利和海洋权益。陈泽波信中有一句充满喜悦之情的话：“我们又可以驾驶自己的渔船去黄岩岛和南沙捕鱼了。”看得出来，这些渔民兄弟有着很深的南沙情结和黄岩岛情结，那是他们祖辈传承下来的，一份渗透到血液里、种植在骨髓中的神圣情感，这也正是来自最底层的支持国家海上维权的巨大力量。

菲律宾并未就此罢手，该国出动军舰用武力干扰中国渔民在黄岩岛海域捕鱼的事件仍在不断发生。据有关部门介绍，仅在笔者赴谭门港采访前后一两个月内，在黄岩岛海域又接连发生多起骚扰和撞击海南渔船的事件。如这年的7月9日，菲律宾又在蔡伦礁附近开枪射击和撞沉03061渔船，11名船员全部落水，第二天才被救起来。和平时期，在中国渔民世代捕鱼的传统海域，类似的悲剧仍在继续不断上演。“去南沙和黄岩岛捕鱼，最担心的就是安全。”海南渔民兄弟的这种危机意识，实际也应该成为国人共同的忧患意识。国内一位到过黄岩岛的业余无线电爱好者，曾对祖国这块美丽国土写下这样美好的记忆：“我们到达的时候正是早晨，蔚蓝的大海在晨光的照射下泛出闪闪的白光，那些露在水面上的礁石像一个个小矮人在迎接我们的到来，比我之前看到的照片要美多了。”这些可爱的、美丽的“小矮人”，是中国先民留给子孙后代的一笔珍贵遗产，绝不能在我们这一代人手里丢了！

国土资源部资深海洋专家肖汉强参与讨论这部书稿时，还特地叮嘱笔者应提醒国人关注东海苏岩礁，其含义即江苏外海之岩石、海礁，附近还有虎皮礁、鸭礁和丁岩礁，都是自古属于中国的国土，周围海域是山东、江苏、浙江沿海渔民的传统渔场，清政府组建北洋水师时，海路图中即明确标明“东海苏岩”。韩国从2000年下半年开始，在苏岩礁最高峰的南侧65米处打桩非法兴建一座高76米（水下40米，水上36米），重3600吨，相当于15层楼高的巨大钢筋建筑物，于2003年6月竣工。该国还在附近海域搞各种资源勘探，并派出舰艇和飞机巡视，严重侵犯我国主权。中国政府一再表明严正立场，奉劝韩国停止侵权，至今未得到实质性解决。

中国是一个岛、礁、滩、沙众多的沿海国家，据统计面积在500平方米以上的岛屿多达6536个，而小于500平方米者究竟有多少大概尚无精准统计，很多至今还以“无名岛”命之，无疑导致了管理上的粗放，让周边一些心存觊觎的国家有空子可钻，也让我们一些急功近利的地方政府放任和实施破坏性开发。好在现在全国人大常委会已经出台《海岛法》，有望将国家远近海域大大小小、有名无名的岛礁，切实置于国法的保护之下。在这方面，我们也不妨学学日本，搞个《岛礁一览图》，即便一块几平方米的礁石也要取个名字，明确标注到相关地图上，并有专门机构和人员随时观察其变化，实施有效管理。重视岛礁，实际就是重视我们的蓝色国土。

中国的和平诚意在南中国海备受煎熬

“主权属我，搁置争议，共同开发”，是上个世纪70—80年代，中国领导人本着以邻为伴、与邻为善的原则，针对钓鱼岛和南海诸岛存在的争端提出来的。现在20多年过去了，尽管诸如南海的海洋环保、气象、渔业等问题通过协商，取得了一些谈判成果。但总的趋势是日益严峻，丝毫不容乐观。事实说明，中国这一积极维护地区和平与稳定的主张，没有相关双边和多边的互动是无法贯彻落实的。

没有能够“搁置”的争议

1986年6月，菲律宾副总统劳雷尔访华。邓小平向他提出：“南沙问题可以先搁置一下，先放一放，我们不会让这个问题妨碍与菲律宾和其他国家的友好关系。”1988年4月，阿基诺总统访华，邓小平与之会见再次阐述了这一主张。他说：“从两国友好关系出发，这个问题可以先搁置一下，采取共同开发的办法。”对此，阿基诺和劳雷尔都做出了积极回应。邓小平在谈话中，也再三强调“搁置争议，共同开发”有个前提，那就是“主权属我”。他明确指出，“南沙群岛，历来的世界地图是划给中国的，属中国”，“我们有很多证据，世界上很多国家的地图都可以证明这一点”。他还向阿基诺表明，中国对南沙群岛最有发言权，南沙群岛历史上就是中国领土。此后，处理与南海周边国家岛礁和海域争端，中国都本着这个原则，主动把争议搁置下来，积极推进有争议地区的共同开发，以最大的诚意维护东南亚地区的和平与稳定，竭尽全力保持与这些国家的友好关系。

2000年2月，在泰国举行东盟和中国会议，各方坐下来讨论有关南中国海引起争议的岛屿的行为准则。中国从维护东南亚地区和平与稳定的大局出发，采取了十分积极的态度，从善如流的豁达大度，认真倾听相关各国的意见。只在越南别有用心提出要将西沙群岛捣鼓进这个“准则”，我们才给予了坚决的拒绝，因为西沙根本不存在争议，不能允许有人再在那儿挑起新的争议。

经过充分的酝酿、讨论、修改和完善，2002年11月4日，在金边正式签署了《南海各方行为宣言》，国务院总理朱镕基和东盟各国领导人出席了签字仪式。在这个文件中，中国和东盟各成员国政府重申各方决心巩固和发展各国人民和政府之间业已存在的友谊与合作，以促进面向21世纪睦邻互信伙伴关系；认识到为增进本地区的和平、稳定、经济发展与繁荣，中国和东盟有必要促进南海地区和平、友好与和谐的环境。有关各方承诺根据公认的国际法原则，包括《联合国海洋法公约》，由直接有关的主权国家通过友好磋商和谈判，以和平方式解决相互之间的领土和管辖权争议，而不诉诸武力或以武力相威胁。各方同时承诺保持自我克制，不采取使争议复杂化、扩大化和影响和平与稳定的行动，包括不在现今无人居住的岛、礁、滩、沙和其他自然构造上采取居住的行动，并以建设性的方式处理它们的分歧。各方还同时承诺，在全面和永久解决争议之前，有关各方可探讨和开展合作，其中包括“有关各方应就双边及多边合作的模式、范围和地点取得一致意见”，以及“就有关问题继续进行磋商和对话”，推动以和平方式解决彼此间的争议。各方还郑重承诺尊重本宣言的条款并采取与宣言相一致的行动，并同意在各方协商一致的基础上，朝最终达成维护地区和平与稳定的目标而努力。

按理说，任何国际间签订的协议、条约或宣言什么的，都是各签字国家相互妥协和退让的结果，谈判就是彼此的妥协和让步。中国在南中国海与周边某些国家出现的争端，都是处在岛礁被侵占，海域被瓜分，资源被掠夺的地位，是惟一的受损或受害者。在这种情况下，还主动提出“搁置争议”与“共同开发”，已经做出了最大的妥协和让步。在“宣言”签订以后，中国一直恪守这个“行为准则”，主动搁置在南中国海的所有争议，积极推进争议双方在争议区内共同开发海底油气资源，仁至义尽，日月可鉴。然而，中国的真诚和善意并未得到一些签字国真诚和善意的回报，反被某些邻国当成了软弱可欺的“冤大头”，一个个趁机为所欲为，得寸进尺，扩大争议，升高南沙的紧张空气。

首先应当说到的是菲律宾，该国在签字后曾有权威人士表示：“我想每个人把达成行为准则看作是很重要，我们此际已有默契，即各方将不可做出将对关系有不利影响的事情。”但金边签字的墨迹未干，该国新任国家安全顾问戈勒斯就在2002年底扬言：“菲律宾将发动强硬外交攻势，迫使中国拆除在南中国海引起争议的岛屿上建造的永久建筑物。”在实际行动中，该国也继续加紧进行侵犯我南沙、中沙一些岛礁的活动，包括肆意抓捕在南沙和黄岩岛海域进行正常作业的中国渔民，把从黄岩岛被迫撤走的一艘破军舰沉在我国的中业岛。这些挑衅行为，都明目张胆违背了共同承诺遵守的“行为宣言”，对中国在南沙的主权权利和海洋权益构成了新的威胁。

2009年2月，该国立法机构进而将我南沙群岛的部分岛礁及中沙群岛的黄岩岛“认定为菲律宾共和国的归属岛屿”，公开提出要纳入其版图。该国还不顾中国的坚决反对和强烈抗议，在国会强行通过所谓“领海基线法”，很快由该国总统阿罗约正式签署，企图用立法的形式将非法侵占的中国岛礁和海域“合法化”。中国外交部副部长王光亚紧急召见菲律宾驻华临时代办巴伯，明确表示中国政府对菲律宾政府不顾中方严重关切和多次交涉，执意通过侵犯中国主权的法案表示强烈不满和严正抗议。但菲律宾一意孤行，其海军司令高勒兹还高调宣布，该国海军将投入100万美元，用来升级菲律宾非法占领岛礁的现有设施。高勒兹说：“今年，我们的预算只够我们对这些设施进行维护。因此我们需要追加预算资金，用来升级设施。”并狡辩说“升级菲律宾现有设施不会违反行为准则”。与此同时，他们还在与外国石油公司进行联络，企图强行在有争议海区勘探开发石油天然气。该国一些人士一时之间都显得很狂躁，也似乎患上了臆想症，在他们看来拿走别国的岛礁和海域就像拿走邻居家中一把雨伞那么随便。

再说越南，在南沙群岛非法侵占的中国的诸多岛礁上，时至今日从来没有停止过军用和民用设施的建设，并且设立所谓“行政机构”，又是组织选举，又是组织海岛旅游，极力想把所有的非法侵占变为既成事实。与此同时，还向中国的西沙群岛提出所谓“主权要求”，极力想在西沙制造新的争议，以为可以浑水摸鱼再捞上一把。今年，越南岘港市政府公然宣布该市内务厅厅长邓功语当选所谓“黄沙岛县”人民委员会主席。越方所称的“黄沙群岛”，即中国的西沙群岛，封官封到中国土地上来了。中国外交部发言人就此发表声明，严正指出他们的这一做法是“非法和无效的”，河内仍置若罔闻，进而在我神圣领土南沙群岛非法任命行政人员，构成了对中国的新一轮挑衅。

越南表面来“文”的，背后还在准备武的，该国有人曾一不留神漏嘴说出“不惜与中国一战”。据媒体披露，自20世纪90年代以来，越南已获取12架俄制“苏霍伊”式多用途喷气式战斗机，不久前又订购了12架，价值超过5亿美元，以寻求将其空军实力增加一倍。按照越南空军的计划，最终组建一支由180架作战飞机和50架武装直升机组成的现代化空军力量。在过去这些年里，俄罗斯还重点帮助越南加强海军建设，提供了6艘小型护卫舰和2艘导弹护卫舰。经过这些年的急剧扩张，越南海军总兵力已达5万余人（含海军陆战队2.7万人），共下辖4个沿海军区，拥有各型作战舰艇120余艘，其中驱逐舰1艘，护卫舰5艘、扫雷舰5艘、登陆舰6艘、潜艇2艘、各类导弹及鱼雷快艇80余艘。2009年上半年，俄罗斯媒体还透露，其国防产品出口公司已原则上同意向越南提供6艘“基洛”级潜艇及部分弹药，价值18亿美元，以使越南反潜及反舰战的能力实现飞跃。越南军方并未就此满足，继这些重大军事采购行动之后，还在与欧洲直升机公司谈判购买数架EC225和EC155直升机。此外，2006年与俄罗斯签署的供应两艘“猎豹”型护卫舰的合同也将在2010年实施，该类型军舰主要用于边境巡逻，一旦有情况可以对空中、水下和水上目标发起攻击。有媒体还透露，越南还在构建针对中国海军的“不对称优势”，即在南海南部建立“潜艇伏击区”，封锁中国南下进入马六甲海峡的航线，打算在南海与中国进行武力对抗的意图已经十分明显。

还有马来西亚，该国副总理兼国防部长纳吉有意选在2008年北京奥运会期间，认准中国此时不会做出太大反制动作，在8月11日至12日登上南沙有争议的“拉央拉央”岛，并携带大批记者，搞所谓“主权宣示”。尤为值得注意的是，马国正与越南联手夺取中国在南海的利益。早在上世纪90年代初，这两个国家将他们之间所谓“有争议的”1.28万平方公里海域称为“共同海域”，并同意合作开发南海大陆架。1993年6月，越南与马来西亚还就合作开发两国重叠海区油气资源问题达成初步协议，着手联合勘测南沙群岛南部海区的油气资源。不久，越南和马来西亚海军开始建立热线，由此拉开了两国进行大规模海上军事合作的序幕。2009年，两国又背着中国联手向大陆架界限委员会提交了南海“外大陆架划界案”，严重侵犯中国的主权权利和管辖权，中国外交部据此发表声明，郑重宣布这一做法“是非法的，无效的”。

无情的事实摆在面前，这些年《南海各方行为宣言》不但没有很好践行，矛盾、争端反而愈演愈烈，不断被一些国家的言而无信所激化。中国提出的“搁置争议”的主张，仅仅得到了中国自身单方面的遵守，而其他相关国家都趁机将争议扩大化，并抓紧时间把这些争议变成他们的既得利益。不久前在北京举行的中国智库论坛，有军事专家分析中国目前的安全形势，有由陆上威胁向海上威胁转移，入侵式威胁向蚕食性威胁转移的趋势，这在南中国海表现得非常突出。笔者还想添上一笔，中国一贯坚持和平解决国际争端的善意，也有被人利用搞渐进式入侵的趋势。中国过去、现在和将来都不赞成大国欺负小国，也从不欺负弱小，但小国反过来欺负大国，而且一再变本加厉，那也太不正常了。事实告诉我们，一个成熟大国应有的心态，并非一味宽容和忍让，该较真的事必须较真，从根本上杜绝某些国家得寸进尺、捞一把算一把的非分之想。

鉴于一些邻国的不良表现，国内不少人士提出疑问，“搁置争议”是否是中国的“一厢情愿”，是否应当将其视为解决海洋争端的惟一途经？还有人提出，“搁置争议，共同开发”这一用来处理岛礁、海域争端的模式，是否已经走到了尽头？看来，中国既要维护国家主权和自己的核心利益，同时又要维护地区的和平、安宁和稳定，正在经受前所未有的严峻考验。中国是个酷爱和平的国家，也是一个负责任的大国，始终不会放弃自己维护世界及地区和平与稳定的责任；但中国同样有维护国家主权和核心利益的坚强意志，不会也不应该对岛礁被侵占、海域被瓜分、资源被掠夺的状况长期容忍下去。如何摆脱这种局面，自然需要很高的政治智慧及驾驭国际复杂局面的能力，同时也需要一定的耐性和相应的时间。周边一些国家如果因此做出错误判断，一味挑战中国维护国家主权和核心利益的底线，恐怕也是极不明智的。

推进“中菲越石油合作协议”的阻力

2005年3月14日，中、菲、越三国的相关国家石油公司在马尼拉签署了《在南中国海协议区三方联合海洋地震工作协议》。这是南中国海沿岸的三个邻国经过平等友好协商取得的一个重要突破，是三国落实中国与东盟《南海各方行为宣言》的重要举措，也是中国提出“搁置争议”与“共同开发”这一主张的初次实践。这个协议曾经带来一缕曙光，让东南亚地区爱好和平的人们感到一丝欣喜，也让世界看到了南中国海沿岸国家共谋和平发展的一线希望。

这个中、菲、越三国联合勘探协议来之不易。自改革开放以来，中国海油已经在南海的北部湾和珠江口近海海域勘探开发多年，取得了丰硕成果，也积累了丰富的经验，早就具备了向南海远水区域拓展的能力。在中美“万安北-21”石油合同的执行受到越南的蛮横阻挠以后，该公司遵循国家维护地区和平与稳定的真诚愿望，根据国家领导人提出的“搁置争议”和“共同开发”的主张，在南中国海有争议海域积极与有争议国家进行沟通和协商，探索共同勘探开发海底油气资源的道路。最初与越南谈，没有得到积极的回应。接着与菲律宾国家石油公司进行探讨，经过反复沟通，达成一项共识，即通过相互之间的合作，采用人工地震手段进行探测，先把相关的资料收集起来加以研究，暂不涉及钻探和开发，避开触碰敏感问题。

2004年3月，中国海油总经理傅成玉应菲律宾能源部长佩雷斯邀请，赴该国访问。双方首次就联合研究和开发南海油气资源，进行富有成效的会谈，达成了初步协议。同年9月，菲律宾总统阿罗约访华，在两国领导人的见证下，正式签署了合作协议。这个协议一公布，越南站出来反对，声称该国作为本地区归属存有争议的国家之一，理应得到事先的知会和介入。对此，中、菲双方均表示，这一协议完全符合《南海各方行为宣言》的原则精神，无可厚非。同时表示，中、菲双方都欢迎越方参与进来。在此后的几个月内，中、越、菲三方在北京、河内和马尼拉进行了多次双边、多边的磋商和会谈，越南不再固执己见，总算打破了僵持已久的局面。三个在南中国海存在争议的国家，在争议海域有了第一次尝试性的合作。

这个协议合作区位于南中国海中部稍稍靠近东侧，总面积超过14万平方公里。该协议规定，菲律宾国家石油公司、中国海洋石油有限公司和越南油气总公司将集中资源，联手合作，在三年协议期内，收集南海协议区内定量二维和三维地震数据，并对区域内现有的二维地震线进行处理。据菲方权威人士向外界透露，估计最初成本约1500万美元，将会由三方平均分担，所取得的资料由三方共享。

中、菲、越三国石油公司正式签署协议那天，在马尼拉举行签字仪式的大厅正中央，醒目地挂着一条横幅，“将南海地区转化为实现亚洲能源独立的合作区域”，宣示南中国海相关争议方搁置争议，共同开发已经从这里起步。当天发表的联合新闻公报也说：“三方签署这份协议，表达了三方共同研究南中国海潜在石油资源的意愿，以作为勘察前的准备工作。”并且声明这是一个纯粹的商业性质的合同，“不会削弱有关政府在南中国海争议上的基础地位”。菲律宾众议院议长德维尼西亚、能源部长佩雷斯、副外长布莱迪和中国驻菲大使吴红波、越南驻菲大使丁席代表各自政府见证了这一历史性的时刻。

当日下午，菲律宾总统阿罗约接见三国石油公司代表，对这份协议的签订给予了很高的评价。这位女总统表态：“三国公司签署这一协议是一个历史性事件，是实施《南海各方行为宣言》，将南中国海由争议之海变为和平、稳定、合作之海的具体措施。这个协议的签署既是一次重大外交突破，也是亚洲能源自主战略的重要进展，其意义非常深远。”菲律宾外长罗慕洛称赞，这项三方协议突出地表明了有关国家之间，“越来越多的信任和信心，以及选择和平解决南海问题的承诺”。菲律宾国家石油公司总裁马纳克称：“我认为这不是一次外交聚会，而是朋友之间在面对挑战时进行的真诚的合作。我们三方希望通过这个合作实现我们所共同期望的三个目标，那就是：能源独立、改善伙伴关系以及促进多边参与。”中海油总裁周守为也充满信心表示：“这一合作协议将使三国人民受益。相信三方会在彼此理解、互相尊重、求同存异的原则指导下，努力合作，为本地区有关国家解决相关争议树立良好典范。”

2005年7月4日，温家宝总理在昆明会见越南总理潘文凯，高度肯定中、菲、越签订这个联合协议的积极意义。他还希望中、越积极推进南海争议海域的共同开发，尽快开展中国、越南、菲律宾三国石油公司在南海的合作勘探。潘文凯也表示，越方愿意在边界问题上加强同中方的协商与合作，将与中国和菲律宾一道推动三方在南海的共同开发取得进展。这是中、越两国领导人第一次共同谈及在南海争议海域推进共同开发，双方都表明了自己的意愿。2007年1月15日，中国总理与菲律宾总统阿罗约在马尼拉举行会谈，对中国、菲律宾、越南三国在南海协议区联合进行物探作业，并取得了阶段性的成果给予了充分的肯定。他指出，中、菲、越在南海实现共同开发，对维护南海地区的和平与稳定、增进三国互信具有非常重要的意义。温家宝还希望三国尽快就南海共同开发下一阶段合作的方案进行协商并达成共识，以推动南海共同开发早日取得更多的实质性进展。

这个协议的签订，也曾引起世界的高度关注。法新社在详细报道这个协议内容时评论，该项协议“可根据1982年《联合国海洋法公约》和2002年东盟及中国签订的《南海各方行为宣言》，促进南中国海的和平、稳定、合作和发展”。菲律宾总统阿罗约夫人欢迎该项协议的签订，并称它为“南中国海和平及安全的外交突破”。其他很多国际媒体，同样给予了积极正面的评价，有了很高的期望值。

万没想到的是，这个协议规定的1至2期物探作业已经出色完成，所有勘测成果也都顺利进入分析和处理阶段，三方正商讨如何推动下一步的合作，菲律宾国内突然出现了一股反对这个协议的逆流。先是该国的反对派议员在《远东经济评论》1、2月合刊上撰文，猛烈攻击阿罗约“向中国出卖菲律宾及东盟国家在南海地区的利益，违反菲律宾与东盟其他国家团结一致的原则”，并指责三方合作“侵犯菲律宾主权，违反菲国的宪法”，危言耸听，大帽子吓死人。随后，以特里连内斯、拉克松、马德里加尔等为首的参议员，还有以戈勒兹等为首的众议员，分别在菲律宾的参、众两院发难，要求对中、菲、越三方在南海协议区的合作开展调查听证，立即取消三方合作，还以弹劾阿罗约总统相威胁。

尽管菲律宾外交部长罗慕洛、司法部长冈萨雷斯都站出来澄清是非，批驳反对者的荒谬言论，还尖锐揭露那些指控阿罗约以协议换取中国贷款的人“想法很肮脏”。但来自菲律宾参众政两院的这股反对声浪，还是让这个正在进行中的合作协议触礁搁浅。该国总统阿罗约被迫做出妥协，中、菲、越三国石油公司的合作戛然中止，连协议区的剩余工作量也无法继续进行下去。笔者在写作本书期间，曾访问有关方面的权威人士，问及中、菲、越合作协议的现状，得到的答复是目前“处于停顿状态”。这个协议2008年3月到期，因为有些活还没干完，所获得的资料也需要解释，此前曾由三方共同商议决定再延长1年。现在，参与签订这个协议的中国海油还在积极奔走，期望能够排除来自某些外国政治势力的干扰，将这个已经投入大量资金的合作协议继续执行下去。

应当说，这个协议的签署，中国从国家领导人到外事部门和石油业者都做出了最大努力，展现了最大诚意，难得的是菲律宾和越南政府及石油业者也有了积极的行动，却被菲律宾那么几个反对派跳出来一搅和，便立刻瘫痪下来。这说明什么呢？当然有可能是“好事多磨”，要做成一件在争议海域实现共同和平开发利用的大事，不会没有反复和曲折。但也说明了“共同开发”本身的脆弱性，同时也说明中国作为大国在地区事务中发挥主导作用的实力并没有得到认可，你在地区事务中白尽义务可以，在海域争议中退让可以，欲求互利共赢都会有人蹦起来反对。还有，就是中国在南沙至今没有勘探开发油气资源实质性的行动，周边国家一些人仍然以为我们力所不逮，鞭长莫及，可以任其为所欲为，至少认为主导权不是操之在我，而是操之在他。

据中国海油总法律顾问赵利国介绍，在这个协议具体的谈判过程中，也曾发生不少争议，三方本着积极态度和调动各自的智慧，一一得到化解。例如海域的名称，菲律宾和越南曾提出要使用它们惯用的名字，经过反复讨论，还是统一到“南中国海”这个名称上。谈判到最后关头，三方对处理原先的中、菲协议和后来的中、菲、越协议两者关系的描述出现分歧，经过反复协商，对这个关系的描述基本达成一致以后，又被状语从句中一个介词的选择难住，不得不再次休会。最后是中方一位帮着出谋划策的高人提出使用“with”，意思是“伴随情况”，避开两个协议时间前后存在的争议，各方代表顿时眼睛一亮，这被称为“四两拨千斤”。整个南海争端的化解，也能找到“四两拨千斤”的着力点吗？

“搁置争议”与“共同开发”的反思

邓小平针对南沙和钓鱼岛提出“主权属我，搁置争议，共同开发”12字方针，至今已20多年。在这两个波谲云诡的敏感地区经历了一个漫长时期的检验，现在需要有很好的反思，并且有必要赋予新的时代内涵。毕竟现在的世界和中国，同20多年前相比，都发生了很大的变化，一切都要与时俱进，对这个方针的理解、贯彻和落实也不能例外。

按照国家海洋局发表的公开报告分析：目前，“中国大陆周边海洋形势相对平稳，黄海形势稳中有忧，东海形势突破与挑战并存，南海形势复杂多变。在南海，目前南沙群岛的安全问题尤为突出，中国与东南亚国家的南海之争，表面上看是岛礁之争，实质是资源之争。在东南亚地区，南沙群岛争端解决没有实质性进展，中国‘岛礁被侵占、海域被瓜分、资源被掠夺’的状况没有改观。”面对这样一种现状，具体到形势复杂多变的南海该如何继续坚持执行12字方针，笔者多次参加相关的学术研讨会，听到了一些专家、学者发表的意见，很多都是非常中肯的。

一些专家、学者批评，很长一个时期，我们国家一些部门提到这个方针，往往只讲“搁置争议，共同开发”，将“主权属我”关键一句落下。这样的“模糊学”，不但容易麻痹我们自己人，也让周边一些国家多了几分侥幸心理，以为只要“模糊”了我们那9条断续国界线，就可以将中国在南海的主权权利和海洋权益“模糊”掉。大家提出，今后再讲这个方针就得将12个字、3句话讲全，坚持“主权属我”不动摇。中国有太多的历史依据和法理依据证明南沙主权属我，不争议不等于不说话。在南海诸岛问题上，某些国家苦心孤诣、搜肠刮肚编出种种说辞，而且从不放弃在世界范围各种场合进行片面宣传的机会，我们绝不能将这个至关重要的话语权拱手让人。上个世纪的90年代末，挪威奥斯陆大学的藤纳森教授为该国主持的南沙国际研讨会准备资料来中国访问，笔者应挪威驻中国大使馆之约，邀请几位专家、学者与其作过一次交流。这位挪威教授坦诚地说，他到过南中国海周边的好几个国家，也到过很多欧美国家，会见了众多世界各地研究南沙问题的专家、学者，了解到了这些国家官方的主张和学者的认识。他感到遗憾的是，在众多有关南沙的国际交流中，最难听到的就是中国学者、专家的声音。藤纳森教授的这种遗憾，国内许多专家学者也都在各种场合听外国朋友表示过。中国人喜欢说“沉默是金”，而沉默也往往会被人误解为默认。

而更重要的，“主权属我”不能仅仅停留在口头声明上，必须拿出行使主权权利的实际行动来。主权，只有有了具体行使主权权利的行动才是真正的拥有，也只有通过实际有效的维护才能得以巩固。在后冷战时代错综复杂的国际环境里，面对一些敌对势力企图采取颠覆手段在特定地区搞领土切割，一些相邻国家在争议地区搞渐进式入侵和蚕食，如果我们不采取必要的维护主权的具体措施，主权的流失，或名义上拥有实际上丧失，并非没有可能。“有权不用，过期作废”，这是我们需要高度警惕的。一些专家、学者还提出，落实“主权属我”应采取务实态度，从国家相关权力部门和地方政府认真行使自己的权力做起，所有涉海单位都踏实做好自己职责范围内的事；地方政府则要加强争议地区基层政权的建设，至少先把政权架构搭起来。总之一句话，要有实际行动，凡我疆域之内，包括陆地和海洋，都切实行使好主权权利。

关于“搁置争议”，前提应是争议双方或多方共同一致的承诺，需要两厢情愿，或多厢情愿，而不能一厢情愿，单方面奉行。这些年的实践证明，中国一直坚持睦邻友好，主动搁置争议，那些跟我们搞争议的国家或虚与委蛇，或根本不买账。很多人私下都在担心，长此以往，有朝一日，会不会把我们的主权权利和海洋权益“搁置”掉了。东盟和中国签订的《南海各方行为宣言》发表以后，一些签字国依然我行我素，肆意践踏，就很清楚地说明了这个问题的严重性，连签字画押的文件对他们都没有丝毫的约束力，写在纸上的或红口白牙的信誓旦旦根本不可信，我们还能相信什么呢？很多专家、学者认为，现在一些海域的严峻形势已经到了不争议不行的地步；如果要继续坚持“搁置争议”，就必须拿出争议双方或多方都不得不把争议搁置下来的办法，并拿出得力措施让这些国家相信这是“你好、我好、大家好”的惟一出路，舍此别无他途；在争议实在无法搁置的情况下，还必须有属于我们的“杀手锏”。

至于“共同开发”，也必须有新的思维。这些年的实践也说明，要想实现“共同开发”，中国必须尽快拿出积极主动的开发行动来。特别是南沙，周边国家都在争先恐后单方面进行开发，甚至通过国际招标搬来一些外国石油公司参与开发，加速了对南沙油气资源掠夺性的开采。我们如果总是袖手以待，在南沙拿不出实际的开发行动，是很难把那些既得利益者拉到谈判桌上商谈“共同开发”的，即使签了协议也会被搅黄。2004年8月，笔者接受《中国青年报》记者采访，就曾对“共同开发”表达过这样的意见。中国在南沙如果没有实际的开发行动，只是盼着跟争议国家“共同开发”，难得有人理这个茬儿。比如在南沙油气富集地区，有些地方有争议，有些地方并不存在争议，中国至少应当先在没有争议的海域尽快展开勘探开发，把我们的钻采平台摆上去，在南沙显示中国的存在。惟有这样，才能让那些正在抢夺我们南沙油、气资源的国家重视中国的声音，冷静思考中国“共同开发”的建议。列宁说过：“一个行动胜过一打宣言。”这里需要强调的是，鉴于南沙地区的复杂性，远距离勘探开发存在的诸多实际困难，特别是安全方面的问题，单纯的企业行为任何一家石油公司都有不可承受之重，而需要有国家的统筹考虑，提升为国家的战略行动，纳入国家的重大发展规划。

2009年年初，周边一些国家借大陆架划界提交申请的最后期限，纷纷出笼侵犯中国主权权利的大陆架和外大陆架划界要求，一时犹如铺天盖地，引起国人的无比震惊。据统计，截至这年的5月8日，大陆架界限委员会共收到43件划界提案，其中有14件集中在5月提交。中国周边的国家，日本、越南和马来西亚最早提交。其中，越南除和马来西亚联合提交外，还单独进行了提交，心情之急迫，行动之快捷，都创了纪录。这给了我们一个警示，新一轮圈海仍在高潮迭起，争议尚未有穷期，“搁置争议”也好，“共同开发”也好，都需要我们拿出新的应对之策。这也告诉国人，解决南海的争端，既急不得，也不能无限期搁置下去，拖的结果，有可能越拖越复杂，越拖我们越被动。

很多专家、学者还谈到，一些国家常常祭起“中国威胁论”，干扰我们维护自己海域的主权权利和海洋权益，特别在南沙和钓鱼岛问题上，企图以此混淆国际视听，捆住中国的手脚。这是一句比孙悟空头上那道“紧箍咒”还要厉害的“咒语”，需要进行有力的驳斥和揭露，绝不能因此而畏首畏尾。中国一向热爱和平，没有武装占领别国领土的前科，有的只是鸦片战争以来被西方列强侵略和掠夺的百年屈辱历史。而我们一水之隔的东邻，自明治维新以来到二战被打败，欺负、侵略、蹂躏、屠戮中国长达数十年之久，不知他们为什么还好意思觍着脸嚷嚷“中国威胁”。在南沙和钓鱼岛，中国所要维护的只是属于国家、民族不能不维护的主权权利。就争议地区而言，中国这么多年一直做得相当友善，很多事情都是忍让了再忍让，只要不是睁着眼睛说瞎话，恐怕很难否定中国的这种善意。马来西亚总统2009年访华就表示，该国“从未把中国当威胁”。相反，我们现在欠缺的倒是没有让周边一些国家感觉到中国实力的存在，而实力的显示有时也是非常重要的。

当务之急，还要警惕一些国家企图将南沙问题国际化。马来西亚的《吉隆坡安全评论》，在2009年7月，曾以年初一些南海周边国家向联合国提交外大陆架划界案引起的纠纷为背景，鼓吹多国形成一个“中国最怕的东南亚‘南沙集团’”。当时人们以为“林子大了，什么鸟都有”，有这样一些鼓噪并不奇怪，没怎么在意。不久前，越南又在该国召集所谓国际会议上，企图拉拢东盟国家一齐在南海问题上跟中国搞对抗。尽管这样的集团能不能拼凑起来，即使拼凑起来能否把中国吓倒都还难说，但我们还是应当有所警醒，“害人之心不可有，防人之心不可无”。前些年，笔者曾采访上海造船专家、九届全国人大代表张友隽，他强调“搁置争议，共同开发”，两句话必须共一个主语。“搁置争议”是有争议的双边或多边搁置争议，“共同开发”是有争议的双方或多方共同开发，两句话的共同主语都是指有争议的各方。坚决拒绝争议方以外的国家插足进来，绝不允许把争议国际化，也不允许把“共同开发”国际化。

同时，也要警惕一些国家提出的所谓“国际仲裁”，把南沙这一盆水搅得浑上加浑。2006年8月25日，我们的外交部门曾向联合国秘书长提交了一份书面声明，强调所有涉及中国的有关《联合国海洋法公约》的争端，包括海洋划界，还有领土的争端，还有军事活动的争端，中国不接受任何国际司法和仲裁的管辖。某些国家总想让毫不相干的国际团体和国家卷进来，那是为了“搅浑水摸鱼”，没安好心。

牢牢掌控东海开发主动权，不能让日本的如意算盘太如意

现在，日本在东海问题上同时使出了两手：一手是蛮横，在钓鱼岛争端中公然以武力相威胁，企图将其非法占领钓鱼列岛变为既成事实；另一手是蛮缠，擅自提出所谓“中间线”，在东海划界问题上死缠烂打，百般阻挠中国勘探开发东海油气资源的正常活动，从而火中取栗，得到他们根本不该得到的东西。

春晓为何迟迟不能“破晓”

早在2006年7月，国家发改委一位相关负责人来到浙江宁波春晓油气田的陆上终端，接着登上屹立在东海的春晓油气田中心平台。他高兴地表示，春晓油气田一期工程已经全面完成，马上可以进入生产阶段，期望二期工程也能顺利实施，尽快发挥出这个油气田靠近宁波的地理优势，为江、浙、沪一带提供有力的能源保障。然而，因为来自日本的无理干涉和阻挠，现在几年时间过去了，仅有这个油田群中的天外天投入了正常生产，春晓气田的开采仍然迟迟无法启动。早已安装在海上的设施寂然屹立在那里，任凭风浪的袭击，海水的侵蚀，岁月的消磨。陆地终端的厂房和设备，也在流失的岁月中无奈地闲置着。附近老百姓都感到非常诧异，这是为什么呀？

春晓油气田位于距宁波350公里的东海海域，在石油地质专家的辞典里称之为“西湖凹陷”。这个目前中国在东海最大的海上油气田，由几个中小油气田组成，除春晓外，还包括平湖、残雪、断桥和天外天等油气田。“春晓”油气田全面建成投产后，通过海底管线每年可向江、浙、沪输送25亿方天然气，用清洁能源提升这个地区的现代化建设水平和老百姓的生活质量。这个海上油气田

原本为中外合作项目，由中国海油，中国石化，美国优尼科和英荷壳牌共同投资建设，中国海油和中国石化合起来绝对控股。2003年5月，这个合作项目在北京举行签字仪式，国务院总理温家宝在中南海热情接见了三国四方的代表。后来，优尼科和英荷壳牌因故退出，国内两家公司继续把开发建设坚持进行到现在。

本书前面已经说过，日本原本与我们东海根本不搭界，是在他们武装侵略强行霸占琉球国以后，其膨胀的野心进一步向我东海海域扩张。据该国的专家考察和估算，在这个海域中埋藏着足够该国消耗320年的锰、1300年的钴、100年的镍、100年的天然气以及其他矿物资源和渔业资源，这些足以使东京世代苦恼的“资源贫乏国”摇身一变为“资源富裕国”，怎不令其垂涎三尺，心里猫抓似的。他们早就恨不得从嗓子眼里伸出几只手来，将这些都扒拉进自己嘴里。可以说，他们打算像抢夺钓鱼岛一样来抢夺这片海域，是早有蓄谋的。

20世纪70年代，中国就开始在东海找油找气，用那时的勘探设备做过大量的工作。1982年，中国海油旗下的“渤海4号”钻井平台就从渤海湾进入东海，在距上海460公里的东南海域钻了一口探井。当时，日本便派出海上保安厅的舰船和飞机每天前来骚扰，军舰围着我们的钻井平台转圈，飞机在我们钻井工人的头顶上俯冲，只要一抬头就能将机舱内日本飞行员的嘴脸看个一清二楚。这些在现场的钻井工人想不通，我们在自己国家的海域钻井，就好比在自家的菜园子里种菜，小日本跑来忙活啥？工人师傅不胜其扰，也不胜其烦，有时不得已用停机坪上的高压消防水枪冲着头顶上的日本飞行员“比画比画”，也算是一种“交流”吧。那意思是告诉日本飞行员：中国钻井工人在自己国家的海域钻井，不关你们日本什么事，用不着天天大老远跑来“侍候”！

1994年，中国海油经国家批准，在东海划出合作区块，实行对外招标，一批外国公司进入我们东海海域展开合作勘探开发，在此掀起了一个找油找气的高潮。与此同时，属于原地质矿产部的新星石油公司也在东海进行自营勘探，相继发现了平湖、春晓、秋月、断桥、冷泉、天外天、八角亭等一批油气田。随后，新星石油公司归并到中国石化旗下，由中国海油与中国石化联合开发这批油气田。其中，平湖油气田在进入21世纪前已经建成投产，正源源向上海输送天然气。春晓、残雪、断桥和天外天几个属于中国近海的油气田，在完成勘探评估以后，决定自主进行开发生产，这本来是再正常不过的事情，却触动了日本那根贪婪的神经。2004年6月，日本的几家主要媒体忽然对中日两国所谓的东海分界线以及油气资源开发问题展开炒作，声称发现中国方面在离争议地区很近的海面上建设钻井平台，准备开发一个叫“春晓”的天然气田。由此开始了所谓“中日东海油气田之争”，一直闹到今日还无休无止。

日本过去发动侵略中国的战争，无论是“九一八”事变，还是卢沟桥事变，或是南京大屠杀，都会编造一些诸如“日本士兵失踪”之类的拙劣借口，以侮辱世人的智商。这次要抢夺中国海域的资源似乎也不例外，编造的借口同样非常拙劣，也在侮辱世人的智商。他们先是曲解《国际海洋法公约》抛出海域划界的一条所谓“中间线”，强行要在中国大陆和他们用武力强行霸占的兔子拉屎一般的一群小岛之间划一条“中间线”，不管你中国怎么坚决反对，偌大一片中国海域便成了所谓的“东海争议区”。可是，中国勘探开发的春晓油气田，包括春晓、断桥、残雪、天外天等等在内，都不在他们所说的“争议区”之内，连他们自己也不得不承认离其擅自划定的所谓“中间线”还有5公里之遥，怎么着能赖上和缠住中国呢？日本不乏无中生有制造借口的“聪明头脑”，一个叫平松茂行的人马上跳出来，搬出所谓“吸管效用”，硬说在“中间线”中国一侧的油气钻探会把日本一侧的油气吸光，绘声绘色，声嘶力竭。日本舆论跟着起哄架秧子，满世界都被他们闹腾得沸沸扬扬，仿佛真有那么回事似的。其实，稍微有点地质常识的人不会不知道地下油气资源存在的“圈闭理论”，其生成、运移、储积、盖层保护缺一不可，任何一个油气田的开采都只能局限在某个圈闭岩层缝隙之内。而事实上，这个平松茂行根本拿不出这一带地下圈闭的具体资料，就凭空张嘴瞎嚷嚷。假如按照此人的逻辑推论下去，即使中国在内海或在西北高原打油、气井，日本不是也可以用其发明的“吸管效用”横加干涉吗？

平松茂行先生开这样缺乏基本常识的国际玩笑，既贬低了自己，也贬低了他的国家。但他们玩的不是荒诞，而是霸道，日本自民党政府拿着这根鸡毛当令箭，大动作随之而来。先是在春晓油气田附近频繁出动飞机和军舰进行骚扰，据中方有关人士介绍，2008年以来日本P-3C等型号巡逻机仍频繁在我“春晓”、“天外天”等油气田上空侦察飞行，其频率几乎达到每天一个架次。日方飞机不仅在我方平台周围上空盘旋侦察，有时还穿越我平台上空，个别情况下甚至做出俯冲等恶劣挑衅动作。中方人员在自己的海域作业完全没了安全感，时刻都得提心吊胆，迫使中国有关部门不得不出动海巡船维护海上安全。接着，日本极端无理地向中国索取有关春晓油气田的地下资料，还提出“要根据储量的比例分摊利益”等十分可笑的要求。与此同时，该国还正式批准帝国石油公司“获得东海石油勘探试开采权”，要在所谓“争议区”内“试开采油气资源”，并在2004年的7月派出测量船到他们自划的所谓“中间线”日方一侧进行探测，公然挑战中国在东海的主权权利。

耐人寻味的是，这家帝国石油公司乃是二战时期日本在亚洲进行殖民侵略的所谓“国策企业”，专门负责掠夺亚洲各地的石油资源，为日本法西斯的战争机器提供石油能源，用于太平洋战争与侵略中国等用途。日本战败投降后，这家帝国石油公司摇身一变成了所谓“民间企业”，实际上其“官制开发”的色彩仍然相当浓厚，从上个世纪90年代起，按照日本政府的旨意，悄然启动了“全球抢油”计划，还通过越南插手我南海油气资源的争夺。日本政府让这么一家在“二战”期间有着侵略别国历史背景的石油公司出面，在中日有争议的海域试开采油气资源，无疑来者不善，挑衅的意味很浓。正如有专家在《瞭望东方周刊》上指出的：“东海油气田问题本来就是因日本媒体炒作而成为热点问题，这次日本单方面批准在有争议海域试开采油气资源，完全是激化矛盾之举。”

中国政府尽管坚决不承认日本国在东海擅自提出的所谓“中间线”，但从维护地区和平、稳定的大局出发，愿意通过谈判解决两国的海洋争端，并提出此前可以商谈在“争议区”选择彼此认为合适的区块进行共同开发，同时表示中方在根本不存在争议的海域已经或正在开发的油气田，也欢迎日方按照中国的有关法律和手续，作为投资伙伴进行合作开发。但在中日就东海“争议区”共同开发达成谅解备忘录不久，日本《产经新闻》又突然在头版头条刊出“中国破坏协议开采油气田”的报道，指责中国仍在“天外天”油气田继续勘探和开采工作。该报道称，根据协议“天外天”油气田“作为后续协商的对象本应维持现状”，指责中国的单方面行为已经破坏了那个协议，随后在社论中鼓吹“日本政府应对中国违反协议行为采取对抗措施”。日本政界人士也相继表态，其外相中曾根弘文还在会见记者时表示，已经就此“对中国提出了抗议”。中国外交部发言人秦刚针锋相对戳穿该国自编自导的这出闹剧，明确指出“天外天”等油气田位于无争议的中国管辖海域，而中日双方达成原则共识提到的有待继续磋商的“其他海域”，并不包括无争议的中方海域，“希望日方不要曲解双方达成的有关原则共识”。日本一些头脑相对比较冷静的媒体，如《日本经济新闻》，在相关的报道中也公开承认：“在协议中，并没有明确规定中止开发‘樫’（日方对我‘天外天’油气田的称谓）油气田的内容，因此不能断定（中方行为）违反协议，这也是事实。”

日本自民党政府这般无理取闹，激起中国民众的无比义愤，纷纷站出来揭露其玩弄“中间线”的阴谋，批判其强占我钓鱼岛的无赖和霸道，同时对中日双方达成的那个“共识”也提出许多质疑，甚至误以为欢迎日本石油企业参与春晓油气田的“合作开发”，就是与日本搞“共同开发”，对有关政府部门表示出了不满情绪。有关政府部门负责人不得不出面澄清，春晓油气田的主权权利属于中国，中国企业根据中国法律吸收日本企业投资参与春晓油气田的合作开发，与中日两国就解决东海问题所提出的“共同开发”是两码事。这位负责人说：“最重要的标志就是春晓油气田的开发必须要依照中国法律来进行合作，这也标志着春晓油气田的主权权利属于中国。这点讲清楚非常必要。”

光阴似箭，日月如梭，春晓油气田开发之“箭”之“梭”还是被迫停滞下来。一晃好几年过去了，在浙江宁波春晓镇建设的陆上终端依然静悄悄。有宁波媒体记者路过那里，这样描述道：“整个基地就建在路边，很醒目，很平常，也没有任何的隐藏。”这位记者是因为台风“麦莎”而去春晓镇的，在她看来，这个被外界描绘得神秘兮兮的天然气处理厂，即使是台风将至时也没有任何特别之处。“就是一个办公区，里面立了一些油罐，和我们这边的北仑电厂都没法比。”日本的一些政客最近都在偷着乐，因为他们的胡搅蛮缠，中方一再采取息事宁人的态度，连中国近海海域的春晓油气田也被他们搅成一锅粥，迟迟无法顺利上马。而中国已经在春晓付出了很大的投入，一大笔资金压在这里无法运转变成有效产出，业已耸立在海上的装备无法启动，只能任风雨剥蚀和海水腐蚀。一些在外交场合点头哈腰彬彬有礼的日本人，背过身去便袒露自己的阴暗心理，幸灾乐祸说：“拖的时间越长，中国的损失越大。”

“中间线”是日本设置的大陷阱

其实，日本如此“关心”我们东海“天外天”油气田的生产，阻挠春晓油气田的继续开发，为此不惜像泼妇一般放刁耍泼，甚至编造出“要把日本那边油气吸光”之类的谎言，故意在日本民众中煽动对中国的仇视，是有其特定利益动机的。日本人围绕东海之争花了很多心思，用了不少计谋，丝毫不比他们昔日吞并琉球国下的功夫少。国人需要有高度的警惕，谨防掉进这位邻居为我们精心设计的陷阱。

中国古代从战争谋略中总结出“三十六计”，其中有“明修栈道，暗度陈仓”。所谓“明修栈道”，即公开抛出一个让对手觉得相当愚蠢的玩意儿与之纠缠不休，让对手既觉得可笑又感到无奈，还不得不集中注意力去应对这个愚蠢的玩意儿。此时，他便“暗度陈仓”，即趁对手被假象所迷惑，并随之起舞，轻而易举取得真正想要取得的东西。“明修栈道，暗度陈仓”与“声东击西”颇为相似，两者都要借助虚张声势迷惑对手。不同之处在于，“声东击西”设计的是一真一伪两个目标，用假目标吸引住对手，以实现对真目标的偷袭；“明修栈道，暗度陈仓”则是同时进行一明一暗两个行动，既要修成“栈道”，也要度过

“陈仓”，“鱼”和“熊掌”两者兼而得之。

日本是个肯动心计的国家，一向将从中国传过去的三十六计玩得相当娴熟和老练，而且不仅打仗用，经商用，治国用，同邻国打交道也用。他们挑起春晓油气田之争，使的就是“明修栈道，暗度陈仓”之计。“明修栈道”，抛出“吸管效用”会把所谓“中间线”日本一侧的油气吸光”这个看似愚蠢的说法，既让中国人觉得有些可笑，还不得不义正词严进行辩白，声明我们的春晓并未跨过日本所说的“中间线”，不在日本人所说的“争议区”之内。他们接着又放话，要在“中间线”日本一侧开展油气探勘、开发活动，甚至还扬言要来这里开采金属矿，中国又不得不站出来郑重强调，日本自划“中间线”的日本一侧属“争议区”，日本单方面采取行动违反了国际法的规定。他们正是在这些你来我往的辩驳声中“暗度陈仓”，推出了“中间线”这一中国绝不承认也绝不能承认的私货。俗话说，“谎言重复三遍就变成了真理”，日本人奉行的就是这种哲学，认定只要借着“春晓事件”天天在中国人耳边聒噪“中间线”，迫使中国人不得不时刻为自己有没有跨越“中间线”进行辩解。如此一来，这条本来不存在的“中间线”，有可能绕来绕去真的把我们绕进去了，最终达到他们按照“中间线”既划大陆架又划专属经济区。这样一来，无论中国怎么做，日本都会是惟一的赢家，所有的大小好处通吃。

首先必须明确，东海属中国大陆架的自然延伸，并且与对岸的琉球群岛根本不存在共架关系。东海是由中、韩及琉球群岛环绕的半封闭海域，东西宽约150至360海里，南北长约630海里，平均水深约70米，总面积达77万平方公里。东海大陆架自中国大陆东岸平缓向东倾斜，直至坡度很陡的冲绳海槽，突然深了下去。该海槽南北长约1100公里，东西宽度由30至150公里，面积约10万平方公里。自日本九州开始，紧贴琉球群岛西侧成弧状向西南延伸至台湾附近，大部分深度超过1000多米，最深处达到2900多米。按《联合国海洋法公约》规定，2500米深度是切断大陆架的标准，完全可以确定冲绳海槽是中国大陆架和琉球群岛岛架之间的分界线。而冲绳海槽属过渡形地壳，两侧地质构造截然不同。东侧为琉球岛弧，地壳运动异常活跃，地震活动非常频繁，沉积物与琉球群岛相同。而西侧为一稳定的大陆沉降盆地，其沉积物主要来自于中国长江携带的泥沙和各类有机物质。冲绳海槽构成中国东海大陆架和琉球岛架的天然界限，理应作为琉球与中国划分大陆架疆界的基本事实依据。日本根本不顾东海海域地质构造等基本条件，坚持声称中日两国在东海海域的专属经济区应当按照其虚拟的所谓“中间线”划分，而非依据冲绳海沟等清晰的自然界线划分，是完全没有道理的。

退一万步说，即使将日本提出的“中间线”勉强视之为国际海洋法所说的“等距离原则”，同样也不适用于东海划界。根据《联合国海洋法公约》第76条规定，大陆架的权利基础是自然延伸和距离标准，自然延伸占主导地位，距离标准只是为了平衡权利而已。最重要的是，等距离原则必须在双方条件基本相等或相同的情况下，才算是符合《公约》规定的“协议划定，公平解决”的划界方法。然而，中国和琉球群岛在东海的地理环境和人文条件，简直一个天上，一个地下。采用“中间线”，或曰等距离原则划界，是对中国利益的极大侵犯，从根本上违背了国际海洋法规定的划界原则。一个是中方的大陆岸线，同日本非法侵占的琉球那一串小岛的岛屿岸线，在法律上的地位根本不在一个档次上，岛屿在划界中的地位大大低于大陆；另一个是中国大陆一侧的大江大河对东海海床上覆水和海床及其底土，包括生物资源、矿产资源、水资源、空间资源等等在内的自然资源的形成和变动的贡献率，也是琉球那些小岛无可比拟的。1969年，荷兰、丹麦要求按“中间线”划分欧洲北海的大陆架，德国就是以本国大陆对北海陆架构成的贡献率，在国际法庭上打赢了官司，否定了荷兰、丹麦提出的“中间线”原则。现在日本在东海无视这些带根本性的差距，坚持要与中国平分东海，说文雅一点，“蚍蜉撼大树，可笑不自量”。

还有，日本提出的“中间线”混淆了大陆架和经济专属区两种不同的划界原则。有海洋专家指出，中日东海划界问题实质上应分为大陆架划界和专属经济区划界两部分，由于大陆架的权利基础是自然延伸和距离标准，专属经济区的权利基础只是距离标准，按公平原则划界时，应当考虑其法律标准和要求不同。自然延伸是大陆架特有的，划界中考虑的是地质、地貌因素和底土中的矿产资源，而专属经济区划界不但要考虑底土中的矿产资源，而且要考虑上覆水域的渔业资源，却不需要考虑地质和地貌因素。沿海国对大陆架的权利是固有的，并不取决于有效或象征的占领或任何明文公告，而专属经济区却需要各国利用国内法宣示拥有。大陆架制度的产生早于专属经济区制度多年，而且大陆架划界的复杂程度也远远高于专属经济区的划界。由于有这么多不同之处，在东海应该而且必须既考虑专属经济区划界，也考虑大陆架划界。日本大概心中十分明白，在东海划界该国属于“地理不利国”，要与中国平分大陆架，必须拿出符合科学的事实依据，证明中日在东海是共架国，这是日本怎么着也无法达到的。因此，不得不有意用模糊的“中间线”将两者合而为一，从根本上剥夺了中国大陆架自然延伸应当拥有的固有权利，这难道是公平的吗？联合国第三次海洋法会议充分肯定了大陆架作为一个独立的法律概念的存在，并对大陆架的法律制度作了详细规定，请问日本该作何解释？

还有专家指出，日本所谓的东海“中间线”完全超越了事实和法律，是蓄意对中国进行政治挑衅。1982年，日方向中方提交的划界草图上的所谓“中间线”，是在将我固有领土钓鱼岛偷偷划到该国领土范围之后再“平分秋色”的非等距离线。中日双方商讨在“争议区”进行“共同开发”，日本方面也顽固坚持不允许将钓鱼岛海域列入“争议区”进行“共同开发”。他们要弄这些伎俩的目的很明显，就是“请君入瓮”，由他们牵着我们的鼻子走。如果中方承认或有意无意默认了这条所谓的“中间线”，就等于中国将老祖宗留给子孙后代的钓鱼岛列岛拱手送给这位侵略中国成性的邻居，而且不费一枪一炮就从我们手里夺走数十万平方公里的管辖海域，比当年占领我们东三省和华北地区还来得容易。日本人自以为这一手高明，实则聪明反被聪明误。殊不知他们将侵略霸占中国钓鱼岛作为划“中间线”的依据，就从根本上否定了他们抛出的所谓“中间线”的合法性，以及作为双方平等协商、公平解决东海划界争议的一种提案的任何价值。解决国与国之间的争端，包括海洋划界在内，必须建立在双方具有起码的诚意与友善的态度上，似这等侵略霸占别国领土还要强迫被侵略的国家承认，已经远远超出正常谈判、协商的范畴，只能视之为恶意的挑衅行为，必须坚决予以揭露和摈弃。

日本自民党政府更阴险的是，利用中国极力维护地区和平与稳定的善良愿望，料定中国不会轻易出手同其搞武装对抗，已经用武力对他们自划的“中间线”进行实际的控制。按照《公约》的要求，海岸相向或相邻的国家在海洋划界达成协议之前，有关各国应基于谅解和合作精神，尽一切努力做出实际的临时性安排，并在此过渡期间内，不做任何危害或阻碍最后协议的达成。日本政府不知谁给了他那么大胆子，既不受国际海洋法的约束，也不顾中国的强烈反对，竟派出舰船和飞机在所谓的“中间线”东侧武装巡逻，对中国在那里进行海洋调查和航渡的船只进行监视、喊话，野蛮地加以阻止和干扰。甚至敢于将舰船开进我们春晓油气田作业区，还做出飞机向中方作业者俯冲的恐怖动作，不但粗暴践踏国际法准则，也构成了对中国领土主权事实上的侵犯。由此不难看出，以日本国暴露出来的野心，并不会以得到自划的“中间线”为满足。这个国家有“得陇望蜀”、“欲壑难填”的习性：他们当年通过武力先占领琉球靠近日本的几个岛屿，接着实现向整个琉球国的扩张；二战后得到美国明里暗里的支持，在强占琉球之后并不满足，现在又提出自划的“中间线”向我东海扩张。假如中国再次放弃自己的坚持，任其自划“中间线”的如意算盘得逞，君不见还有“吸管效用”之类的“理论”摆在那里，说不准还会向中国提出别的什么蛮横要求来。

尽管目前东海对立和紧张空气的出现，完全是日本采取无理甚至粗暴的手段，欲以其自定的所谓“中间线”与中国平分东海造成的。但中国并未放弃和平解决东海划界的希望，也没有动摇维护东海地区和平与稳定的决心。中国充分认识到，解决东海划界争端的难度比较大，可能会是一个长期的、错综复杂的过程，需要有足够的耐心，最终找出建立在法理分析和科学研究基础上的方案，以求得到公平、合理的解决。中国在这方面释出的善意，甚至是最大限度的忍让，全世界有目共睹。美国威尔逊国际学者中心东北亚石油天然气合作项目主任哈里森曾明确表示：“一直以来，中国对日本所坚持的‘中间线’的克制态度，使双方到目前为止避免了在这个问题上发生冲突，这种做法是值得赞赏的。”

一个时期以来，中日东海成为网络评论的一个热点。很多网友奉劝日本人做人别太平松茂行，说话办事别太一厢情愿，多少总得顾及一下周围邻居的感受。尤其别在日本民众中进行那种非理性的煽动，现在不是“皇军时代”了，彼此打交道的方式也该变一变了，在东海和钓鱼岛问题上，总把中国的一再忍让当软弱，也该想想这种忍让不会没有一个限度吧？还有很多网友表达心之所忧，尽管中方一再声明对日方提出的所谓“中间线”，过去不承认，将来也绝不会承认，但不能低估日本这些年在“中间线”问题上玩弄的种种强加于人和先入为主的伎俩，会不会或多或少、有形无形扰乱我们的思维？有没有可能一不留神掉进日本人为我们设置的陷阱？比如，有网友提出即使按照日本一手策划的所谓“中间线”，我们的春晓油气田也不在争议区内，坚持继续自主进行开发，有必要看日本人的脸色行事吗？还有，日本人顽固坚持将钓鱼岛排斥在实行“共同开发”的“争议区”之外，这样的“共同开发”还有必要继续跟他们啰嗦下去吗？

应该说，国内网民的种种担心并非多余，事实上日本不少人已是这么理解。日本一个叫村田忠禧的人就宣称，中国政府实际上还是默认了“中间线”的存在，这也是日本最想达到的目的。日本一开始就是希望通过经济合作手段，达到政治和海权上的战略目的，能源并非第一位，最重要的是想通过在东海能源开发的谈判，将钓鱼岛占为己有。村田忠禧还说，以“春晓”油气田为例，如果把油气输送回日本本岛，要铺设长长的海上管道，成本相当高，经济上并不划算。一家名叫《日本经济新闻》的媒体也赤裸裸说，不如把共同开采出来的原油再作价卖给中方，只要中方有意无意默认了“中间线”，将来钓鱼岛的归属谈判就会让其陷入被动，因为钓鱼岛在“中间线”日方一侧。这可都是日本人自己说的，他们“醉翁之意不在酒”，真正在乎的就是那条本来不存在的“中间线”，还有我们自古拥有的钓鱼岛。

钓鱼岛，中国再也没有退路

2008年，围绕钓鱼岛发生了两件很有意义的事情。

一件是台湾“联合”号海钓船在钓鱼岛海域被日本保安厅巡防舰撞沉事件，最终迫使日本道歉并赔偿被撞沉渔船的损失。6月10日这天凌晨，日本保安厅巡防舰野蛮地撞沉在钓鱼岛附近海域进行海钓的台湾“联合”号渔船，16人落海后获救，其中13人由台湾“海巡署”舰船接回，船长何鸿义及另两名船员被扣押至日本。当时的日本自民党政府大概没有想到，这次事件会在台湾岛内引起那么大的愤慨，掀起一浪高过一浪的抗议浪潮，并且持续不断燃烧，态度也越来越强硬。事件发生当天，中国外交部新闻发言人立即在例行记者招待会上表示，钓鱼岛自古就是中国的领土，中方对日本巡逻船在钓鱼岛附近发生碰撞导致台湾渔船沉没表示严重关切和强烈不满，要求日方立刻停止在钓鱼岛附近的非法活动，防止此类事件再次发生。大陆的表态，无疑给台湾同胞撑了腰，岛内舆论评价说，“北京对日本的侵占行为反应之快、措辞之严，大快两岸同胞之心。”

据台湾媒体报道，马英九当局起初表现低调，随后在岛内民众捍卫钓鱼岛主权的强烈要求下，也向日本政府提出严正抗议，强调钓鱼岛是中国固有领土，地理上是台湾的附属岛屿，属于宜兰县头城镇大溪里，并重申维护钓鱼岛主权的立场绝不改变，要求日本政府放人、道歉并做出赔偿。台湾当局的“阁揆”刘兆玄随后也表态，为捍卫钓鱼岛主权“不惜一战”。台湾“联合”号受害者用清楚拍摄到的日舰撞击“联合”号的画面，严正驳斥日方否认撞船事实的无赖行径，经“联合”号船长何鸿义以被害人提起告诉，台当局“海巡署海洋巡防总局”以涉嫌伤害、毁损等罪嫌，将日本巡逻舰舰长移送宜兰地检署侦办。16日凌晨，台湾保钓行动联盟人士在台“海巡署”舰船护卫下，前往钓鱼岛宣示主权，众人高喊“日本滚出钓鱼岛”，并绕行钓鱼岛一周。此次保钓行动执行长黄锡麟表示：“30多年来，海巡舰艇第一次进入钓鱼岛12海里处保护渔民。”台当局防务部门也公开表示，如果台湾渔船在钓鱼岛12海里内遭遇类似问题，只要海巡部门提出申请，防务部门将会派遣军舰前往协助处理。日本肇事的海上保安厅迫于形势，由最初的强硬到软化，从态度暧昧的“坦承疏失”到公开道歉，并答应赔偿“联合”号被撞沉所蒙受的损失。

另一件是中国海监船进入钓鱼岛12海里区域巡航，这是自甲午战争清朝政府失去琉球藩属国和本土钓鱼岛列岛100多年来，在二战后美国将我钓鱼岛的行政管辖权非法交付日本60多年来，中国的公务执法船第一次在钓鱼岛海域执法。12月初，国家海洋局所属东海海监总队海监46号和海监51号分别由宁波港和上海港出发，在东海某海域集结待命。12月8日上午8时左右，海监执法编队正式进入钓鱼岛12海里范围实施维权巡航。9时40分左右，在钓鱼岛东北17公里海域停泊约一个小时，随后环绕钓鱼岛顺时针方向环行，最近处距离钓鱼岛仅1海里。我们的海监人员以严肃的神情，巡视钓鱼岛及周围海域，执行自己的神圣职责。他们都在心里呼喊："久违的钓鱼岛，祖国的游子，你好！"这一天，阳光也特别灿烂，海水也分外湛蓝，一片青翠的钓鱼岛似乎也展开笑颜，在迎接祖国亲人的到来。

蛮横霸占我钓鱼岛的日本当然极不愿意看到这一幕，立刻出动其海上保安厅的巡视船，无理跟踪和监视中国海监编队的巡航行动。他们气急败坏，通过无线电反复用汉语发出要我们海监船离开的"指令"，并进行跟踪拍照。日方巡视船还曾摆出"挤压"、"碰撞"的姿势，并试图干扰中方航线，最终慑于中方海监执法船的威严，放弃了可能的对峙和干扰行动。一直到当地时间17时20分和30分，太阳快要接近海平面了，海监46号和海监51号才结束在钓鱼岛的巡航，从容离开钓鱼岛海域。忠于职守的中国海监执法人员还没有忘记向钓鱼岛说声"再见"，告诉这里属于祖国的大大小小岛屿："我们还会来此巡航执法的。"

一直以来，日本为了达到长期占有中国钓鱼岛的目的，依托其海上保安厅，在钓鱼岛周围海域设置了严密的"封锁线"。其中，距钓鱼岛12海里范围内为所谓的"绝对禁止区"，对进入该海域的大陆及台湾民间船只"不惜代价"进行驱逐；12海里至24海里为所谓的"严格监控区"，对进入该海域的非日籍船只进行目标识别和喊话驱赶；对24海里以外试图接近钓鱼岛海域的船只，保安厅根据外国军舰、政府船舶、民间"保钓"船只、外国渔船以及"不明国籍船只"等类别，对不同性质目标采取尾随监视、警告、驱离等方式予以密切监控。同时，日本海上保安厅还与海上自卫队密切协同，将其11个管区与海上自卫队横须贺、吴、佐世保、舞鹤以及大凑5个警备区，实现了相互交叉和重叠，可谓处心积虑、严丝合缝。据统计，2006年以来，中国调查船至少有7次到钓鱼岛海域进行科学探测活动，都受到了日本海上保安厅舰船的无理阻挠，甚至以武力相威胁，致使我们的人和船只出入自己的传统海域，人身和设备安全都无法得到保障。

这次中国海监船进入钓鱼岛海域执法巡航，粉碎了日本企图在钓鱼岛制造"有效管辖"的痴心妄想，让日本自民党政府的头面人物气急败坏，大小动作不断。12月8日下午，在日本首相官邸召开的例行新闻发布会上，日本官房长官河村建夫表示，日本外务省已经派出事务次官薮中三十二向中国驻日本大使提出“抗议”，并要求“中国船只立刻离开尖阁诸岛海域”。日本随即有媒体透露，从2009年2月1日起，日本海上保安厅将派出可以搭载直升机的PLH型巡视船常驻钓鱼岛海域，公开宣称其目的是“防范中国海洋调查船的入侵”。此后，日本外相和首相相继放出狠话：“不惜在钓鱼岛使用武力。”该国还有一招，就是将美国捆绑到他们的战车上，2009年初该国领导人再三扬言，美国跟他们有默契，一旦中日在钓鱼岛发生冲突，美国会根据“日美安保条约”站到日本一边，最近日本舆论还强行要求美国政府表态认可这一说法。美国有国会议员也相跟着跳出来放话：“美国当年将钓鱼岛管辖权交给日本，就是承认钓鱼岛属于日本。”这个当了议员的美国人太过无知狂妄，谁选你美国当地球的球长了？中国的领土可以凭你们一句话，说给谁就给谁？日本人也好，美国人也好，都该学会谨言慎行，跟中国说话办事还这么霸道，想以势压人，是不是翻错皇历了？

这么多年来，中国从维护地区和平与稳定的善良愿望出发，一直期望通过谈判和对话和平解决中日两国的钓鱼岛争端。1978年，中国领导人邓小平访日，向当时的日本首相提出“搁置争议”的主张，并在记者招待会上公开说明，钓鱼岛的争论不妨先放一放，暂时避开一下好，我们的后人一定会有智慧来解决。这从那时的情况来看，无疑是有一定道理的。正如一些专家分析，中国有强大的发展空间，民族有生生不息的未来，机会在于时间，在于发展，在于未来。在有些事情上中国不怕等，也等得起。然而，美国人保罗·肯尼迪写的《大国的兴衰》一书曾提醒世界：“目前任何人都不会想到，日本将把自己建成一个军事大国。不过，如果今后有一天新上台的东京政治领导人决定将其经济力量用于发展军事力量，则任何熟悉战争与世界政治变化的人都不会感到惊奇。”有着漫长军国主义历史的日本，有时非常迷信武力，也尝到过小国蹂躏大国的甜头。把日本无理霸占我钓鱼岛，同他们在东海胡搅蛮缠闹着划“中间线”，在“冲之鸟”礁强行建军港，以及策划在靠近中国的与那国岛驻军等等联系起来，不能不让人怀疑是在密谋重新用武力包围中国，至少是在杜勒斯岛链封锁的基础上再给中国套上一条新的锁链。新中国成立以后，我们已经忍受了美日几十年的岛链封锁，还能容忍日本在我们脖子上再套上一道枷锁吗？

还有，就是要警惕日本企图在钓鱼岛制造“事实占领，有效管辖”的阴谋。众所周知，按照国际海洋法的规定，岛屿归属现实的有效管辖优于历史性占有。日本二战失败后，借美国霸权之力，继续强占琉球国诸岛的同时，霸占了中国固有领土钓鱼岛。这些年接连不断玩出种种花样，纵容右翼势力强行登岛，又是建灯塔，又是立碑，还处心积虑导演所谓“租借”的闹剧，宣称日本政府采取“租借”方式，从日本国民手中获得了对钓鱼岛的“管理权”，并且扬言要让这种“租借”合同今后将长期维持下去。最近又提出包括我钓鱼岛列岛在内的所谓“离岛国有化”，可谓“图穷匕首见”。与此同时，蛮横无理、甚至不惜动用武力阻挠中国船只接近钓鱼岛，包括台湾渔民进入钓鱼岛传统渔区捕鱼，大陆、台湾、香港两岸三地民间去钓鱼岛宣示主权，也包括中国科考船到钓鱼岛进行正常的科考活动，很明显就是阴谋造成日本事实上的“有效管理”。

2004年春天，冯锦华、张立坤、尹东明、胡显峰、王喜强、方卫强、殷敏鸿等7名中国青年，冲破日本海上保安厅舰船的阻挠，成功登上钓鱼岛，向世界宣示中国的主权。中国科协所属大战略研究会等学术团体就此在北京召开了一次座谈会，与会的海洋专家、学者听取了登岛过程的介绍，称赞了保钓志士的这一爱国壮举，也表达了对钓鱼岛现实状况的担忧。大家一致的看法：中国在钓鱼岛已经没有任何退路。以往我们说得最多的是“钓鱼岛自古以来属于中国”，但世界很多国家，比如美国本身建国历史很短，根本没有“自古以来”这个概念，国际社会看重的是现实，奉行的是“强者为王”的逻辑，如果放任日本霸占钓鱼岛的行为长期继续下去，世界又听不到中国发出的更为坚强有力的信号，那将是非常危险的。

一些专家、学者还谈到，类似钓鱼岛这类涉及领土主权的争端，在政府发声的同时，还得允许民间发声，双管齐下总比单管独奏好。有学者提到，这其中有个如何对待民众情绪的表达，不要动不动就给扣上“民族主义”的帽子。现在世界上的所有国家都还不是超民族的，即使是那些总拿“民族主义”指责和教训中国的西方人士，其言论和行动也并非超民族的“全球主义”，剥去其伪装便不难发现，他们代表的也只是某些国家或利益集团的私利和偏见。而我们现在所需要的，是情感与理性的有机结合，像日本这样不断在海上挑事，我们表示愤怒，但也绝不逞一时之愤，绝不盲目将这种愤怒扩大到仇外和排外，同时在坚决维护国家主权和核心利益的时候，也把握好顾全周边和世界大局的分寸，让我们作为世界大国的国民心态尽快成熟起来。

与会的专家、学者还一致认为，保钓要从源头抓起，强海是保钓之本。回顾不堪回首的百年屈辱，追本溯源，根子还在数百年的海禁和变本加厉的“迁界”，让国家、民族从此一蹶不振，这才接连出了许多丧失陆、海领土的事情。毫无疑问，钓鱼岛争端的最终解决，也离不开中华儿女万众一心推动国家在海洋的真正崛起。

2009年日本大选之后，民主党取代自民党登台执政，在改进中日关系方面释放了一些善意。鸠山由纪夫当选首相后，曾一再表示要将东海变成和平之海，这自然是中国人民非常欢迎的。菅直人上台以后，也一再表示要坚持中日友好。笔者曾提出，要使东海成为和平之海，第一步，也是关键一步，就是日本必须停止在钓鱼岛的一切大小动作，撤走其海上保安厅部署在那里的武装船只，停止无理阻挠中国船只进入钓鱼岛海域进行正常作业的错误行为，让那块海域先和平起来。不想，这届日本政府却变本加厉，2010年9月7日竟在钓鱼岛海域蛮横撞击和抓捕我国正在进行正常作业的渔船，并不顾中国政府的严正交涉和严厉警告，非法扣押我国渔船和拘留船长，激起了中国人民的愤慨。值得关注的是，这绝非偶然，而是日本妄想扩张其海洋版图，对钓鱼岛实施军事占领，并对中国实施新的军事包围迈出的重要一步。该国最近公布的军事白皮书就明目张胆提出，要确立“新的安全身份和战略定位”，并确立了所谓“主动应对动态威胁，日美责任分担，离岛防务”的激进思路，公开渲染威胁。这要求我们对东海形势要有全新的认识，适时调整战略，“来而不往非礼也”。

维权与维稳的双向思维

“鱼我所欲也，熊掌我所欲也，二者不可得兼，舍鱼而就熊掌也。”孟老夫子非此即彼的单向思维，让他有了这种无奈的取舍。中国现在解决海洋争端，既要维权，也要维稳，二者必须得兼。这就需要摈弃非此即彼的单向思维，活跃亦此亦彼的多向思维。眼下复杂的周边环境和严峻的海洋形势，正考验着中国人的智商和思维能力。

找到维权与维稳的接合点

2009年3月全国人大和全国政协“两会”期间，维权与维稳曾成为会内会外的一个热门话题。包括解决海洋争端，我们国家不能不维权，也不能不维稳，这应当是毫无疑义的，也是大家一致赞成的。人们热衷议论的，是如何恰如其分地摆好这两者的关系，在维权时不至于失去维稳，在维稳时不至于牺牲维权，两者要相辅相成，使维权与维稳相得益彰，开创中国迈步走向浩瀚海洋的一个新局面。

笔者与一些海洋方面的专家、学者也曾就这个话题展开过一些讨论，仁者见仁，智者见智，很是活跃。大家的基本认识，摆正维权与维稳的关系，维权是前提条件，是基本原则，必须始终摆在首位。一是因为维权涉及到维护领土主权等国家核心利益，这是在任何时候都必须坚持的，否则上对不起创业维艰的列祖列宗，下不好向子孙后代交待；二是历史的教训已经告诉国人，以牺牲国家海上的主权权利为代价，不但不可能得到海上的和平与稳定，还会给国家的安全造成新的威胁。本书前面已有详细论述，现在所有在中国海域出现的争端和不稳定因素，无一不是历史上主动放弃或被迫丧失国家在海上的主权权利生发出来的。东海问题尤为突出，慈禧老佛爷无力保护藩属的琉球国和直接管辖的本土钓鱼岛，蒋介石又在二战后放弃收复琉球和钓鱼岛这个千载难逢的历史机遇，让日本今天可以肆意挑起东海划界和钓鱼岛争端。这就充分说明，国家的主权权利得不到很好的维护，也根本维护不了相关地区的和平与稳定。维稳离开了维权这个基本原则和前提条件，即使可以求得暂时的安宁，也无异饮鸩止渴，遗患无穷。

就国家内部而言，也有正确处理海上维权与国内维稳的问题。这也就是说，处理一些国际争端，还要认真考虑和接纳来自民间的正确认识和看法，照顾到老百姓的实际感受，这也直接关系到国内民众情绪的稳定。在2009年一次有关东海和钓鱼岛争端的学术会上，中国社科院从事大战略研究的研究员高恒强调：日本不但霸占中国的钓鱼岛，还在东海提出所谓“中间线”，一再向中国发难，企图划走我们东海一半的海域，让中国老百姓都感到很闹心。这个问题如果处理不当，造成维权的损失，肯定会带来民众情绪的很大波动，影响国内的安定团结。由此可见，海上坚定不移的维权，也直接关系到了国内维稳。

维权与维稳本来也不是非此即彼的关系，而是辩证统一的。中国作为正在和平复兴的世界大国，也应当有能力和魄力把维权与维稳很好结合起来，既有效维护国家主权和核心利益，同时又承担起维护世界和地区和平、稳定的历史责任。中国一再强调自身的和平复兴与整个世界和谐发展的一致性，一直真心诚意地与远近国家构建双赢或多赢互利的合作伙伴关系。特别是亚太地区的和平与稳定，不但惠及周边国家的人民，也惠及中国自己，是我们自身实现中华民族和平复兴的必要条件。这些年来，中国始终不渝寻求在和平与稳定的环境气氛中解决与周边国家的争端，坚持用谈判替代争论，对话代替对抗，合作替代冲突。即使免不了会有针尖对麦芒的时候，也是尽力避免诉诸武力，绝不关闭谈判的大门，留下了彼此对话的渠道。现在的关键是，需要认真思考维权与维稳之间究竟有些什么可以互相容纳的接合点，好好将其梳理出来，把力气下到这些接合点上。

2009年的两会期间，一位人民海军的代表对菲律宾议会通过的“领海基线法”提出严厉批评，同时认为仍然应该搁置争议，并不主张动武。他谈道：“接下来挑战两国外交家的最大难题是，如何将保持南海稳定与和平的共同意愿转化为理解与尊重各自的主权与利益。”这也就是要找出维权与维稳的接合点。同年6月初来中国访问的马来西亚总统纳吉布，在接受凤凰卫视专访时表示，对于近期中国和菲律宾、马来西亚等东南亚国家的争端，他并不担忧南海的局势，他认为争端对于邻国来说很普遍，这不会影响中国和马来西亚的关系，马来西亚会按照国际法的规定通过协商解决问题。纳吉布重申：“我们应该通过协商和深入的讨论找到合适的解决方案，当然这要遵照国际法，马来西亚相信法律的规定，首先就是遵照国际法，第二是对像中国这样友好的国家我们也会有一些特别的考虑。”他的这番话，从他的角度来看，也是期望双方找到维权与维稳的接合点。

现在的国际大环境，也决定我们必须做到既维权也维稳。当今时代的主旋律是和平与发展，经济的全球化，各国利益的相互渗透，相互依存，已经是你中有我，我中有你，共存共荣。这就使得国与国之间出现争端以后，双方都必须从大局出发，用理性的思考取代非理性的冲动，坚守“过犹不及”的中庸之道，避免走极端。当菲律宾一些议员提出所谓“领海基线法”，声嘶力竭鼓噪中国威胁论，其国家安全顾问冈萨雷斯甚至试图通过增大军事投入来解决岛礁争端。在菲律宾国内还是出现了一些理性的声音，不认同对“中国威胁”的一些夸张说法，批评一些议员的言论行动背离了《南海各方行为宣言》的基本精神，以为这是极不明智的。菲众议院外交事务委员会主席库恩科还把冈萨雷斯说成是“妄想狂”和“神经病”，建议冈萨雷斯应该“去休息放松一下”。菲众议院议长诺格拉来斯说：“我们的外交部必须做出相应反应，我们不需要同中国发生战争。”据香港报纸报道，菲律宾方面在中国对其“领海基线法案”提出坚决反对后，也开始淡化之前对有争议的一些岛礁的主权主张。尽管这只是微小的进步，但也是一种进步。

中国经过这些年的探索和实践，一些既维权也维稳的办法也在积累和丰富着，对于维权与维稳分寸的拿捏也在日趋成熟。首先是海上定期维权巡防，已经取得比较好的效果。经国务院批准，国家海洋局自2006年7月起，组织中国海监船只和飞机对我东海管辖海域，实施长时间、不间断、全方位的海空协同巡逻，大大提高了国家在东海海域的实际控制能力和监管能力，有效地遏制了以美国和日本为首的海洋大国的侵权势头，还能妥善处理重叠区域出现的问题。而我海监船进入钓鱼岛12海里范围巡防执法，乃历年以来所仅见，是具有历史意义的重要突破。2008年，中国已建立全海域维权巡航制度，将300万平方公里管辖海域纳入定期维权巡航制度管理范畴，无疑将成为中国海上维权、维稳的一道风景线。

与此同时，加强海上渔政巡航管理。2009年在南海出动了中国那时最大一艘渔政船——中国渔政311船，在南海行使渔政管理权利。这艘渔政船，原为中国海军南海舰队南救503船，总吨位达4450吨，最大航速可达20节，在调拨给农业部南海渔政局以后，有效提高了海上渔政巡航能力。中国渔政311船今后将主要担负起在南沙群岛和西沙群岛护渔护航的重担，并宣示中国对南海诸岛的主权。该船在南海的首次露面，让所有在南海进行捕捞作业的渔民兄弟都觉得有了主心骨，脸上都增添了几分安全踏实的笑容。对此，周边国家基本上都能理性看待，反应也比较平静，某个国家少数头面人物想借机发难，企图炒作“中国威胁”，因无人跟着起哄，只好偃旗息鼓。近年来，中国渔政船在南海争议地区行使管辖权的过程中，曾多次遭遇外国军舰的威胁，还有恶劣海况的袭击，总是坚持按照既定计划进行。每次赴南沙巡航，一般都要到达祖国最南端的曾母暗沙，即使遇到马来西亚海军舰船的跟踪和阻挡也绝不退缩。照样要到达北纬3度58分、东经112度32分那个点，通常还要在这个点上举行升国旗和投放主权碑的仪式，告诉世界这里是中国最南端的疆土。最近，我国的深潜装备还将国旗插入南海3759米深的海底，也无疑是宣示南海主权一个标志性动作。

还有就是东海及南沙油气资源的勘探开发，这已经是刻不容缓的事。特别是在《南海各方行为宣言》得不到有效遵守，中菲越合作协议因受干扰而搁置，一些国家仍在变本加厉掠夺南海油气资源，连中国海油“万安北-21”合同区块的存在都受到严重威胁，我们再也无法坐视和等待下去。美国人哈里森曾提醒的，在海上有争议地区进行油气勘探、开发，有利于宣示和维护领土主权，还是有些道理的。我们把钻井平台和采油平台摆到南沙海域，在敏感地区进行敏感接触，不可避免会起一些摩擦。但也可以让一些头脑发热的国家稍稍冷静一下，再也不能忽视中国在南沙的存在，好好坐下来认真谈一谈。这类非军事行动，相对日后兵戎相见，要柔性得多，回旋的余地也大得多，相信国际社会也能理解和接受。

与此同时，积极主动地在争议地区行使行政管辖权。2007年11月，由国务院颁发行政命令，在中国的南海设立三沙市。这个三沙市是目前全国地盘最大、人口最少的一个县级市，包括西沙、中沙、南沙，现有常住的居民260人，其管辖范围260万平方公里，平均一万平方公里有一个居民，看来是稀疏了些，但总有一天这个县级市的人丁会兴旺起来。最近国家批准将海南建成国际旅游岛，并着手开发西沙和南沙旅游，无疑也在维权与维稳的结合上，迈出了很有效的一步。

再有就是打造中国应有的威慑力，这也是维权与维稳必不可少的。有些人有误解，似乎一讲威慑力就是动用“非和平手段”，就会被制造“中国威胁论”者抓住把柄。如新加坡有家新闻媒体，听到新闻媒体嚷嚷中国要造航母的消息，看到我们派出一艘由军舰改装的渔政船出来巡航，就惊呼“中国的这些反应似乎是在威胁而不是在吸引其东盟朋友”。还危言耸听说，“这是否会干扰东盟与中国关系10年的良好发展，促使该地区进一步向美国而不是向中国靠拢?”按照这家媒体的说法，“如果中国希望保持其在东盟的影响，并逐渐将美国挤走，它就必须甘愿做一个‘快乐的俘虏’，并且在涉及领土争端时降低调门。”这家媒体至少没有弄清楚，东南亚某些国家之所以向美国靠拢，正是看出中国现在的实力与美国还有较大差距，欲借这个世界超级霸权国家要挟中国，实现他们的某些非分之想。还有一些国家认准中国一心想着“以邻为伴，与邻为善”，料定趁此机会在南中国海的争端中捞一把、再捞一把，也不会招致中国采取坚决行动，因此才敢于一再做出冒险的举动。

面对一些邻国加紧在海上扩充军备，并且“挟美自重”，还有美国投入亚太地区的兵力近年一直有增无减，其海外军事基地已经逾千，有意无意在我们四周制造新的包围圈，中国在自己家门口总不能连一点制衡力都没有吧？正如香港媒体一篇评论所说：“睦邻之道无他，首在自强。”你不强大，便没有资格谈睦邻，而是人家考虑该不该睦你了。中国这些年一直努力适应国际社会现有的生存法则，小心翼翼对待来自各个角落的种种责难，有时真像当小媳妇似的。现在世界，包括西方大国和周边邻国，也该考虑如何适应中国的崛起和存在了，好好调整一下与中国打交道的方式和态度。眼下一些国家敢在我们周边做这样那样的动作，在很大程度上，就是欺负中国还不够强大。这就说明，中国现在既要求富还要求强，该亮肌肉的时候亮出肌肉，该露牙齿的时候也不妨露露牙齿，威慑力掌握在中国这样负责任的大国手中，不会是坏东西。

美国“大哥大”，也不会没有软肋

一些国人说，美国和中国相距甚远，没有直接的利害冲突，美国似乎可以成为中国的好朋友。这在不会太久的将来，也许真有那么一天。但现在的美国无疑是中国最大的麻烦制造者，具体到海洋争端，几乎都是美国捣鬼有术造成的。甚至可以说，没有美国插手，也许就不会有现在的这些海洋争端，即使有解决起来也会简单容易多了。且不说中日东海划界和钓鱼岛之争是美国二战后一手炮制的，就是今日南海诸岛之争，东南亚一些国家得寸进尺的背后，或多或少都存在不可忽视的美国因素。还有包括日本在内的一些国家企图插足南中国海，搅浑水好摸鱼，其身后也都站着这位山姆大叔，乃狐假虎威。

2009年开春以后，美国对发生在中国海域争端发表过一些看起来比较中立的言论。据菲律宾《商报》报道，美国国防部长盖茨2009年6月访问马尼拉期间，在记者招待会上表示："美国对南沙群岛问题并没有立场。"该报报道，针对菲律宾国会已于今年较早之前通过了所谓的"法案"，对南沙群岛声索主权，盖茨表态："我们一直都希望所有有关方面可明确地、和平地解决问题。"此前，有关中，日的钓鱼岛之争，日本领导人先后放话美国将同他们站到一边，美国国务院发言人也曾表过"不会选边站"的态，也算是给日本人兜头浇下一盆凉水。

但美国人说归说，做归做，说的和做的常常不是一码事。2001年4月，美军监测飞机侵犯我海南岛附近海域领空，发生中美军机相撞事件，一度引发两国外交危机。将近10年过去，美国依然故我。2009年3月8日，美国海军"无瑕"号监测船进入距离我海南岛120公里的海域，同中国渔政船发生严重对峙，还反过来无理指责中国船只的行为违反了国际法，板起面孔向中国表达"不快"，接着派出"钟云"号为"无瑕"号在中国海域进行所谓"护航"，可谓霸气十足。中方就此提出严重交涉，要求美国采取有效措施避免再次发生类似事件，然言犹在耳，5月5日这天，美国海军监测船"胜利"号又违反国际海洋法和中国有关法律的规定，在未经中方许可情况下进入黄海中国专属经济区活动，与中国渔政船再次发生对峙。另据台湾媒体报道，在这一年的4月11日，美国的一艘调查船搭载台美科学家进入我东沙岛海域搞测绘，中国大陆"海监81号"船逼过去向美方提出警告，最后在三方各自约束克制下，没有采取进一步动作。举世皆知，台湾是中国领土的一部分，这是美国也公开承认的。如果台湾媒体报道的这一消息属实，那就说明美国还企图把台湾搅进中国海域的纷争中来，其居心可谓十分险恶。

2009年，就在盖茨发表那席讲话不久，美国和菲律宾"肩并肩"在南海的军事演习便进入实兵演习阶段。美国太平洋司令部前任司令托马斯·法戈直言："通过军事演习建立的经常性联系是在必要时美军进入菲律宾的最大保证。"而这只是拉开美国与东南亚6国每年年中例行军演的序幕，随后还要与泰国、新加坡、马来西亚、印尼及文莱逐一展开。这次年度联合军演，美国还史无前例地派出4艘宙斯盾舰，分别为"钟云"号、"霞飞"号、"拉塞尔"号和"约翰麦凯恩"号，傲然摆出世界顶尖级的阵势。有网络媒体的记者实地观察发现，其演习情节正是以南中国海的海上纠纷为背景。有评论说，4艘美国宙斯盾舰亮相此次东南亚6国的联合军事演习，"有美国海军的战略布局意义，也表明东南亚国家有更多机会与宙斯盾舰协同作战"。该评论还称，由于演习围绕在南中国海进行，这也意味着美国4艘宙斯盾舰在整个南中国海绕了一个圈子，必定加强对附近海域的侦测，获取地形地貌、气候水文等各种资讯。这样一来，美国宙斯盾舰将更熟悉南中国海的作战环境与海域，使美国在中国家门口的"利益边疆"

得到可靠保障。特别是2010年，先是美国民主党议员吉姆·韦伯窜访越南，叫嚷要在东亚和南亚地区“制衡中国的力量”，其国务卿希拉里紧接着又在越南大放“南海属于美国国家利益”的厥词，随后还上演了越美联合军演。更有甚者，美韩不顾中国一再反对，悍然在黄海海域联合进行军演，直接威胁我国心脏地区的安全。

美国如此反复无常，国内“草根智库”有两点揣测和分析。其一，美国国内鹰派和鸽派在中国问题上的观点本身就是对立的。就在2009年的2月26日，也就是阿罗约签署“菲律宾群岛基线法”前半个月左右，美国保守派智库传统基金会亚洲研究中心主任瓦尔特·洛曼撰写了一篇文章，其标题就是“南沙群岛：美国领导权在南中国海面临挑战”。他在文章中赤裸裸地说，南沙群岛之争不仅仅是菲律宾的问题，还是美国以及在亚太地区依赖美国领导权的所有盟国的问题，如果美国不对中国的南沙立场提出挑战，那么终将有一天美国的太平洋舰队在进入南中国海进行例行行动时需要首先征求中国的同意。鸽派这么说，鹰派那么做，这在美国是常有的事。其二，美国眼下国内外有很多重大事情离不开中国给予帮助与合作，尤其是奥巴马政府一上台，赶上金融危机在美国持续发酵，中国作为美国最大债主的地位一下子突显出来。他不但要担心中国釜底抽薪使美国经济雪上加霜，还得靠中国政府继续买美国债券帮他渡过眼下的难关，因此奥巴马政府有时不得不放下身段向中国示好。而从长远看，美国从骨子里警惕中国的强劲发展将挑战其在全球一国独霸的地位，因此也从来不肯放弃任何遏制中国的机会，能狠狠踹上你一脚，绝不肯只是轻轻戳你一手指头。

其实，奥巴马本人就是美国这种两面性的集合体。过去有人说，他是“嘴巴甜，耳朵软”，这边刚强调“中美没有理由不成为合作伙伴”，好听的话车载斗量；那边马上顺着美国右派的意思，发出对中国不友好的声音，以迎合国内反华势力。从他最近的实际表现来看，他本人就是一位口蜜腹剑、笑里藏刀的老手。他在北京“坚持一个中国”的承诺言犹在耳，回到华盛顿马上宣布向台湾出售武器，同时安排接见西藏分裂势力的总头子达赖，直接挑战中国的核心利益和中华民族的尊严，在我们心窝子上接连捅上好几刀。等他把这些激怒中国的糗事做过一遍，回过头来又笑眯眯大谈中美关系是世界最重要的双边关系，这些甜言蜜语余音犹在，马上又气势汹汹在黄海和南海向中国示威。美国这一套玩多了，给中国草根百姓的感受是，看到奥巴马、希拉里露出的笑脸，浑身就起鸡皮疙瘩。

这里要说的是，美国如何对待中国，那是美国人的事情，中国人当不了他的智囊团。我们所要考虑的，是中国该如何应对美国不断玩弄的两面派伎俩。

包括解决海洋争端在内，对于美国这个庞然大物的存在，一是想回避回避不了，二是想对抗也对抗不了，我们有这个自知之明。中国与美国搞对抗，不仅现在没这个实力，就是未来要赶上美国的实力，大概也需要一个很长的时期。再说，中国追求的是世界多极化，倡导的是世界和谐发展，也根本没必要同美国或其他国家搞啥对抗。然而，国家尊严所在，也不能任其为所欲为地将13亿中国人玩弄于股掌间，关键就在找准美国的软肋，对其有所制约。

我们应当相信，太阳都有黑子，希腊神话中阿克琉斯也存在死穴，美国大哥大肯定不会没有软肋。首先是中国的复兴，如今在世界上有了一定的分量，美国发现很多国际重大问题的解决，离不开与中国的合作，具体的如朝核、伊核、苏丹达尔富尔、巴基斯坦和阿富汗以及打击索马里海盗；宏观的如金融危机、气候变化等等。中国也用自己的实际表现证明是一个当之无愧的负责任的大国，解决国际间重大问题有别人无可替代的作用。从中美两国的经济关系来说，尽管还存在这样那样的摩擦，但彼此互补、相互依存、共赢互利的程度日渐加深，已经到了谁也离不开谁的地步。在很多领域内，一荣俱荣，一损俱损，美国伤害中国的任何行为，到头来都会搬起石头砸他们自己的脚。据《环球时报》报道，前些时候美国就有一些头脑冷静的专家，很不理解奥巴马为何处处与中国为敌。这些人站在美国的立场上提醒说："美国的经济和军事健康及经济增长依赖中国，同样中国也离不开美国的关键市场、储备资金和全球资本主义贸易体制。为取得中国在全球变暖、美元贬值或互联网政策上的让步，而牺牲处于全球资本主义中心位置的这种协作关系，那将是自我毁灭的愚蠢行为。美国到底需要多少敌人？"

其次是中国手中也积累了一些制约美国的筹码，华盛顿不可能像以前那样什么都由他说了算。《大国的兴衰》作者保罗·肯尼迪20多年前预言："如果世界上发生一场大规模的债务危机，那么这场危机最有可能从美国开始。"这个预言业已变成了现实，从美国开始的金融危机一直持续到现在，闹得很多国家人仰马翻。而在这场席卷全球的金融大海啸中，世界似乎突然发现了中国的重要性。尽管我们不同意某些西方国家把中国捧为救世主，中国也不可能具有拯救世界金融危机的能力。但还是可以看出，中国对美国的依赖和需求越来越少，而美国对中国的需求却有所增加，这使得华盛顿在一些问题上不能不顾及中国的态度。在2009年3月的一次记者会上，中国总理温家宝明确表示关注所持美国债券的安全。此后不久，中国央行行长周小川发表文章，批评依赖美元作为世界储备货币如今已弊大于利，提出建立"一种超主权货币"作为从美元向多样化转变的途径。中国这些接二连三的举动让美国人深感不安，一时却找不到向中国施压的筹码。在这个势头下，美国必须接受中国日渐强大的现实，习惯中国世界地位的变化，学会与中国平等商量和讨论问题。基辛格曾说过，中美之间“中国将变成一个大国并拥有更大的影响，我们必须习惯于这一点”。

还有，美国军事实力100多年以来的过度膨胀，也使他在经济发展和战略扩张两者之间难以持久保持平衡，这无疑是一个大国开始衰落的信号。1945年二战结束后，美国军事势力在全球范围空前规模的扩张，也在全球范围内承担了空前规模的军事义务。尽管山姆大叔历来在哪个国家驻军和建基地就叫哪个国家埋单，在哪儿发动武力打击就叫哪儿付账，且有经营“战争经济”的本领，美国国库所要承受的负担还是不轻松，已经让该国纳税人怨声载道。还有他们不断加大军备建设的投入，拼命生产那些未来也许很难用得上的尖端武器，不惜挤掉了许多生产性的投资。再加上美国国内多年形成的超前消费和超水平享受，把举债过日子当成时尚，毫无节制地挥霍自己国家的未来。这些问题日积月累，尽管目前尚未动摇其强大，对其本土安全也还构不成太大威胁，但要继续维护以往那样无边无际的海外利益，承担遍布全球各地的军事义务，充当啥事都插一手的“国际警察”，则多少露出了一些心有余而力不足的窘态。换句话说，美国那种不怕没朋友只怕没敌人的气势已经锐减，敢于向其说“不”的国家倒渐渐多了起来。奥巴马本人也毫不掩饰说，美国对世界的影响力，已经大不如前。

当然，美国能否学会尊重中国，在双边关系中真正以平等之态度待我，归根结底还是以中国自身的强大为前提。你强大了，在世界上的话语权多了，捏住他软肋的招数多了，美国就会有所顾忌，说话办事的霸道作风也必然有所收敛，老实回到相互合作的轨道上来。还有，就是我们要把经常被美国捏弄的几条软肋变成硬肋，从根本上解决台独、藏独、疆独等分裂势力的问题，有理、有利、有节地处理好与周边一些国家的海洋争端，叫美国想钻空子也钻不着。中国现在还是发展中国家，同美国的富裕和强大相比，还有不小的差距。但天道酬勤，只要我们坚守强国富民的大目标，坚定实施包括振兴海洋在内的复兴国家、民族的整体战略，坚持一心一意谋发展，就一定能够缩短与美国的距离，甚至有朝一日赶上他，大概也不会让世界觉得惊奇。

在“以和为贵”的理念下

究竟应当如何解决中国海域面临的种种争端？笔者采访在北京的几位专家、

学者，大家基本的认识是，现在冷战时代已经过去，全球性合作大势所趋，需要摆脱以往习惯性的冷战思维，告别动辄就是炮舰见高低的行为模式。中国也早在这方面做出不诉诸武力的承诺，这就决定我们需在兵戎相见之外另辟蹊径，在和平的氛围里化解彼此之间的争端。

有学者指明，这个蹊径就在调动东方人的思想智慧，进行东方式的理解和沟通，找出一条东方式的化解矛盾和冲突的出路。中国老子的哲学主张，“万物之生，负阴而抱阳”，阴、阳两极进一步演绎，“太极生两仪，两仪生四象，四象生八卦”，很好地阐明了世界的多极性。儒家鼻祖孔子将这一哲学思想具体推进到人类的社会关系，强调无论是人与人之间，还是国与国、地区与地区之间，应当“和而不同”，谁也不能轻易把谁给否了。即使相互之间出现争端，产生矛盾，也应当“以和为贵”，找到彼此都能接受的解决办法，别动不动就你死我活的。如果顺着这样的思路去考虑解决现在僵持不下的海洋争端，也许会有新的松动，出现新的曙光。

一个是在双方的利益分歧中寻找彼此的利益共同点。通常在发生争端时，往往容易忽视彼此存在的利益共同点，而夸大那些互相对立的利害冲突点，使得彼此的关系似乎变得水火不相容，在情绪上也容易走向极端。从“以和为贵”的理念出发，我们坚持争议各方的“和而不同”，不妨在承认各国利益分歧的同时，也寻求和加深对争议各方利益共同点的认识，将其作为解决矛盾和争端的共同出发点，创造解决争议的良好氛围。比如在南沙，几个周边国家虽然在一些岛礁海域归属的问题上有争议，但彼此之间的利益共同点远比利益冲突点多。东南亚国家都是发展中国家，都需要有稳定的周边环境与和平的岁月把各自的国计民生搞上去；同时，大家都有被西方列强侵略和掠夺的历史，有心灵相通的一面，对一些西方大国插手南沙的企图也都有程度不同的警惕；而且，各国的经济发展和安全保障彼此都有一定的依存度，离不开优势互补和相互合作。有句俗话，“远亲不如近邻”，家如此，国亦如此。山水相依，一衣带水，唇亡齿寒，就凭这也不能因为有海洋争端而永远对立下去。放大那些分歧点，可以造成彼此的对立；重视这些利益共同点，也许就能让大家坐到一起来。

例如，中国与越南，尽管两国之间发生过一些不愉快的事件，总的来说两国相似的国情和相似的发展目标，决定了彼此应当很好合作而不是一味搞对抗。也正是基于双方有太多的利益共同点需要维护，中国政府一直采取了比较克制的态度，越南官方有些时候也显得比较理性。2009年两国总理在北京会面，双方都重申要以和平友好的方式解决南海争端，这就有了坐下来好好进行谈判的基础。中国与马来西亚，虽然存在岛礁与海域之争，但马六甲海峡的利益与安全还是使两国的关系走得非常近。中国作为马六甲海峡的主要使用国之一，运载能源和其他货物的远洋船通过这里的频率最高，两国在这里也有了利益的交汇点。特别是中国多年表现出来的对邻国主权的尊重，并积极以交换信息及派遣专家提供技术帮助，积极维护马六甲海峡的安全，是马六甲海峡几个共管国有目共睹的。中国与菲律宾，双方近年签订的一系列友好合作的协议，使得两国的关系日益密切。中国在菲律宾的进出口贸易发展势头相当迅猛，在中国与东盟十国贸易增幅中，中菲贸易增幅居首位。该国还把每年的6月9日定为中菲友好日，这使得一些菲律宾议员重新挑起的海洋争端，怎么看都像一场不合时宜的闹剧。

另一个是按照“以和为贵”的理念，任何一个国家在考虑本国利益的时候，还要认真考虑别国的要求是否合理，是否应当予以尊重。就中国而言，在这些利益冲突中，需要很好区分哪些是国家不可动摇的核心利益，该坚持的必须坚持。在这个原则基础上，充分听取争议各方的意见，尊重对方的诉求，该妥协的也要做出妥协。比如，在南海，凡9段国界线内所有岛礁和海域的主权权利，乃中国的核心利益，这是必须坚持的。而在其他海洋利益方面，如何根据各国的历史沿革、地理条件、海底状况、人文环境，以及国际海洋法相关规定，公平合理进行处理，只要各方认真坐下来谈，迟早总能谈出一个互相都能接受的结果来。还有，南海通向印度洋和西太平洋的航道，乃中国现在和未来大航海的主动脉，也是周边国家与世界发生联系的重要通道，关系彼此的国家安全和民族兴衰，需要共同加以维护。具体到某些争议海域的地下资源，中国已经提出“共同开发”的主张，释放出了维护东南亚地区和平、稳定的最大善意，有理由期望得到相关国家友善的回应。

至于钓鱼岛和东海争端，与南沙有所不同，需要区别对待。在南沙，摆在我们面前的是若干双边或多边关系，而且还是一种很不对称的力量关系。这些相邻或相对的国家，基本上都是国力难与中国相比较的中小国家，大多也与中国有着相似的命运和传统的友谊，彼此之间没有多少历史旧账，需要互相解开的心结也不算多。在东海以及钓鱼岛，对手单一，只有日本。日本是自动脱亚入欧的西方国家，当今世界坐第二把交椅的经济大国，各方面的能量都不可小视。这个国家曾在一个很长时期对中国构成严重的威胁和侵害，让人不可理喻的是该国居然还有一股右翼势力压根就不肯承认这些血淋淋的事实，甚至千方百计想推翻东京审判的历史旧案。特别是该国在钓鱼岛和东海之争中显得特别霸道，并且不断给中国找麻烦，到处给中国挑事，几乎无孔不入，这样的国家该抵制的要坚决抵制，该敲打时就得敲打，绝不能向其示弱。

不过中日毕竟也是邻居，低头不见抬头见，彼此也有不少需要相互维护的利益共同点。在最近发生的世界金融风暴中，日本的经济滑坡很严重，带来的困扰很多。两国之间摈弃前嫌，缓解海洋争端之类的矛盾，加强合作，共克时艰，也显得格外重要起来。2009年6月7日，在日本东京举行了第二次中日经济高层对话，由中国国务院副总理王岐山与日本外务大臣中曾根弘文共同主持，内容涉及地区及国际经济问题、贸易投资合作、环境与能源合作等主题。从此番对话的议题和达成的成果来看，说明用合作代替对抗乃大势所趋。此次金融风暴大大削弱了日本的经济实力及国际影响力，这恐怕是日本自己也不得不承认的事实。而中国的和平复兴已经不可阻挡，日本需要从中国的经济复兴中寻找新的机遇，这大概也被日本的精英阶层意识到了。现在摆在日本面前的，应当是如何重新学会同中国打交道。自汉、唐以来一个较长时期，日本很崇拜和追随中国。在他们的明治维新以后，中国饱尝西方列强侵略之苦，国际地位一落千丈，成了任这个岛国睥睨和宰割的羔羊。对他们来说，如今需要调整为一种平视的目光，考虑日本和中国之间建立更好的、战略上的互动关系，两好合一好。

而“以和为贵”的最好出路，应是推动区域经济的发展，周边国家实现多赢互利的合作，共谋东亚、东南亚及整个亚洲地区的共富共强。解决南海争端是一项综合工程，需要多管齐下，而经济上的深度合作无疑是非常重要的一条管道。在这样一个大前提下，较为容易化解分歧，求同存异。有专家提出：“中国是一个大国，必须要带起周围的小国，这是现代大国的发展模式。”从根本上来说，就是打破周边国家原来各自单独发展的产业链，构建相关国家“尺有所短，寸有所长”那样一种优势互补的生产体系，实现周边国家紧密型的经济合作，形成彼此都能获得发展的共同利益链。中国作为地区大国，可以充当地区经济发展的火车头，将周边国家的经济发展都容纳进来，手挽手向前走。这样一来，有可能整合海洋资源的开发，淡化海上一些利益争端，至少可以消弭军事冲突发生的可能，确保本地区的和平与稳定可持续。

现在，中国积极推动的东盟10+1框架下的经济合作，已经取得了比较好的成效。2002年，在泰国首都曼谷，国务院总理朱镕基与东盟10国领导人签署了《中国—东盟全面经济合作框架协议》，决定在2010年正式建立“中国—东盟自由贸易区”。尽管此后因海洋争端，一些国家之间出现过这样那样的龃龉，中国和东盟全面的经济合作仍在有条不紊向前推进。2005年、2007年和2009年，分别签订了货物、服务及投资协定，2010年初建成中国—东盟自由贸易区应该说是瓜熟蒂落了。在这个循序渐进的过程中，中国的诚意和所做出的积极贡献，得到了所有东盟国家的肯定和赞赏，彼此之间的了解也在深入。最近，中、日、韩自由贸易区也在积极酝酿中，沿着这个态势继续扩展下去，东亚甚至整个亚洲的区域经济也有望形成。

不过，国际局势是错综复杂的，中国与周边国家的关系不可避免会受到各种外来因素的干扰。目前在全球金融危机的大背景下，周边一些国家经济滑坡，国内人心浮动，政局不稳，某些政治人物通过挑起海上争端，煽动民族主义情绪，以转移国内问题视线的可能性也在加大。一些大国或地区集团出于各自不同的战略目的，力图维持和扩大在亚太地区的影响力，染指中国周边事务。如美国军舰、飞机一直没有停止过对我南海、东海进行高强度监视、侦察，其航空母舰还多次扬言要杀进我们身边的黄海搞军演，无疑给亚太安全和中国周边地区的和平稳定带来极大威胁。古人说，“树欲静而风不止”，在倡导“以和为贵”的同时，我们必须努力加强海上力量的建设，尽快建成一支具有威慑力的现代海军，这也是维权与维稳必要的保证。说到底，“以和为贵”是强者的专利，弱者想谈“以和为贵”都没那个资格，充其量只能向人乞和，如同过去清政府签订《南京条约》和《马关条约》那样。

在中国的辞典里，“止戈为武”与“以和为贵”其实是相通的。这其中的哲学内涵，辩证关系，若能深刻领悟，娴熟运用，善莫大焉。

浅浅海峡连着两岸中国魂

台湾著名诗人余光中的一首《乡愁》，短短几行诗句，拨动了海峡两岸同胞的心弦，引起巨大的震撼。“而现在，乡愁是一湾浅浅的海峡，我在这头，大陆在那头。”这不但是台湾游子的心声，也是宝岛台湾这片土地的心声。大陆互联网上曾流行一句话：“台湾，妈妈喊你回家吃饭……”

从台湾海峡起步的两岸石油合作

在两岸被隔绝的特殊时期，大陆海协会会长汪道涵和台湾海基会会长辜振甫曾经以在新加坡一家酒店“偶然相遇”的微妙方式，达成了“九二共识”，开启了两岸至今越来越密切的交流。中国海油与台湾中油公司携手合作进行海上石油勘探开发，也沿用了这一有些神秘意味的方式，也是从新加坡一家酒店进早餐时的“偶然相遇”开始。

陈炳骞，这位颇具儒雅气质的海洋石油人，在担任中国海油副总经理期间，于20世纪90年代，先后赴阿根廷布宜诺斯艾利斯和挪威奥斯陆参加世界石油大会，曾与台湾中油公司的相关负责人见过面。“美不美，乡中水；亲不亲，故乡人。”两岸同胞加同行，一回生，二回熟，经过多次交谈，便成了朋友。经过他们的沟通，两岸石油公司萌发了相互合作投入台湾海峡油、气勘探开发的愿望。1994年在新加坡的两次“偶遇”，实际是他们在两岸特殊时期的精心安排。那个时候，两岸之间的任何互动都非常敏感，若是被嗅觉灵敏的媒体捕捉到，当成爆炸性新闻播出去，这个美好愿望有可能会被岛内猖獗一时的台独势力扼杀在摇篮里，因此不得已采取了掩人耳目的方式，在没有任何杂音的氛围里商谈两岸的石油合作事宜。

第一次是这年的4月1日，陈炳骞与台湾中油副总经理谢世雄在新加坡一家酒店“偶然碰面”，却一见如故，达成了基本意向。双方在商言商，不谈政治，一切按经济原则处理有关事务，本着求同存异、先易后难、循序渐进的方式，共同着手进行两岸合作勘探开发台湾海峡油气资源的尝试。并确定成立以双方副总经理为首的联络组，开通正式的联系渠道。等到要签署备忘录了，突然发现两岸“尚处于战争状态”，对立双方怎好擅自坐到一条板凳上签文件呢？台湾中油代表娄自强着急道：“我们辛苦谈了两天，也有了共识，如此功亏一篑，实在有些不甘心。”陈炳骞一向被同仁称为“智多星”，一阵沉吟之后，想出了相互称兄道弟，以交换私人信函的方式，破解了这个让大家伤透脑筋的难题。这也是“大势所趋，事在人为”吧。

同年10月，又是在新加坡酒店，又是进早餐的时刻，中国海油总经理王彦与台湾中油公司董事长张子源也“偶然相遇”。因为两岸关系的复杂多变，扑朔迷离，而云集新加坡的新闻记者嗅觉又特别灵敏，两人一番“谈笑风生”之后，借口“有事外出”回避开，留下各自指定的谈判代表继续深入交换意见。两位“一把手”实际都迅速回到自己的房间里，焦急等待磋商结果。中国海油的谈判代表毫无保留地向台湾中油的朋友介绍了包括台湾海峡在内的所有中国海域的情况，请他们选择一块认为合适的海域进行联合勘探，鉴于当时两家公司公开直接出面合作太敏感，也达成了名义上由中国海油与台湾中油在海外的一家全资子公司商谈和签署协议的默契。由于双方都富有胆识，且都开放务实，很快签下了备忘录。这次会谈尽管做得相当机密，不料还是被台湾《联合报》捕捉到信息，很快捅到岛内，还坐实了谈判地点和双方出席谈判的人员名单。两岸的石油合作很快进入台湾的公众视野，让这样一个敏感事件在那样一个敏感地区迅速发酵。

中国海油是中国政府授权的主营勘探开发海洋石油的国家公司，在对外合作中成为世界知名的石油企业。台湾中油公司1946年6月创建于上海，1949年迁至台北，全面负责全台湾石油与天然气的勘探、开发、炼制、输储与销售，以及石油化学原料的生产供应，全球500强也榜上有名。这样两家公司联手在台湾海峡进行石油勘探开发，显然与一般的台资、台商与陆资、陆商的合作大不一样，应当说是两岸经济领域合作的一个重要突破，同时也毫无疑义站到了两岸关系的风口浪尖。

1996年，李登辉数典忘祖，在美国抛出两岸“特殊的国与国关系”的谬论，令所有炎黄子孙都感到心寒，两岸关系一时也变得非常冷。中国海油与台湾中油刚达成的合作意向突然遭遇这股寒流的袭击，原本安排好的中油大批人员公开访问大陆的活动也被迫取消。但两岸石油同行本着血浓于水的骨肉之情，还有国际知名公司必须具备的诚信，仍在坚持继续加强彼此的沟通和了解。台湾中油以“技术服务社”的名义，派出相关人员到中国海油进行了长达30天的考察，最初因为以往的隔膜还有疑虑和不安，在广泛深入接触中国海油的各个层面以后，这些台湾客人都表示，回去后的第一件事，就是报告在大陆同业感受到的一股清新、一份亲情、一种信心和处处积极向上的力量。大陆国家级的三大石油公司——中国石油、中国石化、中国海油，随后也应台湾中油之邀，赴宝岛进行学术交流。大家相聚台北，彼此寒暄，惊喜发现两岸石油人不少都来自甘肃玉门的老君庙，丝毫也不掺假的同根又同源，纷纷感叹“相见恨晚”。台湾中油董事长张子源一向老成持重，这时也忍不住激动起来，大声说道：“我也要回玉门老君庙寻根。”

这年的7月11日，《台南盆地和潮汕凹陷部分海域协议区勘探协议》的签字仪式，在台北隆重举行，中国海油总经理王彦和台湾中油董事长张子源分别在协议上签字。这个消息顷刻轰动了台湾岛内外，当天所有岛内媒体都在重要时间段和重要版面进行重点报道，台湾股市也一度跟着上扬。陈炳骞回忆，在台湾的那些日子，中国海油一行人无论走到哪儿都受到台湾民众发自内心的欢迎，表达盼着这项合作能为改善两岸关系及台湾能源供应带来利好的心情。一天晚上，王彦和随行人员一起逛台北夜市，在一家大排档品尝当地小吃，老板和老板娘对照报纸上的新闻照片认出他们，笑呵呵地说：“你们这件事确实做得太好了，今天我们请客。”还有台北一位素昧平生的普通话务小姐，有意将那些日子台湾报纸对两岸石油协议的报道和评论收集起来，精心整理成册，寄给王彦。她在信中说：“虽然我只是一个普通的总机接线生，但希望有机会表达对您的欢迎，我将台湾最有名的各大报社报道中有关您的消息剪下来给您，希望对您有帮助。愿您在台的每一天皆顺利愉快。”这使得中国海油代表团的每个成员心里都觉得更加踏实了，台湾同胞高兴和欢迎的事，一定是办对了。

尽管李登辉倒行逆施搞台独，两岸石油合作面临许多有形无形的掣肘，合作双方还是信心满满。1997年元月4日，英国路透社记者采访中国海油新闻发言人，问及这个协议执行的前景。陈炳骞充满自信地回答：“该协议意义重大，两岸的合作是顺应历史潮流的，是大势所趋，相信两岸石油界的合作一定会向前推进。”这个协议在1998年正式生效以后，中国海油所属物探公司派出物探船承包作业，以高度的责任感精心进行设计和施工，使出浑身解数，确保数据收集和分析的可靠性。他们的物探船在两岸之间的海域布线、放炮，常常会遇到大陆、台湾往来船只投来的殷切目光，也给了这些勘探队员莫大的鼓舞。有年轻人忍不住朗诵余光中那首名诗："在现在，乡愁是一湾浅浅的海峡，我在这头，大陆在那头。"

台湾海峡春去秋来，两岸石油人在这里播种了希望，也收获了喜悦。到2000年，全部完成了两岸合作区块物探数据的采集和分析。在协议区海域发现了7个具有油气前景的构造，给两岸同行带来了继续进行合作的希望，双方专家一致认为有必要进一步共同展开勘探开发，可以进入石油合同的签订了。

2002年5月16日，中国海油接替王彦担任总经理的卫留成来到台北，与台湾中油公司新任董事长陈朝威展开彼此充满互信的商谈，签订了《台南盆地和潮汕凹陷部分海域合同区石油合同》。这个石油合同区位于南海珠江口海域，面积15400平方公里，预计勘探费用为2500万美元。按合同规定，双方各自提供50%的费用，并享受50%的权益。两家公司的地质专家研究了这个区域，发现一些地方可能有商业价值的油气储量。中油公司满怀希望，如果在计划的开采区域中发现了石油，并且经济上可行的话，他们将与中国海油平分开采出的石油和天然气。不幸，岛内赶上陈水扁患上台独疯狂症，散布"一边一国"的谬论，严重恶化两岸的形势，威胁台海和平，给执行石油合同带来新的困难。双方只能凭着多年建立的信任，遇到问题及时沟通，该干什么还干什么，虽然曲曲折折，依然一直没有停顿。

2008年5月，马英九当选为台湾地区领导人，台海紧张关系随之有所缓和，两岸石油合作也出现了新的契机。2008年12月27日，中国海油与台湾中油在北京签署四项合作协议，将2002年签订的《台南盆地和潮汕凹陷部分海域区石油合同》延期两年，并将南日岛盆地添加进去。据介绍，新增加的南日岛盆地位于台湾海峡靠近大陆福建沿海一带，油气储量前景非常乐观。双方还决定携手进行海外油气的勘探开发，对彼此都感兴趣的海外项目联手进行投标，或以转让权益的办法实现合作。这次双方签署的《肯尼亚9号区块部分权益转让协议》规定，中国海油下属非洲有限公司将肯尼亚9号区块30%的工作权益转让给台湾中油在海外的下属公司，积累经验以后再扩大在海外的合作规模。同时，双方还决定在天然气市场开发、原油代炼、原油和成品油贸易等方面洽谈合作。此外，双方还计划在石油勘探、石油化工及天然气工业的技术交流、人员培训等未来可能合作的项目上开展合作。在签字仪式结束后，有新闻记者采访中国海油现任总经理傅成玉，问及这些合同的签订将给双方带来哪些好处。傅成玉详细回答之后，笑着补充一句："海峡两岸的石油合作，不仅要双赢，还要多赢。"

业内专家分析两岸石油合作的前景，大家认为应该连续迈出三大步。第一步，台湾海峡之内的合作，应属磨合阶段，已经走到今天，出现了很好的势头；第二步，两岸相互联手勘探、开发世界海域的油气田，目前已经渐入佳境，这一步走好了，可以在世界上形成两岸共同的民族品牌，意义非同小可；第三步，也许是海内外华人最热切盼望的，“欲穷千里目，更上一层楼”，双方联合勘探开发南沙海域的油气资源。这一步如果走开了，有可能打破目前南沙争端存在的僵局，同时开创一个两岸合作共赢互利的崭新局面。以目前台湾岛内的情势看，要迈出两岸共同勘探开发南沙油气资源这一步，自然阻力不小，有一定的难度。但依14年两岸石油合作的不断进步和升级来看，只要彼此都以民族大义为重，着眼两岸共同的繁荣与发展，应该不是毫无根据的奢望。

台湾知名政治评论家赵少康曾满怀信心说：“两岸的事情没有做不到的，只有想不到的。”

两岸三通与大中华经济圈

2008年年底，两岸全面实现空运、海运直航和直接通邮。国台办主任王毅在天津举行的两岸海运直航首航仪式上说：“两岸‘三通’迈开历史性步伐，人们期待已久的梦想终于实现。”台湾当局马英九在主持高雄港两岸海运直航首航仪式时也表示：“两岸‘三通’启动，象征两岸和解，不再走对立冲突的路，希望两岸能够共谋和平繁荣。”解读这些话，实现什么样的“梦想”，怎样“共谋和平繁荣”？笔者采访一些研究台海问题的专家，他们都认为两岸三通在目前能够发挥的最大优势，就是将两岸之间的一泓海水由相互隔绝的鸿沟转化为紧密联系的纽带，推动尽快建立大陆、台湾、香港、澳门两岸四地，乃至包括新加坡及东南亚华人聚居区在内的大中华经济圈。

当今时代，区域经济一体化已经叫得很响亮。其发展的大方向，是在能够进行多边经济合作的地理范畴内，通过各方协商并缔结经济条约或协议，实施统一的经济政策和措施，消除商品、要素、金融等市场的人为分割和限制，削弱或消除原来的贸易壁垒，使生产要素自由流动起来。并以彼此的分工为基础，促进不同国家或地区的经济相互融合，形成区域性经济联合体，最大限度提高经济效率，获得最大限度的经济效果。目前比较成功的有欧盟，1957年法、德等西欧6国签署条约，宣布欧洲经济共同体正式成立，到现在的欧盟已有15个成员国。还有北美自由贸易区，是在原美国、加拿大自由贸易区基础上的扩大和延伸，将墨西哥囊括进来。因为这是世界第一个由最富有的发达国家和发展中国家组成的区域经济贸易集团，它的诞生必将牵动整个拉美国家很快仿效，促进美国与拉美各国的双边或多边贸易协定的谈判，为实现“所有拉美国家贸易自由化”，建立“美洲自由贸易区”，迈出了重要一步。

“大中华经济圈”的概念，大约在20世纪80年代初就提出来了，主要指的是中国内地、香港、澳门和台湾之间的完全自由贸易。2003年，大陆和香港特别行政区签订了《内地与香港关于建立更紧密经贸关系安排》，随后又与澳门特别行政区签订《内地与澳门关于建立更紧密经贸关系的安排》，皆简称CEPA。这个CEPA机制的建立，以大陆这些年迅速发展的强劲实力与国际地位的提升为后盾，充分发挥香港和澳门的区位优势和融合东西方经济、文化的有利条件，加速了港、澳连带也加速了台湾地区与大陆内地经济的融合，取得了很不错的经济效果。在过去这些年里，由于两岸经济关系的实质改善，一个以中国人为主体的“大中华经济圈”正在加速形成。在中国—东盟自由贸易区建成之后，两者相辅相成，将整个东南亚地区的资源和区位优势尽情发挥出来，必然异军突起，有可能与欧盟和北美自由贸易区并驾齐驱，成为世界经济最主要的三大板块之一。

然而，区域经济本身即是开放型的海洋经济，涉及到促使本地区依靠和利用海洋增强生机和活力所有各方面的事情。在台湾岛内，李登辉和陈水扁等“台独”分子，居然闭岛锁海，极力阻挠两岸三通，自外于中国和世界经济的发展，不但延缓了大中华经济圈的形成，也让岛内经济开了倒车，前些年几乎被陈水扁折腾得临近崩溃的边缘。而两岸实现三通以后，吹糠见米的直接效果，是台湾的水果、蔬菜及其他农产品可以用最快的速度进入大陆市场，既保鲜、保值又大幅降低运输成本，有效促进台湾的农业良性发展。而最显著的成效，当台湾面临金融危机的严重困扰，通过陆客潮带动岛内旅游经济，大陆采购团激活岛内一些产业，更有包括家电下乡等大陆扩大内需的举措将台湾涵盖进去，加快了台湾经济复苏回暖的进程。特别是海基会和海协会在北京、台北、南京、台中先后召开的陈江会，签订了多项协议和达成了多项共识。还有两岸高层的国共论坛和民间基层的海峡论坛，不断取得新的突破和新的成果，胡连会、胡吴会好戏连台，为两岸尽快签订经济合作协议，共同朝着建设大中华经济圈迈进，奠定了很好的基础。

台湾其实不乏有识之士，却因岛内的台独势力从中作梗，好事也不让好办。2008年，台湾打选战，搞经济出身的萧万长提出“两岸市场”的理念作为竞选的一种动员力，被民进党候选人谢长廷故意歪曲为“一中市场”，兜头泼下一大盆脏水。马英九当上台湾当局领导人以后，提出两岸签订经济合作协议，用英文表述为CEPA，又被民进党扣上“倾中卖台”的帽子，一阵铺天盖地的挞伐。马英九不得已改口为“经济合作架构协议”，英文表述为ECFA，并且详细做出解释：“通过一系列相关协议的构建，逐步推动两岸要素资源的自由流动，从而使两岸之间形成更加紧密的经贸往来，共同提升经济交往的层次，增强国际竞争力与抵御风险的能力，以实现经济合作中的双赢。”民进党依然无理搅三分，将这个挽救台湾经济的框架协议骂得死去活来，还嚷嚷着要搞什么“公投”。这些民进党人士戴着绿色眼镜，“一叶障目，不识泰山”。岂不知养育着2300万人口的台湾宝岛，是以海洋为通衢涵养蓬勃四射的活力，还是以海洋为藩篱坐视经济源泉的枯竭；是以大陆为纵深强根固本绵远流长，还是甘愿孤悬海外做无根的飘萍。凡此种种，全在一转念间。

按理说，台湾有以大陆为依托而又面向太平洋的最佳地理位置，有那么好的海岸线，还有可以直接进入大洋的天然良港，在大中华经济圈里可以伸展自如，充当重要枢纽。现在惟一的问题，就是如何把握机遇，不要错过时机。而机遇或时机，对台湾来说实在不多了。2010年元旦，中国—东盟自由贸易区已经开始运转，东南亚国家都在忙着调整自己的经济格局，尽快融入这个经济共同体中。台湾如果继续拒绝两岸经济协作的体制化，依旧徘徊在区域经济的门槛外边，或曰老是蹲在起点“系鞋带”，那就只能被彻底边缘化，岛内经济行将陷入的困境可想而知。

政治偏见实际是一种可怕的愚昧，为了一个根本不可能实现的台独妄想，民进党一些人竟敢以台湾经济和民生作赌具，为反对而反对，甚至煽动不明真相的岛内民众，阻挠ECFA的签署。那位号称能言善辩的民进党主席蔡英文，在与马英九关于ECFA的公开辩论中，张口结舌，理屈词穷，她和她的党徒仍在硬拗。岛内外的炎黄子孙为此着急上火，不知民进党吃了啥迷魂药，偏要逆潮流而动。世界各地华人都在向台湾喊话，主动融入蓬勃发展的大陆经济，已经成为台湾经济的惟一的出路，谁跳出来阻挠谁就是历史的罪人。有海外侨胞发表文章说：“中国人帮中国人，建设好中国人的共同家园，使两岸同胞真正成为‘命运共同体’，必将对两岸和平发展产生不可估量的影响，何乐而不为呢?”

好在两岸经济合作框架协议经过多轮商谈，已经正式签字，有望在近期生效。而台湾民众根本来不及等待这个协议的签订，早就争先恐后加入到两岸实打实的经济合作中，福建海西经济区业已形成台海经济合作的强劲势头。老百姓很现实，他们担心过了这个村没了这个店，错过了机会哭都来不及。2009年5月福建举行海峡论坛，有多达8000以上的台湾同胞参加，而且都是民间的自发行动，用不着任何人的鼓吹和动员。一艘载有400多名台湾妈祖信众的“海洋拉拉号”轮船，从高雄港出发，一路驶向妈祖的故乡湄州岛，数百人一一虔诚地捧着妈祖神像踏上这片圣洁的土地，在祭拜马祖悠扬的乐曲声中，拉开了这届海峡论坛的序幕。

湄州岛高高屹立的妈祖神像，手中举着一盏指引航路的明灯，光芒射向四面八方。妈祖是两岸乃至东南亚民众共同崇奉的海洋之神、和平之神、希望之神，有妈祖保驾护航，两岸的事情，大中华经济圈的事情，其光明前景完全可以预期。

反对台独是中国的核心利益

2009年年初，国家主席胡锦涛在纪念《告台湾同胞书》发表30周年的大会上，针对台海趋向缓和的新形势，对两岸关系的发展提出六点重要意见。这六点在向台湾各方面释出更多善意，表现出更多灵活性的同时，也更进一步明确了坚持台湾是中国领土不可分割的一部分，坚决反对台湾独立的一贯立场。这是中国的核心利益所在，直接关系到民族尊严和整个国家的统一和安全，是中国人民任何时候都必须坚守的底线。

台湾问题的实质，乃是美国长期以来粗暴干涉中国内政的结果，没有美国插手进来，台海问题根本就不会成为问题。本书前面已经提到，新中国诞生以后，美国本来可以从中国内战的泥潭中拔足抽身，但该国没有这样做，而是根据杜勒斯的岛链封锁政策，蛮横孤立和遏制新中国，并在朝鲜战争爆发后武装干涉纯属中国内政的海峡两岸关系，造成了台海地区长期紧张对峙的局面，台湾问题自此也成了中美两国关系的焦点。

1972年12月，美国政府接受中国政府提出的建交三原则，即美国与台湾当局“断交”、废除《共同防御条约》以及从台湾撤军。从1972年2月尼克松访华，到1979年1月1日中美两国正式建立外交关系，在双方先后发表的《联合公报》里，美国公开向世界承认世界上只有一个中国，中华人民共和国政府是中国的惟一合法政府，台湾是中国的一部分。但中美建交不到三个月，美国国会又搞出一个所谓《与台湾关系法》，经美国总统签字生效，继续向台湾出售武器，顽固坚持干涉中国内政，阻挠两岸的和平统一。这不但让中国人很窝火，充满了屈辱感，而且直接感受到了国家安全受到的莫大威胁。

现在，台海关系出现了一些转机，美国时不时也放出几句“表达善意”的话。但国人需清醒认识到，美国从其自身利益出发，打心底不愿意海峡两岸的中国人统一起来。在当前的态势下，“台湾不独、大陆不武”，最符合美国的利益，华盛顿也因此一直在叫喊“两岸都不要擅自改变台海现状”。你台湾喊喊“独立”可以，但不要真做，不要授予大陆动武的口实；你大陆喊喊统一也可以，但也不能真做，真把台湾统一了，美国跟中国博弈也就无法再打台湾这张牌了。而美国最乐见的恐怕还是台湾独立，山姆大叔这些年颠覆、分裂或用“颜色革命”搞掉的国家不算少，亡我之心也不会轻易放弃。往后台湾独立不了，那也绝不是老美发善心，“非不为也，是不能也”。

从中国来说，坚决反对台独，坚持两岸统一，首先是维护国家主权和民族尊严所必须的。台湾在历史上曾被荷兰和日本武装占领，几度酿成祖国山河破碎的局面，这是中国人民永志不忘的国耻。今天已经站起来了的中国人，绝不可能容忍重新蒙受这样的耻辱。前几年，陈水扁在分裂国家的危险道路上越滑越远，什么“文化台独”，“法理台独”，还不断要求购买美国先进武器企图搞“武化台独”，不断冲撞我们维护国家统一和领土完整的“红线”。2005年3月14日，全国人民代表大会以前所未有的最高票数，通过《反国家分裂法》。这部法律明确规定：“台独”分裂势力以任何名义、任何方式造成台湾从中国分裂出去的事实，或者发生将会导致台湾从中国分裂出去的重大事变，或者和平统一的可能性完全丧失，国家得采取非和平方式及其他必要措施，捍卫国家主权和领土完整。这便是13亿中国人对一切分裂势力的郑重回答。

维护台海和平及实现两岸统一，也是中国最终突破岛链封锁，保障国家安全的战略性要求。台湾作为中国惟一面向大洋的岛屿，处在“第一岛链”距中国大陆海岸线最近的环节，其战略位置使之可以有效扼制东海与南海间的咽喉通道，掌控通往“第二岛链”的有利航道及通向远洋的便捷水路。从地缘政治来说，中国一旦失去台湾也就失去了东南屏障，只能将安全界限划在台湾海峡之内，整个大陆腹地无疑都会暴露在外部势力的攻击之下。冷战时期，台湾一直被美国视为指向中国大陆的“凸出部”，以及美国借以包围中国的据点，以至被美国五角大楼称为“不沉的航母”。冷战结束后，美国精心设计的第一岛链和第二岛链封锁不仅并未消失，反而在某种程度上得到了强化。美国近年一连串的动作，包括众议院通过所谓纪念“台湾关系法”30周年的第55号决议案，叫嚷“美国应该重申对台湾关系法的承诺”，并顽固坚持继续向台湾出售先进武器，也充分说明该国始终不肯放弃台湾这枚在岛链封锁中的重要棋子，别的一些让中国人听起来感觉舒服的话都是假的。

两岸实现和平统一，还可以有效粉碎日本封堵中国的图谋。我们这位东邻一直很不安分，还在其作为战败国不得不在世界面前夹紧尾巴的时候，便积极参与美国对中国的岛链封锁，并借助美国撑腰公开将台湾纳入日美“安保”范围。2005年，其防卫省大臣高岛肇久出访美国公开表示：“美日安保条约涵盖的范围不只是日本，还包括朝鲜半岛、台湾和北太平洋区域。”如今该国声言要堂而皇之做正常国家了，一些日本政客马上跳出来鼓吹建立所谓“自由与繁荣之弧”，也确定将台湾纳入他们这条围堵中国之弧内。2009年当了几个月首相的麻生太郎，来到中国红口白牙称“中国不是威胁”，转脸到了别的国家便大谈“中国威胁论”，还在达沃斯及其他一些场合不断重复“自由与繁荣之弧”的陈词滥调。海峡对岸的台独势力也跟着起哄，鼓吹台湾与美、日的所谓“价值同盟”，还嚷着要推动美、日、台军事交流合作，硬将一张台独分子的热脸猛往“美日同盟”的屁股上贴。而打破他们这些幻想的惟一办法，就是维护台海和平，最终实现两岸的和平统一，彻底粉碎日本对中国的海上封锁，使其在第一岛链扮演封堵中国的角色成为无足轻重的跳梁小丑。

台湾与大陆的最终统一，还关系到中国维护在南海的主权权利和海洋权益，确保通向西太平洋和印度洋航路的安全。台湾一旦回归祖国怀抱，太平洋对中国而言就是一片开放海域，也大大缩短了中国船队进入西太平洋的航程。有军事专家描述，两岸统一之后，台湾北部的钓鱼列岛及其周边海域将全部处于中国兵力防护范围之内，彻底摧毁日本企图长期霸占钓鱼列岛的图谋。而从台湾向南，也将使中国的海上防御力量与南海诸岛及相关海域之间的距离大大缩短。反之，中国如果失去了台湾，不但失去了直接进入西太平洋的水上通道，随之也可能失去现在还由台湾当局控制的南沙群岛中的太平岛，隔断我通向太平洋与印度洋的水道，让外部势力将我们紧紧封锁在东南沿海狭窄的海域内。这样一来，中国将要失去的不仅是和平复兴的后续能力，建设海洋大国无从谈起，连起码的安全感也失去了。

值得注意的是，虽然现在台海有了一定的和平氛围，两岸的交往日益密切，在台湾岛内也有了呼吁两岸统一的声音。但因美国作梗造成两岸的长期分离，还有李登辉、陈水扁等台独分子处心积虑“去中国化”，不可否认对岛内台独倾向产生了不可低估的影响。2008年，台湾《远见》杂志社曾就统、独意向做过一次民调，还与近两三年的同类民调做了比较，发现一些值得注意的现象。当民众被询问若两岸在经济、政治、社会各方面条件差不多时，赞成统一者在减少，认为没必要统一者在增多；赞成台湾最终应“独立为新国家”者在增多，反对台独者在减少。人们不会忘记，台湾发生“莫拉克”特大风灾的时候，竟有一个胖胖的搞台独的投机分子跳出来，又是拉达赖入台“做法事”，又是策划放映热比娅闹疆独的电影，上演了那么一出台独、藏独、疆独合流的闹剧。这是一个相当危险的信号，绝不能一哂了之。

有篇报道说，2009年金门与厦门共同举办“横渡金厦海上长泳”活动，金门县长李炷烽告诉厦门市长刘赐贵，该县基于确保两岸参赛选手的安全，将协调台湾军方拆除两岸处于敌对状态时布置的1000米反登陆“轨条砦”。这似乎可以看做一个象征，随着海峡两岸的中国人越走越近，一切阻碍两岸和平统一的“轨条砦”，最终都会被拆除，扔到杜勒斯用来封锁中国的几条岛链那边去。

2010年精彩纷呈的上海世博会，数台湾馆的天灯最为海内外炎黄子孙所喜爱，参观者蜂拥而至，很长时间都需要发预约券，进行总量控制。中华儿女相聚在西太平洋水、日月潭水和黄浦江水汇合之处，让天灯带着各自美好的心愿冉冉升上苍穹。而有一个心愿是大家共同的：国家、民族实现大团圆。

再也不能迟到的深海开发与极地科考

在《山海经》描述的众多稀奇古怪的国度中，有长足国人走进大海深处脚脖子刚被淹没，有长臂国人一伸手就能捉住藏在深海的五洋之鳖。中国还有一则神话，大禹在治水期间，一天去拜访北海龙王，茫茫然到了"终北国"，在那个冰雪世界里走了一回。这些看似有些荒诞的故事，实际反映了我们的先民走向深海和极地的热切追求。

掌握深海技术就是掌握核心竞争力

日本有部动漫的主题歌为《深海孤独》，女主人公葬身无比寂寞的深水之下，在凄凉悲哀的乐曲声中，响起了这支主题歌："你的脑海还会否浮现，那张被你深埋深海最美丽的脸……"

但现在的深海并不孤独，世界找油找气正如万马奔腾一般拥向深海。从1887年美国在加利福尼亚海近岸处打第一口油井以来，海洋石油勘探开发已经走过100多年的路程，现在的重点正转向深海。有地质家分析，由浅水向深水过渡的陆坡区，具有油气生成的良好地质条件。且因陆坡区海平面的急剧升降，往往发育为深海扇和浊流沉积，为油气资源提供了很好的储积条件。据测算，世界石油的极限储量约为1万亿吨，可采储量为3000亿吨，其中海底石油约有1350亿吨；世界天然气储量约280万亿立方米，其中海底天然气储量大约有140万亿立方米。而海底石油、天然气的储量，又大约有将近一半分布在深海水域。此外，在海洋深水区还有极为丰富的天然气水合物，也就是人们常说的可燃冰，其总含碳量相当于全世界已知的煤、石油及天然气资源总含碳量的2倍。其中海洋天然气水合物的资源量是陆地冻土带的10倍以上，已经探明的储量约为380亿吨，前景诱人。

今日之世界普遍患上了能源饥渴症，很多国家的当权者都将能源危机比作“狼来了”，呼声愈高，心情愈急，几乎到了寝食难安的程度。而深海露出的一缕新曙光，无疑给了人们希望和鼓舞。西方一些实力雄厚的跨国石油公司不失时机地把目光转向探明程度还很低的深海，使得深海油气勘探开发很快成了世界一大投资热点，“深海”也随之成了世界的一个热门词汇。

什么叫深海？这个概念随着人们驾驭海洋能力的提升，不同时期有不同的解说，一般不到300米水深称为浅海，超出300米水深称为深海。现代海洋石油工业大约用了近30年，前进到100米水深区域。随即不断试探着往深处走，最近10年已经进入3000米深的水域，有的国家还在向更深的水域前进。现在深海投资的热点地区，主要是美国墨西哥湾、巴西海域和西非海域。专家预计今后一段时间内，这三大海域仍然会是深海开发的投资重点，其中北美的投资规模可能变化不大，非洲和南美洲呈大幅增长势头，而亚洲也即将迅速成为一个重要的深海投资区域。

现在的实践已经证明：在深海有投入就会有产出，失手的不多；深海的投入固然很高，其回报也相当高，因而深海投资的积极性一直有增无减。据有关资料介绍，1999至2003这4年时间内，全球新发现14个储量在6850万吨以上的大油田，其中有9个在深海，2个在浅海，3个在陆地。在此期间还发现23个大气田，其中一半在海上，主要也是在深海。另据英国一家公司统计的深海油气发现，2003年获得57个，2004年获得40个，2005年获得33个。全球深海石油产量从1995年约1590万吨增长到2005年约1.5亿吨，预计2015年将达到4.05亿吨；全球深海天然气从1995年约450万吨油当量增长到2005年约5000万吨油当量，预计2015年将达到1.25亿吨油当量。

巴西是世界公认深海油气勘探开发走得最快的国家，而今“成绩斐然”。1990年，巴西深海石油产量仅为250万吨，1998年增至2100万吨，首次超过浅海产量。2005年其深海石油产量达到6000万吨，占到了当年全国石油总产量的67%。预计到2015年，巴西深海石油产量将增至9200万吨，这个新兴国家因之在南美洲异军突起，并且显得底气十足，连该国总统说话的嗓门似乎都高了许多。

在西非，安哥拉国家不大，而在深海迈出的步子很大，其收获也给了世界一个惊喜。2000年，该国深海石油产量为275万吨，2005年增长至1987万吨，预计到2010年将增至7250万吨，一路都是成几何级数增长。还有尼日利亚，尽管在深海起步不久，其产量增长之快也令世界吃惊。2004年该国从深海得到的产量仅70万吨，到2005年增至800万吨，2009年达到5600万吨，预计至2015年将增至7500万吨。

中国有部成书很早的《山海经》，描述了海外诸多国家千奇百怪的景象和故事。其中有“长足国”的人，走进大海的深处，海水仅能淹没其脚脖子。还有“长臂国”的人，伸手就能捉到躲藏在大海深处的五洋之鳖。这两个看似荒诞不经的故事，实际寄托了先民对运用先进科学技术开发深海的殷切期望。海上任何种类的高新技术，无非都是对人类双臂和双腿的加长和加强。

巴西之所以能在深海阔步前进，关键就在一步步攻克了深海所需要的关键技术。还在上个世纪80年代末，巴西石油公司就着手为开发深海油气田储备技术，制定为期15年的发展计划，并具体划分为3个实施阶段，每一阶段的技术发展也都有明确的目标，到今天已经拥有达到3000米水深的整体技术能力。爱跳桑巴舞的巴西人，用他们的这股激情将深水石油高新技术推进到世界的先进级别，也推动了巴西石油产量连年大幅增长，使该国石油自给率已经达到80%左右。

相比之下，墨西哥开发深海油气资源的决心并不比巴西小，资金投入也做了充足的储备，却因为自身缺乏必要的技术储备，一切受制于人，因而无法掌控深海发展的主动权。前些年，国际油价居高不下，墨西哥急于挺进深海，迅速将丰厚的深海油气流变成丰厚的现金流。墨西哥石油公司曾公开宣布，从2012年起，该国日均向国际市场投放1.9万桶深海原油，到2016年改写为17.4万桶。然而，这个主观计划不敌客观变化，随着世界深海开发场面越来越大，国际市场深海石油勘探装备十分稀缺，半潜式钻探平台花大价钱也雇不着，墨西哥人只能捧着深水区块勘探、开发计划望洋兴叹，原来的美好设想只能后延了再后延。

笔者就世界深海石油装备和技术的发展，曾请教国内几位海洋石油专家。据介绍，现在深海钻井装置，尤其是半潜式钻井平台，在国际市场极为抢手，利用率基本达到100%，还无法满足业主需求。目前深海钻井装置出现新一轮建造高峰，有30座半潜式钻井平台和10艘钻井船正在建造中。这些钻井装备造价高，日租费也高，一座深海半潜式钻井平台的日租费高达50万美元。拥有这类装备的公司日进斗金，赚得盆满钵满。而深海装备、技术日益先进，也在缩短深海油气田开发建设的周期，大幅降低了开发成本，深海投资者也获益匪浅，可谓互利共赢。

目前，亚洲深海的油气勘探、开发，也迈出了步子，走在前面的是印度尼西亚、马来西亚，越南亦在积极向前推进。这些国家都是依靠外部的技术力量，大多立足于南中国海的深海区，有的还进入我传统的疆界线以内。由此可见，中国要维护自己在南海的领土主权和海洋权益，除了外交以及其他手段，还有就是尽快走向深海。有研究者介绍，南海的地质结构大多是由陡峭的海底盆地所构成，分散在南海中的岛屿几乎都只有非常狭小的岛架，一般50海里之外水深就会突然降至数千米，这对我们将是严峻的挑战。“没有金刚钻，揽不得瓷器活。”深海油气勘探开发的竞争，说到底是高新技术的竞争，谁掌握了深海高新技术，谁就掌握了核心竞争力。

国人翘首以盼的“深海大庆”

2009年5月的一天，笔者如约走进北京朝阳门北大街中国海油大厦，就中国的深海油气勘探开发，采访中国海油副总经理周守为。这是一间充满浓郁现代气息的会议室，随着采访的进展，眼前的墙幕上依次展现出各类色泽鲜明的图表，使得原本有些深奥难懂的深海油气勘探、开发生动形象了许多。

周守为自20世纪80年代初加入海洋石油行业，从海上采油平台的技术骨干和管理者，到中国海油的核心领导成员、中国工程院院士，一直都紧贴海上油气的生产实际，属专家型企业高管。近些年，他作为中国油气勘探开发走向深海的具体推动者，跟许多同事一起在这条道路上摸爬滚打，艰苦备尝，心得体会甚多。“到深海找油找气，实际就像当年刚从陆地下海找油找气一样，一开始会觉得很神秘、很艰难。但只要真的把步子迈开了，努力去熟悉深海的情况，摸清深海的规律，积累深海的经验，驾驭深海也如同现在驾驭浅海一样，外国人能做到的我们也一定能够做到。”他说。

在中国拥有的300万平方公里的蓝色国土范围内，从300米到3000米的深海海域大约有70万平方公里。这一深海区一向被认为是油气富集区，但过去因技术和其他原因很少涉足，被一些专家称之为“能源领域最具潜力的处女地”。尤其是南海的深水区，世界很多石油专家都确认，那里是实实在在的油气富集区。有专家还做出具体估算，南海油气资源可开发价值超过20万亿元人民币。在未来20年内只要开发30%，每年可为中国GDP增长贡献1–2个百分点。中国海油已经强烈感受到了走向南海深水区的紧迫性，这既是维护国家南海资源权益的重大责任，也是顺应全球石油战略由浅水向深水转移的迫切要求。中国海油计划在未来20年内投资2000亿元开发南海油气资源，按照这个计划，到2020年，中国海油在南海深水区将建成年产5000万吨油气当量的产能，也就是再用10年的时间，建成一个“深海大庆”，与现在正在浅海区域创建的“海洋大庆”相映生辉。

屏幕上出现一幅如油画一般色彩斑斓的示意图，是我们近期深水开发的重点目标，名之为荔湾气田。该气田的位置在香港东南方向约335公里，水深在1500米至3000米之间，是迄今我们深入南海南部较深处的一个油气田。此处属中国海油与哈斯基在南海深水领域的合同区块，2005年2月两家公司签订合同，随即进入勘探计划的实施阶段。2006年7月，首次钻成一口水深达1480米的深海探井，在珠江口盆地1500米水深处发现了荔湾3-1大型深海天然气田，经过评价天然气资源量超过1000亿立方米，是中国海域迄今发现的最大的天然气田。周守为介绍，这个深水气田的开发已经正式启动，投资规模达50亿至60亿美元，计划2012年底投产。这个新发现的深海大气田恰好在300米水深突降到1500米水深的陡坡上，给下一步的开发带来了许多新的挑战，将全面检验中国有无过硬的深海技术。

中国海油经过10多年的探索和准备，现在已是胸有成竹。1996年，该公司就着手进行深水地质研究，掌握了大量深海区域的地质资料，并联合国内相关科研单位和大专院校，集中攻克深海科技的一系列难题。与此同时，充分利用对外合作的机会，进行深水勘探开发的实践，积累和充实这方面的经验。1996年，中国海油就与美国阿莫科公司合作，在南海珠江口利用一艘浮式储油轮、一座半潜式钻井平台和一套水下生产系统，在珠江口成功开发了水深300多米的流花11-1油田。由经验丰富的阿莫科传帮带，第一次进入深海区的边缘，采用了包括水下机器人采油在内的7项世界顶尖技术，获得了深海勘探、开发的初步认识。当时得出一个结论，“300米水深是个坎”，从这个坎往浅处走还是往深处走，投资规模大不一样，技术要求也大不一样。前者可以沿用世界百余年来积累起来的海上勘探开发的传统技术，后者非采用近些年正在突破的深海高新技术不可。从那时中国海油就清醒认识到，在勘探、开发深海这条道路上，每前进一步都会遇到前所未有的挑战，需要从各个不同领域和各种不同渠道充实自己的储备。

2006年，中海油股份有限公司用22.68亿美元在非洲尼日利亚收购OML130油田45%的开采权，同时参与了摩洛哥及赤道几内亚的深水勘探合同，一个非常重要的因素，也就是希望继续从这些深海油田的外国作业者手中学习和掌握深海经验。尼日尔三角洲海上风高浪急，海况复杂，在这个油田拥有的股份究竟可以给中方带来多少留成油，当时仍没有准确的定论。但出于尽快掌握深海技术这一重要目的，还是很坚定地做出了收购的决定。按照中国海油总经理傅成玉的说法，在该项目中“偷师学艺”，乃是发展中国深水油田重要战略部署的一部分。尼日利亚OML.130油田的母公司是法国一家在行业内很著名的深水作业者，中国人做了股东，有可能得到很多具体的作业数据及技术报告。中方人员凭着聪明和勤奋，还可以边工作边观摩，在与外方作业者的密切接触中熟悉和掌握深水技术。

中国海油坚持的另一项深水战略，是继续与国内相关单位进行紧密合作，攻克深水油气勘探开发面临的一系列科技难题，及时拿下所有将要面对的关键性技术。同时打造过硬的深水技术服务团队，包括拥有一批世界顶尖级的大型深水装备，并建设一支达到世界一流水平的深海队伍。本书前言中提到的在上海外高桥建造的深水钻井平台，属于国际第六代深海半潜式钻井平台，具有智能化钻井功能，最大作业水深3000米，最大钻井深度10000米，采用自动定位和锚泊定位双系统，代表了当今世界钻井平台的顶尖水平。如果将这座钻井平台放置在北京上空3000米进行钻井作业，其锚泊系统起固定作用的锚链及各种管线可覆盖整个六环以内全部城区，堪称海洋工程领域的超级“航空母舰”。2010年2月26日，该钻井平台已经在上海外高桥造船厂顺利出坞，其驾驭者中海油田服务总公司的副总经理李勇向笔者介绍，早在两年前他们就着手启动操作人员培训计划，所有高岗位人员都派往国外深水钻井平台，从低岗位一步步往上做，现在这个庞然大物建成了，驾驭其闯荡深海的一支精干队伍也成长起来了。

中国海油拥有的“海洋石油117”，为迄今全球最大的海上油气生产装置之一，其长度达到340米，若是将其竖起来，其高度比北京的京广中心还要高出40米，可以同时轻松摆放3架波音747飞机。中国海油拥有的浮式生产储油轮的数量，现在也是世界上最多的。专营这个产业的中海油能源发展集团总经理助理张武奎介绍，该公司在实践中确立了“永远走在今天前面”的经营理念，从海上油田发现以后便一路跟踪，及时抽调业务精英参加油田设施的建造、改造，分批次选派技术骨干进行英语培训，安排岗位能手到中外合作油田进行操作实践，已经拥有一支完全具备国际作业水平的队伍，不怵与世界同行一竞高低。

中国海油在青岛建成的迄今亚洲最大的海洋工程建造基地，拥有同时容纳建造两艘浮式生产储油装置和深水钻井船的泊位，在国内奠定了建造大型深水勘探开发装备的基础。另一个珠海深水工程基地，也已开工建设，将进一步强化深水设备建造能力。2009年“4·23”海军纪念日，国家主席胡锦涛赴青岛检阅海军，特地视察了青岛海洋工程建造基地。他肯定中国海洋石油工业这些年取得了巨大成绩，鼓励海洋石油人说：“希望你们奋发图强，知难而进，下大力气自主创新，加大技术储备，为将来更大发展积蓄力量，提供可靠技术支撑。”

国内世界级大型先进深海装备先于酝酿中的航空母舰建成，极具标志性意义。它预示着，中国建设海洋大国，将坚持和平开发、利用海洋，而以应有的海上控制能力为坚强后盾，很理性地摆好控制能力和开发、利用能力的位置。

这两者相互匹配，相得益彰，将构成中国在海上和平复兴的主旋律。

太平洋里的中国地和南北两极的中国权利

2009年5月的一天，在国家海洋局办公大楼采访海洋发展战略研究所所长高之国，笔者特地问到中国在太平洋里的多金属结核开发区，以及南北两极的科考活动，而今进展如何？恰好赶上高之国主编的2009《中国海洋发展报告》刚出版，打开来书香扑鼻，话题也就围绕这本书展开。

太平洋里那块“中国地”，是怎么来的？高之国介绍，联合国召开的一次海洋法会议，曾专门通过一项关于多金属结核区开辟活动的预备性投资的决议，允许有资格成为先驱投资者的国家或实体，在《国际海洋法公约》生效前，按照一定的条件和程序，向国际海底筹委会提出两个具有同等商业价值、面积各为15万平方公里的申请区。经过审查批准后，海底筹委会将其中一个区域分配给申请者作为开发区域，另一块指定为海底管理区的保留区。所谓先驱投资者，指的是在国际海底区域已经对多金属结核资源进行勘探活动，并且投资额达到3000万美元以上的国家或在其控制下的实体。看得出来，这是联合国的一番苦心，既鼓励了有能力的开发者，也设定相应的保留区，使强国与其他国家的海洋利益分配不致完全失衡，避免“海洋为全人类共同遗产”成为纸上谈兵。毕竟现在的世界还是强者的世界，海洋也还是强者的海洋。

早在1987年，海底筹委会就已经批准苏联、日本、法国和印度等国家为先驱投资者，获得了属于他们的多金属结核开发区。从1976年开始，中国也着手组织海洋调查船在太平洋赤道附近的国际海底区域进行深海资源的调查研究，并分别于1978年和1979年在4214–5443米处采集了多金属结核样品。进入1980年代，国家海洋局和原地质矿产部又分别组织了几个专门的航次，在中太平洋和东太平洋进行综合性的资源调查和初步评估。我们的几艘海洋调查船先后在太平洋赤道水域、中太平洋海盆和太平洋海盆进行若干航次的科学考察，调查面积达200多万平方公里，终于在太平洋北纬7–13度、东经138–157度的海区，圈出了商业价值估计足够30万平方公里的申请区。1990年，在海底筹委会第八届夏季会议期间，李道豫代表中国政府向联合国提出了中国大洋矿产资源研究开发协会要求登记为先驱投资者的申请书。1991年3月，在海底筹委会的总务委员会审查批准了这项申请，并由联合国秘书长德奎里亚尔签发了登记证，中国成了继法、日、俄、印之后的第5个多金属结核资源“先驱投资者”。按规定将分配区域中的50%面积交还联合国，其余海域的矿物资源分配给中国，由我们进行专属性开采。这块“中国地”位于北太平洋克拉里昂—克林帕顿断裂带之内，在夏威夷岛的东南方向，水深5200米左右。这在浩瀚太平洋里迈出的也许只是一小步，就中国而言是向海洋大国迈出的一大步。

中国还专门成立了“大洋矿产资源研究开发协会”，制定出国家为期15年的大洋勘探计划，并于1997年得到国际海底管理局的批准。2001年5月，这个协会与国际海底管理局签订勘探合同，将中国从国际海底开辟活动的先驱投资者转变成了国际海底资源勘探的承包者。“十五”期间，中国大洋协会制定了“持续开展深海勘查，大力发展深海技术，适时建立深海产业”的工作方针，实现由单一的多金属结核资源扩展到富钴结壳、热液硫化物、深海生物基因及深海环境等多种资源和多个方面的战略转移，开展了以深海资源勘查与评价、环境研究与评价、深海技术研究与开发、综合评估与基础业务建设为四大主题的工作内容。截至2010年5月28日“大洋1号”科考船回到青岛港，已经圆满完成21次大洋科考，足迹遍布太平洋、印度洋、大西洋的深海区域，科考成绩和科考技术都获得许多重要突破。

地球南北两个极地也是全人类的共同遗产，中国同样在那里享有《联合国海洋法公约》，以及参与相关国际组织及签订相关协议所获得的权利。南北两极因为地理位置的极端重要，资源异乎寻常的丰富，一些国家不断对其提出领土主权要求，多少年来成了你争我夺的焦点。南极因此被称为“不平静的第七大陆”，北极也被形容笼罩一片战云，国人也丝毫不能放松对极地的关注。

南极由围绕南极的大陆、陆缘冰和岛屿组成，总面积约1400万平方公里。从大航海时代的南极探险到此后大规模的科考，已经在那里发现了令人叹为观止的矿产资源量。据初步的勘测和估算，南极铁矿的蕴藏量可供全世界开发利用200年，大陆冰盖下蕴藏的煤超过5000亿吨，罗斯海大陆架蕴藏的天然气有可能成为世界最重要的能源基地，有色金属不但品种非常丰富，有些矿产的储量也相当大。此外，位于东南极中心的“不可接近之极”，储存着全球的气候和大气环境信息，这种特殊性是地球其他任何地区和其他任何科学观测点所不具备的。

1908年，英国率先在南极洲圈地，紧接着新西兰、德国、南非、澳大利亚、法国、挪威、智利、阿根廷等九个国家也先后对南极部分地区提出主权要求，一时鸡争，鹅斗，鸭也抒上一嘴，闹得不可开交。美国自然不甘落后，针对南极采取了一连串咄咄逼人动作之后，于1948年邀请英、法、挪威、澳大利亚、智利、新西兰、阿根廷七国共同商讨南极问题，提出由八国共管或由联合国托管。苏联也闻讯站出来，强调俄国早期探险者在南极考察史上所占有的地位，声明绝对不承认在没有该国参加的情况下做出有关南极的任何决定。南极这些此起彼伏的领土纷争，引起了远近国家的不安，由有关国家在1959年年底签署了一纸《南极条约》，冻结对南极任何形式的领土要求，鼓励在南极科考中进行国际合作。但此后围绕南极的争端仍是摁下葫芦浮起瓢，2009年还有国家冒出来，声称对南极大陆的一处海床拥有主权，引发新一轮的“南极主权躁动症”。

北极是指地球自转轴的北端，也就是北纬90度的那个点。而北极地区是指北极附近北纬66度34分北极圈以内的地区，包括极区北冰洋、边缘陆地海岸带及岛屿、北极苔原和最外侧的泰加林带，总面积为2100万平方公里，其中陆地部分占800万平方公里。随着现代勘测技术的突飞猛进，北极地下的丰富资源也已崭露头角。2009年5月28日，加拿大温哥华一家媒体发表的最新调查报告披露，该地区石油储量占全球未开采石油的13%，天然气资源量占全球的30%。这份最新报告是由美国的地质调查局做出的，声称北极地区拥有的原油储量，能够供应世界市场几十年的需要。该报告评估，虽然这还不足以改变世界石油的开采平衡，但“可能影响到世界的经济版图，尤其是这个地区人们的生活方式”。此外，随着气候变暖，北冰洋冰雪的消融，正拓宽那里水域，北极航道经济和军事战略地位的重要性也日益凸显出来。

2009年3月13日，俄罗斯向外界发布克里姆林宫的一份战略报告，一语惊人：在不久的未来，俄罗斯有可能将在北部边境面临一场战争。这份报告分析说，将北极变成“俄罗斯的自然资源战略基地”，是该国2016–2020年所要达到的目标。而国际能源争夺对抗比较显著的区域，将包括中东、巴伦支海大陆架、北极、里海和中亚，未来能源争夺战有可能演变成军事对立，不排除使用武力的可能性。这份充满火药味的报告，立刻触动了世界的敏感神经，很多国家迅速做出回应，美欧在北极范围有直接利害关系的国家反应尤为激烈。俄罗斯不得不赶紧站出来为北极迅速升高的政治热度降温，最大限度压低其“安全战略”的调门。

世界仿佛因此松了一口气，有媒体还做出乐观评论，以为北极争端仅仅是因为能源和环境出现的一个新的争夺点，人们似乎用不着为北极之战担忧。但笔者认为对北极发生战争的危险性绝不可低估，今天没有发生，不等于今后不会发生。一个是有关各方在北极谋取巨大国家利益的矛盾不好调和。而直接卷入北极冲突的，又都是实力雄厚的大国，其中包括美、俄及加拿大等，从现在的情况看，谁都不可能在涉及国家主权和利益的原则问题上轻易让步。尤其是美、俄两国的直接利益在这里出现交叉和重叠，双方必有“鹿死谁手”之争，只是时机尚未成熟，矛盾尚未表面化而已。另一个是北极战略地位的争夺。俄国现在仍强烈保持“世界一流大国”的心态，而依照该国现有综合实力，已不大可能像苏联时期与美国展开全球争霸的角逐，北极作为该国自家门口的一块地盘，特别作为商业和军事通道的地位越来越重要，非死守到底不可。而美国和北约同样志在必得，这些年在俄国身边大小动作不断，已经让俄罗斯感到很憋屈。2008年俄、格在南奥塞梯一战，就是一个明显的征兆。如果国际上没有一种强大的约束力，而这些国家也没有最大限度的克制，有朝一日在北极全面爆发武装冲突，不会让世界感到吃惊。

中国从1984年就走上了南极科考之路，至今从未间断，取得了丰硕的成果，还先后在那里建立了“长城”、“中山”及“昆仑”3个永久性科考站。特别是“昆仑”站位于南极最高点，堪与美国在极点、俄罗斯在冰点、法国与意大利在磁点建立的科考站比肩，在南极4个最高价值点中，我们拥有了其中一个，这无疑是南极科考取得巨大成就的重要标志。中国于1985年5月9日加入《南极条约》组织，同年10月被接纳为协商国。现在该条约有40个成员国，其中26国为协商国，14国为非协商国。协商国的权利，除参加每年一次的南极条约例会，还有对南极的自由视察权，凡协商国都有权到其他协商国的南极考察站去视察。不管南极风云如何变幻，中国都将继续坚持在那里的科考活动不动摇。

在北极，中国作为1925年《斯匹次卑尔根条约》的缔约国，除了享有《联合国海洋法公约》所赋予的权利外，在斯瓦尔巴群岛及附近海域还享有《斯匹次卑尔根条约》赋予缔约国的各项权利。1996年中国政府还派代表团出席了国际北极科学委员会会议，被接纳为正式成员国，可以根据所拥有的权利，参与开发利用北极的水域资源和地下物质资源。还有北方的海上通道，随着北极冰雪消融航行条件愈来愈优越，现在完全有可能上升为世界的一条主航道。中国经这条航道往来欧、美及非洲大陆，不仅可以缩短距离，还能减少一些风险因素，如避开马六甲和索马里海域海盗的袭击，或特殊时期某些国家有可能对中国实行的恶意封锁。再有就是北极的气候资源，与中国的气候变化息息相关。1999年，中国第一次由政府部门直接出面组织了由124人组成的中国首个北极科学考察队，随即在2004和2008年又开展了两次科学考察，还在那里建立了永久性的“黄河”科考站。

2008年，中海油田服务总公司的一艘地球物理勘探船参与加拿大在北冰洋一个项目的物探作业，深入到了北极圈内。他们在这片离北极点很近的陌生海域里，不辞千辛万苦，无论是自身的生存，还是技术的适应，都很快摸清了门道。这个船队原来借住北极村塔克，当地人一个劲儿问他们是日本人，还是韩国人，不太相信中国人能在北极进行如此高难度的作业。我们的物探船队用自己的实际表现证明，日本和韩国人能做到的中国人能做到，日本和韩国人做不到的中国人也能做到。塔克人后来见到五星红旗便会报以会心的微笑，他们已经确信中国人具有征服北极的能力。

中国在北极的活动，曾引起日本一些媒体的高度关注，由此还抱怨他们的政府“甚少关心北极”，“反应也很迟缓”。其实，日本在海洋方面从来不落人后，很多事情都抢在中国前面。只不过中国在日本人心目中一直是个“内陆国家”，说话办事只能循“内陆国家”的路子走，稍稍超出其框定的范畴就会大惊小怪。我们自己必须清醒认识到，无论是深海勘探、开发，还是南北两极科考，中国迈出的步子还远远落在一些发达国家后面，技术能力比之美国等先发国家也相差甚远。走向深海，走向南北两极，我们还只是开了一个头，还有万水千山在前面等着。

索马里海盗提出的新挑战

600多年前，郑和第一次下西洋，在旧港（今新加坡）同一个海盗集团展开了一场激战。海盗头子陈祖义为夺取大明船队下西洋的宝物，先是诈降，用了“请君入瓮”的计谋，接着在海上以火攻对火攻，以船战对船战，公开同大明天朝叫阵。郑和最终将这个海盗团伙歼灭，一举擒获陈祖义，肃清了海上航路。在郑和当年到过的亚丁湾和索马里海域，如今海盗又猖獗起来，向世界也向中国提出了新的挑战。

劫持往来船舶，埃弗亚有一套强盗逻辑

在索马里众多的海盗头目中，有一个叫埃弗亚的人，以凶悍和劫持商船的超高成功率，让各国远洋船员无不闻其名而变色。2006年4月4日，此人劫持一艘韩国船只，索取了100多万美元的赎金。仅隔14天，又劫持了在索马里沿海作业的一艘台湾渔船，其中有台湾籍渔工，也有大陆籍渔工。他狮子大开口，漫天要价，让台湾船主感到肉疼，不肯应允。5月25日这天，谈判陷入僵局，埃弗亚一声令下，一刀捅死辽宁籍渔工陈涛，将所有被劫持者吓晕了。7个月之后，船主忍痛付出150万美元赎金，其余人员才得以生还。清平世界，朗朗乾坤，竟然发生了如此血腥事件，不但震动了中国，也震动了世界。亚丁湾、索马里，这些对现在的中国人来说，原本觉得遥不可及的地方，一下子变得让人提心吊胆起来。

追本溯源，索马里海盗的猖獗，与美国小布什政府的反恐扩大化有很大关系。据报道，在“9·11事件”后，美国怀疑当时的索马里政府为国际恐怖组织提供支持和庇护，唆使和支持埃塞俄比亚出兵推翻了索马里政权，组建了由美

国支持的索马里过渡政府。但是，一个由外部势力扶植起来的政权无法有效控制国家局势，政令不能出城，除首都摩加迪沙，其余地区都陷入无政府状态。各个部落拥兵自重，呼啦啦涌现出数十支地方割据武装，海盗团伙也因此活跃起来。索马里国土成长条状，紧贴东非海岸，而今长达2880公里的海岸线都成了海盗劫持往来船舶的好去处。据东非一个"海员救助组织"2008年估计，活跃在索马里海域的海盗至少在1000人以上，比2000年的规模扩大了10倍左右。而为海盗提供情报及各种后勤服务，并从中分一杯羹者，更是难以计数。索马里海盗的成分非常复杂，其中既有本国贫苦的农、渔民和走投无路的城市居民，也有好战成性的部族武装分子及军阀残部，还有来自周边国家地区的外来务工者。

索马里海盗经过多年历练，有了非常成熟的套路，确保劫持成功率。据说，这条路子就是埃弗亚带头闯出来的。此人前些年跑到距索马里海岸数百公里的水域强征当地仅有的几艘可出海的大型渔船，将其改造成"海盗母船"，并分别为这些母船配备数十艘用高价买来的快艇。在其统一指挥下，这些"海盗母船"伪装成渔船轮流出港游弋，一旦发现"猎物"立刻放下快艇，迅速向"猎物"包抄过去。随即瞅准机会搭上绳索，爬上被猎获的船只，连船带人一起劫持。那些远洋轮上遭遇不幸的船长和船员，在这些全副武装的亡命之徒面前，往往只能束手就擒，任其敲诈勒索。有消息说，埃弗亚还精通国际洗钱手法，每年靠劫持船只勒索的赎金，至少有3000万美元的进账。他将其中一部分用于"论功行赏"，为自己及其手下骨干分子购买豪华轿车和别墅，剩下的大部分钱则用于购买更好的快艇、更先进的通信设备以及更高级的武器。现在大多"鸟枪换炮"，甚至装备了肩扛式便携导弹，跟上了世界武器制造的新潮流。有统计数字说，2007年索马里沿岸共有37起海盗劫持事件，2008年猛增至125起，其中有45艘船只、600多船员被劫持，每艘船的赎金平均180万美元左右。有传闻说，因赎金的大量涌入，索马里美元骤然大增，导致物价飞涨，一双原本卖20美元的皮鞋卖到了50美元。

埃弗亚还为此编出一套强盗逻辑，既自我欺骗，也欺骗世人。他在国内大言不惭说，外国渔船掠夺索马里海域的渔业资源，他劫持过往船只，漫天勒索赎金，不过是替本国向往来外国船舶"征税"，弥补渔业资源的流失。他与其同伙铁了心，要把这项武装"征税"的买卖长期做下去，并且作为一种"产业"不断扩大其发展规模。据说，索马里海盗已经成立"股票交易所"，正在公开募股，以"扩大再生产"。当地居民无不踊跃参与，金钱、枪支、弹药和一切于海盗活动有用的物品都能参股。照这样闹下去，说不定有那么一天，埃弗亚们经过精心包装，跑到美国华尔街上市圈钱，演义天下最可笑的一幕滑稽剧。

索马里海盗的猖獗，引来国际社会同声挞伐，打击索马里海盗的呼声逐浪高涨。2008年，北约国防部长布达佩斯会议决定在印度洋保持军事存在，“保护向索马里运送救济物资的世界粮食计划署的船只”，意大利、美国、英国、希腊、土耳其各派出军舰1艘，德国2艘，共7艘战舰开赴索马里海域，展开巡逻行动。俄罗斯也派出“无畏”号护卫舰奔赴索马里，印度也宣布将向亚丁湾部署1艘海军舰艇展开巡逻。联合国还连续通过打击索马里海盗行为的决议，呼吁关心海上活动安全的国家积极参与。然而，不同国家有着不同的利益追求，彼此心存戒备，锣齐鼓不齐的，难以进行有效合作，反让海盗集团把一些国家看扁，更加有恃无恐。2008年9月25日，被劫持的乌克兰军火船“费那”号，竟被海盗劫走33辆T-72坦克。这年11月17日，沙特超级油轮“天狼星”号载200万桶石油，也被海盗劫持。俄《观点报》在本年最后一天报道这些事件，悲观地说：“新年怎么开始，以后就会怎么继续……”

而今中国已是国际贸易和航运大国，外贸运输90%以上依靠海运，仅从事国际海运的公司有260多家，挂中国旗和我国实际控制的远洋船舶达3300多艘，并拥有40多万远洋船员，船队规模世界排列第四。我们每年约有1000多艘商船通过亚丁湾经苏伊士运河前往欧洲，加上有中国背景或有中国海员为之服务的船只还远不止这个数字。而亚丁湾和索马里海域处在我们通往欧洲和非洲的主航道上，可以说是中国大多数远洋船舶的必经之地。索马里海盗团伙，如埃弗亚之流，自然也会像牛皮糖一样黏上这些中国船舶与船员。仅2008年1至11月，中国行经该海域的船舶有1265艘，遭遇索马里海盗袭扰达83艘之多。

2008年11月13日深夜，来自天津的远洋渔船“天裕”8号，在途经肯尼亚海域时，也突然与海盗船遭遇上了。一群携带榴弹发射器和自动武器的索马里海盗，乘坐快艇风驰电掣赶来。在朦胧中甩出一根绳索套住我渔船的船头，眨眼之间一个个肤色黝黑的强健躯体便爬上了渔船，操起武器展开武装劫持。中国远洋渔业本来有个惯例，渔船出海一般至少要有两艘船结伴而行，为的就是发生不测，彼此有个照应。但此刻正是深夜，与“天裕”8号联袂的“天裕”7号已在熟睡中，“天裕”8号的25个船员又无可以克敌制胜的武器，不得不听命海盗的摆布。当通过各种外交渠道将他们营救出来以后，船员一个个面色枯槁，衣衫褴褛，身心疲惫不堪。

比较幸运的，是中交集团所属6万吨级特大件运输船“振华”号。2008年12月17日下午，该船从苏丹卸完货正要返回上海，不期在亚丁湾与海盗遭遇。但“振华”号有心理准备，先是不断改变航向，极力甩掉这条“讨厌的尾巴”。却不幸被海盗的快艇紧紧咬住，随即有9名持火箭筒、重机枪等武器的海盗趁乱登上甲板，挥动手中的先进武器，哇啦哇啦吼叫着想迫使中国船员就范。“振华”号船长沉着应对，在发出呼救信号的同时，指挥全体船员利用消防水龙头及自制“燃烧弹”等与海盗周旋。交通运输部积极组织救援，在附近海域巡视的印尼军舰也及时伸出援手，用直升机逼走了这伙海盗。

但“振华”号的幸运，不过是在亚丁湾往来船舶完全置于无保护状态下的一种侥幸。该船能够成功脱险，主要还是赶巧有印尼军舰在附近海域巡逻，否则单凭船员用自制武器去拼海盗手中的现代武器，后果很难设想。已经有很多事实证明，仅靠运输船只的自卫根本无法抑制海盗的劫持行为，还有可能给船员的生命安全造成极大威胁。中国的远洋运输不可能长期在无保护状态下继续下去，世界的远洋运输事业也不能如此放任不管，毁在一群乌合之众手里。

2008年12月16日，联合国安理会再次通过决议，从即日起授权有关国家和国际组织在12个月内可以在索马里境内，“采取一切必要的适当措施，制止海盗行为和海上武装抢劫行为”。2008年12月20日，中国外交部发言人宣布，中国政府决定派海军舰艇近期前往亚丁湾、索马里海域执行护航任务。同一天，中国国防部新闻发言人正式公布了人民海军舰艇编队出航的具体日期。

远洋护航考验中国的海上能力

这天，海南三亚的榆林港穿上节日盛装，海军在这里隆重举行欢送仪式。驱逐舰“海口”号、“武汉”号和综合补给舰“微山湖”号组成的中国海军舰艇编队，负载着全国人民的期望，由此拔锚起航，奔赴亚丁湾和索马里海域执行护航任务。海军司令员吴胜利在欢送仪式上表示，海军舰艇编队执行此次护航任务，是中国军队首次组织海上作战力量赴远海保护重要运输线安全，也是中国首次使用军事力量赴海外维护国家的战略利益。

此前，人民海军舰艇编队已经执行过多次远航任务，出访过远近不少国家，航迹几乎遍及世界各海域。但以往都是与世界各国同行彼此进行沟通的友好访问，跨海越洋传递四海友谊，迎接的是鲜花、掌声和悦耳动听的迎宾曲。而这次所要执行的护航任务，面对的是神出鬼没的索马里海盗，执行的是“非战争的军事行动”。还有，许多国家同样派出舰船在那里巡逻护航，大家低头不见抬头见，很难预料会有什么故事发生。此外，世界投过来的目光也很复杂，难免夹杂种种猜疑，或想看中国海军的笑话，或借此机会探中国海军的底。那是一片陌生的海域，一群陌生的对手，执行的是前所未有的陌生任务。但海军官兵心里很清楚，党和国家的这项重大决策，符合全国人民的心愿，尤其是远洋运输船队，也包括香港、澳门及台湾的远洋船舶，正翘首以盼。

还在护航舰队出发前，“哈尼河”号货轮便正式向中国船东协会提出护航申请，并迅速上报到中国反海盗中心，再经与之联合办公的中国海上搜救中心上报，该远洋船立即被列入交通运输部提交中国海军的首批接受护航的商船名单。“哈尼河”号此次前往中东地区的沙特、约旦和埃及等国港口，沿途需要经过海盗猖獗的亚丁湾及索马里海域。尽管在出发前曾三次更改路线，并做了专门的安全部署，船员和家属还是提心吊胆，一路惴惴不安。及至在途中如约与海军护航编队会合，所有船员如同海外孤儿突然扑进祖国母亲宽大的怀抱，一个个泪如泉涌。接踵而来的中国船只目睹祖国军舰为他们在远洋撑开的盾牌，都觉得吃了“定心丸”，有的激动得在甲板上拼出“祖国万岁”，还有主动送上新鲜蔬菜和水果表达感激之情。

中国护航舰队在亚丁湾和索马里海域亮相以后，已经用实际的表现赢得国际社会的欢迎及世界同行的尊重。美国之音报道，美国海军特里·麦克奈特少将作为亚丁湾海域专门对付海盗的多国海上联合部队第151特遣队指挥官，在分析各国海军力量协调打击海盗的军事行动时，特别提到与中国海军互动给他带来的一种新鲜感。这位美国少将说：“跟中方互通电子邮件是很有趣的一件事。他们在互动时一直很坦率，愿意跟我们商谈如何打击海盗。”还有美国媒体指出：“长年以来，中国在海外的经济利益是由别人来保护的，现在中国是负责任的大国，自己来保护自己的商船了。”德国之声中文网转引《新德意志报》文章称，中国向“非洲之角”海域派遣军舰打击海盗，反映了途经非洲的贸易路线对中国经济的重大意义，也体现了“中国军人的新型自我意识”，以及“更多参与国际活动的愿望”。

当然，其中也有某些不和谐的声音，诸如借机重弹“中国威胁”之类的老调，一些国际新闻媒体还做了过度延伸的解读，出现各种各样的猜想。英国的《独立报》故意扯出中国“每年以15%至20%的比例增加军费支出”，嚷嚷这次中国派军舰前往索马里海域，可以被看作是中国发展“蓝水海军”的又一信号。《亚洲时报》英文版则发表文章说，外界不断传出中国要造航母的消息，这与中国将要执行的“索马里任务”构成了有趣的关联，因为建造航母是中国海军打造远洋战斗力的关键。有的还颇具挑拨意味，说什么中国军舰航行在印度洋之时，很可能会高兴地向新德里展示，“印度洋并不是印度的海洋”。我们需要郑重指出的是，海盗乃国际公害，属于国际犯罪性质，危及的是国际海运和各国远洋船队生命财产的安全。按照《联合国海洋法公约》的规定，打击海盗是所有海洋国家的管辖权，这既是一种责任，也是一种权利。在海上，中国同样要坚持走好自己的路，一切由别人说去。

现在，中国海军的远洋护航已经进入常态，护航编队一直在有序进行轮换，后续护航舰队有前面一批批护航编队积累的经验，逐渐进入驾轻就熟的境界。2009年5月14日这天，“深圳”舰同时为7艘远洋船舶护航，成双路纵队行驶在海盗高发海域。不久在空中巡逻警戒的直升机发现，一艘海盗母船拖带3条小艇向我编队左边高速驶来，接着发现又一艘母船拖带18条小艇向编队右边高速驶来，左右夹击，来者不善。舰队指挥员果断命令“黄山”舰迅速赶来为商船护航，“深圳”舰高速抵近可疑目标，直升机低空盘旋，构成对可疑目标的强大威慑力。海盗船被迫赶紧转向，驶离飘扬着五星红旗的护航编队。

中国护航舰队，不仅为包括港、澳、台在内的中国商船、渔船撑起盾牌，也为护卫和救助外国商船尽力。索马里海盗劫持的菲律宾货船“斯图尔特力量”号，在获得释放后，陷入严重缺乏生活物资和药品的困境。“黄山”舰得知消息，经过26小时昼夜不停的航行，及时解了该船的燃眉之急，并将其护送至安全海域。菲律宾副总统称赞：“真正体现了一个负责任大国的风范。”

然而，道高一尺，魔高一丈。2009年国庆节刚过不久，在塞舌尔群岛东北面海域，索马里海盗神不知鬼不觉地用武力拘押了我运煤船“德新海”号，船上25名船员都成了人质。那些表面上看去朴实得有些笨拙的索马里强盗，没给中国护航舰队任何拦截救援的机会，将船和人劫持到了他们认为中国护航舰够不着的阴暗角落，然后摆出猎获者出卖猎获物的姿态，开出价码索要高额赎金。这起劫持给国人带来的震惊比任何一次劫持都大，世界投过来的关注目光也比以往任何时候都集中。一些外国观察家分析，中国已经陷入两难境地：如果应海盗所求，把赎金交出去，将船和人接回来，这样的妥协势必吊足国际强盗的胃口，今后不仅索马里海盗将继续瞄准中国船只，其他国家和地区的歹徒也可能群起效尤绑架勒索中国；如果用武力解决，那就得有美国海军那样的本事，在本国船只和人员被劫持以后，立即出动舰船围堵，在狂风巨浪中连开三枪，弹无虚发，打得索马里海盗至今不敢碰美国船。

本次劫持事件现在已经得到解决，“德新海”号及所有被劫持的船员都已经顺利归国，但无疑给了我们格外的警醒。区区数名索马里海盗带着几条枪一比画，就让偌大一个国家陷入了被动，说明我们的远洋护航停留在现今的规模和方式绝对不行。而且，从长远来看，也不能只是就护航论护航，需要将未来一切可能的“非战争军事行动”，包括维和、搜救、环保、舰船补给及监测可能出现的威胁等，做统筹考虑。应当说，中国在海上捍卫国家利益的决心有多大，海上力量建设的投入也应该有多大，这两者必须相匹配。

跟着国家的战略空间走是海军的必然选择

有部长篇小说《三宝太监下西洋》，演绎了郑和当年往返东南亚及印度洋诸国的许多有趣故事。其中描述郑和船队到达东非索马里的摩加迪沙，遇到了该国喜欢好勇斗狠的国王麻里思。这位酋长级人物，既不理解郑和船队为何要不远万里跑到他的家门口来，又垂涎这支中国船上载运的青花瓷器和绫罗绸缎，还自恃其属下男女老幼人人善射，企图动用武力打败这支中国船队，夺得送上门来的中国宝物。郑和不忍与这片陌生的土地开战，经过与随行人员反复酝酿，巧妙地将剑拔弩张的战争态势，演化为双方比试枪法、箭法的一场游戏，最终让该国的好勇斗狠分子心服口服，彼此进行互通有无的礼物交换。麻里思得到了仰慕已经的中国瓷器和丝绸，喜滋滋地说："早知如此，何必兴师动众？"郑和从摩加迪沙带回了中国当时还很稀罕的长颈鹿，当这"陌生来客"出现在南京和北京街头，大明朝的人认定是麒麟降世，几百年难得一遇的祥瑞，出现了万人空巷观麒麟的盛况，尤其是育龄妇女都想踩着"麟趾"生出一个孔子那样的圣人来。

这个故事传达的主要信息是，中国本着和平的愿望走出去，与远近国家共谋世界的和谐发展，不但要有足够的政治智慧去化解各类矛盾冲突，同时还得要有强大的海上力量作为制约战争和非战争暴力的手段。现在的中国跟600年前的郑和时代大不一样了，不只是去非洲东海岸或其他地方走几圈了事，而是要将自身融入整个国际社会，加入全球经济大循环，并作为负责任的大国在本地区和世界范围承担起应该承担的责任，政治智慧和海上实力这两方面的要求无疑也更高了。

中国从上个世纪70年代末实行改革开放，至今已走过30年的里程，"内向型经济"已经快速向"外向兼内向双型经济"转移，国际合作及海外贸易已在国家经济结构中占据了相当大的比例。按一些评论家的说法，中国前一时期的状况有点类似工业革命时期的英国和19世纪末的美国，英国在1830年被称为"世界工厂"，而中国从20世纪90年代开始也逐渐成了"世界工厂"。最早对外开放的深圳等沿海城市，几乎都是由"两头在外"、"三来一补"的加工业起步。现在进行经济结构的调整，提高"中国制造"的档次，同样需要与世界进行广泛的经济技术交流，在地区和世界范围内优化资源和各种生产要素的配置，包括在世界海域找油找气，填补国家的能源缺口。这就使得国家利益通过海洋扩展到了世界各个地区，海上通道及海外市场上升到了前所未有的突出地位。有外国媒体形容，如同当年郑和在长江流域砍伐5000万棵树木造船一样，中国如今也在采取“超规模”的造船行动，发展走向世界的能力。

据说，美国第七舰队的宣传手册开门见山一句话：“美国为何需要全球军事存在？因为我们的商业利益遍及世界。”中国当然不会也没有必要像美国那样追求全球的军事存在，但也不能把远洋护航当成一种临时性的举措，必须在战略层面有通盘的考虑，避免头疼医头、脚疼医脚，甚至“临时抱佛脚”的短视行为。我们国家的利益空间和责任空间在放大，无须讳言国家的战略空间也需要做出相应的调整，海上力量的发展自然也得跟着这个趋势往前走。

很多专家、学者认为，索马里海盗事件给我们提出了挑战，也给我们提供了机会，需要及时做出战略性的决策。有专家提到，目前的问题已经不是中国海上力量走出去或不走出去，而是如何加快和加大走出去的步子。中国的海上力量向外延伸，不光是给商船和海上能源运输提供必要的保护，同时也是遵循大国发展的客观规律，大踏步走向海洋，最终才能大踏步走向强大。实际上，从全球范围来看，任何一个大国要成为强国，必须壮大包括远洋海军在内的海上力量，这是不可绕开的关键步骤。2008年底，菲律宾海军总司令高勒兹中将，就中国海军舰队赴索马里海域执行护航发表评论：“这是一个值得关切的问题，但不足以引起我国担忧。”虽然中国和文莱、马来西亚、菲律宾及越南等东南亚邻国在南沙群岛主权问题上存在争议，但高勒兹认为，只要中国能一如既往，继续扮演东南亚国家的好邻居，其海军的强大将有助于稳定地区形势。

还有一些专家提出，随着中国海军远洋护航的常态化，接着应当提上议事日程的是建立海外补给点。我们此次远洋护航都是两艘战斗舰加一艘补给舰的配置，所有的物资补充都只能在海上舰对舰进行，谁都可以看出明显带有临时的性质，绝非长久之计。为何执行远洋护航的编队每次都以3个月为期，在很大程度上与我们的远洋补给存在的局限性有很大关系。中国海上力量要向前延伸，维护好国家在海外的利益，负担起维护地区和世界和平稳定的国际义务，不能没有自己的海外补给点，提供具体的物质设施保障。有专家肯定“这是合乎逻辑的思维延伸”，否则远洋海军便无从谈起。2004年印尼大海啸，美国海军众多舰队能够在第一时间携带救援物资抵达灾区，赢得国际舆论的一致赞誉。他们所仰仗的，就是设在日本和东南亚国家的远洋基地，有如身之使臂，臂之使指，其反应要多敏捷有多敏捷。美国从立国之后即着手经营在世界范围的海军基地，现在已经形成近海与远洋相匹配的基地网络，包括美国本土墨西哥湾及太平洋沿岸基地网，设在海外战区或靠近战区沿海或港口的前进基地网，分设在世界各地的大西洋基地网、地中海基地网、加勒比海基地网、印度洋基地网及南大西洋海军基地配系网，“网”遍了全世界。

中国坚持不同包括美国在内的任何国家搞对抗，也无意去争夺啥势力范围，不可能也没有必要像美国那样满世界建军事基地。中国建立海外补给点，目的是打击海盗，应对非战争突发事件，维护国际海域正常秩序，其性质与美国的海外军事基地有本质的区别。我们完全可以超越冷战时期的对抗性思维，在维护国家海外利益、承担国际义务并尊重他国主权权利的大前提下，在沿海国家中选择合作伙伴，以双赢互利或多赢互利为原则，建立属于经营性质的海外补给点。郑和当年在满剌加建立货栈，坚持利益共享而得到当地人民的肯定和支持，今天的中国人一定会比郑和时代做得更好，用事实向世界证明我们走向远洋是“中国贡献”而不是“中国威胁”。眼下最现实，也最急迫的，是在南中国海选择适当海域设立规模适度的综合补给基地，军民共建，军民两用。这儿距离大陆本土相对比较近，各方面条件也比较成熟，具可行性。由此经过的商船，以及南海石油勘探开发，急切需要安全防护。

还有专家、学者提出，根据这次远洋护航的实践，中国除西太平洋外，还要强化在印度洋的存在。一个国家对外贸易的巨大增长，自然会要求控制海洋力量的相应增长。印度洋之于中国的未来发展，在某种意义上，已经成为中国的“命运之海”。而在战略位置十分重要的印度洋水域，中国目前也具有施展海上抱负的有利条件。我们在印度洋水域没有领土要求，没有历史积怨，除了一心想成为印度洋霸主的个别国家，没有任何南亚国家反对中国拓展在印度洋的存在。专家具体的建议是，加大开辟直达印度洋的西行航线的速度和力度，包括西南方面从云南穿过缅甸进入印度洋，也包括大西北从新疆穿过巴基斯坦进入印度洋。这样做的必要性无须赘言。一是能源运输的安全，印度洋之于中国的意义，可以称之为“石油血管”，多一条通道就多一份安全系数。二是满足西部大开发对出海口的需求，西北内陆距离东南沿海甚远，陆上交通成本业已成为影响西部走向世界的重要因素，而通过巴基斯坦或缅甸等国的出海口进入印度洋，将西部大开发直接融入海洋经济，其重大意义怎么估计也不会过分。更深层次的意义，中国通过双边或多边互利另辟走向大洋的蹊径，不但可以缓解“马六甲困局”，还显著降低美日第一、第二岛链围堵中国这一战略布局的价值，使中国在维护东南方向海洋权益时有更多的选择余地。地球是圆的，向东是海洋，向西也是海洋。

将这些归结起来，就是中国应当尽快制定自己的海洋战略，包括海军的发展战略。在一次中国智库论坛的研讨会上，有专家提出中国的海洋战略应当概括为“保近岸、争近海、促远洋”。“保近岸”自不待言，这是最起码的要求，连近岸都不保，那就退回到鸦片战争时代去了。“争近海”，主要就是敢于面对目前存在的海洋争端，文武两手都要做好准备。文的就是运用相关国家各自的政治、外交智慧维护地区的和平与稳定，通过对话和谈判化解争端，但这要两厢情愿或多厢情愿，不能“剃头挑子一头热”；武的就是对冥顽不灵的挑事者做出坚决的回应，有专家建议如果有人一而再，再而三寻衅滋事，干脆将其从霸占我国的那些岛屿和礁盘上挤走，一了百了。原军科院政委张序三则将自己的主张概括为6个字：“积极谈，准备打。”“促远洋”，关键是加强远洋水军的建设，这次赴亚丁湾和索马里海域护航非常说明问题。我们的三艘军舰在茫茫大洋中，甭说遭遇大风大浪，即便日日风平浪静，也形如三只远离鸥群的“孤鸥”。因为现在还无法与美国为首的多国舰队实现信息、侦察、通讯、协同、指挥、补给等事项的共融共享，需要我们护航舰船对付的，除了索马里海盗，还有长达数月的“独立行动”。一个护航周期内，任何难以预测的事情随时都可能发生，何况还有一些并不那么友好、居心叵测的眼睛，正等着瞧我们远洋护航海军暴露出来的弱点。

而近期接连发生或将要发生在我国附近海域的美韩、美越、美日联合军演，还有美国国务卿希拉里在越南那番霸气十足的言论，尽管我们大可不必被其“气势汹汹”所吓倒，也可以料定韩、越、日“挟美自重”不见得能如其所愿。但是，有一点可以肯定，美国在东亚已经由前些年的“不介入”转变为“积极介入”和“直接干涉”，中国在近海由原来和周边一些邻国的海洋权益之争，有可能重点转变为中美之间的“战略利益”之争。

密切关注这一新动向，做足必要的应对准备，成了我们制定和实施海洋战略的当务之急。

中国人的航母梦

1996年，笔者采写的通讯《我们南沙有多富》在《光明日报》发表后，据该报编辑说，很快就有小学生将自己节约下来的零花钱寄到报社，要求捐献给国家造航母。多少年来，中小学生给海军捐钱造航母的事经常都有发生，中国的娃娃从刚懂事起就有航母梦。

二战让航母成了海上战神

其实，早在马汉时代就提出了“母舰”的设想，只是那时还没有飞机，因此缺了“航空”二字。他在《海权论》中说，海上战争“本身是不可靠的瞬间，它不能远离基地。而这种基地必须是巡航舰的母舰，或国家力量在岸上或海上坚实的前哨基地，一个远方的领地或一支强大的舰队。没有这种支援，巡航舰只能匆忙离开母舰到达近海，而且无法给予对方致命的打击。”

有资料说，世界上第一个从一艘军用舰船上驾机起飞者是美国人尤金·伊利。那是1910年11月14日，他驾驶一架“柯蒂斯”双翼机，没有从传统的陆地机场升空，而是从美国海军“伯明翰”号轻巡洋舰上直接冲向蓝天。随后，他又驾驶飞机稳稳落在“宾夕法尼亚”号装甲巡洋舰上。该舰甲板上经过改装的长31米、宽10米的一个木制滑行台，在大海上承载了这架从天而降的飞机。1912年5月2日，英国飞行员查尔斯·萨姆森紧步其后尘，更为勇敢地驾驶一架战斗机从一艘行进中的战舰上起飞，翱翔海空之上。经过美英海军两次成功的试飞，航空母舰已经呼之欲出了。

航母是海上浮动式的小航空站，可以携带战斗机及轰炸机远离本国国土，执行远距离攻击敌人目标的作战任务。这使得航空母舰可以从空中攻击陆地以及海上的目标，尤其是那些远远超过一般射程之外的目标。由航空母舰上起飞的飞机的战斗半径一直不断地在改变海军的战斗理论，也改变了海战的传统格局。敌对的舰队现在是在看不到对方舰船的情况下，互相进行远距离的战斗，“决胜千里之外”，已经由文学夸张变成了必须认真面对的现实。制空和制海的有效结合，奠定了航空母舰在海上的霸主地位，彻底终结了战列舰为海上最强军舰的优势。

航母出现在第一次世界大战，广泛应用于第二次世界大战，特别在太平洋战场起到了决定性作用。从日本航空母舰编队偷袭珍珠港，到美日双方舰队自始至终没有见面的珊瑚海海战，再到运用航空母舰编队进行海上决战的中途岛海战，从此航空母舰取代战列舰成为现代远洋舰队的绝对主力。美国建造了大批埃塞克斯级航空母舰，组成庞大的航母编队，成为海战的主角。还有廉价的小型护航航空母舰也被大量建造，投入到反潜护航作战中。从1942年开始，美日两国在太平洋战场上相继进行了4次大规模航母战，二战的运行轨迹也因这4次海战而发生了根本性的改变。

第一次航母对决，美日打了个平手。那是1942年初，日本偷袭珍珠港得手，以山本五十六为统帅的日本海军头脑发热膨胀，全不把实际比其强大得多的山姆大叔放在眼里，企图放开手脚夺取西南太平洋诸岛，为攻占澳大利亚作准备。可是，山本五十六再也没有偷袭珍珠港那样的好运气了，反而不断碰上倒霉的事儿，没能逃脱《易经》所说“亢龙有晦”的规律。元月20日，日本“伊–124”号潜艇被盟军击沉，美军获得了日本人留在艇上的密码，这就等于日本人把自己的生死簿交到了正想对其实施报复打击的美国人手里。此后，美军利用这本密码，破译了日军大量相互往来交换的军事情报。该年4月，美太平洋舰队司令尼米兹获悉，日军3艘航母分成两支舰队正在向珊瑚海海域挺进，立刻决定让弗莱彻海军少将率领以“列克星敦”号和“约克城”号两艘航母为首的特混舰队，进入珊瑚海迎敌，挫一挫日本海军的骄狂气焰。5月7日这天，美军一架侦察机曾误将挂着太阳旗的2艘巡洋舰和2艘驱逐舰，当成了日本的航母战斗群。但弗莱彻判断附近必有日军航母，命令派出的93架飞机继续寻找攻击目标。果然在原定目标不远处发现了日军轻型航母“祥凤”号，美军随即发起攻击，使“祥凤”号连中13枚炸弹和7枚鱼雷，35分钟后便沉入海底，创造了二战期间击沉航母的最快纪录。日本侦察机也误报了发现美军航母的军情，78架飞机从“翔鹤”和“瑞鹤”号航母上起飞，直达目标上空才发现，海面上仅有美国的一艘驱逐舰和一艘大型油船。日本飞行员气急败坏将其炸沉，悻悻返航。5月8日，双方航母再次出动战机互相攻击。美航母“列克星敦”号被击沉，“约克城”号受伤；日本航母“翔鹤”号受重伤，险些沉没海底。从战况来看，此次海战美军损失略大于日军，但这是太平洋战争爆发以来日本海军遭到的首次重创，大大增长了盟军摧毁日本海军的信心。

第二次是日军密码被美军破译后，使日本联合舰队统帅山本五十六在中途岛设置的圈套变成了自杀的绞索。珊瑚海一战后，山本认识到了美国航母的巨大威胁，决心摧毁美军航母主力，绞尽脑汁，欲将中途岛变成美国航母群的坟场。老奸巨猾的山本为实现这个战略目的，竟然不惜血本动用了手头所有的航母，包括8艘航母和5艘水上飞机母舰，可谓破釜沉舟，孤注一掷。然日军往来讨论战斗部署的绝密电报，都被美国人及时破译，让尼米兹有针对性地采用集中3艘航母从侧翼伏击日本主力舰队的正确行动。6月3日，山本调动一个分舰队袭击阿留申群岛，拉开中途岛战役序幕。第二天，由一名海军中将指挥的日本舰队进入中途岛海域，由于没有发现美国舰队，便向中途岛美军机场发起攻击。不久，他接到发现美国舰队的报告，慌忙应战，然为时已晚。此时，美军轰炸机腾空而起，直扑日本航母，展开一场真正意义的航母大战。结果，日本“赤城”、“加贺”、“苍龙”和“飞龙”号4艘航母被击沉，美国仅有“约克城”号一艘航母被击沉，从根本上扭转了太平洋的战局。

第三次激战马利亚纳，日本航母从此丧尽元气，再无还手之力。1943年后，日本航母编队补充了一些新的舰船，航母数量也恢复至9艘。美国航母则有了大幅增加，达到几十艘，海上力量的对比发生了明显变化。1944年6月，美军在15艘航母和14艘护航航母的掩护下，登陆马利亚纳群岛的塞班岛，抢占日本在太平洋的战略要地。日军决心拼死一搏，集中9艘航母分三路截击美军。6月19日这天清晨，日本率先出动舰载机集群向美国航母战斗群发动攻击，双方数百架战机在太平洋展开了一场空前惨烈的空战。因为在过去两年多的消耗战中，日军有经验的飞行员几乎损失殆尽，其飞机性能与美国相比也严重落后，使得这场海战从一开始便一边倒。日军飞行员虽然大多是新兵蛋子，谈不上训练有素，但一个个都敢玩命，非常武士道。有名飞行员驾机刚刚升空，发现海面上有一枚鱼雷正驶向本国“大凤”号航母，他毫不犹豫摁下机头，一个迅雷不及掩耳的俯冲，在鱼雷到达目标之前，用飞机连同自己的身躯将其引爆。美军也不含糊，飞行员弗雷西尤中尉用360发炮弹击落了6架敌机，成了这场海空大战的耀眼明星。检点这次海战的结果，美军仅有两艘航母受轻伤，日军航母3艘被击沉，3艘被重创，损失404架舰载机，占其舰载机总数的92%。日本航母舰队从此一蹶不振，基本丧失了攻击能力。

第四次是莱特湾海战，日本航母舰队全军覆没。1944年10月，美军决定发起菲律宾群岛战役。20日这天，美军在莱特湾登陆，日军为挽回败局，赌上了海军的全部家当，派出两支舰队夹击美军。日本人深知，他们失去了进攻能力的航母部队已经无法同美国舰队抗衡，于是决定采用苦肉计，将仅存的4艘航母当成诱饵，在该国海军中将小泽的指挥下，从日本本土南下吕宋岛，以引诱美军舰队离开莱特湾，掩护其战列舰队突袭美军登陆部队。美军第3舰队司令哈尔西上将将计就计，指挥本来紧紧咬住日军战列舰队的十余艘航母，调头迎战日军航母。25日，美军500余架飞机，轮番轰炸日军4艘航母，仅仅9个小时，将日本仅有的4艘航母全部击沉。负责攻击莱特湾的日军战列舰队，则遭遇美军护航舰队的顽强抵抗，最终也不得不放弃原来的登岛计划。那位小泽君在回忆这场战役时沮丧地说："作为诱饵，我们都抱定了必死的决心。当我目睹属下的航空母舰和其他军舰，在敌人的鱼雷、炸弹攻击下一艘艘沉入大海时，还是不禁自问：号称世界最强大的日本海军难道就是这样的下场吗？"

在欧洲战场，英国海军在1939年也遭遇过类似珍珠港式的重挫。当时的德国海军上将邓尼茨利用其精心打造的潜艇部队，偷偷钻入英国本土的海军基地，先击沉英国航母"勇气"号，随后又击沉"皇家橡树"号航母，让英国皇家海军蒙受了惨重损失。美国直接参战后，邓尼茨进而制订了"狼群计划"，调动该国众多潜艇进入美国海域，袭击同盟国往来商船和护航舰队，曾在1942创造半年时间击沉516艘商船及护航舰艇的纪录。但几年之后，同盟国针对德国潜艇成功研发了雷达和深海探测器，包括回声测深器、声呐、水下测音器得到广泛运用，给德国的潜艇部队带来了灭顶之灾。邓尼茨精心培育起来的数千水兵在海底窒息而死，不得不向希特勒请求暂停潜艇对同盟国大西洋护卫舰的进攻。盟军则以航空母舰为核心组成战斗群体，在大西洋发动围歼德国海军的战斗。

其中最引人注目的，是对德国"俾斯麦"号战列舰的追击。"俾斯麦"号载有6架侦察机，1939年8月24日投入使用，在重型巡洋舰"奥伊根王子"号的护卫下，构成了对同盟国在大西洋战场的严重威胁。1941年5月8日，"俾斯麦"号在恩斯特·林德曼上校率领下，再由巡洋舰"奥伊根王子"号和其他舰船护卫，离开波兰格迪尼亚驶向大西洋。英国一支强大舰队，包括航空母舰"胜利者"号、皇家海军战舰"乔治国王五世"和"威尔士王子"号及另外4艘巡洋舰，立刻从斯卡帕湾起锚进行追击。5月24日双方在格陵兰岛外相遇，"俾斯麦"号开炮击沉一艘英国巡洋舰后，开足马力逃离战场，企图甩掉英国海军的追击。英国航母"胜利"号出动鱼雷轰炸机，一架接着一架连续不断发起进攻，不给德国舰队喘息机会。"俾斯麦"号受到重创，被迫减慢速度，英国所有参与追击的舰船蜂拥而上，使出各种打击手段。5月27日，这艘著名的德国战舰经过一番无谓的挣扎，摇摇晃晃沉入大西洋中。

还有意大利的墨索里尼，曾扬言要把地中海变成“我们的海”，其国家财政也重点向海军倾斜，三大军种装备数海军最精良。但是，意大利因为没有建造航空母舰，在激战中不但无力将英国皇家海军赶出地中海，相反受制于同盟国的海上封锁，在三个轴心国中率先败下阵来。

航母成了二战在海上打败德、日、意法西斯的“杀手锏”，它也因此成了大洋之上的战神。二战结束至今，60多年过去了，并且经历了与传统战争概念完全不一样的海湾战争、伊拉克战争，航空母舰仍然被认定是海上主要战略舰之一。像美国这样的海军大国，航母也一直是其海上兵力结构的核心。现代航母与传统航母也大不一样了，现代航母信息化水平很高，航母编队除了作战飞机以外，还有其他的现代先进装备。拿美国为例，一个编队大致74—76架飞机，最多不超过78架，其中有4架预警机，4至5架专用电子摄像飞机，另外还有6架反潜巡逻机。这类飞机高度信息化，从不同角度获取各类不同的信息，使航母成为一个完整的信息化作战平台，远远不是过去机械化作战的概念了。有军事专家预测，美国下一代航空母舰大概2013年或2014年问世，将以全新结构服役到2060或2070年。

在当今的世界大国中，中国是直至现在惟一没有航母的国家。但可以肯定的是，关心中国航母建设的人一定是世界上最多的。

八卦滩，中国人凝聚在“基辅”号的航母情结

2003年8月15日，在天津滨海新区八卦滩的“航母主题公园风景区”，敲锣打鼓张罗着给“主题公园”点题，安置从俄罗斯购买回来的航空母舰“基辅”号。

别看现在的“基辅”号几乎是作为一堆废钢铁购入的，在苏联时期乃是这个超级大国“基辅”级航母的首制舰。从1970年开始建造，1975年建成服役，1994年退役，曾一度成为世界瞩目的海上“巨无霸”，西方大国畏之如虎的“海上杀手”。它在服役期间，曾出访印度、朝鲜和阿尔及利亚等国，被誉为“水晶理想”、“国家名片”、苏联“北方舰队的旗舰”，甚至号称苏联“海军的象征”。天津旅游部门不远万里将其“请”进来，在渤海岸边打造“军事”、“海洋”两大主题旅游景区，拨动了国人祈盼航母的心弦。一段原本偏僻和平淡无奇的海岸线，也立刻蒙上了一层谁都想撩拨一下的神秘面纱，在国内掀起一股航母旅游热。

2000年5月19日，“基辅”号航母告别俄罗斯维佳耶夫军港，由上海打捞局“德意”号拖轮拖带，途经大西洋，绕好望角，越印度洋，穿过马六甲海峡，进入中国的南海、东海、黄海，驶入渤海湾，2000年8月29日停泊在山海关船厂外的锚地，历时102天，航程16850海里，完成了航运史上一次壮举。“基辅号”长273米，宽近53米，高达61米，前吃水7米，后吃水8米。船体以甲板为界，舰岛上8层、主甲板下9层，全舰共17层，原来舰载飞机33架，舰载官兵定编为1400人。这样一个庞然大物，自问世以来，一直需要提供深水码头停泊。现在要将其拖带着穿过渤海湾的浅水区及滩涂，停靠到汉沽附近的海岸边，坐实在八卦滩指定地点，且需一气呵成，中途一停顿就再也无法启动。这在国内尚属首次，考验着拖航就位者的智慧和能力。

一个名叫李陆生的汉子，仰仗曾在渤海油田的北方船舶公司由水手干到船长，经历过同样是庞然大物的海上钻井平台在渤海海域的拖航就位，积累了不少拖航就位的经验，也结识了不少熟悉这项特殊业务的朋友。此人下海经商，主要也是从事船舶经营，拖航就位正好在其业务范围内。他出面邀集了天津几家船舶单位，还请来经验丰富的拖航就位专家组成技术小组，并制定了确保从山海关锚地到八卦滩靠岸点130海里航程万无一失的拖航就位计划，难点集中在如何穿过浅滩和泥涂。汉沽八卦滩属九河下梢，涨潮一片汪洋，落潮满世界都是累积若干年代的墨黑淤泥。他们经过仔细勘察，给“基辅”号开挖一条通向岸边的深水航道，并选定这个一年一次的大潮日，趁大潮达到岸边最高位置一举就位。

这天闻讯而来者，一齐凝眉遥望即将出现在海天连接处的“基辅”号，无不惦着一睹为快。“基辅”号像一位骄傲的公主，由一艘1万马力的拖轮担任主拖，另外配备3艘船担任副拖，两艘在前面拖着，两艘在后面拽着，在众人的欢呼声中，前呼后拥进入专门为其开挖的航道。不想一夜之间航道又被淤了，“基辅”号前进受阻，若重新疏浚航道，大潮又不等人。怎么办？几位经验丰富的拖航专家果断决定调整拖航措施，协调几艘拖轮巧妙运用各自的力量，拖着拽着这庞然大物在泥浆中继续前进。岸上观众的情绪，由惊诧、着急，举手蹙额，最后齐声发出欢呼，“基辅”号安全平稳到达自己的新家，“航母主题公园”终于有了贴切的主题。

2004年秋天，笔者去天津塘沽办事，经朋友引见认识了李陆生。这位私企老板显然还沉浸在“基辅”号拖航的感奋中，力邀我们去汉沽八卦滩参观这个新景点，还许诺途经北塘请大家吃当天捕捞上岸的海鲜。我们一行六七人，沿着海边一条新修的公路走进八卦滩，各类与航母配套的旅游项目还在兴建中，到处搭着脚手架，起重机和挖掘机的轰鸣压住了拍案的海涛，与其说是参观景区，不如说是参观施工现场。然而，这丝毫也没有影响人们看航母的兴致，前来参观的老幼妇孺络绎于途，前不见首，后不见尾。李陆生兴致勃勃指点着他当时引领“基辅”号靠岸的水道，因时间过去一年多了，海潮夹带泥沙早抹平了航母经过的任何痕迹。但从李陆生嘴里讲述出来，那一切仍然活灵活现，仿佛那次让他感到体现了人生最大价值的壮举就发生在昨天。

这时的“基辅”号，尽管还是一个庞然大物，作为航空母舰的昔日辉煌和神秘已经不复存在，舰载飞机、雷达装置和进行攻击或自卫的武器装备都没有了。所有涉及军事秘密的物件全被俄罗斯人拆除干净，舰内空空如也。然而，“瘦死的骆驼比马大”，人们在其上8层、下9层转来转去，还是感觉像进入迷宫一般惊奇和兴奋。导游介绍一些原来与军事装置有关联的部位，所有的人无不听得兴趣盎然，几乎每一双眼睛都充满了神秘和好奇。

这引起了笔者的兴趣，在参观过程中，格外留意众多参观者那些不经意的表情，或者说是他们心灵的自然流露，分明看出在眼前的“基辅”号之外，大家心里还有另一艘航母，那就是老百姓千呼万唤尚未出现的中国航母。记得前些年，笔者采写的一篇通讯《我们南沙有多富》在《光明日报》发表以后，立刻就有小学生将自己节省下来的零花钱寄到报社，说是要捐献给国家造航母。而这类自动捐钱给国家造航母的故事，年复一年、月复一月都在不断重复。有孩子，有老人，有许许多多家境并不富裕的平民百姓。今日来这里参观的人们，其实真正热衷的并非眼前的基辅航母的躯壳，而是他们心目中向往的中国航母。我们老百姓的航母情结此刻不过是借着“基辅”号宣泄出来，“基辅”号也因此得到了我们老百姓普遍的喜爱。

中国人为何如此关注航母，热切盼望国家拥有航母？我不由得一边参观，一边瞅着那些看航母的同胞，一边思索这个问题的答案。在几位朋友的簇拥下，随着参观的人流，经过许多舱室，最后来到原来供舰载机起降的宽阔甲板。游人们都停下来，在这里指指点点，遥想舰载机由此冲向蓝天的雄姿，不管认识不认识，都凑到一起展开热烈讨论。此刻，大家仿佛都成了海军的装备部长，或者干脆成了国家发改委主任，都在给海军乃至国家拿主意，配置什么样的雷达系统最先进，舰对舰、舰对空的导弹装置应当配备多少，该买俄罗斯的舰载机，还是别的什么国家的舰载机……

笔者饶有兴味地听着这些议论，同几位朋友一起来到“基辅”号船舷边，凭栏眺望涌动着淡黄色波涛的渤海湾，品味大家不经意流露出来的航母情结。从此刻所处的位置眺望大海，右边不远处便是第二次鸦片战争中曾与英法联军展开血战的大沽口，从正前方海天相连处越过渤海海峡就是让中国蒙受奇耻大辱的甲午海战的战场。我心里不禁为之一震，我们老百姓的航母情结，原来就来自这里。中国从鸦片战争至抗日战争百余年，遭遇西方列强和日本从海洋入侵达470多次，从海上拥入中国的兵力前后近50万人，逼迫清朝政府及后来的北洋军阀政府、民国政府签署了50多个不平等条约。中国蒙受这些奇耻大辱，无不因为大清国和民国时期没能建设一支强大的海军，致使海门可以轻易被人踢开，国土可以任意由人践踏。“炮台残迹吟风雨，甲午沉船听涛声。”往事不堪回首，中国吃够了没有强大海军的亏，而航母无疑是中国海军强大起来的重要象征。有位参观者说了一句大白话：“我们国家实在被侵略者侵略怕了，有了航母心里才会踏实，夜里才能睡上安稳觉。”

如果说，从“基辅”号游人流露出来的航母情结，还明显带有西方用坚船利炮将中国打得体无完肤的历史悲情，那么，站在今天的时代高度来谈航母，国际局势的变化，科学技术的发展，战争手段的不断升级，还需要联系国家今天的安全界限究竟应当划在哪儿来思考。历史上，把渤海湾的大沽口、广州湾的虎门作为国家的安全界限，事实已经证明不行。而按照美国等霸权国家的圈定，我们似乎只能把安全范围划定在第一岛链之内，甚至还得时刻担心来自台湾海峡的危机，显然于国家、民族的生存发展也很不利。从这个意义上说，航母已经成为推进国家安全界限的一个重要因素，国人的航母情结实际反映的是对国家现实安全环境的某种担忧。善良的中国人绝不会闯进别的国家去动别人的奶酪，但也绝对不愿意别人闯进我们的国家来动我们的奶酪。

最近，还有一个被炒得很热闹的航母话题，即由俄罗斯购进的业已废弃并拆卸一空的“瓦良格”号。据说，经过大连船厂修修补补，已经将其称为“施琅”号，这是中国重新给予的命名。日本《世界舰船》等媒体围绕此事做过许多渲染性的报道，反复提醒世界“施琅”号作为训练航母正式服役，如果航速能够接近30节，又成功引进苏-33舰载机，中国海军就可以更加接近拥有真正航母了。这些日本媒体还将“施琅”号与中国海军走出第一岛链和接近第二岛链的动作联系起来，焦虑之情溢于言表。日本曾经是航母大国，也是美国在第一、第二岛链围堵中国最积极也最活跃的一枚棋子。我们这位东邻不高兴中国拥有航母，也不高兴中国海军具有走出第一、第二岛链的本领。日本人大概不知道，因为该国在自民党执政时期，总喜欢对中国使坏，甚至不惜利用老奸巨猾的藏独头目达赖和穷凶极恶的东突头目热比娅来攻击中国，全无一点儿好邻居的模样，因而他们的反对恰恰进一步坚定了中国人建造航母及冲破岛链封锁的决心。

现在，中国很多草根民众差不多有了这样一种心理定势：凡是日本人反对的我们就要拥护，凡是日本人拥护的我们就要反对。

一个泱泱大国没有航母才是不正常的

中国要不要搞航母，已经是个议论很长时间的话题了。中国人在议论，外国人也出自这样那样的心态参与中国要不要搞航母的议论。

建国之初，尽管毛泽东提出要建设强大海军，但可以肯定那个时候尚未把建造航母提上议事日程。那时的中国一穷二白，百废待举，还要抽出很大人力、财力、物力，包括动员老百姓捐献飞机、大炮抗美援朝，客观上没有建造航母的本钱。主观上，毛泽东等一代开国元勋都是从陆地战场杀出来的，特别是抗日战争利用广袤国土将日本拖疲拖垮拖得无条件投降，积累了“诱敌深入”的丰富经验。因此，“不怕打烂坛坛罐罐”，不惮把敌人放进家里来打，曾在很长一个时期成为跟强敌叫板的精神支柱。还有一个重要原因，在朝鲜战争中杜鲁门和艾森豪威尔曾多次用原子弹恫吓中国，甚至在板门店的谈判桌上还嚷着要往北京、上海扔这玩意儿，迫使我们老一代革命家不得不搞属于中国自己的“大炮仗”，用最快的速度拿出“两弹一星”，制衡美苏两个核大国，一时也无暇顾及建造航母。

毛泽东为发展壮大海军定的调子是“近海防御”，很长一个时期给人的实际感觉是“近岸防御”。这一方面说明中国是个传统的爱好和平的国家，从没想过要去境外动别人一指头；另一方面也说明那时的海洋意识还不是很强，没有把海军建设放到更深一个层面去认识，使得中国的海洋问题日积月累变得格外严峻。仅就台湾问题而言，台独极端势力如陈水扁之流敢于肆无忌惮挑衅大陆，日本敢于公开宣布将台海纳入其安全范围不说，直至近日还有日本人胆敢大放“台湾地位未定”的厥词，很明显就是我们在海上的实力还没有强大到足以让这些鼠辈免开尊口。

但建造航母是中国人的梦想，更是几代海军官兵的梦想。新中国海军的第一任司令肖劲光在解放军建军60周年之际，曾撰文说：“要不要研究制造航空母舰和航母舰载机呢？我以为是需要的。”第二任海军司令刘华清即为建造航母，脚踏实地做了很多前期准备。据其《回忆录》说，早在1970年，他还在造船工业领导小组办公室工作，就根据上级指示组织航母的专题论证。此后到总参，1980年5月访问美国，应主人之邀参观了“小鹰”号航空母舰，对航母的规模气势和现代作战能力有了具体深刻的印象。在海军任职后，1986年8月，他即向海军装备部和航母论证研究中心正式交代开展航母论证的任务，还明确提出要把航空母舰搞得能适应未来战争需要。1987年3月31日，刘华清向总部机关汇报了关于海军装备规划中的两大问题：一是航母，一是核潜艇。这两个问题，涉及到海军核心力量的建设，是关键性问题。这两项装备搞出来，从长远看，对国防建设是有利的。这两项装备不仅为了战时，平时也是威慑力量。他在《回忆录》中说："那时，我先后批准海军和工业部门的专家，去法国、美国、俄罗斯、乌克兰等国家考察过航空母舰。国防工业部门，也从俄罗斯聘请了航空母舰设计专家来华讲学，还引进了部分设计技术资料；航母上关键配套的预研，有了一定进展。总参谋部和国防科工委，也都反复组织对考察、引进、预研的分析、论证、评估，这些工作，使军内外领导和专家加深了对航空母舰和舰载机大系统工程的认识。"但从此后的情况来看，潜艇的建设远远走到了航母建设的前面，还一度出现了既然已经发展潜艇，还要不要发展航母的另类意见。

国家酝酿建造航母的这个过程，大概属于高度机密，引颈盼望的平民百姓无法知晓内情，社会上各种猜测议论颇多。有说"国家财力不足，造不起航母，更养不起航母"，有人为此满怀激情道："全国13亿人口，一人掏十块八块就够造一艘航空母舰了。"还有人为此愤愤不平："国家一年公款吃喝几千亿，公费旅游几千亿，为啥可以让当官的拿去腐败，却不能拿出来造航母？"有说"现在技术不过关造不成航母"，大家疑惑道："两弹一星都能造，航母就能难住俺中国人？"有说"国家怕人嚷嚷'中国威胁论'，因此不敢搞航母"，这让老百姓更不以为然。不少人都在说："有些外国人吃饱饭没事干，老找中国的茬儿，你造航母说你'威胁'，不造航母也说你'威胁'，听蝲蝲蛄叫还不种地了？"

2008年年底，中国建造航母似乎浮出了水面，国防部一些权威人士相继放出了"中国如果建造航母不应当让人感到意外"的风声。据《金融时报》报道，国防部外事办公室主任钱利华在接受英国媒体访问时，虽拒绝就中国是否决定建造航空母舰直接发表评论，但明确表示"中国完全有权这样做"。中国国防部长梁光烈会见日本防卫大臣时也明确表示：中国不可能永远不拥有航母。有评论说，这番话不仅是中国首次向世界宣示建造航母之计划，而且也是针对日本炒作中国建航母会带来"威胁"所做出的正面回应。中国海军原副司令兼参谋长张序三提出，身为海洋大国的中国，拥有大面积海域，没有自己的航母肯定是不行的。为此，中国应先造中小型航母，再发展大航母。中国自行建造航空母舰，从有梦相随，到激情追梦，再到从容圆梦，好几代人的传承，好几代人的接力。

有一个说奇怪也不奇怪的现象，现在中国航母究竟在建不在建，或者具体何时建，在哪儿建，国内讳莫如深，国外消息却纷至沓来，不少还活灵活现，有鼻子有眼儿。2009年2月25日，美国《华盛顿观察》载文称：“五角大楼已经注意到，中国正在建造驱逐舰、护卫舰和潜艇，还在准备造航母，研发更成熟的防御卫星。美国担心，在不久的将来，中国蓝水海军或许会把目光投向大洋彼岸。”6月4日，加拿大《汉和防务评论》总编辑平可夫接受台湾《中国时报》采访声称：“中国的航母筹备工作已经完成，即将在江南造船厂建造。”平可夫还说，他掌握的具体消息是，中国第一艘国产航空母舰，可能“命名为‘北京’号”。同一天，合众国际社发自香港的消息说，有东欧专家考察总部设在上海长兴岛一家造船厂3号军用船坞，发现武警明显加强了对该船坞的警戒，并由便衣警察巡逻，从而判断这个船坞即将用来建造航空母舰。这家媒体还引用东欧消息灵通人士的话说：“中国已经在长兴岛的设施投资51亿美元，包括3个庞大的室内装配车间，在那里将建造航母的各个组成部分。”日本《朝日新闻》还煞有介事宣称：“继2008年年底关于2015年中国将完成两艘5万吨至6万吨级的中型航母建造的消息后，又有来自中国军方的消息说，中国将于2020年后建造出两艘核动力航母。”这家日本媒体还特别提到，中国2009年的《国防白皮书》首次明确了提升远洋作战能力的方针，虽没触及制造航母的计划，可是实际上中国海军已设立了制造航空母舰的“048事务室”，也在海南岛三亚的亚龙湾开始建设包括弹药库、地道等在内的航母码头……

中国老百姓对境外媒体的捕风捉影和胡猜乱测已经见惯不惊，大多“姑妄言之姑听之”，很少有人跟着起哄。但是，关于国产的航母系列该如何命名，还是引起大家的浓厚兴趣，曾在网上掀起热烈讨论。新浪网专门做过一次给国产航母取啥名字的调查，其结果显示倾向于以历史人物如毛泽东、郑和等命名的居首，占44.6%；赞成以北京、上海等大城市命名的人数敬陪末座，得票率为11.9%。支持使用城市命名者遵循中国海军现有命名规则，眼下所有的军舰都采用城市名称，第一艘航母定名“北京”应是顺理成章。而支持以伟人名字命名者则认为，毛泽东是让中国人民站起来了的伟大人物，并且认为毛泽东领兵打仗所向无敌，他的名字本身就“具有威慑力”。还有人提出郑和是中国历史上第一位海军统帅，同时又是一位和平使者，用“郑和”命名既可重振中国昔日远洋海军的雄风，同时又能让世界产生亲近感。在这场争论中，其实航母究竟取啥名字已经不重要，重要的是由此反映出来的国民期盼航母早日问世的迫切心情。

首先，中国作为一个世界大国，建造航母是再正常不过的事情，西方媒体及某些国家的刻意炒作，大惊小怪，小题大做，反倒让人觉得有些不正常。目前世界上有 8 个国家有航空母舰，美国11艘，英国 3 艘，意大利 2 艘，法国 1

艘，俄罗斯1艘，西班牙1艘，印度1艘，巴西1艘。在联合国安理会5个常任理事国中，只中国没有航母；在时下所称的“金砖四国”中，也只中国没有。美国的尼米兹级是目前世界上排水量最大、载机最多、现代化程度最高的航空母舰，也是继“企业”号核动力航母之后，美国第二代核动力航母。而美、英、法、意大利、俄罗斯等国并不以此为满足，目前都在酝酿建造新航母。日本因是二战被战败的侵略国，其“和平宪法”根本不允许该国搞航母，就这么着仍改头换面极力搞小型航母。据报道，日本已经投入实战部署的“日向”号两栖驱逐舰，实际上就是一艘准航空母舰。据说该舰尾部专设的起降机，只需稍作改装，就可将现有起降直升机功能转换成起降固定翼战斗机。还有印度，虽然已经是航母拥有国，最近还在加紧赶造新航母。据印度媒体报道，2009年2月28日，印度自行研制的第一艘航空母舰在南部港口城市科钦举行了龙骨安装仪式，预计2014年装备完毕交付使用。印度海军司令梅塔表示，印度还将再建造两艘航母，计划在2015年前拥有一个由至少3艘航母组成的航母战斗群，让印度海军成为真正的蓝水海军。

况且，中国建造航母已经不是主观上想不想搞，而是客观情势要求不能不搞。现在人们都在说，中国的经济已经融入地区或世界经济圈，就其实质而言即是海洋经济圈，无论是天之涯，还是海之角，都得以海洋为纽带。实践已经证明，发展外向型经济必须与建设海洋大国相匹配，而建设海洋大国有其自身的内在规律，不以人们的主观意志为转移。美国建国初期，同我们现在有些类似，也制订了自己发展经济的“大战略”，也不太愿意耗费宝贵的建设资金去建远洋海军，结果无法摆脱欧洲列强的包围，甚至还遭遇过不得不向北非海盗付买路钱的尴尬。不久之后，美国有了马汉的“海权论”，强化远洋海军的建设，这才由被动转变为主动。正如一家国际媒体所公正评述的，中国之所以要探索海上武力投射能力，只是为了保护其日益增长的全球利益，尤其是其经济利益。中国目前的反海盗行动也证明，要想保护这些利益，有时也需要对抗世界上先进的海军武器装备。这篇评论还称，为了保护自身的利益，中国需要具备“在马六甲海峡附近的中国南海时刻保持一艘航空母舰存在”的能力；中国可能还需要具备进入印度洋、保护中国-全球供给线的能力；在遇到危机时，中国还应该具备快速部署的能力。此外，中国还能够利用其航母执行维和与人道主义救援任务。

国人由建造航母还联想到了国富与国强的关系。中国经过改革开放，经济状况有了较大改善，特别是拥有2万多亿美元的外汇储备，成为美国最大的债权国，让很多人有了“改革开放富起来”的兴奋。然而，即使国家真的富起来了，也不等于国家就强大了，国富与国强是两个不同的概念。在中国的宋、明两代，也曾有过富裕的时候，仓廪中的粮食多得“红腐不能食”，钱库里堆积的铜钱连串联的绳子都霉烂了。然而，因为缺乏由富转强的意识，没能及时将国家积累的财富转化为国家强大的实力，因而无可避免招致了衰败。这好比一个人，肥胖并不等于强壮，每天好吃好喝营养过剩，却没有通过刻苦锻炼将其转化为体能的增长，“强其筋骨健其体肤”，到头来成了虚胖症，不得其好反受其累。现在强国要做的事情很多，其中包括建设海洋强国，发展包括建造航母在内的海上能力。这就要求正确把握好民生经济与国家安全两大战略的协调发展，努力做到民既富国亦强，中华民族自强自立于世界民族之林就不会成为一句空话。

建造航母，还涉及到如何摆正国家软实力与硬实力的位置。像美国那样长期依靠硬实力称霸全球，谁不听话便出动航母编队揍谁，看来效果并不见得好，且有力不从心之感，因此提出要搞“巧实力”。然而，如国内一些人所说，似乎只要把软实力搞好，可以弃置硬实力，不必搞航母，也显得太天真。在国家这部大机器里，硬实力和软实力是配套装置，缺一不可。美国的所谓“巧实力”，无非就是软硬两手交替使用，或者“双管齐下”。一个世界大国的硬实力，要有很好的软实力作底蕴，才能保证其不会剑走偏锋，有效成为维护地区乃至世界和平的砝码；而一个世界大国的软实力，也得有硬实力为依托，才能赋予软实力以足够的分量，否则连在国际社会起码的话语权都不一定有，软实力从何谈起？1889年美国刚独立不久，马汉明确提出：“我国将需要一支使它能避免战争的海军，但只有能够进行战争的海军才能完成避免战争的使命。”这句话仅就字面意义而言，还是有些道理的，我们不应当刻意避讳。

“海权”，中国21世纪的关键词

历史上有那么一天，明成祖朱棣将一个玉雕的镇纸挪到御案边沿，被身旁的太监不小心用衣袖一拂摔得粉碎。朱棣弯下腰去检视那些碎玉片，从中悟出一个维护国家安全的道理：玉器置于安处则安，置于危处则危，一物之微如此，一国之巨亦如此。这个历史细节发人深思，现在的中国应当摆在一个什么样的位置才会安全？海洋战略，无疑应当成为国家安全战略重要的组成部分。

海权不是霸权国家的专利

2004年春天，笔者应中华文化促进会和南京电视台之邀，参加一个有关郑和电视专题片的讨论会。在北京西郊一家环境幽静的宾馆里，结识了《中国军事科学》杂志社的王荣生先生。他送我一本近著《海洋大国与海权争夺》，连着几个夜晚认真读了一遍，最大收获便是帮我将马汉海权论拉进了当今的现实生活。这位研究海权的资深专家深入剖析了世界海权现状的各个层面，用强有力的逻辑力量预言：“未来的世界仍将是海权强国横行的世界，弱小国家若无强大的海权，就难以捍卫合法的海洋权益和领土安全。”

在现代，海权争夺最激烈的是20世纪中期，集中表现在美国和苏联两个超级大国的冷战对垒。苏联的海军统帅戈尔什科夫在与美国争霸海上的运筹帷幄中，根据时代变化的要求提出了自己的一整套海权理论，尤其是如何控制海洋有一系列重要突破，将“海军即海权”的理论发挥到了极致，成为继马汉之后又一位世界公认的海权论者。科尔什科夫是乌克兰人，毕生服役于海军，因在第二次世界大战中战功卓著，31岁晋升为海军少将，45岁晋升为海军上将，52

岁晋升为海军元帅。他海权理论的一个要点是“远洋进攻”，积极推动苏联海军由“近海防御”向“远洋海军”的转变。另一个要点是“均衡发展”，强调海军发展不能片面追求舰艇总数和排水量，而忽视兵种的合理结构的海军，因违背海军建设必须均衡发展的规律，其结果有可能不敌数量并不很多却有合理兵种结构的海军。戈尔什科夫秉持这套理论，经过16年的艰苦经营，使得苏联成了名副其实的海军强国，从根本上改变了该国所处地缘不利的态势，突破了进入大洋必须穿过敌国监视和控制的狭窄水道的障碍，确保能够在任何时候到达全球任何一个海域执行其战略任务。

赫鲁晓夫时代有了“远洋海军”这笔资本，在冷战时期野心勃勃向世界海域搞扩张。最初是向地中海进军，恰逢美国陷入越南战争的泥沼一时无暇他顾，让老赫尝到了一些甜头，随即向地中海东岸和西岸扩展，迫使尼克松赶紧从越战抽身出来，全力对付苏联咄咄逼人的攻势。赫鲁晓夫曾经在联合国大会上脱下皮鞋敲桌子，控制自身情绪的能力极差，当其扩张到加勒比海的时候，竟然头脑膨胀到去美国眼皮底下搞导弹基地，引发了一触即发的“导弹危机”，让全世界都跟着捏了一把汗。美国人冲天一怒，出动航母战斗群将古巴严密封锁起来，摆开了与苏联决一死战的架势。老赫关键时候掉链子，赶紧撤回了部署在古巴的导弹不说，还忍辱让本国舰船，包括隐藏在水下的潜艇乖乖浮出水面，接受美国军舰的检查。苏联与美国争霸，还给自己背上了军费开支过大的沉重包袱，军事工业与民用工业比例严重失调，壮了赫鲁晓夫的胆子，饿了该国老百姓肚子。在美国政治、军事、经济、外交和西方文化的全面攻击下，内外交困，民怨沸腾，一夜之间解了体。这究竟是戈尔什科夫理论的失败，还是赫鲁晓夫莽撞个性的失败，或是真的在体制上出了什么毛病，让今天站在不同角度上的人有了各自不同的解说。

冷战结束后，世界格局起了新的变化，美国一家独大和世界多极化的趋向并存。在海洋方面，《联合国海洋法公约》公布后，沿海大中小国家的海权意识都有所加强，在借助国际海洋法有利自身条款维护自身利益的同时，也在忙着加大海军建设的投入。而像美国这样的超级大国则不改海权强者的傲慢，凡国际条约对其行动有约束者，一律采取不承认主义。近年中美之间在我南海和东海海域接连发生的冲撞，就是美国无视国际海洋法、肆意侵犯中国主权造成的。这充分反映美国坚持利用其海权优势称霸世界的格局并未改变，正如一位外国评论家所说，美国的太平洋舰队可以随意进入中国南海进行海上军事演习，而美国绝不会允许中国的海军舰艇在墨西哥湾进行实弹射击；美国的航空母舰可以随便找个借口在中国的台湾海峡炫耀武力，而美国绝不会允许中国的海军舰船在佛罗里达海峡自由航行。

在中国，因为曾经深受马汉“海权论”之害，又在美苏两霸的海权争夺中两面受挤压，曾让不少国人厌恶“海权”的存在，以为坚持和平复兴的中国可以不需要这玩意儿。在国民教育和社会宣传中，多少年来一直没有将海权意识纳入进来，以至很多人，其中包括知识阶层，压根就没有海权的概念。有媒体调查发现，至今不知海权为何物者比比皆是，多达79%的人认为海权即“中国依法享有的海洋权益”，与西方社会大众普遍拥有的海权观念，即控制和开发、利用海洋，形成了巨大的反差。

海权是自古以来海洋国家追求海洋利益的产物，并不以人们的主观意志为转移。正如马汉所说：“海权是一种悄然的、持久的、使人筋疲力尽的压力。”不管你愿意不愿意，喜欢不喜欢，这种压力都是客观存在。中国鸦片战争百余年的重重晦气，皆是因为忽视海权，任西方列强坚船利炮长驱直入的结果。可国人一直有个误区，在国家、民族长期蒙受蹂躏和屈辱的时候，很多人仍沾沾自喜于古代农耕文明的荣光，有意无意地麻醉自己；现在一讲民族复兴，很多人又以为只要与古代文明一对接什么都齐了，忘记或压根儿就没认识到丧失海权所吃的大亏。中国在地缘政治上，本来就是一个地理不利国，通向大洋仅有台湾和南沙群岛两个出口，其余均被一些岛屿国家特别是美国的军事基地所分隔，岛链封锁至今还憋屈得我们喘不过气来。这就决定中华民族的复兴离不开海权建设，哪儿跌倒哪儿站起来。万一有朝一日真的闹到“有海无洋”的地步，自困于环中国东南的几条岛链之内，想谈海权也无从谈起了。

马汉说过一句富有深刻意义的话：“海权包括凭借海洋或通过海洋能够使一个民族成为伟大民族的东西。”这话符合以往先发海洋民族的成长规律，也必将影响今后海洋国家发展道路的选择。这里需要强调的是，海权并非霸权国家的专利，如同“市场经济”、“政治民主”也不是资本主义国家的专利一样。经过30年的改革开放，我们已经初步建成有中国特色的社会主义市场经济模式，有中国特色的社会主义政治民主也在着手进行探索，相信有中国特色的海权建设之路也一定能够走出来。

霸权主义国家的海权，将追求本国利益建立在损害别国利益的基础上，具有侵略和掠夺的性质，遵循的是“零和”的游戏规则。中国是一个传统的爱好和平的国家，追求的是和平复兴，包括和平开发利用海洋。这就决定了中国的海权建设也是和平性质的，与人为善的，非零和的。报载，国防大学海军少将杨毅在接受《国际先驱导报》的采访时指出：“中西方对海权概念理解上的差异表现出双方战略文化的差异。”西方冒险和扩张性的海洋文化注定了它们对外侵略殖民的海洋政策，中国主张多元世界的哲学观念，还有发端于农耕文明相对内敛的民族性格本身带有更多和平的色彩。

海权是建设海洋大国的核心

笔者在国家海洋局海洋发展战略研究所采访，谈及中国的海洋发展战略，高之国历数党和国家领导人近年的相关指示，看得出来建设海洋大国已经提上国家的议事日程。在党的十六大报告中，第一次明确提出了“实施海洋开发”。2004年，胡锦涛在中央人口资源环境工作座谈会上指出：“开发海洋是推动我国经济社会发展的一项战略任务。要加强海洋调查评价和规划，全面推进海域使用管理和规划，加强环境保护，促进海洋开发和经济发展。”2006年，胡锦涛在中央经济工作会议上再次强调：“在做好陆地规划的同时，要增强海洋意识，做好海洋规划，完善体制机制，做好各项基础工作，从政策和资金上扶植海洋经济发展。”然建设海洋大国千头万绪，涉及到国家的诸多方面，究竟从何抓起？笔者以为海权是建设海洋大国的核心，应当围绕海权建设来带动各方面的海洋建设，正如人们所说：“以纲带目，纲举目张。”

马汉认为，构成海上力量有6个基本要素，将国家政治、经济、军事、民族文化都概括其中，这在王荣生的书里也有很好的归纳和阐述。

其一，从海洋地缘要素来说，应当具有海洋国家所具备的优越地理位置。中国濒临的海域是半封闭性质的海域，向北、向东、向南的所有海上交通要道几乎都被阻隔，反而不如大洋中的一些岛国，一切都在自己掌控中。在这方面，中国作为地理不利国已是“先天不足”，随着南海和东海争端的出现又“后天失调”，形势非常严峻。这也就是为什么对国家仅有的直接通向大洋的台湾和南沙群岛必须引起高度关注和重视的原因，丢失了台湾和南沙群岛，中国进入大洋便完全受制于人，更甭提掌控中国远洋船只所要经过的一些咽喉要道了。

其二，从自然形态构成要素来说，要拥有漫长海岸线和良好的港口。欧洲的荷兰之所以能在16世纪前后成为“海上马车夫”，主要就是该国地处英、法、德及波罗的海沿岸诸国的中心，拥有承揽当时欧洲所有主要国家海上中转贸易的优势。俄罗斯从彼得大帝时代起，不惜动用强大武力向北、向西和向东搞扩张，为的就是拓展该国的海岸线和港口。中国海岸线和岛岸线总长32000公里，从南到北拥有许多优良港口，有不少已经在对外开放中发挥出了很好的作用，有规划地进一步开发利用好，可以为坚实国家的海权基础发挥应有的优势。

其三，从领土范围要素来说，应当具有海权所倚赖的领土结构优势。如美国虽然国土面积不如俄罗斯那么辽阔，但该国东西两个方面都濒临大洋，并且拥有众多港湾，从而使之具备了海权国家得天独厚的地理条件。德国领土面积不算小，但除北面少许地方濒临北海和波罗的海，其他三面环陆，这也就是从威廉二世以来，德国拼命在欧洲和亚洲寻找出海口的原因。而德国两次世界大战的最终失败，压垮这匹“骆驼”的最后一根稻草，都在该国北方仅有的出海口被敌对国家堵死，从而窒息了整个国家的生命活力。现在一些内陆国家都忙着从沿海国家找出海口，原因也就在这里。中国西北背倚亚欧大陆，远离印度洋和北冰洋，东南面虽然临海，又被几条岛链与大洋分隔，仅有台湾可以直通大洋。从领土结构来看，显然也不是很好。因此，在东南海域努力建设突破岛链封锁的海上力量，在西部通过与友好国家合作寻找新的出海口，并努力开通北面经由白令海峡的航道，将成为国家海权建设的重要选择。

其四，从海权人口要素来说，需要拥有能够从事海洋事业的众多人口。这里所强调的不是国家的人口总数，而是一个国家从事海洋事业的人口数量，用马汉的话说就是“从事与海洋有关的职业群体”。如英国的“日不落”时代，不但航海和贸易规模最大，海军力量世界最强，其海洋性人口储备也是世界最为雄厚的。中国虽然是世界的人口大国，却是海洋人口的小国。在改革开放前，仅有不甚发达的海运、渔业、晒盐、造船等产业，在全国人口比例中所占比重很小。改革开放后，随着沿海地区外向型经济的发展，与海洋有关联的职业群体才有了较大幅度的增加。但也仅仅限于沿海，尚未大幅延伸到内地，在全国人口的比重还不是很大，更谈不上海洋性人口的储备了。这不但需要将沿海经济引向内地，在中西部大力发展外向型经济，同时还要大力拓展海洋高新技术产业，扩展全国职业性的海洋人口。至少国人现在应该意识到，不能只用传统的大陆思维把经济增长点局限于陆地，更不能只是热衷于炒地皮，需用全新的海洋思维增加新的经济增长点和扩大海洋就业人口。

其五，从海权所倚赖的民族性格要素来说，要使海洋意识成为全民族的整体意识。马汉说：“如果海权真正建立在一种广泛的平时贸易的基础上，从事商业的习性往往必然是依靠海洋强大起来的民族的显著特点。”中华民族是从农耕文明发展起来的，黄土地意识与生俱来，长时期的重农抑商，以及变本加厉的禁海和迁界，严重阻碍了整个民族海洋意识的发育和成长。1998年，《中国海洋石油报》与《中国青年报》联合举办过一次“中国青年蓝色国土意识”问卷调查，有63.1%的年轻人，记忆深刻的仍然是960万平方公里陆地国土面积，并据此认为中国只是一个大陆国家。被调查者普遍承认缺乏海洋知识，“一点不了解”、“不大了解”或“稍稍了解一点”，所占比例为79.6%。而连国家的几大岛屿一个都不知道的，占了9.3%。专家认为，21世纪被世界公认为海洋的世纪，中国年轻一代的海洋知识如此贫乏是相当危险的，一个简单的道理，人们无法关心、珍惜和爱护自己陌生的事物。现在迫切需要从根本上调整以往重陆轻海的民族心态，将建设海洋大国变成全民族的渴求，并贯穿到实现以海强国的具体行动中。特别是年轻一代，掌握着国家未来的命运，决定未来国家海洋政策的走向，如果他们连国土资源、海洋疆域、岛礁数目，这些国家、民族的基本家底都不清楚，到时候海洋国土流失了，都不知怎么流失的，麻烦就大了。

其六，从海权必不可少的政府要素来说，要求国家的政策取向具有坚定而明确的海权意识。对于执政团队来说，必须从国家战略高度充分认识制定和实施海洋战略的重要性，加强对海洋的统筹规划和有效管理，既要通过自己的政策推动和鼓励海洋事业的发展，还要竭尽全力建设一支具有远洋能力的强大海军。在和平时期，能够适应国家在海上利益的延伸，应对非战争的军事要求，并确保国际维和的快速反应，使之能与一个负责任大国的地位相匹配。而战争万一降临到头上，能够用来实现制海权，确保在抵抗外来侵略的战争中赢得胜利。“兵可以百年不战，但不可一日不备。”一些专家、学者特别指出，在诸多的海权要素中，政府要素是关键的和起统率作用的要素。

综合这些要素，可以看出国家海权是一个完整的力量体系，有自然天成的客观因素，有国家需要付出的主观努力，包括弥补客观条件先天不足的海权缺陷。这其中有国家海洋科研考察能力、海洋资源开发能力、海洋运输能力以及为其提供保障的造船和港口建设能力，还有与国家海洋经济、科技能力相适应的海上军事能力。这就需要按照综合化、一体化的发展方向，将海洋中国和陆上中国有机结合，形成陆、海两大板块相互适应、协调发展的模式。观念的转变是根本的转变，首要的是在我们的民族意识中树立起海陆一体化的现代国土观念、海陆一体化的现代经济观念、海陆一体化的现代国防观念，以及国家整体发展战略与海洋发展战略的一体化。将这些观念综合到一起，就是我们应有的现代海权观念。

海陆一体化的国土观，要求国人从根本上改变“从昆仑，到海滨”那种传统的、狭隘的国土意识，清醒认识到黄土地，蓝土地，都是国家的土地，从思想上将960万平方公里陆地国土和300万平方公里海洋国土统一起来。记得在《中国海洋石油报》与《人民文学》联合开展“我爱蓝色国土”征文活动中，有应征作者专门就此提出建议，开展一次全国性的国土知识“扫盲运动”，彻底改变国民只知有陆而不知有海的陈旧观念。这位作者说，过去的历史书籍和影视作品宣传介绍列祖列宗开拓和捍卫陆上疆域者为数众多，使国人懂得每一寸陆上国土得来不易，有多少先烈曾为此付出鲜血和生命的代价，因此对陆上发生的领土纷争也比较敏感，容易同仇敌忾。而古人开拓海上疆域付出的艰辛和牺牲同样不少，还多了一重与大海拼搏的艰难和危险。但是，因为历来缺乏对华夏祖先海上开疆拓土的必要宣传和介绍，人们脑子里积攒的有关海的故事，大多还是“哪吒闹海”、“精卫填海”、“孙悟空找龙王爷借定海神针”等，感觉离现实生活很遥远。还有专家指出其中一个非常直观的原因，就是这么些年出版的中国地图，总是将南海诸岛作为“附注图说”单列出来，排在整幅地图的右下角，让国人无法形成中国国土形状的整体概念。

海陆一体化的经济观，是现代经济发展的必然要求，也是科学技术发展的必然趋势。2009年6月，笔者赴海南省富岛化肥基地采访，惊喜发现这是一个正在推动海、陆经济深度结合的很好典型。该基地是中国海油所属中海化学公司的一个化肥生产基地，用海上天然气生产出一流品牌的复合肥料，并建立了直销到农户的销售网络，同时深入农村帮助农民兄弟改变陈旧作业方式，通过海洋产品积极主动参与改造传统农业和建设新农村。该公司总裁杨业新说：“在中国讲以人为本，关键就是要以农民为本。”这给我们一个重要启示，让中国的农业经济与海洋经济有机结合起来，让广大农民兄弟都认识到自己的生产、生活与海洋息息相关，中国便有可能建设真正的海洋大国。有学者指出，一个国家的发展战略，归根到底，是合理开发利用国土资源，包括陆上国土和海洋国土。如何将这两种资源的优势发挥好，互为补充，互相促进，国家发展战略才可能是陆海兼备的，科学有序的，可持续发展的。

海陆一体化的国防观，这也就是要将陆、海国防安全作为一个整体来考虑，扩展和加强国防安全的纵深度，当务之急是建设一支“保近岸、争近海、促远洋”的强大海军。这不但因为以往国家的海军建设相对滞后，还因为目前国家安全的威胁主要来自海上。据新华社报道，在2008年的两会期间，来自解放军的人大代表和政协委员曾提出，现在至少有6大安全问题威胁着国家海洋权益，分别是海洋领土安全问题、海洋资源安全问题、海洋交通安全问题、海洋信息安全问题、海洋环境安全问题、海洋非传统安全问题。这些都直接影响到整个国家的安全。有军事专家预计，不久的将来，美国海军将大力推行“全核舰队”计划，他们的战斗舰、巡洋舰将全部换成核动力系统，并与核动力航空母舰及核动力攻击潜艇一起，集结成世界上威力超群的海上核打击编队群。虽然，我们不可能也大可不必去同美国搞军备竞赛，但有必要根据客观形势的需要迅速提升海军的能力。马汉曾说：“没有海军，我们在紧要关头所表达的国家意志也就仅仅成了一个泥足巨人所做的笨拙无用的姿态而已。”

将这些归结起来，就是海洋发展战略与国家整体发展战略的一体化。21世纪是全世界大规模开发利用海洋资源、扩大海洋产业、发展海洋经济的新时期，是一个全球、区域、国家普遍按照《联合国海洋法公约》的规定，实施和平利用和全面管理海洋的新时代。目前许多沿海国家加紧调整海洋战略，纷纷把本国主权管辖海域作为“蓝色国土”加以开发、利用和保护，同时，积极参与国际海底和大洋勘探开发，向广袤的海洋索取战略资源，争夺在海洋中的有利态势和战略利益。特别是美国、俄罗斯、加拿大、日本、印度、韩国都提出了21世纪国家海洋发展战略。中国从20世纪90年代起就为制订国家海洋战略做了大量基础工作，进入新世纪以后，在酝酿海洋战略长远规划同时，出台了现阶段的海洋战略规划。现在需要将海洋发展战略纳入国家整体发展战略，站在国家战略的高度促进海洋发展战略的实现。

在2009年3月召开的两会上，很多代表和委员建议，国家应像发展航天事业一样推进海洋的开发与利用。对于我们的国家、民族来说，实施以海强国的战略，作为一项系统工程，将是一个很长的历史进程。在这个进程中，我们这一代人的努力不过是为下一代做铺垫，需要选准一两个突破口，实现较为重大的突破，并带动其他。如在海洋前沿技术方面，包括深海技术和远洋能力，真的能像抓航天事业那样一抓到底，实现中国控制和开发、利用海洋能力的新突破，建设海洋大国也就指日可待了。

和平开发利用海洋，中国与世界一次新的对话

2009年5月22日《参考消息》头版头条，用大字标题郑重报道：中国否认欲与美国“瓜分太平洋”。中国与美国瓜分太平洋的荒唐言论，一度在世界范围广泛传播，始作俑者是一些印度媒体。这些人起哄说，美军太平洋总部司令基廷在访印期间透露，中方官员曾向其“提议”，今后中国负责西太平洋和印度洋事务，美国负责东太平洋事务，由此得出“中国要与美国瓜分太平洋”的结论。外交部发言人马朝旭就印度媒体这些不实报道发表声明，中国坚定不移走和平发展道路，奉行独立自主的和平外交政策和防御性的国防政策，始终是维护世界和平和地区稳定的坚定力量。中国政府这一立场是一贯的和明确的，中方没有也不可能向任何人提出报道中涉及的所谓“提议”。他说，中国已就此向美方和印方表明立场，并要求国际社会不要听信如此不负责任的无稽之谈。

不可否认，自世界金融风暴以来，中国因为经济状况相对比较平稳，没有出现大起大落，在采取一系列措施后，经济复苏的速度也相对较快，一时被世界普遍看好。同时，中国作为一个正在追求和平复兴的大国，在世界的地位和作用也在得到国际社会更多的认可。但由此出现太多的溢美之词，甚至将中国捧到与美国这个超级大国比肩的位置，包括“瓜分太平洋”云云，不但是在忽悠中国，实际也是在忽悠世界。记得2009年年初的伦敦G20峰会，外界对于中国帮助世界缓解金融危机有高度期待，西方各类媒体一时充满了对中国的赞美，几乎把中国当成了救世主。更有一些媒体提出G2这个概念，似乎这个世界由美中两国共管的格局已经形成，显然是把以往对中国的“棒杀”换成了“捧杀”。古人说了，“盛名之下其实难副”，捧得越高将摔得越重。温家宝总理在有关的国际会议上郑重强调：“一两个国家或大国集团不可能解决全球的问题，多极化和多边主义是大势所趋，人心所向。有人说，世界将形成中美共治的格局，这是毫无根据的，也是错误的。”

一些专家、学者指出，关于中国欲与美国瓜分太平洋的荒唐言论，混淆了中美两国截然不同的海权观念。美国秉承马汉的海权论，强调海上利益的排他性。在马汉看来，一些民族依靠海洋和利用海洋强大起来，必然要对其他民族依靠和利用海洋发生排斥作用，这样的理念就使人类在开发和利用海洋壮大自身的竞争中不可避免要导致暴力，甚至不惜用战争来“控制海洋”，实现其独享海洋利益的目的。美国过去是这么走过来的，大概现在和未来也想这么继续走下去。在印媒散布中美瓜分太平洋这一不实消息时，美国新任国务卿希拉里在接受澳大利亚记者采访时就表态：“像中国这样的国家正在变得更为成功，印尼现在也是非常成功的民主国家，我们认为这样的事实对于整个太平洋地区是件好事。”接着直言不讳道：“但我们也在发出明确的信息，即美国将参与该地区事务。我们不仅是跨大西洋大国，也是个跨太平洋大国……我们希望澳大利亚以及其他国家知道，美国不会把太平洋让给任何人。”

毋庸讳言，中国经济发展对资源的需求越来越旺盛，正面临陆地资源供给不足的状况，迟早将要迈出大规模开发海洋资源的步子。但中国开发、利用海洋的核心价值观，与西方所继承的马汉排他性的海权观念有本质的区别，我们永远坚持和平开发、利用海洋，这与我们永不称霸的承诺是一致的。按照《联合国海洋法公约》的规定，公海资源归全人类所有，任何一个海洋大国都应当尊重其他国家享有的权利，不可一味恃强凌弱，独霸世界海洋利益。还有，浩瀚海洋的开发利用也离不开国际间的广泛合作。尤其是在开发和利用海洋资源的同时，还要考虑人与海洋的和谐共存，维护好海洋的生态环境，实现可持续发展的目标，更需要世界各国的密切配合，绝对不能各行其是，乱了需要国际共同遵守的章法。如现在普遍关注的气候问题，发展低碳经济，遏制全球变暖，离开世界范围特别是在海上的互动将一事无成。占地球面积71%的海洋是宽阔的，比海洋更宽广的应该是世界各国的广泛合作。

坚持和平开发利用海洋，眼下最重要的是用非暴力的方式解决国与国之间的纠纷，对话代替对抗，谈判替代争议，法律替代武力。最根本的是在《联合国海洋法公约》的框架内，大家坐下来面对面解决相互之间的争议，在广袤海洋上建立和平、稳定的国际新秩序。2001年11月28日，第56届联合国大会展开关于海洋和海洋法的讨论，中国代表就公开表态，《联合国海洋法公约》及相关协定为人类在海洋的活动提供了基本的法律框架，中国政府一直十分重视该公约的作用，支持海洋综合管理及对海洋资源的有效和可持续利用。近些年在中国海域出现这样那样的争端，包括岛屿归属、海域划界以及大陆架和经济专属区的划定，中国一直以足够的耐心与争议国反复展开对话和谈判，并且主张在条件不成熟时先把争议搁置起来，等待条件成熟以后再找出妥善的解决办法。中国还与东盟国家共同签订了《南海各方行为宣言》，应当说在处理划界争端和维护地区和平稳定方面做出了很好的尝试，也充分证明了中国处理海洋问题的和平诚意，说到哪儿做到哪儿。

坚持和平开发利用海洋，既要积极展开海洋高新技术的竞争，又要实行国际间的技术合作，彼此共享相关的海洋利益。现代海洋的开发利用，尤其是深海的开发利用，都以高新技术为依托。从近些年的实践看，海洋高新技术领域的任何一项突破，都有可能带动一个甚至一批海洋新兴产业的发展。目前以美国为首的西方国家已经抢占了发展海洋高新技术的快车道，中国自然不能甘居落后，也要找准自己的着力点急起直追。在国家高技术产业的"十一五"规划中，已经提出了海洋高新技术产业的战略要点。如在加快发展深海资源产业方面，国家已经制订出了大洋与海底资源开发利用规划，正在推进现代深海装备、技术的发展，并建设国家的深海基地，为海底资源开发利用提供支撑。但开发利用海洋的竞争应当在《联合国海洋法公约》的框架内健康有序进行，先行国家对相关国家分享应该分享的海洋利益，必须予以充分的尊重，并且有责任为其提供必要的技术支持，实行国际间的联动和互动。在联合国有关会议上，中国代表曾经郑重提出："中国认为应进一步加强有关联合国机构在促进海洋科技的开发与转让方面的职责，支持根据《海洋法公约》加强海洋技术的发展与转让，并制定切实可行的计划，帮助发展中国家加强有关能力建设。"

坚持和平开发利用海洋，对中国来说，还必须以强大的海上力量做坚强后盾。欧洲大航海以来的事实说明，以往的海权争夺无不诉诸武力，全都依靠"坚船利炮"说话，以至马汉在其著作中断言："一个爱好和平、获得博爱的国家是缺少远见的；而我们在这个时代要做充分的军事准备，必须要有远见卓识。"这至少从一个侧面提醒我们，和平不能靠乞求，也不能仅靠单方面的真诚和好心去换取，和平不能一厢情愿。在当今世界，和平还是力量对力量的制衡，只有中国的海上力量强大到敌对势力计算自己武力挑衅的成本将得不偿失，因而不敢轻举妄动，国人才能踏踏实实享受和平。中国也只有强大到在国际事务中有足够的话语权，才能在追求地区与世界和谐发展的进程中真正有所作为。必须明确的是，中国建立海上战略威慑与谋求海上霸权国家有着本质的不同：追求海上霸权者，实施海上威慑是将本国的意志强加于人，甚至成为发动侵略战争的准备或前奏；而像中国这样实行积极防御战略的国家运用海上战略威慑，是作为防止或制止战争爆发的有效手段，"止戈为武"。

2009年庆祝中国海军建军60周年，国家主席胡锦涛在青岛出席海上阅兵仪式，检阅了包括美国、俄罗斯、法国、印度等在内的14国海军在内的多国海军部队。这是中国第一次向世界较全面地展示自行制造的海上武器装备，也是中国第一次向世界宣示将走向蓝色海洋，人民海军将成为维护世界和平、促进世界海洋共同发展的重要力量。在此期间，还举行了多国海军高层参加的"和谐海洋"研讨会。中国海军司令吴胜利向各国海军发出五点倡议：第一，坚持联合国主导，建设公正合理的海洋；第二，坚持平等协商，建设自由有序的海洋；第三，坚持标本兼治，建设和平安宁的海洋；第四，坚持交流合作，建设和谐共处的海洋；第五，坚持敬海爱海，建设天人合一的海洋。这五点概括起来，便是一个"和"字。中华民族文化的核心和精粹就是"和"，尊重"和而不同"，坚持"以和为贵"。

可以预期，中国将以和平、和睦、和谐为基调，在广袤海洋与世界展开一轮新的对话。

后　记

笔者20世纪70年代末进入海洋石油勘探、开发者行列，先是到了天津大沽口，那里尚留存着大清国“威、镇、海、门、高”5座古炮台的断壁残垣，第二次鸦片战争、八国联军烧杀抢掠的累累伤痕，以及到处可见的“外国人非经允许不得入内”的警示牌。此时，突然有了渤海的对外开放，人们奔走惊呼“八国联军又来了”，让我感受了时代急转弯所发生的种种矛盾和冲突。随后进北京办《中国海洋石油报》，亲历了海洋发生的一系列重大事件，包括四海全面对外开放，中国海油走出海门到世界海域找油找气，与台湾中油公司联手在台湾海峡勘探、开发油气田，一个消息接一个消息令人振奋；同时也包括国家在南沙海域的油气资源被周边一些国家肆意掠夺，而国家在东海及南沙进行的勘探、开发活动，包括合作和自营，却受到某些国家的无理阻挠，体验了海洋形势的严峻。职业的敏感，促使我积极关注、跟踪和思考所有这些事情，零零散散写过一些文章，也写过郑和、戚继光等海洋人物的书。2008年秋天，作家出版社的编辑韩星先生建议我写本关于海洋问题的书，认真琢磨了一下，竟把过去经历过、关注过、采访过和稍稍作过一些探讨的人和事都串联起来，因此有了这本《激荡中国海》。

写作本书时，曾翻阅大量古今中外有关海洋的书籍，也上网查过相关的文章，丰富了资料来源，也得到了很多启迪。书中引用的一些重要观点和材料，基本上都说明了出处，以表达对这些古今中外作者的敬意。本书敲定提纲及初稿写成后，海洋发展战略研究所所长高之国、中国社科院研究员高恒、国土资源部资深专家肖汉强、国家海洋局高级工程师许森安、海军学术研究所大校方堃、新华社资深记者马振华，以及中国海油老领导陈炳骞等，都给予了很多宝贵的指导。在采访和写作过程，还得到社会各界朋友及业界同仁的支持和帮助，我的家人黄淑珉、王雁、黄湘、王巍也为整理资料和文字处理做了大量工作，在此一并致谢。

王佩云

公元2010年9月于京东燕郊

图书在版编目（CIP）数据

激荡中国海：最后的海洋与迟到的觉醒/王佩云著.
-北京:作家出版社，2010.10
ISBN 978-7-5063-5565-0

Ⅰ.①激… Ⅱ.①王… Ⅲ.①纪实文学-中国-当代
Ⅳ.①I25

中国版本图书馆 CIP 数据核字（2010）第 185389 号

激荡中国海:最后的海洋与迟到的觉醒

作者：王佩云
责任编辑：王宝生　韩　星
装帧设计：视觉共振
版式设计：牛毅书装
出版发行：作家出版社
社址：北京农展馆南里 10 号　　**邮码**：100125
电话传真：86-10-65930756（出版发行部）
86-10-65004079（总编室）
86-10-65015116（邮购部）
E-mail：**zuojia@zuojia.net.cn**
http://www.zuojia.net.cn
印刷：紫恒印装有限公司
成品尺寸：170×240
字数：350 千
印张：20
版次：2010 年 10 月第 1 版
印次：2010 年 10 月第 1 次印刷
ISBN 978-7-5063-5565-0
定价：32.00 元